L'ŒIL DU MONDE

DU MÊME AUTEUR
CHEZ POCKET

LA ROUE DU TEMPS

1. La roue du temps
2. L'œil du monde
3. Le cor de Valère
4. La bannière du dragon
5. Le dragon réincarné
6. Le jeu des ténèbres
7. La montée des orages
8. Tourmentes
9. Étincelles
10. Les feux du ciel
11. Le seigneur du chaos
12. L'illusion fatale
13. Une couronne d'épées
14. Les lances de feu

Robert Jordan

Robert Jordan (de son vrai nom James Oliver Rigney) est né en 1948 à Charleston en Caroline du Sud. À l'âge de cinq ans, il avait déjà lu Jules Verne et Mark Twain. Diplômé de l'École militaire de Caroline du Sud, la Citadelle, il servit dans l'armée et fut envoyé au Vietnam d'où il revint décoré de nombreuses médailles.

Curieux et hyperactif, Robert Jordan aimait la chasse, la pêche, la voile, mais aussi le poker, les échecs, et il collectionnait les pipes. Il écrivait depuis 1977 (roman historique, western et fantasy avec la série des *Conan*) et poursuivait son best-seller mondial, *La Roue du Temps*, gigantesque saga de fantasy devenue un classique. Il s'est éteint en septembre 2007 après une longue lutte contre la maladie. Ses fans lui ont rendu hommage à travers le monde entier.

SCIENCE-FICTION

Collection dirigée par Bénédicte Lombardo

ROBERT JORDAN

LA ROUE DU TEMPS

II

L'ŒIL DU MONDE

RIVAGES/FANTASY

Titre original :
The Eye of the World

Le papier de cet ouvrage est composé de fibres naturelles, renouvelables, recyclables et fabriquées à partir de bois provenant de forêts plantées et cultivées durablement pour la fabrication du papier.

106, boulevard Saint-Germain — 75006 Paris

ISBN 978-2-266-15255-6

27.

UN ABRI DANS LA TEMPÊTE

Perrin rongea son frein pendant le temps qu'ils passèrent avec les Tuatha'ans, lesquels voyageaient par petites étapes cap au sud-est. Les Nomades ne voyaient aucune raison de se presser ; ils ne se hâtaient jamais. Les roulottes aux couleurs vives ne se mettaient pas en route le matin avant que le soleil soit nettement au-dessus de l'horizon et ils s'arrêtaient aussi bien dès le milieu de l'après-midi s'ils trouvaient un endroit qui leur plaisait. Les chiens trottinaient sans peine à côté des roulottes et souvent aussi les enfants. Ils n'avaient aucun mal à se maintenir à leur hauteur. Toute suggestion qu'on pourrait aller plus loin ou plus vite suscitait un rire ou peut-être un « Ah ! mais vous voudriez faire travailler si dur ces pauvres chevaux ? ».

Il fut surpris qu'Élyas ne partage pas ses sentiments. Élyas ne voulait pas monter dans les roulottes – il préférait marcher, quelquefois à grandes enjambées en tête de colonne – mais il ne suggéra jamais de quitter les Tuatha'ans ou de continuer seuls leur chemin.

L'étrange barbu aux curieux habits de fourrure était si différent des doux Tuatha'ans qu'il tranchait n'importe où quand il était parmi les roulottes. Même de l'autre bout du camp, on ne pouvait prendre Élyas pour un membre du Peuple, et pas seulement à cause de ses vêtements. Élyas se mouvait avec la grâce indolente d'un loup qu'accentuaient encore ses peaux et sa toque de fourrure, irradiant le danger aussi naturellement que le feu irradie de la chaleur et le contraste avec les Nomades était frappant. Jeunes et vieux, les Nomades avaient un maintien débordant de vitalité. Leur grâce n'évoquait pas le danger, seulement le charme. Leurs enfants, bien sûr, bondissaient de côté et d'autre avec la pure joie de s'ébattre mais, chez les Tuatha'ans, barbes grises et grands-mères aussi avaient le pas léger, leur démarche était une danse majestueuse dont la dignité n'empêchait pas l'exubérance. Tous les Nomades semblaient prêts à se mettre à danser, même quand ils étaient immobiles, même durant les rares moments où il n'y avait pas de musique dans le camp. Violons et flûtes, tympanons, cithares et tambours tissaient harmonies et contrepoints autour des roulottes presque à toute heure, au camp ou en route. Chansons joyeuses, gaies, rieuses ou tristes ; si quelqu'un était éveillé dans le camp, il y avait ordinairement de la musique.

Élyas recevait saluts et sourires amicaux à chaque roulotte près de laquelle il passait et un mot jovial à chaque feu de camp où il s'arrêtait. Ceci devait être la face que les Nomades montraient toujours aux gens de l'extérieur – des visages ouverts et souriants. Pourtant Perrin avait appris que sous la surface se cachait une prudence de daim à demi sauvage. Quelque chose était profondément enfoncé sous les sourires adressés aux jeunes du Champ d'Emond, quelque chose qui se demandait s'ils n'étaient pas dangereux, un quelque chose qui ne s'estompa que légèrement au fil des jours. Avec Élyas, la méfiance était forte, comme une lourde chaleur d'été miroitant dans l'air, et elle ne s'estompait pas. Quand Élyas ne les regardait pas, ils le surveillaient ouvertement, comme s'ils n'étaient pas sûrs de ce qu'il allait faire. Quand il se promenait dans le camp, les pieds prêts à la danse semblaient aussi prêts à la fuite.

Élyas n'était certes pas plus à l'aise avec leur Voie de la Feuille qu'eux avec lui. Sa bouche avait un rictus permanent lorsqu'il était au milieu des Tuatha'ans. Pas tout à fait un rictus de condescendance et certainement pas de mépris, mais Élyas avait l'air de désirer être ailleurs qu'où il était, presque n'importe quel ailleurs. Pourtant, chaque fois que Perrin parlait de partir, Élyas émettait des propos apaisants disant qu'ils devaient se reposer, juste quelques jours.

« Vous avez eu de durs moments avant de me rencontrer, dit Élyas la troisième ou quatrième fois qu'il posa la question, et vous en aurez de plus durs encore, avec les Trollocs et les Demi-Hommes qui vous courent après, et des Aes Sedai pour amies. » Il sourit largement, la bouche pleine de la tarte aux pommes sèches d'Ila. Perrin trouvait toujours déconcertant le regard de ses yeux jaunes, même quand il souriait. Peut-être même encore plus quand il souriait ; les sourires n'atteignaient que rarement ces yeux de chasseur. Élyas était allongé à côté du feu de Raen, refusant comme d'habitude de s'asseoir sur les troncs d'arbre tirés là à cette intention. « Ne soyez donc pas si sacrément pressé de vous mettre entre les mains d'une Aes Sedai.

– Et si les Évanescents nous trouvent ? Qu'est-ce qui les en empêche si nous nous contentons de rester assis ici à les attendre ? Trois loups ne les arrêteront pas et les Tuatha'ans ne seront d'aucun secours. Ils ne veulent même pas se défendre eux-mêmes. Les Trollocs vont les massacrer, et ce sera notre faute. De toute façon, il faudra les quitter tôt ou tard. Mieux vaudrait tôt.

– Quelque chose me dit d'attendre. Rien que quelques jours.

– Quelque chose !

– Détendez-vous, mon garçon. Prenez la vie comme elle vient. Fuyez quand il le faut, battez-vous quand vous y êtes obligé, reposez-vous quand vous pouvez.

– Qu'est-ce que c'est, ce quelque chose dont vous parlez ?

– Goûtez donc à cette tarte. Ila ne m'aime pas, mais ce qui est sûr c'est qu'elle me nourrit bien quand je viens la voir. Toujours de la bonne nourriture dans le camp des Nomades.

– C'est quoi, ce quelque chose ? insista Perrin. Si vous savez quelque chose que vous nous cachez à nous autres... »

Élyas regarda en fronçant les sourcils le morceau de tarte qu'il tenait, puis le posa et se frotta les mains pour les essuyer. « Quelque chose, finit-il par répliquer en haussant les épaules comme s'il ne le comprenait pas tout à fait lui-même, quelque chose me dit qu'il est important d'attendre. Quelques jours encore. Je n'ai pas souvent des impressions de ce genre mais, quand je les ai, j'ai appris à m'y fier. Elles m'ont sauvé la vie dans le passé. Cette fois, c'est différent, d'une certaine façon, mais c'est important. De toute évidence. Vous voulez continuer votre route, alors allez-y. Pas moi. »

Il se refusa toujours à en dire plus, peu importe le nombre de fois où Perrin le questionna. Il passait le temps à bavarder avec Raen, à manger, à faire la sieste la toque sur les yeux et s'entêtait à ne pas discuter de départ. Quelque chose lui disait d'attendre, quelque chose lui disait que c'était important. Il saurait quand viendrait le moment de partir. Prenez de la tarte, mon garçon. Ne vous tracassez pas. Tâtez donc un peu de ce ragoût. Détendez-vous.

Perrin n'arrivait pas à se détendre. Le soir, il rôdait parmi les roulottes multicolores en se tourmentant, autant parce que personne d'autre ne semblait voir de sujet de tracas que pour toute autre raison. Les Tuatha'ans chantaient et dansaient, cuisinaient et mangeaient autour de leurs feux de camp – des fruits et des noix, des baies et des légumes ; ils ne mangeaient pas de viande – et s'occupaient à des myriades de corvées domestiques, comme s'ils n'avaient pas un souci au monde. Les enfants couraient et jouaient partout, à cache-cache parmi les roulottes, à grimper aux arbres autour du camp, riant et roulant par terre avec les chiens. Pas un souci au monde, pour personne.

En les regardant, cela le démangeait de partir. *Partir avant que nous attirions les chasseurs qui leur tomberont dessus. Ils nous ont accueillis et nous leur rendons leur bonté en les mettant en danger. Au moins ont-ils raison d'avoir le cœur léger. Rien ne les pourchasse. Mais nous autres...*

C'était difficile de parler à Egwene. Ou bien elle s'entretenait avec Ila, leurs têtes rapprochées d'une façon qui disait qu'aucun homme n'était le bienvenu, ou bien elle dansait avec Aram, en virevoltant au son des flûtes, des violons et des tambours sur des airs que les Tuatha'ans avaient recueillis dans le monde entier, ou sur les chants vifs et pleins de trilles des Nomades eux-mêmes, vifs qu'ils fussent lents ou rapides. Ils connaissaient beaucoup de chansons, dont il reconnaissait certaines qu'on chantait chez lui, bien que souvent sous des noms différents de ceux qu'elles portaient aux Deux Rivières. *Trois Jeunes Filles dans un pré*, par exemple, les Rétameurs l'appelaient *La Ronde des jolies demoiselles* et ils disaient que *Le Vent du nord* s'appelait *La Rude Averse* dans certains pays ou *La Retraite de Berin* dans d'autres. Quand il demanda sans réfléchir *Le Réta-*

meur a pris mes pots, ils se tordirent de rire. Ils la connaissaient mais sous le titre *Jette les plumes au vent.*

Il comprenait qu'on ait envie de danser sur les chansons du Peuple. Là-bas, au Champ d'Emond, personne ne le considérait autrement que comme un danseur médiocre, mais ces chansons lui mettaient des ailes aux pieds et il pensait qu'il n'avait jamais dansé si longtemps, si ardemment ni si bien de sa vie. Hypnotiques, elles faisaient battre son sang au rythme des tambours.

C'est le deuxième soir que Perrin vit pour la première fois des femmes danser sur quelques-unes des chansons lentes. Les feux brûlaient bas, la nuit pesait sur les roulottes, les doigts frappaient des rythmes lents sur les tambours. D'abord un tambour, puis un autre, jusqu'à ce que tous les tambours battent à la même cadence lente et insistante. Une jeune fille en robe rouge entra dans la lumière d'un pas balancé en détachant son châle. Des fils de perles lui ornaient les cheveux et elle avait rejeté au loin ses souliers d'un coup de pied. Une flûte entonna la mélodie, doucement plaintive, et la jeune fille dansa. Ses bras étendus déployaient son châle derrière elle ; ses hanches ondulaient, tandis que ses pieds nus glissaient sur le sol au rythme des tambours. Les yeux noirs de la jeune fille se posèrent sur Perrin et son sourire était aussi lent que sa danse. Elle tournait en petits cercles et lui souriait par-dessus son épaule.

Il déglutit. Il avait chaud au visage mais cette chaleur ne venait pas du feu. Une deuxième jeune fille rejoignit la première, la frange de leurs châles oscillait en mesure avec les tambours et la lente rotation de leurs hanches. Elles lui souriaient et il s'éclaircit la gorge qui s'enrouait. Il avait peur de regarder autour de lui ; il était rouge comme un coquelicot et quiconque n'avait pas les yeux fixés sur les danseuses devait être en train de rire de lui. Il en était sûr.

D'un air aussi détaché qu'il put, il glissa à bas du tronc, comme s'il cherchait une position confortable, mais finit soigneusement par détourner le regard du feu et des danseuses. Il n'y avait rien de comparable au Champ d'Emond. Danser avec les jeunes filles sur le Pré les jours de fête n'en approchait même pas. Pour une fois, il souhaita que le vent se lève pour le rafraîchir.

Les danseuses rentrèrent dans son champ de vision,

seulement cette fois elles étaient trois. L'une lui adressa un clin d'œil espiègle. Il regarda désespérément de tous les côtés. *Par la Lumière,* pensa-t-il, *qu'est-ce que je fais maintenant ? Que ferait Rand ? Lui sait s'y prendre avec les jeunes filles.*

Les danseuses riaient tout bas ; les perles cliquetaient quand elles rejetaient leurs longs cheveux sur leurs épaules, et il crut que sa figure allait s'embraser. Puis une femme un peu plus âgée se joignit aux jeunes filles pour leur montrer comment faire. Avec un gémissement, il renonça et ferma les yeux. Même derrière ses paupières, leurs rires provoquaient et excitaient. Même derrière ses paupières, il les voyait encore. La sueur perlait sur son front et il souhaitait que le vent se lève.

Selon Raen, les jeunes filles ne dansaient pas souvent cette danse, et les femmes encore plus rarement ; et, selon Élyas, c'est grâce aux rougeurs de Perrin qu'elles la dansèrent tous les soirs depuis cette nuit-là.

« Je dois vous remercier, lui déclara Élyas d'un ton grave et solennel. C'est différent pour vous les jeunes mais, à mon âge, il faut plus qu'un feu de bois pour me réchauffer les os. » Perrin se rembrunit. Quelque chose dans l'aspect du dos d'Élyas quand il s'en alla proclamait, même si cela ne se voyait pas, qu'il riait sous cape.

Perrin apprit vite qu'il y avait mieux à faire que de détourner les yeux des femmes et des jeunes filles qui dansaient, même si clins d'yeux et sourires l'incitaient encore à souhaiter qu'il le puisse. Une, ç'aurait été très bien, peut-être – mais cinq ou six, avec tout le monde qui regardait... Il n'arriva jamais à se maîtriser suffisamment pour ne pas piquer un fard.

Puis Egwene se mit à apprendre la danse. Deux des jeunes filles qui l'avaient dansée ce premier soir la lui enseignèrent, claquant des mains pour battre la mesure pendant qu'elle répétait les pas glissés avec un châle d'emprunt qui ondulait derrière elle. Perrin s'apprêta à dire quelque chose, puis conclut qu'il serait plus sage de ne pas ouvrir la bouche. Quand les jeunes filles y ajoutèrent les balancements de hanches, Egwene éclata de rire et les trois jeunes filles tombèrent en riant dans les bras les unes des autres. Mais Egwene persévéra, les yeux brillants et des taches de couleur vive sur les joues. Aram la regardait danser avec un regard brûlant et affamé. Le jeune et beau Tuatha'an lui avait offert un collier de perles bleues qu'elle portait tout le temps. Des froncements de sourcils inquiets avaient remplacé les sourires d'Ila quand elle avait remarqué pour la première fois l'intérêt que son petit-fils portait à Egwene. Perrin résolut de surveiller de près le jeune messire Aram.

Il se débrouilla une fois pour trouver Egwene seule à côté d'une roulotte peinte en vert et jaune. « Tu t'amuses bien, dis-moi ! s'écria-t-il.

– Pourquoi ne m'amuserais-je pas ? » Elle joua avec les perles bleues autour de son cou en leur souriant. « Nous ne sommes pas tous obligés de nous rendre malheureux comme toi. Est-ce que nous ne méritons pas une petite chance de nous amuser ? »

Aram n'était pas loin – il ne s'éloignait jamais beaucoup d'Egwene – les bras croisés sur la poitrine, un petit sourire sur le visage, mi-suffisance mi-défi. Perrin baissa la voix. « Je croyais que tu voulais aller à Tar Valon. Ce n'est pas ici que tu apprendras à être une Aes Sedai. »

Egwene leva le nez en l'air. « Et moi je croyais que tu ne voulais pas que j'en devienne une, répliqua-t-elle avec une amabilité suspecte.

– Sang et cendres, est-ce que tu t'imagines que nous sommes en sécurité ici ? Ces gens sont-ils en sécurité quand nous sommes là ? Nous risquons qu'un Évanescent nous découvre n'importe quand. »

La main d'Egwene trembla sur les perles. Elle la laissa retomber et respira profondément. « Ce qui doit arriver arrivera, que nous partions aujourd'hui ou la semaine prochaine. Voilà ce que je pense maintenant. Amuse-toi, Perrin. C'est peut-être notre dernière occasion de le faire. »

Elle lui effleura tristement la joue du bout des doigts. Puis Aram lui tendit la main et elle s'élança vers lui, riant déjà de nouveau. Comme ils couraient vers le chant des violons, Aram lança un sourire triomphant à Perrin par-dessus son épaule, comme pour dire : elle n'est pas à toi, mais elle sera à moi.

Ils tombaient tous beaucoup trop sous le charme du Peuple Nomade, songea Perrin. *Élyas a raison. Pas besoin pour eux de tenter de vous convertir à la Voie de la Feuille. Elle s'infiltre en vous.*

L'ayant, d'un coup d'œil, vu tassé sur lui-même pour

échapper au vent, Ila avait sorti de sa roulotte une épaisse cape de laine ; une cape vert foncé, il le constata avec plaisir après tous ces rouges et ces jaunes. Comme il la drapait autour de ses épaules, s'émerveillant que cette cape soit assez grande pour lui, Ila déclara d'un air pincé : « Elle pourrait aller mieux. » Elle eut un regard pour la hache passée à sa ceinture et, quand elle releva les yeux, ils étaient tristes au-dessus de son sourire. « Elle pourrait aller beaucoup mieux. »

Tous les Rétameurs avaient la même réaction. Leur sourire ne s'effaçait jamais, il n'y avait jamais d'hésitation dans leur invitation à vous joindre à eux pour boire ou écouter de la musique, mais leurs yeux s'arrêtaient toujours sur la hache, et il devinait ce qu'ils pensaient. Un instrument de violence. Il n'existe jamais aucune excuse pour la violence envers un autre être humain. La Voie de la Feuille.

Parfois, ils lui donnaient envie de les invectiver. Il y avait des Trollocs dans le monde, et des Évanescents. Ce sont ceux-là qui couperaient toutes les feuilles. Le Ténébreux était là, dehors, et les yeux de Ba'alzemon réduiraient en cendres la Voie de la Feuille. Avec entêtement, il continua à porter sa hache. Il se mit à garder sa cape rejetée en arrière, même quand le vent soufflait, de sorte que la lame en demi-lune n'était jamais cachée. De temps à autre, Élyas regardait d'un œil sarcastique l'arme qui pendait lourdement à son côté et lui dédiait un large sourire, ses yeux jaunes semblant lire dans ses pensées. Ce qui faillit lui faire recouvrir la hache. Presque.

Si le camp des Tuatha'ans était une source d'irritation constante, du moins là ses rêves étaient-ils normaux. Parfois, il se réveillait en sueur d'un rêve de Trollocs et d'Évanescents prenant d'assaut le camp, de roulottes coloriées comme un arc-en-ciel que des jets de torches transformaient en brasiers, de gens tombant dans des mares de sang, d'hommes, de femmes et d'enfants qui couraient, hurlaient et mouraient mais ne tentaient pas de se défendre contre les coups de lames incurvées comme une faux. Nuit après nuit, il se dressait d'un bond dans le noir, haletant, la main cherchant sa hache, avant de se rendre compte que les roulottes n'étaient pas en flammes, qu'aucune forme au mufle sanglant ne grondait sur des corps déchirés et tordus jonchant le sol.

Mais c'étaient des cauchemars ordinaires, bizarrement réconfortants à leur manière. Si jamais il y avait eu place pour le Ténébreux dans ces rêves, c'était bien dans ceux-là, mais il n'y figurait pas. Pas de Ba'alzamon. Rien que des cauchemars ordinaires.

Pourtant, il avait conscience de la présence des loups quand il était éveillé. Ils gardaient leurs distances avec les camps et avec la caravane quand elle était en marche, mais il savait toujours où ils étaient. Il sentait leur mépris pour les chiens de garde des Tuatha'ans. Des bêtes bruyantes qui avaient oublié à quoi servaient leurs mâchoires, oublié le goût du sang chaud ; ils effrayaient peut-être les humains, mais ils s'éloigneraient en rampant sur le ventre si jamais la meute survenait. D'un jour à l'autre sa perception devenait plus aiguë, plus nette.

Pommelée devenait plus impatiente à chaque crépuscule. Qu'Élyas désire emmener les humains au sud justifiait que ce soit fait mais, s'il fallait le faire, alors qu'on le fasse. Qu'on en finisse avec ce lent voyage. Il est dans la nature des loups de vagabonder à l'aventure et elle n'aimait pas être séparée aussi longtemps de la meute. L'impatience brûlait aussi Vent. La chasse était pire que médiocre ici et il était dégoûté d'avoir à vivre de rats des champs, chose à traquer pour les louveteaux qui apprennent à chasser, nourriture juste bonne pour les vieux qui ne sont plus capables de terrasser un cerf ou de couper les jarrets d'un bœuf sauvage. Parfois, Vent pensait que Brûlé avait eu raison ; laisser les ennuis humains aux humains. Toutefois, il se gardait de telles pensées quand Pommelée était dans les parages et plus encore quand c'était Sauteur. Sauteur était un lutteur grisonnant couturé de cicatrices, rendu impassible par l'expérience acquise avec l'âge, en même temps que la ruse qui faisait mieux que remplacer ce dont l'âge pouvait l'avoir privé. Il ne se souciait pas des humains, mais Pommelée voulait ceci et Sauteur était prêt à attendre comme elle attendait et à s'élancer quand elle se mettrait à courir. Homme ou loup, ours ou taureau, tout ce qui défiait Pommelée trouverait les mâchoires de Sauteur prêtes à l'expédier dans le long sommeil. C'était toute la vie pour Sauteur, et cela rendait Vent prudent ; quant à Pommelée, elle semblait ne pas se préoccuper de leurs pensées à l'un et à l'autre.

Tout cela était clair dans l'esprit de Perrin. Il désirait avec ferveur Caemlyn, Moiraine et Tar Valon. Même s'il n'y avait pas de réponses, il pourrait y avoir une fin. Élyas le regardait, et il était sûr que l'homme aux yeux jaunes savait. Je *vous en prie, qu'on en finisse.*

Le rêve commença plus agréablement que la plupart de ceux qu'il avait eus dernièrement. Il était à la table de cuisine d'Alsbet Luhhan, en train d'aiguiser sa hache avec une pierre. Maîtresse Luhhan ne permettait jamais qu'on apporte à la maison du travail de la forge ou quoi que ce soit qui y ressemblait. Maître Luhhan devait même emporter au-dehors les couteaux de son épouse pour les aiguiser. Pourtant, elle s'occupait à cuisiner et ne dit pas un mot à propos de la hache. Elle ne dit même rien quand un loup, sortant de quelque part à l'intérieur de la maison, survint et se mit en boule entre Perrin et la porte donnant sur la cour. Perrin continua à aiguiser ; le moment de s'en servir ne tarderait pas.

Brusquement, le loup se leva en grondant sourdement, l'épaisse collerette de fourrure sur sa nuque se hérissa. Ba'alzamon, arrivant de la cour, pénétra dans la cuisine. Maîtresse Luhhan continua à préparer le repas.

Perrin se leva précipitamment, levant la hache, mais Ba'alzamon, sans se préoccuper de l'arme, se concentra sur le loup. Des flammes dansaient là où auraient dû se trouver ses yeux. « C'est cela que tu as pour te protéger ? Eh bien, je l'ai déjà affronté. Bien des fois déjà. »

Il recourba un doigt et le loup hurla quand le feu jaillit de ses yeux, de ses oreilles et de sa gueule, de sa peau. La puanteur de chair et de poils qui brûlaient emplit la cuisine. Alsbet Luhhan souleva le couvercle d'une marmite et en remua le contenu avec une cuillère de bois.

Perrin laissa choir la hache et bondit pour essayer d'éteindre les flammes avec ses mains. Le loup se réduisit en cendres noires entre ses paumes. Il recula, fixant des yeux la masse informe carbonisée sur le sol bien balayé de Maîtresse Luhhan. Il aurait voulu essuyer la suie grasse qu'il avait sur les mains, mais l'idée de la déposer sur ses vêtements lui tournait le cœur. Il saisit la hache, étreignant le manche à s'en faire craquer les articulations.

« Laissez-moi tranquille ! » cria-t-il. Maîtresse Luhhan tapota la cuillère sur le bord de la marmite et remit le couvercle dessus en chantonnant tout bas.

« Tu ne peux pas m'échapper, déclara Ba'alzamon. Tu ne peux te cacher de moi. Si tu es *celui-là*, tu es à moi. » La chaleur des flammes de sa face força Perrin à traverser la cuisine à reculons jusqu'à se retrouver le dos au mur. Maîtresse Luhhan ouvrit le four pour vérifier où en était la cuisson de son pain. « L'Œil du Monde te consumera, reprit Ba'alzamon. Je te marque pour mien ! » Il projeta en avant sa main fermée comme s'il lançait quelque chose ; quand ses doigts s'ouvrirent, un corbeau vola comme un éclair droit sur le visage de Perrin.

Perrin hurla quand le bec noir lui transperça l'œil gauche...

... et se redressa sur son séant en étreignant sa figure, au milieu des roulottes endormies du Peuple Nomade. Il abaissa lentement les mains. Il n'y avait pas de douleur, pas de sang. Pourtant il s'en souvenait, il se rappelait l'atroce souffrance.

Il frissonna et soudain Élyas était accroupi près de lui dans la pénombre qui précède l'aube, une main tendue comme pour le secouer afin de le réveiller. Au-delà des arbres où étaient les roulottes, les loups hurlaient, un hurlement aigu jailli de trois gorges. Il partageait leurs sensations. *Feu. Douleur. Feu. Haine. Haine ! Tue !*

« Oui, dit tout bas Élyas. Il est temps. Lève-toi, mon garçon. Il est temps que nous partions. »

Perrin se dégagea de ses couvertures. Pendant qu'il était encore en train d'empaqueter son matériel de couchage, Raen sortit de sa roulotte en se frottant les yeux pour chasser le sommeil. Le Chercheur jeta un coup d'œil au ciel et se figea à moitié des marches, les mains encore levées vers son visage. Seuls ses yeux bougeaient comme il étudiait attentivement le ciel, bien que Perrin ne comprît pas ce qu'il regardait. Quelques nuages planaient à l'est, le dessous rayé de rose par le soleil qui n'était pas encore levé, mais il n'y avait rien d'autre à voir. Raen paraissait aussi écouter et sentir l'air, mais il n'y avait pas de bruit à part le vent dans les arbres et pas d'odeur à part le faible relent de fumée des feux de la veille.

Élyas revint avec ses maigres possessions, et Raen finit de descendre de la roulotte. « Il nous faut changer de direction, mon vieil ami. » Le Chercheur regarda de nouveau le ciel avec malaise. « Nous choisirons un autre chemin aujourd'hui. Viendrez-vous avec nous ? » Élyas secoua la tête et Raen hocha la sienne, comme s'il l'avait toujours su. « Eh bien, prenez garde, mon vieil ami. Le jour d'aujourd'hui a quelque chose de... » Il releva la tête une fois de plus pour regarder en l'air, mais rabaissa les yeux avant d'avoir atteint le toit des roulottes. « Je crois que les roulottes vont aller vers l'est. Peut-être aussi loin que l'Échine du Monde. Nous trouverons peut-être un *stedding* pour y rester quelque temps.

– Il n'y a jamais d'ennuis dans les *steddings*, approuva Élyas. Mais les Ogiers ne se montrent pas très accueillants envers les étrangers.

– Tout le monde accueille les membres du Peuple Nomade, dit Raen qui arbora un large sourire. D'ailleurs, même les Ogiers ont des marmites et autres objets à réparer. Venez, allons manger notre petit déjeuner et nous en parlerons.

– Pas le temps, répliqua Élyas. Nous partons aussi aujourd'hui. Dès que possible. C'est un jour pour se mettre en route, semble-t-il. »

Raen essaya de le convaincre de rester au moins assez pour manger et, quand Ila sortit de la roulotte avec Egwene, elle ajouta ses arguments bien qu'avec moins d'insistance que son mari. Elle dit tous les mots qu'il fallait, mais sa politesse était forcée et c'était évident qu'elle serait heureuse de voir les talons d'Élyas, sinon d'Egwene.

Egwene ne remarqua pas les regards en coulisse pleins de regret que lui lançait Ila. Elle s'enquit de ce qui se passait et Perrin se prépara à l'entendre dire qu'elle voulait rester avec les Tuatha'ans mais, quand Élyas eut donné ses explications, elle hocha la tête pensivement et se hâta de rentrer dans la roulotte pour rassembler ses affaires.

Finalement, Raen renonça. « D'accord. Je ne crois pas avoir jamais laissé un visiteur quitter le camp sans un festin d'adieu, mais... » Avec indécision, il leva de nouveau les yeux vers le ciel. « Eh bien, il nous faut partir de bonne heure nous-mêmes, je crois. Nous mangerons peut-être en route. Mais au moins que tout le monde se dise adieu. »

Élyas ouvrit la bouche pour protester, mais Raen se hâtait déjà de roulotte en roulotte, tapant à la porte de celles où personne n'était réveillé. Au moment où un Rétameur survint menant Béla par la bride, tout le camp était là dans ses plus beaux atours les plus colorés, une masse de teintes vives qui faisaient paraître presque neutre la roulotte rouge et jaune de Raen et d'Ila. Les grands chiens passaient à travers la foule, la langue pendante, cherchant quelqu'un qui leur gratte les oreilles, tandis que Perrin et les autres enduraient poignée de main après poignée de main et accolade après accolade. Les jeunes filles qui avaient dansé chaque soir ne se contentaient pas de serrer les mains et leurs embrassades firent soudain regretter à Perrin de s'en aller, finalement – jusqu'à ce qu'il se rappelle le nombre d'autres gens qui les regardaient et alors sa figure atteignit presque la même couleur que la roulotte du Chercheur.

Aram tira Egwene légèrement à l'écart. Perrin n'entendait pas ce qu'il avait à lui dire par-dessus le bruit des adieux, mais elle secouait constamment la tête, d'abord lentement, puis plus fermement quand il commença à faire des gestes implorants. L'expression d'Aram passa de la prière à la discussion, pourtant elle continua de secouer la tête avec obstination jusqu'à ce qu'Ila vienne à son secours avec quelques mots secs adressés à son petit-fils. La mine sombre, Aram s'éloigna en se frayant un chemin dans la foule, renonçant au reste des adieux. Ila le regarda partir, hésitant à le rappeler. *Elle aussi est soulagée,* pensa Perrin. *Soulagée qu'il ne veuille pas partir avec nous – avec Egwene.*

Quand il eut donné une poignée de main à chacun dans le camp au moins une fois et serré dans ses bras chaque jeune fille au moins deux fois, la foule recula, dégageant un petit espace autour de Raen et d'Ila et des trois visiteurs.

« Vous êtes venus en paix, psalmodia Raen en s'inclinant avec solennité, les mains sur la poitrine. Partez maintenant en paix. Toujours vous accueilleront nos feux, dans la paix. La Voie de la Feuille est paix.

– Que la paix soit toujours avec vous, répondit Élyas, et avec tout le Peuple Nomade. » Il hésita, puis ajouta : « Je trouverai le chant ou un autre trouvera le chant, mais le chant sera chanté cette année ou une année à venir. Comme il le fut jadis, de même il le sera de nouveau, dans les siècles des siècles. »

Raen cligna des yeux sous le coup de la surprise et Ila

parut complètement abasourdie, mais tous les autres Tuatha'ans murmurèrent en réponse : « Dans les siècles des siècles. Dans les siècles des siècles, éternellement. » Raen et son épouse se hâtèrent de répéter la même formule après les autres.

Puis ce fut vraiment l'heure du départ. Quelques derniers adieux, quelques dernières exhortations à prendre garde, quelques derniers sourires et clins d'yeux, et ils quittèrent le camp. Raen les accompagna jusqu'à l'orée du bois, un couple de chiens gambadant à côté de lui.

« Vraiment, mon vieil ami, il faut que vous soyez très prudent. Cette journée... Il y a de la méchanceté en liberté dans le monde, je le crains et, quoi que vous prétendiez, vous n'êtes pas assez méchant pour qu'elle ne vous engloutisse pas.

– La paix soit avec vous, dit Élyas.

– Et avec vous », répliqua Raen tristement.

Quand Raen fut parti, Élyas fit la grimace en voyant que les deux autres le regardaient. « D'accord, je ne crois pas à leur espèce de faribole de chant, grommela-t-il, mais inutile de les peiner en gâchant leur cérémonie, hein ? Je vous ai dit qu'ils tenaient parfois aux cérémonies.

– Bien sûr, dit gentiment Egwene, c'est inutile. » Élyas se détourna en parlant entre ses dents.

Pommelée, Vent et Sauteur vinrent saluer Élyas, sans gambader comme les chiens ; c'étaient les dignes retrouvailles d'égaux. Perrin devina l'échange entre eux. *Des yeux de feu. Souffrance. Croc-dans-le-cœur. Mort. Croc-dans-le-cœur*. Perrin savait ce qu'ils voulaient dire. Le Ténébreux. Ils lui racontaient son rêve. Leur rêve.

Il frissonna quand les loups s'élancèrent en avant pour éclairer la route. C'était le tour d'Egwene de monter Béla, et il marchait à côté d'elle. Élyas était en tête comme d'habitude, avançant d'un pas égal qui dévorait le terrain.

Perrin ne voulait pas penser à son rêve. Il avait cru que les loups leur assuraient la sécurité. *Pas complètement. Accepte. De tout cœur. De tout ton esprit. Tu luttes encore. Seulement complètement quand tu accepteras.*

Il chassa les loups de son esprit et cligna des yeux de surprise. Il ne savait pas qu'il en était capable. Il décida de ne plus les laisser l'envahir. *Même en rêve ?* Il ne fut pas sûr que cette réflexion émanait de lui ou d'eux.

Egwene portait encore le collier de perles bleues qu'Aram lui avait donné, ainsi qu'une branchette de quelque chose aux minuscules feuilles rouge vif dans les cheveux, autre présent du jeune Tuatha'an. Qu'Aram ait essayé de la convaincre de rester avec le Peuple Nomade, Perrin en était persuadé. Il fut content qu'elle n'ait pas cédé, mais il aurait aimé qu'elle ne tripote pas si tendrement les perles.

Il finit par dire : « De quoi parlais-tu si longuement avec Ila ? Quand tu ne dansais pas avec ce gars aux jambes de faucheux, tu lui parlais à elle comme si c'était une espèce de secret.

– Ila me donnait des conseils sur ce qu'il fallait faire pour être femme », répondit distraitement Egwene. Il se mit à rire et elle lui jeta un regard voilé, gros de danger, dont il ne s'aperçut pas.

« Des conseils ! Personne ne nous dit comment être des hommes. On l'est, voilà tout.

– Et voilà probablement pourquoi, rétorqua Egwene, vous vous en tirez si mal. »

Là-bas, en avant, Élyas éclata d'un petit rire crépitant et moqueur.

28.

UNE PISTE DANS LES AIRS

Nynaeve contemplait avec une stupeur émerveillée ce qui se profilait là-bas en aval de la rivière : le pont Blanc luisant au soleil d'un éclat laiteux. Encore quelque chose de légendaire, pensa-t-elle en jetant un coup d'œil au Lige et à l'Aes Sedai qui la précédaient de peu. Un nouveau vestige du temps jadis et ils n'ont même pas l'air de s'y intéresser. Ils se moqueraient de moi s'ils me voyaient béate d'admiration comme une paysanne jamais sortie du fin fond de sa campagne. Le trio continua en silence sa chevauchée en direction du célèbre pont Blanc.

Depuis cette matinée qui avait suivi leur départ de Shadar Logoth, où elle avait découvert Moiraine et Lan sur la berge de l'Arinelle, il n'y avait guère eu de conversation sérieuse entre elle et l'Aes Sedai. Certes, elles avaient échangé divers propos, mais rien d'essentiel selon le point de vue de Nynaeve. Moiraine avait tenté de l'inciter à se rendre à Tar Valon, par exemple. Tar Valon. Elle irait, s'il le fallait, et assimilerait leur enseignement mais pas pour les raisons qu'imaginait l'Aes Sedai. Si jamais il arrivait malheur à Egwene et aux garçons par la faute de Moiraine...

De temps en temps, Nynaeve se surprenait à envisager malgré elle ce qu'une Sagesse serait capable d'accomplir grâce au Pouvoir Unique, ce qu'*elle* pourrait réaliser. Néanmoins, chaque fois qu'elle se rendait compte de la pente prise par ses réflexions, une flambée de colère les réduisait à néant. Le Pouvoir était haïssable. Elle ne voulait rien avoir à faire avec lui. À moins d'y être obligée.

Cette maudite bonne femme ne désirait parler que de l'emmener à Tar Valon pour qu'elle y reçoive une formation et se refusait à lui fournir la moindre précision ! Elle ne souhaitait pourtant pas en savoir tellement.

« Comment entendez-vous les retrouver ? se rappelait-elle avoir demandé.

– Je vous l'ai déjà dit, avait répliqué Moiraine sans se donner la peine de se retourner. Quand je serai à proximité des deux qui ont perdu leur pièce de monnaie, je le saurai. » Ce n'était pas la première fois que Nynaeve posait la question, mais la voix de l'Aes Sedai avait le calme d'un étang qui ne voulait pas laisser des ondulations se propager dans ses eaux quel que soit le nombre de cailloux que Nynaeve lançait dedans ; ce qui avait le don de faire bouillir le sang de la Sagesse chaque fois qu'elle était confrontée à ce calme. Moiraine acheva d'exprimer sa pensée comme si elle ne sentait pas dardés sur son dos les yeux de Nynaeve qui était certaine que Moiraine devait en avoir conscience, car elle la transperçait quasiment du regard. « Plus les heures passent, plus il faudra que j'en sois proche, mais je le sentirai. Quant à celui qui a encore sa pièce, tant qu'elle restera en sa possession, je le repérerai depuis l'autre bout de la terre, si nécessaire.

– Et après ? Qu'avez-vous projeté pour quand vous les aurez retrouvés, Aes Sedai ? » Elle ne croyait pas une seconde que l'Aes Sedai mettrait autant d'insistance à les rejoindre si elle n'avait pas une idée derrière la tête.

« Tar Valon, Sagesse.

– Tar Valon, Tar Valon. C'est tout ce que vous savez dire et je me lasse...

– Une partie de la formation que vous recevrez à Tar Valon, Sagesse, vous apprendra à maîtriser votre tempérament coléreux. On n'a pas de prise sur le Pouvoir Unique quand les émotions gouvernent la raison. » Nynaeve voulut riposter, mais l'Aes Sedai poursuivit du même souffle : « Lan, il faut que je discute avec toi un instant. »

Les deux s'absorbèrent dans leur aparté et Nynaeve resta avec une mine maussade qui l'horripilait quand elle en avait conscience. Cette expression boudeuse ne réapparaissait que trop souvent sur sa figure quand l'Aes Sedai détournait adroitement ses questions vers un autre sujet, évitait avec aisance les pièges qu'elle lui tendait ou encore opposait une sourde oreille à ses récriminations fougueuses jusqu'à ce qu'elle finisse par se taire. Avec cet air renfrogné, elle se savait une tête de gamine surprise à se conduire sottement par un membre du Conseil des Femmes. Sensation à laquelle Nynaeve n'était pas habituée et que rendait encore plus désagréable la sérénité souriante de Moiraine.

Si encore il y avait eu moyen de se débarrasser de cette femme, Lan seul aurait été supportable – un Lige est sûrement en mesure de résoudre les problèmes qui se posent, se dit-elle hâtivement en s'empourprant d'une brusque rougeur ; uniquement pour cela – mais l'un n'allait pas sans l'autre.

Et pourtant Lan l'irritait encore plus que Moiraine. Elle ne comprenait pas comment il parvenait à l'énerver à ce point-là. Il ouvrait rarement la bouche – quelquefois, il ne prononçait pas une douzaine de mots dans la journée – et il ne participait à aucune de ses... discussions avec Moiraine. Il était souvent loin d'elles deux, parcourant le pays en éclaireur, mais même lorsqu'il était présent il demeurait légèrement en retrait et les regardait comme il aurait observé un duel. Nynaeve avait grande envie qu'il s'en abstienne. Si duel il y avait, elle n'avait pas réussi une seule fois à marquer un avantage et Moiraine ne semblait même pas se rendre compte qu'elle participait à un combat. Nynaeve se serait volontiers passée du regard froid des yeux bleus de Lan, ou simplement d'un auditoire muet.

Voilà donc comment s'était déroulée la majeure partie de leur voyage. Dans le silence sauf si son caractère volcanique se donnait libre cours et parfois, lorsqu'elle haussait le ton, sa voix résonnait dans ce silence avec un fracas de verre qui se brise. Dans la campagne elle-même, il n'y avait pas un bruit, on aurait dit que le monde s'était arrêté pour reprendre haleine. À part le vent qui gémissait dans les arbres, tout le reste était silence. D'ailleurs, le vent aussi avait un son étouffé donnant l'impression qu'il soufflait au loin alors même qu'il traversait la mante qu'elle portait.

Au début, ce calme l'avait reposée après tout ce qui était arrivé. Elle éprouvait la sensation de n'avoir pas connu un instant de répit depuis la Nuit de l'Hiver. Pourtant, à la fin de la première journée en compagnie de l'Aes Sedai et du Lige, elle regardait par-dessus son épaule et s'agitait sur sa selle comme si quelque chose la démangeait dans le dos à un endroit qu'elle ne réussissait pas à atteindre. Le silence était pareil à un cristal condamné à exploser – et attendre le premier craquement la mettait à cran.

Il pesait aussi sur Moiraine et sur Lan, quelque imperturbables qu'ils fussent en apparence. Nynaeve s'aperçut rapidement que, sous leur sérénité extérieure, leurs nerfs se tendaient davantage d'heure en heure, tels des ressorts d'horloge remontés à bloc. Moiraine paraissait écouter des choses qui n'étaient pas là, et ce qu'elle entendait lui faisait plisser le front. Lan surveillait la forêt et la rivière, à croire que les arbres dénudés et la large nappe d'eau lente portaient les signes de pièges et d'embûches qui les attendaient plus loin.

Une partie d'elle-même se sentait heureuse de ne pas être la seule à éprouver cette impression d'être au bord d'un abîme mais, si eux en étaient affectés aussi, c'est que l'impression avait un fondement réel et une autre partie d'elle-même ne désirait rien tant qu'il s'agisse seulement d'un effet de son imagination. Quelque chose frémissait dans son subconscient, de même que lorsqu'elle écoutait le vent mais, à présent, elle savait qu'en fait de vent cela avait un rapport avec le Pouvoir Unique et elle était incapable de se contraindre à intégrer ces murmures qui résonnaient à la limite de sa pensée claire.

« Pas de quoi s'inquiéter », répliqua Lan à mi-voix quand elle le questionna. Il ne la regardait pas en parlant ; ses yeux ne cessaient pas un instant leur tour d'horizon. Puis, contredisant ce qu'il venait d'affirmer, il ajouta : « Vous devriez retourner dans vos Deux Rivières quand nous atteindrons Pont-Blanc et la Route de Caemlyn. Il y a trop de danger par ici. Par contre, rien n'essaiera de vous barrer la route du retour. » Ces propos étaient les plus longs qu'il prononça de toute la journée.

« Elle a sa place dans le Dessin, Lan », dit Moiraine d'un ton réprobateur. Son regard aussi errait ailleurs. « Il s'agit du Ténébreux, Nynaeve. Le danger nous a quittés... du moins pour un moment. » Elle leva une main comme pour tâter l'air, puis l'essuya sur sa robe du geste machinal de qui a touché quelque chose de sale. « Néanmoins, il guette toujours » – elle soupira – « et sa vision se fait plus nette. Son attention n'est pas fixée sur nous mais elle se concentre sur le monde. Combien de temps encore avant qu'il acquière assez de force pour... »

Les épaules de Nynaeve s'affaissèrent ; elle eut soudain l'impression que quelqu'un derrière elle la regardait intensément. Voilà bien une explication qu'elle aurait préféré ne pas s'entendre donner par l'Aes Sedai.

Lan parcourait leur chemin en éclaireur le long de la rivière mais, alors que précédemment il avait choisi le trajet, c'était maintenant Moiraine qui s'en chargeait, avec autant d'assurance qu'en suivant une piste invisible, des traces de pas dans les airs, le fumet d'un souvenir. Lan inspectait l'itinéraire qu'elle proposait uniquement pour vérifier que la voie était sûre. Aurait-il annoncé qu'elle ne l'était pas, Nynaeve avait le sentiment que Moiraine insisterait néanmoins pour la suivre. Et Lan obéirait, elle en avait la conviction. Tout droit le long de la rivière vers...

Avec un sursaut, Nynaeve s'arracha à ses réflexions. Ils avaient atteint le pied du pont Blanc.

L'arche claire brillait au soleil, toile d'araignée laiteuse trop délicate pour être durable, lancée en travers de l'Arinelle. Le poids d'un homme la ferait s'écrouler, pour ne rien dire de celui d'un cheval. Elle donnait l'impression d'être prête à s'effondrer sous son propre poids.

Lan et Moiraine continuèrent à avancer avec insouciance, gravissant la rampe d'approche d'un blanc étincelant et s'engageant sur le pont proprement dit qui résonna sous les fers des chevaux non pas comme du verre sous du métal mais comme du métal contre du métal. Le tablier du pont avait pourtant bien l'air lisse comme du verre, du verre humide, par contre il offrait aux chevaux une surface sûre, non glissante.

Nynaeve s'obligea à suivre mais, dès le premier pas, elle s'attendit à demi à ce que la construction entière s'affaisse sous eux. *Si la dentelle était faite de verre*, pensa-t-elle, *elle aurait cet aspect*.

C'est seulement alors qu'ils avaient quasiment franchi le pont qu'elle remarqua l'odeur de brûlé à relent de goudron qui épaississait l'air. Un instant après, elle vit.

Autour de l'esplanade à la sortie du pont Blanc, des

amas de poutres noircies, laissant encore s'échapper des filets de fumée, s'entassaient sur l'emplacement de ce qui avait été une demi-douzaine de bâtiments. Des hommes vêtus d'uniformes rouges mal ajustés à leur taille, en armure ternie, patrouillaient dans les rues, mais ils marchaient vite comme s'ils redoutaient de trouver quelque chose, et ils regardaient derrière eux tout en avançant. Les citadins – le peu qui était dehors – couraient presque, le cou renfoncé dans les épaules, avec des airs de gens pourchassés.

Lan avait une mine sombre, même pour lui, et on évitait d'approcher leur trio, soldats compris. Le Lige aspira l'air et fit la grimace, grommelant entre ses dents. Ce qui n'étonna pas Nynaeve, étant donné l'odeur de brûlé qui empuantissait l'atmosphère.

« La Roue entrelace ses fils selon son bon vouloir, marmotta Moiraine. Aucun œil ne discerne le Dessin avant qu'il soit tissé. »

La minute d'après, elle était à bas d'Aldieb et s'entretenait avec les habitants de la ville. Elle ne posait pas de questions ; elle offrait sa sympathie et, à la surprise de Nynaeve, cela paraissait sincère. Les gens qui évitaient Lan, prêts à fuir tout étranger, s'arrêtaient pour parler à Moiraine. Ils paraissaient eux-mêmes étonnés de ce qu'ils faisaient, mais ils s'épanchaient, en quelque sorte, devant le regard clair et la voix consolante de Moiraine. Les yeux de l'Aes Sedai semblaient exprimer qu'elle partageait la peine des gens, qu'elle comprenait leur désarroi, et les langues se déliaient.

Toutefois, ils continuaient à mentir. Pour la plupart. Certains niaient qu'il y ait eu des incidents. Pas un seul. Moiraine évoqua les bâtiments incendiés autour de l'esplanade. Tout va bien, insistaient-ils, avec un regard qui passait par-dessus ce qu'ils ne voulaient pas voir.

Un bonhomme corpulent s'exprimait avec une jovialité de façade, mais un tic lui crispait les joues à chaque bruit qui résonnait derrière lui. Avec un sourirc qui menaçait constamment de tourner à la grimace, il parla d'un incendie provoqué par une lampe renversée que le vent avait propagé avant qu'on ait eu le temps de réagir. Un coup d'œil démontra à Nynaeve qu'aucun des édifices brûlés n'était voisin des autres.

Il y avait presque autant d'histoires différentes que de gens pour les raconter. Plusieurs femmes baissèrent la voix sur un ton de conspirateur. La vérité, c'est que se trouvait en ville un homme recourant au Pouvoir Unique. Il était temps que les Aes Sedai interviennent ; plus que temps, à leur avis, quoi que disent les hommes à propos de Tar Valon. Que l'Ajah Rouge règle la question.

Un quidam prétendit qu'il s'agissait d'une attaque par des bandits et un autre d'une bagarre suscitée par des Amis du Ténébreux. « Ceux qui s'en vont voir le faux Dragon, vous savez, confia-t-il d'un air grave. Ils sont partout. Tous des Amis du Seigneur des Ténèbres. »

D'autres encore parlèrent d'une sorte de bagarre – ils se montrèrent vagues en ce qui concernait les détails – qui était survenue en aval sur un bateau.

« Nous leur avons donné une leçon, marmonna un homme au visage étroit en se frottant nerveusement les mains. Qu'ils gardent ce genre de chose dans les Marches, où c'est sa place. Nous sommes descendus aux docks et... » Il s'interrompit si brusquement que ses mâchoires claquèrent en se refermant. Sans ajouter quoi que ce soit, il s'éloigna précipitamment, en les observant par-dessus son épaule comme s'il croyait risquer qu'ils lui donnent la chasse.

Le bateau s'en était sorti – cela au moins fut finalement établi, d'après d'autres dires – coupant ses amarres et fuyant au fil de l'eau la veille seulement pendant qu'une foule d'excités dévalaient sur le quai. Nynaeve se demanda si Egwene et les garçons étaient à bord. Une femme avait prétendu qu'un ménestrel s'était trouvé dans le bateau. Au cas où ce serait Thom Merrilin...

Elle soumit son hypothèse à Moiraine, que quelques-uns des gens du Champ d'Emond s'étaient peut-être enfuis sur ce bateau. L'Aes Sedai écouta patiemment en hochant la tête jusqu'à ce qu'elle eût terminé.

« Peut-être », conclut alors Moiraine, mais elle ne paraissait pas y croire.

Une auberge était encore intacte sur la place, la salle commune divisée en deux par une cloison à hauteur d'épaule. Moiraine marqua un temps dès qu'elle eut pénétré dans l'auberge, tâtant l'air avec sa main. Elle sourit à ce qu'elle ressentait, mais elle ne voulut rien en dire sur le moment.

Leur repas fut absorbé en silence, un silence régnant

non seulement à leur table mais aussi dans toute la salle commune. La poignée de gens qui mangeaient là se concentraient sur leurs assiettes et leurs réflexions personnelles. L'aubergiste essuyait les tables avec un coin de son tablier en marmonnant continuellement, mais toujours trop bas pour être entendu. Nynaeve songea que dormir là n'aurait rien de plaisant ; même l'atmosphère était imprégnée de peur.

Ils repoussaient leurs assiettes, nettoyées avec les dernières miettes de pain quand un des soldats en uniforme rouge surgit sur le seuil. Nynaeve le jugea superbe, avec son heaume pointu et sa cuirasse à plates luisantes, jusqu'à ce qu'il se campe, la porte juste franchie, une main sur la garde de son épée, une expression sévère sur le visage, et introduise un doigt dans son col trop serré pour lui donner du jeu. Il ressemblait ainsi à Cenn Buie s'efforçant de prendre l'attitude propre à un Conseiller du Village.

Lan ne lui jeta qu'un coup d'œil et émit un rire sec. « Milice. Bon à rien. »

Le soldat parcourut du regard la salle, ses yeux s'arrêtant sur eux. Il hésita, puis aspira à fond avant de s'avancer à grands pas vers eux pour demander tout d'une haleine qui ils étaient, ce qu'ils venaient faire à Pont-Blanc et combien de temps ils avaient l'intention d'y séjourner.

« Nous partons dès que j'aurai fini mon ale », répliqua Lan. Il but lentement une gorgée avant de relever la tête vers le soldat. « La Lumière éclaire la bonne Reine Morgase. »

Le soldat en uniforme rouge ouvrit la bouche, puis observa l'expression de Lan et recula d'un pas. Il se reprit aussitôt, avec un bref coup d'œil à Moiraine et à elle. Nynaeve crut un instant qu'il allait perpétrer elle ne savait quelle idiotie pour ne pas avoir l'air d'un lâche devant deux femmes. Dans son expérience, les hommes agissaient comme des imbéciles en pareilles circonstances. Toutefois, trop de choses s'étaient produites à Pont-Blanc ; trop d'incertitude s'était échappée des profondeurs de l'esprit des gens. Le milicien reporta son regard sur Lan et se ravisa. Le visage aux durs méplats du Lige était impassible, mais il y avait ces yeux d'un bleu froid. Si froid.

Le milicien opta pour un hochement de tête énergique. « N'y manquez pas. Trop d'étrangers ces temps-ci pour le bien de la paix de la Reine. » Virant sur ses talons, il sortit à grands pas, s'exerçant en chemin à arborer une mine sévère. Aucun des gens du pays qui étaient dans l'auberge n'y prêta apparemment attention.

« Où allons-nous ? » demanda Nynaeve avec autorité au Lige. L'atmosphère dans la salle était telle qu'elle parla à voix basse, mais elle veilla à ce que sa voix soit également ferme. « Nous suivons le bateau ? »

Lan regarda Moiraine qui secoua légèrement la tête et dit : « Il me faut d'abord rejoindre celui que je suis certaine de découvrir et à l'heure actuelle il est quelque part au nord d'ici. De toute façon, je ne crois pas que les deux autres se soient embarqués. » Ses lèvres esquissèrent un petit sourire de satisfaction. « Ils étaient présents dans cette salle voici peut-être vingt-quatre heures, pas plus de quarante-huit. Terrifiés, mais ils sont partis vivants. Leurs traces n'auraient pas subsisté sans l'intensité de cette émotion.

– Quels deux autres ? » Nynaeve se pencha avec une attention soutenue par-dessus la table. « Le savez-vous ? » L'Aes Sedai secoua la tête, d'un mouvement à peine perceptible et Nynaeve se redressa. « S'ils ont seulement un jour ou deux d'avance, pourquoi n'irions-nous pas d'abord à leur recherche ?

– Je sais qu'ils étaient ici, répliqua Moiraine avec cette irritante voix calme, mais à part cela je suis incapable de dire s'ils ont pris la direction de l'est, du nord ou du sud. Je les crois assez intelligents pour avoir choisi l'est, vers Caemlyn, mais je n'en ai pas la certitude et, faute de leur pièce de monnaie, je ne saurais pas où ils sont à moins d'être à environ un quart de lieue derrière eux. En deux jours, ils peuvent avoir couvert plus de cinq lieues, ou dix, dans n'importe quelle direction, s'ils sont aiguillonnés par la peur, et ils étaient manifestement effrayés quand ils sont sortis d'ici.

– Mais...

– Sagesse, si affolés qu'ils soient, quelle que soit la direction choisie, ils finiront par penser à Caemlyn et c'est là que je les retrouverai, mais je veux aider d'abord celui que je peux rejoindre maintenant. »

Nynaeve s'apprêta de nouveau à parler, mais Lan la devança à mi-voix. « Ils avaient des raisons d'être affolés. » Il jeta un coup d'œil à la ronde, puis baissa la voix. « Il y avait un Demi-Homme ici. » Il fit la grimace comme sur l'esplanade. « Je le sens encore partout. »

Moiraine soupira. « Je garderai bon espoir jusqu'à preuve du contraire. Je me refuse à penser que le Ténébreux peut gagner aussi facilement. Je les récupérerai tous les trois vivants, sains et saufs. Il faut que je le croie.

– Moi aussi, je veux retrouver les garçons, dit Nynaeve, mais Egwene ? Vous ne la mentionnez même jamais et vous ne me répondez pas quand je vous questionne. Je croyais que vous alliez l'emmener à... » – elle regarda brièvement les autres tablées et conclut très bas – « ... à Tar Valon. »

L'Aes Sedai contempla le dessus de la table pendant un instant avant de relever les paupières et de plonger son regard dans celui de Nynaeve et, alors, Nynaeve eut un mouvement de recul devant l'éclair de colère qui semblait presque faire flamboyer les yeux de Moiraine. Puis son dos se raidit, comme sa propre colère montait, mais avant qu'elle ait eu le temps de proférer un son l'Aes Sedai répliqua d'un ton froid :

« J'espère aussi retrouver Egwene saine et sauve. Je n'abandonne pas volontiers des jeunes femmes aussi douées quand j'en rencontre, mais il en sera comme la Roue l'aura tissé. »

Nynaeve ressentit un poids de glace au creux de l'estomac. *Suis-je une de ces jeunes femmes auxquelles vous ne voulez pas renoncer ? Nous verrons cela, Aes Sedai. Que la Lumière vous brûle, nous verrons bien !*

Le repas s'acheva sans que d'autres paroles soient prononcées et c'est trois cavaliers silencieux qui franchirent les portes de la cité et s'engagèrent sur la Route de Caemlyn. Les yeux de Moiraine fouillaient l'horizon vers le nord-est. Derrière eux, la ville de Pont-Blanc, noircie par les fumées d'incendie, se repliait sur elle-même.

29.

DES YEUX IMPITOYABLES

Élyas mena un train rapide dans la traversée de la plaine aux herbes brunes comme s'il essayait de rattraper le temps perdu en compagnie du Peuple Nomade, réglant le pas à une allure qui rendait même Béla reconnaissante de s'arrêter quand le crépuscule s'assombrissait. Néanmoins, en dépit de son désir de hâte, il prenait des précautions dont il ne s'était pas soucié auparavant. La nuit, ils n'avaient du feu que s'il y avait déjà du bois mort par terre. Il les empêchait de briser ne serait-ce qu'une brindille à un arbre vif. Les feux qu'il allumait étaient petits et toujours dissimulés dans un trou soigneusement creusé après avoir découpé la surface gazonnée. Dès que leur repas était prêt, il enterrait les braises éteintes et replaçait la plaque de gazon. Avant qu'ils se remettent en route dans la grisaille qui précède le point du jour, il passait en revue pouce par pouce l'endroit où ils avaient campé pour s'assurer de l'absence de tout indice qu'on ait jamais séjourné là. Il allait jusqu'à remettre à l'endroit les cailloux retournés et à redresser les herbes couchées. Il le faisait vite, n'y passant pas plus de quelques minutes, mais ils ne partaient pas avant qu'il soit satisfait.

Perrin ne croyait pas ces précautions bien efficaces contre les rêves mais, quand il commença à réfléchir à quoi elles pouvaient servir, il regretta qu'il ne s'agisse pas seulement des rêves. La première fois, Egwene demanda avec anxiété si les Trollocs étaient de retour, mais Élyas se contenta de secouer la tête et les incita à presser le mouvement. Perrin ne dit rien. Il savait qu'il n'y avait pas de Trollocs à proximité ; les loups ne sentaient que l'herbe, les arbres et de petits animaux. Ce n'était pas la peur des Trollocs qui poussait Élyas, mais ce quelque chose d'autre dont même Élyas n'avait pas une perception nette. Les loups ignoraient totalement ce que c'était, mais ils avaient conscience de l'ardente prudence d'Élyas, et ils commencèrent à aller en reconnaissance comme si le danger les pourchassait de près ou s'était placé en embuscade de l'autre côté de la colline suivante.

Le terrain se soulevait maintenant en longues ondulations trop basses pour mériter le nom de collines, qui se dressaient en travers de leur route. Un tapis de gazon rêche, encore flétri par l'hiver et parsemé de mauvaises herbes luxuriantes, s'étalait devant eux, ondoyant sous un vent d'est que rien n'arrêtait sur près de vingt-cinq lieues. Les bouquets d'arbres se raréfièrent. Le soleil se leva à regret, sans chaleur.

Élyas longeait chaque fois que c'était faisable ces éminences trapues, et il évitait de les escalader autant que possible. Il ouvrait rarement la bouche et quand il parlait...

« Vous savez quel temps cela prend de contourner comme ça chacune de ces sacrées petites collines ? Sang et cendres ! Je n'arriverai pas à me débarrasser de vous avant l'été à ce train-là. Non, nous ne pouvons pas aller droit devant nous ! Combien de fois faut-il vous le répéter ? Avez-vous une idée, la moindre idée, de ce qu'on est facile à repérer quand on se détache sur une ligne de faîte dans un paysage comme celui-là ? Je veux bien être brûlé, mais on marche de long en large autant qu'en avant. On se tortille comme des serpents. J'avancerais plus vite avec les deux pieds attachés. Eh bien, quoi, vous allez rester plantés à me dévisager ou vous avancez ? »

Perrin échangea un coup d'œil avec Egwene. Elle tira la langue en direction du dos d'Élyas. Aucun d'eux ne dit rien. La seule fois où Egwene avait protesté qu'Élyas était celui qui voulait contourner les collines et qu'il ne devrait pas rejeter le blâme sur eux, cela lui avait valu une semonce sur la façon dont le son portait à longue distance, débitée sur un ton grondant qui se serait entendu à un quart de lieue. Il avait prononcé sa mercuriale sans se retourner et il n'avait même pas ralenti une seconde pour le faire.

Qu'il parle ou non, les yeux d'Élyas fouillaient tous les alentours, quelquefois se fixant comme s'il y avait quelque chose à voir en dehors de l'herbe rude qui était sous leurs pieds. Si lui voyait quelque chose, Perrin en était incapable et les loups pas moins que lui. Le front d'Élyas se creusait de nouvelles rides, mais il se refusait à donner des explications, à dire pourquoi ils devaient se hâter ou par quoi il craignait qu'ils soient pris en chasse.

Parfois, une chaîne de collines plus longue qu'à l'ordinaire leur barrait le passage, s'étirant sur des lieues et des lieues vers l'est et vers l'ouest. Même Élyas était obligé de convenir que la contourner les écarterait trop de leur chemin. Néanmoins, il ne les laissait pas simplement l'escalader. Il les abandonnait en bas de la pente, rampait sur le ventre jusqu'au faîte et regardait par-dessus avec autant de précaution que si les loups n'avaient pas exploré le terrain dix minutes plus tôt. Dans cette attente au pied de la colline, les minutes paraissaient des heures et le fait d'être dans l'ignorance les oppressait. Egwene se mâchonnait la lèvre inférieure et égrenait machinalement entre ses doigts avec un cliquetis les perles du collier offert par Aram. Perrin attendait avec fortitude. Son estomac était noué par l'angoisse, mais il parvenait à garder une expression calme, il réussissait à dissimuler son agitation intérieure.

Les loups avertiront s'il y a du danger. Ce serait merveilleux s'ils s'en allaient, s'ils s'évanouissaient en fumée mais, pour le moment... pour le moment, ils donneront l'alarme. Qu'est-ce qu'il cherche ? Quoi donc ?

Élyas leur faisait toujours signe d'avancer après avoir longuement observé, les yeux à ras de la crête. Chaque fois, la voie était libre – jusqu'à ce qu'ils se retrouvent devant une colline qu'ils ne pouvaient pas contourner. À la troisième colline de ce genre, Perrin eut un haut-le-cœur. Des exhalaisons aigres lui remontèrent dans la gorge et il comprit que s'il devait attendre même cinq minutes il vomirait. « Je... » Il ravala sa salive. « Je viens aussi.

– Restez baissé », fut ce que se contenta de dire Élyas.

Dès qu'il eut parlé, Egwene sauta à bas de Béla.

L'homme aux habits de fourrure rabaissa sa toque sur son front et la regarda par-dessous. « Vous comptez faire ramper cette jument ? » questionna-t-il d'un ton sarcastique.

La bouche d'Egwene remua, mais aucun son n'en sortit. Finalement, elle haussa les épaules, alors Élyas se détourna sans rien ajouter et commença à escalader la pente douce. Perrin se hâta derrière lui.

Encore à bonne distance de la ligne de crête, Élyas lui indiqua du geste de se baisser et lui-même s'aplatit sur le sol, rampant comme un ver sur les derniers mètres. Perrin se laissa choir à plat ventre.

Au sommet, Élyas ôta sa toque de fourrure avant de soulever la tête avec une lenteur infinie. Regardant à travers une touffe d'herbes épineuses, Perrin ne vit qu'une plaine onduleuse pareille à celle qui était derrière eux. La pente était dégagée, à part un bouquet d'arbres large d'une centaine de pas qui poussaient en bas dans le creux, à cinq cents empans peut-être au sud de la colline. Les loups l'avaient déjà traversé, sans y avoir flairé aucune trace de Trollocs ou de Myrddraals.

À l'est et à l'ouest, le paysage était le même partout où portait le regard de Perrin : de la prairie avec des bosquets largement disséminés. Rien ne bougeait. Les loups se trouvaient à plus de mille empans, hors de vue : à cette distance, il les sentait à peine. Ils n'avaient rien remarqué quand ils avaient inspecté ce terrain. *Que cherche donc Élyas ? Il n'y a rien là-bas.*

« Nous perdons du temps », dit-il en s'apprêtant à se redresser et, au même moment, une bande de corbeaux surgit des arbres au-dessous d'eux, une cinquantaine, non, une centaine d'oiseaux noirs montant en spirale dans le ciel. Il se figea dans sa pose accroupie tandis que la bande tournoyait au-dessus des arbres. *Les Yeux du Ténébreux. M'ont-ils aperçu ?* Des gouttes de sueur ruisselèrent sur sa figure.

Comme si une même pensée avait soudain jailli dans cette centaine de petits cerveaux, chaque corbeau vira brusquement dans la même direction. Le sud. La bande disparut au-delà de la colline suivante, descendant déjà. À l'est, un autre bosquet vomit d'autres corbeaux. La masse noire tourna en cercle par deux fois et partit cap au sud.

Secoué de tremblements, Perrin se baissa lentement vers le sol. Il essaya de parler, mais il avait la bouche trop sèche. Au bout d'une minute, il parvint à rassembler un peu de salive. « C'était cela que vous redoutiez ? Pourquoi n'avoir rien dit ? Pourquoi les loups ne les ont-ils pas vus ?

– Les loups ne regardent pas beaucoup dans les arbres, grommela Élyas. Et, non, je ne m'attendais pas à ça. Je vous l'ai dit, je ne savais ce que... » Tout là-bas dans l'ouest, un nuage noir s'éleva d'une autre futaie et s'envola à tire-d'aile vers le sud. Ils étaient trop loin pour distinguer un oiseau des autres. « Ce n'est pas une grande chasse, bénie soit la Lumière. Ils ne savent pas. Même après... » Il se retourna pour observer le chemin d'où ils venaient.

Perrin déglutit. Même après le rêve, voilà ce qu'avait voulu dire Élyas. « Pas grande ? dit-il. Chez nous, on ne voit pas autant de corbeaux en toute une année. »

Élyas secoua la tête. « Dans les Marches, j'ai vu des passages où une bande comptait un millier de corbeaux. Pas très souvent – il y a des primes pour les corbeaux abattus, là-bas – mais cela arrive. » Il regardait toujours vers le nord. « Taisez-vous, maintenant. »

Perrin en prit alors conscience : Élyas se concentrait de toutes ses forces pour communiquer avec les loups par-delà la distance qui les séparait. Il voulait que Pommelée et ses compagnons cessent leur reconnaissance du terrain en avant pour revenir au plus vite remonter leur piste. Son visage déjà maigre se tendait et se creusait sous l'effet de la tension nerveuse. Les loups se trouvaient tellement loin que Perrin n'arrivait même pas à entrer en contact avec eux. *Dépêchez-vous. Surveillez le Ciel. Vite.*

Perrin perçut vaguement la réponse provenant de quelque part dans le sud. *Nous arrivons.* Une image s'imposa d'un seul coup dans son esprit – des loups au galop, le museau dressé dans le vent de leur course, fonçant comme s'ils étaient talonnés par du feu grégeois, courant à fond de train – une image qui lui traversa l'esprit et s'estompa aussitôt.

Élyas laissa ses nerfs se relâcher et respira à fond. Les sourcils froncés, il risqua un coup d'œil par-dessus la crête, puis inspecta de nouveau le nord en marmonnant en sourdine.

« Vous pensez qu'il y a d'autres corbeaux derrière nous ? questionna Perrin.

– Possible, répliqua distraitement Élyas. Ils le font

quelquefois. Je connais un endroit, si nous réussissons à l'atteindre d'ici la nuit. De toute façon, il nous faut continuer, même si nous n'y arrivons pas, mais nous ne pouvons pas avancer aussi vite que je l'aimerais. Pas question de courir le risque d'approcher de trop près les corbeaux qui nous précèdent. Mais s'ils sont aussi derrière nous...

– Pourquoi la nuit ? demanda Perrin. Quel endroit ? Un endroit à l'abri des corbeaux ?

– À l'abri des corbeaux, confirma Élyas, mais que trop de gens connaissent... Les corbeaux se juchent pour dormir, la nuit. Nous n'avons pas à nous inquiéter qu'ils nous découvrent dans le noir. Que la Lumière veuille que les corbeaux soient alors tout ce dont nous ayons à nous inquiéter. » Après un dernier coup d'œil pardessus la crête, il se redressa et fit signe à Egwene d'amener Béla en haut. « Mais la nuit ne tombera pas avant longtemps. Il nous faut partir. » Il se mit à dévaler rapidement la pente en freinant des talons, chacune de ses grandes enjambées menaçant de l'entraîner dans une chute. « Pressez-vous, que le feu vous brûle ! »

Perrin s'élança à sa suite, dans une course qui était à moitié glissade.

Egwene apparut au sommet de la colline derrière eux, incitant Béla à trotter. Un sincère sourire de soulagement s'épanouit sur son visage quand elle les aperçut. « Que se passe-t-il ? cria-t-elle en poussant la jument hirsute à les rattraper. Quand vous avez disparu comme ça, j'ai cru... Qu'est-ce qui est arrivé ? »

Perrin réserva son souffle pour courir jusqu'à ce qu'elle les eût rejoints. Il lui parla des corbeaux et du lieu d'asile où voulait aller Élyas, mais ce fut un récit chaotique. Après une exclamation étranglée : « Des corbeaux ! », elle ne cessa de l'interrompre par des questions pour lesquelles, assez souvent, il n'avait pas de réponse. Tant et si bien qu'il termina son récit seulement quand ils atteignirent la colline suivante.

Ordinairement – si quoi que ce soit dans ce voyage ait pu se qualifier d'ordinaire – ils auraient contourné cette éminence au lieu de la gravir, mais Élyas insista de toute façon pour reconnaître le terrain.

« Vous avez envie de débarquer comme une fleur au milieu de leur bande, mon garçon ? » fut son commentaire acide.

Egwene examina le sommet de l'ondulation, se passant la langue sur les lèvres comme si, cette fois, elle voulait accompagner Élyas et, en même temps, désirait rester où elle était. Élyas fut le seul qui ne témoigna d'aucune hésitation.

Perrin se demanda si les corbeaux ne retournaient jamais en arrière. Cela serait du propre s'ils arrivaient à la crête en même temps qu'un vol de corbeaux.

En haut, il dressa la tête petit à petit jusqu'à ce que son regard passe par-dessus la ligne de faîte et il poussa un profond soupir de soulagement quand il découvrit seulement un taillis légèrement sur la droite. Il n'y avait pas de corbeaux visibles. Un renard sortit subitement d'entre les arbres, courant à fond de train. Des corbeaux se détachèrent des branches et le prirent en chasse. Le battement de leurs ailes étouffa presque le glapissement de désespoir poussé par le renard. Un tourbillon noir plongea et tournoya autour de lui. Les mâchoires du renard claquèrent dans leur direction, mais ils avaient piqué sur lui et s'étaient écartés comme des flèches, indemnes, leurs becs noirs luisant d'humidité. Le renard retourna vers les arbres, pour regagner la sécurité de sa tanière. Il courait maladroitement à présent, la tête basse, la fourrure noire de sang, et les corbeaux volaient autour de lui, de plus en plus nombreux à la fois, cette masse aux ailes battantes grossissant jusqu'à le masquer complètement. Aussi soudainement qu'ils étaient descendus, les corbeaux prirent leur essor, tournoyèrent et disparurent par-dessus l'ondulation suivante en direction du sud. Un lambeau informe de fourrure déchiquetée indiquait ce qui avait été le renard.

Perrin ravala sa salive. *Ô Lumière ! Ils pourraient nous le faire à nous. Cent corbeaux. Ils pourraient...*

« En route », grommela Élyas en se relevant d'un bond. Il fit signe à Egwene de venir et, sans attendre, se dirigea au pas de course vers les arbres. « Remuez-vous, que le feu vous brûle ! lança-t-il par-dessus son épaule. Allez ! »

Egwene lança Béla au galop par-dessus le sommet de la colline et les rattrapa avant qu'ils aient atteint le bas de la pente. Le temps manquait pour des explications, mais ses yeux aperçurent aussitôt le renard. Son visage devint blanc comme de la neige.

Élyas arriva aux arbres et là, à l'orée du taillis, se retourna, leur indiquant à grands gestes impérieux de se dépêcher. Perrin essaya d'accélérer le pas et trébucha. Battant des bras, il réussit à rétablir son équilibre juste à temps pour ne pas tomber à plat ventre. *Sang et cendres ! Je cours aussi vite que je peux !*

Un corbeau solitaire s'envola du taillis. Il vira vers eux, croassa et fila au sud. Tout en sachant que c'était déjà trop tard, Perrin détacha en tâtonnant sa fronde qu'il portait à la ceinture. Il s'efforçait encore d'extraire un caillou de sa poche pour le placer dans sa fronde quand le corbeau replia subitement ses ailes et tomba comme un poids de plomb sur le sol. Perrin en béa de stupeur, puis il vit la fronde qui pendait de la main d'Egwene. Elle lui adressa un sourire tremblant.

« Ne restez pas là à vous compter les doigts de pied ! » cria Élyas.

Avec un sursaut, Perrin courut s'enfoncer sous le couvert des arbres, puis bondit de côté pour éviter d'être piétiné par Egwene et Béla.

Loin à l'ouest, presque indiscernable, ce qui ressemblait à une brume noire s'éleva dans les airs. Perrin eut conscience du passage des loups par là, avançant en direction du nord. Il sentit qu'ils avaient remarqué les corbeaux à leur gauche et à leur droite, sans ralentir pour autant. La brume noire s'étira en spirale vers le nord comme si elle poursuivait les loups puis, soudainement, elle vira cap pour cap et fonça vers le sud.

« Croyez-vous qu'ils nous ont aperçus ? questionna Egwene. Nous étions déjà sous les arbres, hein ? Ils ne pouvaient pas nous distinguer à cette distance. N'est-ce pas ? Pas d'aussi loin.

– Nous les avons vus, nous, à cette distance », répliqua Élyas, sarcastique. Perrin passa d'un pied sur l'autre, mal à l'aise, et Egwene eut un hoquet de frayeur. « S'ils nous avaient repérés, reprit Élyas d'un ton bourru, ils nous seraient tombés dessus comme sur le renard. Réfléchissez, si vous tenez à rester en vie. La peur vous tuera si vous ne la maîtrisez pas. » Son regard pénétrant retint un instant celui de chacun d'eux. Finalement, il hocha la tête. « Il sont partis, maintenant, et nous devrions l'être aussi. Gardez vos frondes à portée de la main. Pourraient servir de nouveau. »

Quand ils sortirent du taillis, Élyas leur fit incliner

vers l'ouest, la direction qu'ils avaient empruntée jusque-là. Perrin sentit son souffle s'étrangler dans sa gorge ; c'était comme s'ils couraient derrière les derniers corbeaux qu'ils avaient vus. Élyas continuait inlassablement, et ils ne pouvaient que le suivre. Après tout, Élyas connaissait un asile sûr. Quelque part. À ce qu'il disait.

Ils coururent jusqu'à l'éminence d'après, attendirent que les corbeaux soient repartis plus loin, puis coururent de nouveau, attendirent, coururent encore. L'allure régulière qu'ils avaient soutenue jusqu'alors était déjà fatigante, mais tous sauf Élyas ne tardèrent pas à subir le contrecoup de ce rythme saccadé. La poitrine de Perrin se soulevait spasmodiquement et il avalait goulûment de l'air quand il avait quelques minutes pour rester allongé sur un faîte de colline, laissant à Élyas le soin d'inspecter les parages. À chaque arrêt, Béla se tenait la tête basse, les naseaux dilatés. La peur les fouaillait et Perrin ne savait pas si elle était ou non maîtrisée. Il souhaitait seulement que les loups leur disent ce qu'il y avait derrière eux, si toutefois il y avait quoi que ce soit, quel que fût ce quoi.

En avant se trouvaient plus de corbeaux que Perrin ne voulait jamais en revoir. À gauche et à droite, les oiseaux noirs s'élevaient en vagues ondoyant vers le sud. Une douzaine de fois, ils parvinrent à se cacher sous une futaie ou contre l'abri précaire d'une pente quelques secondes seulement avant que des corbeaux surgissent dans le ciel. À un moment donné, alors que le soleil commençait à quitter le zénith, ils restèrent à découvert, figés dans une immobilité de statue, à cinq cents empans du refuge le plus proche, alors qu'une centaine d'espions à plumes du Ténébreux filaient comme des flèches à tout juste le double de cette distance sur leur droite. En dépit du vent, des gouttes de transpiration coulèrent sur le visage de Perrin jusqu'à ce que la dernière forme noire ne soit plus qu'un point et disparaisse. Il ne compta pas les traînards qu'ils abattirent avec leur fronde.

Après le passage des corbeaux, il vit plus de traces qu'il n'en avait besoin pour justifier ses craintes. Il avait contemplé avec une fascination écœurée un lapin qui avait été mis en pièces. La tête aux orbites vides se dressait toute droite, au milieu des autres débris – les pattes, les entrailles – dispersés pratiquement en cercle autour. Les oiseaux aussi, transformés à coups de bec en amas de plumes informes. Et deux autres renards.

Il se rappela quelque chose qu'avait dit Lan. Toutes les créatures du Ténébreux prennent plaisir à tuer. La puissance du Ténébreux, c'est la mort. Et si les corbeaux les découvraient ? Des yeux impitoyables qui luisent comme des perles noires. Des becs qui tourbillonnent autour d'eux en cherchant à frapper. Des becs pointus comme des aiguilles qui piquent jusqu'au sang. Une centaine. *Ou peuvent-ils appeler des congénères à la rescousse ? Peut-être tous pour qu'ils se joignent à la curée ?* Une image angoissante se forma dans son esprit. Un amas de corbeaux aussi haut qu'une montagne, grouillant comme des vers, se battant sur quelques lambeaux sanguinolents.

Cette image fut subitement balayée par d'autres, chacune nette l'espace d'une seconde, puis brouillée et fondue dans une autre. Les loups avaient trouvé des corbeaux dans le Nord. Des oiseaux criards plongeaient en piqué, viraient sur l'aile, revenaient et replongeaient, leur bec faisant gicler du sang à chaque passage. Les loups qui grondaient se jetaient de côté puis bondissaient, se retournaient en l'air, les mâchoires claquantes. Maintes et maintes fois, Perrin sentit des plumes et le goût répugnant de corbeaux aux ailes battantes broyés vifs, sentit la douleur d'entailles saignantes sur tout son corps, connut avec un désespoir ne glissant jamais vers le renoncement que tous ses efforts n'étaient pas suffisants. Soudain, les corbeaux abandonnèrent, tournèrent au-dessus des loups en leur lançant un dernier croassement de rage. Les loups ne meurent pas aussi facilement que les renards, et ceux-là avaient une mission. Un claquement d'ailes noires et les corbeaux étaient partis, quelques plumes couleur d'ébène descendant en planant se poser sur leurs morts. Vent léchait une perforation sur sa patte de devant gauche. Il y avait quelque chose qui n'allait pas dans un des yeux de Sauteur. Négligeant ses propres blessures, Pommelée les rassembla et ils se mirent à trotter péniblement dans la direction prise par les corbeaux. Du sang poissait leur fourrure. *Nous venons. Le danger nous précède.*

Se déplaçant en trébuchant au pas gymnastique, Perrin échangea un coup d'œil avec Elyas. Les yeux jaunes de ce dernier n'exprimaient rien, mais il savait. Il ne prononça pas un mot, il se contenta d'observer Perrin et d'attendre, tout en continuant à avancer de son allure rapide et souple.

Il attend. Il attend que je reconnaisse que je suis en communication avec les loups.

« Des corbeaux, annonça Perrin à regret d'une voix haletante. Derrière nous.

– Il avait raison, chuchota Egwene. Tu sais leur parler. »

Perrin avait l'impression que ses pieds étaient comme ces morceaux de fonte qu'on ajuste au bout des pieux en bois, mais il essaya de les forcer à aller plus vite. Si seulement il arrivait à laisser en arrière leurs yeux, ceux des corbeaux, ceux des loups mais surtout ceux d'Egwene qui savait maintenant ce qu'il était. *Ce que tu es ? Souillé, que la Lumière m'aveugle ! Maudit !*

Sa gorge était enflammée comme jamais lorsqu'il avait respiré l'air brûlant et enfumé dans la forge de Maître Luhhan. Il chancela et se raccrocha à l'étrier d'Egwene jusqu'à ce qu'elle descende et le pousse pratiquement sur la selle en dépit de ses protestations qu'il pouvait continuer. Toutefois, elle ne tarda pas à se cramponner d'une main à l'étrier, relevant ses jupes de l'autre, et courut de cette façon un petit moment avant qu'il saute à terre, les jambes toujours en coton. Il dut la soulever pour qu'elle prenne sa place, mais elle était trop lasse pour lui résister.

Elyas se refusait à ralentir. Il les exhortait, les brocardait, les maintenait si près des corbeaux volant vers le sud que Perrin songea qu'il s'en faudrait d'un seul oiseau regardant en arrière. « Magnez-vous, que le feu vous brûle ! Croyez que vous vous en tireriez mieux que ce renard s'ils vous rattrapent ? Celui avec ses tripes entassées sur sa tête ? » Egwene se pencha en dehors de la selle et vomit à grand bruit. « Je savais que vous vous en souviendriez. Continuez à avancer encore un peu. C'est tout. Juste un peu plus. Que le feu vous brûle, je croyais que les jeunes paysans avaient de l'endurance. Travaillaient toute la journée et dansaient toute la nuit. Dorment toute la journée et dorment toute la nuit, m'en a plutôt l'air. Remuez vos sacrés pieds ! »

Ils se mirent à dévaler les collines dès que le dernier corbeau avait disparu par-dessus la suivante, puis alors que les derniers retardataires battaient encore des ailes au-dessus des sommets. *Qu'un seul oiseau regarde en arrière.* À l'est et à l'ouest, les corbeaux poursuivaient leur quête tandis qu'ils traversaient le terrain découvert entre les collines. *Il ne s'en faudrait que d'un oiseau.*

Les corbeaux derrière eux arrivaient très vite. Pommelée et les autres loups se tenaient à l'écart de leur ligne de vol et avançaient sans s'arrêter pour lécher leurs blessures, mais ils avaient appris tout ce qu'il y avait à savoir concernant la surveillance du ciel. *De combien sont-ils proches? Quand arriveront-ils?* Les loups n'ont pas la même notion du temps que les hommes, ils n'ont pas de raisons pour diviser un jour en heures. Les saisons leur suffisent à marquer la durée, et la clarté et le noir. Pas besoin de plus. Finalement, Perrin réussit à susciter une image de l'emplacement où se trouverait le soleil quand les corbeaux de l'arrière les rattraperaient. Il regarda par-dessus son épaule le soleil couchant et passa sur ses lèvres une langue sèche. Les corbeaux seraient sur eux dans une heure, moins peut-être. Une heure, et le soleil ne serait pas couché avant deux bonnes heures, du moins deux jusqu'à la nuit complète.

Nous mourrons à la tombée du jour, pensa-t-il, titubant dans sa course. Massacrés comme le renard. Il mit la main sur sa hache, puis ses doigts passèrent à sa fronde. Elle rendrait plus de services. Pas assez, toutefois. Pas contre cent corbeaux, cent cibles mobiles comme des flèches, cent becs dardés.

« C'est ton tour de monter, Perrin, dit Egwene d'un ton las.

– Dans un moment, répliqua-t-il d'une voix haletante. Je peux encore courir des lieues. » Elle hocha la tête et resta en selle. *Elle est vraiment fatiguée. La prévenir? Ou lui laisser croire que nous avons toujours une chance de nous en tirer? Une heure d'espoir, même si c'est vain, ou une heure de désespoir?*

Élyas l'observait de nouveau, sans rien dire. Il devait savoir, mais il gardait bouche close. Perrin regarda de nouveau Egwene et plissa les paupières pour refouler des larmes brûlantes. Il toucha sa hache et se demanda s'il en aurait le courage. Dans les dernières minutes, quand les corbeaux fondraient sur eux, quand tout espoir aurait disparu, aurait-il le courage de lui épargner la mort qu'avait subie le renard? *Ô Lumière, donne-moi la force!*

Tout à coup, les corbeaux qui les précédaient semblèrent disparaître. Perrin distinguait encore des nuages sombres flous loin à droite et à gauche, mais devant... rien. *Où sont-ils allés? Par la Lumière, si nous les avons dépassés...*

Brusquement, un frisson le parcourut, une sensation très nette de froid, comme s'il avait sauté dans la rivière de la Source du Vin en plein hiver. Il en fut traversé comme d'une vague qui emporta avec elle une partie de sa fatigue, un peu des crampes dans ses jambes et de la brûlure dans ses poumons. Elle laissa derrière... quelque chose. Il était incapable de déterminer quoi, il se sentait seulement différent. Il s'immobilisa en vacillant et regarda autour de lui, saisi de peur. Élyas l'observait, les observait tous les deux, une lueur au fond des yeux. Il savait ce que c'était, Perrin en avait la conviction, mais il se contentait de les dévisager.

Egwene tira sur les rênes de Béla pour l'arrêter et promena autour d'elle un regard mal assuré, mi-étonné mi-craintif. Elle chuchota : « C'est... bizarre. J'ai l'impression d'avoir perdu quelque chose. » Même la jument avait dressé une tête attentive, les naseaux dilatés comme s'ils percevaient une faible odeur de foin fraîchement fauché.

« Qu'est-ce... qu'est-ce que c'est? » questionna Perrin.

Élyas éclata de son rire saccadé. Il se courba en deux, les épaules agitées de soubresauts, les mains appuyées sur les genoux. « La sécurité, voilà ce que c'est. Nous avons réussi, triples idiots. Aucun corbeau ne franchira cette frontière... aucun qui a la charge d'être l'œil du Ténébreux, en tout cas. Un Trolloc ne la traverserait que contraint et forcé et il faudrait une pression rudement féroce pour que les Myrddraals se résignent à exercer cette contrainte. De même pour les Aes Sedai. Le Pouvoir Unique ne prévaut pas ici; elles ne peuvent pas puiser à la Vraie Source; elles ne peuvent même pas entrer en contact avec la Source, comme si elle s'était évaporée. Cela les démange intérieurement, pour sûr. Leur donne la tremblote comme à un ivrogne invétéré. C'est la sécurité. »

De prime abord, aux yeux de Perrin, le paysage ne

différait pas du terrain onduleux où ils avaient escaladé des collines et descendu des crêtes toute la journée. Puis il remarqua des pousses vertes dans le tapis végétal ; pas beaucoup, et elles avaient du mal à percer, mais en plus grand nombre que partout ailleurs. Moins de mauvaises herbes aussi croissaient parmi ces pousses. Il était incapable d'imaginer ce que c'était, mais cet endroit avait... il ne savait quoi de spécial. Et dans ce que disait Élyas quelque chose sollicitait sa mémoire.

« Qu'est-ce que c'est ? questionna Egwene. Je sens... Quel est cet endroit ? Je ne dirai pas qu'il me plaît.

– Un *stedding*, répliqua Élyas dans un rugissement de rire. Vous n'écoutez jamais de contes ? Bien sûr, il n'y a pas eu d'Ogier ici depuis trois mille ans et quelque, pas depuis la Destruction du Monde, mais c'est le *stedding* qui fait l'Ogier et non l'Ogier qui fait le *stedding*.

– Une simple légende », balbutia Perrin. Dans les contes, les *steddings* étaient toujours des havres de paix, des endroits où se cacher, que ce soit des Aes Sedai ou des créatures du Père des Mensonges.

Élyas se redressa ; sinon parfaitement frais et dispos, du moins sans présenter de signes qu'il avait couru presque un jour entier. « En route. Mieux vaut nous enfoncer plus avant dans ce lieu légendaire. Les corbeaux ne peuvent pas nous y suivre, mais ils peuvent toujours nous voir à cette petite distance de la lisière du *stedding* et ils sont peut-être bien suffisamment nombreux pour en surveiller tout le tour. Qu'ils le dépassent donc et continuent plus loin leurs recherches. »

Perrin aurait aimé ne plus bouger maintenant qu'il était arrêté ; ses jambes tremblaient et lui ordonnaient de rester couché là une semaine. Ce qu'il avait ressenti de bien-être n'avait été que temporaire ; toutes les courbatures et la lassitude étaient revenues. Il se força à avancer d'un pas puis d'un autre. Cela ne devint pas plus facile, mais il s'obstina. Egwene fit claquer les rênes pour que Béla se remette en route. Élyas adopta un souple pas de course allongé, ne ralentissant jusqu'à la simple allure de marche que lorsque les autres se montrèrent visiblement incapables de suivre. Une marche rapide.

« Pourquoi... ne pas... nous installer ici ? » demanda Perrin d'une voix haletante. Il respirait par la bouche, et il s'arrachait les mots de la gorge entre de profondes aspirations qui lui déchiraient la poitrine. « Si c'est réellement... un *stedding*. Nous serions en sécurité. Pas de Trollocs. Pas d'Aes Sedai. Pourquoi ne pas... demeurer ici... jusqu'à ce que ce soit fini ? » *Peut-être que les loups n'y viendront pas non plus.*

« Combien de temps cela durera-t-il ? » Élyas tourna la tête par-dessus son épaule, un sourcil levé. « Qu'est-ce que vous mangerez ? De l'herbe comme le cheval ? En plus, il y en a d'autres qui connaissent ce coin, et rien ne barre la route aux humains, pas même aux pires. Et il n'y a qu'un emplacement où trouver encore de l'eau. » En fronçant les sourcils d'un air inquiet, il décrivit un cercle complet pour inspecter le paysage. Quand il eut fini, il secoua la tête et parla d'une voix inaudible. Perrin sentit qu'il s'adressait aux loups. *Vite. Vite.* « Nous avons le choix entre deux maux et les corbeaux sont un mal certain. En route. Il n'y a plus qu'un quart de lieue, une demi-lieue au maximum. »

Perrin aurait gémi s'il avait consenti à perdre du souffle pour cela.

Les collines basses commençaient à être jonchées d'énormes rochers, des blocs irréguliers de pierre grise couverte de lichen à demi enterrés, certains gros comme une maison. Des ronces les sillonnaient comme des toiles d'araignée, et des broussailles masquaient à demi la plupart d'entre eux. Çà et là, parmi la masse brune desséchée des ronciers et des buissons, une pousse verte solitaire annonçait que cet endroit avait quelque chose d'exceptionnel. Ce qui avait blessé le pays par-delà ses limites l'avait atteint également, mais ici la blessure n'était pas aussi profonde.

Ils finirent par gravir à la queue leu leu une dernière éminence et, au pied de cette colline, il y avait une mare. N'importe lequel d'entre eux l'aurait traversée en deux enjambées, mais l'eau était assez claire et propre pour en laisser voir le fond sablonneux comme une plaque de verre. Même Élyas dévala la pente avec ardeur.

Perrin se jeta de tout son long sur le sol quand il atteignit la mare et il plongea la tête dedans. Un instant après, la froideur de cette eau qui montait des profondeurs de la terre le fit suffoquer. Il secoua la tête, ses longs cheveux dispersant une pluie de gouttelettes.

Egwene sourit gaiement et l'éclaboussa à son tour. Les yeux de Perrin prirent une expression grave. Egwene fronça les sourcils et ouvrit la bouche, mais il se replongea la figure dans l'eau. *Pas de questions. Pas maintenant. Pas d'explications. Jamais.* Mais une petite voix intérieure se gaussa de lui. *Tu l'aurais bien fait, non?*

Finalement, un appel d'Élyas les incita à quitter la mare. « S'il y en a qui veulent manger, j'ai besoin d'aide. »

Egwene s'activa gaiement, avec des rires et des plaisanteries, tandis qu'ils préparaient leur repas frugal. Ne leur restaient plus que du fromage et de la viande séchée; ils n'avaient pas eu le temps de chasser. Du moins avaient-ils encore du thé. Perrin participait aux corvées, mais en silence. Il sentit les yeux d'Egwene posés sur lui, vit l'inquiétude envahir son visage, mais il évita autant que possible de croiser son regard. Le rire d'Egwene s'étouffa et ses plaisanteries s'espacèrent, chacune plus forcée que la précédente. Élyas observait sans rien dire. Une atmosphère morne s'installa et ils commencèrent leur repas en silence. Le soleil devint rouge à l'ouest et leurs ombres s'allongèrent en s'amenuisant.

Pas tout à fait une heure avant la nuit. Sans le STEDDING, *nous serions tous morts maintenant. L'aurais-tu sauvée? L'aurais-tu abattue à coups de hache comme un buisson? Les buissons ne saignent pas, hein? Ou ne hurlent pas, ne vous regardent pas dans les yeux et ne vous demandent pas « Pourquoi? ».*

Perrin se replia davantage encore sur lui-même. Il sentait quelque chose se moquer de lui au fin fond de son esprit. Quelque chose de cruel. Pas le Ténébreux. Il regrettait presque que ce ne soit pas le cas. Pas le Seigneur des Ténèbres – sa propre conscience.

Pour une fois, Élyas avait transgressé sa règle concernant les feux. Il n'y avait pas d'arbres, mais il cassa des branches mortes aux buissons et alluma son feu contre un énorme fragment de roche saillant du flanc de la colline. À voir les couches de suie recouvrant la pierre, Perrin songea que le site avait dû être utilisé par maintes générations de voyageurs.

La portion du gros rocher qui sortait du sol était quelque peu arrondie, avec une cassure nette d'un côté où de la mousse, vieille et brune, couvrait la surface rugueuse. Les sillons et creux érodés dans la partie ronde parurent bizarres à Perrin, mais il était trop plongé dans sa mélancolie pour se poser des questions à ce sujet-là. Par contre, Egwene l'examina tout en mangeant.

« On dirait un œil », conclut-elle. Perrin cligna des paupières ; cela ressemblait effectivement à un œil, sous toute cette suie.

« C'en est un », déclara Élyas. Il était assis le dos tourné au feu et au rocher, et il observait le paysage autour d'eux tout en mâchant une languette de viande séchée presque aussi coriace que du vieux cuir. « L'œil d'Artur Aile-de-Faucon. L'œil du Noble Roi en personne. C'est à cela qu'ont finalement abouti sa puissance et sa gloire. » Il parlait d'un ton machinal. Même son mâchonnement était distrait ; ses yeux et son attention se concentraient sur les collines.

« Artur Aile-de-Faucon ! s'exclama Egwene. Vous vous moquez de moi. Ce n'est pas un œil du tout. Pourquoi serait-on allé sculpter un œil d'Artur Aile-de-Faucon sur un rocher par ici ? »

Élyas lui jeta un coup d'œil par-dessus son épaule en marmottant : « Qu'est-ce qu'on vous apprend, morveux de village ? » Il eut un de ses petits rires secs en sac de noix qui s'entrechoquent et reprit sa position de guetteur, mais il continua à parler : « Artur Paendrag Tanreall, Artur Aile-de-Faucon, le Noble Roi, a uni tous les pays depuis la Grande Dévastation jusqu'à la Mer des Tempêtes, depuis l'Océan d'Aryth jusqu'au Désert d'Aiel et même un peu au-delà du Désert. Il a même envoyé des armées de l'autre côté de l'Océan d'Aryth. Les contes disent qu'il a imposé sa loi au monde entier, mais ce qu'il gouvernait réellement aurait amplement suffi à n'importe qui dans la réalité. Et il a établi la paix et la justice dans le pays.

– Tous étaient égaux devant la loi, récita Egwene, et nul homme ne levait la main sur un autre.

– Donc vous avez au moins entendu parler de ces contes. » Élyas gloussa, un gloussement sarcastique. « Artur Aile-de-Faucon a établi la justice et la paix, mais il l'a fait par le feu et par l'épée. Un enfant pouvait chevaucher seul avec une sacoche pleine d'or depuis l'Océan d'Aryth jusqu'à l'Échine du Monde sans rien avoir à redouter, mais la justice du Noble Roi était aussi dure que ce rocher-là pour quiconque défiait son pouvoir, serait-ce simplement en étant ce qu'on était, ou des gens supposés être des opposants. Le petit peuple a eu la paix, la justice et le ventre plein, mais le Noble Roi a mis le siège devant Tar Valon pendant vingt ans et offert mille couronnes d'or par tête d'Aes Sedai.

– Je croyais que vous n'aimiez pas les Aes Sedai », commenta Egwene.

Élyas eut un sourire sardonique. « Peu importe ce que j'aime, jeune fille. Artur Aile-de-Faucon était un imbécile pourri d'orgueil. Une Aes Sedai guérisseuse l'aurait probablement sauvé quand il est tombé malade – ou a été empoisonné, d'après les dires de certains – mais toutes les Aes Sedai encore en vie étaient cloîtrées derrière les Remparts Étincelants, usant leur Pouvoir à repousser une armée qui illuminait la nuit avec ses feux de camp. De toute manière, il n'aurait pas voulu en laisser une l'approcher. Il haïssait les Aes Sedai autant qu'il haïssait le Seigneur des Ténèbres. »

Egwene pinça les lèvres mais, quand elle reprit la parole, elle se contenta de demander : « Quel rapport y a-t-il avec le fait que ce serait l'œil d'Artur Aile-de-Faucon ?

– Simplement ceci, jeune fille. Avec la paix partout excepté ce qui se passait de l'autre côté de l'océan, avec le peuple qui l'acclamait partout où il allait – les gens l'aimaient vraiment, voyez-vous ; c'était un homme dur, mais jamais envers le peuple – eh bien, à cause de cela, il a décidé que le moment était venu de se bâtir une capitale. Une cité nouvelle, qui n'évoque dans l'esprit de personne aucune vieille cause ou faction ou rivalité. C'est ici qu'il voulait la bâtir, au centre même du pays bordé par les mers, le Désert et la Dévastation. Ici où nulle Aes Sedai ne viendrait volontiers ou ne pourrait faire appel au Pouvoir Unique si elle y venait. Une capitale d'où, un jour, le monde entier se verrait accorder paix et justice. Quand ils ont entendu la proclamation, les gens du peuple ont réuni par souscription une somme suffisante pour lui élever un monument. La plupart le considéraient juste comme un degré au-dessous du Créateur. Un petit degré. Cinq ans ont été nécessaires pour extraire la pierre et la tailler. Une statue d'Aile-de-Faucon en personne, cent fois plus grande que nature. On l'a érigée ici et la cité devait s'élever autour.

– Il n'y a jamais eu de ville ici ! s'exclama ironiquement Egwene. Il en serait resté quelque chose si elle avait existé. Un vestige quelconque. »

Élyas hocha la tête, sans cesser sa surveillance.

« Effectivement, il n'y en a pas eu. Artur Aile-de-Faucon est mort le jour même où la statue a été achevée, et ses fils ainsi que le reste de sa parentèle se sont disputés pour savoir qui s'assiérait sur le trône d'Aile-de-Faucon. La statue s'est dressée seule au milieu de ces collines. Les fils, les neveux et les cousins sont morts et les derniers du sang d'Aile-de-Faucon ont disparu de la surface de la terre – excepté peut-être quelques-uns de ceux qui avaient traversé l'Océan d'Aryth. Certains ont voulu effacer jusqu'à son souvenir si possible. Des livres ont été brûlés simplement parce qu'ils mentionnaient son nom. À la fin, plus rien n'est resté de lui que les récits des bardes, et la plupart controuvés. Voilà à quoi aboutit toute sa gloire.

« Naturellement, la guerre ne s'est pas arrêtée juste parce que Artur Aile-de-Faucon et sa lignée étaient morts. Un trône restait toujours à conquérir, et tout seigneur et toute noble dame en mesure de rassembler des soldats le convoitaient. Ce fut le point de départ de la Guerre des Cent Ans. Qui en a duré, à la vérité, cent vingt-trois, et la plupart de l'histoire de cette période s'est perdue dans la fumée de villes incendiées. Beaucoup ont obtenu une partie du pays, mais personne n'en a eu la totalité et, à un moment donné au cours de ces années, la statue a été abattue. Peut-être ne pouvait-on plus se mesurer à son aune.

– D'abord, vous donnez l'impression de le mépriser, dit Egwene, et maintenant vous avez l'air de l'admirer. » Elle secoua la tête.

Élyas se retourna et posa sur elle un long regard neutre. « Reprenez du thé maintenant, si vous en avez encore envie. Je veux que le feu soit éteint avant la nuit. »

Perrin distinguait à présent nettement l'œil, en dépit de la clarté faiblissante. Cet œil était plus gros qu'une tête d'homme, et les ombres qui l'enveloppaient lui donnaient l'apparence d'un œil de corbeau – dur, noir, sans pitié. Il aurait bien aimé qu'ils soient allés coucher ailleurs.

30.

LES ENFANTS DE L'OMBRE

Assise près du feu, Egwene contemplait le fragment de statue au-dessus d'elle. Perrin descendit au bord de l'étang pour être seul. Le jour baissait et le vent nocturne se levait déjà à l'est, ridant la surface de l'eau. Il dégagea la hache de la boucle qui l'attachait à sa ceinture et la retourna entre ses mains. Le manche de frêne était aussi long que son bras, et lisse et frais au toucher. Il haïssait cette hache. Il avait honte de la fierté qu'elle lui avait inspirée quand il était au Champ d'Emond – avant de connaître l'usage qu'il aurait envie d'en faire.

« Vous détestez la jeune fille à ce point-là ? » dit Élyas derrière lui.

Surpris, il sursauta et brandit à demi la hache avant de comprendre qui c'était. « Est-ce... ? Pouvez-vous aussi lire mes pensées ? Comme les loups ? »

Élyas pencha la tête de côté et le dévisagea d'un air sarcastique. « Un aveugle s'en rendrait compte rien qu'à votre expression, mon garçon. Eh bien, allez-y, répondez. Vous détestez cette jeune fille ? Vous la méprisez ? C'est cela. Vous étiez prêt à la tuer parce que vous la méprisez, elle renâcle à faire ce qu'on lui demande, elle vous retarde avec ses giries de mijaurée.

– Egwene n'a jamais de sa vie boudé à l'ouvrage, protesta Perrin. Elle y met toujours du sien. Je ne la méprise pas. Je l'aime. » Il foudroya Élyas du regard, le défiant de le tourner en dérision. « Pas comme ça. Je veux dire, elle n'est pas comme une sœur, mais elle et Rand... Sang et cendres ! Si les corbeaux nous avaient rattrapés... Si... Je ne sais pas.

– Allons donc, bien sûr que vous le savez. Aurait-elle eu la possibilité de choisir sa mort, que croyez-vous qu'elle aurait préféré ? Un seul coup de votre hache ou la façon dont nous avons vu mourir les animaux aujourd'hui ? Moi, je n'hésiterais pas.

– Je n'ai pas le droit de choisir pour elle. Vous ne lui direz rien, n'est-ce pas ? À propos de... » Ses mains se crispèrent sur le manche de la hache ; les muscles de ses bras saillirent, des muscles épais pour son âge, développés par de longues heures passées à manier le marteau dans la forge de Maître Luhhan. Pendant un instant, il crut que le manche en bois épais allait craquer. « Je déteste ce sacré machin, grommela-t-il. Je me demande ce que je fabrique avec ça, à me pavaner comme un imbécile. Je ne l'aurais pas fait, croyez-moi. Quand c'était pour rire et s'amuser, je pouvais parader et agir comme si... » Sa voix s'éteignit et il soupira. « C'est différent, maintenant. Je ne veux plus jamais m'en servir.

– Vous vous en servirez. »

Perrin brandit la hache pour la jeter dans l'étang, mais Élyas lui saisit le poignet.

« Vous vous en servirez, mon garçon, et vous l'utiliserez plus judicieusement que la plupart des hommes aussi longtemps que vous aurez horreur de vous en servir. Attendez. Si jamais vous en venez à ne plus la détester, alors il sera temps de la lancer le plus loin que vous pourrez et de vous enfuir de l'autre côté. »

Perrin soupesa la hache à deux mains, encore tenté de l'abandonner dans l'étang. *Facile à dire pour lui d'attendre, mais supposons que j'attende et ensuite ne puisse plus m'en séparer ?*

Il ouvrit la bouche pour poser la question à Élyas, mais aucun mot n'en sortit. Un message des loups, si pressant que ses yeux devinrent vitreux. Pendant une seconde, il oublia ce qu'il s'apprêtait à dire, oublia qu'il allait dire quelque chose, oublia même de parler, de respirer. Les traits d'Élyas s'affaissèrent aussi et son regard prit une expression à la fois absorbée et lointaine. Puis la transmission s'acheva aussi vite qu'elle s'était établie. Elle n'avait duré que le temps d'un battement de cœur, mais c'était suffisant.

Perrin se secoua et respira à pleins poumons. Élyas ne marqua pas de pause ; dès que le voile de ses yeux se dissipa, il s'élança vers le feu sans hésitation en courant à toutes jambes. Perrin le suivit de même sans rien dire.

« Noyez le feu ! » cria Élyas d'une voix rauque à Egwene. Il gesticulait et il semblait essayer de crier sur le ton du murmure. « Éteignez-le ! »

Elle se leva en le regardant avec hésitation, puis se rapprocha du feu mais avec lenteur, visiblement ne comprenant pas ce qui arrivait.

Élyas l'écarta brusquement pour passer et saisit la bouilloire, jurant quand il s'y brûla. La faisant sauter d'une main dans l'autre, il la renversa néanmoins au-dessus du feu. À un pas derrière lui, Perrin arriva à temps pour se mettre à projeter de la terre à coups de souliers sur les braises qui grésillèrent quand les dernières gouttes du thé tombèrent sur le feu, sifflant et montant en spirales de vapeur. Il ne cessa que lorsque le dernier vestige du feu fut enfoui.

Élyas lança la bouilloire à Perrin qui la laissa choir aussitôt en poussant un glapissement étouffé. Perrin souffla sur ses mains en regardant Élyas d'un air furieux, mais l'homme aux fourrures était trop occupé à inspecter rapidement leur campement pour y prêter attention.

« Aucune chance de dissimuler qu'on a séjourné ici, conclut Élyas. Il ne nous reste qu'à nous hâter et espérer. Peut-être qu'ils ne s'en soucieront pas. Sang et cendres, j'étais pourtant certain qu'il s'agissait des corbeaux. »

Perrin jeta vivement la selle sur le dos de Béla et accota la hache contre sa cuisse pendant qu'il se penchait pour resserrer la sangle.

« Qu'est-ce que c'est ? » questionna Egwene. Sa voix tremblait « Des Trollocs ? Un Évanescent ?

– Allez à l'est ou à l'ouest, ordonna Élyas à Perrin. Trouvez un endroit où vous cacher et je vous rejoindrai dès que possible. S'ils voient un loup... » Il partit en coup de vent, courbé comme s'il avait l'intention de s'élancer à quatre pattes, et disparut dans les ombres du soir qui s'allongeaient.

Egwene ramassa précipitamment ses quelques possessions, mais elle exigeait toujours une explication de Perrin. Sa voix était insistante et s'affolait de plus en plus devant son silence. Il était effrayé, lui aussi, mais la peur les aiguillonnait et les poussait à presser le pas. Il attendit qu'ils soient en route vers le soleil couchant. Allant au pas gymnastique devant Béla, la hache agrippée à deux mains en travers de la poitrine, il expliqua d'une façon décousue par-dessus son épaule ce qu'il savait, tout en cherchant un endroit où se terrer en attendant Élyas.

« Il arrive une quantité d'hommes à cheval. Ils sont venus derrière les loups, mais ces hommes ne les ont pas remarqués. Ils se dirigent vers l'étang. Ils n'ont probablement rien à voir avec nous ; c'est le seul point d'eau à des lieues à la ronde. Cependant, Pommelée dit... » Il jeta un coup d'œil en arrière. Le soleil de fin de journée peignait des ombres bizarres sur le visage d'Egwene, des ombres qui masquaient son expression. *Qu'est-ce qu'elle pense ? Te regarde-t-elle comme si elle ne te connaissait plus ? Te connaît-elle ?* « Pommelée dit qu'ils ont une drôle d'odeur. Qui ressemble... en quelque sorte à l'odeur qui émane d'un chien enragé. » L'étang était maintenant hors de vue derrière eux. Il pouvait encore distinguer des rochers – les fragments de la statue d'Artur Aile-de-Faucon – dans le crépuscule qui s'assombrissait, mais pas au point de repérer quelle était la roche où leur feu avait été allumé. « Nous nous tiendrons à l'écart d'eux, nous trouverons un endroit pour attendre Élyas.

– Pourquoi nous chercheraient-ils noise ? s'exclama-t-elle. Nous sommes censés être en sécurité ici. C'est un lieu qui passe pour être sûr. Par la Lumière, il faut bien qu'il y ait un endroit quelconque où l'on n'ait rien à craindre. »

Perrin commença à chercher avec plus d'attention quelque part où se cacher. Ils ne devaient pas se trouver bien loin de l'étang, mais le crépuscule s'obscurcissait. La nuit serait bientôt trop sombre pour voyager. Une faible lueur baignait encore les crêtes. Dans les creux qui les séparaient, où régnait tout juste assez de clarté pour se diriger, cette lueur semblait éclatante par contraste. Sur la gauche, une forme noire se détachait nettement à contre-jour sur le ciel, un grand roc plat sortant en biais du flanc d'une colline, dont la pente au-dessous se trouvait plongée dans la pénombre.

« Par ici », dit Perrin.

Il se dirigea au pas de course vers cette colline, jetant un coup d'œil par-dessus son épaule pour voir si quelque chose indiquait l'approche des arrivants. Il n'y en avait aucun signe – pas encore. Plus d'une fois, il dut s'arrêter pour attendre ses compagnes trébuchant à sa suite. Egwene était tassée sur le cou de Béla et la jument avançait avec prudence sur le terrain inégal. Perrin se dit que toutes deux devaient être plus lasses qu'il ne l'avait pensé. *Mieux vaudra que ce soit une bonne cachette. Je ne crois pas que nous serons capables d'en chercher une autre.*

Au pied de la colline, il examina la masse de rocher rectiligne qui se profilait sur le ciel, saillant de la pente presque à son sommet. Il y avait quelque chose de curieusement familier dans la façon dont le haut de l'énorme dalle semblait former des marches irrégulières, trois dressées et une horizontale. Il gravit la courte distance et marcha le long du rocher en le tâtant. En dépit du passage des siècles, il sentit encore quatre colonnes jointes. Il leva les yeux vers le sommet, pareil à une marche qui le dominait comme un formidable auvent. Des doigts. Nous nous abriterons dans la main d'Artur Aile-de-Faucon. *Puisse un peu de sa justice y avoir demeuré.*

Il fit signe à Egwene de le rejoindre. Elle ne bougea pas, aussi se laissa-t-il glisser au bas de la pente et il lui expliqua ce qu'il avait trouvé.

Egwene examina la colline, la tête rejetée en arrière. « Comment peux-tu distinguer quoi que ce soit ? » demanda-t-elle.

Perrin ouvrit la bouche, puis la referma. Il se passa la langue sur les lèvres en regardant autour de lui, se rendant compte réellement pour la première fois de ce qu'il voyait. Le soleil était couché. Complètement à présent, et des nuages masquaient la pleine lune, mais à ses yeux c'était encore le halo violet pourpre du crépuscule. « J'ai tâté le rocher, finit-il par dire. Cela ne peut pas être autre chose. Ces bonshommes ne seront pas capables de nous repérer dans son ombre même s'ils viennent jusqu'ici. » Il prit la bride de Béla pour la conduire à l'abri de la Main. Il sentait sur son dos peser le regard d'Egwene.

Comme il l'aidait à descendre de la selle, la nuit s'emplit de clameurs qui retentissaient dans la direction de l'étang. Egwene posa la main sur le bras de Perrin et il comprit la question qu'elle ne formulait pas.

« Les hommes ont aperçu Vent », dit-il à contrecœur. Déchiffrer les pensées des loups était difficile. Quelque chose à propos de feu. « Ils ont des torches. » Il l'obligea à se baisser à la base des Doigts et s'accroupit à côté d'elle. « Ils forment des patrouilles pour inspecter les alentours. Ils sont très nombreux et les loups sont tous blessés. » Il essaya de prendre un ton plus réconfortant. « Mais Pommelée et les autres devraient être capables de rester en dehors de leur chemin, même s'ils sont blessés, et les hommes ne s'attendent pas à notre présence. On ne voit pas ce à quoi on ne s'attend pas. Ils finiront bien par abandonner et dresser leur camp. » Élyas se trouvait avec les loups et ne les quitterait pas tant qu'ils seraient pourchassés. *Tant de cavaliers. Si tenaces. Pourquoi obstinés à ce point-là ?*

Il vit Egwene hocher la tête mais, dans le noir, elle n'en fut pas consciente. « Nous nous en tirerons, Perrin. »

Par la Lumière, songea-t-il avec surprise, elle cherche à me rassurer, MOI.

Les cris se succédaient sans arrêt. De petits groupes de torches se déplaçaient dans le lointain, petits points lumineux vacillant dans l'ombre.

« Perrin, demanda Egwene à voix basse, danseras-tu avec moi, dimanche ? Si nous sommes rentrés chez nous d'ici là ? »

Des soubresauts secouèrent les épaules de Perrin. Il ne proféra pas un son et il n'aurait pas su dire s'il riait ou pleurait. « D'accord. Je te le promets. » Involontairement, ses mains se crispèrent sur la hache, lui rappelant qu'il la tenait encore. Sa voix se fit chuchotement. Il répéta : « Je te le promets », et il espéra.

Des hommes portant des torches exploraient à cheval les collines, par escouades de dix ou douze. Perrin n'aurait pas su dire combien il y en avait. Parfois trois ou quatre étaient visibles à la fois, fouillant le terrain de long en large. Les hommes s'interpellaient continuellement à voix forte et, de temps en temps, des cris résonnaient dans la nuit – hurlements de chevaux, hurlements d'hommes.

Il embrassait la scène de plus d'un point de vue. Il était accroupi sur le flanc de la colline avec Egwene et regardait les torches se mouvoir dans le noir comme des lucioles tandis qu'en esprit il courait dans la nuit avec Pommelée, Vent et Sauteur. Les loups avaient été trop maltraités par les corbeaux pour courir loin ou vite, aussi avaient-ils l'intention d'inciter les hommes à quitter l'obscurité, à se réfugier auprès de leurs feux. Les humains recherchent toujours en fin de compte la sécurité des feux quand des loups rôdent dans la nuit. Certains des hommes montés conduisaient des files de chevaux sans cavalier ; ces chevaux hennissaient et se cabraient en roulant des yeux dilatés lorsque les formes grises surgissaient au milieu d'eux, ils hurlaient et arrachaient leur longe des mains des hommes qui les menaient, s'égaillaient de toute la vitesse dont ils étaient capables. Des chevaux avec des hommes sur leur dos criaient aussi au moment où des ombres grises sortaient brusquement de la nuit en découvrant des crocs prêts à leur couper le jarret, et parfois leurs cavaliers hurlaient à leur tour, juste avant que des mâchoires leur arrachent la gorge. Élyas se trouvait également là-bas, perçu de façon moins distincte, chassant « à l'approche » dans le noir avec son long couteau, loup bipède à l'unique dent d'acier acérée. Les appels se changeaient le plus souvent en malédictions, mais les patrouilleurs refusaient d'abandonner.

Brusquement, Perrin s'avisa que les hommes aux torches suivaient un plan établi. Chaque fois que des escouades apparaissaient, l'une d'elles au moins était plus proche du versant de colline où il s'était réfugié avec Egwene. Élyas avait dit de se cacher, mais... *Et si on s'enfuyait ? Peut-être qu'on pourrait passer inaperçus dans le noir si on se déplaçait constamment. Peut-être. Il doit faire assez sombre pour cela.*

Il se tourna vers Egwene mais, au même instant, la décision ne lui appartenait déjà plus. Un groupe de torches, une douzaine, survint au bas de leur colline, oscillant au trot des chevaux. Les fers des lances luisaient à la lueur de ces torches. Il se figea, retenant son souffle, resserrant sa prise sur le manche de sa hache.

Les cavaliers avaient dépassé la colline quand un des leurs lança un appel et les torches exécutèrent un demi-tour. Perrin se creusa frénétiquement la cervelle à la recherche d'un moyen de fuir. Seulement, dès qu'ils bougeraient, ils seraient remarqués, s'ils ne l'avaient pas été déjà et, une fois repérés, ils n'auraient aucune chance, pas même avec l'aide de l'obscurité.

Les cavaliers arrêtèrent leurs montures au pied de la colline, chacun une torche dans une main et une longue lance dans l'autre, guidant son cheval par une pression des genoux. À la lumière des torches, Perrin aperçut les manteaux blancs des Enfants de la Lumière. Ils levaient haut les torches et se penchaient en avant sur leur selle, scrutant l'ombre épaisse sous les Doigts d'Artur Aile-de-Faucon.

« Il y a quelque chose là-haut », annonça l'un d'eux. Sa voix était trop forte, comme s'il avait peur de ce qui se trouvait en dehors de la clarté de sa torche. « Je vous avais bien dit qu'on pouvait se cacher là-dedans. Est-ce que ce n'est pas un cheval ? »

Egwene posa une main sur le bras de Perrin ; ses yeux paraissaient tout grands dans le noir. Sa question muette était évidente en dépit de l'ombre qui masquait ses traits. Que faire ? Élyas et les loups chassaient toujours dans la nuit. Les chevaux, au-dessous, changeaient de pied nerveusement. *Si on s'enfuit maintenant, ils nous poursuivront et on sera rattrapés.*

Un des Blancs Manteaux poussa son cheval en avant et s'adressa d'une voix forte au flanc de la colline. « Si vous comprenez le langage des humains, descendez et rendez-vous. Il ne vous arrivera rien si vous marchez dans la Lumière. Si vous ne vous rendez pas, vous serez tous tués. Vous avez une minute. » Les lances s'abaissèrent, les longues pointes d'acier étincelant dans l'éclat des torches.

« Perrin, chuchota Egwene, nous ne pouvons pas leur échapper en courant. Si nous ne nous rendons pas, ils nous tueront. Perrin ? »

Élyas et les loups étaient encore libres. Un autre hurlement lointain s'achevant en gargouillis signala un Blanc Manteau qui avait traqué de trop près Pommelée. *Si on prend la fuite...* Egwene le regardait, elle attendait qu'il lui dise quelle décision prendre. *Si on s'enfuit...* Il secoua la tête avec lassitude, se redressa comme un homme en transe et se mit à descendre la pente d'un pas hésitant vers les Enfants de la Lumière. Il entendit Egwene soupirer et le suivre à contrecœur en traînant les pieds. *Pourquoi les Blancs Manteaux s'acharnent-ils de cette façon, comme s'ils haïssaient les loups avec passion ? Pourquoi ont-ils cette odeur hostile ?* Il avait presque l'impression de sentir l'animadversion qui émanait d'eux, quand une bourrasque de vent survenait du côté des cavaliers.

« Lâche cette hache », ordonna le chef d'un ton cassant.

Perrin avança péniblement vers lui, fronçant le nez pour se débarrasser de l'odeur qu'il croyait sentir.

« Lâche ça, rustre ! » La lance du chef se dirigea vers la poitrine de Perrin.

Une seconde, fasciné, il regarda le fer de cette lance, assez d'acier tranchant pour le traverser de part en part, puis brusquement il cria « Non ! ». Et ce n'est pas au cavalier qu'il s'adressait.

De la nuit surgit Sauteur, et Perrin ne fit qu'un avec le loup. Sauteur qui, louveteau, avait regardé les aigles prendre leur essor et qui voulait si ardemment voler comme eux. Qui, louveteau, sautillait, bondissait et s'élançait jusqu'à ce qu'il s'élève plus haut que tous les autres loups et qui n'avait jamais renoncé à son rêve de louveteau, jamais renoncé à voler à travers ciel, Sauteur jaillit de la nuit et quitta le sol d'une détente, fendant l'air tels les aigles. Les Blancs Manteaux n'eurent qu'un instant pour commencer à jurer avant que les mâchoires de Sauteur se referment sur la gorge de l'homme à la lance brandie contre Perrin. L'élan du grand loup les emporta tous les deux de l'autre côté du cheval. Perrin sentit la gorge se broyer, eut sur la langue le goût du sang.

Sauteur retomba sur ses pattes avec légèreté, déjà séparé de l'homme qu'il avait tué. Du sang collait les poils de sa fourrure, son propre sang et celui d'autres. Une entaille lui balafrait la face, en travers de l'orbite vide où il y avait eu son œil gauche. Son œil intact rencontra les deux de Perrin un bref instant. *Va vite, frère, pars !* Il pirouetta pour bondir de nouveau, pour fendre les airs une dernière fois, et une lance le cloua au sol. Une deuxième longueur d'acier s'enfonça dans sa cage thoracique et pénétra dans la terre sous lui. Il se débattit, tenta de happer les hampes qui le retenaient prisonnier. *Fendre les airs.*

La souffrance envahit Perrin et il hurla, cri inarticulé qui participait d'un hurlement de loup. Sans réfléchir, il s'élança, hurlant toujours. Les cavaliers s'étaient regroupés de trop près pour avoir la possibilité d'utiliser leurs lances, et la hache – une plume dans ses mains – était un énorme croc de loup en acier. Quelque chose entra violemment en contact avec sa tête et, tandis qu'il s'écroulait, il ne sut pas si c'était Sauteur ou lui-même qui mourait.

« ... fendre l'air comme les aigles. »

Marmonnant, Perrin ouvrit des yeux hébétés. Il avait la tête douloureuse et il n'arrivait pas à se rappeler pourquoi. Clignant des paupières à cause de l'éclairage, il regarda autour de lui. Egwene était à genoux et ses yeux étaient tournés vers l'endroit où il gisait. Ils se trouvaient dans une tente carrée aussi grande qu'une chambre de taille moyenne dans une ferme, avec un tapis de sol en guise de plancher. Des lampes à huile sur de hautes sellettes, une dans chaque angle, projetaient une vive clarté.

« La Lumière soit louée, Perrin, dit-elle dans un souffle. J'avais peur qu'ils ne t'aient tué. »

Au lieu de répondre, il contempla l'homme grisonnant assis sur l'unique siège de la tente. Un visage aux yeux noirs, un visage paternel, le regardait aussi, un visage en contradiction dans son esprit avec le tabard blanc et or que portait cet homme, et la cuirasse luisante lacée sur sa tunique d'un blanc pur. Ce visage avait l'air bienveillant, franc et majestueux, et quelque chose dans son apparence s'accordait avec l'élégante austérité du mobilier de la tente. Une table et un lit de camp, une table de toilette avec une cuvette et un broc blancs tout unis, un seul coffre en bois orné d'incrustations en forme de dessins géométriques simples. Ce qui était en bois avait un doux reflet dû à la cire, et le métal luisait mais sans trop d'éclat, et rien n'était tape-à-l'œil. Tout dans la tente portait la marque d'un talent consommé mais seulement visible pour quelqu'un qui avait vu travailler des artistes – comme Maître Luhhan ou Maître Aydaer, l'ébéniste.

Les sourcils froncés, l'homme remua du bout carré d'un doigt deux petits tas d'objets sur la table. Perrin reconnut le contenu de ses poches dans l'un de ces amas, ainsi que le couteau qu'il portait à la ceinture. La pièce d'argent donnée par Moiraine roula de côté, et l'homme la repoussa pensivement en place. Pinçant les lèvres, il abandonna ces tas et prit sur la table la hache de Perrin qu'il soupesa. Son attention se reporta sur les jeunes du Champ d'Emond.

Perrin voulut se relever. Une douleur vive qui se propageait le long de ses bras et de ses jambes transforma le mouvement en lourde chute maladroite. Il se rendit compte pour la première fois qu'il était attaché, pieds et poings liés. Ses yeux se portèrent vers Egwene. Elle eut un haussement d'épaules désabusé et se tordit sur elle-même pour qu'il voie son dos. Une demi-douzaine de tours de cordelette lui enveloppaient les poignets et les chevilles, la cordelette creusait des sillons dans sa chair. Une longueur de corde plus grosse courait entre les liens des chevilles et des poignets, suffisamment courte pour l'empêcher de se redresser davantage que dans une position accroupie si elle cherchait à se mettre debout.

Perrin fut effaré. Qu'ils soient ligotés était déjà un choc, mais ils étaient entravés avec assez de corde pour immobiliser des chevaux. *Que croient-ils donc que nous sommes ?*

L'homme aux cheveux gris les observait, scrutateur et méditatif, à la façon de Maître al'Vere quand il voulait résoudre un problème. Il tenait la hache comme s'il l'avait oubliée.

La portière de la tente s'écarta et un homme de haute taille entra. Son visage était long et maigre, avec des yeux si profondément enfoncés dans les orbites qu'ils semblaient regarder du fond d'une caverne. Il n'y avait pas de chair superflue sur lui, pas de graisse du tout ; sa peau était tendue sur les muscles et les os.

Perrin aperçut un peu de nuit au-dehors, des feux de camp et deux sentinelles en manteau blanc à l'entrée de la tente, puis le battant de toile retomba en place. Dès que l'arrivant fut à l'intérieur, il s'arrêta, raide comme un piquet, le regard fixé droit devant lui sur la paroi opposée de la tente. Son armure à plates et à mailles luisait comme de l'argent sur le fond couleur de neige de sa tunique et de son manteau.

« Mon Seigneur Capitaine. » Sa voix était aussi austère que sa posture, et rude, mais en quelque sorte morne, sans expression.

L'homme aux cheveux gris esquissa un geste machinal. « Repos, Enfant Byar. Vous avez compté nos pertes pour cette... escarmouche ? »

L'homme de haute taille écarta les pieds mais, à part cela, Perrin ne vit rien de détendu dans sa pose. « Neuf morts, Seigneur Capitaine, et vingt-trois blessés, sept gravement. Néanmoins tous peuvent monter à cheval. On a dû abattre trente chevaux. Ils ont eu le tendon du jarret coupé ! » Il mit l'accent là-dessus de sa voix impassible, comme si ce qui était arrivé aux chevaux était pire que les morts et les blessés chez les hommes. « Bon nombre des bêtes de remonte sont dispersées. Nous pourrions en récupérer quelques-unes demain matin, Seigneur Capitaine, mais, avec des loups pour les inciter à fuir, il faudra des jours pour les rassembler toutes. Les hommes qui étaient censés les surveiller ont été affectés à la garde de nuit jusqu'à ce que nous arrivions à Caemlyn.

– Nous ne disposons pas de jours, Enfant Byar, répliqua d'un ton calme l'homme aux cheveux gris. Nous partons à l'aube. Rien ne peut modifier cela. Nous devons être à temps dans Caemlyn, n'est-ce pas ?

– À vos ordres, Seigneur Capitaine. »

L'homme aux cheveux gris jeta un coup d'œil à Perrin et à Egwene, puis il détourna de nouveau son regard. « Et qu'est-ce que nous avons à montrer pour cela, en dehors de ces deux jouvenceaux ? »

Byar prit une profonde aspiration et hésita. « J'ai fait dépouiller le loup qui accompagnait cette engeance, Seigneur Capitaine. La peau fera un beau tapis pour la tente de mon Seigneur Capitaine. »

Sauteur ! Sans même s'en rendre compte, Perrin poussa un grondement étouffé et tenta de rompre ses liens. Les cordes lui entrèrent dans la peau – du sang rendit ses poignets glissants mais elles ne cédèrent pas.

Pour la première fois, Byar regarda les prisonniers. Egwene eut un sursaut de recul. Il avait un visage aussi impassible que sa voix, mais une lueur cruelle flamboyait dans ses yeux caves, aussi indiscutablement que des flammes brûlaient dans ceux de Ba'alzamon. Byar les haïssait comme s'ils étaient des ennemis de longue date au lieu de gens jamais rencontrés avant ce soir.

Perrin lui rendit regard pour regard avec défi. Sa bouche s'incurva en un sourire sarcastique à la pensée de ses dents se rejoignant dans la gorge de l'homme.

Son sourire s'effaça aussitôt et il se reprit. *Mes dents ? Je suis un homme, pas un loup ! Ô Lumière, il faut que tout cela finisse !* Mais il rendit néanmoins son regard flamboyant à Byar, haine pour haine.

« Je n'apprécie pas les tapis en peau de loup, Enfant

Byar. » Le ton de blâme dans la voix du Seigneur Capitaine était modéré, mais Byar reprit subitement sa posture rigide, le regard fixé sur la paroi de la tente. « Vous étiez en train de rendre compte des résultats que nous avons obtenus ce soir, non ? Si toutefois nous avons obtenu quoi que ce soit.

– Selon mon estimation, la horde qui nous a attaqués se composait de cinquante fauves ou davantage, mon Seigneur Capitaine. Sur ce nombre, nous en avons tué au moins vingt, peut-être trente. Je n'ai pas jugé que rapporter les carcasses ce soir valait le risque de perdre d'autres chevaux. Au matin, je les ferai rassembler et brûler, celles qui n'auront pas été emportées dans la nuit. En dehors de ces deux-là, il y avait au moins une douzaine d'autres hommes. Je pense que nous en avons liquidé quatre ou cinq, mais il y a peu de chances que nous trouvions des cadavres étant donné la tendance des Amis du Ténébreux à emporter leurs morts pour dissimuler leurs pertes. Ceci semble avoir été une embuscade concertée, mais cela pose la question de... »

La gorge de Perrin se contracta tandis que l'homme maigre poursuivait son exposé. Élyas ? Avec prudence, à contrecœur, il chercha à entrer en contact avec Élyas, avec les loups... et ne rencontra rien. C'était comme s'il n'avait jamais été capable de sonder un cerveau de loup. Ou ils sont morts ou ils t'ont abandonné. Il eut envie de rire, d'un rire amer. Il avait enfin ce qu'il avait souhaité, mais le prix était élevé.

L'homme aux cheveux gris, lui, rit carrément, juste à ce moment, d'un franc rire ironique qui fit éclore une tache rouge sur chacune des joues de Byar. « Ainsi, Enfant Byar, c'est votre conclusion bien réfléchie que nous avons été attaqués lors d'une embuscade préméditée par une cinquantaine de loups au minimum et plus d'une douzaine d'Amis du Ténébreux ? Oui ? Peut-être que lorsque vous aurez participé à quelques autres engagements...

– Mais Seigneur Capitaine Bornhald...

– Je dirais six ou huit loups, Enfant Byar, et peut-être pas d'autres humains que ces deux-là. Vous avez le zèle requis, mais aucune expérience en dehors des villes. C'est bien différent d'apporter la Lumière loin des rues et des maisons. Les loups ont une façon de paraître dans la nuit plus nombreux qu'ils ne sont – et les hommes aussi. Six ou huit, au maximum, je pense. » La rougeur de Byar s'accentua lentement. « Je soupçonne aussi qu'ils se trouvaient là pour la même raison que nous : le seul point d'eau accessible à plus d'un jour de marche dans n'importe quelle direction. Une explication beaucoup plus simple que des espions ou des traîtres au sein des Enfants, et l'explication la plus simple est en général la meilleure. L'expérience vous l'apprendra. »

Le visage de Byar devint d'une pâleur de mort tandis que l'homme paternel parlait ; par contraste, les deux taches dans ses joues creuses virèrent du rouge au violet. Il dirigea ses yeux vers les deux prisonniers pendant un instant.

Il nous hait encore plus maintenant, songea Perrin. *Mais pourquoi nous haïssait-il déjà avant ?*

« Que pensez-vous de ceci ? » dit le Seigneur Capitaine en tendant la hache de Perrin.

Byar posa une question d'un regard à son chef et attendit un hochement de tête d'acquiescement avant de rompre sa posture rigide pour prendre l'arme. Il soupesa la hache et émit un grognement de surprise, puis la balança au-dessus de sa tête dans un arc serré qui manqua de peu le haut de la tente. Il la maniait avec autant de sûreté que s'il était né une hache dans les mains. Une admiration accordée à regret se peignit brièvement sur son visage mais, quand il rabaissa la hache, il avait repris son masque impassible.

« Extrêmement bien équilibrée, Seigneur Capitaine. Fabriquée avec simplicité mais par un armurier très habile, peut-être même un maître. » Ses yeux dardèrent un brûlant regard noir sur les prisonniers. « Pas une arme de villageois, mon Seigneur Capitaine. Ni de fermier.

– Non. » L'homme aux cheveux gris se tourna vers Perrin et Egwene avec un sourire légèrement réprobateur, la mine d'un bon papa gâteau qui sait que ses petits-enfants ont commis quelque bêtise. « Mon nom est Geofram Bornhald, leur dit-il. Vous êtes Perrin, à ce que j'ai compris. Mais vous, jeune femme, quel est votre nom ? »

Perrin le regarda d'un air furieux, mais Egwene secoua la tête. « Ne sois pas ridicule, Perrin. Je m'appelle Egwene.

– Juste Perrin et juste Egwene, murmura Bornhald,

mais je suppose que si vous êtes vraiment des Amis du Ténébreux vous désirez dissimuler autant que possible votre identité. »

Perrin se hissa avec effort sur les genoux; il ne pouvait se lever davantage à cause de la façon dont il était ligoté. Il protesta avec colère : « Nous ne sommes pas des Amis du Ténébreux ! »

Les mots n'étaient même pas sortis de sa bouche que Byar lui tombait dessus. Cet homme se mouvait avec une rapidité de serpent. Il vit le manche de sa propre hache décrire un arc vers lui et il essaya de l'éviter, mais le manche épais l'atteignit au-dessus de l'oreille. Seul le fait qu'il reculait devant le coup lui évita d'avoir le crâne fendu. Même ainsi, il vit trente-six chandelles. Le souffle lui manqua quand il heurta le sol. Sa tête résonna comme un tambour et du sang coula sur sa joue.

« Vous n'avez pas le droit », commença Egwene, qui hurla en voyant le manche de hache fouetter l'air dans sa direction. Elle se rejeta de côté et le coup siffla dans le vide tandis qu'elle culbutait sur le tapis de sol.

« Attention à votre langue, déclara Byar, et soyez polis quand vous parlez à quelqu'un qui est l'Oint de la Lumière, ou vous n'aurez plus de langue. » Le pire était que sa voix ne comportait aucune trace d'émotion. Leur couper la langue ne lui procurerait ni plaisir ni regret; c'était simplement quelque chose qu'il ferait.

« Tout doux, Enfant Byar. » Bornhald regarda de nouveau les captifs. « Je ne pense pas que vous connaissiez grand-chose à ce que peut être quelqu'un qui est l'Oint de la Lumière ou ce que sont les Seigneurs Capitaines des Enfants de la Lumière, hein ? Non, je m'en doutais. Eh bien, au moins dans l'intérêt de l'Enfant Byar, tâchez de ne pas discuter ni vous exprimer avec violence, hein ? Je ne veux que vous voir marcher dans la Lumière et si vous permettez à la colère de vous emporter cela ne nous servira pas, ni aux uns ni aux autres. »

Perrin leva les yeux vers l'homme au visage hâve qui se dressait au-dessus d'eux. *Dans l'intérêt de l'Enfant Byar ?* Il constata que le Seigneur Capitaine n'avait pas dit à Byar de les laisser tranquilles. Byar croisa son regard et sourit; le sourire n'affecta que sa bouche, mais la peau se tendit encore plus sur son visage au point que sa tête ressemblait à une tête de mort. Perrin frissonna.

« J'ai entendu parler de ces hommes qui font bande avec des loups, dit Bornhald d'une voix songeuse, mais je n'en avais encore jamais vu. Des hommes censés s'entretenir avec des loups et avec d'autres créatures du Ténébreux. Infâme pratique. Cela me donne à craindre qu'en vérité la dernière bataille ne va pas tarder.

– Les loups ne sont pas... » Perrin s'interrompit comme la botte de Byar se rabattait en arrière. Il respira à fond et reprit sur un ton plus modéré tandis que Byar reposait son pied avec une grimace de déception : « Les loups ne sont pas des créatures du Ténébreux. Ils détestent le Ténébreux. En tout cas, ils détestent les Trollocs et les Évanescents. » Il fut surpris de voir l'homme au visage hâve hocher la tête comme à une constatation personnelle.

Bornhald haussa un sourcil. « Qui vous a dit ça ?

– Un Lige », répliqua Egwene. Elle se contracta devant le regard foudroyant de Byar. « Il a dit que les loups haïssent les Trollocs et que les Trollocs ont peur des loups. » Perrin fut content qu'elle n'ait pas mentionné Élyas.

« Un Lige, répéta avec un soupir l'homme aux cheveux gris. Une créature des sorcières de Tar Valon. Quoi d'autre vous dirait ce genre de personnage, alors qu'il est lui-même un Ami du Ténébreux et un serviteur des Amis du Ténébreux ? Ne savez-vous pas que les Trollocs ont des museaux et des dents de loup, et de la fourrure de loup ? »

Perrin cligna des paupières, dans un effort pour s'éclaircir les idées. Son cerveau lui donnait encore l'impression d'une masse de gelée douloureuse, mais il y avait dans ce discours quelque chose qui clochait. Il était incapable de remettre ses idées assez en ordre pour découvrir quoi.

« Pas tous », marmotta Egwene. Perrin regarda avec méfiance Byar, mais l'homme étique se concentrait uniquement sur Egwene. « Certains ont des cornes comme les béliers ou les chèvres, ou des becs d'aigle ou... ou... diverses autres choses. »

Bornhald secoua la tête d'un air affligé. « Je vous donne votre chance et vous vous enferrez plus avant à chaque mot. » Il leva un doigt. « Vous avez partie liée avec une meute de loups, créatures du Ténébreux. » Un deuxième doigt. « Vous avouez être en rapport avec un

Lige, une autre créature du Ténébreux. Je doute qu'il vous ait raconté ce qu'il vous a dit juste en passant. » Un troisième doigt. « Vous, jeune homme, vous portez sur vous une pièce de monnaie de Tar Valon. La plupart des gens qui ne sont pas de Tar Valon s'en défont aussi vite qu'ils le peuvent. À moins qu'ils ne servent les sorcières de Tar Valon. » Un quatrième doigt. « Vous avez sur vous une arme de guerrier alors que vous vous habillez en paysan. Un espion, donc. » Le pouce se dressa. « Vous connaissez les Trollocs et les Myrddraals. Aussi avant dans le sud, seuls quelques érudits et ceux qui ont voyagé dans les Marches les prennent pour plus que des inventions de bardes. Peut-être êtes-vous allés dans les Marches ? Dans ce cas, dites-moi où ? J'ai beaucoup voyagé dans ces régions ; je les connais bien. Non ? Ah, bon, alors. » Il regarda sa main aux doigts écartés, puis la plaqua sur la table. L'expression paternelle disait que les petits-enfants avaient commis de vraiment grosses bêtises. « Pourquoi ne pas me raconter franchement pourquoi vous en êtes venus à courir dans la nuit avec des loups ? »

Egwene ouvrit la bouche, mais Perrin avait vu l'obstination marquée sur sa figure et avait immédiatement deviné qu'elle s'apprêtait à débiter une des histoires qu'ils avaient mises au point. Non, ce n'était pas ce qu'il fallait. Pas maintenant, pas ici. Il avait mal à la tête et il aurait aimé avoir du temps pour réfléchir, mais le temps manquait justement. Qui pouvait savoir où ce Bornhald était allé, quels pays et quelles villes lui étaient familiers ? Qu'il les prenne en flagrant délit de mensonge et revenir à la vérité ne serait plus possible. Bornhald serait alors convaincu qu'ils étaient des Amis du Ténébreux.

« Nous sommes des Deux Rivières », dit-il vivement.

Egwene lui adressa un coup d'œil où la stupeur était évidente avant de se ressaisir, mais il continua précipitamment à raconter la vérité – ou une version adaptée. Ils avaient quitté l'un et l'autre les Deux Rivières pour visiter Caemlyn. En chemin, ils avaient entendu parler des ruines d'une grande cité, seulement, quand ils étaient arrivés à Shadar Logoth, des Trollocs s'y trouvaient. Ils avaient réussi à s'échapper en traversant la rivière Arinelle mais, à ce moment-là, ils étaient complètement perdus. Puis ils avaient rencontré par hasard un homme qui avait offert de les guider jusqu'à Caemlyn. Il avait déclaré que son nom ne les concernait pas, mais ils avaient besoin d'un guide. La première fois qu'ils avaient vu des loups, c'était après qu'étaient survenus les Enfants de la Lumière. Tout ce qu'ils avaient cherché à faire était de se cacher pour éviter d'être dévorés par les loups ou tués par les cavaliers.

« ... si nous avions su que vous étiez des Enfants de la Lumière, acheva-t-il, nous serions venus vous trouver pour obtenir de l'aide. »

Byar eut un ricanement d'incrédulité. Perrin ne s'en tracassa pas trop ; si le Seigneur Capitaine était convaincu, Byar ne pourrait pas les toucher. À l'évidence, Byar cesserait de respirer si le Seigneur Bornhald lui en donnait l'ordre.

« Il n'y a pas de Lige dans tout cela », commenta au bout d'un instant l'homme aux cheveux gris.

Perrin se trouva à court d'invention ; il savait bien qu'il aurait dû prendre le temps de réfléchir. Egwene vint à sa rescousse. « Nous l'avons rencontré à Baerlon. La ville était bondée de gens qui étaient descendus des mines à la fin de l'hiver, et on nous avait mis à la même table dans une auberge. Nous lui avons seulement parlé le temps d'un repas. »

Perrin respira de nouveau. *Merci, Egwene.*

« Redonnez-leur ce qui leur appartient, Enfant Byar. Pas les armes, naturellement. » Comme Byar le regardait avec surprise, Bornhald ajouta : « Ou bien êtes-vous de ceux qui ont pris l'habitude de dévaliser les non-éclairés, Enfant Byar ? C'est très mauvais, cela, hein ? Nul ne peut être un voleur et marcher dans la Lumière. » Byar parut abasourdi par pareille suggestion.

« Alors, vous nous relâchez ? » Egwene avait un ton surpris. Perrin leva la tête pour dévisager le Seigneur Capitaine.

« Bien sûr que non, mon enfant, répliqua Bornhald avec tristesse. Vous dites peut-être la vérité en affirmant que vous êtes des Deux Rivières, puisque vous connaissez Baerlon et les mines. Mais Shadar Logoth... ? C'est un nom que très peu de gens connaissent, la plupart Amis du Ténébreux, et quiconque en sait assez pour connaître ce nom en sait aussi suffisamment pour ne pas se rendre là-bas. Je suggère que vous réfléchissiez à une histoire plus plausible pendant le trajet jusqu'à Amador. Vous aurez le temps, puisque nous devons faire halte à Caemlyn. De préférence, véridique, mon enfant. La liberté est dans la vérité et la Lumière. »

Byar perdit en partie sa déférence envers l'homme aux cheveux gris. Il se détourna des prisonniers en virant sur ses talons et ses paroles avaient un accent mordant et furieux. « Vous ne pouvez pas ! Ce n'est pas permis ! » Bornhald leva un sourcil ironique, et Byar s'interrompit net, en ravalant sa salive. « Pardonnez-moi, mon Seigneur Capitaine. Je me suis oublié et j'implore humblement pardon, je me soumets à toute punition mais, comme mon Seigneur Capitaine lui-même l'a souligné, nous devons atteindre Caemlyn à temps et, avec la majeure partie de nos chevaux de remonte dispersés, nous aurons déjà assez de mal à avancer sans emmener aussi des prisonniers.

– Et que suggérez-vous ? questionna calmement Bornhald.

– La peine pour les Amis du Ténébreux est la mort. » La voix atone rendait la phrase encore plus choquante. On aurait dit qu'il proposait d'écraser un cafard sous sa semelle. « Il n'y a pas de trêve avec l'Ombre. Il n'y a pas de miséricorde pour les Amis de l'Ombre.

– Le zèle doit être loué, Enfant Byar, mais comme je dois le répéter souvent à mon fils, Dain, l'excès de zèle peut être une faute grave. Rappelez-vous que les Principes de la Doctrine disent aussi : " Nul homme n'est perdu au point que l'amener à la Lumière soit impossible. " Ces deux-ci sont jeunes. Ils ne doivent pas être encore plongés très avant dans l'Ombre. Ils peuvent toujours être conduits à la Lumière, si seulement ils laissent l'Ombre leur être ôtée des yeux. Il faut que nous leur donnions cette chance. »

Pendant un instant, Perrin ressentit presque de l'affection pour l'homme paternel qui se dressait entre eux et Byar. Puis Bornhald tourna son sourire paternel vers Egwene.

« Si vous refusez de venir à la Lumière d'ici que nous arrivions à Amador, je serai contraint de vous livrer aux Inquisiteurs et, auprès d'eux, le zèle de Byar n'est qu'une chandelle par rapport au soleil. » L'homme aux cheveux gris avait le ton de qui regrette ce qu'il doit faire mais qui n'a pas l'intention d'agir autrement que ne le lui dicte son sens du devoir. « Repentez-vous, renoncez au Ténébreux, venez à la Lumière, confessez vos péchés et dites ce que vous savez de cette abomination avec les loups, et cela vous sera épargné. Vous marcherez libres, dans la Lumière. » Son regard se centra sur Perrin et il soupira avec tristesse. Une rivière de glace coula le long de l'échine de Perrin. « Mais vous, rien que Perrin des Deux Rivières, vous avez tué deux des Enfants. » Il effleura la hache que Byar tenait toujours. « Pour vous, je le crains, une potence attend dans Amador. »

31.

JOUEZ POUR PAYER VOTRE REPAS

Rand plissa les paupières pour observer la traînée de poussière qui s'élevait de la route, à trois ou quatre tournants d'où ils se tenaient. Mat se dirigeait déjà vers la haie vive bordant la route. Ses feuilles persistantes et ses branches étroitement entremêlées les dissimuleraient aussi bien qu'un mur de pierre, si seulement ils découvraient un passage pour se réfugier derrière. Le côté opposé de la route était délimité par les squelettes bruns épars de buissons à hauteur de leur tête, et au-delà il y avait un champ qui menait à découvert sur cinq cents empans jusqu'à la forêt. Il faisait peut-être partie d'une ferme abandonnée depuis pas tellement longtemps, mais il n'offrait aucun endroit où se cacher rapidement. Rand s'efforça de calculer la vitesse de déplacement du panache de poussière et la force du vent.

Une rafale fit soudain tourbillonner la poussière de la route autour de lui, masquant tout. Il cligna des yeux et ajusta la modeste écharpe de couleur foncée sur son nez et sa bouche. Pas trop propre maintenant, cette écharpe lui picotait la peau, mais elle lui épargnait d'absorber de la poussière à chaque inspiration. Un fermier la lui avait donnée, un homme au visage chevalin et aux joues que le souci avait creusées de sillons.

« Je ne sais pas à quoi vous cherchez à échapper, avait-il dit d'un air anxieux, et je ne veux pas le savoir. Vous comprenez ? Ma famille. » Brusquement, il avait extirpé de la poche de son manteau deux longues écharpes et leur avait tendu cet amas laineux. « Ce n'est pas grand-chose, mais tenez. Appartiennent à mes garçons. Ils en ont d'autres. Vous ne me connaissez pas, compris ? Les temps sont dangereux. »

Rand tenait énormément à cette écharpe. La liste des actes de bonté à leur égard qu'il avait établie dans sa tête au fil des jours qui avaient suivi le départ de Pont-Blanc était courte, et il ne croyait pas qu'elle s'allongerait beaucoup plus.

Mat, dont l'écharpe enroulée autour de sa tête cachait tout sauf les yeux, longeait rapidement la grande haie en cherchant une ouverture, tirant sur les branches couvertes de feuillage. Rand posa la main sur la garde de son épée marquée d'un héron accrochée à sa ceinture, puis la laissa retomber. Une fois déjà, tailler un trou dans une haie avait failli trahir leur présence. La traînée de poussière avançait vers eux et mettait trop longtemps à se dissiper. Pas due au vent. Au moins, il ne pleuvait pas. La pluie fixe la poussière. Si fort que tombait la pluie, elle ne transformait jamais le chemin en bourbier mais, quand il pleuvait, pas de poussière. La poussière était leur seul signal avertisseur avant que quiconque approche assez pour qu'ils l'entendent. Parfois, c'était même trop tard.

« Ici », appela doucement Mat. Il donna l'impression de traverser la haie.

Rand courut vers cet endroit. Quelqu'un avait creusé là un orifice, à un moment donné. La haie avait en partie repoussé et à trois enjambées de là elle semblait aussi compacte qu'ailleurs ; par contre, de près, il n'y avait qu'un mince écran de branches. Comme il s'insinuait à l'intérieur, il entendit venir des chevaux. Pas le vent.

Il s'accroupit derrière la brèche à peine masquée, la main serrée sur la garde de son épée, tandis que les cavaliers passaient. À cinq... six... sept. Des hommes vêtus en civil, mais épées et lances signifiaient que ce n'étaient pas des villageois. Certains portaient des tuniques de cuir cloutées de métal, et deux étaient coiffés de casques d'acier ronds. Des convoyeurs de marchands, peut-être, entre deux engagements. Peut-être.

L'un d'eux tourna son regard avec insouciance vers la haie en passant devant l'ouverture, et Rand mit au clair un pouce de lame. Mat retroussa en silence ses lèvres comme un blaireau acculé, regardant furtivement entre deux tours d'écharpe. Sa main était sous son manteau ;

il étreignait toujours le poignard de Shadar Logoth quand du danger menaçait. Rand ne savait plus si c'était pour se protéger ou pour protéger le poignard au manche surmonté d'un rubis. Ces derniers temps, Mat semblait parfois oublier qu'il avait un arc.

Les cavaliers défilèrent à un trot languissant, avec dans l'esprit une direction déterminée mais pas bien grande hâte. De la poussière s'infiltra à travers les branches.

Rand attendit que le martèlement sourd des sabots s'estompe avant de ressortir prudemment la tête par le trou. La traînée de poussière était loin sur la route, allant dans le sens d'où eux venaient. À l'est, le ciel était clair. Il remonta sur la chaussée et regarda la colonne de poussière s'éloigner vers l'ouest.

« Pas à notre poursuite », dit-il sur un ton moitié affirmation moitié question.

Mat se faufila à quatre pattes derrière lui, regardant avec méfiance dans les deux sens. « Peut-être, dit-il. Peut-être. »

Rand n'avait aucune idée de ce qu'il voulait dire par là, mais il acquiesça d'un signe de tête. Peut-être. Elle n'avait pas commencé de cette façon, leur marche sur la Route de Caemlyn.

Longtemps après avoir quitté Pont-Blanc, Rand s'était souvent surpris soudain à regarder le chemin derrière eux. Parfois, il voyait quelqu'un qui lui faisait retenir son souffle, un grand homme maigre qui avançait à pas précipités sur la route, ou un bonhomme dégingandé aux cheveux blancs assis à côté du conducteur d'une charrette, mais c'était toujours un colporteur avec son ballot ou des fermiers se rendant au marché, jamais Thom Merrilin. L'espoir diminuait à mesure que les jours passaient.

La circulation sur la route était conséquente : chariots et charrettes, gens à cheval et gens à pied. Ils venaient isolément et en groupe, une caravane de chariots de marchand ou une douzaine de cavaliers ensemble. Ils ne bloquaient pas le chemin et souvent seuls étaient en vue les arbres presque sans feuilles le long de la chaussée en terre battue, mais il y avait en tout cas plus de gens en route que Rand n'en avait vu dans les Deux Rivières.

La plupart voyageaient dans la même direction qu'eux, vers l'est et Caemlyn. De temps à autre, les deux garçons obtenaient de monter dans une charrette de paysan sur une courte distance, mille ou cinq mille empans, mais ils allaient le plus souvent à pied. Les cavaliers, ils les évitaient ; quand ils repéraient même un seul cavalier dans le lointain, ils se précipitaient hors de la route et se cachaient jusqu'à ce qu'il soit passé. Aucun ne portait de manteau noir et Rand ne pensait pas vraiment qu'un Évanescent se laisserait apercevoir par eux, mais courir des risques était inutile. Au début, c'est seulement les Demi-Hommes qu'ils redoutaient.

Le premier village après Pont-Blanc ressemblait tellement au Champ d'Emond que la marche de Rand devint traînante quand il le vit. Des toits de chaume très pointus et des maîtresses de maison en tablier qui bavardaient par-dessus la clôture séparant leurs demeures, des enfants jouant sur l'esplanade du village. Les cheveux des femmes n'étaient pas nattés et flottaient autour de leurs épaules, et d'autres petits détails aussi étaient différents, mais l'ensemble rappelait son village natal. Des vaches broutaient sur le pré communal et des oies traversaient la route en se dandinant d'un air vaniteux. Les enfants se roulaient en riant dans la poussière à l'endroit où l'herbe avait complètement disparu. Ils ne détournèrent même pas la tête quand Rand et Mat passèrent. Il y avait encore autre chose de différent. Les étrangers n'étaient pas une curiosité par ici ; deux de plus n'attiraient guère davantage qu'un second coup d'œil. Les chiens du village se contentaient de lever la tête pour flairer quand Mat et lui arrivaient à leur hauteur ; aucun ne se donna la peine de se lever.

Le soir approchait au moment où ils traversèrent ce village, et il éprouva un serrement de cœur nostalgique quand de la lumière apparut aux fenêtres. *Peu importe son apparence*, lui murmura une petite voix intérieure. *Ce n'est pas vraiment ton chez-toi. Même si tu entres dans une de ces maisons, Tam n'y sera pas. S'il y était, pourrais-tu le regarder en face ? Tu es au courant, à présent, n'est-ce pas ? Sauf pour de petits détails comme d'où tu viens et qui tu es. Il ne s'agissait pas de cauchemars dus à la fièvre.* Il courba les épaules en sentant tinter dans sa tête un rire moqueur. *Tu ferais aussi bien de t'arrêter*, dit la voix sarcastique. *Un endroit en vaut un autre quand on est de nulle part, et le Ténébreux t'a marqué.*

Mat le tira par la manche, mais il se dégagea et contempla les maisons. Il n'avait pas envie de s'arrêter, mais il voulait regarder et s'en souvenir. *Cela ressemble tellement à ton pays, mais tu ne le reverras jamais, tu sais ?*

Mat le tira de nouveau avec brusquerie par le bras. Il avait le visage tendu, la peau autour de sa bouche et de ses yeux était blême. « Viens, marmotta Mat. Viens donc. » Il considérait le village comme s'il soupçonnait quelque chose de s'y dissimuler. « Nous ne pouvons pas faire déjà halte ici. »

Rand exécuta un tour complet sur lui-même, embrassant du regard l'ensemble du village, et poussa un soupir. Ils n'étaient pas très éloignés de Pont-Blanc. Si le Myrddraal pouvait franchir le mur d'enceinte de Pont-Blanc sans être vu, il n'aurait aucun mal à fouiller cette petite bourgade. Il se laissa entraîner au-delà dans la campagne jusqu'à ce qu'ils aient laissé les chaumières derrière eux.

La nuit tomba avant qu'ils aient trouvé au clair de lune un endroit adéquat, sous des buissons qui avaient conservé leurs feuilles mortes. Ils se remplirent l'estomac avec l'eau froide d'un ruisselet peu profond qui coulait non loin de là, et se pelotonnèrent à même le sol, enveloppés dans leurs manteaux, sans feu. Un feu risquait d'être aperçu ; mieux valait avoir froid.

Tracassé par ses souvenirs, Rand se réveilla souvent et, chaque fois, il entendit Mat marmonner et se retourner comme une crêpe dans son sommeil. Il ne rêva rien dont il garda ensuite le souvenir, mais il ne dormit pas bien. *Tu ne reverras jamais ton foyer*.

Ce ne fut pas la seule nuit qu'ils passèrent avec seulement leurs manteaux pour les protéger du vent et quelquefois de la pluie, glacée et pénétrante. Ce ne fut pas le seul repas où ils n'absorbèrent que de l'eau froide. À eux deux, ils avaient assez de monnaie pour se payer quelques repas dans une auberge, mais un lit pour la nuit en aurait demandé trop. Les choses coûtaient plus cher en dehors des Deux Rivières, plus encore sur cette berge de l'Arinelle que dans Baerlon. L'argent qu'il leur restait encore devait être sauvegardé pour un cas d'urgence.

Un après-midi, Rand parla du poignard au manche incrusté d'un rubis pendant qu'ils cheminaient péniblement sur la route, le ventre même trop vide pour grouiller, sous un soleil bas qui ne chauffait guère, avec rien en vue dans le crépuscule que des buissons encore une fois. Des nuages noirs s'amassaient dans le ciel, présageant de la pluie pour la nuit. Il espéra qu'ils auraient de la chance ; peut-être rien de plus qu'un crachin glacé.

Il avait continué à marcher quand il se rendit compte que Mat s'était arrêté. Il s'immobilisa, remuant les orteils dans ses souliers. Au moins avait-il chaud aux pieds. Il souleva les courroies entrant dans ses épaules. Les couvertures roulées contenant ses effets et le paquet enveloppé dans le manteau de Thom n'étaient pas lourds, mais même quelques livres finissent par être pesantes au bout de plusieurs lieues parcourues l'estomac vide. « Qu'est-ce qui se passe, Mat ? dit-il.

– Pourquoi tiens-tu tellement à le vendre ? s'exclama Mat avec colère. C'est moi qui l'ai trouvé, après tout. N'as-tu jamais pensé que je pourrais avoir envie de le conserver ? Pendant un certain temps, en tout cas. Si tu veux vendre quelque chose, tu n'as qu'à vendre cette fichue épée. »

Rand passa la paume le long de la garde au héron. « Mon père m'a donné cette épée en cadeau. C'était la sienne. Je ne te demanderais pas de vendre quelque chose qui t'aurait été offert par ton père. Sang et cendres, Mat, aimes-tu donc aller le ventre vide ? De toute façon, même si je trouvais quelqu'un pour l'acheter, combien une épée rapporterait-elle ? Quel besoin d'une épée aurait un fermier ? Le rubis se vendrait suffisamment pour nous payer le voyage en voiture jusqu'à Caemlyn. Peut-être même jusqu'à Tar Valon. Et nous prendrions tous nos repas dans une auberge, nous coucherions chaque soir dans un lit. Peut-être que l'idée de traverser à pied la moitié de la terre et de dormir à même le sol te tente ? » Il regarda Mat avec colère et son ami lui rendit un regard équivalent.

Ils restèrent plantés comme ça au milieu de la chaussée jusqu'à ce que Mat hausse soudain les épaules d'un air gêné et baisse les yeux. « À qui ai-je une chance de le vendre, Rand ? Un fermier ne pourrait payer qu'en poulets ; pas moyen d'acheter une voiture en échange de poulets. Et même si je montrais ce rubis dans un des villages que nous traversons, on penserait probablement que nous l'avons volé. La Lumière sait ce qui se produirait alors. »

Au bout d'une minute, Rand acquiesça à regret d'un hochement de tête. « Tu as raison. Je m'en rends compte. Excuse-moi ; je n'avais pas l'intention d'entamer une dispute avec toi. C'est seulement que j'ai faim et mal aux pieds.

– Moi aussi, j'ai mal aux pieds. » Ils se remirent à arpenter la route, avançant d'un pas encore plus las qu'avant. Le vent soufflait en rafales qui leur projetaient de la poussière en pleine figure. « Moi aussi. » Mat toussa.

Des fermes leur fournirent bien par-ci par-là de quoi manger et quelques nuits à l'abri du froid. Une meule de foin était presque aussi confortable qu'une chambre avec un feu flambant, du moins en comparaison des buissons sous lesquels ils couchaient, et une meule même non couverte d'une bâche, à condition de s'y enfoncer assez profondément, ne laissait pas la pluie pénétrer sauf en cas d'averses violentes. Mat s'essayait de temps en temps à voler des œufs et, une fois, il voulut traire une vache laissée seule, attachée à une grande longe pour brouter dans un champ. Cependant, la plupart des fermes avaient des chiens et les chiens de garde sont vigilants. Courir une demi-lieue avec des chiens hurlant sur leurs talons était un prix trop élevé pour deux ou trois œufs aux yeux de Rand, surtout quand ces bêtes mettaient des heures à s'en aller et à les laisser descendre de l'arbre où ils s'étaient réfugiés.

Rand n'y tenait pas tellement, en réalité, mais il préférait se présenter ouvertement dans une ferme en plein jour. On lâchait parfois les chiens sur eux néanmoins, avant qu'un mot même soit proféré, car les rumeurs et le climat de l'époque rendaient nerveux en présence d'étrangers quiconque habitait un peu à l'écart, mais souvent une heure passée à couper du bois ou à puiser de l'eau leur valait un repas et un lit, ce lit ne serait-il qu'une botte de paille dans la grange. Par contre, une heure ou deux à exécuter des corvées, c'était une heure ou deux de clarté du jour où ils restaient sur place, une heure ou deux permettant au Myrddraal de les rattraper. Il se demandait parfois combien de lieues un Évanescent était capable de parcourir en une heure. Il regrettait chaque minute qui s'écoulait – moins, il est vrai, quand il avalait la soupe bien chaude d'une fermière. Et, quand ils n'avaient rien à manger, savoir que chaque minute les rapprochait de Caemlyn ne servait guère à apaiser les crampes de faim d'un ventre vide. Rand était incapable de décider si perdre du temps était ou non pire que d'être affamé, mais Mat se préoccupait d'autre chose que d'avoir le ventre creux ou d'être poursuivi.

« Au fond, qu'est-ce que nous savons d'eux ? s'exclama-t-il avec irritation un après-midi où ils enlevaient le fumier de l'étable dans une petite ferme.

– Par la Lumière, Mat, qu'est-ce qu'eux savent de nous ? » Rand éternua. Ils travaillaient torse nu, et ils étaient tous les deux littéralement couverts de sueur et de paille, et des atomes de poussière de paille flottaient en l'air. « Ce que je sais, c'est qu'ils nous donneront de l'agneau rôti et un vrai lit pour dormir. »

Mat planta sa fourche dans la paille et le fumier et jeta en biais un regard sourcilleux au fermier qui approchait du fond de l'étable avec un seau dans une main et sa sellette à traire dans l'autre. Vieil homme voûté, à la peau comme du cuir et des cheveux gris et rares, le fermier ralentit quand il vit Mat le regarder, puis détourna vivement les yeux et sortit précipitamment de l'étable, faisant dans sa hâte sauter du lait par-dessus le bord du seau.

« Il manigance quelque chose, c'est moi qui te le dis, reprit Mat. Tu as vu comme il a évité de me regarder en face ? Pourquoi se montrent-ils si amicaux envers deux vagabonds qu'ils n'ont jamais vus de leur vie ? Explique-moi ça.

– Sa femme dit que nous leur rappelons leurs petits-fils. Cesse donc de te tracasser à leur sujet. Ce dont nous avons à nous inquiéter se trouve derrière nous. Du moins je l'espère.

– Il prépare un tour de cochon », marmotta Mat.

Quand ils eurent fini, ils se lavèrent à l'auge devant l'étable, leurs ombres s'étirant en longueur dans le soleil couchant. Rand s'essuya avec sa chemise pendant qu'ils se dirigeaient vers la maison de ferme. Le paysan les accueillit sur le seuil ; il s'appuyait sur un de ces longs bâtons dont on se sert pour l'escrime avec une attitude faussement détachée. Derrière lui, sa femme, la main crispée sur son tablier, regardait par-dessus l'épaule du fermier en se mordant la lèvre. Rand soupira ; il ne croyait plus que Mat et lui leur rappelaient leurs petits-enfants.

« Nos fils viennent nous rendre visite ce soir, déclara le vieil homme. Tous les quatre. J'avais oublié. Ils arrivent tous les quatre. De beaux gaillards. Solides. Ils seront là d'une minute à l'autre. À mon grand regret, nous n'avons pas le lit que nous vous avons promis. »

Sa femme passa vivement un bras devant lui, tendant un petit paquet enveloppé dans une serviette. « Tenez. Il y a du pain, du fromage, des pickles et de l'agneau. Assez pour deux repas, peut-être bien. » Son visage ridé les implorait de prendre le paquet et de s'en aller.

Rand le prit. « Merci. Je comprends. Viens, Mat. »

Mat le suivit, grommelant tout en enfilant sa chemise par-dessus sa tête. Rand estima préférable de couvrir autant de chemin que possible avant de faire halte pour manger. Le vieux fermier avait un chien.

Ç'aurait pu être pire, songea-t-il. Trois jours auparavant, alors qu'ils étaient encore en train de travailler, les chiens avaient été lâchés sur eux. Les chiens, le fermier et ses deux fils brandissant des gourdins les avaient talonnés jusqu'à la Route de Caemlyn, puis sur cinq cents empans après, avant d'abandonner la poursuite. Le fermier était armé d'un arc où était encochée une flèche avec une large pointe.

« Ne revenez pas, vous entendez ! leur avait-il crié. Je ne sais pas ce que vous avez dans la tête, mais que je ne revoie plus vos regards sournois ! »

Mat avait commencé à se retourner en fouillant dans son carquois, mais Rand l'avait entraîné. « Tu es fou ? » Mat l'avait dévisagé d'un air buté mais du moins avait-il continué à courir.

Rand se demandait parfois si cela valait la peine de s'arrêter dans les fermes. Plus ils allaient, plus Mat se montrait soupçonneux à l'égard des étrangers et moins il réussissait à le dissimuler. Ou en prenait la peine. Les repas devenaient plus maigres pour le même travail et parfois la grange n'était même pas offerte pour y dormir. C'est alors qu'une solution à tous leurs problèmes se présenta à Rand, ou du moins le crut-il, et elle lui apparut à la ferme des Grinwell.

Maître Grinwell et sa femme avaient neuf enfants, dont l'aînée était une fille plus jeune d'un an au maximum que Rand et que Mat. Maître Grinwell était un homme robuste et, avec ses enfants, il n'avait probablement pas besoin d'aide supplémentaire, mais il les toisa de la tête aux pieds, vit leurs vêtements salis par le voyage et leurs souliers poudreux, et affirma qu'il pouvait toujours trouver du travail pour d'autres bras. Maîtresse Grinwell déclara que s'ils devaient manger à leur table ils n'y viendraient pas dans ces accoutrements malpropres. Elle s'apprêtait à faire la lessive, et quelques-uns des vieux habits de son mari leur iraient bien assez pour travailler. Elle souriait en le disant et, pendant une minute, Rand trouva qu'elle ressemblait à Maîtresse al'Vere, bien qu'étant blonde ; il n'avait encore jamais vu de cheveux de cette couleur. Même Mat sembla se détendre un peu quand elle reporta son sourire vers lui. La fille aînée, c'était une autre histoire.

Brune, avec de grands yeux, jolie, Else leur souriait avec effronterie chaque fois que ses parents étaient occupés ailleurs. Pendant qu'ils s'affairaient à ranger des tonneaux et des sacs de blé dans l'écurie, elle se suspendit par les coudes à la porte d'une stalle en fredonnant tout bas et en mâchonnant le bout d'une longue natte, les yeux fixés sur eux. C'est Rand surtout qu'elle observait. Il s'efforça de ne pas y prêter attention mais, au bout de quelques minutes, il enfila la chemise que Maître Grinwell lui avait prêtée. Elle le serrait aux entournures et était trop courte, mais cela valait mieux que rien. Else éclata de rire sans retenue quand il s'inséra dedans en tirant dessus. Il commença à penser que cette fois-ci ce ne serait pas la faute de Mat si on les mettait à la porte.

Perrin saurait comment se tirer d'affaire, songea-t-il. *Il dirait quelque chose de désinvolte et elle ne tarderait pas à rire de ses plaisanteries au lieu de rester à traîner avec des yeux de crapaud mort d'amour là où son père peut la remarquer*. Par malheur, aucune phrase désinvolte ne lui venait à l'esprit, et aucune plaisanterie non plus. Chaque fois qu'il regardait dans sa direction, elle lui souriait d'une façon qui aurait incité son père à lâcher les chiens sur eux s'il s'en était aperçu. Une fois, elle lui déclara qu'elle aimait les hommes grands. Tous les garçons dans les fermes des environs étaient petits. Mat émit un petit rire rosse. Regrettant de ne pas trouver la moindre blague, Rand s'efforça de concentrer son attention sur sa fourche.

Les enfants plus jeunes, du moins, étaient une bénédiction du point de vue de Rand. La méfiance de Mat diminuait généralement un peu quand il y avait des enfants. Après dîner, ils s'installèrent tous devant la cheminée, avec Maître Grinwell dans son fauteuil favori bourrant sa pipe de tabac et Maîtresse Grinwell s'activant avec sa boîte à couture et les chemises qu'elle avait lavées pour Mat et lui. Mat sortit les balles colorées de Thom et se mit à jongler. Il ne jonglait jamais sauf lorsque des enfants se trouvaient là. Ceux-ci riaient quand il faisait semblant de rater son tour et rattrapait les balles à la dernière seconde, et ils applaudissaient les fontaines, les huit de chiffre et le cercle à six balles qu'il était réellement presque sur le point de laisser tomber. Mais ils le prenaient du bon côté, Maître Grinwell et sa femme applaudissant aussi fort que leur progéniture. Quand Mat eut achevé son numéro, en saluant à la ronde avec autant de panache que Thom, Rand sortit de son étui la flûte du ménestrel.

Il ne maniait jamais l'instrument sans un serrement de cœur. Sentir sous ses doigts son damasquinage d'or et d'argent était comme évoquer le souvenir de Thom. Il ne touchait à la harpe que pour vérifier qu'elle était bien au sec – Thom disait toujours que la harpe dépassait les capacités d'un jeune paysan empoté – mais chaque fois qu'un fermier les autorisait à passer la nuit chez lui, il jouait un air après dîner. C'était juste un petit supplément pour indemniser le fermier, et peut-être un moyen de garder vivant le souvenir de Thom.

Dans une atmosphère de gaieté déjà créée par les jongleries de Mat, il joua *Trois Jeunes Filles dans un pré*. Maître et Maîtresse Grinwell frappèrent dans leurs mains en cadence et les jeunes enfants dansèrent dans la pièce, même le plus petit qui marchait à peine et qui tapait des pieds suivant le rythme. Rand savait qu'il ne gagnerait pas de prix au concours de Bel Tine mais, après les leçons de Thom, il n'hésiterait pas à y participer.

Else était assise en tailleur devant le feu et, comme il abaissait la flûte après la dernière note, elle se pencha en avant avec un long soupir et lui sourit. « Ce que vous jouez bien. Je n'ai jamais rien entendu d'aussi beau. »

Maîtresse Grinwell interrompit subitement sa couture et jeta un coup d'œil à sa fille en haussant un sourcil, puis posa longuement sur Rand un regard évaluateur.

Il avait ramassé l'étui de cuir pour ranger la flûte

mais, devant ce regard, il le laissa choir et faillit laisser choir aussi la flûte. Si elle l'accusait de flirter avec sa fille... En désespoir de cause, il porta de nouveau la flûte à ses lèvres et joua un autre air, puis un autre et un autre encore. Maîtresse Grinwell continuait à l'observer. Il joua *Le Vent qui secoue le saule, En revenant de la Brèche de Tarwin, Le Coq de Maîtresse Aynora* et *Le Vieil Ours noir*. Il joua tous les airs qui lui revinrent en tête, mais pas un instant elle ne le quitta des yeux. Elle ne prononça pas un mot non plus, mais elle observait – et méditait.

L'heure était tardive quand Maître Grinwell finit par se lever, en se frottant les mains avec un petit rire. « Eh bien, c'était fameux comme distraction, mais le moment d'aller au lit est passé depuis longtemps pour nous. Vous les jeunes qui voyagez, vous agissez à votre guise, mais la matinée commence de bonne heure dans une ferme. Croyez-moi, jeunes gens, j'ai déboursé dans les auberges un joli denier pour des séances ne valant pas mieux comme divertissement que ce que j'ai eu ce soir. Que dis-je, valant beaucoup moins.

– J'estime qu'ils méritent une récompense, papa, déclara Maîtresse Grinwell en prenant dans ses bras son dernier-né qui s'était depuis longtemps endormi devant le feu. L'écurie n'est pas un endroit qui convient pour dormir. Ils peuvent s'installer ce soir dans la chambre d'Else et elle viendra coucher avec moi. »

Else fit la grimace. Elle avait eu soin de garder la tête baissée, mais Rand s'en aperçut. Il pensa que sa mère l'avait remarqué aussi.

Maître Grinwell hocha la tête. « Oui, oui, c'est bien mieux que l'écurie. Si cela vous est égal de coucher à deux dans le même lit, évidemment. » Rand rougit ; Maîtresse Grinwell le regardait toujours. « Je serai content d'écouter encore de ces airs de flûte, et de voir aussi votre jonglerie. Cela me plaît. Tenez, il y a un petit travail pour lequel demain vous pourriez donner un coup de main...

– Ils voudront partir de bonne heure, papa, intervint Maîtresse Grinwell. Arien est le prochain village dans leur direction et s'ils veulent tenter leur chance à l'auberge de là-bas, ils devront marcher toute la journée pour y arriver avant la nuit.

– Oui, Maîtresse, acquiesça Rand, nous partirons tôt. Et merci. »

Elle lui adressa un sourire contenu comme si elle savait bien que ses remerciements concernaient davantage que son conseil, ou même le dîner et un lit douillet.

Pendant toute la journée du lendemain, Mat l'asticota au sujet d'Else tandis qu'ils arpentaient la route. Rand ne cessa d'essayer de changer de sujet et la suggestion de donner des représentations dans les auberges émise par les Grinwell était ce qui lui vint le plus naturellement à l'esprit. Le matin, avec Else qui faisait la tête quand il s'en alla et Maîtresse Grinwell qui arborait en les observant l'air sagace de qui pense *bon débarras et plus prompt le départ plus vite la guérison*, cela avait juste été un moyen de fermer le bec à Mat. Quand ils arrivèrent effectivement au village suivant, cela avait pris une tout autre signification.

Le crépuscule tombait quand ils entrèrent dans l'unique auberge d'Arien, et Rand s'adressa au maître de céans. Il joua *Prenons le bac pour passer la rivière* – que l'aubergiste au physique rebondi appelait *Sara chérie* – et une partie de *La Route qui mène à Dun Aren*, Mat jongla un peu et le résultat fut qu'ils dormirent dans un lit cette nuit-là et mangèrent du bœuf bouilli accompagné de pommes de terre sautées. C'était la plus petite chambre de l'auberge, certes, à l'arrière et juste sous le comble, et le repas fut pris au milieu d'une longue soirée d'airs de flûte et de jongleries, mais c'était néanmoins un lit sous un toit. Mieux encore, de l'avis de Rand, toutes les heures de jour avaient été employées à voyager. Et les clients de l'auberge ne parurent pas se formaliser que Mat les dévisage d'un air soupçonneux. Quelques-uns, d'ailleurs, s'entre-regardaient avec suspicion. L'époque rendait monnaie courante la méfiance envers les inconnus et il y avait toujours des étrangers dans une auberge.

Rand dormit mieux qu'il ne l'avait fait depuis le départ de Pont-Blanc, bien que partageant un lit avec Mat et ses marmottements nocturnes. Au matin, l'aubergiste tenta de les convaincre de rester encore un jour ou deux et, n'y parvenant pas, il appela un fermier aux yeux larmoyants qui avait trop bu pour rentrer chez lui avec sa charrette la veille au soir. Une heure après, ils se trouvaient à une lieue et quart plus avant vers l'est, étendus sur le dos dans la paille au fond de la charrette d'Eazil Forney.

Cela devint leur mode de voyage. Avec un peu de chance et peut-être un ou deux trajets en voiture, ils parvenaient presque toujours au village suivant à la nuit. S'il y avait plus d'une auberge dans un village, les aubergistes surenchérissaient les uns sur les autres une fois qu'ils avaient entendu la flûte de Rand et regardé Mat jongler. À eux deux, ils n'arrivaient pas encore à égaler un ménestrel, mais ils valaient davantage que ce que la plupart des villages avaient vu en une année. Deux ou trois auberges dans un bourg, cela voulait dire une meilleure chambre, avec deux lits, des portions plus généreuses d'un morceau de viande plus savoureux et parfois même en supplément quelques sous dans leurs poches quand ils repartaient. Au matin, il y avait presque toujours quelqu'un qui proposait de les emmener, un autre fermier qui était resté trop longtemps et qui avait trop bu, ou un marchand à qui leur représentation avait suffisamment plu pour qu'il accepte sans sourciller qu'ils se hissent d'un saut à l'arrière d'un de ses chariots. Rand commença à croire qu'ils atteindraient Caemlyn sans plus de problèmes. Mais alors ils arrivèrent aux Quatre-Rois.

32.

LES QUATRE-ROIS DANS L'OMBRE

Le bourg était plus important que la plupart des autres, mais c'était néanmoins une agglomération bien minable pour porter un nom aussi prestigieux que les Quatre-Rois. Comme d'habitude, la Route de Caemlyn en traversait tout droit le centre, mais un second chemin à circulation intense y arrivait aussi du sud. Alors que la majorité des villages étaient des marchés et des lieux de réunion pour les fermiers des alentours, par contre ici on voyait peu de paysans. Le bourg des Quatre-Rois survivait en tant que halte pour les caravanes de marchands se rendant à Caemlyn et aux villes minières des Montagnes de la Brume au-delà de Baerlon, ainsi qu'aux villages situés entre les deux. La route du Sud drainait le charroi du commerce de Lugard avec les mines de l'Ouest ; les marchands lugardois qui allaient à Caemlyn empruntaient un itinéraire plus direct. La campagne environnante ne comportait que peu de fermes, juste suffisantes pour nourrir leurs habitants et le bourg, et tout dans ce bourg était centré sur les commerçants et leurs chariots, les rouliers qui les conduisaient et les hommes de peine qui chargeaient les marchandises.

Disséminées à travers les Quatre-Rois, des parcelles de terre dénudée réduite à l'état de poussière étaient encombrées de chariots rangés roues à roues et abandonnés, à part quelques gardes blasés. Des écuries et des enclos à chevaux jalonnaient les rues, toutes assez larges pour permettre le passage des voitures et creusées d'ornières profondes par un trop grand nombre de roues. Il n'y avait pas d'esplanade gazonnée et les enfants jouaient dans ces ornières, se rejetant de côté pour éviter les charrettes et les jurons des charretiers. Des habitantes du bourg, la tête couverte d'une écharpe, gardaient les yeux baissés et marchaient vite, parfois poursuivies par des commentaires de voituriers qui faisaient rougir Rand ; même Mat sursautait en entendant certains d'entre eux. Aucune femme ne bavardait avec sa voisine par-dessus la clôture. De tristes maisons de bois s'entassaient les unes auprès des autres séparées seulement par d'étroites venelles et le blanc de leur badigeon – quand quelqu'un avait pris la peine de passer à la chaux les planches usées par les intempéries – était estompé comme s'il n'avait pas été renouvelé depuis des années. D'épais volets aux fenêtres des maisons n'avaient pas été ouverts depuis si longtemps que leurs gonds étaient devenus des masses compactes de rouille. Le bruit était omniprésent, « clang-clang » des marteaux de forgeron, cris des charretiers, rires bruyants sortant des auberges du bourg.

Rand sauta à bas de l'arrière d'un chariot bâché appartenant à un marchand quand ils arrivèrent à la hauteur d'une auberge peinte de façon voyante, avec des verts et des jaunes qui tiraient l'œil de loin au milieu des maisons ternes. La file de chariots continua à avancer. Aucun de leurs conducteurs ne sembla même remarquer que Mat et lui n'étaient plus là ; le crépuscule tombait et tous ne songeaient qu'à dételer les chevaux et à se rendre dans les auberges. Rand trébucha dans une ornière, puis sauta de côté pour éviter une voiture lourdement chargée qui survenait avec fracas en sens inverse. Le charretier l'injuria en passant devant lui. Une femme du pays le contourna et continua vivement sa route sans même croiser son regard.

Il commenta : « Cet endroit ne me dit rien qui vaille. » Il crut entendre de la musique mêlée au vacarme, mais il était incapable de déterminer d'où elle provenait. De l'auberge, peut-être, mais difficile de l'affirmer. « Il ne me plaît pas. Je me demande si nous ne ferions pas mieux de poursuivre notre chemin, cette fois-ci. »

Mat le toisa d'un air méprisant et roula les yeux en direction du ciel. Des nuages noirs s'amassaient là-haut. « Et dormir cette nuit sous une haie ? Par ce temps ? J'ai repris l'habitude de coucher dans un lit. » Il tendit l'oreille pour écouter, puis grommela : « Possible qu'une de ces auberges n'ait pas de musiciens. En tout cas, je suis prêt à parier qu'elles n'ont pas de jongleurs. » Il mit son arc en bandoulière et se dirigea vers la porte d'un jaune éclatant, en observant les alentours, les paupières plissées. Rand suivit à regret.

Il y avait des musiciens à l'intérieur, leur cithare et leur tambour rendus presque inaudibles par les gros rires et les propos tonitruants avinés. Rand ne s'attarda pas à chercher le propriétaire. Les deux auberges suivantes avaient aussi des musiciens, et la même cacophonie assourdissante. Des hommes aux habits grossiers occupaient toutes les tables et déambulaient entre elles d'un pas chancelant, en brandissant des chopes et essayant de tripoter les serveuses qui les évitaient avec des sourires patients et figés. Le boucan faisait trembler les murs, et l'air était imprégné d'une odeur aigre, un relent de vinasse et de corps pas lavés. Quant aux marchands, dans leurs soieries, velours et dentelles, il n'y en avait pas trace ; des salles à manger particulières à l'étage protégeaient leurs oreilles et leurs nez. Mat et lui se contentèrent de passer la tête par la porte avant de s'en aller. Rand commença à croire qu'ils n'auraient pas d'autre choix que de continuer leur route.

La quatrième auberge, *Le Charretier qui danse*, était silencieuse.

Elle avait un aspect aussi criard que les autres, en jaune bordé de rouge vif et d'un vert jaunâtre qui vous faisait mal aux yeux, mais sa peinture était craquelée et s'écaillait. Rand et Mat entrèrent.

Il y avait seulement une demi-douzaine de clients assis aux tables qui remplissaient la salle commune, courbés au-dessus de leurs chopes, chacun plongé d'un air morne dans ses pensées. Les affaires ne marchaient manifestement pas, mais avaient dû connaître des temps meilleurs. Exactement autant de serveuses que de clients s'activaient dans la salle. Elles avaient de quoi s'occuper – le sol était incrusté de crasse et des toiles d'araignée bouchaient les angles du plafond – mais la plupart n'accomplissaient rien d'utile, elles se déplaçaient seulement pour qu'on ne les voie pas rester debout les bras croisés.

Un personnage osseux aux cheveux longs et huileux

qui lui tombaient sur les épaules se retourna pour les regarder d'un air renfrogné quand ils franchirent le seuil. Le premier roulement de tonnerre résonna lentement dans le bourg des Quatre-Rois. « Qu'est-ce que vous voulez ? » Il se frottait les mains sur un tablier graisseux qui lui arrivait aux chevilles. Rand se demanda si la saleté se déposait davantage sur le tablier ou sur les mains du personnage. C'était le premier aubergiste maigre que voyait Rand. « Eh bien ? Parlez, commandez un verre ou sortez ! Est-ce que vous me prenez pour un phénomène de foire ? »

Rand rougit et se mit à débiter le boniment qu'il avait mis au point dans les autres auberges. « Je joue de la flûte et mon ami jongle, vous ne verrez pas deux comme nous en une année. Pour une chambre confortable et un bon repas, nous vous remplirons cette salle commune. » Il pensa aux salles bondées qu'il avait déjà vues ce soir et, en particulier, dans la dernière, à l'homme qui avait vomi juste devant lui. Il avait dû vite battre en retraite pour garder ses souliers propres. Il se troubla, puis se reprit et continua. « Nous remplirons votre auberge de clients qui vous rembourseront vingt fois le peu que nous coûtons avec la nourriture et la boisson qu'ils consommeront. Pourquoi ne pas...

– J'ai quelqu'un qui joue du tympanon, répliqua fièrement l'aubergiste.

– Vous avez un ivrogne, Saml Hake », dit une des serveuses. Elle passait devant lui avec un plateau et deux chopes, et elle s'arrêta pour adresser à Rand et à Mat un sourire qui creusa des fossettes dans ses joues rondes. « La plupart du temps, il n'y voit plus assez clair pour trouver la salle commune, confia-t-elle entre haut et bas. On ne l'a même pas aperçu depuis deux jours. »

Sans quitter des yeux Mat et Rand, Hake lui décocha en pleine figure un revers de main. Elle poussa un petit cri de surprise et tomba lourdement sur le sol malpropre ; une des chopes se brisa et le vin répandu creusa des rigoles dans la saleté. « La casse et le vin seront retenus sur votre salaire. Allez leur chercher d'autres consommations. Et dépêchez-vous. Les clients ne paient pas pour que vous tiriez votre flemme. » Le ton de sa voix était aussi indifférent que son geste. Aucun client ne leva le nez de sa chope, et les autres serveuses évitèrent de regarder de leur côté.

La serveuse rondelette se frotta la joue et darda un regard assassin sur Hake, mais elle ramassa la chope vide et les fragments de l'autre, puis s'éloigna avec son plateau sans un mot.

Hake se suçait pensivement les dents en toisant Rand et Mat. Ses yeux se posèrent longuement sur l'épée au héron avant de se détourner. « Écoutez, finit-il par dire, vous pouvez avoir deux paillasses dans une resserre vide au fond. Les chambres coûtent trop cher pour qu'on les donne gratis. Vous mangerez quand tout le monde sera parti. Il restera bien quelque chose. »

Rand regretta qu'il n'y ait pas eu aux Quatre-Rois une auberge où ils n'auraient pas encore tenté leur chance. Depuis leur départ de Pont-Blanc, il s'était trouvé confronté à de la froideur, de l'indifférence et de la franche hostilité, mais rien qui lui inspire du malaise comme cet homme et ce bourg. Il se dit que c'était simplement à cause de la saleté, de l'atmosphère sordide et du vacarme, mais l'inquiétude ne s'en alla pas. Mat dévisageait Hake comme s'il soupçonnait quelque piège, mais il n'avait pas l'air prêt à renoncer au *Charretier qui danse* pour coucher sous une haie. Le tonnerre fit trembler les vitres. Rand soupira.

« Les paillasses iront si elles sont propres et s'il y a suffisamment de couvertures convenables. Mais nous mangerons deux heures après la tombée de la nuit, pas plus tard, et le meilleur de ce que vous avez. Tenez. Nous allons vous montrer ce que nous savons faire. » Il s'apprêta à prendre l'étui de la flûte, mais Hake secoua la tête.

« Peu importe. Ces gars-là seront contents de n'importe quel bruit à vous écorcher les oreilles pour autant qu'il a un rythme ressemblant à de la musique. » Ses yeux se posèrent de nouveau sur l'épée de Rand ; son sourire maigre affectait uniquement ses lèvres. « Mangez quand vous voulez mais, si vous n'attirez pas la foule ici, c'est dehors que vous vous retrouverez, dans la rue. » Il eut un mouvement de menton par-dessus son épaule en direction de deux hommes au faciès rude assis le long du mur. Ils ne buvaient pas, et ils avaient des bras gros comme des cuisses. Quand Hake eut ce mouvement de tête vers eux, leurs regards se fixèrent sur Rand et Mat, des regards qui plongèrent droit dans les leurs sans aucune expression.

Rand porta la main à la poignée de son épée, tout en espérant que la crispation de son estomac ne se répercutait pas sur sa figure. « Du moment que nous obtenons ce qui est convenu », dit-il d'une voix égale.

Hake cligna des paupières et, pendant une seconde, parut lui aussi mal à l'aise. Brusquement, il hocha la tête : « C'est ce que j'ai dit, hein ? Eh bien, allez-y. Vous n'amènerez personne en restant plantés là. » Il s'éloigna à pas majestueux, fronçant les sourcils et vociférant après les serveuses comme si cinquante clients attendaient impatiemment qu'elles s'occupent d'eux.

Il y avait une petite estrade à l'autre extrémité de la salle, près de la porte du fond. Rand hissa dessus un banc et rangea par-derrière son manteau, ses affaires de couchage, la cape de Thom roulée et l'épée posée dessus.

Il se demanda s'il avait été sage de continuer à porter cette épée ouvertement. Les épées n'étaient pas si rares, mais l'estampille du héron attirait attention et conjectures. Pas de la part de tout le monde, mais le simple fait d'être remarqué le mettait mal à l'aise. Autant laisser une piste balisée pour le Myrddraal – si les Évanescents ont besoin de cette sorte de piste. Ce qui ne semblait pas être le cas. Peu importe, il n'avait pas envie de cesser de la porter. Tam la lui avait donnée. Son père. Aussi longtemps qu'il avait son épée, une relation entre Tam et lui existait encore, un lien qui lui donnait le droit de l'appeler encore père. *Trop tard, maintenant*, pensa-t-il. Il n'était pas très sûr de ce qu'il voulait dire par là, mais il était certain que c'était vrai. *Trop tard.*

À la première note de *Coq du Nord*, la demi-douzaine de clients dans la salle relevèrent le nez de dessus leur vin. Même les deux « videurs » se penchèrent en avant. Tous applaudirent lorsqu'il eut fini, les deux brutes comprises, et de nouveau quand Mat lança un essaim de balles de couleur qui tournoyèrent entre ses mains. Au-dehors, le ciel gronda encore sourdement. La pluie ne tombait toujours pas, mais on en sentait le poids de façon palpable ; plus elle tardait, plus fort elle tomberait.

Le mot se répandit et, à la venue de la nuit, l'auberge était pleine d'hommes qui riaient et parlaient si haut que Rand entendait à peine ce qu'il jouait. Seul le tonnerre dominait le tintamarre de la salle. Des éclairs luisaient derrière les fenêtres et, dans les moments où le vacarme se calmait, il percevait vaguement le crépitement de la pluie sur le toit. Les clients qui entraient à présent laissaient derrière eux une traînée d'eau.

Chaque fois qu'il marquait une pause, des voix criaient des titres de chansons à travers le boucan. Un bon nombre ne lui disait rien mais, s'il trouvait quelqu'un pour fredonner une bribe de l'air, il s'apercevait souvent qu'il connaissait la chanson. La même chose s'était déjà produite ailleurs. Le *Joyeux Jaim* était ici *Rhea fait la fête* et s'appelait *Les Couleurs du soleil* à une précédente halte. Certains titres restaient les mêmes ; d'autres changeaient à deux lieues et demie de distance, et il en avait aussi appris de nouvelles. *Le Colporteur ivre* en était une, même si parfois elle s'intitulait *Un Rétameur dans la cuisine. Deux Rois s'en vinrent chasser* était *Deux Chevaux au galop* ainsi que plusieurs autres appellations. Il joua celles qu'il savait, et les clients martelaient les tables pour qu'il continue.

D'autres réclamaient que Mat recommence à jongler. Des bagarres éclataient de temps en temps entre ceux qui voulaient de la musique et ceux qui préféraient les jongleries. Une fois, un couteau étincela, une femme cria et un homme s'écarta d'une table en chancelant, avec du sang qui lui ruisselait sur la figure, mais Jak et Strom, les deux « videurs », s'approchèrent aussitôt et, avec une impartialité totale, jetèrent dans la rue avec des bosses sur la tête tous les participants. C'était leur tactique en cas de chambard. Les conversations et les rires se poursuivirent comme si de rien n'était. Personne ne se détourna pour regarder, sauf ceux que les « videurs » avaient bousculés en se dirigeant vers la porte.

Les clients n'hésitaient pas non plus à lutiner les serveuses dès qu'elles oubliaient de se tenir sur leurs gardes. À maintes reprises, Jak ou Strom durent venir à la rescousse de l'une d'entre elles, bien que sans y mettre beaucoup d'empressement. À le voir vitupérer et secouer la serveuse en cause, Hake estimait toujours que la fautive c'était elle, dont les yeux pleins de larmes et les excuses balbutiées disaient qu'elle était prête à accepter cette opinion. Ces femmes tremblaient dès que Hake fronçait les sourcils, même s'il regardait ailleurs. Rand se demanda pourquoi toutes se résignaient à pareille situation.

Hake souriait quand il avait la tête tournée vers Rand et Mat. Au bout d'un moment, Rand se rendit compte que Hake ne leur souriait pas ; les sourires naissaient quand ses yeux se dirigeaient derrière eux, où était l'épée estampillée au héron. Une fois où Rand avait posé la flûte aux ciselures d'or et d'argent à côté de son tabouret, la flûte eut droit également à un sourire.

Quand il prit ensuite la place de Mat sur le devant de l'estrade, il se pencha pour lui parler à l'oreille. Même d'aussi près, il dut parler fort mais, étant donné l'ampleur du vacarme, il doutait que quelqu'un d'autre l'entende. « Hake va essayer de nous voler. »

Mat hocha la tête comme si ce n'était rien d'inattendu. « Nous aurons à nous barricader cette nuit.

– Nous barricader ? Jak et Strom sont de force à enfoncer une porte avec leurs poings. Fichons le camp.

– Attends au moins que nous ayons mangé. J'ai faim. Ils ne peuvent rien faire ici », ajouta Mat. La salle bondée réclamait à grands cris qu'ils reprennent leur programme. Hake les poignardait du regard. « Dites donc, vous avez envie de coucher dehors, cette nuit ? » Un coup de foudre particulièrement violent noya tout le reste et, pendant un instant, par les fenêtres se déversa plus de clarté que n'en donnaient les lampes.

« Je veux seulement sortir d'ici sans avoir le crâne fendu », dit Rand, mais Mat se laissait déjà aller mollement sur le tabouret pour prendre son temps de repos. Rand soupira et attaqua *La Route de Dun Aren*. Beaucoup dans la compagnie semblaient aimer cette chanson-là ; il l'avait déjà jouée quatre fois et on la lui réclamait encore.

L'ennui, c'est que Mat avait raison, dans ce qu'il disait. Lui aussi avait faim. Et il ne voyait pas comment Hake pouvait s'attaquer à eux alors que la salle commune était bondée et que du monde arrivait encore. Pour un client qui partait ou était jeté dehors par Jak et par Strom, deux survenaient de la rue. Ils réclamaient le numéro de jonglerie ou un air en particulier, mais la plupart ne songeaient qu'à boire et à peloter les serveuses. Il y avait toutefois un client bien différent.

Il tranchait en tous points sur la cohue qui se pressait au *Charretier qui danse*. Les marchands dédaignaient apparemment cette auberge minable ; il n'y avait même pas de salles à manger privées à eux réservées pour autant qu'il pouvait s'en rendre compte. Les clients avaient tous des habits grossiers, avec la peau tannée de qui travaille sous le soleil et dans le vent. Cet homme-là avait un aspect bien en chair et florissant, avec des mains douces d'apparence, il était vêtu d'un costume de velours, et une cape de velours vert sombre doublée de soie bleue était jetée sur ses épaules. Tous ses vêtements sortaient visiblement des mains du bon faiseur. Ses souliers – des escarpins bas et souples en velours, pas des brodequins – ne convenaient pas pour les rues pleines d'ornières des Quatre-Rois ni, aussi bien, pour aucune rue.

Il était entré longtemps après la tombée de la nuit, secouant la pluie de sa cape tout en jetant un coup d'œil autour de lui, la bouche pincée de dégoût. Il avait promené son regard dans la salle et s'apprêtait déjà à ressortir quand il avait soudain eu un sursaut dû à rien que Rand ait pu discerner et il s'était installé à une table que Jak et Strom venaient juste de libérer. Une serveuse s'arrêta à sa table, lui rapporta une chope de vin qu'il poussa de côté et ne toucha plus. Les deux fois, la serveuse avait paru pressée de s'éloigner, quand bien même il n'avait pas tenté de la toucher et ne l'avait même pas regardée. Ce qu'il avait en lui qui causait le malaise de la serveuse, d'autres qui l'avaient approché y avaient été sensibles également. En dépit de son air mielleux, chaque fois qu'un charretier aux mains calleuses décidait de venir à cette table, un coup d'œil suffisait pour qu'il cherche une place ailleurs. Il était assis là comme s'il n'y avait dans la salle personne d'autre que lui – et Rand et Mat. Eux, il les observait au-dessus de ses mains réunies en château par le bout des doigts où, sur chacun, scintillait une bague. Il les observait avec le sourire de quelqu'un qui les a identifiés et en est satisfait.

Quand ils permutèrent, Rand chuchota à l'oreille de Mat qui acquiesça d'un signe. « Je l'ai vu, murmura Mat. *Qui est-ce ?* Je ne peux pas m'ôter de l'idée que je le connais. »

La même pensée était venue à Rand, lui titillant la mémoire sans qu'il parvienne à préciser ses souvenirs. Par ailleurs, il était certain de n'avoir jamais aperçu cette figure auparavant.

Quand ils eurent joué pendant deux heures, à peu de

chose près suivant l'estimation de Rand, il glissa la flûte dans son étui, et Mat et lui rassemblèrent leurs effets personnels. Comme ils descendaient de l'estrade basse, Hake se précipita vers eux, son visage étroit crispé de colère.

Rand prit les devants et déclara : « Il est temps de manger et nous ne tenons pas à ce qu'on nous vole nos affaires. Voulez-vous prévenir la cuisinière ? » Hake hésita, toujours furieux, s'efforçant sans succès de ne pas regarder ce que Rand portait dans ses bras. D'un air indifférent, Rand déplaça ses charges de façon à pouvoir poser la main sur l'épée. « Ou vous pouvez *essayer* de nous jeter dehors. » Il avait accentué exprès le mot, puis il ajouta : « On a encore devant nous pas mal d'heures dans la soirée pour jouer. On doit garder nos forces si on veut jouer assez bien pour que cette cohue continue à dépenser de l'argent. Combien de temps croyez-vous que cette salle restera pleine si on s'évanouit de faim ? »

Les yeux de Hake, battant des paupières, firent le tour de la salle pleine de gens qui lui remplissaient les poches, puis il se retourna et passa la tête par l'embrasure de la porte donnant accès à l'arrière de l'auberge. « Donnez-leur à dîner ! » cria-t-il. Puis, ne désarmant pas vis-à-vis de Mat et de Rand, il ordonna avec hargne : « N'y passez pas toute la nuit. Je compte que vous restiez là-bas sur cette estrade jusqu'à ce que le dernier client soit parti. »

Quelques-uns justement réclamaient le musicien et le jongleur, et Hake s'en alla leur faire prendre patience. L'homme à la cape de velours était l'un des impatients. Rand indiqua d'un signe à Mat de le suivre.

Une porte solide séparait la cuisine de la salle d'auberge et, sauf quand elle s'ouvrait pour livrer passage à une serveuse, la pluie martelant le toit résonnait plus fort dans la cuisine que le tapage de la salle commune. C'était une vaste pièce, pleine de chaleur et de buée provenant des fourneaux et des fours, avec une énorme table couverte de nourriture en voie de préparation et de plats prêts à être servis. Quelques-unes des serveuses étaient réunies sur un banc près de la porte de derrière, se massant les pieds et babillant à perdre haleine avec la grosse cuisinière, qui leur répondait de même en brandissant une grande cuillère pour souligner ses propos. Toutes levèrent le nez quand Rand et Mat entrèrent, mais cela ne ralentit pas leurs bavardages ni n'arrêta leur massage de pieds.

« Nous devrions filer d'ici pendant que nous en avons encore la possibilité », dit Rand tout bas, mais Mat secoua la tête, les yeux fixés sur les deux assiettes que la cuisinière remplissait de bœuf, de pommes de terre et de petits pois. Elle regarda à peine les jeunes gens, continuant sa conversation avec les autres pendant qu'elle repoussait du coude des choses sur la table pour poser les assiettes auxquelles elle ajouta des fourchettes.

« Il sera bien temps après que nous aurons mangé. » Mat se glissa sur un banc et commença à manier sa fourchette comme si c'était une pelle.

Rand soupira mais ne demeura pas en reste avec Mat. Il n'avait eu à manger qu'un croûton de pain depuis la veille au soir. Son estomac était aussi vide qu'une escarcelle de mendiant, et les arômes de cuisson qui embaumaient la salle n'arrangeaient pas les choses. Il eut vite la bouche pleine, mais Mat faisait déjà remplir une deuxième fois son assiette par la cuisinière alors qu'il n'avait avalé que la moitié de sa propre portion.

Il n'avait pas eu l'intention d'être indiscret en écoutant les propos des serveuses, mais certaines paroles vinrent jusqu'à lui et retinrent son attention.

« Cela me paraît absurde.

– Absurde ou pas, c'est ce qu'on m'a dit. Il s'est rendu dans la moitié des auberges du pays avant de venir ici. Il se contentait d'entrer, jetait un coup d'œil et ressortait sans proférer un mot, même à l'Auberge Royale. Comme s'il ne tombait pas une goutte d'eau.

– Il a dû s'imaginer peut-être qu'ici c'était la plus confortable. » Ce qui suscita une tempête de rires.

« D'après ce que j'ai appris, il n'est même pas arrivé aux Quatre-Rois avant la nuit close et ses chevaux étaient essoufflés comme s'ils avaient été menés à fond de train.

– D'où venait-il donc pour se trouver en pleine campagne dans le noir ? Il n'y a qu'un imbécile ou un fou pour se rendre quelque part et projeter aussi mal son voyage.

– Ma foi, peut-être que c'est un imbécile, mais un imbécile riche. On m'a raconté qu'il a même une autre voiture pour ses domestiques et ses bagages. Il y a de la fortune, là, notez bien ce que je vous dis. Avez-vous vu cette cape qu'il a ? Je ne dédaignerais pas d'en avoir une pareille.

– Il est un peu rembourré pour mon goût mais, à mon avis, un homme n'a jamais trop de graisse s'il a assez d'or pour aller avec. » Elles se plièrent en deux dans une crise de gaieté, et la cuisinière rejeta la tête en arrière pour rire à gorge déployée.

Rand laissa choir sa fourchette sur son assiette. Une pensée qui ne lui plaisait pas bouillonnait dans sa tête. Il murmura : « Je reviens dans une minute. » C'est à peine si Mat, qui enfournait un morceau de pomme de terre dans sa bouche, hocha la tête.

Rand ramassa en se levant son ceinturon avec sa cape, et le boucla autour de sa taille en se dirigeant vers la porte de derrière. Personne ne lui prêta attention.

La pluie tombait à verse. Il jeta sa cape sur ses épaules, ramena le capuchon sur sa tête et serra la cape autour de lui en traversant la cour de l'écurie au pas accéléré. Un rideau de pluie masquait tout sauf quand luisait un éclair, néanmoins il trouva ce qu'il cherchait. Les chevaux avaient été emmenés dans l'écurie, mais les deux voitures laquées noir luisaient d'eau au-dehors. Le tonnerre gronda et un éclair zébra le ciel au-dessus de l'auberge. Durant cette brève illumination, il déchiffra un nom inscrit en cursive dorée sur les portières : Howal Gode.

Indifférent à l'eau qui s'abattait sur lui, il restait les yeux fixés sur le nom qu'il ne pouvait plus distinguer. Il se rappelait où il avait vu pour la dernière fois des voitures laquées de noir avec le nom de leurs propriétaires sur la portière, et des hommes élégants, aux chairs rebondies, en capes de velours doublées de soie et en escarpins de velours. Pont-Blanc. Un marchand de Pont-Blanc avait une raison parfaitement légitime de se rendre à Caemlyn. *Une raison qui l'envoie dans la moitié des auberges du bourg avant qu'il en choisisse une où vous êtes ? Une raison qui le fait vous regarder comme s'il avait trouvé ce qu'il cherchait ?*

Rand frissonna et, soudain, prit conscience que la pluie lui dégoulinait dans le dos. Sa cape avait un tissage serré, mais elle n'avait pas été prévue pour supporter pareil déluge. Il retourna en hâte à l'auberge, faisant gicler des éclaboussures dans les flaques qui s'agrandissaient. Jak lui bloqua le passage quand il voulut franchir la porte.

« Tiens, tiens, tiens. Seul dehors dans le noir. La nuit est dangereuse, jeune homme. »

La pluie avait rabattu les cheveux de Rand sur son front. La cour de l'écurie était déserte à part eux. Il se demanda si Hake avait conclu qu'il désirait assez ardemment l'épée et la flûte pour renoncer à retenir des clients dans son auberge.

S'essuyant d'une main pour en chasser l'eau, il posa l'autre sur l'épée. Même humide, le cuir grenu assurait une prise ferme à ses doigts. « Hake a-t-il pensé finalement que tous ces clients resteront ici juste pour son ale au lieu d'aller dans un endroit où il y a aussi un spectacle ? Dans ce cas, nous considérerons le repas comme paiement de ce que nous avons fait jusqu'ici et nous partirons. »

Bien au sec sur le seuil, le colosse regarda la pluie au-dehors et ricana. « Par ce temps ? » Ses yeux glissèrent vers la main de Rand posée sur l'épée. « Vous savez, Strom et moi, on a engagé un pari. Il pense que vous avez volé ça à votre vieille grand-mère. Moi, je crois que votre grand-mère vous a baladé à coups de pied tout autour de la porcherie, puis vous a mis à sécher sur la corde à linge. » Il sourit largement. Ses dents jaunes poussaient de travers et son sourire lui donnait l'air encore plus mauvais. « La nuit est loin d'être finie, jeunot. »

Rand fonça rapidement devant lui et, avec un ricanement déplaisant, Jak s'abstint de lui barrer le chemin.

À l'intérieur, il se débarrassa de sa cape et se laissa choir sur le banc devant la table qu'il avait quittée seulement quelques minutes. Mat en avait terminé avec sa deuxième assiettée et s'attaquait à une troisième, mangeant maintenant avec plus de lenteur mais avec détermination, comme s'il avait résolu de la vider jusqu'à la dernière bouchée dût-il en périr. Jak prit position près de la porte donnant sur la cour, adossé au mur et l'œil sur eux. Même la cuisinière sembla ne ressentir aucun besoin de parler, lui étant là.

« Il vient de Pont-Blanc », dit tout bas Rand. Pas besoin de préciser qui était ce « il ». La tête de Mat pivota dans sa direction, un morceau de bœuf au bout de sa fourchette suspendu à mi-chemin de sa bouche.

Conscient qu'ils étaient observés par Jak, Rand remua les aliments sur son assiette. Il aurait été incapable d'avaler quoi que ce soit même mourant de faim, mais il s'efforça de feindre de l'intérêt pour les petits pois tout en parlant à Mat des voitures et de ce que les femmes avaient dit au cas où Mat n'aurait pas écouté.

Visiblement, c'était le cas. Mat cilla de surprise et siffla entre ses dents, puis regarda en fronçant les sourcils la viande embrochée sur sa fourchette et grogna en jetant la fourchette sur son assiette. Rand aurait bien aimé qu'il se donne au moins la peine d'être prudent.

« À nos trousses », commenta Mat quand Rand eut fini. Les rides sur son front s'accentuèrent. « Un Ami du Ténébreux ?

– Possible. Je ne sais pas. » Rand jeta un coup d'œil à Jak et le colosse s'étira avec minutie, remuant des épaules aussi larges que celles d'un forgeron. « Crois-tu que nous réussirions à lui passer devant ?

– Pas avant qu'il fasse assez de vacarme pour alerter Hake et l'autre. Je savais bien que nous n'aurions pas dû mettre les pieds ici. »

Rand en fut estomaqué mais, avant qu'il ait pu émettre la moindre protestation, Hake franchit la porte de la salle commune. Strom dressait sa masse imposante au-dessus de son épaule. Jak se posta devant la porte de la cour. Hake les apostropha d'une voix agressive : « Vous allez manger toute la nuit ? Je ne vous nourris pas pour que vous restiez à vous prélasser ici. »

Rand regarda son ami. Plus tard, répliqua Mat à la muette, et ils rassemblèrent leurs effets sous l'œil attentif de Hake, Strom et Jak.

Dans la grande salle, des cris pour réclamer le jongleur et des titres de chansons s'élevèrent au-dessus du vacarme dès que Rand et Mat apparurent. L'homme à la cape de velours – Howal Gode – avait toujours l'air d'ignorer son entourage mais, néanmoins, il était perché sur le bord de sa chaise. Quand il les aperçut, il se rassit confortablement, le sourire satisfait se reformant sur ses lèvres.

Rand prit le premier tour sur l'estrade et joua *Tirant de l'eau du puits*, l'esprit en partie ailleurs. Personne ne parut remarquer les quelques fausses notes. Il essaya de réfléchir à la manière de s'enfuir et tenta aussi de ne pas regarder Gode. S'il était à leur poursuite, inutile de l'avertir qu'ils le savaient. Quant à partir d'ici...

Il ne s'était encore jamais rendu compte à quel point une auberge forme un bon piège. Hake, Jak et Strom n'avaient même pas à les surveiller de près ; la foule se chargerait de les prévenir si lui ou Mat quittait l'estrade. Aussi longtemps que la salle demeurerait pleine, Hake ne pouvait pas leur lâcher dessus Jak et Strom, par contre aussi longtemps que la salle était bondée, ils ne pouvaient pas s'en aller sans que Hake en soit averti. Sans compter que Gode surveillait leur moindre mouvement. C'était si comique qu'il en aurait ri s'il n'avait pas eu à se retenir de vomir. Ils n'avaient donc plus qu'à se montrer prudents et guetter leur chance.

Après avoir cédé sa place à Mat, Rand gémit intérieurement. Mat dardait des regards farouches sur Hake, Strom et Jak, sans se soucier qu'ils en deviennent conscients et s'en demandent la raison. Quand il ne manipulait pas ses balles, sa main était fourrée dans sa tunique. Rand lui parla tout bas entre ses dents, mais il n'en tint pas compte. Si Hake voyait ce rubis, il pourrait bien ne pas attendre qu'ils soient seuls. Si les clients de la salle l'apercevaient, la moitié d'entre eux seraient capables de se joindre à Hake.

Le plus grave était que Mat dévisageait le marchand de Pont-Blanc – l'Ami du Ténébreux ? – avec deux fois plus d'attention que les autres, et que Gode le remarqua. Il ne pouvait pas ne pas le remarquer. Mais cela n'ébranla en rien son aplomb. Son sourire s'accentua au contraire et il salua Mat d'un hochement de tête comme pour une vieille connaissance, puis il regarda Rand et haussa un sourcil interrogateur. Rand ne voulait pas savoir ce qu'était sa question. Il tâcha d'éviter de regarder le bonhomme, mais il savait que c'était trop tard pour prendre cette précaution-là. *Trop tard. Trop tard, de nouveau.*

Une seule chose semblait ébranler l'aplomb de l'homme à la cape de velours. L'épée de Rand. Il l'avait gardée sur lui. Deux ou trois clients vinrent lui demander s'il jugeait sa façon de jouer si mauvaise qu'il avait besoin de protection, mais aucun n'avait vu la marque du héron. Gode la vit. Ses mains blanches se crispèrent, et il contempla longuement l'épée avec une mine rembrunie avant de retrouver son sourire. Quand ce sourire réapparut, il n'avait plus autant d'assurance.

Voilà au moins une bonne chose, se dit Rand. *S'il me*

croit à la hauteur de l'insigne du héron, peut-être nous laissera-t-il en paix. Alors nous n'aurons plus à nous tracasser que de Hake et de ses hommes de main. Ce n'était guère une pensée réconfortante et, épée ou pas, Gode continuait à les observer. Et à sourire.

Pour Rand, la soirée parut durer un an. Tous ces yeux qui le regardaient : Hake, Jak et Strom comme des vautours guettant un mouton enlisé dans une fondrière, Gode attendant comme quelque chose d'encore pire. Il commença à avoir l'impression que tout le monde dans la salle les surveillait avec des mobiles secrets. L'odeur aigre du vin et la puanteur de corps sales et suants lui donnaient des étourdissements, et le vacarme des voix l'assaillait au point que sa vue se brouillait et que même le son de sa flûte lui écorchait les oreilles. Le tonnerre lui donnait l'impression de retentir à l'intérieur de son crâne. La fatigue pesait sur lui comme un poids de fonte.

Finalement, la nécessité d'être debout à l'aube commença à entraîner à regret des clients à sortir dans le noir. Un fermier n'a à répondre qu'envers lui-même, mais les marchands étaient de notoriété publique insensibles aux gueules de bois quand ils payaient les gages des charretiers. Après minuit, la salle se vida lentement tandis que même ceux qui avaient des chambres à l'étage s'en allaient en trébuchant retrouver leur lit.

Gode fut le dernier client. Quand en bâillant Rand allongea la main vers l'étui en cuir de la flûte, Gode se leva et jeta sa cape sur son bras. Les serveuses faisaient le ménage et récriminaient entre elles contre le gâchis de vin répandu et de vaisselle cassée. Hake fermait la porte d'entrée avec une grosse clef. Gode prit Hake à part un instant, et Hake appela une des serveuses pour qu'elle le conduise à une chambre. L'homme à la cape de velours adressa un sourire entendu à Mat et à Rand avant de disparaître à l'étage supérieur.

Hake regardait Rand et Mat. Jak et Strom l'encadraient.

Rand se dépêcha d'accrocher ses affaires à son épaule, les tenant toutes maladroitement rejetées en arrière derrière lui avec la main gauche afin de pouvoir atteindre son épée. Il ne fit aucun geste pour la prendre, mais il voulait être sûr qu'elle était à sa portée. Il réprima un bâillement ; à quel point il était fatigué, voilà une chose que le trio ne devait pas savoir.

Mat endossa son arc et ses autres possessions gauchement, mais il fourra sa main sous sa cotte quand il vit s'approcher Hake et ses brutes.

Hake tenait une lampe à huile et, à la surprise de Rand, il s'inclina légèrement et indiqua avec cette lampe une porte de côté. « Vos paillasses sont par ici. » Seul un léger rictus gâtait son numéro.

Mat désigna d'un coup de menton Jak et Strom. « Vous avez besoin de ces deux-là pour nous montrer nos lits ?

– Je suis propriétaire, déclara Hake en lissant le devant de son tablier sale, et les gens qui possèdent des biens ne sauraient être trop prudents. » Un coup de tonnerre fit trembler les vitres, il jeta un coup d'œil significatif vers le plafond et leur dédia un sourire découvrant toutes ses dents. « Vous voulez voir vos lits ou non ? »

Rand se demanda ce qui se produirait s'il disait qu'ils souhaitaient partir. *Si vraiment tu en connaissais sur le maniement de l'épée davantage que les quelques démonstrations de Lan...* « Montrez le chemin, dit-il en s'efforçant de durcir le ton de sa voix. Je n'aime pas avoir quelqu'un derrière moi. »

Strom ricana tout bas, mais Hake hocha placidement la tête et se dirigea vers la porte de côté ; les deux colosses lui emboîtèrent le pas en plastronnant. Rand s'emplit d'air les poumons et jeta un coup d'œil nostalgique à la porte de la cuisine. Si Hake avait déjà fermé la porte de derrière, s'enfuir maintenant ne ferait que déclencher ce qu'il espérait éviter. Il suivit l'aubergiste sans entrain.

Sur le seuil de la porte, il hésita et Mat vint lui buter dans le dos. La raison pour la lampe de Hake était évidente. La porte ouvrait sur un couloir noir comme un four. Seule la lampe que portait Hake, éclairant en silhouette Jak et Strom, lui donna le courage de continuer. S'ils se retournaient, il le saurait. *Et ferait quoi ?* Le plancher craquait sous ses semelles.

Le couloir s'achevait devant une porte rudimentaire, dépourvue de peinture. Il n'avait pas remarqué s'il y avait d'autres portes le long du chemin. Hake et ses brutes pénétrèrent à l'intérieur et il suivit vivement, avant qu'ils aient une chance de leur tendre un piège, mais Hake se contenta de lever haut la lampe et de désigner la pièce d'un geste.

« C'est ici. »

Une vieille resserre, l'avait-il appelée, et d'après l'apparence inutilisée depuis pas mal de temps. Des tonneaux usagés et des cageots cassés occupaient la moitié de l'espace au sol. Des gouttes tombaient régulièrement du plafond à plus d'un endroit et un carreau cassé dans la fenêtre crasseuse laissait entrer librement la pluie. Des objets dépareillés non identifiables jonchaient les étagères, et de la poussière recouvrait presque tout en couche épaisse. La présence des paillasses promises était une surprise.

L'épée le rend nerveux. Il ne tentera rien avant que nous soyons en plein sommeil. Rand n'avait aucune intention de dormir sous le toit de Hake. Il projetait de filer par la fenêtre dès que l'aubergiste serait sorti. « Cela ira », dit-il. Il ne quittait pas Hake des yeux, guettant un signal aux deux hommes hilares qui encadraient l'aubergiste. Il dut faire un effort pour ne pas s'humecter les lèvres. « Laissez la lampe. »

Hake grommela, mais poussa la lampe sur une étagère. Il hésita en les regardant et Rand fut persuadé qu'il allait donner à Jak et à Strom le signal de leur sauter dessus, mais ses yeux allèrent se poser sur l'épée de Rand avec une expression songeuse et calculatrice, et il eut un brusque mouvement de tête à l'adresse des deux colosses. La surprise marqua brièvement les traits de leurs grosses faces, mais ils le suivirent sans un regard en arrière quand Hake sortit.

Rand attendit que le crissement de leur pas se soit évanoui, puis compta jusqu'à cinquante avant de passer la tête dans le couloir. Seul un rectangle de lumière qui semblait aussi lointain que la lune trouait la pénombre : la porte ouvrant sur la salle commune. Comme il rentrait la tête, quelque chose de massif bougea dans le noir près de la porte du fond. Jak qui montait la garde, ou Strom.

Un examen rapide de leur porte lui apprit tout ce qu'il avait besoin de connaître, bien peu de réconfortant. Les planches étaient épaisses et robustes, mais il n'y avait pas de serrure et pas de bâcle à l'intérieur. Toutefois, elle se rabattait en dedans.

« Je croyais qu'ils allaient nous attaquer, dit Mat. Qu'est-ce qu'ils attendent ? » Il avait sorti le poignard, serré dans un poing aux jointures blanchies. La lueur de la lampe scintillait sur la lame. Son arc et son carquois gisaient oubliés par terre.

« Que nous soyons endormis. » Rand se mit à fourrager dans les tonneaux et cageots. « Aide-moi à trouver quelque chose pour bloquer la porte.

– Pourquoi ? Tu n'as tout de même pas l'intention de dormir ici, hein ? Sortons par la fenêtre et filons. J'aime mieux être trempé que mort.

– Il y en a un posté au bout du couloir. Faisons du bruit et ils seront sur nous avant qu'on ait eu le temps de dire " ouf ". Je pense que Hake préférerait encore nous affronter réveillés plutôt que de courir le risque de nous laisser nous enfuir. »

Ronchonnant, Mat se joignit à ses recherches, mais rien ne pouvait leur servir dans le fouillis qui gisait par terre. Les tonneaux étaient vides, les caisses fendues, et toute leur masse empilée devant la porte n'empêcherait personne de l'ouvrir. Puis quelque chose de familier sur une planche attira l'œil de Rand. Deux coins à fendre le bois, couverts de rouille et de poussière. Il les descendit de leur étagère avec un sourire.

Il les inséra vivement sous la porte et, quand le roulement de tonnerre suivant ébranla l'auberge, il les enfonça à bloc de deux rapides coups de talon. Le bruit du tonnerre s'éteignit et il retint son souffle, l'oreille au guet. Tout ce qu'il entendit fut le martèlement de la pluie sur le toit. Aucune latte de plancher ne craqua sous des pas qui accouraient.

« La fenêtre », dit-il.

C'était une fenêtre à guillotine qui n'avait pas été ouverte depuis des années, à voir la saleté autour. Ils peinèrent ensemble, poussant de toutes leurs forces pour soulever le châssis. Les genoux de Rand étaient prêts à céder sous lui avant que le châssis coulisse ; il grinçait à chaque centimètre gagné péniblement. Quand l'ouverture fut assez large pour qu'ils se glissent au travers, Rand se courba, puis s'immobilisa.

« Sang et cendres ! grommela Mat. Pas étonnant que Hake n'ait pas craint que nous lui filions entre les doigts. »

Des barreaux de fer dans un cadre également en fer luisaient d'eau à la clarté de la lampe. Rand leur imprima une poussée ; ils étaient aussi inamovibles qu'un rocher.

« J'ai vu quelque chose », dit Mat. Il palpa précipitamment le fouillis sur les étagères et revint avec un levier rouillé. Il en glissa une extrémité sous le cadre de fer, et Rand tiqua.

« N'oublie pas le bruit, Mat. »

Mat grimaça et marmonna indistinctement, mais il attendit. Rand plaça ses mains sur le levier et tenta de trouver un point d'appui solide pour ses pieds dans la flaque d'eau grandissant sous la fenêtre. Le tonnerre gronda et ils pesèrent sur le levier. Avec un crissement de clous déchirant qui hérissa les cheveux sur la nuque de Rand, le cadre bougea – de six millimètres, au maximum. Attendant que résonnent coups de tonnerre et crépitements d'éclairs, ils pesèrent sans relâche sur le levier. Rien. Six millimètres. Rien. L'épaisseur d'un cheveu. Rien. Rien.

Soudain, les pieds de Rand glissèrent dans l'eau, et ils s'écroulèrent sur le sol. Le levier heurta les barreaux avec un fracas de gong. Gisant dans une flaque, Rand retint son souffle, l'oreille tendue. Silence à part la pluie.

Mat massa ses jointures meurtries et lui décocha un coup d'œil furieux. « À ce train-là, on ne sortira jamais. » Le cadre de métal n'était même pas écarté de la fenêtre suffisamment pour glisser deux doigts dessous. Des douzaines de gros clous barraient le passage étroit.

« Il faut continuer à essayer », dit Rand en se relevant, mais au moment où il insérait le levier sous le bord du cadre, la porte grinça : quelqu'un cherchait à l'ouvrir. Les coins la maintenaient close. Il échangea avec Mat un regard soucieux. Mat sortit de nouveau le poignard. La porte grinça de nouveau.

Rand respira à fond et s'efforça de garder un ton ferme. « Fichez-nous la paix, Hake. Nous voulons dormir.

– Je crains que vous ne fassiez erreur. » La voix était si suave et si pénétrée de sa propre importance qu'elle désignait son propriétaire. Howal Gode. « Maître Hake et ses... séides ne nous dérangeront pas. Ils dorment sur leurs deux oreilles et, au matin, ils ne pourront que se demander où vous vous êtes envolés. Ouvrez-moi, mes jeunes amis. Il faut que nous parlions.

– Nous n'avons rien à vous dire, répliqua Mat. Allez-vous-en et laissez-nous dormir. »

Le ricanement de Gode était déplaisant. « Mais si, nous avons des choses à discuter. Vous le savez aussi bien que moi. Je l'ai lu dans vos yeux. Je sais qui vous êtes, peut-être mieux que vous-mêmes. Je le sens émaner de vous par vagues. Vous appartenez déjà à moitié à mon maître. Cessez de fuir et résignez-vous. Les choses seront tellement plus faciles pour vous. Si les sorcières de Tar Valon vous découvrent, vous regretterez de ne pas vous être coupé la gorge avant qu'elles en aient fini, mais vous en serez incapables. Seul mon maître a le pouvoir de vous protéger d'elles. »

Rand ravala sa salive. « Nous ne voyons pas de quoi vous parlez. Laissez-nous tranquilles. » Les lames du plancher craquèrent dans le couloir. Gode n'était pas seul. Combien d'hommes pouvait-il avoir amenés dans deux voitures ?

« Cessez de vous conduire sottement, mes jeunes amis. Vous le savez. Vous le savez parfaitement. Le Puissant Seigneur des Ténèbres vous a marqués de son sceau. C'est écrit que, lorsqu'il s'éveillera, les nouveaux Seigneurs de l'Épouvante seront là pour chanter ses louanges. Vous devez être deux d'entre eux, sinon je n'aurais pas été envoyé pour vous trouver. Pensez-y. La vie éternelle et un pouvoir au-delà de toute imagination. » Sa voix vibrait de sa propre ardeur à posséder ce pouvoir.

Rand jeta un coup d'œil derrière lui à la fenêtre juste au moment où un éclair déchira le ciel, et il faillit gémir. Cette brève illumination avait fait apparaître des hommes au-dehors, des hommes indifférents à la pluie qui les trempait pendant qu'ils surveillaient la fenêtre.

« J'en ai assez, annonça Gode. Soumettez-vous à mon maître – à votre maître – ou l'on vous y obligera. Ce ne sera pas agréable pour vous. Le Puissant Seigneur des Ténèbres règne sur la mort et il peut donner la vie dans la mort ou la mort dans la vie, à son gré. Ouvrez cette porte. D'unc façon ou de l'autre, votre fuite est terminée. Ouvrez, j'ai dit ! »

Il devait avoir dit aussi autre chose, car subitement un corps lourd heurta la porte avec un bruit sourd. Elle trembla et les coins se déplacèrent sur une fraction de pouce avec un grincement de rouille qui se décape sur du bois. À mainte et mainte reprise, la porte trembla sous le choc de corps qui se précipitaient contre elle.

Parfois, les coins résistaient; parfois, ils glissaient encore un tout petit peu, et petit peu par petit peu la porte se rabattait inexorablement à l'intérieur.

« Soumettez-vous, ordonna Gode depuis le couloir, ou passez l'éternité à regretter de ne pas l'avoir fait ! »

« Si nous n'avons pas le choix... » Mat s'humecta les lèvres devant l'expression de Rand. Ses yeux roulaient d'un côté à l'autre comme ceux d'un blaireau pris au piège; sa figure était blême et il haletait en parlant. « Nous pourrions dire oui, puis nous enfuir après. Sang et cendres, Rand, il n'y a pas d'autre moyen d'en sortir ! »

Ces paroles semblèrent parvenir à Rand à travers de la laine qui bouchait ses oreilles. *Pas d'autre moyen d'en sortir.* Le tonnerre gronda sourdement et fut étouffé sous un claquement de foudre. *Il faut que je trouve un autre moyen d'en sortir.* Gode leur parla, exigeant, exhortant; la porte glissa encore d'un pouce vers son ouverture. *Un moyen d'en sortir !*

De la lumière envahit la pièce, aveuglante; l'air rugit et brûla. Rand se sentit soulevé et projeté contre le mur. Il glissa sur le sol comme une masse, des tintements dans les oreilles et tous les poils de son corps cherchant à se hérisser. Hébété, il se releva en chancelant. Il avait les genoux en coton et il appuya une main sur le mur pour garder son équilibre. Il regarda autour de lui avec stupeur.

La lampe, couchée sur le côté au bord de l'une des quelques étagères encore fixées aux murs, était restée allumée et donnait de la clarté. Tous les tonneaux et caisses, certains noircis et brûlant à l'étouffée, gisaient renversés à l'endroit où ils avaient été projetés. La fenêtre, barreaux compris, et la majeure partie du mur aussi avaient disparu, laissant un trou béant déchiqueté. Le toit s'affaissait et des volutes de fumée luttaient contre la pluie autour des bords de l'ouverture hachée. La porte pendait hors de ses gonds, coincée en biais dans le chambranle en travers du couloir.

Avec un sentiment confus d'irréalité, il redressa la lampe. S'assurer qu'elle ne se briserait pas semblait la chose la plus importante du monde.

Une pile de cageots se souleva en se dispersant et Mat se redressa au milieu. Il oscillait sur ses pieds, clignait des paupières et se tâtait comme se demandant si tout était encore attaché ensemble. Il plissa les yeux en direction de Rand. « Rand ? Est-ce toi ? Tu es vivant. Je croyais que nous étions tous les deux... » Il s'interrompit, se mordant la lèvre, agité de tremblements. Il fallut un moment à Rand pour se rendre compte qu'il riait et était au bord de la crise de nerfs.

« Qu'est-ce qui s'est passé, Mat ? Mat ? Mat ! Qu'est-ce qu'il y a eu ? »

Un dernier frisson secoua Mat, puis il se calma. « La foudre, Rand. Je regardais justement la fenêtre quand elle a frappé les barreaux. Je ne vois pas grand-cho... » Il s'interrompit, regardant en plissant les paupières la porte de guingois, et sa voix devint sèche. « Où est Gode ? »

Rien ne bougeait dans le couloir obscur de l'autre côté de la porte. De Gode et de ses compagnons ne provenaient ni signe ni son, ce qui n'empêchait pas que n'importe quoi pouvait se trouver étendu dans le noir. Rand s'avisa qu'il les espérait morts, mais on lui aurait offert un empire qu'il n'aurait pas passé la tête dans le couloir pour s'en assurer. Rien ne bougeait non plus au-dehors dans la nuit par-delà ce qui avait été le mur, mais d'autres s'étaient levés. Des appels confus venaient de l'étage de l'auberge et un martèlement de pieds qui couraient.

« Filons pendant que la voie est libre », dit Rand.

L'aidant précipitamment à extirper leurs affaires des décombres, il agrippa Mat par le bras et à demi tira, à demi guida son ami dans la nuit en passant par la brèche béante. Mat se cramponnait à son bras, butait en perdant presque l'équilibre, la tête tendue en avant dans un effort pour voir.

Comme la première rafale de pluie cinglait Rand au visage, un éclair arborescent zigzagua au-dessus de l'auberge et il s'immobilisa dans un sursaut. Les hommes de Gode étaient toujours là, gisant les pieds tournés vers le trou béant. Mitraillés par la pluie, leurs yeux ouverts fixaient le ciel.

« Qu'est-ce qu'il y a ? questionna Mat. Sang et cendres ! Que je sois pendu, je vois à peine ma propre main !

– Ce n'est rien », dit Rand. *La chance. La Lumière qui protège les siens... est-ce cela ?* Frissonnant, il aida précautionneusement Mat à contourner les cadavres. « Seulement la foudre. »

Il n'y avait aucune clarté en dehors des éclairs, et Rand trébucha dans les ornières tandis qu'ils s'éloignaient de l'auberge à un pas de course chancelant. Avec Mat quasiment accroché à lui, chaque faux pas manquait de peu les faire choir ensemble, mais, vacillant sur leurs jambes, haletants, ils continuaient à courir.

Une fois, il regarda en arrière. Une fois avant que la pluie s'épaississe en un rideau assourdissant qui masqua la vue du *Charretier qui danse*. Un éclair fit apparaître la silhouette d'un homme debout à l'arrière de l'auberge, un homme qui brandissait le poing à leur adresse ou à celle du ciel. Gode ou Hake, il ne le savait pas, mais l'un ne valait pas mieux que l'autre. La pluie s'abattit en déluge qui les isola sous une muraille d'eau. Il se hâta dans la nuit, guettant des bruits de poursuite à travers les grondements de l'orage.

33.

LE TÉNÉBREUX ATTEND

Sous un ciel plombé, la charrette haute sur roues cahotait en direction de l'est sur la Route de Caemlyn. Rand s'extirpa de la paille qui en couvrait le fond pour regarder par-dessus la ridelle. Ce ne fut pas aussi pénible qu'une heure plus tôt. Il avait l'impression que ses bras étaient prêts à s'étirer au lieu de le hisser à la verticale et, pendant une minute, sa tête chercha à continuer de s'en aller au gré du vent, mais il se redressa avec moins de peine. Il crocha ses coudes sur les traverses basses et regarda la campagne défiler devant lui. Le soleil, toujours masqué par des nuages sombres, était encore très haut, mais la charrette ferraillait dans un autre village aux maisons de brique rouge couvertes de vigne vierge. Les bourgs étaient de plus en plus rapprochés depuis qu'ils avaient quitté les Quatre-Rois.

Des gens adressaient un salut de la main ou lançaient un bonjour à Hyam Kinch, le fermier à qui appartenait la charrette. Maître Kinch, le visage tanné comme du cuir et la mine taciturne, criait en retour quelques mots chaque fois, la pipe entre les dents. Ses dents serrées rendaient ce qu'il disait pratiquement inintelligible, mais le ton en était jovial et paraissait satisfaire ; ils retournaient à leurs occupations sans un autre coup d'œil à la charrette. Personne ne paraissait prêter attention aux deux passagers du fermier.

L'auberge du village passa dans le champ de vision de Rand. Elle était blanchie à la chaux, avec un toit d'ardoise grise. Des gens affairés y entraient ou en sortaient, s'adressant un petit hochement de tête et un salut de la main. Certains s'arrêtaient pour parler. Ils se connaissaient tous. Des villageois en majeure partie, d'après leurs vêtements – brodequins, bliauds et chausses pas très différents de ce que lui-même portait, encore qu'avec un goût démesuré pour les raies de couleur. Les femmes portaient des bonnets profonds qui cachaient leur figure et des tabliers blancs rayés. Peut-être était-ce tous des gens du bourg et des fermiers des environs. *Cela fait-il une différence?*

Il se laissa retomber sur la paille, regardant le bourg diminuer entre ses pieds. Des champs entourés de clôtures et des haies bien taillées bordaient la route, ainsi que de petites fermes avec de la fumée qui sortait de cheminées de brique rouge. Les seuls bois proches de la route étaient des taillis bien entretenus pour fournir du bois de chauffage, aussi en ordre qu'une cour de ferme. Mais les branches se silhouettaient sur le ciel sans une feuille, dénudées tout comme dans les forêts sauvages de l'Ouest.

Une file de chariots se dirigeant en sens inverse roula bruyamment au centre de la route, forçant la charrette à monter sur l'accotement. Maître Kinch fit passer sa pipe au coin de sa bouche et cracha entre ses dents. Un œil sur sa roue du côté droit pour s'assurer qu'elle ne se coinçait pas dans la haie, il continua à laisser la charrette avancer. Sa bouche se pinça quand il regarda brièvement la caravane des marchands.

Aucun des charretiers qui claquaient leur longue mèche de fouet en l'air au-dessus de leur attelage à huit chevaux, aucun des convoyeurs au visage dur affaissés sur leur selle le long des chariots ne jeta un coup d'œil à la charrette. Rand les regarda s'éloigner, le cœur serré. Sa main resta sous son manteau, crispée sur la poignée de son épée jusqu'à la disparition du dernier chariot cahotant.

Quand celui-ci se fut éloigné avec fracas vers le bourg qu'ils venaient de quitter, Mat se retourna sur son siège à côté du fermier et se pencha jusqu'à ce que son regard croise celui de Rand. L'écharpe qui servait à protéger de la poussière quand besoin s'en faisait sentir lui abritait les yeux, en plus épais, nouée bas sur son front. Même ainsi, il clignait des paupières dans la clarté grise du jour. « As-tu vu quelque chose là-bas en arrière? demanda-t-il tout bas. Et les chariots? »

Rand secoua négativement la tête, et Mat acquiesça d'un signe. Il n'avait rien vu non plus.

Maître Kinch les dévisagea brièvement du coin de l'œil, puis changea de nouveau sa pipe de place et claqua les rênes. Ce fut tout, mais il avait remarqué. Le cheval accéléra légèrement l'allure.

« Tes yeux te font encore mal ? » questionna Rand.

Mat toucha l'écharpe enroulée autour de sa tête. « Non, pas beaucoup. Pas à moins que je ne regarde le soleil en face, en tout cas. Et toi ? Est-ce que tu te sens mieux ?

– Un peu. » C'était vrai, il s'en rendit compte. Merveilleux de se rétablir aussi vite d'un malaise. Plus que cela, c'était un bienfait de la lumière. *Il faut bien croire que la Lumière est intervenue. Pas possible autrement.*

Soudain, un groupe de cavaliers croisa la charrette, en route vers l'ouest comme les chariots des marchands. De longs cols blancs pendaient sur leur haubert, leurs capes et tuniques étaient rouges, comme l'uniforme des sentinelles gardant les Portes de Pont-Blanc, mais mieux coupées et mieux ajustées. Le casque conique de chaque homme brillait comme de l'argent. Ils se tenaient bien droits en selle. De minces pennons rouges flottaient juste au-dessous du fer de leurs lances, chacune tenue au même angle.

Quelques-uns inspectèrent rapidement la charrette au passage quand ils défilèrent en colonne par deux. Des barreaux d'acier masquaient comme une cage chaque visage. Rand fut content que son manteau recouvre son épée. Quelques-uns inclinèrent la tête à l'adresse de Maître Kinch, non pas comme s'ils le connaissaient mais dans une salutation neutre. Maître Kinch répondit par un salut du même genre mais, en dépit de son expression qui ne changeait pas, son hochement de tête avait quelque chose d'approbateur.

Leurs chevaux allaient au pas mais, ceci ajouté à l'allure de la charrette, ils furent vite loin. Une partie de l'esprit de Rand les compta. Dix... vingt... trente... trente-deux. Il leva la tête pour regarder la colonne s'éloigner de Caemlyn.

« Qui était-ce ? questionna Mat mi-curieux mi-soupçonneux.

– Les Gardes de la Reine », répliqua Maître Kinch derrière sa pipe. Il continua à regarder la route.

« N'iront guère plus loin que la Source de Breen, à moins qu'on ne les appelle. Pas comme dans le bon vieux temps. » Il aspira une longue bouffée de sa pipe, puis ajouta : « Je suppose qu'au jour d'aujourd'hui il y a des endroits du Royaume qui ne voient pas les Gardes pendant un an sinon davantage. Pas comme dans le temps.

– Que font-ils ? » questionna Rand.

Le fermier se tourna une seconde vers lui. « Maintiennent la paix de la Reine et obligent à respecter sa loi. » Il hocha la tête pour lui-même comme s'il aimait le son de cette phrase et ajouta : « Ils recherchent les malfaiteurs et les présentent aux magistrats. Humph ! » Il relâcha un long panache de fumée. « Vous devez venir de vraiment loin, vous deux, pour ne pas reconnaître la Garde de la Reine. D'où venez-vous ?

– De loin », dit Mat en même temps que Rand répondait : « Des Deux Rivières. » Il aurait bien aimé pouvoir le rattraper aussitôt après avoir prononcé ce nom. Il n'avait pas encore les idées claires. Vouloir passer inaperçus et mentionner un nom qu'un Évanescent entendrait comme un appel de cloche...

Maître Kinch regarda Mat du coin de l'œil et fuma sa pipe en silence pendant un moment. « C'est loin, effectivement, finit-il par commenter. Presque à la frontière du Royaume, mais la situation doit être encore pire que je ne pensais s'il y a des coins du Royaume où les gens *ne reconnaissent même pas* les Gardes de la Reine. Pas comme dans le temps du tout. »

Rand se demanda ce que dirait Maître al'Vere si quelqu'un lui déclarait que le pays des Deux Rivières faisait partie du royaume d'une reine quelconque. La Reine d'Andor, il le supposait. Peut-être le Maire était-il au courant – Maître al'Vere savait des quantités de choses qui surprenaient Rand – et d'autres aussi, mais il n'avait jamais entendu personne en parler. Le pays des Deux Rivières était les Deux Rivières. Chaque village s'occupait lui-même de ses problèmes et si une difficulté impliquait plus d'un village, les Maires, et peut-être les Conseils de Village, réglaient la question entre eux.

Maître Kinch tira sur les rênes, immobilisant la carriole.

« Je ne vais pas plus loin. » Un chemin charretier

étroit se dirigeait vers le nord ; plusieurs fermes étaient visibles dans cette direction au-delà de champs découverts, labourés, mais ne portant pas encore de cultures. « Deux jours vous amèneront à Caemlyn. Moins, en fait, si votre ami tenait sur ses jambes. »

Mat sauta à terre et récupéra son arc et autres possessions, puis aida Rand à descendre de l'arrière de la charrette. Les fardeaux de Rand lui pesaient et ses jambes vacillaient, néanmoins il repoussa d'un coup d'épaule la main de son ami et risqua quelques pas tout seul. Il se sentait encore chancelant, mais ses jambes le soutenaient. Elles semblaient même se raffermir à mesure qu'il s'en servait.

Le fermier ne remit pas immédiatement son cheval en marche. Il les examina une minute en suçotant sa pipe. « Vous pouvez vous reposer un jour ou deux chez moi, si ça vous tente. Ne manquerez probablement rien pendant ce temps, je pense. La maladie dont vous vous remettez, jeune homme... eh bien, ma vieille et moi nous avons déjà eu avant votre naissance toutes les maladies imaginables et nous avons soigné nos enfants et les avons guéris de ces maladies-là. De toute façon, je pense que vous avez dépassé le stade où vous présentez un risque de contagion. »

Les paupières de Mat se plissèrent et Rand se surprit à se rembrunir. *Tout le monde n'en est pas. Impossible que tout le monde en soit.*

« Merci, mais je me sens bien. Franchement, dit-il. Il est loin, le prochain village ?

– Carysford ? En marchant, vous y arriverez avant la tombée de la nuit. » Maître Kinch sortit sa pipe d'entre ses dents et pinça pensivement les lèvres avant de reprendre la parole. « Au début, je vous ai crus des apprentis en rupture de contrat mais maintenant je pense que c'est quelque chose de plus sérieux que vous fuyez. Je ne sais pas quoi. Peu m'importe. Je suis assez bon juge pour dire que vous n'êtes pas des Amis du Ténébreux et que vous n'êtes pas du genre à voler ou à faire du mal à quelqu'un. Pas comme certains chemineaux de nos jours. Je me suis attiré des ennuis de temps à autre, moi aussi, quand j'avais votre âge. Vous avez besoin d'un endroit où rester hors de vue pendant quelques jours, ma ferme se trouve à un peu plus d'une lieue par là » – il eut un mouvement de tête brusque vers le chemin de terre – « et personne ne va jamais par là-bas. Ce qui vous donne la chasse n'a guère de chance de vous y trouver. » Il s'éclaircit la gorge comme gêné d'avoir prononcé autant de mots à la file.

« Comment savez-vous à quoi ressemblent les Amis du Ténébreux ? » questionna Mat d'un ton agressif. Il recula à distance de la charrette et sa main plongea dans son sayon. « Qu'est-ce que vous savez des Amis du Ténébreux ? »

L'expression de Maître Kinch se ferma. « À votre guise », dit-il, et il clappa de la langue à l'intention de son cheval. La charrette s'éloigna dans le chemin étroit, et il ne se retourna pas une seule fois.

Mat regarda Rand et son air menaçant s'effaça. « Désolé, Rand. Tu as besoin d'un endroit pour te reposer. Peut-être que si nous le suivions... » Il haussa les épaules. « Je ne peux pas m'empêcher de penser que tout le monde est lancé à nos trousses. Par la Lumière, je voudrais bien savoir pourquoi. Je voudrais bien que ce soit fini. Je voudrais... » Sa voix s'étouffa piteusement.

« Il existe encore de braves gens », répliqua Rand. Mat avança d'un pas vers le chemin de terre, les mâchoires serrées comme si c'était la dernière chose dont il avait envie, mais Rand l'arrêta. « Nous ne pouvons pas nous permettre de faire halte simplement pour nous reposer, Mat. D'ailleurs, je ne crois pas qu'un seul endroit au monde soit une cachette sûre. »

Mat hocha la tête, son soulagement évident. Il voulut prendre un des fardeaux de Rand, les sacoches de selle et la cape roulée autour de l'étui de la harpe, mais Rand tint à les garder. Ses jambes lui paraissaient vraiment plus fermes. *Qu'est-ce qui nous pourchasse ?* pensa-t-il quand ils se remirent en marche sur la route. *Ne nous pourchasse pas. Nous attend.*

La pluie n'avait pas cessé pendant la nuit où ils s'étaient éloignés en chancelant du *Charretier qui danse,* leur tambourinant dessus aussi fort que le tonnerre qui grondait dans un ciel noir zébré d'éclairs. Leurs vêtements avaient été trempés en quelques minutes ; au bout d'une heure, la peau de Rand lui parut aussi imprégnée d'eau, mais ils avaient laissé derrière eux les Quatre-Rois. Mat était pratiquement aveugle dans le noir et clignait des paupières douloureusement à chaque éclair qui faisait surgir les arbres du noir pour une seconde. Rand le conduisait par la main, mais Mat avançait quand même en tâtonnant du pied à chaque pas avec hésitation. L'inquiétude ridait le front de Rand. Si Mat ne recouvrait pas la vue, ils ne progresseraient plus qu'à une allure de tortue. Ils ne parviendraient jamais à s'en sortir.

Mat parut deviner ses pensées. En dépit du capuchon de sa cape rabattue pour lui protéger la tête, la pluie lui avait plaqué les cheveux sur la figure. « Rand, dit-il, tu ne m'abandonneras pas, hein ? Si je ne peux pas marcher aussi vite que toi ? » Il avait la voix chevrotante.

« Je ne te quitterai pas. » Rand resserra son étreinte autour de la main de son ami. « Je ne te quitterai pas quoi qu'il arrive. » *Que la Lumière nous vienne en aide !* Le tonnerre éclata au-dessus de leurs têtes et Mat trébucha, manquant de peu tomber, l'entraînant presque avec lui. « Il faut nous arrêter, Mat. Si nous continuons, nous allons nous casser une jambe.

– Gode. » Un éclair troua la nuit juste au-dessus d'eux comme Mat parlait et le claquement de la foudre engloutit tous les autres bruits mais, à cette clarté soudaine, Rand lut le nom sur les lèvres de Mat.

« Il est mort. » *Il doit l'être. Ô Lumière, fais qu'il soit mort.*

Il conduisit Mat vers des buissons que lui avait montrés l'éclair. Ils avaient assez de feuilles pour les abriter un peu de la pluie battante. Pas autant qu'un bon arbre, mais il ne voulait pas risquer que la foudre tombe de nouveau sur eux. La prochaine fois, ils risquaient de ne pas être aussi chanceux.

Blottis côte à côte sous les buissons, ils s'efforcèrent d'étaler leurs capes sur les branches de façon à former une petite tente. C'était beaucoup trop tard pour songer à rester au sec mais rien que d'arrêter le martèlement incessant des gouttes de pluie serait déjà un soulagement. Ils se serrèrent l'un contre l'autre pour partager le peu de chaleur qui leur restait dans le corps. Dégoulinants d'eau comme ils l'étaient et d'autre humidité traversant leurs capes, ils finirent par s'endormir à force de frissonner.

Rand comprit tout de suite qu'il était en plein rêve. Il était de retour aux Quatre-Rois, seulement le bourg était désert à part lui. Les chariots se trouvaient là, mais il n'y avait ni gens, ni chevaux, ni chiens. Rien de vivant. Cependant, il avait conscience que quelqu'un l'attendait.

À mesure qu'il s'enfonçait dans la rue ravinée par les ornières, les bâtiments semblaient s'estomper quand il les avait dépassés. S'il tournait la tête, ils étaient tous là, massifs, mais à la limite de sa vision ils manquaient de netteté. Tout se passait comme si n'existait réellement que ce qu'il voyait et encore uniquement le temps où il le voyait. Il était persuadé que s'il tournait la tête assez vite il apercevrait... Il ne savait pas trop quoi, mais il éprouvait un malaise en y pensant.

Le Charretier qui danse apparut devant lui. Pour il ne savait quelle raison, sa peinture criarde paraissait grise et sans vie. Il entra. Gode était là, à une table.

Il ne le reconnut qu'à ses vêtements, velours sombres et soie. La peau de Gode était cramoisie, brûlée, craquelée et suintante. Sa face était presque un crâne, les lèvres racornies ne couvrant plus les dents et les gencives. Quand Gode tourna la tête, une partie de ses cheveux se détacha, se répandant en suie qui lui poudra l'épaule. Ses yeux sans paupières fixaient Rand.

« Ainsi vous êtes mort », dit Rand. Il fut surpris de ne pas être effrayé. Peut-être était-ce dû au fait de savoir qu'il s'agissait cette fois d'un rêve.

« Oui, dit la voix de Ba'alzamon, mais il t'a découvert pour moi. Cela mérite une récompense, tu ne crois pas ? »

Rand se retourna et découvrit qu'il pouvait avoir peur même en se sachant en train de rêver. Les vêtements de Ba'alzamon avaient la couleur du sang séché, et son visage était un champ de bataille entre la rage, la haine et le triomphe.

« Vois-tu, jeune homme, tu ne peux pas te cacher de moi éternellement. Je te trouve d'une manière ou de l'autre. Ce qui te protège te rend vulnérable aussi. Une fois tu te dissimules, la suivante tu allumes un feu-signal. Viens à moi, jeune homme. » Il tendit la main vers Rand. « Si tu obliges mes limiers à te faire mordre la poussière, tu risques qu'ils ne s'y prennent pas en douceur. Ils sont jaloux de ce que tu deviendras une fois que tu te seras agenouillé à mes pieds. C'est ta destinée. Tu m'appartiens. » La langue brûlée de Gode formula un marmottement ardent et irrité.

Rand essaya de s'humecter les lèvres, mais il n'avait pas une goutte de salive dans la bouche. « Non », parvint-il à dire, puis les mots vinrent plus aisément. « Je n'appartiens qu'à moi-même. Pas à vous. Jamais. À moi seul. Si vos Amis des Ténèbres me tuent, vous ne m'aurez pas. »

Les flammes dans le visage de Ba'alzamon chauffèrent l'atmosphère de la pièce au point que l'air vibra. « Mort ou vif, jeune homme, tu m'appartiens. La tombe m'appartient. C'est plus facile si tu es mort, mais mieux si tu vis. Mieux pour toi, jeune homme. Les vivants ont plus de pouvoir sur la plupart des choses. » Gode émit encore un gargouillement. « Oui, mon bon limier. Voici ta récompense. »

Rand regarda dans la direction de Gode juste à temps pour voir son corps se dissoudre en poussière. Pendant un instant, la face brûlée eut une expression de joie sans pareille qui se mua en horreur au dernier moment, comme s'il avait vu ce qui l'attendait et sur quoi il ne comptait pas. Les vêtements de velours vides de Gode s'affaissèrent sur le siège et le plancher au milieu des cendres.

Quand il se retourna, la main tendue de Ba'alzamon était devenue un poing. « Tu es à moi, jeune homme, vif ou mort. L'Œil du Monde ne te servira jamais. Je te marque pour mien. » Son poing s'ouvrit et une boule de flamme en jaillit. Elle heurta Rand en pleine figure, explosa, brûla.

Rand eut un mouvement de recul et se réveilla dans le noir, de l'eau dégoulinant à travers les capes sur son visage. Ses mains tremblaient quand il se tâta les joues. La peau était sensible comme quand on a pris un coup de soleil.

Soudain, il se rendit compte que Mat se tordait et gémissait dans son sommeil, il le secoua et Mat reprit conscience en se plaignant.

« Mes yeux ! Oh, par la Lumière, mes yeux ! Il a pris mes yeux ! »

Rand le serra contre lui, le tenant entre ses bras sur sa poitrine comme s'il était un bébé. « Tu vas bien, Mat. Tu n'as rien à craindre. Il ne peut rien contre nous. Nous ne le laisserons pas faire. » Il sentait Mat trembler, sangloter, le nez dans son sayon. « Il ne peut rien nous faire », chuchota-t-il et il aurait bien voulu en être persuadé lui-même. *Ce qui te protège te rend vulnérable. Je suis en train de devenir fou, ma parole.*

Juste avant les premières lueurs du jour, les trombes d'eau diminuèrent et ce qui restait de bruine disparut avec l'aube.

Les nuages demeurèrent là, menaçants jusque fort avant dans la matinée. Le vent se leva alors, chassant les nuages vers le sud, découvrant un soleil sans chaleur et transperçant leurs habits ruisselants. Ils ne s'étaient pas rendormis, mais ils endossèrent leurs capes en titubant et se mirent en route vers l'est, Rand tenant Mat par la main. Au bout d'un moment, Mat se sentit même assez bien pour se plaindre du traitement qu'avait fait subir la pluie à la corde de son arc. Néanmoins, Rand refusa de le laisser s'arrêter pour l'échanger contre une corde sèche qu'il avait dans sa poche ; pas encore.

Ils atteignirent un autre village peu de temps après midi. Les frissons de Rand s'accentuèrent en regardant les confortables maisons de brique et la fumée qui montait de leurs cheminées, mais il s'en tint à l'écart, guidant Mat à travers les champs et les bois vers le sud. Un seul fermier travaillant avec une fourche-bêche dans un champ boueux était la seule personne vivante qu'il aperçut, et il prit soin de ne pas attirer son attention, marchant le dos courbé au milieu des arbres. Le fermier se concentrait sur son ouvrage, mais Rand le surveilla du coin de l'œil jusqu'à ce qu'il l'eût perdu de vue. Au cas où des hommes de Gode seraient encore vivants, peut-être croiraient-ils que Mat et lui s'étaient engagés sur la route du Sud à la sortie de Quatre-Rois s'ils ne découvraient pas quelqu'un qui les ait remarqués dans ce village. Ils revinrent sur la route quand l'agglomération devint invisible et marchèrent jusqu'à ce que leurs vêtements deviennent sinon secs du moins simplement humides.

À une heure au-delà du bourg, un fermier les emmena dans sa fourragère à moitié vide. Rand avait été pris par surprise alors qu'il était absorbé dans ses réflexions inquiètes concernant Mat. Ce dernier avait mis sa main en visière pour s'abriter les yeux du soleil en dépit de la faible clarté de l'après-midi, et encore il regardait à travers les fentes de ses paupières qu'il avait presque fermées, et il ronchonnait continuellement contre l'éclat du soleil. Quand Rand entendit le roulement sourd de la fourragère, c'était déjà trop tard. Les bruits s'étouffaient sur la chaussée détrempée et la charrette avec son attelage de deux chevaux n'était plus qu'à cinquante mètres derrière eux, le conducteur les examinant déjà.

À la surprise de Rand, il s'arrêta et leur proposa de monter. Rand hésita, mais c'était trop tard pour se cacher et refuser son offre risquait de fixer leur souvenir dans la mémoire du paysan. Il aida Mat à se hisser sur la banquette à coté du fermier, puis grimpa derrière lui.

Alpert Mull était un homme flegmatique, à la face carrée et aux mains larges, l'une et les autres marquées et ravinées par le dur travail et les soucis, et il avait envie d'avoir quelqu'un à qui parler. Ses vaches avaient tari, ses poules ne pondaient plus et il ne restait pas de pâture digne de ce nom. Pour la première fois du plus loin qu'il se souvienne, il avait été obligé d'acheter du foin, et une demi-charretée était tout ce que le « vieux Bain » avait consenti à lui accorder. Il se demandait s'il avait la moindre chance de récolter du foin sur sa propre terre cette année, ou n'importe quelle autre culture.

« La Reine devrait faire quelque chose, que la Lumière l'illumine », marmotta-t-il en portant ses doigts repliés à son front dans un geste respectueux mais machinal.

Il regardait à peine Rand et Mat mais, quand il les fit descendre à la croisée de l'étroit chemin bordé de barrières qui conduisait à sa ferme, il hésita, puis dit, presque pour lui-même : « Je ne sais pas ce que vous fuyez et je ne veux pas le savoir. J'ai une femme et des enfants, vous comprenez ? Ma famille. Ce sont des temps difficiles pour aider des inconnus. »

Mat voulut fourrer sa main sous sa tunique, mais Rand le tenait par le poignet et ne le lâcha pas. Debout sur la route, il dévisageait le paysan sans rien dire.

« Si j'étais un brave homme, poursuivit Mull, je proposerais à deux garçons trempés jusqu'aux os une place pour se sécher et se réchauffer devant mon feu. Mais les temps sont durs et les inconnus... Je ne sais pas à quoi vous tentez d'échapper, et je ne veux pas le savoir. Vous comprenez ? Ma famille. » Soudain, il extirpa de sa poche de tunique deux longues écharpes de laine, sombres et épaisses. « Appartiennent à mes garçons. Ils en ont d'autres. Vous ne me connaissez pas, compris ? Ces temps-ci sont dangereux.

– Nous ne vous avons même jamais vu, acquiesça Rand en prenant les écharpes. Vous êtes vraiment quelqu'un de bien. La meilleure personne que nous avons rencontrée depuis des jours. »

Le fermier parut surpris, puis reconnaissant. Il rassembla les rênes et fit tourner ses chevaux dans l'étroite venelle. Il n'avait pas terminé son demi-tour que Rand guidait déjà Mat sur la Route de Caemlyn.

Le vent se renforça avec la chute du crépuscule. Mat commença à demander en récriminant quand ils allaient s'arrêter, mais Rand continua à avancer, traînant Mat à sa suite, en quête d'un abri plus conséquent que le dessous d'une haie. Avec leurs vêtements encore humides et frais et le vent se refroidissant d'une minute à l'autre, il n'était pas sûr qu'ils survivraient à une autre nuit passée en rase campagne. L'obscurité s'établit avant qu'il découvre un endroit qui convienne. Le vent était devenu glacial et faisait claquer sa cape. Puis, dans le noir devant lui, Rand aperçut des lumières. Un village.

Il glissa la main dans sa poche et tâta les pièces qui s'y trouvaient. Plus qu'assez pour leur payer une chambre et deux repas. Une chambre à l'abri de la nuit froide. S'ils restaient en plein air dans le vent et le froid avec leurs habits humides, quiconque les trouverait aurait des chances de ne découvrir que deux cadavres. Il leur suffisait d'éviter d'attirer l'attention autant que possible. Pas question de jouer de la flûte et, avec ses yeux, Mat ne pouvait évidemment pas jongler. Il agrippa de nouveau la main de Mat et se mit en route vers les lumières attirantes.

« Quand va-t-on s'arrêter ? » demanda de nouveau Mat. À la façon dont il plissait les yeux en tendant le cou, Rand doutait qu'il le voie, pour ne rien dire des lumières du village. Il répliqua :

« Quand on sera quelque part où on aura chaud. »

Des flaques de lumière tombant par les fenêtres des maisons éclairaient les rues du bourg, et des gens y circulaient sans s'inquiéter de ce qui pouvait se trouver dans l'obscurité. L'unique auberge était un bâtiment disparate, tout en rez-de-chaussée, qui donnait l'impression d'avoir eu des pièces raboutées autour au fil des années, sans plan défini. La porte s'ouvrit pour laisser sortir quelqu'un et une vague de rires déferla à sa suite.

Rand se figea dans la rue, les rires avinés du *Charretier qui danse* résonnant dans sa mémoire. Il regarda l'homme s'éloigner dans la rue d'un pas mal assuré, puis respira à fond et poussa la porte. Il prit soin que son manteau recouvre son épée. Des rires l'assaillirent.

Des lampes pendant du haut plafond éclairaient brillamment la salle et d'un coup d'œil il perçut aussitôt la différence avec l'auberge de Saml Hake. Pour commencer, pas d'ivresse. La salle était pleine de gens qui avaient l'air de fermiers et de villageois, sinon totalement sobres, du moins pas trop éloignés de l'être encore. Les rires étaient francs, même s'ils étaient un peu forcés. Des gens qui riaient pour oublier leurs ennuis mais avec aussi une réelle gaieté. La salle elle-même était propre et bien tenue, et un feu ronflant dans une grande cheminée à l'autre extrémité la rendait chaude. Les sourires des serveuses étaient aussi réconfortants que le feu et, quand elles riaient, Rand se rendait bien compte que c'était parce qu'elles en avaient réellement envie.

L'aubergiste était aussi soigné que son établissement, avec un tablier d'un blanc éclatant autour de sa taille massive. Rand fut content de voir que c'était un homme corpulent ; il doutait de faire désormais confiance à un aubergiste maigre. Son nom était Rulan Allwine – Rulan Toutvin, de bon augure, songea Rand, étant donné cette ressemblance avec les sonorités communes au Champ d'Emond – et il les examina de la tête aux pieds, puis mentionna courtoisement qu'il fallait payer d'avance.

« Ce qui ne veut pas dire, comprenez bien, que je vous prends pour ce genre de personnages-là, mais il y en a sur la route, ces temps-ci, qui ne se préoccupent pas tellement de régler la note le matin venu. Ce doit être la mode chez les jeunes de se rendre à Caemlyn, à voir le nombre qui prend la route. »

Rand ne se sentit nullement offensé, pas trempé et crotté comme il l'était. Toutefois, quand Maître Allwine énonça le prix, il ouvrit de grands yeux et Mat émit une sorte de son étranglé comme s'il s'étouffait en avalant.

Les bajoues de l'aubergiste oscillèrent quand il secoua la tête avec un air de regret, mais il semblait avoir l'habitude. « Les temps sont durs, dit-il d'un ton résigné. Il n'y a pas grand-chose et ce qu'il y a coûte cinq fois plus cher que d'ordinaire. Cela augmentera encore le mois prochain, je suis prêt à en mettre ma main au feu. »

Rand exhuma ce qu'il avait d'argent et regarda Mat. Ce dernier pinça la bouche avec entêtement. « Tu veux dormir sous une haie ? » demanda Rand. Mat soupira et vida sa poche à regret. Une fois la note payée, Rand fit la grimace devant le peu qui restait à partager avec Mat. Mais dix minutes plus tard, ils mangeaient du ragoût à une table dans un coin près de la cheminée, le poussant dans leur cuillère avec des morceaux de pain. Les portions n'étaient pas aussi copieuses que Rand l'aurait souhaité, toutefois elles étaient bouillantes et garnissaient l'estomac. La chaleur de l'âtre s'insinua lentement en lui. Il feignit de garder les yeux fixés sur son assiette, néanmoins il surveillait attentivement la porte. Ceux qui entraient ou sortaient avaient tous l'air de paysans, ce qui ne suffisait d'ailleurs pas à apaiser ses craintes.

Mat mangeait avec lenteur, savourant chaque bouchée, tout en récriminant contre la clarté des lampes. Au bout d'un moment, il sortit l'écharpe qu'Alpert Mull lui avait donnée et l'enroula autour de sa tête, l'abaissant sur son front jusqu'à ce que ses yeux soient presque dissimulés. Cela leur attira des regards que Rand aurait souhaité éviter. Il vida son assiette précipitamment en incitant Mat à l'imiter, puis demanda à Maître Allwine de leur montrer leur chambre.

L'aubergiste parut surpris qu'ils se couchent si tôt, mais se garda de tout commentaire. Il se munit d'une chandelle et les conduisit à travers un dédale de couloirs jusqu'à une petite pièce avec deux lits étroits, tout au fond de l'auberge. Après son départ, Rand laissa choir ses paquets près de son lit, lança sa cape sur une chaise et se jeta complètement habillé sur le couvre-pieds. Tous ses vêtements étaient encore humides et désagréables à porter mais, s'ils étaient obligés de s'enfuir, il voulait être prêt. Il garda aussi son ceinturon et dormit la main sur la poignée de l'épée.

Un coq qui s'était mis à chanter le tira brutalement du sommeil le lendemain matin. Il resta étendu à regarder l'aube éclairer la fenêtre et se demanda s'il oserait dormir un peu plus longtemps. Dormir pendant le jour, alors qu'ils pouvaient parcourir un bout de chemin. Un bâillement fit craquer sa mâchoire.

« Hé ! s'exclama Mat. J'y vois ! » Il s'assit sur son lit et examina la pièce en plissant les paupières. « Un peu, en tout cas. Ta figure est encore un peu floue, mais je te reconnais. Je savais bien que ça se rétablirait. D'ici ce soir, j'aurai une meilleure vision que toi. De nouveau. »

Rand sauta à bas du lit et se gratta en ramassant sa cape. Ses habits étaient fripés car ils avaient séché sur lui pendant qu'il dormait, et ils lui irritaient la peau. « Nous perdons des heures de jour », dit-il. Mat se releva aussi vite que Rand ; lui aussi se grattait.

Rand se sentait optimiste. Ils se trouvaient à une journée de voyage du village des Quatre-Rois et aucun des hommes de Gode n'avait montré le bout de son nez. Une journée plus près de Caemlyn où Moiraine devait les attendre. Sûrement. Plus besoin de redouter les Amis du Ténébreux une fois qu'ils seraient de nouveau avec l'Aes Sedai et le Lige. C'était étrange d'envisager avec tant de plaisir de se trouver avec une Aes Sedai. *Par la Lumière, quand je reverrai Moiraine, je l'embrasserai !* Il rit à cette idée. Il était d'humeur assez sereine pour investir dans un petit déjeuner quelques pièces de leur réserve qui s'amenuisait – un gros pain et un pichet de lait sorti tout frais du cellier.

Ils mangeaient au fond de la salle commune quand un jeune homme entra, un paysan à le voir, qui faisait tourner autour d'un doigt son bonnet et avait quelque chose de fiérot dans sa démarche élastique. La seule autre personne présente dans la salle était un vieil homme qui balayait ; il ne leva pas un instant les yeux de son balai. Le jeune homme parcourut du regard la salle avec désinvolture mais, quand il le posa sur Rand et sur Mat, le bonnet tomba de son doigt. Il les dévisagea pendant une minute entière avant de se baisser pour ramasser précipitamment le bonnet par terre, puis il les dévisagea encore, passant les doigts à travers son épaisse toison de boucles noires. Finalement, il s'approcha de leur table en traînant les pieds.

Il était plus âgé que Rand, mais il les regardait avec hésitation. « Vous permettez que je m'asseye ? » demanda-t-il, et il déglutit aussitôt comme s'il avait l'impression d'avoir commis un impair.

Rand pensa qu'il espérait peut-être partager leur petit déjeuner, bien qu'il eût l'air d'avoir les moyens de payer sa propre dépense. Sa chemise à rayures bleues était brodée au col et le bas de sa tunique bleu foncé était brodé aussi. Ses bottes de cuir n'avaient jamais approché le moindre travail qui les érafle, à ce que constata Rand. Il esquissa un signe de tête vers une chaise.

Mat observa le gars pendant qu'il tirait la chaise près de leur table. Rand n'aurait pas su dire s'il le foudroyait du regard ou simplement s'efforçait de le distinguer clairement. En tout cas, son froncement de sourcils eut un effet. Le jeune homme s'interrompit dans son mouvement pour s'asseoir et ne se posa sur le siège que lorsque Rand eut esquissé un autre signe de tête.

« Quel est votre nom ? demanda Rand.

– Mon nom ? Mon nom. Euh... appelez-moi Paitr. » Ses yeux se dérobaient nerveusement. « Euh... l'idée ne vient pas de moi, vous comprenez. Je dois le faire. Je ne voulais pas, mais on m'y a forcé. Il faut que vous le compreniez. Je ne... »

Rand commençait à se contracter quand Mat grommela : « Ami du Ténébreux. »

Paitr sursauta et se redressa à moitié en examinant fébrilement la salle comme s'il y avait eu cinquante personnes pour entendre. Le vieil homme était toujours penché sur son balai, son attention fixée sur le sol. Paitr se radossa à son siège et son regard mal assuré allait de Rand à Mat alternativement. Des gouttes de sueur perlaient sur sa lèvre supérieure. L'accusation était suffisante pour faire transpirer n'importe qui, mais il n'éleva pas un mot de protestation.

Rand secoua la tête avec lenteur. Après Gode, il savait que les Amis du Ténébreux ne portaient pas nécessairement le Croc du Dragon affiché sur le front mais, à part la façon dont il était habillé, ce Paitr aurait très bien pu être du Champ d'Emond. Rien en lui ne suggérait le meurtre et pire. Personne ne se serait retourné sur lui. Au moins Gode avait-il été... différent.

« Laissez-nous tranquilles, ordonna Rand, et dites à vos amis de nous ficher la paix. Nous ne voulons pas avoir affaire à eux et ils n'obtiendront rien de nous.

– Si vous n'obtempérez pas, ajouta Mat d'un ton féroce, je vous dénoncerai pour ce que vous êtes. Vous verrez ce que vos copains du village en pensent. »

Rand espéra qu'il ne parlait pas sérieusement. Cela leur causerait autant d'ennuis qu'à Paitr.

Ce dernier parut prendre la menace au pied de la lettre. Son visage blêmit. « Je... j'ai appris ce qui est arrivé au bourg des Quatre-Rois. Une partie, en tout cas. Les nouvelles circulent. Nous avons des moyens de nous tenir au courant. Mais il n'y a personne ici pour vous prendre au piège. Je suis seul et... et je veux juste vous parler.

– De quoi ? » questionna Mat en même temps que Rand ripostait : « Cela ne nous intéresse pas. » Ils s'entre-regardèrent, et Mat haussa les épaules. Il répéta : « Cela ne nous intéresse pas. »

Rand but d'un trait ce qui restait de lait et fourra dans sa poche le croûton de sa moitié de pain. Leur argent étant à peu près tout dépensé, ce croûton avait des chances d'être leur prochain repas.

Comment quitter l'auberge ? Si Paitr découvrait que Mat était presque aveugle, il en préviendrait d'autres... d'autres Amis du Ténébreux. Un jour, Rand avait vu un loup séparer du troupeau un mouton estropié ; il y avait d'autres loups dans les parages et il ne pouvait ni quitter le troupeau ni tirer une flèche qui touche au but. Dès que le mouton fut isolé, bêlant de terreur, boitillant désespérément sur trois pattes, le loup solitaire qui lui donnait la chasse s'était multiplié par dix comme par magie. Ce souvenir lui retourna l'estomac. Ils ne pouvaient pas non plus demeurer ici. Même si Paitr ne mentait pas en affirmant être seul, combien de temps le resterait-il ?

« Viens, on part, Mat », dit-il, puis il retint son souffle. Pendant que Mat commençait à se lever, il attira sur lui-même les yeux de Paitr en se penchant pour déclarer : « Laissez-nous tranquilles, Ami du Ténébreux. Je ne vous le répéterai pas. Fichez... nous... la... paix. »

Paitr ravala sa salive et se recula contre le dossier de sa chaise ; son visage n'avait plus une goutte de sang. Rand pensa à un Myrddraal.

Lorsqu'il se retourna vers Mat, celui-ci était debout et sa gaucherie avait passé inaperçue. Rand se suspendit hâtivement aux épaules ses sacoches de selle et paquets divers, et les répartit autour de lui en s'efforçant de maintenir sa cape par-dessus son épée. Peut-être que Paitr connaissait déjà son existence ; peut-être que Gode avait averti Ba'alzamon et que Ba'alzamon avait prévenu Paitr ; mais il ne le pensait pas. Il avait l'impression que Paitr n'avait qu'une très vague idée de ce qui s'était passé au bourg des Quatre-Rois. Voilà pourquoi il avait une telle peur.

L'ouverture de la porte qui était relativement bien éclairée aida Mat à se diriger droit vers la sortie, sinon d'un pas rapide, du moins pas assez lentement pour que cela paraisse anormal. Rand le suivit de près, priant pour qu'il ne trébuche pas. Il était heureux que Mat ait la voie libre, sans tables ni chaises en travers de son chemin.

Derrière lui, Paitr se dressa soudain d'un bond. « Attendez ! s'exclama-t-il d'une voix éperdue. Il faut que vous attendiez.

– Laissez-nous tranquilles », dit Rand sans se retourner. Ils avaient presque atteint le seuil et Mat n'avait pas encore fait un faux pas.

« Écoutez-moi donc », insista Paitr qui posa la main sur l'épaule de Rand pour l'arrêter.

Des images tournoyèrent dans l'esprit de Rand. Narg, le Trolloc, qui s'élançait sur lui dans sa propre maison. Le Myrddraal qui le menaçait dans *Le Cerf et le Lion* de Baerlon. Des Demi-Hommes partout, les Évanescents qui leur donnaient la chasse jusqu'à Shadar Logoth, qui les recherchaient à Pont-Blanc. Des Amis du Ténébreux partout. Il virevolta tandis que sa main se crispait. « J'ai dit, fichez-nous la paix ! » Son poing cogna Paitr en plein sur le nez.

L'Ami du Ténébreux chut sur son séant et resta par terre, le regard fixé sur Rand. Du sang lui dégoulinait du nez. « Vous ne vous en tirerez pas comme ça, s'écria-t-il avec acrimonie. Si fort que vous soyez, le Puissant Seigneur de la Nuit est encore plus fort. L'Ombre vous engloutira ! »

Une exclamation étranglée se fit entendre plus loin dans la salle, ainsi que le claquement d'un manche de balai qui heurtait le sol. Le vieux balayeur avait finalement entendu. Figé sur place, il dévisageait Paitr avec de grands yeux. Le sang se retira de sa figure ridée et ses lèvres remuèrent mais aucun son ne sortit de sa bouche. Paitr croisa son regard pendant une seconde, puis poussa un juron furieux, se releva d'un bond, sortit en flèche de l'auberge et s'éloigna comme s'il avait une meute de loups affamés sur ses talons. Le vieil homme reporta son attention sur Rand et sur Mat, l'air non moins effrayé.

Rand entraîna Mat hors de l'auberge et du village aussi vite que possible, guettant les clameurs d'une poursuite qui ne retentirent pas mais qui lui résonnaient quand même dans les oreilles.

« Sang et cendres, grommela Mat, ils sont toujours là, toujours à nos trousses. Nous ne nous échapperons jamais.

– Non, ils ne sont pas là, répliqua Rand. Si Ba'alzamon savait où nous nous trouvons, crois-tu qu'il aurait délégué ce type ? Il y aurait eu un autre Gode et vingt ou trente durs à cuire. Ils continuent à chercher, mais ils ne sauront rien tant que Paitr ne les en informera pas, et possible qu'il est vraiment seul. Pour autant qu'on le sache, il devra peut-être faire tout le chemin jusqu'au bourg des Quatre-Rois.

– Mais il a dit...

– Peu importe. » Il ne savait pas trop qui Mat désignait par ces « ils », mais cela ne changeait rien. « Nous n'allons pas rester les bras ballants à attendre qu'ils nous attrapent. »

Ils furent pris en charge six fois au cours de la journée, chaque fois pour un court bout de chemin. Un fermier leur raconta qu'à l'auberge de Shéran-le-Marché un vieux bonhomme qui n'avait pas toute sa tête prétendait qu'il y avait des Amis du Ténébreux au bourg. Le fermier riait tellement qu'il en avait de la peine à parler ; il ne cessait d'essuyer les larmes de rire qui lui coulaient sur les joues. Des Amis du Ténébreux à Shéran-le-Marché ! C'était la meilleure histoire qu'il avait entendue depuis qu'Ackley Farren s'était enivré et avait passé la nuit sur le toit de l'auberge.

Un autre, un charron rond de visage, avec des outils suspendus aux ridelles de sa voiture et deux roues de charrette à l'intérieur, donna une version différente. Vingt Amis du Ténébreux s'étaient réunis à Shéran-le-Marché. Des hommes au corps difforme et des femmes plus horribles encore, tous sales et vêtus de loques. Rien qu'à les regarder on avait les genoux en coton et l'estomac à l'envers et, quand ils riaient, leur affreux rire saccadé vous résonnait dans les oreilles pendant des heures et vous aviez l'impression que votre tête allait se fendre. Il les avait vus lui-même, à distance, d'assez loin pour ne rien risquer. Si la Reine ne voulait pas agir, alors on devrait appeler à la rescousse les Enfants de la Lumière. Il faudrait que quelqu'un fasse quelque chose.

Ce fut un soulagement quand le charron les déposa. Le soleil était bas derrière eux quand ils entrèrent dans un petit village, ressemblant fort à Shéran-le-Marché. La Route de Caemlyn le coupait carrément en deux, toutefois de chaque côté de la large chaussée s'alignaient des maisonnettes de brique au toit de chaume. Des réseaux de vigne vierge couvraient les briques, encore que seulement garnis de quelques feuilles. Le village avait une unique auberge, un modeste bâtiment pas plus imposant que l'*Auberge de la Source du Vin*, avec sur la façade une enseigne suspendue à une potence qui se balançait au vent en grinçant. *Le Serviteur de la Reine.*

Bizarre de penser à l'*Auberge de la Source du Vin* comme étant petite. Rand se rappelait bien le temps où il la trouvait aussi vaste que pouvait l'être un bâtiment. Quoi que ce soit de plus grand serait un palais. Seulement à présent il avait vu du pays et il se rendit compte que plus rien ne lui paraîtrait pareil quand il retournerait chez lui. *Si jamais tu y retournes.*

Il hésita devant l'auberge mais, même si les prix au *Serviteur de la Reine* n'étaient pas plus élevés qu'à Shéran-le-Marché, ils n'avaient pas les moyens de se payer un repas ou une chambre, l'un ou l'autre.

Mat remarqua la direction de son regard et tapota la poche où il rangeait les balles colorées de Thom. « Je vois assez bien pour ça, du moment que je ne recherche pas la difficulté. » Sa vision s'était améliorée, même s'il portait encore l'écharpe enroulée autour de la tête et avait plissé les paupières chaque fois qu'il regardait le ciel au cours de la journée. Comme Rand ne répondait rien, Mat poursuivit : « Il ne peut pas y avoir des Amis du Ténébreux dans chaque auberge d'ici à Caemlyn. D'ailleurs, je ne tiens pas à coucher sous un buisson s'il y a moyen de dormir dans un lit. » Toutefois, il n'avança pas vers l'auberge, il resta planté à attendre Rand.

Au bout d'un instant, ce dernier acquiesça d'un signe de tête. Il ressentait autant de lassitude qu'à ses jours de plus grande fatigue depuis qu'il était parti de chez lui. Il avait mal dans les os rien que de penser à une nuit en plein air. C'est le résultat de l'accumulation. *De toute cette fuite, de l'inquiétude qui te pousse à regarder constamment par-dessus ton épaule.*

« Oui, dit-il, ils ne peuvent pas être partout. »

À son premier pas dans la salle, il se demanda s'il n'avait pas commis une erreur. L'endroit était propre mais bondé. Toutes les tables étaient occupées et quelques clients étaient adossés aux murs parce qu'ils n'avaient nulle part où s'asseoir. À la façon dont les serveuses se hâtaient entre les tables avec l'air harassé et le patron aussi – c'était une affluence inhabituelle. Trop grande pour ce petit village. On repérait facilement les gens qui n'en étaient pas originaires. Ils n'étaient pas habillés différemment des autres, mais ils ne levaient pas les yeux de ce qu'ils mangeaient et buvaient. Les habitués regardaient ces étrangers aussi bien que le reste.

Un bourdonnement de conversations résonnait dans l'air, suffisamment pour que l'aubergiste les emmène dans la cuisine quand Rand lui eut fait comprendre qu'ils avaient besoin de lui parler. Le bruit y était presque aussi assourdissant, avec le cuisinier et ses aides qui cognaient les marmites et s'agitaient dans tous les sens.

Le patron s'essuya la figure avec un grand mouchoir. « Je suppose que vous vous rendez à Caemlyn pour voir le faux Dragon comme tous les autres imbéciles du Royaume. Eh bien, vous serez six par chambre et deux ou trois par lit et, si cela ne vous convient pas, je n'ai rien pour vous. »

Rand avait l'estomac chaviré en débitant son boniment. Avec tant de monde sur la route, une personne sur deux pouvait être un Ami du Ténébreux et il n'y avait pas moyen de distinguer ceux-là des autres. Mat démontra son adresse de jongleur – il se borna à manipuler trois balles et encore le fit-il avec prudence – et Rand sortit la flûte de Thom. Après seulement une douzaine de notes du *Vieil Ours noir,* l'aubergiste hocha la tête avec impatience.

« Ça ira. J'ai besoin de quelque chose qui détourne de ce Logain l'esprit de ces imbéciles. Il y a déjà eu trois bagarres parce que certains se demandaient si c'était oui ou non le vrai Dragon. Rangez vos affaires dans le coin et je vais aller dégager une place pour vous. Si c'est possible. Des imbéciles. Le monde est rempli d'idiots qui n'en savent pas assez pour rester là où ils sont. Voilà ce qui cause tous ces ennuis. Quand on ne sait pas rester chez soi. » S'épongeant de nouveau la figure, il sortit précipitamment de la cuisine en marmottant entre ses dents.

Le cuisinier et ses aides ne s'occupèrent aucunement de Rand et de Mat. Ce dernier ne cessait d'ajuster l'écharpe autour de sa tête, la relevant, puis clignant des yeux à cause de la lumière et la rabaissant de nouveau. Rand se demanda s'il y voyait suffisamment pour exécuter quelque chose de plus compliqué que jongler avec trois balles. Quant à lui-même...

La sensation de nausée qui lui bouleversait l'estomac s'accentua. Il se laissa choir sur un tabouret bas et se prit la tête entre les mains. La cuisine lui paraissait froide. Il frissonna. L'air était chargé de vapeur ; les fourneaux et les fours développaient une chaleur ardente. Ses tremblements s'accentuèrent, ses dents s'entrechoquèrent. Il serra ses bras autour de lui, mais cela ne servit à rien. Il avait l'impression que ses os se glaçaient. Il se rendit vaguement compte que Mat lui demandait quelque chose en le secouant par l'épaule et que quelqu'un poussait un juron et quittait précipitamment la pièce. Puis l'aubergiste fut là, le cuisinier fronçant les sourcils à côté de lui, et Mat discutait ferme avec eux deux. Il ne comprenait strictement rien à ce qu'ils disaient ; les mots étaient un bourdonnement dans ses oreilles, et il était apparemment incapable de réfléchir.

Soudain Mat le saisit par le bras et le tira pour qu'il se lève. Toutes leurs affaires – sacs de selle, matériel de couchage, manteau roulé de Thom et étuis des instruments – étaient suspendues à l'épaule de Mat avec son arc. L'aubergiste les regardait en s'épongeant d'un air anxieux. Vacillant, plus qu'à moitié soutenu par Mat, Rand laissa son ami le guider vers la porte de derrière.

Il réussit à dire : « D-d-désolé, M-m-mat. » Il ne pouvait s'empêcher de claquer des dents. « Ce d-d-doit être la pluie. U-u-une... nuit d-d-de plus dehors... ne nous t-t-t-uera pas, je pense. » Le crépuscule assombrissait le ciel, piqueté d'une poignée d'étoiles.

« Pas question », répliqua Mat. Il s'efforçait d'adopter un ton allègre, mais Rand devina son inquiétude intérieure. « Il avait peur que les autres clients découvrent qu'il y avait un malade dans son auberge. Je l'ai menacé de t'emmener dans la grande salle s'il nous fichait dehors. Cela viderait la moitié de ses chambres en dix minutes. Il a beau traiter ses clients d'imbéciles, il ne veut pas de ça.

– Alors, où ?

– Ici », répliqua Mat en poussant la porte de l'écurie qui s'ouvrit avec un bruyant grincement de gonds.

L'obscurité y était plus profonde qu'à l'extérieur et l'air sentait le foin, le grain et les chevaux, ainsi qu'un fort relent de fumier. Quand Mat l'aida à se coucher sur le sol couvert de paille, il se recroquevilla, les genoux contre la poitrine, les bras encore serrés autour de lui et le corps toujours secoué de frissons de la tête aux pieds. Toute sa force semblait s'être concentrée dans ce tremblement. Il entendit Mat trébucher, jurer, trébucher de nouveau, puis un cliquetis de métal. Soudain une lumière s'épanouit. Mat tenait en l'air une vieille lanterne cabossée.

Si l'auberge était pleine, l'écurie ne l'était pas moins. Chaque box contenait un cheval, dont quelques-uns levèrent la tête et la lumière leur fit cligner des yeux. Mat considéra l'échelle qui conduisait au grenier à foin, puis Rand ratatiné par terre, et il secoua la tête.

« N'arriverai jamais à te monter là-haut », marmotta Mat. Il suspendit la lanterne à un clou, grimpa à l'échelle et se mit à lancer d'en haut des brassées de foin. Redescendant en hâte, il improvisa une couchette au fond de l'écurie et y installa Rand. Mat le couvrit de leurs deux capes, mais Rand les repoussa presque aussitôt.

« Trop chaud », murmura-t-il. Il se rendait vaguement compte qu'il avait eu froid quelques instants à peine plus tôt, mais maintenant il avait l'impression d'être dans un four. Il tira sur son col en tournant la tête d'un côté à l'autre. « Trop chaud. » Il sentit la main de Mat sur son front.

« Je reviens tout de suite », annonça Mat qui disparut.

Il se retourna fiévreusement d'un côté sur l'autre dans le foin, sans se rendre compte pendant combien de temps, jusqu'à ce que Mat réapparaisse avec une assiette copieusement garnie dans une main, un pichet dans l'autre et deux tasses blanches pendillant par leur anse passée dans ses doigts.

« Il n'y a pas de Sagesse ici », dit-il en se laissant tomber à genoux à côté de Rand. Ce dernier avala l'eau d'un trait comme s'il n'avait rien eu à boire depuis des jours; c'était la sensation qu'il avait. « Ils ignorent même ce qu'est une Sagesse. Ce qu'ils ont ici est quelqu'un appelé Mère Brune, mais elle est partie je ne sais où pratiquer un accouchement et personne ne sait quand elle reviendra. J'ai obtenu du pain, du fromage et de la saucisse. Le bon Maître Inlow est prêt à nous accorder n'importe quoi aussi longtemps que nous restons hors de vue de ses clients. Tiens, goûtes-y. »

Rand se détourna de la nourriture. Rien que de la voir, rien que d'y penser lui soulevait le cœur. Au bout d'une minute, Mat soupira et s'installa pour manger. Rand évita de le regarder et s'efforça de ne pas écouter.

Les frissons reprirent, puis la fièvre, que remplacèrent les frissons et encore la fièvre. Mat le couvrait quand il tremblait et lui donnait de l'eau quand il se plaignait d'avoir soif. La nuit devint plus profonde, et l'écurie changeait d'aspect dans la clarté vacillante de la lanterne. L'ombre affectait des formes qui bougeaient d'elles-mêmes. Puis il aperçut Ba'alzamon surgissant à grands pas dans l'écurie, les yeux ardents, encadré par deux Myrddraals au visage caché dans les profondeurs de leurs capuchons noirs.

Cherchant précipitamment des doigts la poignée de son épée, il essaya de se relever en criant : « Mat ! Mat, les voilà ! Ô Lumière, les voilà ! »

Mat, qui était assis en tailleur le dos appuyé au mur, se réveilla en sursaut. « Quoi ? Les Amis du Ténébreux ? Où ? »

Oscillant sur ses genoux, Rand désigna frénétiquement le fond de l'écurie et... resta bouche bée. Des ombres s'agitaient et un cheval tapait du sabot dans son sommeil. Rien de plus.

« Il n'y a que nous, déclara Mat. Tiens, laisse-moi prendre ça. » Il tendit la main vers le ceinturon de Rand, mais celui-ci resserra sa prise sur la poignée.

« Non, non. Il faut que je la garde. Il est mon père. Tu comprends ? Il est m-m-mon père ! » Les frissons le secouèrent de nouveau, mais il se cramponna à l'épée comme à un filin de sauvetage. « M-m-mon père ! » Mat renonça à lui enlever l'épée et remonta les capes sur lui.

Il y eut d'autres apparitions au cours de la nuit pendant que Mat était assoupi. Rand n'était jamais sûr si elles étaient réelles ou non. Parfois, il regardait Mat, dont la tête reposait sur sa poitrine, en se demandant si lui aussi les verrait au cas où il se réveillerait.

Egwene sortit de l'ombre, ses cheveux nattés en une longue tresse brune comme elle était coiffée au Champ d'Emond, le visage affligé et mélancolique. « Pourquoi nous as-tu laissés ? demanda-t-elle. Nous sommes morts parce que tu es parti. »

Rand secoua faiblement la tête dans le foin. « Non, Egwene. Je ne voulais pas vous quitter. Crois-moi.

– Nous sommes tous morts, reprit-elle tristement, et la mort est le royaume du Ténébreux. Le Ténébreux s'est emparé de nous parce que tu nous as abandonnés.

– Non. Je n'avais pas le choix, Egwene. Je t'en prie. Egwene, ne t'en va pas. Reviens, Egwene ! »

Mais elle s'était replongée dans les ombres et était une ombre.

L'expression de Moiraine était sereine, mais son visage était exsangue et blême. Sa cape aurait aussi bien pu être un linceul et sa voix était cinglante. « Très juste, Rand al'Thor. Tu n'as pas le choix. Tu dois aller à Tar Valon, sinon le Ténébreux s'emparera de toi comme son bien. Enchaîné dans l'Ombre pour l'éternité. Seules les Aes Sedai peuvent te sauver à présent. Uniquement les Aes Sedai. »

Thom lui adressa un sourire sardonique. Les vêtements du ménestrel pendaient en lambeaux carbonisés qui lui firent revoir les éclairs pendant que Thom se battait avec l'Évanescent pour leur donner le temps de fuir. La chair sous les lambeaux était noircie et brûlée. « Fie-toi aux Aes Sedai, mon garçon, et tu regretteras de ne pas être mort. Rappelle-toi, le prix de l'aide des Aes Sedai est toujours moindre que tu ne le penses, toujours plus énorme que tu ne l'imagines. Et quelle Ajah te trouvera la première, hein ? La Rouge ? La Noire peut-être. Mieux vaut fuir, mon garçon. Va-t'en. »

Le regard de Lan était dur comme le granite, et du sang lui couvrait la figure. « Curieux de voir une épée à la marque du héron entre les mains d'un berger. En es-tu digne ? Cela vaudrait mieux pour toi. Tu es seul, maintenant. Personne derrière toi à qui te cramponner, rien devant, et n'importe qui pourrait être un Ami du Ténébreux. » Il eut un sourire de loup et du sang coula de sa bouche. « N'importe qui. »

Perrin arriva, accusateur, implorant de l'aide. Maîtresse al'Vere pleurant sa fille, Bayle Domon le maudissant d'avoir attiré des Évanescents sur son bateau,

Maître Fitch se tordant les mains devant les cendres de son auberge et Min hurlant entre les griffes d'un Trolloc, des gens qu'il connaissait, des gens qu'il avait seulement croisés. Mais le pire ce fut Tam. Tam le dominait de toute sa taille, l'air sombre, secouant la tête et ne proférant pas un son.

« Il faut me le dire, le supplia Rand. Qui suis-je ? *Qui suis-je ?* » finit-il par crier.

« Du calme, Rand. »

Pendant un instant, il crut que c'était Tam qui répondait mais alors il vit que Tam avait disparu. Mat était penché sur lui, approchant de ses lèvres une tasse d'eau.

« Reste donc tranquille. Tu es Rand al'Thor, voilà ce que tu es, avec la plus laide figure et l'esprit le plus borné des Deux Rivières. Hé, tu transpires ! La fièvre a cédé.

– Rand al'Thor ? » murmura Rand. Mat hocha la tête et cette réponse avait quelque chose de si réconfortant que Rand se laissa reprendre par le sommeil sans même toucher à l'eau.

Un sommeil que ne troublèrent pas de rêves – du moins aucun dont il se souvienne – mais assez léger pour que ses paupières se rouvrent chaque fois que Mat venait voir comment il allait. Une fois, il se demanda si Mat ne dormait pas du tout, mais lui-même se rendormit avant que l'idée ait fait grand chemin.

Le grincement des gonds le réveilla net – toutefois, pendant un instant, il resta couché dans le foin en souhaitant d'être encore plongé dans le sommeil. Endormi, il n'aurait pas conscience de son corps. Il souffrait comme si ses muscles étaient des chiffons qu'on avait tordus, et ayant la même vigueur. Il essaya faiblement de redresser la tête ; il y réussit à la deuxième tentative.

Mat était assis à sa place habituelle contre le mur, à portée de main de Rand. Son menton reposait sur sa poitrine, qui s'élevait et s'abaissait au rythme souple du sommeil profond. L'écharpe lui avait glissé sur les yeux.

Rand regarda vers la porte.

Il y avait là une femme qui la maintenait ouverte d'une main. Elle ne fut d'abord qu'une forme sombre en robe, silhouettée par la clarté indécise de l'aube, puis elle entra, laissant la porte se rabattre derrière elle. À la clarté de la lanterne, il la distinguait plus nettement. Elle était à peu près du même âge que Nynaeve, songea-t-il, mais ce n'était pas une paysanne. La soie vert pâle de sa robe miroitait au gré de ses mouvements. Sa cape était d'un doux gris chaud et ses cheveux étaient retenus par un filet de dentelle mousseuse. Elle tripotait un lourd collier d'or tout en les regardant pensivement, Mat et lui.

« Mat », dit Rand. Puis, plus fort : « Mat ! »

Mat grogna et faillit tomber en se réveillant. Il se frotta les yeux pour s'éclaircir la vue et contempla la femme.

« Je suis venue voir mon cheval », déclara celle-ci avec un vague geste vers les stalles. Sans les quitter tous les deux des yeux, néanmoins. « Êtes-vous malade ?

– Il va bien, répliqua Mat d'un ton guindé. Il a simplement pris froid sous la pluie, voilà tout.

– Peut-être devrais-je l'examiner, répliqua-t-elle. J'ai quelques connaissances... »

Rand se demanda si elle était une Aes Sedai. Encore plus que ses vêtements, son assurance, la façon dont elle tenait la tête comme s'apprêtant à donner un ordre, n'étaient pas du pays. *Et si c'est une Aes Sedai, de quelle Ajah ?*

« Je vais bien, maintenant, lui dit-il. Franchement, ce n'est pas la peine. »

Mais elle parcourut toute la longueur de l'écurie, en relevant sa jupe et posant ses escarpins gris avec précaution. Esquissant une grimace à l'adresse de la paille, elle s'agenouilla à côté de lui et lui tâta le front.

« Pas de fièvre », dit-elle en le dévisageant, les sourcils froncés. Elle était jolie, dans le style anguleux, mais sa figure n'avait rien de chaleureux. Elle n'était pas froide non plus ; elle semblait seulement incapable d'exprimer quoi que ce soit. « Vous *avez été* malade, néanmoins. Si. Si. Et vous êtes encore faible comme un chaton d'un jour. Je pense... » Elle fouilla sous sa cape et, soudain, tout se passa trop vite pour que Rand réagisse autrement qu'en poussant un cri étranglé.

La jeune femme sortit sa main de la cape avec la rapidité de l'éclair ; quelque chose scintilla quand elle se jeta par-dessus Rand en direction de Mat. Mat bascula de côté dans un mouvement précipité et il y eut un *tchunk* sonore de métal qui s'enfonce dans du bois. Cela ne prit pas une seconde, puis tout demeura immobile.

Mat gisait à moitié renversé sur le dos, une main resserrée autour du poignet de la jeune femme juste au-dessus du poignard qu'elle avait enfoncé dans la paroi à l'endroit où la poitrine de Mat s'était trouvée, son autre main appuyant la lame de Shadar Logoth sur le cou de cette femme.

Bougeant uniquement les yeux, elle essaya de regarder la dague que tenait Mat. Ses pupilles se dilatèrent, elle aspira une bouffée d'air de façon saccadée et tenta de s'éloigner de la dague, mais il maintint le tranchant contre sa peau. Après quoi, elle resta aussi immobile qu'une pierre.

Rand regarda le tableau au-dessus de lui en s'humectant les lèvres. Même s'il n'avait pas été si faible, il ne pensait pas qu'il aurait pu bouger. Puis son regard se posa sur le poignard de la jeune femme et sa bouche se dessécha. Le bois autour de la lame noircissait ; de minces volutes de fumée s'élevaient de l'endroit charbonneux.

« Mat ! Mat, son poignard ! »

Mat y jeta un coup d'œil, puis reporta son attention sur la jeune femme, mais elle n'avait pas bougé. Elle passait à son tour avec nervosité sa langue sur ses lèvres. Mat lui arracha brutalement le manche de la main et la repoussa ; elle tomba à la renverse, de tout son long, et se rattrapa en posant ses mains en arrière, les yeux toujours fixés sur la lame dans la main de Mat. « Ne bougez pas, dit-il. Si vous remuez, je m'en sers. Croyez-moi, je parle sérieusement. » Elle hocha la tête avec lenteur ; ses yeux ne quittaient pas une seconde le poignard de Mat. « Surveille-la, Rand. »

Rand ne savait pas trop ce qu'il était censé faire si elle essayait quoi que ce soit – crier, peut-être ; en tout cas, il était incapable de lui courir après si elle tentait de fuir mais elle demeura assise sans bouger pendant que Mat arrachait le poignard de la paroi. L'emplacement noirci cessa de grandir, bien qu'un léger ruban de fumée continuât à en sortir.

Mat chercha du regard un endroit où poser le poignard, puis le tendit à Rand. Qui le prit délicatement comme si c'était une vipère vivante. Encore qu'ornementé, ce poignard avait une apparence banale, avec un manche en ivoire blanc et une étroite lame étincelante pas plus longue que la paume de sa main. Rien qu'un poignard. Seulement Rand avait eu un exemple de ce qu'il pouvait faire. Le manche n'était même pas tiède, mais sa main commença à transpirer. Il espéra ne pas l'échapper dans le foin.

La jeune femme ne rectifia pas sa position affalée en arrière quand elle vit Mat se retourner lentement vers elle. Elle l'observait comme si elle se demandait ce qu'il comptait faire, par contre Rand aperçut le brusque plissement de paupières de Mat, le raidissement de sa main autour du poignard. « Mat, non !

– Elle a essayé de me tuer, Rand. Elle t'aurait tué aussi. C'est une Amie des Ténèbres. » Mat cracha littéralement ce nom.

« Mais nous n'en sommes pas », riposta Rand. La jeune femme eut un sursaut comme si elle comprenait seulement maintenant l'intention de Mat. « Nous n'en sommes pas, Mat. »

Pendant un instant, Mat resta figé, la lame dans son poing scintillant à la clarté de la lampe. Puis il hocha la tête. « Allez là-bas », ordonna-t-il à la jeune femme en indiquant avec le poignard la porte donnant dans la sellerie.

Elle se releva avec lenteur, s'arrêtant pour chasser la paille collée à sa robe. Même quand elle se mit en marche dans la direction indiquée par Mat, elle avança comme si elle n'avait aucune raison de se presser. Néanmoins, Rand remarqua qu'elle ne quittait pas de l'œil la dague au manche orné d'un rubis tenue par Mat. « Vous devriez vraiment cesser de vous débattre, déclara-t-elle. Ce serait pour le mieux, à la fin. Vous verrez.

– Pour le mieux ? » répéta Mat, sardonique, en frottant sa poitrine à l'endroit où l'arme de cette femme aurait pénétré s'il n'avait pas bougé. « Allez là-bas. »

Elle haussa les épaules avec désinvolture en obtempérant. « Une erreur. Il y a eu pas mal de... désarroi depuis ce qui est arrivé avec ce prétentieux imbécile de Gode. Pour ne rien dire de cette espèce d'abruti qui a déclenché une panique à Shéran-le-Marché. Personne ne sait exactement ce qui s'est passé là-bas, ni comment. Cela rend pour vous la situation encore plus dangereuse, vous ne le comprenez donc pas ? Vous aurez des places enviées si vous venez au Grand Seigneur de votre propre volonté mais, aussi longtemps que vous fuirez, il y aura poursuite et qui peut dire ce qui se passera alors ? » Un frisson parcourut Rand. *Mes limiers sont jaloux, et tu risques qu'ils ne s'y prennent pas en douceur.*

« Ainsi deux petits paysans vous donnent du fil à retordre. » Le rire de Mat était sardonique. « Peut-être que vous autres Amis du Ténébreux n'êtes pas aussi dangereux que je l'ai toujours entendu dire. » Il ouvrit brusquement la porte de la sellerie et recula d'un pas.

Elle s'arrêta sur le seuil, le dévisageant par-dessus son épaule. Son regard était de glace et sa voix plus froide encore. « Vous découvrirez à quel point nous sommes dangereux. Quand le Myrddraal sera ici... »

Ce qu'elle avait à dire d'autre fut interrompu comme Mat claquait la porte et insérait la bâcle dans ses crampons. Quand il se retourna, il avait dans les yeux une expression soucieuse. « Un Évanescent, s'exclama-t-il d'une voix tendue en rengainant la dague sous sa cape. Qui vient ici, à ce qu'elle prétend. Comment se sentent tes jambes ?

– Je ne suis pas en mesure de danser, marmotta Rand, mais si tu m'aides à me lever, je marcherai. » Il regarda la lame qu'il tenait et frissonna. « Sang et cendres, je courrai. »

Se chargeant vivement de leurs bagages, Mat hissa Rand sur ses pieds. Les jambes de Rand vacillèrent et il dut s'appuyer sur son ami pour rester debout, mais il s'efforça de ne pas ralentir Mat. Il tenait le poignard très écarté de lui. Au-dehors, près de la porte, il y avait un seau d'eau. Il y jeta l'arme en passant. L'acier entra dans l'eau en sifflant ; de la vapeur monta à la surface. En grimaçant, il essaya de presser le pas.

Avec le jour, même d'aussi bonne heure, il y avait pas mal de gens dans la rue. Toutefois, ils étaient préoccupés par leurs propres affaires et personne n'avait de l'attention de trop à consacrer à deux jeunes garçons qui sortaient à pied du village, surtout avec tant d'étrangers dans le pays. Tout de même, Rand raidit chaque muscle dans un effort pour se tenir droit. À chaque enjambée, il se demandait si parmi ces gens pressés il n'y avait pas des Amis du Ténébreux. *Y en a-t-il parmi eux qui attendent la femme au poignard ? Ou l'Évanescent ?*

À un quart de lieue du village, ses forces l'abandonnèrent. Une minute, il avançait en haletant, appuyé sur Mat ; la suivante, ils se retrouvèrent tous les deux par terre. Mat le traîna jusqu'au bas-côté de la route.

« Il faut continuer », dit Mat. Il fourragea dans ses cheveux avec une main, puis tira l'écharpe au-dessus de ses yeux. « Tôt ou tard, quelqu'un va la délivrer, et ils seront de nouveau à nos trousses.

– Je sais, répliqua Rand, haletant. Je sais. Aide-moi. »

Mat le tira de nouveau pour le relever mais, une fois debout, Rand hésita car il sentait que c'était inutile. Dès qu'il tenterait de faire un pas, il retomberait le nez en avant.

Tout en le soutenant, Mat attendit avec impatience qu'une charrette venant du village les dépasse. Mat émit un grognement surpris quand la charrette ralentit et s'arrêta à leur hauteur. Un homme au visage tanné comme du cuir les examinait du haut du siège du cocher.

« Il a quelque chose qui ne va pas ? demanda-t-il sans quitter la pipe qu'il avait entre les dents.

– Il est juste un peu fatigué », répondit Mat.

Rand se rendait compte que l'argument ne valait rien, pas appuyé comme il l'était sur Mat. Il le lâcha et s'écarta d'un pas. Ses jambes fléchirent, mais il se força à se tenir bien droit. Il dit : « Je n'ai pas dormi depuis deux jours. J'ai mangé quelque chose qui ne m'a pas convenu. Je me sens mieux maintenant, mais je manque de sommeil. »

L'homme souffla par le coin de la bouche un jet de fumée. « En route pour Caemlyn, hein ? J'aurais votre âge, je pense que je serais bien parti moi aussi regarder de près ce faux Dragon.

– Oui. » Mat hocha la tête. « C'est cela. Nous allons voir le faux Dragon.

– Alors, montez donc. Votre ami à l'arrière. Si l'envie de vomir le reprend, mieux vaut que ce soit sur la paille, pas ici. Mon nom est Hyam Kinch. »

34.

LE DERNIER VILLAGE

La nuit était tombée quand ils arrivèrent au Gué-de-Cary, ayant mis plus longtemps que Rand ne l'avait escompté d'après ce qu'avait indiqué Maître Kinch quand il les avait déposés. Il se demanda si son appréciation du passage du temps n'était pas en train de s'altérer. Seulement trois soirs depuis Howal Gode et le bourg des Quatre-Rois, deux depuis que Paitr les avait pris par surprise à Shéran-le-Marché. Rien qu'une journée depuis que l'inconnue, Amie du Ténébreux, avait tenté de les tuer dans l'écurie du *Serviteur de la Reine,* mais même cela semblait remonter à un an, pour ne pas dire une éternité.

Quelque métamorphose que subisse le temps, le Gué-de-Cary donnait assez l'impression d'être normal, du moins à première vue. De coquettes maisons couvertes de vigne vierge, des ruelles étroites, à part la Route de Caemlyn, silencieuses et apparemment paisibles. *Mais qu'y a-t-il sous ces apparences ?* se demanda-t-il. Shéran-le-Marché avait eu l'air bien tranquille, de même que le bourg où cette femme... Il n'avait jamais su le nom du bourg et préférait ne pas y penser.

Des flots de lumière se déversaient par les fenêtres des maisons dans des rues pratiquement désertes. Ce qui convenait on ne peut mieux à Rand. Se faufilant d'un coin de rue à l'autre, il évitait les rares passants. Cramponné à son épaule, Mat se figeait quand un crissement de gravier annonçait l'approche de quelqu'un du pays, et se précipitait d'endroit sombre à endroit sombre quand la silhouette indistincte avait disparu.

La rivière Cary avait là trente mètres de large au plus et ses eaux noires coulaient à la paresseuse, mais le gué avait depuis longtemps été remplacé par un pont. Des siècles de pluie et de vent avaient usé les avant-becs en pierre des piles au point qu'ils donnaient l'impression d'être des formations naturelles. Des années de passages de chariots transportant des marchandises et de caravanes de marchands avaient usé aussi le bois des madriers. Les planches épaisses désajustées craquaient sous leurs souliers, résonnant aussi fort que des tambours. Longtemps après avoir traversé le bourg et s'être retrouvés en pleine campagne au-delà, Rand guetta la voix qui exigerait de savoir qui ils étaient. Ou pire : qui le saurait.

Au fur et à mesure de leur progression, les terres s'étaient peuplées, devenant de plus en plus exploitées. Il y avait constamment en vue des lumières de fermes. Des haies et des barrières s'alignaient le long de la route et des champs au-delà. Toujours des champs, pas un bout de forêt n'était proche de la route. On aurait dit qu'ils étaient perpétuellement aux abords d'un village, même quand ils se trouvaient à des heures du bourg le plus proche. Soignés et paisibles. Sans la moindre indication que des Amis du Ténébreux ou pire rôdaient dans les parages.

Brusquement, Mat s'assit sur la chaussée. Il avait repoussé l'écharpe au sommet de sa tête, maintenant que la seule clarté venait de la lune. Il marmotta : « Deux pas font un empan. Mille empans un quart de lieue. Quatre mille empans une lieue... Je refuse de faire dix pas de plus sauf s'il y a au bout un endroit pour dormir. Quelque chose à manger ne serait pas non plus de refus. Tu n'as rien caché dans tes poches, par hasard ? Une pomme, peut-être. Je ne te le reprocherais pas si c'était le cas. Tu pourrais au moins chercher. »

Rand inspecta la route dans les deux sens. Ils étaient les seuls à se déplacer dans la nuit. Il jeta un coup d'œil à Mat qui avait ôté un de ses brodequins et se massait le pied. Ou ils avaient été les seuls. Lui aussi avait mal aux pieds. Un frisson lui parcourut les jambes comme pour l'avertir qu'il n'avait pas encore récupéré autant de forces qu'il le pensait.

Des tas noirs se dressaient dans un champ juste devant eux. Des meules de foin rapetissées par des prélèvements de fourrage pour servir de nourriture cet hiver, mais néanmoins des meules.

Il poussa Mat du bout du pied. « Nous dormirons là-bas.

– Encore des meules de foin », soupira Mat, mais il renfila son soulier et se mit debout.

Le vent se levait, la fraîcheur de la nuit s'accentuait. Ils enjambèrent les perches lisses de la clôture et se creusèrent vite un trou dans le foin. La bâche qui protégeait le foin de la pluie empêchait aussi le vent de passer.

Rand se tourna et se retourna dans le nid qu'il s'était aménagé jusqu'à ce qu'il trouve une position confortable. Le foin réussissait encore à le piquer à travers ses vêtements, mais il avait appris à s'en accommoder. Il essaya de compter le nombre de meules au creux desquelles il avait dormi depuis Pont-Blanc. Dans les contes, les héros n'étaient jamais obligés de dormir dans les meules de foin ni sous des haies. Mais feindre de se croire un héros de légende n'était pas facile, plus maintenant, même pour cinq minutes. En soupirant, il releva son col avec l'espoir que des brins de foin ne se glisseraient pas le long de son dos.

« Rand ? dit tout bas Mat. Rand, penses-tu que nous y arriverons ?

– À Tar Valon ? C'est encore loin, mais...

– À Caemlyn. Tu estimes que nous atteindrons Caemlyn ? »

Rand redressa la tête, mais leur refuge était obscur ; seule la voix de Mat lui indiquait où il était. « Maître Kinch a dit deux jours. Après-demain, le jour suivant, nous y serons.

– S'il n'y a pas une centaine d'Amis du Ténébreux qui nous attendent en chemin, ou encore un Évanescent ou deux. » Il y eut un silence pendant un instant, puis Mat reprit : « Je suis persuadé que nous sommes les seuls qui restent, Rand. » Il donnait l'impression d'avoir peur. « Quoi qu'il en soit de cette aventure, il n'y a plus que nous deux à présent. Rien que nous deux. »

Rand fit un signe de dénégation. Il savait que Mat ne le verrait pas dans l'obscurité mais c'était davantage pour lui-même que pour Mat, en vérité. « Dors donc, Mat », répliqua-t-il d'une voix lasse. N'empêche que lui-même resta longtemps les yeux ouverts avant d'être pris par le sommeil. *Rien que nous deux.*

Le chant d'un coq le réveilla et il s'extirpa du foin en brossant ses vêtements dans les premières lueurs d'avant l'aube. En dépit de ses précautions, des brins d'herbe sèche s'étaient infiltrés dans son dos ; les tiges accrochées entre ses omoplates le démangeaient. Il enleva sa tunique et sortit sa chemise de ses chausses pour enlever ces tiges. Il avait une main descendant le long de son cou et l'autre qui remontait en se tortillant quand il s'avisa qu'il y avait du monde à proximité.

Le soleil n'avait pas encore paru, mais déjà des gens, par un ou par deux, défilaient de façon ininterrompue sur la route en direction de Caemlyn, quelques-uns avec des sacs ou des paquets sur le dos, d'autres avec simplement un bâton de marche, si même ils en avaient. La plupart étaient des hommes jeunes mais, de temps à autre, il y avait une jeune fille ou une femme plus âgée. Tous sans exception avaient l'apparence avachie par le voyage de qui a longtemps marché. Certains gardaient les yeux baissés sur leurs pieds et, en dépit de l'heure matinale, leurs épaules se voûtaient de fatigue ; d'autres fixaient un point invisible devant eux, en direction de l'aube.

Mat sortit de la meule en roulant sur lui-même et se gratta vigoureusement. Il ne s'interrompit que le temps de draper l'écharpe autour de sa tête ; elle lui ombrageait un peu moins les yeux ce matin. « Tu penses que nous dénicherons quelque chose à manger, aujourd'hui ? »

L'estomac de Rand émit solidairement un gargouillis. « Nous y réfléchirons quand nous serons en route », dit-il. Remettant précipitamment ses vêtements en ordre, il extirpa du foin sa part de leurs bagages.

Quand ils arrivèrent au bord du pré, Mat remarqua à son tour le défilé. Il s'arrêta dans le champ, les sourcils froncés, pendant que Rand escaladait la clôture. Un jeune homme, guère plus âgé qu'eux, leur jeta un coup d'œil au passage. Ses habits étaient poussiéreux, ainsi que le rouleau de matériel de couchage accroché dans son dos.

« Où allez-vous ? lança Mat.

– Eh bien, à Caemlyn, voir le Dragon », cria en réponse le garçon sans s'arrêter. Il haussa un sourcil ironique à l'adresse des couvertures et sacoches de selle suspendues à leurs épaules et ajouta : « Exactement comme vous. » Il rit et continua à marcher, son regard fouillant déjà avec ardeur le chemin devant lui.

Mat posa plusieurs fois la même question pendant la journée, et les seules personnes qui ne répondirent pas de façon identique étaient les habitants de la région. Et si ceux-là répondaient, c'était en crachant par terre et en se détournant avec mépris. Ils se détournaient mais restaient sur leurs gardes. Ils dévisageaient tous les voyageurs pareillement, du coin de l'œil. Visiblement, à leur expression, pour eux les étrangers étaient capables de n'importe quoi si on ne les surveillait pas de près.

Les natifs du pays n'étaient pas seulement méfiants à l'égard des étrangers, ils semblaient plus qu'un peu contrariés. Il y avait juste assez de gens sur la route, juste assez disséminés pour que, lorsque les charrettes des paysans apparurent au moment où le soleil surgit à l'horizon, leur allure habituellement lente soit ralentie encore de moitié. Aucun n'était en humeur d'offrir d'emmener qui que ce soit. Une mine revêche, et peut-être un juron à l'idée du retard qu'ils prenaient dans leurs travaux, était la réaction la plus courante.

Les chariots des marchands passaient sans guère plus d'encombre qu'un brandissement de poings, qu'ils roulent vers Caemlyn ou en viennent. Quand, de bonne heure, le premier convoi surgit à un trot soutenu, alors que le soleil était juste au-dessus de l'horizon derrière les chariots, Rand s'écarta de la chaussée. Ils ne donnaient aucun signe de vouloir ralentir et il vit d'autres gens se précipiter hors du chemin. Il monta complètement sur le bas-côté mais continua à marcher.

L'ombre d'un mouvement comme le premier chariot approchait avec fracas fut le seul avertissement qu'il reçut. Il se retrouva aplati par terre tandis que le fouet du charretier claquait en l'air à l'endroit où s'était trouvée sa tête. D'où il gisait, il croisa le regard du conducteur quand le chariot le dépassa. Des yeux à l'expression dure au-dessus d'une bouche pincée dans une grimace. Pas l'ombre d'une inquiétude qu'il l'ait cinglé au sang ou lui ait arraché un œil.

« Que la Lumière t'aveugle ! cria Mat derrière le chariot. Tu ne peux pas... » Un convoyeur à cheval le frappa à l'épaule avec le talon de sa lance, le projetant au sol par-dessus Rand.

« Ôte-toi de là, espèce de sale Ami du Ténébreux ! » grommela le convoyeur sans ralentir.

Après quoi, ils se tinrent à distance des chariots. Le moins qu'on puisse dire est qu'il y en avait pas mal. Le cliquetis et le ferraillement d'un convoi avaient à peine diminué qu'on entendait l'arrivée d'un autre. Convoyeurs et charretiers, tous regardaient les voyageurs cheminant à pied vers Caemlyn comme s'ils voyaient marcher de la crotte.

Une fois, Rand évalua mal la dimension du fouet d'un roulier, juste de la longueur du bout de la mèche. Plaquant la main sur l'entaille peu profonde au-dessus de son sourcil, il déglutit pour se retenir de vomir en pensant de combien peu s'en était fallu que la mèche lui crève un œil. Le roulier ricana en le regardant. De son autre main, Rand empoigna Mat pour l'empêcher d'encocher une flèche. Il dit :

« Laisse tomber. » Il eut un brusque mouvement de tête vers les convoyeurs chevauchant à côté des chariots. Quelques-uns riaient, d'autres regardaient fixement l'arc de Mat. « Si nous avons de la chance, ils se contenteront de nous bâtonner à coups de lance. Si nous sommes chanceux. »

Mat grommela d'un ton amer, mais il se laissa entraîner par Rand à redescendre sur la route.

Par deux fois, des escadrons de Gardes de la Reine arrivèrent au trot sur la route, les pennons au bout de leurs lances ondulant dans le vent. Des fermiers les hélaient, car ils voulaient que quelque chose soit fait au sujet des étrangers et les Gardes s'arrêtaient toujours patiemment pour les entendre. Près de midi, Rand s'arrêta pour écouter une de ces conversations.

Derrière les barres du ventail de son casque, la bouche du capitaine de la Garde se pinçait en une ligne serrée. « Si l'un d'eux vole quelque chose ou s'introduit dans votre propriété, répliqua-t-il d'une voix rogue au fermier efflanqué qui se tenait, la mine soucieuse, près de son étrier, je le ferai comparaître devant un magistrat, mais ils n'enfreignent aucune loi de la Reine quand ils empruntent le grand chemin.

– Mais il y en a partout, protesta le fermier. Qui sait qui ils sont ou ce qu'ils sont. Toutes ces histoires à propos du Dragon...

– Par la Lumière, mon brave ! Vous n'en avez qu'une poignée par ici. Les remparts de Caemlyn sont prêts à exploser tant ils pullulent et d'autres arrivent tous les jours. » L'expression rude du capitaine s'assombrit encore lorsqu'il aperçut Rand et Mat, debout à côté d'eux. Il désigna la route d'un gantelet renforcé d'acier. « Dégagez, sinon je vous arrête pour entrave à la circulation. »

Sa voix n'avait pas un ton plus brusque avec eux qu'avec le fermier; mais ils se remirent en marche. Le regard du capitaine les suivit pendant un moment; Rand le sentait peser sur son dos. Il soupçonnait les Gardes d'avoir peu de patience de reste pour les voyageurs et aucune sympathie pour un voleur affamé. Il décida de s'opposer à Mat s'il suggérait de nouveau de voler des œufs.

Néanmoins, cette foule de chariots et de gens sur le grand chemin avait son bon côté, surtout le nombre de jeunes se rendant à Caemlyn. Pour les Amis du Ténébreux qui les rechercheraient, ce serait comme d'essayer de repérer deux pigeons en particulier parmi mille autres. Si lors de la Nuit de l'Hiver le Myrddraal n'avait pas su exactement à qui s'en prendre, peut-être que son homologue n'y réussirait pas mieux ici.

Son estomac gargouillait fréquemment, lui rappelant qu'ils n'avaient pour ainsi dire plus d'argent, en tout cas pas assez pour un repas aux prix demandés aussi près de Caemlyn. À un moment donné, il se rendit compte qu'il avait la main sur l'étui de la flûte et il le repoussa fermement dans son dos. Gode avait été au courant de la flûte et des tours de jonglerie. Qui sait ce que Ba'alzamon avait appris de lui avant la fin – si ce que Rand avait vu était bien la fin – ou quelles indications avaient été transmises à d'autres Amis du Ténébreux.

Il jeta un coup d'œil empreint de regret à une ferme devant laquelle ils passaient. Un homme patrouillait le long des clôtures avec une couple de chiens qui grondaient et tiraient sur leur laisse. L'homme avait l'air de n'attendre que le moindre prétexte pour les lâcher. Ce n'est pas toutes les fermes qui avaient sorti les chiens, mais aucune n'offrait de petits travaux aux voyageurs.

Avant le coucher du soleil, Mat et lui traversèrent deux autres bourgs. Les villageois rassemblés en petits groupes discutaient entre eux en regardant passer ce flot continu. Leur expression n'était pas plus amicale que celle des fermiers ou des charretiers, ou des Gardes de la Reine. Tous ces étrangers qui allaient voir le faux

Dragon. Les imbéciles qui n'avaient pas assez de sagesse pour rester chez eux. Peut-être des partisans du faux Dragon. Peut-être même des Amis du Ténébreux. S'il y avait une différence entre les deux.

Avec la venue du soir, le flot commença à s'amenuiser au second bourg. Les quelques-uns qui avaient de l'argent disparurent dans l'auberge apparemment, non sans un peu de discussion pour être admis à l'intérieur ; d'autres commencèrent à se mettre en quête de haies propices ou de champs sans chien. Au crépuscule, Mat et lui avaient la Route de Caemlyn pour eux seuls. Mat commença à parler de trouver une meule de foin, mais Rand insista pour continuer.

« Aussi longtemps qu'on peut distinguer la route, dit-il, le chemin que nous aurons fait avant de nous arrêter, ce sera autant d'avance que nous gagnerons. » *S'ils te poursuivent. Pourquoi courraient-ils après toi maintenant, alors qu'ils ont attendu que tu parviennes tellement loin ?*

L'argument suffit à Mat. Jetant fréquemment un coup d'œil par-dessus son épaule, il hâta le pas. Rand dut se dépêcher pour rester à sa hauteur.

L'obscurité s'épaissit, à peine allégée par un peu de clair de lune. L'accès d'énergie de Mat s'épuisa, et ses récriminations recommencèrent. Des nœuds douloureux se formaient dans les mollets de Rand. Il se dit qu'il avait marché plus loin en travaillant avec Tam à la ferme pendant une dure journée, mais il eut beau se le répéter, il ne réussit pas à s'en convaincre. Il serra les dents et, refusant de tenir compte des crampes et douleurs, ne s'arrêta pas.

Mat se plaignant et lui-même se concentrant sur chaque nouveau pas, ils arrivèrent presque au village avant qu'il aperçoive les lumières. Il s'immobilisa en chancelant, soudain conscient d'une brûlure qui montait des pieds jusqu'en haut des jambes. Il se dit qu'il devait avoir une ampoule au pied droit.

À la vue des lumières du village, Mat s'affaissa sur les genoux avec un gémissement. « Est-ce qu'on peut s'arrêter, maintenant ? dit-il d'une voix haletante. Ou bien as-tu l'intention d'aller dans une auberge accrocher une pancarte pour nous signaler aux Amis du Ténébreux ? Ou à un Évanescent ?

– On s'arrêtera de l'autre côté du bourg », répliqua

Rand qui contemplait les lumières. À cette distance, dans le noir, ç'aurait pu être le Champ d'Emond. *Qu'est-ce qui guette là ?* « Rien qu'un quart de lieue.
– Rien que ça ! Je ne fais pas un pas de plus. »

Rand se sentait les jambes en feu, mais il se força à mettre un pied devant l'autre. La marche ne devint pas plus facile, mais il persévéra. Il n'avait pas avancé de dix pas qu'il entendit Mat trébucher à sa suite en marmonnant. Il ne comprit pas ce que disait Mat et réfléchit que c'était aussi bien.

L'heure était assez tardive pour que les rues du village soient désertes, bien que la plupart des maisons aient au moins une fenêtre avec de la lumière. L'auberge au centre du bourg était brillamment éclairée, entourée d'un halo doré qui repoussait les ténèbres. De la musique et des rires, étouffés par des murs épais, filtraient hors du bâtiment. L'enseigne au-dessus de la porte grinçait au vent. De leur côté de l'auberge, une charrette et un cheval attendaient sur la Route de Caemlyn tandis qu'un homme en vérifiait l'attelage. Deux autres hommes se tenaient à l'autre bout de l'auberge, juste à la lisière de la flaque de clarté.

Rand s'arrêta dans le noir, près d'une maison où rien n'était allumé. Il était trop fatigué pour chercher un détour par les petites rues. Une minute de repos ne serait pas de trop. Juste une minute. Juste le temps que les hommes s'en aillent. Mat s'affaissa contre le mur avec un soupir de soulagement, s'adossant comme s'il avait l'intention de s'endormir sur place.

Les hommes à la limite de l'ombre avaient quelque chose qui causait un certain malaise à Rand. Il ne parvint pas à mettre le doigt sur quoi que ce soit, au début, mais il s'aperçut que l'homme à la charrette éprouvait la même sensation que lui. Il arriva à l'extrémité de la courroie qu'il vérifiait, ajusta le mors dans la bouche du cheval, puis revint en arrière et recommença ses vérifications depuis le début. Il gardait tout le temps la tête baissée, les yeux fixés sur ce dont il s'occupait sans jamais les tourner vers les autres. Ç'aurait pu être simplement qu'il ne se rendait pas compte de leur présence, encore qu'ils aient été à moins de cinquante pas, s'il n'y avait pas eu cette raideur dans ses mouvements et l'attitude gauche qu'il prenait parfois afin de ne pas être face à eux.

L'un des deux hommes dans l'ombre n'était qu'une forme noire, mais l'autre se trouvait davantage éclairé, le dos à Rand. Même ainsi, c'était évident que la conversation qu'il avait ne le remplissait pas d'allégresse. Il se tordait les mains et tenait les yeux à terre, hochant la tête avec brusquerie en signe d'acquiescement à ce que disait l'autre. Rand n'entendait rien, mais il eut l'impression que c'était l'homme dans l'Ombre qui parlait tout le temps ; l'homme nerveux se contentait d'écouter, d'acquiescer et de se tordre les mains avec anxiété.

Finalement, celui qui était enveloppé de ténèbres s'éloigna et le nerveux rentra dans le cercle de lumière. En dépit de la fraîcheur de la température, il s'épongeait la figure avec le long tablier qu'il portait, comme s'il était trempé de sueur.

La peau toute fourmillante, Rand regarda la silhouette noire s'éloigner dans la nuit. Sans qu'il sache pourquoi, son malaise semblait s'attacher à cette forme, un vague picotement dans la nuque et les poils se hérissant sur ses bras comme s'il se rendait subitement compte que quelque chose s'approchait subrepticement de lui. Il s'ébroua d'un mouvement vif et se frotta les bras avec énergie. *Te voilà donc aussi bête que Mat, dis-moi ?*

À ce moment, la silhouette se faufila à la limite de la lumière tombant d'une fenêtre – juste au bord – et Rand eut la chair de poule. L'enseigne de l'auberge se balançait dans le vent en grinçant – cri-cri-cri – mais le manteau noir ne remuait absolument pas.

« Un Évanescent », chuchota-t-il, et Mat se redressa d'une secousse comme s'il avait crié.

« Quoi... ? »

Il plaqua la main sur la bouche de Mat. « Chut. » La forme sombre avait disparu dans la nuit. Où ? « Il est parti, maintenant. Je crois. Je l'espère. » Il ôta sa main ; le seul son qui émana de Mat fut une longue aspiration.

L'homme nerveux avait presque atteint la porte de l'auberge. Il s'arrêta et lissa son tablier, se composant visiblement une attitude avant d'entrer.

« De drôles d'amis que vous avez là, Raimun Holdwin », dit soudain l'homme à la charrette. C'était une voix d'homme âgé mais ferme. Il se redressa en secouant la tête. « De drôles d'amis à fréquenter dans le noir pour un aubergiste. »

L'homme nerveux avait sursauté quand il avait pris la parole, en regardant autour de lui comme s'il remarquait seulement la charrette et l'autre homme. Il respira à fond et se reprit, puis questionna d'un ton sec : « Qu'est-ce que vous voulez dire par là, Almen Bunt ?

– Exactement ce que j'ai dit, Holdwin. Il n'est pas du pays, hein ? Des quantités de gens bizarres passent par ici, ces dernières semaines. Une quantité folle de drôles de types.

– Vous êtes bien qualifié pour en juger. » Holdwin pencha la tête de côté. « Je connais beaucoup de gens, même des gens de Caemlyn. Pas comme vous, enterré tout seul dans votre trou de ferme. » Il marqua une pause, puis continua comme s'il se croyait obligé de s'expliquer. « Il est du bourg des Quatre-Rois. Y recherche deux voleurs. Des jeunes. Ils lui ont pris une épée à la marque du héron. »

Rand avait eu le souffle coupé à la mention des Quatre-Rois ; à celle de l'épée, il jeta un coup d'œil à Mat. Son ami avait le dos pressé contre le mur et scrutait la pénombre avec des yeux si écarquillés qu'ils semblaient tout blancs. Rand avait envie, lui aussi, de sonder la nuit – le Demi-Homme pouvait se trouver n'importe où – mais ses yeux revinrent aux deux hommes devant l'auberge.

« Une épée estampillée au héron ! s'exclama Bunt. Pas étonnant qu'il ait envie de la récupérer. »

Holdwin hocha la tête. « Oui, et eux aussi. Mon ami est quelqu'un de riche, un... un marchand, et ils ont suscité des ennuis parmi les hommes qui travaillent pour lui. Raconté des histoires à dormir debout et bouleversé les gens. Ce sont des Amis du Ténébreux et aussi des partisans de Logain.

– Des Amis du Ténébreux *et* des partisans du faux Dragon ? Et racontant aussi des histoires invraisemblables ? C'est beaucoup pour de jeunes gars. Vous avez dit qu'ils étaient jeunes ? » Il y avait une note soudaine d'amusement dans la voix de Bunt, mais l'aubergiste ne parut pas s'en apercevoir.

« Oui. Pas encore vingt ans. Il y a une récompense – cent couronnes d'or – pour les deux. » Holdwin hésita, puis ajouta : « Ils ont la langue dorée, ces deux-là. La Lumière seule sait quel genre d'histoires ils raconteront pour essayer de dresser les gens les uns contre les autres. Et ils sont dangereux aussi, sans en avoir l'air. Mauvais. Au cas où vous penseriez les avoir repérés, gardez vos distances, cela vaudra mieux. Deux jeunes avec une épée, et l'un et l'autre regardant par-dessus leur épaule. Si ce sont bien eux, mon... mon ami les arrêtera une fois qu'ils seront localisés.

– Vous donnez presque l'impression d'être capable de les reconnaître rien qu'à les voir.

– Je les reconnaîtrai quand je les verrai, déclara Holdwin avec assurance. Seulement n'essayez pas de les arrêter vous-même. Pas la peine de risquer que quelqu'un attrape du mal. Venez me prévenir si vous les voyez. Mon... ami s'occupera d'eux. Cent couronnes pour les deux, mais il veut les deux à la fois.

– Cent couronnes pour les deux, répéta Bunt d'un ton rêveur. Et combien pour l'épée dont il a tellement envie ? »

Tout d'un coup, Holdwin parut se rendre compte que l'autre se moquait de lui. « Je ne sais pas pourquoi je vous dis ça, lança-t-il d'un ton sec. Vous êtes toujours entiché de votre projet ridicule, à ce que je constate.

– Pas tellement ridicule, répliqua Bunt avec placidité. Il n'y aura peut-être pas d'autre faux Dragon à voir avant que je meure – que la Lumière m'exauce ! – et je suis trop vieux pour bouffer la poussière d'un marchand quelconque tout le long du chemin jusqu'à Caemlyn. J'aurai la route pour moi et je serai demain de bonne heure à Caemlyn.

– La route pour vous seul ? » La voix de l'aubergiste avait un frémissement déplaisant. « On ne peut jamais savoir ce qu'on risque de rencontrer la nuit, Almen Bunt. Seul sur la route dans le noir. Quelqu'un vous entendrait-il hurler, que personne ne débâclerait sa porte pour vous secourir. Pas à notre époque, Bunt. Pas votre plus proche voisin. »

Ce qui ne démonta nullement le vieux fermier ; sa réponse fut aussi calme qu'auparavant. « En supposant que les Gardes de la Reine soient incapables d'assurer la sécurité sur la route à une telle proximité de Caemlyn, alors aucun de nous n'est en sécurité même dans son lit. À mon avis, voyez-vous, une chose que pourraient faire les Gardes pour que les routes soient sûres serait de mettre aux fers cet ami à vous. Qui rôde dans le noir, et qui a peur de laisser quiconque le voir. Ne me dites pas qu'il n'a pas une mauvaise idée en tête.

– Peur ! s'exclama Holdwin. Espèce de vieil imbécile, si vous saviez... » Ses mâchoires se serrèrent subitement dans un claquement sec et il se secoua. « Je me demande pourquoi je perds mon temps avec vous. Fichez-moi le camp ! Cessez d'encombrer le seuil de mon établissement. » La porte de l'auberge se referma derrière lui avec un boum retentissant.

Marmonnant entre ses dents, Bunt saisit le bord du siège du conducteur et posa le pied sur le moyeu de la roue.

Rand n'hésita qu'une minute. Mat l'empoigna par le bras dès son premier pas.

« Es-tu fou, Rand ? Il va sûrement nous reconnaître !

– Tu préfères rester ici ? Avec un Évanescent dans les parages ? Crois-tu que nous irons loin à pied avant qu'il nous rattrape ? » Il essaya de ne pas réfléchir à la distance qu'ils auraient parcourue en charrette si l'Évanescent les trouvait. D'une secousse, il se libéra de Mat et s'avança d'un pas rapide dans la rue. Il tenait sa cape soigneusement fermée pour que l'épée soit cachée ; ce que le vent et le froid justifiaient fort bien.

« Je n'ai pas pu m'empêcher d'entendre que vous vous rendiez à Caemlyn », dit-il.

Bunt sursauta et extirpa prestement de la charrette un long bâton. Son visage tanné était une masse de rides, la moitié de ses dents avaient disparu, mais ses mains noueuses tenaient le bâton avec fermeté. Au bout d'une minute, il abaissa sur le sol une des extrémités du bâton et s'appuya sur l'autre. « Alors, vous deux, vous allez à Caemlyn. Voir le Dragon, hein ? »

Rand ne s'était pas rendu compte que Mat l'avait suivi. Toutefois, Mat se tenait soigneusement à l'écart, hors du cercle de clarté, surveillant l'auberge et le vieux fermier avec autant de défiance qu'il observait la nuit.

« Le faux Dragon », souligna Rand.

Bunt hocha la tête. « Bien sûr. Bien sûr. » Il jeta un coup d'œil de côté à l'auberge, puis fourra brusquement le bâton de nouveau sous le siège. « Eh bien, si vous voulez que je vous emmène, montez. J'ai assez perdu de temps. » Il grimpait déjà sur le siège.

Rand escalada l'arrière de la charrette comme le fermier secouait les guides. Mat courut le rejoindre quand la charrette s'ébranla. Rand l'agrippa par les bras et le hissa à bord.

Le village disparut vite dans le noir au train que menait Bunt. Rand s'était étendu sur le plancher nu au fond de la charrette, luttant contre le grincement berceur des roues. Mat étouffait ses bâillements avec le poing, parcourant la campagne d'un regard soupçonneux. L'obscurité pesait lourdement sur les champs et les fermes, trouée çà et là par les lumières des maisons. Ces lumières semblaient lointaines, semblaient tenter en vain de résister à la nuit. Un hibou ulula, un cri funèbre, et le vent poussa une plainte d'âmes perdues dans les Ténèbres.

Il peut se trouver n'importe où là-bas, songea Rand.

Bunt parut ressentir lui aussi l'oppression ambiante, car il prit soudain la parole. « Êtes-vous jamais allés à Caemlyn déjà, vous deux ? » Il eut un petit rire. « J'parie que non. Eh bien, attendez de la voir. La plus grande ville du monde. Oh, j'ai entendu tout ce qu'on a dit d'Illian, d'Ebou Dar, de Tear et des autres – il y a toujours un jobard pour s'imaginer qu'une chose est plus grande et plus belle simplement parce qu'elle se trouve quelque part au-delà de l'horizon – mais, à mon avis, Caemlyn est la plus magnifique qui existe. Ne pourrait pas être plus belle. Non, pas possible. Sauf, peut-être, si la Reine Morgase, que la Lumière l'illumine, se débarrasse de cette sorcière de Tar Valon. »

Rand, couché sur le dos, la tête étayée par son rouleau de couvertures perché sur le paquet du manteau de Thom en guise d'oreiller, regardait la nuit défiler et laissait le flot de paroles du fermier déferler. Une voix humaine tenait en échec l'obscurité et amortissait le vent lugubre. Il se contorsionna pour regarder la masse sombre du dos de Bunt. « Vous voulez parler d'une Aes Sedai ?

– De quoi est-ce que je voudrais parler d'autre ? Tapie là-bas au Palais comme une araignée. Je suis un serviteur fidèle de la Reine – ne dites pas le contraire – mais ce n'est pas bien. Je ne suis pas de ceux qui prétendent qu'Élaida a trop d'influence sur la Reine. Pas moi. Et quant aux imbéciles qui proclament qu'Élaida est la reine de fait en tout sauf de nom... » Il cracha dans le noir. « Voilà pour eux. Morgase n'est pas une marionnette que manipulera jamais une sorcière de Tar Valon. »

Une autre Aes Sedai. Si... quand Moiraine viendra à

Caemlyn, possible qu'elle aille trouver une consœur Aes Sedai. Si le pire se produisait, cette Élaida les aiderait peut-être à atteindre Tar Valon. Il se tourna vers Mat et, exactement comme s'il avait prononcé les mots à haute voix, Mat secoua négativement la tête. Il ne voyait pas les traits de Mat, mais il savait qu'ils étaient figés dans une expression de refus.

Bunt continua à parler, secouant légèrement les guides quand son cheval ralentissait l'allure mais, sinon, laissant ses mains reposer sur ses genoux. « Je suis un serviteur fidèle de la Reine, je le répète, mais même les imbéciles disent parfois quelque chose qui en vaut la peine. Même un porc aveugle réussit à trouver un gland. Il faut des changements. Ce temps, ces récoltes qui avortent, les vaches qui tarissent, les veaux et les agneaux mort-nés ou nés avec deux têtes. Ces maudits corbeaux n'attendent même pas que les choses meurent. Les gens ont peur. Ils ont envie de rejeter le blâme sur quelqu'un. Des portes se trouvent marquées du Croc du Dragon. Des choses errent furtivement dans la nuit. Des granges brûlent. Des individus traînent dans les parages comme cet ami de Holdwin qui vous donne la frousse. La Reine doit faire quelque chose avant qu'il ne soit trop tard. Vous comprenez ça, hein ? »

Rand répondit par un son diplomatique. Apparemment, ils étaient encore plus chanceux qu'il ne l'avait cru d'avoir trouvé ce vieil homme et sa charrette. Ils auraient risqué de ne pas aller plus loin que ce dernier village s'ils avaient attendu le jour. Des choses errant dans la nuit. Il se souleva pour regarder dans l'obscurité par-dessus le côté de la charrette. Des ombres et des formes semblaient se tordre dans le noir. Il se laissa choir de nouveau à plat avant que son imagination le persuade qu'il y avait quelque chose là-bas.

Bunt prit sa réponse pour un acquiescement. « D'accord, je suis un serviteur fidèle de la Reine et je me mettrai en travers du chemin de quiconque essaierait de lui nuire, mais j'ai raison. Tenez, prenez la Damoiselle Élayne et le Seigneur Gawyn. Là, un changement ne nuirait pas et pourrait arranger en bien la situation. Certes, nous avons toujours fait comme ça en Andor. Envoyé la Fille-Héritière à Tar Valon étudier avec les Aes Sedai et le fils aîné s'instruire auprès des Liges. Je crois aux traditions, bien sûr, mais regardez ce que cela nous a valu la dernière fois. Luc mort dans la Grande Désolation avant même d'avoir été consacré Premier Prince de l'Épée et Tigraine disparue – en fugue ou morte – quand le moment est venu pour elle de monter sur le trône. Cela nous tourmente encore.

« Certains disent qu'elle est toujours vivante, que Morgase n'est pas la souveraine légitime. Tristes idiots. Je me rappelle ce qui s'est passé. M'en souviens comme si c'était hier. Pas de Fille-Héritière pour prendre le trône quand la vieille Reine est morte, et toutes les Maisons d'Andor qui complotaient et bataillaient pour avoir le gâteau. Et Taringail Damodred. On n'aurait jamais cru qu'il avait perdu sa femme, à le voir si acharné à calculer quelle Maison allait gagner pour qu'il puisse se remarier et devenir enfin Prince Consort. Eh bien, il y a réussi, quoique pourquoi Morgase a choisi... ah, aucun homme ne connaît ce qui se passe dans la tête d'une femme, et une reine est deux fois femme, mariée à un homme, mariée au pays. En tout cas, Taringail Damodred a eu ce qu'il voulait, même si ce n'est pas comme il le voulait.

« Il avait entraîné avant dans le complot le pays de Cairhien et on sait comment ça a fini. L'Arbre abattu et des Aiels voilés de noir qui ont passé par-dessus les Remparts du Dragon. Ma foi, il s'est fait convenablement tuer après avoir engendré Élayne et Gawyn, alors cela met un point final à l'affaire, je suppose. Mais pourquoi les envoyer à Tar Valon ? Il est temps que l'on cesse de relier perpétuellement le trône d'Andor et Tar Valon. S'ils sont obligés de partir de chez eux pour apprendre ce dont ils ont besoin, eh bien, Illian a des bibliothèques aussi bonnes que Tar Valon, et elles en apprendront à la Damoiselle Élayne autant que ces sorcières sur la façon de gouverner et d'intriguer. Personne ne sait ruser mieux qu'un Illianien. Et si les Gardes ne sont pas capables d'enseigner suffisamment bien le métier des armes au Seigneur Gawyn, ma foi, ils ont aussi des soldats en Illian. Et dans le Shienar et dans le Tear de même, d'ailleurs. Je suis un loyal serviteur de la Reine, mais je dis qu'il faut arrêter toutes ces relations avec Tar Valon. Trois mille ans, c'est assez long. Trop long. La Reine Morgase peut nous diriger et maintenir l'ordre sans aide de la Tour Blanche. Croyez-moi, c'est une femme qui rend un homme fier de s'agenouiller devant elle pour recevoir sa bénédiction. Tenez, une fois... »

Rand lutta contre le sommeil que réclamait son corps avec insistance, mais le grincement et le balancement cadencés de la charrette le berçaient et il perdit peu à peu conscience, emporté par le flot monotone de la voix de Bunt. Il rêva de Tam. Pour commencer, ils étaient assis à la grande table de chêne, dans la ferme, en train de boire du thé pendant que Tam lui parlait de Princes Consorts, de Filles-Héritières, des Remparts du Dragon et d'Aiels voilés de noir. L'épée marquée au signe du héron était posée sur la table entre eux, mais ils ne la regardaient ni l'un ni l'autre. Subitement, il se retrouva dans le Bois de l'Ouest, tirant le travois improvisé dans la nuit illuminée par la lune. Quand il tourna la tête, ce n'est pas son père qui était sur le travois mais Thom, assis en tailleur et jonglant au clair de lune.

« La Reine est mariée au pays, déclara Thom pendant que les balles de couleur dansaient en cercle, mais le Dragon... mais le Dragon fait corps avec le pays et le pays ne fait qu'un avec le Dragon. »

Dans le lointain, Rand vit approcher un Évanescent, son manteau noir insensible au vent, son cheval passant sans bruit tel un fantôme au milieu des arbres. Deux têtes coupées pendaient à la selle du Myrddraal, dégoulinantes de sang qui coulait en ruisseaux plus sombres sur l'épaule noire comme du charbon de sa monture. Lan et Moiraine, aux traits déformés par des crispations de souffrance. L'Évanescent avançait en tirant après lui une poignée de cordes. Chaque corde aboutissait aux poignets liés d'un de ceux qui couraient derrière les sabots silencieux, le visage figé par le désespoir. Mat et Perrin. Et Egwene.

« Pas elle ! cria Rand. Que la Lumière vous anéantisse, c'est moi que vous voulez, pas elle ! »

Le Demi-Homme esquissa un geste et des flammes consumèrent Egwene, sa chair se réduisit en cendres, ses os noircirent et se désintégrèrent.

« Le Dragon fait corps avec le pays, dit Thom qui jonglait toujours d'un air insouciant, et le pays ne fait qu'un avec le Dragon. »

Rand hurla... et ouvrit les yeux.

La charrette roulait en grinçant sur la Route de Caemlyn, envahie par l'obscurité, un parfum de foin depuis longtemps disparu et une faible odeur de cheval. Une forme plus sombre que la nuit était posée sur sa poitrine et des yeux plus noirs que la mort fixaient les siens.

« Tu es à moi », déclara le corbeau, et le bec pointu frappa son œil. Rand hurla quand le bec extirpa de son orbite le globe de l'œil.

Avec un cri strident à lui arracher la gorge, il se dressa sur son séant en plaquant ses deux mains sur sa figure.

La clarté de l'aube baignait la charrette. Hébété, il examina ses mains. Pas de sang. Pas de douleur. Le reste du rêve s'estompait déjà, mais cela... Il se tâta délicatement le visage et frémit.

« Du moins... » Mat bâilla à s'en décrocher la mâchoire. « ... Du moins as-tu dormi un peu. » Il n'y avait guère de sympathie dans ses yeux larmoyants. Il était blotti sous sa cape, avec son rouleau de couvertures replié sous la tête. « Il a parlé toute cette sacrée nuit.

– Vous êtes bien réveillé ? dit Bunt du haut de sa banquette. M'avez tourné les sangs, pour sûr, en criant comme ça. Eh bien, nous y voilà. » Il désigna ce qui était devant eux d'un geste majestueux de la main. « Caemlyn, la plus belle ville du monde. »

35.

CAEMLYN

Rand pivota sur lui-même et se redressa à genoux derrière la banquette du conducteur. Il ne put s'empêcher de rire de soulagement. « Nous y sommes arrivés, Mat ! Je t'avais bien dit que... »

Les mots moururent sur ses lèvres quand son regard tomba sur Caemlyn. Après Baerlon, et plus encore après les ruines de Shadar Logoth, il avait cru savoir à quoi ressemble une grande ville, mais ceci... ceci dépassait l'imagination.

À l'extérieur de l'énorme rempart, des bâtiments s'aggloméraient comme si tous les bourgs qu'il avait traversés avaient été rassemblés et placés là, côte à côte, serrés les uns contre les autres. Des auberges dressaient leurs étages au-dessus des toits de tuile des maisons ; des entrepôts bas, larges et sans fenêtres, s'adossaient contre l'ensemble. La brique rouge, la pierre grise et le crépi blanc s'entremêlaient au petit bonheur, aussi loin que la vue portait. La ville de Baerlon y aurait disparu sans qu'on la remarque, et celle de Pont-Blanc multipliée par vingt s'y serait engloutie en ne provoquant pratiquement pas une ride.

Et le rempart lui-même. La face à pic de cinquante pieds en pierre gris perle, striée d'argent et de blanc, décrivait un vaste cercle, s'incurvant vers le nord et vers le sud au point que Rand se demanda jusqu'où elle se prolongeait. Sur toute sa longueur, des tours se dressaient plus haut encore que la haute muraille, rondes, avec des bannières aux couleurs rouge et blanc claquant au vent au-dessus de chacune d'elles. À l'intérieur du rempart, d'autres tours pointaient, des tours sveltes encore plus élevées que celles du rempart, ainsi que des coupoles aux reflets blanc et or dans le soleil. Mille contes avaient imprimé des images de ville dans son esprit, les grandes cités de rois et de reines, de trônes, de dominations et de légendes, et Caemlyn se coulait dans ces images comme de l'eau dans une cruche.

La charrette avançait en grinçant sur la vaste chaussée vers la cité, vers une porte monumentale flanquée de tours. Les chariots d'une caravane de marchands sortirent de cette porte par un passage voûté, aménagé dans la muraille de pierre, qu'auraient franchi un géant sans se baisser ou dix géants marchant de front. De chaque côté de la route s'alignaient des marchés en plein vent, les tuiles de leurs toits luisant d'un éclat pourpre et violet, avec des boxes et des enclos dans les espaces intermédiaires. Des veaux pleuraient, des bestiaux meuglaient, des oies cacardaient, des poulets gloussaient, des chèvres béguetaient, des moutons bêlaient et des humains marchandaient en parlant à tue-tête. Les voyageurs dans leur charrette étaient canalisés par deux murs de bruit qui les conduisirent à la Porte de Caemlyn.

« Qu'est-ce que je vous avais dit ? » Bunt dut élever la voix presque jusqu'à crier pour se faire entendre. « La plus grandiose ville du monde. Construite par les Ogiers, vous savez. Du moins, c'est la Cité Intérieure et le Palais qu'ils ont bâtis. Eh oui, aussi ancienne que cela, Caemlyn. Caemlyn où la bonne Reine Morgase, que la Lumière l'illumine, impose sa loi et maintient la paix au pays d'Andor. La plus grande ville de la terre. »

Rand était prêt à en convenir. Il restait bouche bée et il avait envie de se plaquer les mains sur les oreilles pour échapper au vacarme. Des gens se pressaient sur la route, en masse aussi dense que les habitants du Champ d'Emond sur le Pré Communal lors de la célébration de Bel Tine. Il se rappela avoir pensé qu'il y avait à Baerlon une multitude incroyable et faillit éclater de rire. Il se tourna vers Mat et sa bouche se fendit en un sourire. Mat, lui, avait ses mains sur les oreilles, et ses épaules étaient remontées comme s'il avait voulu aussi les couvrir avec.

« Comment va-t-on se cacher là-dedans ? s'exclama-t-il aigrement quand il vit Rand le regarder. Comment deviner à qui se fier parmi une foule pareille ? Une bougre de foule. Ô Lumière, quel bruit ! »

Rand jeta un coup d'œil à Bunt avant de répondre. Le fermier était absorbé dans la contemplation de la cité ; d'ailleurs, avec le tapage assourdissant, il n'avait peut-être pas entendu. Néanmoins, Rand approcha sa bouche de l'oreille de Mat. « Comment pourrait-on nous trouver parmi une telle affluence ? Tu ne comprends pas ça, espèce d'abruti ? Nous sommes en sécurité, à condition que tu apprennes à tenir ta langue ! » Il eut un geste large pour montrer ce qui les entourait – les marchés, le rempart de la ville encore devant eux. « Regarde donc, Mat ! Tout peut arriver ici. Tout ! Nous aurons peut-être même la chance de trouver Moiraine en train de nous attendre, avec Egwene et les autres.

– En admettant qu'ils soient vivants. Si tu veux mon avis, ils sont aussi morts que le ménestrel. »

Le sourire s'effaça du visage de Rand, et il se tourna pour regarder se rapprocher la Porte de la ville. Tout pouvait arriver dans une cité comme Caemlyn. Il se cramponna à cette idée avec obstination.

Bunt avait beau faire claquer ses guides, le cheval était incapable de forcer l'allure ; plus la distance raccourcissait, plus il y avait de gens au coude à coude, pressés autour des charrettes et chariots qui voulaient entrer. Rand était content de voir que bon nombre étaient de jeunes piétons poussiéreux peu encombrés de bagages. Quel que fût l'âge, une bonne partie de la cohue qui se hâtait vers la porte avait l'air éprouvée par le voyage, les charrettes étaient branlantes et les chevaux épuisés, les vêtements froissés par de nombreuses nuits de sommeil passées à la dure, le pas traînant, les yeux las. Mais, las ou non, ces yeux étaient fixés sur la porte comme si entrer à l'intérieur des remparts allait enlever toute cette fatigue.

Une demi-douzaine de Gardes de la Reine se tenaient à la porte, leurs tabards rouge et blanc impeccables et leurs armures et cottes de mailles brillantes contrastant avec l'aspect de la majorité des gens dont le flot s'engouffrait sous la voûte de pierre. Le dos rigide et la tête droite, ils dévisageaient les arrivants avec une méfiance dédaigneuse. Visiblement, ils auraient aussi bien aimé refouler la plupart de ceux qui entraient.

Toutefois, en dehors de maintenir une voie libre pour sortir de la ville et de réprimander ceux qui tentaient de bousculer les autres pour avancer plus vite, ils ne faisaient obstacle à personne.

« Gardez votre rang. Ne poussez pas. Ne poussez pas, que la Lumière vous aveugle ! Il y a de la place pour tout le monde, que la Lumière nous soit en aide. Gardez votre rang ! »

La charrette de Bunt franchit la voûte avec la lente marée humaine et entra dans Caemlyn.

La ville s'élevait sur des collines basses, comme des marches montant jusqu'à un centre. Ce centre était entouré par un rempart d'un blanc pur éclatant, qui courait au flanc des collines. Dans cette enceinte, il y avait encore davantage de tours et de coupoles blanc, or et pourpre, leur altitude au-dessus des collines leur donnant l'air de regarder avec dédain le reste de Caemlyn. Rand pensa que ce devait être la Cité Intérieure dont Bunt avait parlé.

La Route de Caemlyn elle-même changea dès qu'elle entra dans la ville, devenant un large boulevard, coupé en deux par de larges terre-pleins gazonnés et plantés d'arbres. L'herbe était brune et les branches des arbres dénudées, mais les passants marchaient à côté d'un pas rapide comme s'ils ne voyaient rien d'inhabituel, riant, bavardant, discutant, faisant tout ce que font les gens. Comme s'ils ignoraient qu'il n'y avait pas encore eu de printemps cette année et que peut-être il n'y en aurait pas. Ils ne voyaient rien, Rand s'en rendit compte, ils ne le pouvaient ou ne le voulaient pas. Leurs yeux se détournaient des branches dépourvues de feuilles et ils foulaient l'herbe mourante et morte sans regarder une seule fois par terre. Ce qu'ils ne voyaient pas, ils pouvaient l'ignorer ; ce qu'ils ne voyaient pas n'existait pas.

Béant d'admiration devant la ville et les gens, Rand fut pris par surprise quand la charrette tourna dans une rue transversale, plus étroite que le boulevard mais encore deux fois plus large qu'aucune rue du Champ d'Emond. Bunt arrêta le cheval et se tourna pour les regarder d'un air hésitant. La circulation, ici, était un peu plus fluide ; la foule se sépara autour de la charrette sans ralentir.

« Ce que vous cachez sous votre cape, est-ce bien ce dont parle Holdwin ? »

Rand était en train d'accrocher ses sacoches de selle sur son épaule. Il ne tiqua même pas. « Que voulez-vous dire ? » Sa voix était ferme, elle aussi. Son estomac s'était noué, mais sa voix était demeurée égale.

Mat étouffa d'une main un bâillement, mais il fourra l'autre sous sa tunique – serrant le poignard de Shadar Logoth, Rand en était sûr – et ses yeux avaient une expression dure, terrifiée, de bête traquée sous l'écharpe qui lui enturbannait la tête. Bunt évitait de regarder Mat comme s'il comprenait qu'il y avait une arme dans cette main cachée.

« Rien de spécial, je suppose. Écoutez donc, si vous avez entendu que je venais à Caemlyn, vous étiez là depuis assez longtemps pour avoir entendu le reste. Si je courais après une récompense, j'aurais trouvé un prétexte pour entrer à *L'Oie et la Couronne* et avertir Holdwin. Seulement je n'aime pas beaucoup Holdwin et je n'aime pas, mais pas du tout cet ami à lui. Donne l'impression qu'il désire vous avoir vous deux plus que... n'importe quoi d'autre.

– J'ignore ce qu'il désire, répliqua Rand. Nous ne l'avons jamais vu avant. » C'était peut-être même la vérité ; il était incapable de distinguer un Évanescent d'un autre.

« Hm-hm. Eh bien, comme je le disais, je ne sais rien de rien et je pense que je n'ai pas envie de savoir. Il y a déjà assez d'ennuis pour tout le monde sans que j'aille en chercher de supplémentaires. »

Mat était lent à rassembler ses affaires, et Rand était déjà sur la chaussée avant qu'il commence à descendre de la charrette. Rand attendait avec impatience. Mat se détourna avec raideur, serrant contre sa poitrine arc, carquois et rouleau de couvertures, tout en marmonnant. Des grands cernes assombrissaient le dessous de ses yeux.

Le ventre de Rand gargouilla et il eut une grimace. Il avait peur de se mettre à vomir sous l'effet de la faim combinée avec un tortillement d'entrailles. Mat le regardait maintenant avec un air d'attente. *Où aller ? Que faire maintenant ?*

Bunt se pencha et l'invita du geste à s'approcher. Il obéit, espérant un conseil concernant Caemlyn.

« Je cacherais ça... » Le vieux fermier s'interrompit pour regarder autour de lui avec méfiance. Des gens défilaient des deux côtés de la charrette mais, à part quelques invectives jetées au passage parce que le véhicule encombrait la rue, personne ne leur prêtait attention. « Cessez de la porter, reprit-il, cachez-la, vendez-la. Donnez-la. Voilà mon avis. Une chose comme ça va attirer l'attention et je pense que vous n'avez pas envie de ça. »

Brusquement, il se redressa, clappant de la langue à l'intention de son cheval et s'éloigna lentement dans la rue bondée sans un mot de plus ou un regard en arrière. Un chariot chargé de barils survint bruyamment dans leur direction. Rand bondit hors de son chemin, faillit perdre l'équilibre et, quand il regarda de nouveau, Bunt et sa charrette étaient hors de vue.

« Qu'est-ce qu'on fait, maintenant ? » questionna aigrement Mat. Il s'humectait les lèvres en contemplant avec des yeux écarquillés tous les gens qui se bousculaient autour d'eux et les bâtiments qui s'élevaient jusqu'à six étages de chaque côté de la rue. « On est à Caemlyn, mais qu'est-ce qu'on fait ? » Il ne couvrait plus ses oreilles, mais ses mains s'ouvraient et se fermaient comme s'il avait envie de les remettre dessus. Un bruit sourd résonnait dans la ville, le ronronnement grave continu de centaines d'ateliers au travail, de milliers de gens qui parlaient. Pour Rand, c'était comme s'il se tenait à l'intérieur d'une ruche gigantesque, qui bourdonnait constamment.

« Moiraine nous trouvera », dit lentement Rand. L'immensité de la ville était comme un poids sur ses épaules ; il aurait aimé s'en aller, se soustraire à tout ce monde et ce vacarme. En dépit des enseignements de Tam, il ne parvenait pas à faire en lui le vide ; ses yeux y attiraient la cité. Alors il se concentra sur ce qu'il y avait à proximité, négligeant tout ce qui était situé au-delà. Il contempla cette seule rue, qui ressemblait presque à Baerlon. Baerlon, le dernier endroit où ils avaient tous cru être en sécurité. *Personne n'est plus en sécurité. Peut-être sont-ils tous morts, effectivement. Qu'est-ce que tu vas faire, alors ?*

« Ils sont vivants ! Egwene vit ! » proclama-t-il d'un ton farouche. Quelques passants le regardèrent d'un drôle d'air.

« Peut-être, répliqua Mat. Peut-être. Et si Moiraine ne nous trouve pas ? Si personne d'autre que le... le... » Il frissonna, incapable de prononcer le mot.

« Nous y penserons quand cela se produira, affirma-t-il d'un ton ferme à Mat. Si cela se produit. » Le pire impliquait de recourir à Élaida, l'Aes Sedai du Palais. Il irait plutôt d'abord à Tar Valon. Il ne savait pas si Mat se rappelait ce qu'avait expliqué Thom à propos de l'Ajah Rouge – et de la Noire – mais lui ne l'avait pas oublié. Son estomac recommença à se nouer. « Thom a recommandé de nous rendre à une auberge appelée à *La Bénédiction de la Reine*. Nous irons là d'abord.

– Comment ? À nous deux, nous n'avons même pas les moyens de payer un repas pour un seul.

– Au moins est-ce quelque part où commencer. Thom pensait que nous pourrions y obtenir de l'aide.

– Cela m'est impossible... Rand, ils sont partout. » Mat abaissa les yeux sur les pavés et donna l'impression de se contracter, de rentrer en lui-même pour essayer d'échapper à la cohue qui les entourait. « Quelque direction que nous prenions, ils arrivent sur nos talons ou bien ils sont là à nous attendre. Ils seront aussi à *La Bénédiction de la Reine*. Je ne peux pas... je... Rien n'arrête un Évanescent. »

Rand saisit Mat au collet dans une poigne que, de toutes ses forces, il tenta d'empêcher de trembler. Il avait besoin de Mat. Peut-être les autres étaient-ils en vie – Ô Lumière, par pitié ! – mais là, tout de suite, il n'y avait que Mat et lui. L'idée de continuer seul... Il déglutit, il avait un goût de bile dans la bouche.

Il regarda vivement autour de lui. Personne ne semblait avoir entendu Mat parler de l'Évanescent ; la foule s'écoulait auprès d'eux, perdue dans ses propres soucis. Il approcha sa figure de celle de Mat. « Nous avons réussi à arriver jusqu'ici, n'est-ce pas ? chuchota-t-il d'une voix rauque. Ils ne nous ont pas encore attrapés. Nous pouvons parvenir à aller au bout de notre voyage si nous tenons le coup. Je n'ai pas l'intention de baisser les bras et de les attendre comme un mouton à l'abattoir. Ça, non ! Alors ? Vas-tu rester planté ici jusqu'à ce que tu meures de faim ? Ou jusqu'à ce qu'ils te ramassent et te mettent dans un sac ? »

Il lâcha Mat et s'éloigna. Ses ongles s'enfoncèrent dans ses paumes, mais ses mains continuaient à trembler. Soudain Mat se retrouva marchant à son côté, les yeux toujours baissés, et Rand laissa échapper un long soupir.

« Excuse-moi, Rand, marmonna Mat.
– N'en parlons plus », répliqua Rand.

Mat levait juste assez les yeux pour ne pas se heurter aux autres passants, tandis qu'il laissait échapper d'une voix blanche un flot de paroles. « Je ne peux pas m'arrêter de penser que je ne reverrai jamais la maison. J'ai envie de rentrer chez moi. Moque-toi si tu veux ; ça m'est égal. Qu'est-ce que je ne donnerais pas pour que ma mère soit à ce moment même en train de me passer un savon. C'est comme un poids sur mon cerveau ; un poids brûlant. Des étrangers tout autour, et pas moyen de discerner à qui faire confiance, si je peux me fier à qui que ce soit. Par la Lumière, notre pays des Deux Rivières est tellement loin qu'il pourrait aussi bien se trouver à l'autre bout du monde. Nous sommes seuls et nous ne rentrerons jamais chez nous. Nous allons mourir, Rand.

– Bien sûr que non, pas encore, rétorqua Rand. Tout le monde meurt. La Roue tourne. Par contre, je n'ai pas l'intention de me coucher en rond pour attendre que cela me tombe dessus.

– Tu parles comme Maître al'Vere », grommela Mat, mais sa voix avait repris un peu de ressort.

« Bon, commenta Rand, bon. » *Ô Lumière, fais que les autres aillent bien. Je t'en prie, ne nous abandonne pas.*

Il commença à demander son chemin pour se rendre à *La Bénédiction de la Reine.* Les réponses varièrent grandement, une invective à l'adresse de tous ceux qui ne savent pas rester chez eux ou un haussement d'épaules avec un air interloqué étaient les réactions les plus courantes. Certains ne lançaient qu'un coup d'œil au passage, sinon même rien du tout, en continuant à avancer d'un pas énergique.

Un homme à la face large, presque aussi massif que Perrin, se rengorgea et dit : *« La Bénédiction de la Reine,* hein ? Vous autres gamins de la campagne vous êtes partisans de la Reine ? » Il portait une cocarde blanche sur son chapeau à large bord et un brassard blanc sur sa longue tunique. « Eh bien, vous arrivez trop tard. »

Il s'en alla en rugissant de rire, laissant Rand et Mat s'entre-regarder, interdits. Rand haussa les épaules ; il y avait des quantités de gens bizarres dans Caemlyn, des gens comme il n'en avait jamais vu auparavant.

Certains tranchaient sur la foule, par leur peau trop sombre ou trop pâle, par la coupe étrange ou les teintes éclatantes de leurs vêtements, par des chapeaux pointus ou ornés de longues plumes. Il y avait des femmes avec un voile sur le visage, des femmes dont la robe raide était aussi large que sa propriétaire était haute de taille, des femmes en robe qui laissait plus de peau à découvert que celle d'aucune des serveuses de taverne où il était entré. De temps à autre, une voiture, toute couleur vive et peinture dorée, s'insinuait au cœur de la foule derrière un attelage à quatre ou six chevaux au harnais empanaché. Des chaises à porteurs, il y en avait partout, leurs porteurs se frayant un chemin sans se soucier de qui ils bousculaient.

Rand vit ainsi commencer une bagarre, une mêlée de braillards qui se battaient à coups de poing tandis qu'un homme à la peau claire, vêtu d'une tunique rayée de rouge s'extirpait de la chaise renversée sur le côté. Deux hommes aux habits grossiers qui, jusque-là, avaient paru simplement passer leur chemin lui sautèrent dessus avant qu'il se soit complètement dégagé. La foule qui s'était attroupée pour regarder commença à se mettre en colère, marmottant et brandissant le poing. Rand tira Mat par la manche et hâta le pas. Mat n'eut pas besoin d'une deuxième incitation. Ils entendirent résonner derrière eux les vociférations d'une petite émeute.

À plusieurs reprises, ce sont des hommes qui abordèrent les deux amis au lieu du contraire. Leurs vêtements poussiéreux les signalaient comme nouveaux venus et agissaient en quelque sorte comme un aimant pour certains personnages. Des individus aux allures furtives, l'œil aux aguets et les pieds prêts à la fuite, qui proposaient de vendre des reliques de Logain. Rand calcula qu'il s'était vu offrir assez de petits morceaux du manteau du Dragon et de fragments de son épée pour fabriquer deux épées et une demi-douzaine de capes. L'intérêt fit s'épanouir le visage de Mat, du moins la première fois, mais Rand leur répondait à tous un « non » sec, et ils réagissaient par un petit salut de la tête, un rapide : « Que la Lumière éclaire la Reine, bon Maître », puis s'éclipsaient. La plupart des boutiques exposaient des assiettes et des tasses où étaient peintes des scènes fantaisistes censées représenter le faux Dragon amené enchaîné devant la Reine. Et il y avait des

Blancs Manteaux dans les rues. Chacun marchait dans un espace dégagé qui se déplaçait en même temps que lui, exactement comme à Baerlon.

Passer inaperçu était la grande préoccupation de Rand. Il maintenait son manteau par-dessus son épée, mais cela ne suffirait pas très longtemps. Tôt ou tard, quelqu'un se demanderait ce qu'il dissimulait. Il ne voulait pas – ne pouvait pas – se plier à suivre le conseil de Bunt et cesser de la porter, non, pas son lien avec Tam. Avec son père.

Beaucoup d'autres dans la foule avaient une épée, mais aucun avec cette marque du héron qui tirait l'œil. Cependant tous les natifs de Caemlyn et quelques étrangers avaient enveloppé leur épée, pommeau et fourreau compris, dans des lanières d'étoffe, rouges maintenues par un cordon blanc ou blanches par un cordon rouge. Une centaine d'épées ornées d'un héron pouvaient être cachées sous ces bandelettes. D'autre part, suivre la mode du pays leur permettrait de se fondre mieux dans la masse.

Devant bon nombre de boutiques avaient été installés des éventaires exposant les étoffes et cordons, et Rand s'arrêta devant l'un d'eux. L'étoffe rouge était meilleur marché que la blanche, encore qu'il ne vît aucune différence entre elles à part la couleur, il acheta donc celle-là ainsi que le cordon blanc assorti, en dépit des récriminations de Mat concernant le peu d'argent qui leur restait. Le boutiquier aux lèvres pincées les examina de la tête aux pieds avec un rictus en recevant la monnaie de cuivre de Rand et il les envoya promener en fulminant quand Rand demanda d'entrer à l'intérieur pour envelopper son épée.

« Nous ne sommes pas venus voir Logain, expliqua patiemment Rand. Nous sommes juste venus visiter Caemlyn. » Il se rappela Bunt et ajouta : « La plus grandiose cité du monde. » La grimace du boutiquier ne s'effaça pas. « Que la Lumière éclaire la bonne Reine Morgase, conclut Rand avec espoir.

– Causez le moindre ennui, rétorqua l'autre d'un ton acerbe et il y a cent hommes qui au son de ma voix se chargeront de vous, même si les Gardes s'y refusent. » Il s'arrêta pour cracher, manqua de justesse le pied de Rand. « Filez vous occuper ailleurs de vos fichues combines. »

Rand inclina la tête comme si l'autre lui avait lancé un adieu cordial et entraîna Mat. Ce dernier ne cessait de se retourner en direction de la boutique, ronchonnant entre ses dents, jusqu'à ce que Rand le tire dans une venelle déserte. Avec le dos à la rue, aucun passant ne pouvait voir ce qu'ils faisaient. Rand retira son ceinturon et se mit en devoir d'envelopper le fourreau et la poignée.

« Je parie qu'il t'a extorqué pour cette sacrée étoffe le double de ce qu'elle vaut, déclara Mat. Sinon le triple. »

Fixer les bandes d'étoffe et le cordon pour que l'ensemble ne se défasse pas n'était pas aussi facile qu'il y paraissait.

« Ils essaient tous de nous escroquer, Rand. Ils s'imaginent que nous sommes venus voir le faux Dragon comme tout le monde. Nous aurons de la chance si quelqu'un ne nous assomme pas pendant notre sommeil. Ce n'est pas un endroit où rester. Il y a trop de gens. Partons maintenant pour Tar Valon. Ou au sud, vers Illian. Je ne serais pas fâché de voir le Rassemblement pour la Quête du Cor. Si on ne peut pas rentrer chez nous, allons-y.

– Je reste, répliqua Rand. S'ils ne sont pas déjà ici, tôt ou tard ils viendront nous chercher. »

Il n'était pas sûr d'avoir attaché les bandelettes à la façon des autres, mais les hérons du fourreau et du pommeau étaient dissimulés et il jugeait ce camouflage solide. En revenant dans la rue, il était certain d'avoir une raison de moins d'avoir peur de s'attirer des ennuis. Mat se traînait à côté de lui avec autant de mauvaise grâce que s'il était tiré au bout d'une laisse.

Peu à peu, Rand obtint les indications qu'il désirait pour se diriger. Au début, elles étaient vagues, du genre « quelque part par là » et « plus loin ». Plus ils approchaient, néanmoins, plus les instructions devenaient précises jusqu'à ce qu'ils arrivent enfin devant un large bâtiment de pierre avec au-dessus de la porte une enseigne qui grinçait au vent. Un homme à genoux devant une femme aux cheveux roux ceints d'une couronne, une de ses mains posée sur la tête inclinée de l'homme. *La Bénédiction de la Reine.*

« Tu es sûr que c'est là ? demanda Mat.

– Évidemment », répliqua Rand qui respira à fond et poussa la porte.

La salle commune était une vaste pièce lambrissée de bois sombre, chauffée par du feu flambant dans deux cheminées. Une serveuse balayait le sol, qui était pourtant propre, et une autre astiquait des chandeliers dans un coin. Elles sourirent aux deux nouveaux venus, puis reprirent chacune son ouvrage. Une odeur de bœuf en train de rôtir et de pain au four émanait de la cuisine, faisant monter l'eau à la bouche de Rand.

L'aubergiste était gras, il fut heureux de le constater. C'était un homme au teint rose drapé dans un tablier blanc amidonné, avec des cheveux grisonnants rabattus en arrière sur une calvitie qu'ils ne dissimulaient pas entièrement. Son regard perçant les examina de la tête aux pieds, enregistrant les habits poussiéreux, les balluchons et les souliers usés, mais il avait aussi un sourire agréable et spontané. Basel Gill était son nom.

« Maître Gill, dit Rand, un ami nous a conseillé de venir ici. Thom Merrilin. Il... » Le sourire de l'aubergiste s'évanouit. Rand jeta un coup d'œil à Mat, mais celui-ci était trop occupé à humer les arômes venant de la cuisine pour remarquer quoi que ce soit d'autre. « Il y a quelque chose qui ne va pas ? Vous le connaissez, n'est-ce pas ?

– Je le connais », répliqua Maître Gill d'un ton bref. Il paraissait maintenant intéressé surtout par l'étui de la flûte suspendu au côté de Rand. « Venez avec moi. » D'un mouvement brusque de la tête, il indiqua le fond de la salle. Rand imprima une secousse à Mat pour qu'il démarre, puis suivit en se demandant ce qui se passait.

Dans la cuisine, Maître Gill s'arrêta pour parler à la cuisinière, une femme potelée avec les cheveux rassemblés en chignon sur la nuque, qui était bien assortie avec l'aubergiste – elle devait peser pratiquement le même poids, au kilo près. Elle continua à remuer ses casseroles tandis que Maître Gill parlait. Les odeurs avaient un tel arôme – deux jours de jeûne constituent une excellente sauce pour n'importe quoi, mais cette cuisine sentait aussi bon que celle de Maîtresse al'Vere – que l'estomac de Rand gargouilla. Mat était incliné vers les marmites, le nez en avant. Rand le poussa du coude ; Mat s'essuya précipitamment le menton où la salive avait commencé à dégouliner.

Puis l'aubergiste leur fit franchir en hâte la porte de derrière. Dans la cour de l'écurie, il jeta un coup d'œil autour de lui pour s'assurer que personne n'était à proximité, puis se retourna vers eux. Vers Rand. « Qu'est-ce qu'il y a dans l'étui, mon garçon ?

– La flûte de Thom », répondit lentement Rand. Il ouvrit l'étui comme si montrer la flûte ciselée d'or et d'argent lui viendrait en aide. La main de Mat se glissa sous sa cape.

Maître Gill ne quittait pas Rand des yeux. « Oui, je la reconnais. Je l'ai vu en jouer assez souvent, et il n'en existe probablement pas deux comme ça en dehors d'une cour royale. » Les sourires aimables avaient disparu et ses yeux perçants avaient soudain un regard aussi coupant qu'un couteau. « Comment se trouve-t-elle entre vos mains ? Thom se séparerait de son bras avant de se séparer de cette flûte.

– Il me l'a donnée. » Rand enleva de son dos le manteau roulé de Thom et le déposa sur le sol, le dépliant assez pour montrer les pièces de couleur, ainsi que l'extrémité de l'étui de la harpe. « Thom est mort, Maître Gill. S'il était votre ami, je suis navré. C'était le mien aussi.

– Mort, vous dites. Comment ?

– Un... un homme a essayé de nous tuer. Thom m'a mis cela dans les bras et nous a ordonné de nous enfuir. » Les pièces voltigèrent dans le vent comme des papillons. La gorge de Rand se serra ; il replia soigneusement le manteau. « Sans lui, nous aurions été tués. Nous nous rendions ensemble à Caemlyn. Il nous a recommandé de venir ici, à votre auberge.

– Je le croirai mort, déclara lentement l'aubergiste, quand j'aurai vu son cadavre. » Il poussa du bout du pied le paquet enveloppé du manteau et s'éclaircit vigoureusement la voix. « Non, non, je pense que vous avez bien vu ce que vous avez vu ; c'est simplement que je ne crois pas à sa mort. C'est un homme plus dur à tuer que vous ne le penseriez, ce vieux Thom Merrilin. »

Rand posa la main sur l'épaule de Mat. « Tout va bien, Mat. C'est un ami. »

Maître Gill jeta un coup d'œil à Mat et soupira. « Je le suppose, finalement. »

Mat se redressa avec lenteur et se croisa les bras sur la poitrine. Néanmoins, il continuait à observer l'aubergiste d'un regard méfiant et un muscle de sa joue se contractait.

« Venir à Caemlyn, vous dites ? » L'aubergiste secoua la tête. « C'est le dernier endroit sur terre où je me serais attendu à ce que Thom se présente, sinon peut-être Tar Valon. » Il attendit que passe un palefrenier menant un cheval à la main, et même alors il baissa la voix. « Vous avez des ennuis avec les Aes Sedai, si je comprends bien.

– Oui », grommela Mat, en même temps que Rand demandait : « Qu'est-ce qui vous fait penser ça ? »

Maître Gill eut un petit rire sarcastique. « Je le connais, voilà pourquoi. Il est prêt à se fourrer dans ce genre d'ennui, surtout pour aider deux gars dans vos âges... » L'étincelle du souvenir s'éteignit dans ses yeux et il se redressa avec une expression circonspecte. « Voyons... heu... je ne porte aucune accusation, notez bien, mais... heu... quelle était exactement la nature de vos ennuis avec Tar Valon, si vous me permettez de poser la question ? »

La chair de poule envahit la peau de Rand quand il comprit à quoi l'autre faisait allusion. Le Pouvoir Unique. « Non, non, rien de pareil. Je le jure. Il y avait même une Aes Sedai qui nous aidait. Moiraine était... » Il se mordit la langue, mais l'expression de l'aubergiste ne changea pas.

« Heureux de l'entendre. Non pas que j'aie une affection débordante pour les Aes Sedai, mais mieux vaut elles que... cette autre chose. » Il secoua la tête avec lenteur. « On en parle trop, de ce genre de chose-là, avec l'arrivée de Logain qu'on amène ici. Soit dit sans offense, vous comprenez, mais... eh bien, il fallait que je sache, n'est-ce pas ?

– Il n'y a pas d'offense », dit Rand. Le murmure de Mat aurait pu signifier n'importe quoi, mais l'aubergiste eut l'air de le prendre pour la même réponse que celle de Rand.

« Vous paraissez, vous deux, appartenir au bon côté et je pense sincèrement que vous étiez... êtes... des amis de Thom, mais les temps sont durs et les jours pénibles. Je ne crois pas que vous ayez de quoi payer ? Non, je m'en doutais. Il n'y a pas assez de tout et ce qu'il y a coûte les yeux de la tête, aussi vous donnerai-je des lits – pas les meilleurs mais chauds et secs – et de quoi manger, je ne peux pas promettre davantage, quelque grande envie que j'en aie.

– Merci, dit Rand avec un coup d'œil perplexe à Mat. C'est plus que je n'en attendais. » Qu'était « le bon côté », et pourquoi Maître Gill *devrait-il* promettre davantage ?

« Ma foi, Thom était un excellent ami. Un vieil ami. Une tête chaude, capable de dire les pires choses possibles à la seule personne à qui il n'aurait pas dû les dire, mais néanmoins un ami solide. S'il ne vient pas... eh bien, nous trouverons une solution quelconque. Le mieux est que vous ne racontiez plus cette histoire d'Aes Sedai qui vous aide. Je suis un serviteur loyal de la Reine, mais il y a trop de gens à Caemlyn en ce moment qui le prendraient mal, et je ne veux pas seulement parler des Blancs Manteaux. »

Mat eut un rire sarcastique. « Pour ce que ça me fait, les corbeaux peuvent bien emporter jusqu'à la dernière Aes Sedai droit au Shayol Ghul !

– Surveillez votre langue, repartit sèchement Maître Gill. J'ai dit que je ne les aime pas ; je n'ai pas dit être un de ces imbéciles qui les croient derrière tout ce qui va de travers. La Reine a pris parti pour Élaida, et les Gardes soutiennent la Reine. La Lumière fasse que les choses n'aillent pas si mal que cela change. En tout cas, dernièrement, des Gardes se sont oubliés au point d'être un peu brutaux avec des gens qu'ils avaient entendus déblatérer contre les Aes Sedai. Pas en service, la Lumière en soit remerciée, mais c'est arrivé tout de même. Je n'ai pas besoin que des Gardes après leur service démolissent tout dans ma salle pour vous donner une leçon et je n'ai pas besoin que les Blancs Manteaux poussent quelqu'un à peindre sur ma porte le Croc du Dragon, alors si vous tenez à ce que je vous aide, gardez pour vous ce que vous pensez des Aes Sedai, que ce soit du bien ou le contraire. » Il se tut, pensif, puis ajouta : « Peut-être mieux vaut-il que vous ne mentionniez pas non plus le nom de Thom dans un endroit où d'autres que moi l'entendraient. Certains Gardes ont de la mémoire, et la Reine aussi. Inutile de courir des risques.

– Thom a eu maille à partir avec la Reine ? » s'exclama Rand d'un ton incrédule, et l'aubergiste rit.

« Ainsi il ne vous a pas tout dit. Je ne sais d'ailleurs pas pourquoi il l'aurait fait. D'autre part, je ne vois pas pourquoi vous ne seriez pas au courant aussi. Cela n'a pas grand-chose d'un secret. Croyez-vous que les ménestrels ont tous une aussi haute idée de leur personne que Thom ? Ma foi, réflexion faite, je pense que oui, mais j'ai toujours eu l'impression que Thom avait une dose supplémentaire d'estime pour lui-même. Il n'a pas toujours été un ménestrel, vous comprenez, errant de village en village et couchant sous une haie plus souvent qu'à son tour. Il fut un temps où Thom Merrilin était barde de la Cour ici même à Caemlyn, et célèbre dans toutes les cours royales de Tear à Maradon.

– Thom ? » s'écria Mat.

Rand hocha lentement la tête. Il imaginait fort bien Thom à la cour d'une reine, avec son allure de grand seigneur et ses gestes majestueux.

« Oui, il l'était, reprit Maître Gill. Ce n'est pas longtemps après la mort de Taringail Damodred que les... ennuis à propos de son neveu ont commencé. Il y en a eu pour prétendre que Thom était, comment dire ? plus proche de la Reine que ce n'est convenable. Mais Morgase était une jeune veuve et Thom était à la fleur de l'âge à l'époque, et la Reine est en droit d'agir à sa guise, voilà comment je considère les choses. Seulement elle a toujours eu un tempérament coléreux, eh oui, notre bonne Morgase, et il est parti sans prévenir quand il a appris le genre de pétrin dans lequel s'était fourré son neveu. La Reine n'a pas beaucoup aimé ça. N'a pas aimé non plus qu'il se mêle d'affaires qui regardent les Aes Sedai. Je n'affirmerais pas non plus qu'il avait raison, neveu ou pas. En tout cas, quand il est revenu, il a fait connaître sa façon de penser. Avec des mots qu'on n'adresse pas à une Reine. Des mots qu'on n'adresse à aucune femme ayant le caractère de Morgase. Élaida était montée contre lui parce qu'il avait tenté d'intervenir en ce qui concernait son neveu et, entre le caractère de la Reine et l'animosité d'Élaida, Thom a quitté Caemlyn un demi-pas avant un tour en prison, si ce n'est vers la hache du bourreau. À ma connaissance, l'édit est encore applicable.

– Si cela s'est passé depuis longtemps, objecta Rand, peut-être que personne ne s'en souvient. »

Maître Gill secoua la tête. « Gareth Bryne est Capitaine-Général des Gardes de la Reine. Il commandait en personne les Gardes que Morgase avait envoyés avec ordre de ramener Thom enchaîné et cela m'étonnerait qu'il oublie jamais son retour les mains vides pour découvrir que Thom était déjà revenu au palais puis en était reparti. Et jamais au grand jamais la Reine n'oublie quoi que ce soit. Vous en connaissez, des femmes qui oublient ? Sapristi, Morgase était folle de rage. Je jurerais que la ville entière a marché sur la pointe des pieds et parlé bas pendant un mois. Beaucoup d'autres Gardes aussi sont assez âgés pour s'en souvenir. Non, mieux vaut que vous gardiez le silence sur Thom avec autant de soin que sur votre Aes Sedai. Venez, que je vous trouve quelque chose à manger. On a l'impression à vous voir que votre ventre s'est collé à votre épine dorsale. »

36.

LE TISSAGE DU DESSIN

Maître Gill les conduisit à une table dans un coin de la salle commune et leur fit apporter à manger par une des serveuses. Rand secoua la tête quand il vit les assiettes, avec sur chacune quelques minces tranches de bœuf nappées de sauce, une cuillerée de chou sauvage et deux pommes de terre. C'était un hochement de tête désabusé, résigné, pas irrité. L'aubergiste l'avait dit, il n'y avait pas assez de tout. Prenant en main sa fourchette et son couteau, Rand se demanda ce qui se passerait quand rien ne resterait. Cette pensée rendait son assiette à moitié pleine semblable à un festin. Et lui donna le frisson.

Maître Gill avait choisi une table située très à l'écart et s'était assis à l'angle de la salle d'où il pouvait surveiller celle-ci. Personne ne s'approcherait assez pour entendre ce qu'ils disaient sans qu'il s'en aperçoive. Quand la serveuse se fut retirée, il dit à mi-voix : « Voyons, pourquoi ne pas m'expliquer vos ennuis ? Si je dois vous aider, mieux vaut que je sache à quoi m'en tenir. »

Rand regarda Mat, mais ce dernier contemplait son assiette en fronçant les sourcils comme s'il était furieux contre la pomme de terre qu'il coupait. Rand prit une profonde aspiration. « Je n'y comprends rien moi-même, en réalité », commença-t-il.

Il se garda de se perdre dans les détails et de parler de Trollocs et d'Évanescents. Quand quelqu'un offre son assistance, lui raconter que l'affaire tourne autour de fables ne ferait pas bon effet. Par contre, il ne jugea pas loyal non plus de minimiser le danger, pas loyal d'embrigader quelqu'un quand eux-mêmes ignoraient complètement où cela les mènerait. Des hommes s'étaient lancés à leurs trousses, les siennes et celles de Mat, ainsi que de deux de leurs amis. Ils se manifestaient là où on les attendait le moins, ces hommes-là, ils étaient terriblement dangereux et décidés à les tuer, lui et ses amis, ou pire. Moiraine estimait que certains d'entre eux étaient des Amis du Ténébreux. Thom n'avait pas complètement confiance en Moiraine, mais il était resté avec eux, avait-il dit, à cause de son neveu. Ils avaient été séparés au cours d'une attaque alors qu'ils s'efforçaient de gagner Pont-Banc, puis à Pont-Blanc Thom était mort en les sauvant d'une autre attaque. Et ces tentatives n'avaient pas été les seules. Il se rendait compte des faiblesses de son récit, mais il ne pouvait faire mieux à l'improviste sans en révéler davantage que ne le voulait la prudence.

« Nous avons simplement continué notre chemin jusqu'à Caemlyn, conclut-il. C'était le plan adopté à l'origine. Caemlyn, puis Tar Valon. » Il s'agita avec malaise sur le bord de sa chaise. Après avoir tout gardé secret tellement longtemps, c'était bizarre d'en raconter même aussi peu à quelqu'un. « Si nous suivons toujours cet itinéraire, les autres pourront nous retrouver tôt ou tard.

– En admettant qu'ils soient en vie », marmotta Mat à l'adresse de son assiette.

Rand ne regarda même pas Mat. Quelque chose le poussa à ajouter : « Cela risque de vous causer des ennuis, si vous nous prêtez assistance. »

Maître Gill écarta l'objection d'un mouvement de sa main potelée. « Je ne dirai pas que je recherche les ennuis, mais ce ne serait pas les premiers que j'affronterais. Aucun bougre de sectateur du Ténébreux ne me fera tourner le dos à des amis de Thom. Voyons, votre amie du Nord – si elle vient à Caemlyn, je serai averti. Il y a des gens qui surveillent les allées et venues de ce genre dans le coin et les bruits se répandent. »

Rand hésita, puis demanda : « Et Élaida ? »

L'aubergiste hésita à son tour et finalement secoua la tête. « Je ne suis pas d'avis. Ah, oui, si vous n'aviez pas eu de lien avec Thom. Elle le détecterait et alors où seriez-vous ? Qui sait ? Peut-être au cachot. Peut-être pire. On prétend qu'elle a le don de percevoir les choses, ce qui est arrivé, ce qui va arriver. On dit qu'elle voit jusqu'au fond de l'âme des gens ce qu'ils cherchent à cacher. Je ne suis pas sûr, mais je n'en courrais pas le risque. S'il n'y avait pas Thom, vous pourriez aller trouver les Gardes. Ils s'occuperaient aussitôt de vos Amis du Ténébreux. Mais même si vous vous absteniez de parler de Thom aux Gardes, cela reviendrait aux oreilles d'Élaida dès que vous mentionneriez des sectateurs des Ténèbres, et vous seriez revenus au point d'où nous étions partis.

– Pas les Gardes », acquiesça Rand. Mat approuva d'un vigoureux hochement de tête tout en fourrant une fourchette chargée dans sa bouche et, du coup, s'inonda de sauce le menton.

« Le hic, c'est que vous êtes pris dans les remous de la politique, mon garçon, même si ce n'est pas votre faute, et la politique est une fondrière noyée dans le brouillard et remplie de serpents.

– Et... », commença Rand, mais l'aubergiste eut une soudaine grimace et sa chaise grinça sous son poids comme il redressait le buste.

La cuisinière se trouvait sur le seuil de son domaine, s'essuyant les mains dans son tablier. Quand elle vit que l'aubergiste regardait dans sa direction, elle l'appela d'un geste puis disparut de nouveau dans la cuisine.

« C'est tout comme si j'étais marié avec elle, dit Maître Gill avec un soupir. Elle trouve des réparations à faire avant même que je sache que quelque chose est détraqué. Si ce ne sont pas des canalisations bouchées ou les tuyaux de descente obstrués, ce sont les rats. Je tiens ma maison propre, vous comprenez, mais avec une telle affluence dans la ville les rats envahissent tout. Entassez les gens et vous voyez arriver les rats, Caemlyn en est subitement envahie. Vous n'imagineriez pas le prix qu'un bon chat, un excellent ratier, peut atteindre ces temps-ci. Votre chambre est sous les combles. Je vais l'indiquer aux serveuses ; n'importe laquelle vous y conduira. Et ne vous tracassez pas pour les séides du Ténébreux. Je n'ai pas grand-chose à dire de bon sur les Blancs Manteaux mais, entre eux et les Gardes, ces êtres-là n'oscnt pas montrer leurs sales museaux dans Caemlyn. » Sa chaise grinça de nouveau quand il la repoussa et se leva. « J'espère qu'il ne s'agit pas encore des canalisations. »

Rand revint à son repas, mais il vit que Mat avait cessé de manger. « Je croyais que tu avais faim », dit-il. Mat continua à contempler son assiette en poussant en cercle un morceau de pomme de terre au bout de sa fourchette. « Il faut que tu manges, Mat. Nous avons besoin d'entretenir nos forces si nous voulons arriver à Tar Valon. »

Mat éclata d'un rire bas et amer. « Tar Valon ! Jusqu'ici, c'était constamment Caemlyn. Moiraine nous attendrait à Caemlyn. Nous trouverions Perrin et Egwene à Caemlyn. Tout s'arrangerait si seulement on atteignait Caemlyn. Eh bien, on y est, et rien ne s'arrange. Pas de Moiraine ni de Perrin, ni personne. Maintenant, tout ira bien si seulement nous arrivons à Tar Valon.

– Nous sommes vivants », répliqua Rand plus sèchement qu'il n'en avait eu l'intention. Il respira à fond et s'efforça de modérer le ton. « Nous sommes en vie. Il y a cela au moins de bon. Et j'ai l'intention de demeurer en vie. J'ai l'intention de découvrir pourquoi on nous attache une telle importance. Je ne veux pas abandonner.

– Tous ces gens et n'importe lequel d'entre eux pourrait être un Ami des Ténèbres. Maître Gill nous a promis son aide rudement vite. Quel genre d'homme traite comme de la petite bière des Aes Sedai et des Amis du Ténébreux ? Ce n'est pas naturel. N'importe quelle personne convenable nous dirait de ficher le camp ou... ou... quelque chose du même genre. »

« Mange », conseilla avec douceur Rand qui l'observa jusqu'à ce que Mat commence à mastiquer une bouchée de bœuf.

Quant à lui, il laissa ses mains à plat de chaque côté de son assiette pendant une minute, les pressant contre la table pour les empêcher de trembler. Il était terrorisé. Pas à cause de Maître Gill, bien sûr, mais les raisons ne manquaient pas en dehors de lui. Ces hauts remparts ceignant la ville n'arrêteraient pas un Évanescent. Peut-être devrait-il avertir l'aubergiste. Toutefois, au cas où Maître Gill le croirait, serait-il aussi désireux d'apporter son aide s'il pensait qu'un Évanescent puisse venir à *La Bénédiction de la Reine* ? Et les rats ? Peut-être les rats prospèrent-ils aux endroits où se presse beaucoup de monde, mais il se rappelait ce rêve qui n'était pas un rêve à Baerlon, et une petite colonne vertébrale qui se rompait. *Quelquefois, le Ténébreux utilise comme ses yeux des êtres qui se nourrissent de charogne, avait dit Lan. Des corbeaux, des corneilles, des rats...*

Il mangea mais, quand il eut fini, il fut incapable de se souvenir du goût d'une seule bouchée.

Une serveuse, celle qui astiquait des chandeliers à leur entrée, les conduisit à la chambre sous les combles. Une lucarne trouait le mur de façade en pente, avec un lit de chaque côté et des patères derrière la porte pour accrocher leurs affaires. La jeune fille aux yeux noirs avait tendance à tortiller sa jupe entre ses doigts et à émettre de petits rires chaque fois qu'elle regardait Rand. Elle était jolie, mais il savait que s'il lui disait quoi que ce soit il se rendrait ridicule. Elle lui fit regretter de ne pas avoir l'aisance que montrait Perrin auprès des jeunes filles ; il fut content quand elle partit.

Il s'attendait à un commentaire de Mat mais, dès qu'elle eut disparu, Mat se jeta sur un des lits, encore drapé dans sa cape et chaussé de ses souliers, et tourna le visage du côté du mur.

Rand suspendit ses affaires, en observant le dos de Mat. Il eut l'impression que Mat avait la main sous sa tunique et la crispait de nouveau sur son poignard.

« Tu vas te contenter de rester là couché à te cacher ? finit-il par demander.

– Je suis fatigué, marmonna Mat.

– Nous avons encore des questions à poser à Maître Gill. Peut-être même qu'il pourrait nous dire comment trouver Egwene et Perrin. Il y a des chances qu'ils soient déjà à Caemlyn s'ils sont parvenus à garder leurs chevaux.

– Ils sont morts », dit Mat au mur.

Rand hésita, puis renonça. Il ferma doucement la porte derrière lui, avec l'espoir que Mat s'endormirait pour de bon.

Au rez-de-chaussée, toutefois, Maître Gill demeura introuvable, encore que le regard sévère dans les yeux de la cuisinière ait dénoté qu'elle le cherchait aussi. Rand s'assit dans la salle commune pendant quelque temps, mais il se surprit à examiner chaque client qui entrait, chaque étranger qui risquait d'être n'importe qui ou n'importe quoi – surtout au moment où il se silhouettait sur le seuil telle une forme noire drapée dans une cape. Un Évanescent dans cette salle serait comme un renard dans un poulailler.

Un Garde survint de la rue. L'homme en uniforme rouge s'arrêta juste le seuil franchi et jaugea d'un regard imperturbable ceux qui n'étaient manifestement pas de la ville. Rand examinait avec attention le dessus de la table lorsque les yeux du Garde se posèrent sur lui. Quand il releva la tête, l'autre était parti.

La serveuse aux yeux noirs passait, les bras chargés de serviettes. « Ils font ça quelquefois, dit-elle sur le ton de la confidence. Seulement pour vérifier qu'il n'y a pas de grabuge. Ils veillent sur les gens de la bonne Reine, voilà. Pas de quoi vous inquiéter. » Elle eut un gloussement de rire.

Rand secoua la tête. Pas de quoi s'inquiéter. Ce n'était pas comme si le Garde était venu exiger de savoir s'il connaissait Thom Merrilin. Il devenait aussi stupide que Mat. Il recula sa chaise qui grinça.

Une autre serveuse vérifiait le niveau de l'huile dans les lampes accrochées au mur.

« Y a-t-il une autre salle où je puisse m'installer ? » lui demanda-t-il. Il ne tenait pas à remonter dans la chambre pour se cloîtrer avec Mat qui se repliait sur lui-même dans un silence morose. « Peut-être dans une salle à manger particulière qui serait inoccupée ?

– Il y a la bibliothèque. » Elle désigna une porte. « Par là à droite au bout du couloir. Il se peut qu'il n'y ait personne, à cette heure-ci.

– Merci. Si vous voyez Maître Gill, voulez-vous le prévenir que Rand al'Thor a besoin d'avoir un entretien avec lui s'il a un moment de libre ?

– Je le lui dirai », répliqua-t-elle en ajoutant avec un franc sourire : « La cuisinière veut lui parler, elle aussi. »

L'aubergiste se cache probablement, pensa-t-il en quittant la serveuse.

Quand il pénétra dans la pièce qu'elle lui avait indiquée, il s'arrêta en ouvrant de grands yeux. Les rayonnages devaient contenir dans les trois à quatre cents volumes, plus qu'il n'en avait jamais vu auparavant dans un seul endroit. Reliés en étoffe, reliés en cuir à dos doré. Seuls quelques-uns avaient des couvertures aux plats en bois. Ses yeux dévorèrent les titres, notant au passage de vieux livres favoris. *Les Voyages de Jain Farstrider*, *Les Essais de Willim de Manesches*. Il eut le souffle coupé en repérant une édition reliée en cuir des *Voyages chez le Peuple de la Mer.* Tam avait toujours eu envie de lire ça.

À imaginer Tam qui tournait et retournait entre ses doigts le livre en souriant, se familiarisant avec son contact avant de prendre sa pipe et de s'installer devant la cheminée pour lire, sa propre main se crispa sur la poignée de son épée, tant il était étreint par une sensation de perte et de manque qui lui ôta tout le plaisir suscité par les livres.

Une gorge s'éclaircit derrière lui et il s'avisa soudain qu'il n'était pas seul. Prêt à s'excuser de son impolitesse, il se retourna. Il avait l'habitude d'être plus grand que presque tous les gens qu'il rencontrait mais, cette fois-ci, ses yeux montèrent, montèrent, montèrent et sa bouche s'ouvrit de stupeur. Alors il en arriva à la tête qui effleurait quasiment le plafond haut de trois mètres. Un nez aussi large que la figure, si vaste que c'était plutôt un mufle qu'un nez. Des sourcils qui pendaient comme des queues, encadrant des yeux clairs aussi larges que des soucoupes. Des oreilles qui s'amincissaient en fer de lance et pointaient à la façon d'une huppe à travers une crinière noire ébouriffée. *Trolloc !* Un cri strident lui échappa et il essaya de reculer en dégainant son épée. Ses pieds s'emmêlèrent et, en fait, il se retrouva donc assis rudement sur son séant.

« J'aimerais bien que vous autres humains ne réagissiez pas de cette façon », prononça une voix de basse avec des résonances de grosse caisse. Les oreilles huppées s'agitèrent violemment et la voix devint triste. « Combien peu vous êtes à vous souvenir de nous. C'est notre faute, je suppose. Les nôtres ne sont pas allés en foule parmi les hommes depuis que l'Ombre est tombée sur les Voies. Il y a bien... oh, six générations maintenant. Juste après les Guerres trolloques, c'était. » La tête hirsute se secoua et lâcha un soupir qui aurait fait honneur à un taureau. « Trop long, trop long, et un nombre si restreint pour voyager et voir, autant dire personne. »

Rand resta assis une minute, bouche bée, à contempler l'apparition en bottes montant au genou, larges du bout, portant une tunique bleu foncé boutonnée du cou à la taille, d'où elle s'évasait jusqu'au sommet de ces bottes comme un kilt, par-dessus un pantalon bouffant.

Dans une main était un livre, minuscule par comparaison, avec un doigt trois fois plus gros qu'un doigt ordinaire marquant la page.

« Je croyais que vous étiez... », commença-t-il, puis il se reprit. « Qu'est-ce que... » Cela ne valait pas mieux. Il se leva et tendit une main pas rassurée. « Mon nom est Rand al'Thor. »

Sa main disparut dans une main de la taille d'un jambon ; ce qui fut accompagné d'une révérence cérémonieuse. « Loial, fils d'Arent fils de Halan. Votre nom chante dans mes oreilles, Rand al'Thor. »

Rand eut l'impression que c'était une salutation rituelle. Il s'inclina à son tour dans une révérence. « Votre nom chante dans mes oreilles, Loial, fils d'Arent... euh... fils de Halan. »

Tout cela était un peu irréel. Il ne savait toujours pas *ce qu'était* Loial. L'étreinte des énormes doigts fut d'une surprenante douceur, mais il éprouva néanmoins du soulagement quand il récupéra sa main intacte.

« Vous autres humains êtes très facilement surexcités, reprit Loial de cette voix de basse grondante. J'ai bien entendu tous les contes et lu les livres évidemment, mais je n'en avais vraiment pas pris conscience. Mon premier jour à Caemlyn, j'ai été abasourdi par le chahut. Les enfants pleuraient, les femmes hurlaient et une foule m'a pourchassé à travers la ville en brandissant des massues, des couteaux et des torches et en criant : « Au Trolloc ! » J'ai failli commencer à me sentir mal à l'aise, je l'avoue. Je ne sais pas ce qui se serait passé si une escouade de Gardes de la Reine n'était arrivée.

– Une chance, dit Rand d'une voix éteinte.

– Oui, mais même les Gardes semblaient avoir presque aussi peur de moi que les autres. Depuis quatre jours que je suis à Caemlyn, je n'ai pas pu mettre le nez hors de cette auberge. Le bon Maître Gill m'a même demandé de ne pas aller dans la salle commune. » Ses oreilles remuèrent. « Non pas qu'il ne se soit pas montré très hospitalier, vous comprenez, mais il y a eu un petit incident, ce premier soir. Tous les humains ont voulu s'en aller en même temps. Ah, ces clameurs et ces hurlements, et ces gens qui cherchaient à franchir le seuil en même temps. Quelques-uns d'entre eux auraient pu être blessés. »

Rand regardait avec fascination ces oreilles frémissantes.

« À franchement parler, ce n'est pas pour ça que j'ai quitté le *stedding*.

– Vous êtes un Ogier ! s'exclama Rand. Attendez. Six générations ? Vous avez dit les Guerres trolloques ! Quel âge avez-vous ? » Aussitôt la question lâchée, il sentit qu'elle était discourtoise, mais Loial prit une position défensive plutôt qu'offensée.

« Quatre-vingt-dix ans, répliqua l'Ogier d'un ton guindé. Encore dix ans et je serai en droit de plaider ma cause devant la Souche. Je pense que les Anciens auraient dû me laisser parler, puisqu'ils étaient en train de décider si je pouvais partir ou non. Mais aussi ils s'inquiètent toujours pour quelqu'un de chez nous, quel que soit son âge, qui va à l'Extérieur. Vous humains, vous êtes si vifs, si fantasques. » Il cligna des paupières et inclina brièvement le buste. « Pardonnez-moi, je vous prie. Je n'aurais pas dû dire cela, mais vous vous battez tout le temps, même quand ce n'est pas nécessaire.

– Ne vous excusez pas », dit Rand. Il était encore en train d'essayer d'assimiler l'âge de Loial. Plus chargé d'ans que le vieux Cenn Buie, et pas encore assez âgé pour... Il s'assit dans un des sièges à haut dossier. Loial s'installa dans un autre, conçu pour accueillir deux personnes ; il le remplissait. Assis, il était aussi grand que la plupart des hommes debout. « Du moins vous ont-ils laissé partir. »

Loial regarda le plancher, fronçant le nez et le frottant avec un doigt massif. « Eh bien, donc, pour tout dire là-dessus, voyez-vous, les membres de la Souche ne s'étaient pas réunis longtemps, ils n'étaient pas même réunis depuis une année, mais j'ai déduit de ce que j'avais entendu que lorsque les membres de la Souche auraient atteint une décision je serais assez âgé pour partir sans leur autorisation. Ils vont dire, j'en ai peur, que j'ai mis une rallonge à ma hache, mais je... suis tout bonnement parti. Les Anciens me qualifiaient toujours d'impulsif, et j'ai donné la preuve qu'ils avaient raison. Je me demande s'ils se sont déjà aperçus que j'étais parti ? Mais il fallait que je m'en aille. »

Rand se mordit les lèvres pour s'empêcher de rire. Si Loial était un Ogier impulsif, il imaginait ce qu'étaient la plupart des Ogiers. Ils ne s'étaient pas réunis longtemps, même pas une année. Maître al'Vere secouerait la tête avec étonnement ; au village, une assemblée du conseil qui durerait une demi-journée rendrait tout le monde aussi agité qu'un boisseau de puces, même Haral Luhhan. Le mal du pays l'envahit comme une vague, l'oppressant de souvenirs de Tam, d'Egwene, de l'*Auberge de la Source du Vin* et de *Bel Tine* en des jours plus heureux. Il se força à les repousser.

« Si vous me pardonnez cette question, dit-il en s'éclaircissant la gorge, pourquoi aviez-vous tellement envie de partir... heu... pour l'Extérieur ? En ce qui me concerne, j'aurais bien aimé ne jamais quitter ma maison.

– Eh bien, pour voir, répliqua Loial comme si c'était l'évidence des évidences. J'ai lu les livres, tous les récits de voyageurs, et l'idée qu'il ne me fallait pas seulement lire mais voir aussi a commencé à me tarauder. » Ses yeux clairs brillèrent et ses oreilles se raidirent. « J'ai étudié la moindre bribe que j'ai trouvée concernant les voyages, concernant les Voies et les coutumes dans les terres humaines et les villes que nous avons construites pour vous les hommes après la Destruction du Monde. Et plus je lisais, plus je sentais que je devais aller à l'Extérieur, à ces endroits où nous avions été, afin de voir de mes propres yeux les bosquets. »

Rand cligna des paupières. « Les bosquets ?

– Oui, les bosquets. Les arbres. Seulement quelques-uns des Grands Arbres, bien sûr, qui se dressent vers le ciel pour conserver vivante la mémoire du *stedding*. » Son siège gémit comme il se portait en avant, gesticulant avec les mains dont une tenait encore le livre. Ses yeux étaient plus étincelants que jamais et ses oreilles frémissaient presque. « La plupart du temps, ils avaient utilisé les arbres du pays croissant sur l'emplacement. On ne peut pas contraindre la terre à agir contre elle-même. Pas longtemps ; la terre se rebellera. On doit modeler son projet selon le terrain et non pas le terrain selon son projet. Dans chaque bosquet a été planté chaque arbre qui pousserait et prospérerait en cet endroit, chacun en fonction de son voisin, chacun placé pour compléter les autres, afin d'obtenir le meilleur développement, bien sûr, mais aussi de façon que cet équilibre chante aux yeux et au cœur. Ah, les livres parlaient de bosquets qui faisaient pleurer et rire à la fois les Anciens, des bosquets tels qu'ils demeurent verts à jamais dans la mémoire.

– Et les villes ? » questionna Rand. Loial lui adressa un coup d'œil déconcerté. « Les villes. Les cités que les Ogiers ont construites. Ici, par exemple. Caemlyn. Les Ogiers ont bâti Caemlyn, n'est-ce pas ? Les contes le disent.

– Travailler la pierre... » Ses épaules eurent un haussement massif. « C'était juste quelque chose d'appris dans les années qui ont suivi la Destruction, pendant l'Exil, quand nous étions encore en train d'essayer de retrouver le *stedding*. Un art plaisant, je suppose, mais pas le vrai. Quelque application qu'on y mette – et j'ai lu que les Ogiers qui avaient bâti ces cités s'y étaient sincèrement efforcés – on ne peut pas faire vivre la pierre. Quelques-uns travaillent encore avec la pierre, mais seulement parce que vous autres humains endommagez si souvent les bâtiments avec vos guerres. Il y avait une poignée d'Ogiers à... heu... Cairhien, elle s'appelle maintenant... quand j'y suis passé. Par chance, ils appartenaient à un autre *stedding,* alors ils ne me connaissaient pas, mais néanmoins me voir à l'Extérieur si jeune avait éveillé leur défiance. Donc mieux valait que je n'aie pas de raison de m'attarder là-bas, je pense. En tout cas, voyez-vous, travailler avec de la pierre est simplement quelque chose qui nous a été imposé par le tissage du Destin ; les bosquets nous sont venus du cœur. »

Rand secoua la tête. La moitié des contes entendus depuis son enfance s'avéraient controuvés. « Je ne savais pas que les Ogiers croyaient au Dessin, Loial.

– Bien sûr que nous y croyons. La Roue du Temps tisse le Dessin des Ères et les vies sont les fils qu'elle tisse. Nul ne peut dire comment le fil de sa vie sera introduit dans le dessin ou comment sera tissé le fil d'un peuple. Elle nous a donné la Destruction du Monde, l'Exil, la Pierre et la Nostalgie, et finalement elle nous a rendu le *stedding* avant que nous soyons tous morts. Je me dis parfois que si vous, les humains, vous êtes comme vous êtes c'est parce que vos fils sont si courts. Ils doivent sauter dans tous les sens dans la toile. Oh, flûte, j'ai recommencé. Les Anciens disent que vous autres n'aimez pas qu'on vous rappelle combien peu de temps vous vivez. J'espère que je ne vous ai pas blessé. »

Rand rit et secoua la tête. « Pas du tout. Je suppose

que ce doit être amusant de vivre aussi longtemps que vous, mais je n'y ai jamais réfléchi pour de bon. Je pense que si je vis aussi longtemps que le vieux Cenn Buie, ce sera bien assez pour tout le monde.

– C'est un très vieil homme ? »

Rand se contenta de hocher la tête affirmativement. Il n'avait nullement l'intention d'expliquer que le vieux Cenn Buie n'était pas aussi âgé que Loial.

« Ma foi, reprit ce dernier, peut-être que vous autres humains avez en effet des vies brèves, mais vous en faites tant de choses, toujours à vous agiter, toujours à agir en hâte. Et vous avez le monde entier pour vous ébattre. Nous les Ogiers nous sommes confinés dans notre *stedding*.

– Vous êtes à l'Extérieur, vous.

– Pour un temps, Rand, mais il faudra que j'y retourne un jour. Ce monde est le vôtre, il est à vous et à ceux de votre race. Le *stedding* est mien. La vie à l'Extérieur est trop trépidante. Et il y a trop de changement par rapport à ce que j'avais lu.

– Certes, les choses changent au fil des années. Quelques-unes, en tout cas.

– Quelques-unes ? La moitié des villes dont j'avais appris l'existence ont disparu, et la majeure partie des autres sont connues sous des noms différents. Prenez Cairhien. Le nom exact de cette ville est Al'cair'rahienallen, la Colline de l'Aube d'or. Les gens ne se le rappellent même plus, en dépit du soleil levant sur leurs bannières. Et le bosquet de là-bas. Je doute qu'il ait été soigné depuis les Guerres trolloques. Ce n'est plus maintenant qu'une forêt comme les autres, où l'on va couper du bois. Les Grands Arbres ne sont plus et personne ne se souvient d'eux. Et ici ? Caemlyn est toujours Caemlyn, mais on laisse la ville s'étendre jusque sur le bosquet. Nous sommes à moins de cinq cents pas de son centre à cet endroit où nous sommes assis – d'où ce centre devrait être. Il n'en reste pas un arbre. Je suis allé aussi à Tear et à Illian. Des noms différents et pas de souvenirs. Il n'y a qu'un pâturage pour leurs chevaux à l'endroit où était situé le bosquet, et à Illian le bosquet est le parc du Roi, où il chasse le cerf, et personne n'y pénètre sans son autorisation. Tout a changé, Rand. Je crains fort qu'il en soit de même où que j'aille. Tous les bosquets supprimés, tous les souvenirs enfuis, tous les rêves morts.

– On ne peut pas renoncer, Loial. On ne peut jamais baisser les bras. Si on renonce, autant être mort. » Rand se renfonça au plus profond de son siège, tandis que le rouge lui montait au visage. Il s'attendait à ce que l'Ogier lui éclate de rire au nez mais, au contraire, Loial hocha gravement la tête.

« Oui, c'est dans la nature de votre race, n'est-ce pas ? » Le ton de l'Ogier changea, comme s'il citait quelque chose. « Jusqu'à ce que l'ombre se soit dissipée, jusqu'à ce que l'eau ait disparu, plongeant dans les Ténèbres les lèvres retroussées sur les dents, hurlant un défi avec ce qui reste de souffle, pour cracher dans l'œil de l'Aveugleur au Dernier Jour. » Loial pencha d'un air d'attente sa tête hirsute, mais Rand n'avait aucune idée de ce qu'il attendait.

Une minute passa, Loial attendant toujours, puis une autre, et ses longs sourcils commencèrent à se froncer dans une expression déconcertée. Néanmoins, il attendit encore, le silence devenant gênant pour Rand.

« Les Grands Arbres, dit-il finalement, juste pour rompre ce silence. Sont-ils comme l'*Avendesora* ? »

Loial se redressa brusquement ; son siège grinça et craqua si fort que Rand le crut sur le point de se disloquer. « Vous savez bien que non. Vous entre tous.

– Moi ? Comment le saurais-je ?

– Vous plaisantez ? Quelquefois, vous autres Aiels jugez drôles les choses les plus bizarres.

– Quoi ? Je ne suis pas un Aiel ! Je suis des Deux Rivières. De ma vie je n'ai vu un Aiel ! »

Loial secoua la tête et les huppes de ses oreilles s'affaissèrent en avant. « Vous voyez ? Tout est changé et la moitié de ce que j'ai appris est inutile. J'espère que je ne vous ai pas offensé. Je suis sûr que votre pays des Deux Rivières est très beau, où qu'il se trouve.

– Quelqu'un m'a dit qu'il s'est appelé jadis Manetheren, répliqua Rand. Je n'ai jamais entendu ce nom, mais peut-être que vous... »

Les oreilles de l'Ogier se redressèrent joyeusement. « Ah ! Oui Manetheren. » Les huppes retombèrent. « Il y avait un très beau bosquet, là-bas. Votre douleur chante dans mes oreilles, Rand al'Thor. Nous n'avons pas pu arriver à temps. »

Loial s'inclina sans se lever, et Rand lui rendit son salut. Il avait le sentiment que Loial serait choqué qu'il ne le fasse pas, qu'il le jugerait au moins mal élevé. Il se demanda si Loial, lui, croyait le même genre de souvenirs que semblaient avoir les Ogiers. Les coins des yeux et de la bouche de Loial s'abaissaient indiscutablement comme s'il partageait la peine de la perte de Rand, à croire que la destruction de Manetheren ne s'était pas produite il y a deux mille ans, à peu de chose près, et que Rand connaissait seulement grâce au récit de Moiraine.

Au bout d'un moment, Loial soupira. « La Roue tourne, reprit-il, et personne ne sait comment. Mais vous avez parcouru depuis votre demeure presque autant de chemin que moi depuis la mienne. Une distance très considérable, par le temps qui court. Quand les Voies étaient accessibles librement, bien sûr... mais c'est fini depuis longtemps. Dites-moi, qu'est-ce qui vous amène aussi loin ? Est-ce également quelque chose que vous désirez voir ? »

Rand ouvrit la bouche pour répondre qu'ils étaient venus voir le faux Dragon – et il en fut incapable. Peut-être était-ce parce que Loial se conduisait comme s'il n'était pas plus vieux que Rand, tout âgé de quatre-vingt-dix ans qu'il était. Possible que, pour un Ogier, quatre-vingt-dix ans ne représentaient pas plus que son âge à lui. Il y avait longtemps qu'il n'avait pas été en mesure de parler franchement à quelqu'un de ce qui se passait. Toujours la crainte que ce soit un Ami du Ténébreux ou que ce quelqu'un pense que lui en était un. Mat était tellement replié sur lui-même, nourrissant ses craintes de ses propres soupçons, qu'il ne valait rien pour soutenir une conversation. Rand se retrouva en train de raconter à Loial la Nuit de l'Hiver. Pas une vague histoire d'Amis du Ténébreux ; la vérité sur les Trollocs qui avaient enfoncé la porte et sur l'Évanescent chevauchant le long de la Route de la Carrière.

Une partie de lui-même était horrifiée de ce qu'il faisait, mais c'était presque comme s'il était deux personnes, une essayant de tenir sa langue pendant que l'autre ressentait simplement le soulagement de pouvoir enfin tout dire. Le résultat fut qu'il trébucha, bredouilla et passa sans ordre d'un épisode à un autre : Shadar Logoth, la séparation d'avec ses amis dans la nuit, sans savoir s'ils étaient morts ou vifs ; l'Évanescent de Pont-Blanc et Thom périssant pour leur permettre de s'échapper ; l'Évanescent de Baerlon ; les Amis du Ténébreux par la suite, Howal Gode, le garçon qui avait peur d'eux et la femme qui avait tenté de tuer Mat ; le Demi-Homme devant *L'Oie et la Couronne.*

Quand il en vint aux rêves, même la partie de lui-même qui avait envie de parler sentit ses cheveux se hérisser sur sa nuque. Il se mordit la langue en serrant les mâchoires. Respirant fort par le nez, il regarda prudemment l'Ogier, avec l'espoir de le voir croire qu'il avait eu des cauchemars. La Lumière sait que cela ressemblait bien à un cauchemar ou était suffisant pour donner des cauchemars à n'importe qui. Peut-être Loial penserait-il seulement qu'il devenait fou. Peut-être...

« Ta'veren », commenta Loial.

Rand cligna des yeux. « Comment ?

– *Ta'veren.* » Loial se frotta avec un gros doigt derrière son oreille dressée et eut un léger haussement d'épaules. « Haman l'Ancien, disait perpétuellement que je n'écoutais jamais, mais cela m'arrivait quelquefois. De temps en temps, j'écoutais. Vous savez comment se tisse le Dessin, n'est-ce pas ?

– Je n'y ai jamais bien réfléchi, dit-il lentement. Il est comme il est.

– Hum, oui, ma foi. Pas exactement. Vous comprenez, la Roue du Temps tisse le Dessin des Ères, et les fils qu'elle utilise sont nos vies. Il n'est pas immuable, ce Dessin, pas toujours. Si quelqu'un tente de changer la direction de sa vie et que le Dessin en a la place, la Roue continue à tisser en intégrant cette modification. Il y a toujours de la place pour des changements mineurs, mais parfois le Dessin n'accepte pas de transformation importante, quelque effort que l'on fasse. Vous comprenez ? »

Rand hocha la tête. « Je pourrais vivre à la ferme ou au Champ d'Emond, et ce serait une petite altération. Par contre, si je voulais être roi... » Il rit et Loial arbora un sourire qui lui fendit presque la face en deux. Ses dents étaient blanches, et aussi larges que des gouges de sculpteur.

« Oui, c'est cela. Cependant, parfois, c'est le changement qui vous choisit ou la Roue qui le choisit pour vous. Et parfois la Roue courbe un fil de vie, ou plusieurs fils, d'une telle façon que tous les fils environnants sont forcés de tourbillonner autour, et ces fils-là en contraignent d'autres, et ces autres d'autres encore et ainsi de suite. Cette première courbure pour former la Toile, c'est cela le *ta'veren,* et on n'y peut rien changer, jusqu'à ce que le Dessin lui-même change. La Toile – ta'maral'ailen, c'est son nom – peut prendre des semaines ou des années. Elle peut englober une ville ou même l'ensemble du Dessin. Artur Aile-de-Faucon était *ta'veren.* De même, d'ailleurs, Lews Therin Meurtrier-des-Siens, je suppose. » Il eut un gloussement de rire tonitruant. « Haman l'Ancien serait fier de moi. Il discourait toujours sans arrêt d'une voix monotone, alors que les livres sur les voyages étaient beaucoup plus intéressants, mais j'écoutais quand même quelquefois.

– Tout cela est bel et bon, répliqua Rand, mais je ne vois pas en quoi cela me concerne. Je suis un berger, pas un nouvel Artur Aile-de-Faucon. Et Mat ou Perrin non plus. C'est... ridicule.

– Je n'ai pas dit que vous étiez un autre Artur, mais j'ai quasiment senti le Dessin tournoyer rien qu'en vous écoutant relater votre histoire, et je n'ai pas de Talent en la matière. Vous êtes *ta'veren,* c'est certain. Vous et peut-être aussi vos amis. » L'Ogier se tut un instant, frottant pensivement l'arête de son large nez. Il finit par hocher la tête pour lui-même comme s'il avait atteint une décision. « Je désire voyager avec vous, Rand. »

Pendant une minute, Rand resta abasourdi, se demandant s'il avait bien compris. Quand il put parler, il s'exclama : « Avec moi ? N'avez-vous pas entendu ce que j'ai dit concernant... ? » Il jeta soudain un coup d'œil à la porte. Elle était fermée et assez épaisse pour que quiconque essayant d'écouter de l'autre côté n'entende qu'un murmure, même avec l'oreille pressée contre les panneaux de bois. Néanmoins, il continua à voix plus basse : « Concernant ce qui me donne la chasse ? D'ailleurs, je pensais que vous vouliez voir vos arbres.

– Il y a un très beau bosquet à Tar Valon et on m'a dit que les Aes Sedai l'entretiennent avec soin. D'autre part, je n'ai pas envie de voir seulement les bosquets. Peut-être que vous n'êtes pas un nouvel Artur Aile-de-Faucon mais, pour un temps du moins, une partie du monde prendra forme autour de vous, possible aussi qu'il soit en ce moment précis en train de la modeler par rapport à vous. Même Haman l'Ancien voudrait voir cela. »

Rand hésita. Ce serait plaisant d'avoir quelqu'un d'autre avec lui. Étant donné la façon dont Mat se conduisait, être en sa compagnie équivalait quasiment à être seul. L'Ogier était une présence réconfortante. D'accord, il était jeune selon le calcul des âges par les Ogiers, mais il semblait aussi inébranlable qu'un rocher, exactement comme Tam. Et Loial avait voyagé dans tous ces coins et en connaissait d'autres. Il regarda l'Ogier, assis là avec son large visage, l'image de la patience incarnée. Assis là et plus grand assis que la plupart des hommes debout. *Comment cacher quelqu'un qui a presque trois mètres de haut ?* Il soupira et secoua la tête.

« Je ne crois pas que ce soit une bonne idée, Loial. Même si Moiraine nous rejoint ici, nous serons en danger tout le long du chemin jusqu'à Tar Valon. Si elle ne nous trouve pas... » *Alors c'est qu'elle sera morte et tous les autres également. Oh, Egwene.* Il se secoua. Egwene n'était pas morte, et Moiraine les trouverait.

Loial le considéra avec compassion et lui effleura l'épaule. « Je suis sûr que vos amis sont sains et saufs, Rand. »

Rand le remercia d'un signe de tête. Il avait la gorge trop serrée pour prononcer un mot.

« Voulez-vous au moins bavarder avec moi quelquefois ? » Loial poussa un soupir, tel un grondement sourd. « Et peut-être faire une partie de mérelles ? Je n'ai eu personne à qui parler depuis des jours, excepté le bon Maître Gill, et il est occupé la majeure partie du temps. La cuisinière a l'air de le mener à la baguette. Serait-ce elle la vraie propriétaire de l'auberge ?

– Je n'y manquerai pas, c'est entendu. » Sa voix était rauque. Il s'éclaircit la gorge et s'efforça de sourire. « Et si nous nous retrouvons à Tar Valon, vous me montrerez le bosquet de là-bas. » *Ils doivent être sains et saufs. La Lumière veuille qu'ils soient sains et saufs.*

37.

LA LONGUE TRAQUE

Nynaeve, cramponnée aux brides des trois chevaux, scrutait la nuit comme si elle pouvait en quelque sorte percer du regard la pénombre et découvrir l'Aes Sedai et le Lige. Les arbres réduits à l'état de squelettes l'entouraient, rigides et noirs dans le faible clair de lune. Les arbres et la nuit formaient un paravent efficace pour masquer ce que Lan et Moiraine faisaient, ni l'un ni l'autre n'ayant d'ailleurs pris le temps de l'informer de ce que c'était. Un « Gardez les chevaux, qu'ils se tiennent tranquilles » murmuré par Lan, et ils étaient partis, la laissant debout comme un palefrenier. Elle jeta un coup d'œil aux chevaux et poussa un soupir d'exaspération.

Mandarb se fondait dans le noir presque aussi bien que la cape de son maître. La seule raison pour laquelle l'étalon dressé à la guerre la laissait approcher d'aussi près était que Lan lui avait confié lui-même sa bride. Il semblait assez calme à présent, mais elle ne se rappelait que trop bien les lèvres qui s'étaient retroussées silencieusement quand elle avait tendu la main vers sa bride sans attendre l'approbation de Lan. Le silence avait donné à ces dents découvertes une apparence encore plus dangereuse. Après un dernier coup d'œil méfiant à l'étalon, elle se tourna pour sonder des yeux la direction prise par les deux autres, tout en flattant machinalement son propre cheval. Elle eut un sursaut de surprise quand Aldieb poussa sous sa paume des naseaux clairs mais, au bout d'une minute, elle donna aussi une caresse à la jument blanche.

« Pas nécessaire, je suppose, de te pénaliser parce que ta maîtresse est une espèce de glaçon... » Elle s'efforça de nouveau de voir dans l'obscurité. *Qu'est-ce qu'ils fabriquaient ?*

Après avoir quitté Pont-Blanc, ils avaient traversé des bourgs quasiment irréels dans leur normalité, des bourgs où se tenaient des marchés qui paraissaient à Nynaeve sans lien aucun avec un monde qui recelait des Évanescents, des Trollocs et des Aes Sedai. Ils avaient suivi la Route de Caemlyn jusqu'à ce que finalement Moiraine se penche en avant sur la selle d'Aldieb, regardant vers l'est comme si elle était capable de distinguer l'entière longueur du grand chemin, toutes les nombreuses lieues jusqu'à Caemlyn, et discerner aussi ce qui attendait là-bas.

En définitive, l'Aes Sedai avait soupiré profondément et s'était redressée. « La Roue tisse selon Son bon plaisir, murmura-t-elle, mais je ne me résigne pas à croire qu'elle tisse une fin à l'espoir. Je dois m'occuper d'abord de ce dont je puis être certaine. Il en sera comme la Roue le tisse. » Et elle avait tourné sa jument vers le nord, quittant la route pour entrer dans la forêt. Un des garçons se trouvait dans cette direction avec la pièce de monnaie que Moiraine lui avait donnée. Lan suivit.

Nynaeve avait jeté un dernier long regard à la Route de Caemlyn. Peu de gens partageaient la chaussée avec eux à cet endroit, deux chariots à hautes roues et une charrette dans le lointain, une poignée de gens qui allaient à pied en portant leurs affaires sur le dos ou empilées dans des voitures à bras. Quelques-uns de ceux-là admettaient volontiers se rendre à Caemlyn pour voir le faux Dragon, mais la plupart le niaient avec véhémence, en particulier ceux qui étaient venus par Pont-Blanc. À Pont-Blanc, elle avait commencé à croire Moiraine. Jusqu'à un certain point. Davantage, en tout cas. Et cela ne lui donnait pas de réconfort.

Le Lige et l'Aes Sedai avaient presque disparu au milieu des arbres avant qu'elle se mette en devoir de prendre le même chemin qu'eux. Elle s'était hâtée pour les rattraper. Lan regardait fréquemment en arrière et lui faisait signe de les rejoindre, mais il restait à la hauteur de Moiraine, et l'Aes Sedai regardait droit devant elle.

Un soir, après qu'ils avaient quitté la route, la piste invisible s'interrompit. Moiraine, l'imperturbable Moiraine, s'était soudain dressée, les pupilles dilatées, à côté du petit feu sur lequel chauffait la théière. « Elle a disparu, murmura-t-elle à la nuit.

– Il est... ? » Nynaeve fut incapable d'achever sa question. *Ô Lumière. Je ne sais même pas lequel c'est !*

« Il n'est pas mort, avait répliqué avec lenteur l'Aes Sedai, mais il n'a plus le signe de ralliement. » Elle s'était assise, la voix calme et les mains fermes en ôtant la théière d'au-dessus des flammes et en y jetant des pincées de thé. « Au matin, nous continuerons comme avant. Quand j'arriverai assez près, je peux le trouver sans la pièce. »

Tandis que le feu s'effondrait en braises, Lan s'était enroulé dans son manteau et endormi. Nynaeve avait été incapable d'en faire autant. Elle observait l'Aes Sedai. Elle avait les yeux fermés mais se tenait assise bien droite et Nynaeve avait compris qu'elle était éveillée.

Longtemps après que la dernière lueur des braises s'était éteinte, Moiraine avait ouvert les yeux et l'avait regardée. Même dans l'obscurité, elle s'était rendu compte que l'Aes Sedai souriait. « Il a récupéré la pièce, Sagesse. Tout ira bien. » Elle s'était allongée sur ses couvertures avec un soupir et presque aussitôt s'était mise à respirer du souffle égal du sommeil profond. Nynaeve avait eu du mal à l'imiter, en dépit de sa fatigue. Son esprit évoquait le pire en dépit de ses efforts pour l'en empêcher. *Tout ira bien.* Après Pont-Blanc, elle ne pouvait plus se forcer à le croire aussi aisément.

Nynaeve fut tirée brusquement de ses souvenirs et ramenée à la nuit présente ; il y avait réellement une main sur son bras. Réprimant le cri qui lui montait à la gorge, elle chercha à tâtons le poignard à sa ceinture, ses doigts se refermant sur le manche avant qu'elle se rende compte que cette main était celle de Lan.

Le capuchon du Lige était rejeté en arrière, mais son manteau-caméléon se fondait si bien dans la nuit que la vague tache de son visage semblait suspendue dans le noir. La main sur son bras paraissait sortir de nulle part.

Elle aspira une bouffée d'air en frissonnant. Elle s'attendait à ce qu'il commente avec quelle facilité il l'avait approchée par surprise mais, au lieu de cela, il se tourna pour fouiller dans ses fontes. « On a besoin de vous », dit-il en s'agenouillant pour fixer des entraves aux pieds des chevaux.

Dès que les chevaux furent attachés, il se redressa, la saisit par la main et plongea de nouveau dans la nuit. Ses cheveux sombres s'accordaient presque aussi bien que sa cape avec l'obscurité, et il faisait encore moins de bruit que Nynaeve. Laquelle dut admettre à contrecœur qu'elle n'aurait jamais pu le suivre dans le noir sans sa poigne ferme pour la guider. Elle n'était pas sûre, d'ailleurs, de pouvoir se dégager s'il n'avait pas voulu la lâcher ; il avait une très grande force dans les mains.

Comme ils atteignaient le sommet d'une légère élévation, tout juste assez pour justifier d'être appelée colline, il se laissa choir sur un genou, l'attira à côté de lui. Elle mit un moment à voir que Moiraine était là, elle aussi. Immobile, l'Aes Sedai aurait pu passer pour une ombre dans sa cape sombre. Lan désigna du geste au bas de la pente une vaste clairière au milieu du bois.

Nynaeve fronça les sourcils dans la clarté diffuse de la lune, puis comprit soudain et sourit. Ces masses claires indistinctes étaient des tentes alignées en rangées régulières, un campement plongé dans le noir.

« Des Blancs Manteaux, chuchota Lan, deux cents, peut-être davantage. Il y a de l'eau potable là-bas au fond. Et le garçon que nous recherchons.

– Dans le camp ? » Elle devina plus qu'elle ne vit Lan hocher la tête.

« Au milieu. Moiraine peut désigner exactement où il se trouve. Je me suis approché suffisamment pour voir qu'il était sous bonne garde.

– Prisonnier ? dit Nynaeve. Pourquoi ?

– Je ne sais pas. Les Enfants ne devraient pas s'intéresser à un jeune campagnard, pas à moins que quelque chose n'ait éveillé leurs soupçons. La Lumière sait qu'il n'en faut pas beaucoup pour rendre les Blancs Manteaux soupçonneux, néanmoins cela m'inquiète.

– Comment allez-vous le libérer ? » C'est seulement quand il lui jeta un coup d'œil qu'elle eut conscience de sa conviction qu'il pouvait s'avancer au milieu de deux cents hommes et revenir avec le garçon. *En somme, c'est un Lige. Une partie de ce qu'on raconte doit être vraie.*

Elle se demanda s'il se moquait d'elle, mais sa voix était neutre et sérieuse. « Je peux l'en sortir, mais probablement qu'il ne sera pas en forme pour le faire discrètement. Si on nous voit, nous risquons de nous retrouver avec deux cents Blancs Manteaux sur nos talons, et nous à deux par cheval. À moins qu'ils ne soient trop occupés pour nous donner la chasse. Êtes-vous d'accord pour tenter une chance ?

– Pour aider quelqu'un du Champ d'Emond ? Bien sûr ! Quel genre de chance ? »

Il tendit de nouveau la main dans l'obscurité, au-delà des tentes. Cette fois, elle ne distingua que des ombres. « Leurs lignes de piquets. Si les cordes étaient coupées, pas entièrement mais assez pour qu'elles se rompent quand Moiraine créera une diversion, les Blancs Manteaux seront trop occupés à courir après leurs propres chevaux pour se lancer à nos trousses. Il y a deux sentinelles de ce côté du camp, derrière les piquets aux chevaux mais, si vous êtes moitié aussi habile que je le crois, elles ne vous verront pas. »

Elle déglutit avec peine. Pister des lapins est une chose ; par contre, des sentinelles avec des lances et des épées... *Ainsi donc il me croit habile, hein ?* « J'irai. »

Lan hocha de nouveau la tête, comme s'il n'en attendait pas moins. « Encore une chose. Il y a des loups dans les parages, ce soir. J'en ai vu deux et, si j'en ai vu autant, il y en a probablement davantage. » Il marqua un temps et, bien que sa voix n'eût pas changé, Nynaeve eut le sentiment qu'il était déconcerté. « C'était presque comme s'ils voulaient que je les voie. En tout cas, ils vous laisseront tranquille. Les loups se tiennent en général à l'écart des humains.

– Je ne savais pas cela, rétorqua-t-elle d'un ton innocent. Je n'ai grandi que parmi des bergers. » Il émit un grognement et elle sourit dans l'ombre.

« Alors allons-y maintenant », dit-il.

Le sourire de Nynaeve s'effaça quand elle regarda à ses pieds le camp rempli d'hommes armés. Deux cents hommes avec des lances, des épées, des... Sans se laisser le temps de changer d'avis, elle fit jouer sa dague dans son fourreau et commença à s'éloigner en silence. Moiraine lui saisit le bras dans une étreinte presque aussi rude que celle de Lan.

« Soyez prudente, dit à mi-voix l'Aes Sedai. Une fois

que vous aurez entamé les cordes, revenez aussi vite que vous pourrez. Vous appartenez aussi au Dessin et je ne vous aurais pas exposée à courir de risque, pas plus que les autres, si ce n'est que le monde entier est en danger ces temps-ci. »

Nynaeve se frotta subrepticement le bras quand Moiraine le relâcha. Elle n'avait pas l'intention de permettre à l'Aes Sedai de se rendre compte que la prise de ses doigts sur son bras avait été douloureuse, mais Moiraine s'était détournée pour observer de nouveau le camp au-dessous d'eux dès qu'elle l'avait lâchée. Et le Lige n'était plus là, Nynaeve le constata avec un sursaut. Elle ne l'avait pas entendu partir. *Que la Lumière aveugle ce bougre d'homme !* Avec des gestes rapides, elle releva ses jupes, les attacha de manière que ses jambes puissent se mouvoir librement et s'enfonça vivement dans la nuit.

Après cette précipitation première, les branches mortes craquant sous ses pas, elle ralentit, contente qu'il n'y ait là personne pour la voir rougir. L'idée était de se mouvoir en silence et elle n'était pas engagée dans une compétition d'une sorte ou de l'autre avec le Lige. *Oui, vraiment ?*

Elle se secoua pour chasser cette pensée et se concentra sur son cheminement à travers le bois plongé dans la pénombre. Ce n'était pas difficile *a priori*, ni en réalité ; la faible clarté de la lune sur le déclin était plus que suffisante pour quelqu'un qui avait été formé par son père, et le terrain descendait en ondulations amples et peu accentuées. Par contre, les arbres qui découpaient leurs silhouettes dénudées sur le ciel nocturne lui rappelaient constamment qu'il ne s'agissait pas d'un jeu d'enfant, et les lamentations du vent ressemblaient beaucoup trop aux cors des Trollocs. Maintenant qu'elle était seule dans l'obscurité, elle se rappela que les loups qui d'ordinaire fuyaient les humains s'étaient conduits différemment au pays des Deux Rivières, cet hiver.

Le soulagement l'envahit comme une vague de chaleur quand elle capta finalement une odeur de chevaux. Retenant à demi son souffle, elle se jeta à plat ventre et rampa face au vent vers cette odeur.

Elle arriva à la hauteur des gardes avant de les avoir aperçus, émergeant de la nuit dans sa direction, leur cape blanche claquant au vent et luisant presque au clair de lune. Ils auraient aussi bien pu porter des torches ; leur flamme n'aurait pas pu les rendre plus visibles. Elle se figea sur place, s'efforçant de se confondre avec le sol. Presque à sa hauteur, à moins de dix enjambées, ils interrompirent leur marche cadencée et marquèrent le pas par un vigoureux piétinement en face l'un de l'autre, la lance sur l'épaule. Juste derrière eux, elle percevait des ombres qui devaient être les chevaux. L'odeur d'écurie, de cheval et de fumier était puissante.

« La nuit est calme, tout va bien, annonça l'une des formes en cape blanche. Que la Lumière nous illumine et nous protège de l'Ombre.

– La nuit est calme, tout va bien, répliqua l'autre. Que la Lumière nous illumine et nous protège de l'Ombre. »

Sur quoi, ils exécutèrent un demi-tour et s'éloignèrent de nouveau au pas cadencé dans l'obscurité.

Nynaeve attendit, comptant tout bas pendant qu'ils effectuaient par deux fois leur circuit. Pour chaque tournée, ils mirent exactement le même nombre et, à chacune, ils répétèrent strictement la même formule, pas un mot de plus ou de moins. Ni l'un ni l'autre ne jetait le moindre coup d'œil de côté ; ils avançaient les yeux fixés droit devant eux, puis repartaient. Si Nynaeve était restée debout, l'auraient-ils même remarquée, elle se le demanda.

Avant que la nuit ait englouti les tournoiements blancs de leurs capes une troisième fois, elle s'était déjà relevée et courait courbée en deux vers les chevaux. Quand elle arriva à proximité, elle ralentit pour ne pas effrayer les animaux. Les Blancs Manteaux postés en sentinelle ne verraient peut-être pas ce qui ne leur était pas fourré droit sous le nez, mais ils viendraient certainement vérifier ce qui se passait si les chevaux se mettaient subitement à hennir.

Les chevaux alignés à l'attache – il y avait plus d'une rangée – n'étaient que des masses à peine distinctes dans le noir, la tête baissée. De temps en temps, l'un d'eux s'ébrouait ou tapait du pied en dormant. Dans la clarté obscure de la lune, elle faillit heurter le dernier poteau de la rangée avant de le voir. Elle tâtonna à la recherche de la corde et se figea quand le cheval le plus proche releva la tête pour la regarder. Sa longe était passée en une grande boucle autour de la corde, aussi grosse que le pouce, qui s'enroulait autour du poteau. *Un seul hennissement.* Son cœur se mit à battre comme s'il voulait se forcer un passage hors de sa poitrine, avec un bruit qui semblait suffisant pour ameuter les sentinelles.

Sans quitter le cheval des yeux, elle scia la corde, tâtant en avant de sa lame pour se rendre compte de l'épaisseur de torons qu'elle avait coupée. Le cheval secoua la tête et elle sentit son souffle se bloquer. *Rien qu'un hennissement.*

Seuls quelques minces brins de chanvre restaient intacts sous ses doigts. Elle se dirigea avec lenteur vers la rangée suivante, surveillant le cheval jusqu'à ce qu'elle ne puisse plus voir s'il la regardait ou non, et aspira une bouffée d'air en haletant. Si tous se comportaient de cette façon, elle ne tiendrait pas jusqu'au bout.

Toutefois, à la deuxième corde, puis à celle d'après et encore à la suivante, les chevaux continuèrent à dormir, même quand elle se coupa le pouce et étouffa un cri. Suçant la plaie elle jeta un coup d'œil circonspect dans la direction d'où elle était venue. Placée dans le lit du vent comme elle l'était, elle ne pouvait plus entendre les soldats échanger leur formule rituelle, mais eux l'entendraient s'ils se trouvaient au bon endroit. Au cas où ils viendraient s'enquérir de ce qu'était ce bruit, le vent l'empêcherait de percevoir leur approche tant qu'ils ne lui tomberaient pas dessus. *C'est le moment de battre en retraite. Avec quatre chevaux sur cinq partis à la débandade, ils ne pourchasseront personne.*

Mais elle ne bougea pas. Elle imaginait l'expression de Lan quand il apprendrait ce qu'elle avait fait. Ses yeux ne contiendraient pas d'accusation ; son raisonnement était solide, et Lan n'en attendrait pas davantage d'elle. Elle était une Sagesse, pas un bougre de grandissime Lige invincible capable de se rendre presque invisible. Serrant les dents, elle se dirigea vers la dernière rangée de chevaux. Le premier était Béla.

Impossible de se méprendre sur cette forme trapue et hirsute ; qu'existe un autre cheval semblable, à cet endroit et à ce moment, aurait été une trop forte coïncidence. Elle fut subitement si heureuse de ne pas avoir laissé de côté cette dernière rangée qu'elle en fut littéralement secouée. Ses bras et ses jambes tremblaient tellement qu'elle avait peur de toucher à la corde, mais son esprit était aussi clair que l'Eau de la Source du Vin. Quel que soit celui des garçons retenu au camp, Egwene s'y trouvait aussi. Et s'en aller avec un cheval portant deux personnes, c'était se vouer à être rattrapés par des Enfants en dépit de l'éparpillement de leurs propres montures, et il y aurait des morts parmi eux. Elle en était aussi sûre que si elle l'avait appris en écoutant le vent. En réaction, une pointe de peur lui transperça le ventre, la peur de la façon dont lui venait cette certitude. Une certitude qui n'avait rien à voir avec le temps qu'il fait, les récoltes ou la maladie. *Pourquoi Moiraine m'a-t-elle dit que je savais utiliser le Pouvoir Unique? Pourquoi ne m'a-t-elle pas laissée en paix?*

Chose curieuse, cette peur calma son tremblement. Avec des mains aussi fermes que lorsqu'elle broyait des herbes dans sa propre maison, elle entailla la corde d'attache comme elle l'avait fait pour les autres. Renfonçant son poignard au fourreau, elle détacha la bride de Béla. La jument aux longs poils s'éveilla en sursaut et secoua la tête, mais Nynaeve lui caressa les naseaux en murmurant des paroles rassurantes à son oreille. Béla renifla tout bas et parut satisfaite.

D'autres chevaux de cette rangée étaient éveillés aussi et la regardaient. Se rappelant Mandarb, elle tendit une main peu rassurée vers la bride suivante, mais ce cheval-là ne rejetait pas les mains inconnues. En vérité, il semblait quêter sa part des caresses reçues par Béla sur le nez. Elle agrippa fermement la bride de Béla et enroula la deuxième bride autour de son autre poignet, tout en surveillant le camp avec nervosité. Les tentes blanches n'étaient qu'à trente mètres de là, et elle voyait des hommes qui se déplaçaient entre elles. S'ils remarquaient de l'agitation parmi les chevaux et venaient s'enquérir de ce qui la causait...

Elle souhaita désespérément que Moiraine n'attende pas son retour. Quoi que s'apprête à faire l'Aes Sedai, qu'elle le fasse maintenant. *Ô Lumière, incite-la à le faire maintenant, avant que...*

Brusquement, un éclair fendit la nuit au-dessus de sa tête, supprimant pour un instant l'obscurité. Le tonnerre lui heurta les tympans si fort qu'elle crut que ses genoux allaient céder sous elle, tandis qu'un trident irrégulier s'enfonçait dans le sol juste derrière les chevaux, projetant de la terre et des cailloux comme une fontaine. Le craquement du sol éclaté lutta de pair avec le fracas de la foudre. Les chevaux s'affolèrent, hurlèrent et se cabrèrent ; les cordes d'attache se rompirent comme des bouts de fil à l'endroit où elle les avait entaillées. Un autre éclair fendit l'air avant que l'image du premier soit dissipée.

Nynaeve était trop occupée pour exulter. Au premier coup de tonnerre, Béla s'était jetée d'un côté tandis que l'autre cheval s'était cabré en reculant dans la direction opposée. Elle crut ses bras en train de se désarticuler. Pendant un instant interminable, elle resta suspendue entre les chevaux, les pieds au-dessus du sol, son cri de douleur étouffé par le deuxième coup de tonnerre. De nouveau, un éclair s'abattit auquel succéda un nouvel éclair, puis un autre et un autre encore, dans un grondement rageur continuel des cieux. Contrecarrés dans leur désir d'aller dans une direction, les chevaux se rejetèrent vers leur première position, laissant Nynaeve retomber par terre. Elle aurait aimé s'accroupir et masser ses épaules douloureuses, mais le temps manquait. Béla et l'autre cheval, qui roulaient les yeux en tous sens au point de ne plus montrer que le blanc, la bousculèrent, la menaçant de la renverser et de la piétiner. Elle réussit tant bien que mal à lever les bras, crocha les mains dans la crinière de Béla, se hissa sur le dos bondissant de la jument. L'autre bride était toujours autour de son poignet, enfoncée dans la chair.

Elle fut stupéfaite quand une longue ombre grise passa près d'elle en grondant, apparemment sans se préoccuper ni d'elle ni des chevaux qui étaient avec elle, mais avec des dents qui claquaient à l'adresse des animaux affolés se dispersant maintenant aux quatre coins du pays. Une deuxième ombre de mort la suivit de près. Nynaeve eut envie de crier de nouveau, mais aucun son ne sortit. *Des loups ! Que la Lumière nous vienne en aide ! Que fait donc Moiraine ?*

Les coups de talon qu'elle donna dans les flancs de Béla n'étaient pas nécessaires. La jument partit au galop et l'autre cheval fut trop heureux de la suivre. Vers n'importe où, pour autant qu'ils pouvaient courir, pour autant qu'ils pouvaient échapper au feu du ciel qui tuait la nuit.

38.

DÉLIVRANCE

Perrin voulut changer de position autant que faire se pouvait avec ses poignets attachés dans le dos et finit par y renoncer en soupirant. Chaque caillou qu'il évitait le rejetait sur deux autres. La nuit était froide, et le sol semblait soutirer toute la chaleur de son corps, comme d'habitude depuis que les Blancs Manteaux s'étaient emparés d'eux. Les Enfants ne pensaient pas que des prisonniers ont besoin de couvertures, ou d'abri. Surtout les dangereux Amis du Ténébreux.

Egwene était blottie contre son dos pour se réchauffer, dormant du sommeil profond de l'épuisement. Elle n'émit même pas un murmure quand il remua. Le soleil était encore à de nombreuses heures au-dessous de l'horizon, et il avait mal partout après une journée de marche derrière un cheval avec un licol autour du cou, mais le sommeil le fuyait.

Ce n'est pas que la colonne avançait rapidement. Avec la plupart de leurs chevaux de remonte perdus dans le *stedding* à cause des loups, les Blancs Manteaux n'avaient pas les moyens de gagner le Sud aussi vite qu'ils le souhaitaient ; ce retard était un autre de leurs griefs à l'égard des jeunes du Champ d'Emond. La sinueuse colonne par deux progressait régulièrement, pourtant – le Seigneur Bornhald entendait atteindre Caemlyn à temps pour une raison quelconque – et toujours à l'arrière-plan des pensées de Perrin il y avait la crainte que, s'il tombait, le Blanc Manteau tenant sa corde ne s'arrêterait pas, en dépit des ordres du Seigneur Bornhald de les garder vivants pour les Inquisiteurs d'Amador. Il savait qu'il serait incapable de se relever si cela se produisait; les seules fois où on lui libérait les mains était quand on lui donnait à manger et le conduisait aux latrines. Le licou rendait chaque pas chargé d'importance, chaque pierre sous son pied porteuse d'un risque fatal. Il marchait les muscles crispés, examinant le sol avec angoisse. S'il tournait la tête vers Egwene, il la voyait agir de même. Quand leurs regards se croisaient, elle avait le visage tendu et effrayé. Aucun d'eux n'osait quitter le sol des yeux plus longtemps que pour un bref coup d'œil.

D'ordinaire, il s'effondrait comme une serpillière essorée dès que les Blancs Manteaux le laissaient s'arrêter mais, ce soir, son esprit réfléchissait à toute vitesse. Une appréhension qui avait grandi depuis des jours lui donnait la chair de poule. S'il fermait les paupières, il ne voyait que les choses promises par Byar une fois qu'ils auraient atteint Amador.

Il était sûr qu'Egwene ne croyait toujours pas ce que Byar leur avait dit de cette voix sans inflexion. Si c'était le cas, elle n'aurait pas pu dormir, quelque lasse qu'elle fût. Au début, lui non plus n'avait pas cru Byar. Il ne le voulait toujours pas; on ne fait tout bonnement pas des choses pareilles à ses semblables. Mais Byar ne proférait pas réellement de menaces; comme s'il s'agissait de boire un verre d'eau, il parlait de fers et de pinces portés au rouge, de couteaux à écorcher la peau et d'aiguilles qu'on enfonçait. Il ne semblait pas vouloir les terrifier. Pas même une lueur d'exultation méchante ne luisait dans ses yeux. Il se moquait éperdument qu'ils soient affolés ou non, torturés ou non, vivants ou non. Voilà ce qui avait couvert de sueur froide la figure de Perrin quand il l'eut compris. Voilà ce qui l'avait finalement convaincu que Byar disait simplement la vérité.

Les capes des deux sentinelles avaient un reflet grisâtre dans le faible clair de lune. Il ne distinguait pas leurs visages, mais il savait qu'elles les surveillaient. Comme s'ils pouvaient tenter quoi que ce soit, pieds et poings liés comme ils l'étaient. Du moment où restait encore assez de clarté pour voir, il se rappelait le dégoût dans leurs yeux et leur air pincé, comme si ces hommes avaient été désignés pour garder des monstres immondes, puants et répugnants à regarder. Tous les Blancs Manteaux les considéraient de cette façon.

C'était immanquable. *Ô Lumière, comment leur faire comprendre que nous ne sommes pas des Amis du Ténébreux alors qu'ils sont déjà convaincus que nous en sommes ?* Son estomac se crispa dans une nausée. À la fin, il avouerait probablement n'importe quoi pour que les Inquisiteurs s'arrêtent.

Quelqu'un approchait, un Blanc Manteau portant une lanterne. L'homme s'arrêta pour parler aux sentinelles, qui répondirent respectueusement. Perrin ne pouvait pas entendre ce qui se disait, mais il reconnut la grande forme maigre.

Il ferma à moitié les paupières quand la lanterne fut approchée de sa figure. Byar tenait la hache de Perrin dans son autre main ; il s'était approprié l'arme. Du moins Perrin ne le voyait-il jamais sans elle.

« Réveillez-vous », dit Byar d'un ton impassible, comme s'il pensait que Perrin dormait la tête dressée. Il accompagna l'injonction d'un violent coup dans les côtes.

Perrin poussa un grognement entre ses dents serrées. Ses flancs étaient déjà des masses de bleus dus aux bottes de Byar.

« J'ai dit : réveillez-vous. » Le pied se balança de nouveau en arrière et Perrin se hâta de parler.

« Je suis éveillé. » Il fallait répondre à ce que disait Byar, sinon il trouvait des moyens d'obtenir votre attention. Byar posa la lanterne par terre et se pencha pour vérifier ses liens. L'homme secoua brutalement ses poignets, lui tordant les bras à les déboîter. Trouvant ces nœuds aussi serrés qu'il les avait laissés, Byar tira sur la corde de ses chevilles, lui faisant racler le sol rocailleux. Il avait l'air trop squelettique pour avoir de la force, mais Perrin aurait aussi bien pu être un enfant. Telle était la routine nocturne.

Comme Byar se redressait, Perrin vit qu'Egwene dormait encore. « Réveille-toi ! cria-t-il. Egwene ! Réveille-toi !

– Que... ? Quoi ? » La voix d'Egwene était apeurée et encore empâtée de sommeil. Elle leva la tête, cillant dans la clarté de la lanterne.

Byar ne trahit aucune déception de ne pas pouvoir la bourrer de coups de pied pour la réveiller ; il n'en témoignait jamais. Il se contenta d'imprimer des saccades à ses liens comme pour ceux de Perrin, sans se soucier de ses gémissements. Causer de la souffrance était encore une de ces choses qui ne paraissaient l'affecter ni dans un sens ni dans l'autre ; Perrin était le seul qu'il cherchait volontairement à brutaliser. Même si Perrin ne parvenait pas à s'en souvenir, Byar se rappelait qu'il avait tué deux des Enfants.

« Pourquoi des Amis des Ténèbres dormiraient-ils, dit Byar d'un ton uni, alors que des hommes de bien doivent demeurer éveillés pour les garder ?

– Oh, cela fait cent fois qu'on vous le dit, répliqua Egwene avec lassitude, nous ne sommes pas des Amis du Ténébreux. »

Perrin se raidit. Parfois, un démenti de ce genre suscitait un sermon débité d'un ton grinçant quasi monotone sur la confession et le repentir, introduisant une description des méthodes utilisées par les Inquisiteurs pour les obtenir. Parfois, il suscitait mercuriale ET coups de pied. À sa surprise, ce soir-là, Byar laissa passer.

À la place, il s'accroupit devant lui, tout angles et creux hâves, la hache en travers des genoux. Le soleil d'or sur le côté gauche de sa cape et les deux étoiles dorées au-dessous étincelaient dans la lumière de la lanterne. Enlevant son casque, il le posa à côté de celle-ci. Pour changer, son visage exprimait autre chose que du dédain ou de la haine, quelque chose de déterminé et d'indéchiffrable. Il reposa ses bras sur le manche de la hache et examina Perrin en silence. Perrin s'efforça de ne pas broncher sous le regard de ces yeux caves.

« Vous nous retardez, Ami du Ténébreux, vous et vos loups. Le Conseil des Oints en a eu connaissance et il veut en savoir davantage, il faut donc vous conduire à Amador et vous remettre aux Inquisiteurs, mais vous nous ralentissez. J'avais espéré que nous avancerions assez vite, même sans nos chevaux de remonte, mais je me suis trompé. » Il se tut, les sourcils froncés en les regardant.

Perrin attendit ; Byar s'expliquerait quand il serait prêt.

« Le Seigneur Capitaine est pris dans un dilemme, finit-il par dire. À cause des loups, il doit vous présenter au Conseil, mais il doit aussi arriver à Caemlyn. Nous n'avons pas de chevaux de reste pour vous transporter mais, si nous continuons à vous laisser marcher, nous n'atteindrons pas Caemlyn à la date convenue. Le Seigneur Capitaine a de ses devoirs une vision rigide et il se propose de vous amener devant le Conseil. »

Egwene émit un son. Byar dévisageait Perrin et Perrin lui rendit son regard soutenu, redoutant presque de cligner des paupières. « Je ne comprends pas, dit-il lentement.

– Il n'y a rien à comprendre, répliqua Byar. Seulement une conjecture qui vient à l'esprit. Admettons que vous vous évadiez, nous n'aurions pas le temps de vous poursuivre. Nous n'avons pas une minute à perdre si nous devons être à Caemlyn comme prévu. Supposons que vous usiez vos cordes sur une pierre tranchante, par exemple, et disparaissiez dans la nuit, le problème du Seigneur Capitaine serait résolu. » Sans détourner une seconde son regard de Perrin, il fouilla sous sa cape et jeta quelque chose sur le sol.

Les yeux de Perrin suivirent automatiquement sa trajectoire. Quand il comprit ce que c'était, il eut le souffle coupé. Une pierre. Une pierre fendue avec une arête vive.

« Une simple hypothèse en l'air, reprit Byar. Ce soir, vos gardes aussi sont plongés dans des conjectures. »

La bouche de Perrin se dessécha brusquement. *Réfléchis à fond ! Que la Lumière me vienne en aide, réfléchis bien et ne commets pas d'erreur !*

Pouvait-ce être vrai ? La nécessité où étaient les Blancs Manteaux d'arriver à Caemlyn était-elle assez importante pour cela ? Laisser s'échapper des gens suspectés d'être des Amis du Ténébreux ? Inutile d'explorer cette voie ; il n'en connaissait pas assez. Byar était le seul Blanc Manteau qui leur parlait, à part le Seigneur Capitaine Bornhald, et ni l'un ni l'autre n'était précisément prodigue de renseignements. Autre solution. Si Byar voulait qu'ils s'évadent, pourquoi ne pas simplement couper leurs entraves ? Si Byar voulait qu'ils... s'échappent ? Byar, qui était convaincu jusqu'à la moelle de ses os qu'ils étaient des Amis du Ténébreux. Byar qui haïssait les Amis du Ténébreux encore plus que le Ténébreux même. Byar, qui cherchait le moindre prétexte pour se livrer sur lui à des brutalités parce qu'il avait tué deux Blancs Manteaux. *Byar* voulait qu'ils s'évadent ?

Si son cerveau lui avait paru travailler avec rapidité, maintenant il brassait les idées avec l'élan d'une avalanche. En dépit du froid, la sueur ruisselait sur la figure de Perrin. Il jeta un coup d'œil aux sentinelles. Elles n'étaient que des ombres gris clair, mais il eut l'impression qu'elles attendaient, prêtes à bondir. Si Egwene et lui étaient tués lors d'une tentative de fuite et que leurs cordes aient été cisaillées par une pierre qui aurait pu se trouver là par hasard... Le dilemme du Seigneur Capitaine serait effectivement résolu. Et Byar les aurait morts, comme il le souhaitait.

L'homme hâve ramassa son heaume posé à côté de la lampe et s'apprêta à se lever.

« Attendez », dit Perrin d'une voix enrouée. Ses pensées se bousculaient tandis qu'il cherchait vainement un moyen de s'en sortir. « Attendez, je voudrais parler. Je... »

Les secours arrivent !

Cette pensée s'épanouit dans son esprit, jaillissement de lumière pure au milieu du chaos, tellement surprenante que pendant un moment il oublia tout le reste, et même où il se trouvait. Pommelée était vivante. *Élyas,* il formula le nom à l'adresse de la louve, réclamant sans parole de savoir si Élyas était encore vivant. Une image vint en retour. Élyas, couché sur un lit de branchages aux feuilles persistantes à côté d'un petit feu dans une grotte, soignant une blessure qu'il avait au côté. Tout cela ne dura qu'une seconde. Il regarda Byar la bouche entrouverte et son visage s'épanouit dans un sourire puéril. Élyas était vivant. Pommelée était vivante. Les secours arrivaient.

Byar s'arrêta dans son mouvement pour se redresser et, seulement encore à demi accroupi, le dévisagea. « Une pensée vous est venue, Perrin des Deux Rivières, et je veux savoir ce que c'est. »

Perrin crut un instant qu'il parlait de la pensée provenant de Pommelée. Une expression de panique passa sur son visage, suivie par du soulagement. Byar ne pouvait en aucune façon être au courant.

Byar observait ces changements d'expression et, pour la première fois, les yeux du Blanc Manteau se portèrent vers la pierre qu'il avait jetée par terre.

Il était en train de reconsidérer sa décision, Perrin s'en rendit compte. S'il changeait d'avis à propos de la pierre, oserait-il courir le risque de les laisser vivants pour parler ? Des cordes pouvaient être usées après que les gens qu'elles liaient étaient morts, même si cela comportait le danger d'être découvert. Il plongea ses yeux dans ceux de Byar – les creux emplis d'ombre des orbites de cet homme lui donnaient l'apparence de le regarder du fond de cavernes sombres – et il y lut leur condamnation à mort.

Byar ouvrit la bouche et, alors que Perrin attendait le prononcé de la sentence, des choses commencèrent à se produire trop vite pour qu'il se rende compte de ce qui se passait.

Une des sentinelles disparut subitement. Une minute, il y avait deux formes indistinctes, la suivante l'obscurité en avait englouti une. L'autre sentinelle se retourna, un cri se formant sur ses lèvres mais, avant que la première syllabe sorte, il y eut un grand *tchunk* et la sentinelle tomba comme un arbre coupé.

Byar pivota sur lui-même, rapide comme une vipère prête à mordre, la hache tournoyant si vite entre ses mains qu'elle chanta. Les yeux de Perrin s'exorbitèrent en voyant la nuit apparemment avaler la clarté de la lanterne. Sa bouche s'ouvrit pour crier, mais sa gorge était scellée par la peur. Pendant un instant, il oublia même que Byar voulait les tuer. Le Blanc Manteau était un être humain comme eux, et la nuit s'était éveillée pour s'emparer d'eux tous.

Puis cette obscurité absorbant la clarté devint Lan, son manteau prenant au rythme de ses mouvements des nuances de gris et de noir. La hache dans les mains de Byar s'abattit comme la foudre... et Lan donna l'impression de s'écarter légèrement, laissant la lame filer si près qu'il avait dû en sentir le vent. Les yeux de Byar se dilatèrent, car la force de son coup l'avait déséquilibré et le Lige le frappa des poings et des pieds dans une vive succession, si preste que Perrin n'aurait juré de rien de ce qu'il avait vu. Ce dont il était sûr, c'est que Byar s'effondra comme une marionnette. Avant que le Blanc Manteau ait fini de s'affaler sur le sol, le Lige se jeta à genoux pour éteindre la lanterne.

Dans le soudain retour à l'obscurité, Perrin ouvrit de grands yeux aveugles. Lan semblait être devenu de nouveau invisible.

« Est-ce réellement... ? » Egwene étouffa un sanglot. « Nous pensions que vous étiez morts. Nous vous croyions tous morts.

– Pas encore. » Le chuchotement grave du Lige se teintait d'amusement.

Des mains tâtèrent Perrin, trouvèrent ses liens. Un poignard trancha les cordes avec à peine une légère secousse, et il se retrouva libre. Ses muscles douloureux protestèrent quand il se redressa sur son séant. Tout en se massant les poignets, il examina la masse grisâtre qui était Byar. « Est-ce que vous... ? Est-il... ?

– Non, répondit la voix calme de Lan dans la pénombre. Je ne tue que si j'en ai l'intention. Par contre, il ne tourmentera plus personne pendant un moment. Assez de questions, occupez-vous plutôt de prendre deux manteaux. Nous n'avons pas beaucoup de temps. »

Perrin rampa jusqu'à Byar. Cela lui fut un effort de le toucher et quand il sentit la poitrine du Blanc Manteau se soulever et s'abaisser, il faillit rejeter ses mains en arrière. Il avait la chair de poule en se forçant à détacher la cape blanche et en la dégageant. En dépit de ce qu'avait dit Lan, il voyait en imagination l'homme au visage pareil à une tête de mort se redresser subitement. Il tâtonna hâtivement par terre jusqu'à ce qu'il retrouve sa hache, puis rampa vers une des sentinelles. Il trouva étrange, d'abord, de ne pas ressentir de répugnance à toucher cet homme inconscient, mais il en comprit la raison. Tous les Blancs Manteaux le haïssaient, mais c'était une réaction humaine. Byar n'éprouvait rien, en dehors de la certitude que Perrin devait mourir ; il n'y avait pas de haine là-dedans, aucune émotion.

Rassemblant les deux capes dans ses bras, il se retourna et la panique l'étreignit. Dans le noir, il avait subitement perdu le sens de l'orientation, il ne savait plus comment rejoindre Lan et les autres. Ses pieds se collèrent au sol, par la peur de bouger. Même Byar, sans sa cape blanche, était caché par la nuit. Il n'avait aucun repère pour se diriger. De quelque côté qu'il aille, il risquait de pénétrer dans le camp.

« Par ici. »

Il trébucha vers le chuchotement de Lan jusqu'à ce que des mains l'arrêtent. Egwene était une ombre indistincte, et la figure de Lan une masse confuse ; le reste du Lige paraissait ne pas être là du tout. Il avait conscience du poids de leurs regards sur lui et il se demanda s'il ne leur devait pas une explication.

« Mettez les capes, dit tout bas Lan. Vite. Roulez la vôtre en ballot. Et ne faites pas de bruit. Vous n'êtes pas encore sortis d'affaire. »

Perrin se dépêcha de passer une des capes à Egwene, soulagé que lui soit épargné d'avoir à parler de sa panique. Il plia son manteau en paquet pour le porter et jeta la cape blanche sur ses épaules. Quand elle retomba en place, il sentit un picotement entre ses omoplates, un élancement d'inquiétude. Était-ce la cape de Byar qui lui était échue ? Il eut presque l'impression de sentir dessus l'odeur de l'homme maigre.

Lan leur dit de se tenir par la main, et Perrin serra sa hache dans une main et la main d'Egwene dans l'autre, en souhaitant que le Lige en termine avec leur évasion pour qu'il puisse empêcher son imagination de battre la campagne. Cependant ils restaient là, entourés par les tentes des Enfants, deux formes en cape blanche et une autre qu'on devinait mais ne voyait pas.

« Bientôt, chuchota Lan. Très bientôt. »

Un éclair troua la nuit au-dessus du camp, si proche que Perrin sentit les poils sur ses bras et les cheveux sur sa tête se hérisser quand la foudre se déchaîna dans l'air. Juste au-delà des tentes, la terre entra en éruption sous le coup, l'explosion du sol se mêlant à celle du ciel. Lan les entraîna avant que la clarté se dissipe.

À leur premier pas, un autre éclair fendit la pénombre. Les éclairs se succédaient comme de la grêle, de sorte que la nuit clignotait et qu'on aurait dit que l'obscurité se manifestait par brefs éclats. Le tonnerre tambourinait sauvagement, un roulement englouti par le roulement d'après, chaque coup s'enchaînant avec le suivant, dans une série de retentissements continus. Des chevaux affolés hurlaient, leurs hennissements noyés sauf par moments quand le bruit du tonnerre s'estompait. Des hommes jaillissaient de leurs tentes, d'autres encore se précipitant dans tous les sens, d'autres figés comme paralysés.

Et pendant ce temps, Lan les emmenait au pas gymnastique, Perrin à l'arrière-garde. Des Blancs Manteaux les regardèrent, les yeux écarquillés, quand ils passèrent. Un petit nombre crièrent quelque chose, leurs paroles étouffées sous le martèlement venant des cieux mais, avec leurs capes blanches serrées autour d'eux, personne n'essaya de les arrêter. Ils avancèrent entre les tentes, sortirent du camp, plongèrent dans la nuit et nul ne leva la main contre eux.

Le sol devint inégal sous les pieds de Perrin, et des broussailles le fouettèrent tandis qu'il se laissait entraîner. Les éclairs scintillèrent par à-coups puis disparurent. Les échos du tonnerre qui grondait dans les nues au-dessus d'eux s'apaisèrent aussi peu à peu. Perrin regarda par-dessus son épaule. Quelques incendies brûlaient là-bas, parmi les tentes. La foudre avait dû en allumer, ou peut-être des hommes avaient-ils renversé des lampes dans leur affolement. Des hommes criaient toujours, leurs voix toutes faibles dans la nuit, essayant de rétablir l'ordre, de découvrir ce qui s'était produit. Le terrain commença à monter et les tentes, incendies et clameurs se perdirent derrière eux.

Soudain, il faillit marcher sur les talons d'Egwene. Lan s'était arrêté. Devant eux, dans le clair de lune, il y avait trois chevaux.

Une ombre bougea et la voix de Moiraine résonna, chargée d'irritation. « Nynaeve n'est pas de retour. Je crains que cette jeune femme n'ait fait quelque sottise. » Lan vira sur ses talons comme pour repartir par le chemin d'où ils venaient, mais un seul mot prononcé par Moiraine claqua tel un coup de fouet et l'immobilisa. « Non ! » Il resta à la regarder de côté, seuls son visage et ses mains visibles, et encore des masses sombres à peine distinctes. Elle continua sur un ton plus doux ; plus doux mais non moins ferme. « Certaines choses sont plus importantes que d'autres. Tu le sais. » Le Lige ne bougea pas, et sa voix se durcit de nouveau. « Rappelle-toi tes serments, al'Lan Mandragoran, Seigneur des Sept Tours ! Que vaut donc le serment d'un Seigneur de Guerre ceint du diadème des Malkieri ? »

Perrin cilla. Lan était tout cela ? Egwene dit quelque chose tout bas, mais il était incapable d'arracher ses yeux du tableau devant lui, Lan figé comme un loup de la meute de Pommelée, un loup qui cherchait en vain à échapper à son destin, acculé devant la toute petite Aes Sedai.

La scène immobile fut soudain interrompue par un craquement de branches brisées. En deux longues enjambées, Lan s'interposa entre Moiraine et le bruit, le clair de lune diffus ondoyant le long de son épée. Dans un crépitement de broussailles brisées, deux chevaux surgirent d'entre les arbres, l'un avec un cavalier.

« Béla ! » s'exclama Egwene en même temps que Nynaeve disait du haut de la jument velue : « J'ai bien failli ne pas vous retrouver. Egwene ! Grâces en soient rendues à la Lumière, tu es vivante ! »

Elle se laissa glisser à bas de la jument mais, comme elle se dirigeait vers les jeunes gens du Champ d'Emond, Lan l'attrapa par le bras et elle s'arrêta net, levant vers lui des yeux interrogateurs.

« Il faut que nous partions, Lan », dit Moiraine, encore une fois sereine, et le Lige desserra les doigts.

Nynaeve se frotta le bras en courant à Egwene pour l'étreindre, cependant Perrin eut l'impression de l'entendre aussi rire tout bas. Cela l'intrigua parce qu'il ne pensait pas que cela avait un rapport avec sa joie de les revoir.

« Où sont Rand et Mat ? demanda-t-il.

– Ailleurs », répliqua Moiraine, et Nynaeve marmotta d'une voix sèche quelque chose qui coupa le souffle d'Egwene. Perrin cligna des paupières ; il avait capté la consonance d'un juron de charretier, un juron des plus grossiers. « La Lumière veuille qu'ils soient sains et saufs, poursuivit l'Aes Sedai comme si elle n'avait rien remarqué.

– Aucun de nous ne restera sain et sauf si les Blancs Manteaux nous trouvent, dit Lan. Changez de cape et montez à cheval. »

Perrin se hissa sur le cheval que Nynaeve avait amené derrière Béla. L'absence de selle ne le gênait pas ; chez lui, il n'allait pas souvent à cheval et quand il le faisait c'était le plus souvent à cru. Il transportait toujours le manteau blanc, à présent roulé et attaché à sa ceinture. Le Lige avait dit qu'ils devaient laisser le moins d'indices possible aux Enfants. Il avait toujours l'impression que ce manteau gardait l'odeur de Byar.

Comme ils se mettaient en route, le Lige prenant la tête sur son grand étalon noir, Perrin sentit de nouveau le contact s'établir dans son esprit avec Pommelée. *Un de ces jours.* Plus une sensation que des mots, une sorte de soupir chargé de la promesse d'une réunion préordonnée, d'anticipation concernant ce qui adviendrait, de résignation concernant ce qui devait être, tout en couches entremêlées. Il tenta de demander quand et pourquoi, gauchement dans sa hâte et sa peur soudaine. La trace des loups faiblit, s'estompa. Ses questions fébriles n'attirèrent que la même réponse oppressante. *Un de ces jours.* Elle hanta son esprit longtemps après que la présence des loups eut disparu de sa conscience.

Lan menait vers le sud un train lent mais soutenu. La campagne déserte, toute en ondulations de terrain et broussailles invisibles jusqu'à ce qu'on arrive dessus, en masses d'arbres pleins d'ombres masquant le ciel, ne permettait d'ailleurs pas d'aller vite. Par deux fois, le Lige les quitta, retournant vers le mince croissant de lune ; lui et Mandarb se fondirent dans la nuit. Les deux fois, il revint en disant que rien n'indiquait qu'on les poursuive.

Egwene restait près de Nynaeve. Des bribes de conversation animée à voix basse flottaient jusqu'à Perrin. Ces deux-là étaient aussi excitées que si elles se retrouvaient à la maison. Il traîna en queue de leur petite colonne. De temps en temps, la Sagesse se retournait sur sa selle pour le regarder et, chaque fois, il lui adressait un signe de la main, comme pour dire qu'il allait bien, et resta où il était. Il avait amplement matière à réflexion, encore qu'incapable de mettre de l'ordre dans ses idées. *Qu'est-ce qui allait se passer? Qu'est-ce qui* DEVAIT *se passer?*

Perrin estima l'aube pas très éloignée quand Moiraine finalement ordonna la halte. Lan dénicha un ravin où il pouvait préparer un feu dissimulé au fond d'un creux dans une des parois du ravin.

Ils eurent enfin la possibilité de se débarrasser des capes blanches, qu'ils enterrèrent dans un trou aménagé près du feu. Comme il s'apprêtait à y jeter la cape qu'il avait portée, le soleil d'or brodé sur la poitrine attira son attention, de même que les deux étoiles d'or au-dessous. Il laissa choir la cape comme si elle l'avait piqué et s'éloigna en s'essuyant les mains sur sa tunique pour s'asseoir à l'écart.

« Maintenant, dit Egwene tandis que Lan comblait le trou avec des pelletées de terre, quelqu'un va-t-il me dire où sont Rand et Mat ?

– Je crois qu'ils sont à Caemlyn, répliqua Moiraine avec circonspection, ou en route pour y arriver. » Nynaeve émit un grognement audible et dénigreur, mais l'Aes Sedai continua comme si elle n'avait pas été interrompue. « Au cas où ils n'y seraient pas, je les trouverais néanmoins. Cela, Je vous le promets. »

Ils mangèrent en silence du pain et du fromage en buvant du thé brûlant. Même l'enthousiasme d'Egwene céda à la fatigue. La Sagesse sortit de son sac un onguent pour les marques que les cordes avaient imprimées sur les poignets d'Egwene, et un onguent différent pour ses autres meurtrissures. Quand elle arriva là où Perrin était assis, à la lisière de la clarté du feu, il ne leva pas la tête.

Elle le considéra en silence pendant un instant, puis s'accroupit avec son sac à côté d'elle en disant rondement : « Enlève ton bliaud et ta chemise, Perrin. On me dit qu'un des Blancs Manteaux t'avait pris en grippe. »

Il obéit avec lenteur, encore à demi absorbé par le message de Pommelée, jusqu'à ce que Nynaeve ait un hoquet de surprise. Étonné, il la regarda puis regarda sa poitrine nue. Elle était une masse de couleurs, les taches pourpres les plus récentes chevauchant d'autres anciennes qui avaient viré au brun et au jaune. Seules les épaisses masses de muscles formées par des heures à la forge de Maître Luhhan l'avaient préservé d'avoir des côtes cassées. L'esprit préoccupé par les loups, il avait réussi à oublier la douleur, mais elle lui était rappelée maintenant et elle se fit sentir sans barguigner. Il aspira un grand coup involontairement et crispa les lèvres sur un gémissement.

« Comment a-t-il pu te détester à ce point ? » questionna Nynaeve avec incrédulité.

J'ai tué deux hommes. À haute voix, il répliqua : « Je ne sais pas. »

Elle fouilla dans son sac et il tressaillit quand elle commença à étaler un baume gras sur ses meurtrissures. « Du lierre rampant, de la quintefeuille et de la racine de balsamor », expliqua-t-elle.

C'était à la fois chaud et froid, il frissonna en même temps qu'il se couvrait de transpiration, mais il ne protesta pas. Il avait déjà eu l'expérience des pommades et cataplasmes de Nynaeve. Tandis que les doigts de celle-ci faisaient doucement pénétrer la mixture, la chaleur et le froid disparurent, emportant la douleur avec eux. Les marques violet pourpre tournèrent au brun, les brunes et les jaunes pâlirent, quelques-unes disparurent complètement. Se risquant à un essai, il aspira profondément ; il ressentit tout juste un léger élancement.

« Tu parais surpris », dit Nynaeve. Elle-même en

avait l'air, et curieusement effrayée. « La prochaine fois, tu n'auras qu'à aller *la* trouver.

– Je ne suis pas surpris, dit-il avec gentillesse, simplement content. » Quelquefois, les onguents de Nynaeve agissaient vite et d'autres fois avec lenteur, mais ils donnaient toujours de bons résultats. « Qu'est-ce... qu'est-ce qui est arrivé à Rand et à Mat ? »

Nynaeve se mit à enfouir ses fioles et ses pots dans son sac, fourrant chacun comme si elle le poussait à travers une barrière. « *Elle* dit qu'ils sont sains et saufs. *Elle* affirme que nous les trouverons. À Caemlyn, d'après *elle*. *Elle* prétend que c'est trop important pour rester sans les trouver, quoi que cela puisse signifier. *Elle* raconte beaucoup de choses. »

Perrin sourit malgré lui. Quelque changement qui soit intervenu, la Sagesse était restée la même, et elle et l'Aes Sedai étaient encore loin de devenir des amies de cœur.

Brusquement, Nynaeve se raidit en le dévisageant. Laissant choir son sac, elle lui tâta les joues et le front avec le dos de ses mains. Il essaya de reculer, mais elle lui saisit la tête à deux mains et lui retroussa du pouce les paupières, scrutant ses yeux en marmottant. Malgré sa petite taille, elle retenait sa tête sans peine ; ce n'était jamais facile d'échapper à Nynaeve quand elle ne le voulait pas.

« Je ne comprends pas, finit-elle par dire quand elle le relâcha et se rassit sur ses talons. S'il s'agissait de la fièvre jaune, tu ne tiendrais pas debout. Or tu n'as pas de fièvre et le blanc de tes yeux n'est pas jaune, il n'y a que tes iris qui le sont.

– Jaunes ? » dit Moiraine, et Perrin aussi bien que Nynaeve sursautèrent. L'approche de l'Aes Sedai avait été totalement silencieuse. Perrin vit qu'Egwene dormait près du feu, roulée dans sa cape. Ses propres paupières ne demandaient qu'à se fermer.

« Ce n'est pas grand-chose », dit-il, mais Moiraine plaça la main sous son menton qu'elle souleva et elle lui tourna la tête de façon à examiner ses yeux à la manière de Nynaeve. Il s'écarta d'un mouvement brusque. Ces deux femmes le manipulaient comme s'il était un enfant. « J'ai dit que c'était sans importance.

– Rien ne le laissait prévoir », commenta Moiraine apparemment pour elle-même. Ses yeux semblaient regarder au-delà de Perrin. « Quelque chose destiné à être tissé ou un changement dans le Dessin ? Si c'est un changement, par quelle main ? La Roue entrelace ses fils selon son bon vouloir. Ce doit être cela.

– Savez-vous de quoi il s'agit ? questionna à regret Nynaeve, qui marqua un temps d'incertitude. Pouvez-vous quelque chose pour lui ? Votre Don pour Guérir ? » La demande d'assistance, l'aveu qu'elle-même était impuissante semblaient lui être arrachés de la bouche.

Perrin jeta des regards furieux aux deux femmes. « Si vous tenez à parler de moi, parlez-moi. Je suis assis là, devant vous. » Aucune ne tourna les yeux vers lui.

« Le Don de Guérir ? » Moiraine sourit. « Le Don ne peut rien pour cela. Ce n'est pas une maladie et ce ne sera pas... » Elle eut une brève hésitation. À ce moment-là, elle jeta un coup d'œil à Perrin, un coup d'œil rapide empreint du regret de bien des choses. Cette expression ne l'incluait pas, toutefois, et il marmonna avec humeur comme elle se retournait vers Nynaeve. « J'allais dire que cela ne lui causera aucun mal, mais qui sait comment cela se terminera ? Du moins puis-je dire que cela ne lui nuira pas directement. »

Nynaeve se redressa, s'épousseta les genoux et regarda l'Aes Sedai droit dans les yeux. « Cette réponse-là n'en est pas une. S'il y a quelque chose qui ne va pas...

– Ce qui est est. C'est trop tard pour changer ce qui a déjà été tissé. » Moiraine se détourna brusquement. « Il nous faut dormir pendant que c'est possible et partir à la première lueur de jour. Si la main du Ténébreux devient trop puissante... Il faut que nous arrivions au plus vite à Caemlyn. »

Furieuse, Nynaeve ramassa son sac d'un geste brusque et s'éloigna à grands pas avant que Perrin ait eu le temps d'ouvrir la bouche. Il commença à grommeler un juron, mais une pensée le frappa comme un coup et il resta assis, ébahi, silencieux. Moiraine savait. L'Aes Sedai était au courant pour les loups. Et elle pensait que cela risquait d'être l'œuvre du Ténébreux. Un frisson le parcourut. Il enfila précipitamment sa chemise, l'enfonçant n'importe comment dans ses chausses et remit bliaud et cape. S'habiller ne lui servit pas à grand-chose ; il se sentait glacé jusqu'aux os, dont la moelle était comme de la gelée figée par le froid.

Lan se laissa choir sur le sol, assis en tailleur, sa cape rejetée en arrière. Perrin en fut content. C'était désagréable de regarder le Lige et que les yeux de celui-ci glissent sur vous sans vous voir.

Pendant un long moment, ils ne firent que s'entre-regarder. Les méplats rigides de la figure du Lige étaient indéchiffrables, par contre Perrin crut distinguer dans ses yeux... quelque chose. De la sympathie ? De la curiosité ? Les deux ?

« Vous savez ? » demanda-t-il, et Lan inclina la tête.

« En partie, pas tout. Est-ce que cela t'est venu de soi-même ou as-tu rencontré un guide, un intermédiaire ?

– Il y a eu un homme », répliqua lentement Perrin. *Il sait, mais croit-il la même chose que Moiraine ?* « Il a dit que son nom était Élyas. Élyas Machera. » Lan eut une brusque aspiration et Perrin le regarda avec attention. « Vous le connaissez ?

– Je l'ai connu. Il m'a beaucoup appris, sur la Grande Dévastation, et concernant ça. » Lan posa la main sur la poignée de son épée. « Il avait été Lige avant... avant ce qui est arrivé. L'Ajah Rouge... » Il eut un coup d'œil vers Moiraine qui était couchée devant le feu.

C'était la première fois que Perrin se souvenait avoir décelé de l'incertitude chez le Lige. À Shadar Logoth, Lan s'était montré sûr de lui et fort, de même quand il avait affronté les Évanescents et les Trollocs. Il n'avait pas peur à présent – Perrin en était convaincu – mais il était sur ses gardes, comme s'il craignait d'en dire trop. Comme si ce qu'il disait risquait d'être dangereux.

« J'ai entendu parler de l'Ajah Rouge, dit-il à Lan.

– Et la plupart de ce que tu as appris est faux, sans doute. Comprends bien, il y a... des factions dans Tar Valon. Certaines voudraient lutter contre le Ténébreux d'une façon, certaines d'une autre. Le but est le même, mais les différences... les différences peuvent faire que des vies soient changées, ou terminées. La vie d'hommes ou de nations. Il va bien, Élyas ?

– Je le pense. Les Blancs Manteaux disaient l'avoir tué, mais Pommelée... » Perrin regarda le Lige avec gêne. « Je ne sais pas. » Lan parut accepter cette réponse, à regret, et cela encouragea Perrin à continuer.

« Cette faculté de communiquer avec les loups. Moiraine a l'air de croire que c'est quelque chose que... quelque chose qui vient du Ténébreux. Non, n'est-ce pas ? » Il se refusait à prendre Élyas pour un Ami du Ténébreux.

Or Lan hésitait et la sueur se mit à perler sur la figure de Perrin, des gouttes froides que la nuit glaçait plus encore. Elles glissaient sur ses joues quand le Lige prit la parole.

« Pas en soi, non. Il y en a qui se l'imaginent, mais ils se trompent ; c'est une faculté très ancienne qui avait disparu longtemps avant que le Ténébreux soit découvert. Mais qu'en est-il du hasard qu'elle implique, forgeron ? Parfois, le Dessin a quelque chose d'erratique, à nos yeux du moins, mais quel hasard que tu rencontres un homme en mesure de te guider dans cette voie, et que toi tu sois apte à te laisser guider ? Le Dessin forme une Grande Toile, que d'aucuns appellent la Dentelle des Ères, et vous, les garçons, vous trouvez au centre. Je n'ai pas l'impression que beaucoup ait été laissé au hasard dans vos vies, maintenant. Avez-vous donc été choisis ? Et dans ce cas est-ce par la Lumière ou par l'Ombre ?

– Le Ténébreux ne peut entrer en contact avec nous que si nous le nommons. » Aussitôt, Perrin songea à ses rêves de Ba'alzamon, les rêves qui étaient davantage que des rêves. Il essuya la transpiration sur sa figure. « Il ne peut pas.

– Têtu comme une mule, commenta le Lige d'un ton méditatif. Assez têtu peut-être pour te sauver, finalement. Rappelle-toi les temps où nous vivons, forgeron. Rappelle-toi ce que t'a dit Moiraine Sedai. À notre époque, bien des choses se dissolvent et se brisent. Les vieilles barrières s'affaiblissent, les vieux remparts s'écroulent. Les séparations entre ce qui est et ce qui était, entre ce qui est et ce qui sera. » Sa voix devint sardonique. « Les murailles de la prison du Ténébreux. Ceci est peut-être la fin d'une Ère. Il se peut que nous voyions naître une nouvelle Ère avant notre mort. Ou encore est-ce la fin des Ères, la fin du Temps même. La fin du monde. » Il sourit soudain, mais son sourire était aussi sombre qu'une menace ; ses yeux étincelaient gaiement, riant au pied de l'échafaud. « Mais ce n'est pas cela qui doit nous préoccuper, hein, forgeron ? Nous combattrons l'Ombre tant qu'il nous restera du souffle et si elle triomphe nous nous défendrons avec bec et ongles jusqu'à la fin. Vous autres des Deux Rivières, vous êtes trop obstinés pour capituler. Ne te demande pas si le Ténébreux s'est mêlé de ta vie. Tu es de retour parmi des amis à présent. Rappelle-toi, la Roue entrelace ses fils à sa guise et même le Ténébreux n'y peut rien changer, pas avec Moiraine pour veiller sur toi. Mais mieux vaut que nous retrouvions vite tes amis.

– Que voulez-vous dire ?

– Ils n'ont pas d'Aes Sedai en communication avec la Vraie Source pour les protéger. Peut-être que les murs, forgeron, se sont assez affaiblis pour que le Ténébreux lui-même ait une action sur les événements. Pas en toute liberté, ou nous serions déjà morts, mais vraisemblablement des changements minimes de direction pour les fils dans le Dessin. Une rue empruntée à la place d'une autre, une rencontre de hasard, un mot fortuit, ou qui semble tel, et ils pourraient être si loin au-dessous de l'Ombre que même Moiraine ne réussirait pas à les ramener.

– Il faut que nous les trouvions », déclara Perrin, et le Lige eut un rire sec.

« Qu'est-ce que je disais ? Dors un peu, forgeron. » La cape de Lan s'enroula autour de lui comme il se redressait. Dans la faible clarté du feu et de la lune, il paraissait presque faire partie de l'obscurité ambiante. « Nous avons plusieurs jours pénibles jusqu'à Caemlyn. Prie donc pour que nous les découvrions là-bas.

– Mais Moiraine... elle peut les trouver n'importe où, non ? Elle l'a dit.

– Seulement les trouvera-t-elle à temps ? Si le Ténébreux est assez fort pour intervenir lui-même, les heures sont comptées. Prie pour que nous les retrouvions à Caemlyn, forgeron, ou nous risquons d'être tous perdus. »

39.

LES FILS DE LA TOILE SE TENDENT

De la fenêtre haut perchée de sa chambre à *La Bénédiction de la Reine,* Rand regardait la foule. Les gens couraient en criant dans la rue, tous en un flot qui suivait la même direction, brandissant banderoles et bannières, le lion blanc montant la garde sur un millier de champs rouges. Habitants de Caemlyn et gens d'ailleurs, ils couraient ensemble et, pour changer, personne ne paraissait vouloir assommer quelqu'un d'autre. Aujourd'hui, peut-être, n'existait qu'une seule faction.

Il se détourna de la fenêtre en souriant à belles dents. À part le jour où Egwene et Perrin entreraient, vivants, et riant de ce qu'ils avaient vu, c'était le jour qu'il avait le plus attendu.

« Viens-tu ? » demanda-t-il de nouveau.

Mat qui était pelotonné sur son lit eut une grimace menaçante. « Emmène ce Trolloc avec qui tu es tellement ami.

– Sang et cendres, Mat, il ne s'agit pas d'un Trolloc. Tu t'entêtes bêtement. Combien de fois veux-tu recommencer cette discussion ? Par la Lumière, ce n'est pas comme si tu n'avais jamais encore entendu parler des Ogiers.

– Je n'ai jamais entendu dire qu'ils ressemblaient à des Trollocs. » Mat enfonça sa figure dans son oreiller et se roula en boule plus serrée.

« Espèce d'imbécile borné, marmonna Rand. Jusqu'à quand vas-tu te cacher ici ? Je ne continuerai pas éternellement à t'apporter tes repas avec toutes ces marches à monter. Un bain ne te ferait pas de mal non plus. »

Mat remua les épaules dans tous les sens sur le lit comme s'il essayait de s'y enfoncer plus avant. Rand soupira, puis se dirigea vers la porte. « Dernière chance de sortir ensemble, Mat. Je pars, maintenant. » Il referma lentement le battant avec l'espoir que Mat changerait d'avis, mais son ami ne bougea pas. La porte se referma avec un cliquetis.

Dans le couloir, il s'adossa au chambranle. Maître Gill avait dit qu'une vieille femme, à deux rues de là, la Mère Grubb, vendait des herbes et des cataplasmes, en plus de procéder à des accouchements, de soigner des malades et de prédire l'avenir. Elle ressemblait un peu à une Sagesse. Nynaeve était celle dont Mat avait besoin, ou peut-être Moiraine, mais la Mère Grubb était celle qu'il avait sous la main. Toutefois, l'amener à *La Bénédiction de la Reine* entraînait aussi le risque d'attirer une attention dont ils se passeraient, en admettant qu'elle accepte de venir. Sur elle aussi bien que sur Mat et lui-même.

Les herboristes et les guérisseurs se faisaient petits dans Caemlyn en ce moment ; des propos acerbes étaient tenus contre quiconque se livrait à n'importe quelle sorte de soins ou prédiction d'avenir. Chaque nuit, le Croc du Dragon était dessiné libéralement sur maintes portes, quelquefois même le jour, et les gens pouvaient oublier qui avait guéri leurs fièvres et appliqué des cataplasmes sur leurs dents malades quand retentissait le cri « Haro sur l'Ami du Ténébreux ». Telle était l'humeur qui régnait dans la ville.

Ce n'était pas comme si Mat était réellement souffrant.

Il mangeait tout ce que Rand lui montait de la cuisine – par contre, il n'acceptait rien de la main de quelqu'un d'autre – et ne se plaignait jamais de douleurs ou de fièvre. Il refusait simplement de quitter la chambre. Pourtant, Rand aurait parié que ce jour-ci l'inciterait à en sortir.

Il ajusta sa cape sur ses épaules et fit tourner son ceinturon de sorte que l'épée, avec l'étoffe rouge qui l'entourait, soit mieux couverte.

Au pied de l'escalier, il rencontra Maître Gill qui s'apprêtait à monter. « Quelqu'un demande après vous dans la ville », annonça l'aubergiste, la pipe entre les dents. Rand sentit un élan d'espoir. « Il demande après vous et vos amis, en vous appelant par votre nom. Vous les jeunes, en tout cas. Il semble surtout vous rechercher vous trois, les garçons. »

L'anxiété remplaça l'espoir. « Qui ? » questionna Rand. Il ne put encore s'empêcher de jeter un coup d'œil d'un bout à l'autre du couloir. À part eux deux, il était désert, de la sortie par l'allée de derrière à la porte de la salle commune.

« Sais pas son nom. Juste entendu parler de lui. Je finis par connaître la majeure partie de ce qui se passe à Caemlyn. Un mendiant. » L'aubergiste émit un grognement. « À demi fou, d'après ce qu'on raconte. Néanmoins, il pourrait recevoir l'Aumône de la Reine au Palais, même avec la vie aussi dure qu'elle l'est en ce moment. Les jours de fête, la Reine la distribue de ses propres mains et jamais personne n'est refoulé pour quelque raison que ce soit. On n'a pas besoin de mendier à Caemlyn. Même un homme sous le coup d'un mandat d'amener ne peut être arrêté quand il reçoit l'Aumône de la Reine.

– Un Ami du Ténébreux ? » suggéra Rand d'une voix hésitante. *Si les Amis du Ténébreux connaissent nos noms...*

« Vous êtes obsédé par les Amis du Ténébreux, jeune homme. Ils sont dans les parages, sûrement, mais ce n'est pas parce que les Blancs Manteaux ameutent tout le monde que vous devez croire que la ville en est pleine. Savez-vous quelle rumeur ces imbéciles font courir maintenant ? “ Des formes étranges. ” N'est-ce pas incroyable ? Des formes étranges qui se faufilent dans la nuit en dehors de la ville. » L'aubergiste gloussa de rire à en faire tressauter sa bedaine.

Rand n'avait pas envie de rire. Hyam Kinch avait parlé de formes étranges et il y avait eu effectivement un Évanescent à l'arrière-plan là-bas. « Quel genre de formes ?

– Quel genre ? Je l'ignore. Des formes étranges. Des Trollocs, probablement. L'Homme-Ombre. Lews Therin Meurtrier-des-Siens revenu en personne haut de quinze mètres. Quel genre de forme croyez-vous que les gens imagineront maintenant, qu'ils ont cette idée dans la tête ? Cela ne nous concerne pas. » Maître Gill le toisa un instant. « Vous sortez, hein ? Ma foi, je ne dirai pas que cela me tente, en ce qui me concerne, même aujourd'hui, mais il n'y a pratiquement plus que moi ici. Votre ami ne vous accompagne pas ?

– Mat ne se sent pas très d'aplomb. Plus tard, peut-être.

– Bah, tant pis. Faites attention à vous, en tout cas. Même aujourd'hui les fidèles de la Reine seront en infériorité numérique, que la Lumière brûle le jour où j'ai jamais pensé voir cela. Mieux vaut que vous partiez par la ruelle. Il y a deux de ces damnés traîtres assis de l'autre côté de la rue qui surveillent ma porte d'entrée. Ils connaissent mes opinions, par la Lumière ! »

Rand passa la tête au-dehors et regarda des deux côtés avant de se glisser dans cette ruelle. Au bout se tenait un homme taillé en force, engagé par Maître Gill ; appuyé sur une lance, il regardait les gens passer en courant avec un apparent manque d'intérêt. Apparent seulement, Rand le savait. Le gaillard – son nom était Lamgwin – voyait tout sous ses lourdes paupières et, en dépit de sa masse imposante, il se déplaçait avec une vivacité de chat. Il pensait aussi que la Reine Morgase était la Lumière incarnée, ou quelque chose d'approchant. Il y en avait une douzaine comme lui apostés de place en place autour de *La Bénédiction de la Reine.*

L'oreille de Lamgwin remua quand Rand arriva au débouché de l'allée, mais il ne détourna nullement de la rue son absence d'intérêt. Rand comprit qu'il l'avait entendu approcher.

« Surveillez vos arrières aujourd'hui, mon garçon. » La voix de Lamgwin roulait avec une sonorité de gravillons dans une casserole. « Quand la bagarre commencera, vous serez précieux à avoir ici, pas ailleurs avec un poignard dans le dos. »

Rand jeta un coup d'œil au colosse, mais sa surprise était mitigée. Il s'efforçait toujours de garder l'épée hors de vue, cependant ce n'était pas la première fois qu'un des employés de Maître Gill présumait qu'il saurait tenir sa partie dans une bataille. Lamgwin ne se retourna pas. Son travail était de garder l'auberge, et il s'en acquittait.

Renfonçant son épée un peu plus sous sa cape, Rand se joignit au flot des passants. Il aperçut les deux personnages dont Maître Gill avait parlé, debout sur des tonneaux retournés, de l'autre côté de la rue en face de l'auberge, pour voir par-dessus la foule. Ils ne faisaient pas mystère de leur allégeance. Non seulement leurs épées étaient drapées de blanc lié avec du rouge, mais ils portaient des brassards blancs et, sur leurs chapeaux, des cocardes blanches.

Il n'avait pas eu à séjourner longtemps à Caemlyn pour apprendre que le tissu rouge autour d'une épée, ou un brassard ou une cocarde rouges, signalait le soutien à la Reine Morgase. Le blanc proclamait que la Reine et ses accointances avec des Aes Sedai et Tar Valon étaient responsables de tout ce qui allait mal. Du temps qu'il faisait, des récoltes qui ne poussaient pas. Peut-être même du faux Dragon.

Il ne voulait pas s'impliquer dans les querelles politiques de Caemlyn. Seulement, c'était trop tard maintenant. Non pas simplement parce qu'il avait déjà choisi – par hasard, mais le fait était là. Les choses dans Caemlyn avaient dépassé le stade où se garder neutre était une option. Même les étrangers à la ville arboraient cocardes et brassards, ou enveloppaient leur épée, et le blanc était davantage porté que le rouge. Peut-être que d'aucuns ne pensaient pas de cette façon, mais ils étaient loin de chez eux et c'était l'opinion qui prévalait dans Caemlyn. Les hommes qui soutenaient la Reine se déplaçaient en groupes pour leur propre protection, si tant est qu'ils sortaient.

Aujourd'hui, toutefois, l'atmosphère était différente. En surface, du moins. Aujourd'hui, Caemlyn célébrait une victoire de la Lumière sur l'Ombre. Aujourd'hui, le faux Dragon était amené dans la cité pour être présenté à la Reine avant d'être conduit dans le Nord à Tar Valon.

Personne ne parlait de cette ultime étape. Nul sauf les Aes Sedai n'était de force à s'occuper d'un homme qui avait la faculté d'utiliser le Pouvoir Unique, bien sûr, mais personne ne voulait en parler. La Lumière avait vaincu l'Ombre, et des soldats d'Andor s'étaient battus en première ligne. Pour aujourd'hui cela seul était important. Pour aujourd'hui, tout le reste pouvait être oublié.

Ou était-ce possible, Rand se le demanda. La foule courait en chantant, en agitant des banderoles, en riant, mais les hommes qui arboraient le rouge demeuraient en bandes de dix ou vingt, et ni femmes ni enfants ne les accompagnaient. Il estima qu'il y avait au moins dix porteurs du blanc pour un proclamant son allégeance à la Reine. Pas pour la première fois, il regretta que le tissu blanc n'ait pas été le meilleur marché. *Mais Maître Gill aurait-il donné son aide si tu avais arboré le blanc?*

La foule était si dense que les bousculades étaient inévitables. Même les Blancs Manteaux ne jouissaient pas aujourd'hui de leur petit espace libre dans cette affluence. Tandis que Rand laissait la cohue l'emporter vers la Cité Intérieure, il se rendit compte que toutes les animosités n'étaient pas refrénées. Il vit un des Enfants de la Lumière, l'uns de trois, heurté si violemment qu'il faillit tomber. Le Blanc Manteau reprit de justesse son équilibre et commençait à proférer un juron furieux à l'adresse de l'homme qui était entré rudement en contact avec lui quand un autre passant l'ébranla d'un coup d'épaule délibérément dirigé. Avant que les choses se soient envenimées, les compagnons du Blanc Manteau l'entraînèrent vers le côté de la rue où une embrasure de porte leur offrait un refuge. Les trois Enfants semblaient partagés entre leur habituel mépris coléreux et l'incrédulité. La foule continuait à s'écouler comme si personne n'avait rien remarqué, et peut-être était-ce effectivement le cas.

Nul n'aurait osé se risquer à un acte pareil deux jours auparavant. Plus encore, Rand s'en avisa, les hommes qui s'étaient livrés à cette provocation portaient des cocardes blanches à leurs chapeaux. La croyance générale était que les Blancs Manteaux soutenaient ceux qui étaient hostiles à la Reine et à l'Aes Sedai sa conseillère, mais cela n'y changeait rien. Les gens faisaient des choses auxquelles ils n'avaient jamais pensé auparavant. Bousculer un Blanc Manteau, aujourd'hui. Demain, peut-être renverser une Reine? Brusquement, il regretta qu'il n'y ait pas autour de lui un peu plus d'hommes arborant du rouge; au coude à coude avec des cocardes et des brassards de couleur blanche, il se sentit soudain très isolé.

Les Blancs Manteaux remarquèrent qu'il les regardait et le dévisagèrent comme s'ils relevaient un défi. Il laissa un mouvement de foule qui chantait l'emporter hors de leur champ de vision dans son remous et il joignit sa voix au chœur.

En avant, le Lion,
En avant, le Lion,
Le Lion Blanc s'en va-t-en guerre.
Il rugit son défi à l'Ombre.
En avant, le Lion,
En avant, Andor triomphant.

L'itinéraire qui devait amener le faux Dragon dans Caemlyn était bien connu. Ces rues-là étaient maintenues dégagées par des rangées imperturbables de Gardes de la Reine et de piquiers en tunique rouge mais les gens s'étaient massés épaule contre épaule juste derrière, et même aux fenêtres et sur les toits. Rand se fraya un chemin dans la Cité Intérieure, en s'efforçant de se rapprocher du Palais. Il caressait l'espoir de voir de ses yeux Logain amené devant la Reine. Voir à la fois le faux Dragon et une Reine... c'était quelque chose à quoi il n'avait jamais rêvé quand il était à la maison.

La Cité Intérieure était bâtie sur des collines et une bonne partie de ce qu'avaient construit les Ogiers subsistait encore. Alors que les rues dans la Ville Nouvelle partaient pour la plupart dans tous les sens à la manière des coutures d'une courtepointe en pièces rapportées de formes diverses, ici elles épousaient la courbe des collines comme si elles étaient naturellement partie intégrante de la terre. D'amples montées et pentes douces présentaient de nouveaux panoramas surprenants à chaque tournant. Des parcs vus sous des angles différents, même par-dessus, où leurs allées et monuments décrivaient des motifs plaisants à l'œil bien qu'à peine teintés de vert. Des tours subitement révélées, des murs revêtus de carreaux étincelants de cent couleurs changeantes sous le soleil. De soudaines élévations du terrain où le regard embrassait la ville entière jusqu'aux ondulations des plaines et des forêts au-delà. L'un dans l'autre, ç'aurait été un beau spectacle s'il n'y avait pas eu la foule qui l'emportait à vive allure avant qu'il ait eu vraiment une chance de le contempler. Et toutes ces routes sinueuses rendaient impossible d'avoir une perspective lointaine.

Brusquement, il fut entraîné de l'autre côté d'un tournant et voilà que le Palais était là. Les rues, tout en suivant les contours naturels du terrain, avaient été tracées de façon à dessiner une spirale aboutissant à ceci – à cette féerie comme surgie d'un conte de ménestrel, ces flèches blanches, ces coupoles dorées, ces complexes entrelacs de pierre, avec l'étendard d'Andor flottant à chaque éminence, point de mire autour duquel toutes les autres perspectives avaient été conçues. Il semblait davantage sculpté par un artiste que simplement bâti comme les constructions ordinaires.

Cet aperçu lui fit comprendre qu'il n'en arriverait pas plus près. Personne n'était autorisé à s'avancer à proximité du Palais. Les Gardes de la Reine en flanquaient les grilles sur dix rangs écarlates. En haut des remparts blancs, sur des balcons élevés et des tours, des Gardes encore se tenaient parfaitement immobiles, les arcs tous inclinés au même angle sur le plastron cuirassant leur poitrine. Eux aussi avaient l'air de sortir d'un conte de ménestrel, une garde d'honneur, mais Rand ne croyait pas qu'ils étaient là pour cette raison. La foule bruyante alignée le long des trottoirs arborait presque unanimement la couleur blanche, sur les épées, les brassards et les cocardes. Ce mur blanc n'était interrompu que çà et là par un noyau de rouge. Les gardes en uniforme rouge paraissaient un rempart bien mince contre cette masse de blanc.

Renonçant à se rapprocher du Palais, il chercha un endroit où il pourrait utiliser sa haute taille à son avantage. Il n'avait pas besoin d'être au premier rang pour bien voir. La foule se déplaçait constamment, des gens jouaient des coudes pour atteindre les premiers rangs, d'autres s'éloignaient en hâte vers un endroit qu'ils pensaient être plus propice. Au cours d'un de ces remue-ménage, il se retrouva à trois rangées seulement de la chaussée, et les gens devant lui plus petits, y compris les piquiers. Presque tout le monde l'était. Les gens se pressaient de chaque côté de lui, transpirant à cause de l'entassement de tant de corps. Ceux qui étaient derrière lui protestaient parce qu'ils ne pouvaient rien voir et tentèrent de se faufiler par-devant. Il tint bon, formant un mur infranchissable avec ceux qui l'encadraient. Il était content. Quand le faux Dragon passerait, il serait assez près pour distinguer nettement sa figure.

De l'autre côté de la rue, plus bas vers les portes donnant sur la Ville Nouvelle, une ondulation parcourut la foule serrée ; au tournant se formait un remous de gens qui reculaient pour laisser la voie libre à quelque chose. Ce n'était pas l'espace vide habituel qui accompagnait les Blancs Manteaux n'importe quand sauf ce jour-ci. Les gens se rejetaient en arrière avec des airs surpris qui devenaient grimaces de dégoût. Dégageant d'eux-mêmes un passage, ils détournaient la tête de ce que c'était, mais l'observaient du coin de l'œil jusqu'à ce que ce soit parti.

D'autres yeux autour de lui remarquèrent cette agitation. Postée là exprès pour voir le Dragon mais sans rien à faire maintenant qu'à attendre sa venue, la foule trouvait n'importe quoi digne de commentaires. Il entendit des conjectures allant d'une Aes Sedai à Logain en personne, ainsi que quelques suggestions plus grivoises qui suscitèrent des rires gras chez les hommes et des reniflements de dédain chez les femmes.

L'ondulation se propageait à travers la cohue, se rapprochant à mesure du bord de la chaussée. Personne ne paraissait hésiter à permettre à ce qui avançait d'aller à sa guise, même si bouger impliquait de perdre un bon emplacement pour assister au défilé quand la foule refluait après son passage. Finalement, juste en face de Rand, la masse des spectateurs déborda sur la chaussée, écartant les piquiers en uniforme écarlate qui tentaient de la refouler et s'ouvrit. Rand entendit autour de lui des murmures de dégoût.

L'homme en haillons s'immobilisa au bord de la chaussée. Son capuchon, déchiré et raide de crasse, virait d'un côté à l'autre comme s'il cherchait quelque chose, ou écoutait. Brusquement, il poussa un cri inarticulé et pointa une main sale pareille à une serre d'oiseau de proie droit sur Rand. Aussitôt, il se mit à traverser la chaussée à petits pas trottinant d'insecte.

Le mendiant. Quelle que soit la malchance qui avait conduit cet homme à le trouver, Rand eut soudain la certitude que, Ami du Ténébreux ou non, il ne voulait pas l'affronter. Il sentait le regard du mendiant sur sa peau comme de l'eau grasse. Il ne voulait surtout pas que l'homme l'approche ici, au milieu de gens prêts à basculer dans la violence. Les mêmes voix qui avaient ri auparavant le maudissaient maintenant qu'il se frayait un chemin pour s'éloigner de la rue.

Il se hâtait, sachant que la cohue compacte qu'il devait traverser en poussant et se faufilant s'écarterait d'elle-même devant cet homme repoussant de saleté. Comme il avait bataillé pour se forcer un passage dans la foule, il trébucha et faillit tomber quand il se retrouva subitement libre de tout obstacle. Balançant les bras pour rétablir son équilibre, il transforma son pas chancelant en pas de course. Les gens le désignèrent du doigt ; il était le seul à ne pas se précipiter dans l'autre sens, et courait par-dessus le marché. Des cris le suivirent. Sa cape voltigeait derrière lui, découvrant son épée drapée de rouge. Quand il s'en rendit compte, il accéléra l'allure. Un partisan de la Reine isolé, en fuite, risquait fort d'inciter une foule énervée portant la cocarde blanche à le poursuivre, même aujourd'hui. Il courait, laissant ses longues jambes dévorer le pavé. Ce n'est que lorsque les clameurs furent loin derrière lui qu'il se permit de s'effondrer contre un mur, essoufflé.

Il ne savait pas où il était, à part qu'il était encore dans la Cité Intérieure. Il était incapable de se rappeler combien de tours et détours il avait faits dans ces rues sinueuses. Prêt à se relancer à la course, il regarda dans la direction d'où il venait. Une seule personne se déplaçait dans la rue, une femme qui marchait tranquillement, avec son panier à commissions. Presque toute la ville s'était rassemblée pour apercevoir le faux Dragon. *Il ne peut pas m'avoir suivi. J'ai dû le semer.*

Le mendiant ne renoncerait pas ; il en était sûr, bien qu'incapable de deviner pourquoi. Cette silhouette en loques devait être en train de fendre la multitude en cette minute même, à sa recherche et, si Rand retournait voir Logain, il était en grand danger de le rencontrer. Pendant un instant, il envisagea de retourner à *La Bénédiction de la Reine,* mais il était certain de ne plus jamais avoir d'autre chance de voir une Reine, et il espérait n'en avoir jamais d'autre de voir un faux Dragon. Ce serait assez lâche, lui semblait-il, de laisser un mendiant voûté, même un Ami du Ténébreux, l'obliger à courir se cacher.

Il regarda autour de lui en réfléchissant. La Cité Intérieure avait été conçue de façon que la hauteur des constructions, si même il y en avait, restait peu élevée. À certains endroits, il pourrait regarder passer le cortège avec le faux Dragon. Même s'il n'apercevait pas la Reine, il pourrait voir Logain. Soudain décidé, il se mit en route.

Dans l'heure qui suivit, il découvrit plusieurs de ces emplacements, mais tous déjà bondés de gens serrés les uns contre les autres qui avaient voulu éviter la cohue sur le parcours du cortège. Ils formaient un front massif de cocardes et de brassards blancs. Pas de rouge du tout. Songeant à ce que la vue de son épée était capable de provoquer dans une foule comme celle-là, il s'éloigna discrètement et vite.

Des clameurs montaient de la Ville Nouvelle, des cris et la sonnerie de trompettes, le battement martial de tambours. Logain et son escorte étaient déjà dans Caemlyn, déjà en route vers le Palais.

Découragé, il erra dans les rues pratiquement vides, espérant encore à moitié trouver un moyen de voir Logain. Son regard tomba sur la pente, libre de toute construction, qui s'élevait au-dessus de la rue qu'il suivait. Par un printemps normal, cette pente aurait été un tapis de verdure et de fleurs, mais maintenant elle était brune jusqu'au haut mur qui courait le long de sa crête, un mur au-dessus duquel apparaissaient des cimes d'arbres.

Cette portion de la rue n'avait pas été dessinée pour offrir un panorama grandiose, toutefois juste devant, par-dessus les toits, il distinguait quelques-unes des flèches du Palais, surmontées par des étendards marqués d'un Lion Blanc qui flottaient au vent. Il ne savait pas très bien où la courbe de la rue aboutissait après qu'elle contournait la colline qui lui bloquait la perspective, mais une idée lui vint soudain à propos de ce mur au sommet de la pente.

Les tambours et les trompettes se rapprochaient, les clameurs devenaient plus fortes. Anxieusement, il gravit la pente à quatre pattes. Elle n'était pas conçue pour qu'on y monte, mais il enfonça ses souliers dans les herbes mortes et se hissa en s'accrochant à des buissons dénudés. Haletant autant d'impatience que d'effort, il grimpa les derniers mètres jusqu'au mur. Celui-ci se dressait au-dessus de lui, ayant bien deux fois sa taille et même davantage. Le battement des tambours martelait l'air comme le tonnerre, les sonneries de trompettes le faisaient vibrer.

La face du mur avait été laissée en majeure partie dans l'état naturel de la pierre, les énormes blocs si bien ajustés que les joints étaient presque invisibles, leur aspect brut donnant au mur presque un air de falaise naturelle. Rand sourit de toutes ses dents. Les falaises au-delà des Dunes de Sable étaient plus hautes, et même Perrin les avait escaladées. Ses mains cherchèrent des aspérités dans la pierre, ses pieds trouvèrent des sillons pour le bout de leurs souliers. Les tambours luttaient de vitesse avec lui dans son escalade. Il se refusa à les laisser gagner. Il atteindrait le sommet avant qu'ils n'arrivent au Palais. Dans sa hâte, la pierre lui arracha la peau des mains et lui écorcha les genoux à travers ses chausses, mais il jeta les bras par-dessus la crête du mur et s'y hissa avec une sensation de victoire.

Précipitamment, il se retourna pour s'asseoir sur l'étroite crête plate du mur. Les branches feuillues d'un arbre très élevé s'étalaient au-dessus de sa tête, mais il n'y prêta pas attention. Il regardait par-dessus des toits de tuile ; néanmoins, du haut du mur, la perspective était dégagée. Il se pencha, juste un peu, et put apercevoir les portes du Palais, les Gardes de la Reine rassemblés là-bas et la foule des gens qui attendaient. Qui attendaient ! Leurs clameurs étaient submergées par le son éclatant des tambours et des trompettes, mais ils attendaient toujours. Il eut un grand sourire. *J'ai gagné.*

Alors même qu'il s'installait sur le mur, la première partie du cortège surgit au dernier tournant conduisant devant le Palais. Vingt rangs de trompettes passèrent les premiers, fendant l'air de sonneries triomphantes qui se succédaient, une fanfare de victoire. Derrière eux, un nombre égal de tambours battaient dans un roulement de tonnerre. Puis venaient les étendards de Caemlyn, le lion blanc sur champ rouge, portés par des hommes à cheval que suivaient les guerriers de Caemlyn, rang après rang de cavaliers, l'armure étincelante, la lance fièrement dressée, avec des pennons voltigeant au vent. Ils étaient flanqués d'un triple rang de piquiers et d'archers qui défilèrent interminablement après que les cavaliers eurent commencé à passer entre les haies de Gardes et pénétré par les portes du Palais.

Les derniers fantassins dépassèrent le tournant et, derrière eux, il y avait un chariot massif. Seize chevaux attelés par quatre le tiraient. Au centre de sa plate-forme se trouvait une vaste cage aux barreaux de fer et, à chaque angle de la plate-forme, étaient assises deux femmes qui surveillaient la cage aussi intensément que si le cortège et la foule n'existaient pas. Des Aes Sedai, il en fut certain. Entre le fardier et les soldats, de chaque côté chevauchaient une douzaine de Liges, leurs capes ondulant et brouillant la vision. Les Aes Sedai ne prêtaient peut-être pas attention à la foule, mais les Liges la scrutaient comme s'il n'y avait pas d'autres gardes qu'eux.

En dépit de tout cela, c'est l'homme dans la cage qui attira et retint les yeux de Rand. Il n'était pas assez près pour discerner aussi bien qu'il l'aurait voulu le visage de Logain, mais il eut brusquement conscience qu'il n'avait pas envie de s'en trouver plus proche. Le faux Dragon était un homme de haute taille, aux cheveux noirs bouclant sur ses épaules larges. Il était debout, une main posée sur les barreaux au-dessus de sa tête pour maintenir son équilibre en dépit du balancement du fardier. Ses vêtements semblaient ordinaires, une cape, un bliaud et des chausses qui n'auraient suscité de commentaires dans aucun bourg campagnard. Ah, mais la façon dont il les portait ! La façon dont il se tenait ! Logain avait de la tête aux pieds une allure royale. La cage aurait aussi bien pu ne pas être là. Il était très droit, tête haute, et balayait du regard la foule comme si les gens étaient venus là pour lui faire honneur. Et partout où son regard passait, les gens se taisaient, le dévisageant à leur tour avec une crainte révérencielle. Quand les yeux de Logain se détournaient, ils criaient avec une fureur redoublée comme pour compenser leur silence, mais cela ne provoquait aucune différence dans la manière dont cet homme se comportait ou dans le silence qui l'accompagnait. Lorsque le fardier franchit la porte du Palais, il se retourna vers les masses rassemblées. Elles hurlèrent à son adresse, un son au-delà des mots, une vague de pure haine instinctive et de peur, alors Logain rejeta la tête en arrière et rit tandis qu'il disparaissait dans le Palais.

D'autres contingents suivaient derrière le fardier, avec des étendards représentant encore des pays qui avaient combattu et vaincu le faux Dragon. Les Abeilles d'Or d'Illian, les trois Croissants Blancs de Tear, le Soleil Levant de Cairhien, d'autres aussi, bien d'autres, de nations et de villes, et d'illustres personnages avec leurs propres trompettes, leurs propres tambours pour proclamer avec éclat leur grandeur. Après Logain, cela ne produisait guère d'effet.

Rand se pencha un peu plus en avant pour tenter d'avoir un dernier aperçu de l'homme encagé. *Il a bien été vaincu, non ? Par la Lumière, il ne serait pas dans une sacrée cage s'il n'avait pas été vaincu.*

Perdant l'équilibre, il glissa, empoigna le sommet du mur, se rétablit dans une position un peu plus stable. Logain parti, il s'avisa que ses mains le brûlaient à l'endroit où la pierre avait râpé ses paumes et ses doigts. Pourtant, il n'arrivait pas à penser à autre chose qu'à ce qu'il avait vu. La cage et les Aes Sedai. Logain, invaincu. En dépit de la cage, ce n'était pas un homme ayant subi une défaite. Il frissonna et frotta ses paumes brûlantes sur ses cuisses.

« Pourquoi les Aes Sedai le surveillaient-elles ? s'interrogea-t-il tout haut.

– Elles l'empêchent d'entrer en contact avec la Vraie Source, bêta. »

Il se redressa d'une secousse pour regarder en l'air, dans la direction de la voix de jeune fille et, soudain, son équilibre précaire se rompit. Il eut seulement le temps de se rendre compte qu'il partait à la renverse, tombait, quand quelque chose lui heurta la tête et un Logain qui riait se lança à sa poursuite dans une chute au cœur de ténèbres tourbillonnantes.

40.

LES FILS DE LA TOILE SE RESSERRENT

Rand se vit assis devant une table avec Logain et Moiraine. L'Aes Sedai et le faux Dragon l'observaient en silence, comme si aucun d'eux n'était conscient de la présence de l'autre. Brusquement, il s'aperçut que les murs de la pièce devenaient indistincts, se fondaient dans une sorte de grisaille. Un sentiment d'urgence l'envahit. Tout s'en allait, s'estompait. Quand il reporta son regard vers la table, Moiraine et Logain avaient disparu et à leur place était installé Ba'alzamon. Le corps entier de Rand vibrait de tension ; une vibration qui résonnait dans sa tête, de plus en plus fort. Un bourdonnement qui devint le battement du sang dans ses oreilles.

Il se redressa sur son séant dans un sursaut et aussitôt oscilla et gémit en se prenant la tête à deux mains. La totalité de son crâne était douloureuse ; sa main gauche rencontra dans ses cheveux de l'humidité visqueuse. Il était assis par terre, sur de l'herbe verte. Cela le troubla, vaguement, mais il avait le vertige, tout ce qu'il regardait vacillait et il était incapable de penser à autre chose qu'à s'allonger jusqu'à ce que ce vacillement cesse.

Le mur ! La voix de jeune fille !

Se soutenant d'une main à plat sur l'herbe, il regarda prudemment autour de lui. Il devait le faire avec lenteur ; lorsqu'il tentait de tourner la tête vivement, tout se remettait à tourbillonner. Il était dans un jardin, ou un parc ; une allée dallée d'ardoises serpentait parmi des massifs fleuris à moins de deux mètres, avec un banc de pierre blanche à côté et un berceau de verdure feuillu pour ombrager le banc. Il était tombé à l'intérieur du mur d'enceinte. *Et la jeune fille?*

Il trouva l'arbre, près de lui derrière son dos, et la trouva aussi – qui en descendait. Elle arriva en bas et se retourna face à lui, et il cligna des paupières en gémissant de nouveau. Une cape de velours bleu sombre doublée de fourrure claire était posée sur ses épaules, le capuchon rabattu jusqu'à la taille avec un bouquet de clochettes d'argent à sa pointe. Elles tintaient quand la jeune fille remuait. Un étroit bandeau en filigrane d'argent retenait ses longs cheveux bouclés, couleur d'or rouge, et de fins anneaux d'argent pendaient à ses oreilles, tandis qu'un collier aux lourds maillons d'argent et aux pierres vert sombre qu'il pensa être des émeraudes s'enroulait autour de sa gorge. Sa robe bleu pâle était maculée de taches par l'écorce de l'arbre à la suite de son escalade, mais elle restait de soie et brodée avec grand soin de dessins compliqués, la jupe à taillades insérant des panneaux de riche couleur crème. Une large ceinture de fils d'argent tissés encerclait sa taille, et des sandales de velours montraient leur pointe sous l'ourlet de sa robe.

Il n'avait vu que deux femmes habillées de cette façon, Moiraine et l'Amie du Ténébreux qui avait tenté de tuer Mat et lui-même. Il ne voyait vraiment pas qui choisirait des vêtements pareils pour grimper à un arbre, mais il était certain qu'elle devait être quelqu'un d'important. La façon dont elle le regardait redoublait cette impression. Elle ne paraissait pas le moins du monde émue qu'un étranger dégringole dans son jardin. Elle avait une maîtrise de soi qui le faisait penser à Nynaeve, ou à Moiraine.

Il était si englué dans ses craintes de s'être fourré dans une situation impossible, de se trouver en présence de quelqu'un ayant l'autorité et la volonté d'appeler les Gardes de la Reine même un jour où ils avaient d'autres sujets de préoccupation, qu'il mit quelques minutes à passer de l'examen des habits élégants et de l'attitude altière à la jeune fille elle-même. Elle avait peut-être deux ou trois ans de moins que lui, elle était grande pour une femme, et belle, son visage d'un ovale parfait encadré par cette masse de boucles rayonnantes comme un soleil, les lèvres pleines et roses, les yeux d'un bleu quasiment incroyable. Elle était complètement différente d'Egwene par la taille, les traits et le corps mais, en tout, aussi belle. Il éprouva un petit pincement de culpabilité ; cependant il se dit que nier l'évidence n'amènerait pas Egwene saine et sauve à Caemlyn une seconde plus tôt.

Un bruit de raclement vint du haut de l'arbre et des morceaux d'écorce tombèrent, suivis par un jeune homme qui sauta avec légèreté sur le sol derrière la jeune fille. Il avait une tête de plus qu'elle et était un peu plus âgé, mais ses traits et ses cheveux dénotaient sa proche parenté avec elle. Sa tunique et sa cape étaient aux couleurs rouge, blanche et or, tout en broderies et tissu de brocart, et pour un costume masculin encore plus élégant que celui de la jeune fille. Ce qui accrut l'anxiété de Rand. Un homme ordinaire ne s'habillerait de telle façon que pour un jour de fête, et jamais avec tant de splendeur. Ce parc n'était pas public. Peut-être que les Gardes étaient trop occupés pour se soucier des intrus.

Il examinait Rand par-dessus l'épaule de la jeune fille, en jouant avec la dague qu'il portait à la ceinture. Cela semblait dû à un geste de nervosité habituel plutôt qu'à une arrière-pensée de s'en servir si besoin était. Pas complètement, toutefois. Ce garçon avait la même assurance souveraine que la jeune fille et les deux le considéraient comme s'il était une énigme à résoudre. Il avait la curieuse impression que la jeune fille, au moins, enregistrait tout ce qui le concernait, depuis l'état de ses souliers jusqu'à celui de sa cape.

« Nous en entendrons parler jusqu'à la fin des temps, Élayne, si maman l'apprend, dit soudain le garçon. Elle nous a ordonné de rester dans nos chambres, mais il a fallu que tu jettes un coup d'œil à Logain, hein ? Regarde donc ce que cela nous a valu.

– Tais-toi, Gawyn. » Elle était manifestement la plus jeune des deux, mais elle parlait en ayant l'air de tenir son obéissance pour acquise. Les traits du jeune homme remuèrent comme s'il avait encore quelque chose à ajouter mais, à la surprise de Rand, il garda le silence. « Comment vous sentez-vous ? » demanda-t-elle subitement.

Il fallut à Rand une bonne minute pour se rendre compte qu'elle s'adressait à lui. Et, quand il eut compris, il s'efforça péniblement de se relever. « Bien.

Je suis juste... » Il chancela et ses jambes cédèrent sous lui. Il retomba rudement assis. La tête lui tournait. « Je vais juste regrimper par-dessus le mur », marmotta-t-il. Il tenta de nouveau de se redresser, mais elle posa la main sur son épaule et appuya. Il avait le vertige au point que cette pression légère suffit à le maintenir en place.

« Vous êtes blessé. » Elle s'agenouilla d'un mouvement gracieux près de lui. Ses doigts écartèrent avec douceur les cheveux poissés de sang sur le côté gauche de son crâne. « Vous avez dû heurter une branche en tombant. Vous aurez de la chance si vous ne vous êtes fendu que le cuir chevelu. Je ne crois pas avoir jamais vu aussi habile à l'escalade que vous, mais vous ne réussissez pas les chutes avec autant de brio.

– Vous allez vous mettre du sang plein les mains », dit-il en s'écartant.

Elle ramena avec fermeté sa tête à la place où elle l'avait à sa portée. « Restez tranquille. » Elle ne parlait pas d'un ton autoritaire, néanmoins il y avait dans sa voix cet accent de quelqu'un qui s'attend à être obéi. « Cela n'a pas l'air trop grave, la Lumière en soit remerciée. » De poches intérieures dans sa cape, elle commença à tirer nombre de fioles minuscules et de sachets de papier tortillonné, finissant par une poignée de tampons d'ouate.

Il contempla cette collection avec stupeur. C'était le genre de chose qu'il aurait pensé voir transporté par une Sagesse, pas par quelqu'un vêtu de cette façon. Elle s'était taché les doigts de sang, mais cela ne semblait pas la déranger.

« Donne-moi ta gourde d'eau, Gawyn, dit-elle. J'ai besoin de laver ceci. »

Le garçon qu'elle appelait Gawyn détacha de sa ceinture un flacon de cuir qu'il lui tendit, puis il s'assit avec aisance sur ses talons aux pieds de Rand, entourant ses genoux de ses bras. Élayne s'affairait à sa tâche d'une façon très compétente. Rand ne sursauta pas au contact piquant de l'eau froide quand elle lava l'entaille dans ses cheveux, mais elle lui tenait la tête d'une main comme si elle prévoyait qu'il tenterait de reculer de nouveau et qu'elle ne voulait pas en entendre parler. Le baume qu'elle appliqua ensuite, sorti d'une de ses petites fioles, se révéla presque aussi apaisant qu'une des préparations de Nynaeve.

Gawyn sourit à Rand pendant qu'elle officiait – d'un sourire rassurant comme si, lui aussi, pensait que Rand allait se dégager d'un geste brusque et peut-être même s'enfuir. « Elle trouve toujours des chats égarés et des oiseaux avec l'aile cassée. Vous êtes le premier être humain sur qui elle a à s'exercer. » Il hésita, puis ajouta : « Ne soyez pas offensé. Je ne vous traite pas d'égaré. » Ce n'était pas une justification, simplement l'énoncé d'un fait.

« Il n'y a pas d'offense », répliqua Rand avec raideur. Mais ces deux-là se conduisaient comme s'il était un cheval ombrageux.

« Elle sait ce qu'elle fait, reprit Gawyn. Elle a eu les meilleurs maîtres. Alors ne craignez rien, vous êtes entre de bonnes mains. »

Élayne appuya un des pansements contre sa tempe et retira de sa ceinture une écharpe en soie – aux couleurs bleu, crème et or. Pour n'importe quelle jeune fille du Champ d'Emond, ç'aurait été une précieuse étoffe réservée aux jours de fête. Élayne se mit à l'enrouler adroitement autour de sa tête afin de maintenir le pansement en place.

Il protesta : « Vous ne pouvez pas vous servir de ça. »

Elle continua à l'enrouler. « Je vous ai dit de vous tenir tranquille », répliqua-t-elle avec calme.

Rand regarda Gawyn. « Croit-elle toujours que tout le monde va souscrire à ses ordres ? »

Un air de surprise passa comme un éclair sur le visage du jeune homme et sa bouche se serra dans une expression d'amusement. « La plupart du temps, oui. Et la plupart du temps, les gens obtempèrent.

– Tenez ceci, reprit Élayne. Mettez votre main là pendant que je noue... » Elle poussa une exclamation à la vue de ses mains. « Vous ne vous êtes pas fait ça en tombant. Plutôt en escaladant ce que vous n'auriez pas dû escalader. » Elle finit prestement son nœud et lui retourna les mains paume en l'air, regrettant entre ses dents qu'il reste si peu d'eau. Le nettoyage aviva les brûlures des lacérations, mais elle s'y prenait avec une surprenante délicatesse. « Ne bougez plus, cette fois-ci. »

La fiole de baume fut ressortie. Elle l'étala en couche fine sur les éraflures, toute son attention apparemment concentrée pour que le baume pénètre sans aviver la douleur. Une fraîcheur se répandit dans ses mains, comme si en massant elle supprimait les endroits écorchés.

« La plupart du temps, les gens agissent exactement comme elle le leur dit, poursuivit Gawyn avec un sourire affectueux à l'adresse du haut de la tête d'Élayne. La majeure partie des gens. Pas maman, bien sûr. Ni Élaida. Et pas Lini. Lini a été sa nourrice. On ne donne pas d'ordre à qui vous a fouettée pour avoir volé des figues quand vous étiez petite. Et même pas si petite. » Élayne releva la tête juste le temps de lui adresser un regard foudroyant. Il s'éclaircit la gorge et arbora un masque soigneusement indifférent avant de continuer vivement. « Et Gareth, naturellement. Personne ne donne des ordres à Gareth.

– Pas même maman, commenta Élayne, penchant la tête au-dessus des mains de Rand. Elle présente des suggestions, et il exécute toujours ce qu'elle suggère, mais je ne l'ai jamais entendue lui commander quoi que ce soit. » Elle secoua la tête.

« Je ne comprends pas pourquoi cela te surprend toujours, lui répondit Gawyn. Même toi, tu n'essaies pas de dire à Gareth ce qu'il doit faire. Il a servi trois Reines et a été Capitaine-Général et Prince Régent auprès de deux Reines. Il y en a certains, je suppose, aux yeux de qui il symbolise le Trône d'Andor encore plus que la Reine.

– Maman devrait se décider à l'épouser », dit-elle distraitement. Son attention se concentrait sur les mains de Rand. « Elle en a envie ; elle ne peut me le cacher. Et cela résoudrait tant de problèmes. »

Gawyn secoua la tête. « L'un d'eux doit plier le premier. Maman ne peut pas et Gareth ne veut pas.

– Si elle le lui ordonnait...

– Il obéirait. Je crois. Mais elle ne le lui commandera pas. Tu sais bien que non. »

Brusquement, ils se retournèrent pour dévisager Rand. Il eut l'impression qu'ils avaient oublié sa présence. « Qui... ? » Il dut s'interrompre pour s'humecter les lèvres. « Qui est votre mère ? »

Les yeux d'Élayne s'écarquillèrent de surprise, mais Gawyn parla d'un ton banal qui donna à ses paroles une résonance d'autant plus impressionnante : « Morgase, par la grâce de la Lumière Reine d'Andor, Protectrice du Royaume, Défenseur du Peuple, Haut Trône de la Maison de Trakand.

– La Reine », murmura Rand, le choc le parcourant en ondes paralysantes. Pendant une minute, il pensa que sa tête allait recommencer à tourner. *N'attire absolument aucune attention. Tombe seulement dans le jardin de la Reine et laisse la Fille-Héritière soigner tes écorchures comme un guérisseur de village.* Il fut saisi d'une envie de rire et comprit que c'était un début de panique.

Prenant une profonde aspiration, il se releva précipitamment. Il tenait la bride haute à son désir de fuite, mais il était conscient jusqu'au bout des ongles de la nécessité de s'en aller, de partir avant que quelqu'un d'autre le découvre ici.

Élayne et Gawyn le regardaient paisiblement et, quand il se dressa d'un bond, ils se relevèrent avec grâce, sans se presser le moins du monde. Il porta la main à sa tête pour ôter l'écharpe, mais Élayne lui saisit le coude. « Pas de ça. Vous feriez saigner de nouveau. » Sa voix était toujours calme, toujours assurée qu'il obéirait.

« Il faut que je m'en aille, expliqua Rand. Je vais regrimper par-dessus le mur et...

– Vous ne saviez vraiment pas. » Pour la première fois, elle parut aussi décontenancée que lui. « Entendez-vous par là que vous avez escaladé ce mur pour voir Logain sans même savoir où vous étiez ? Vous auriez eu un bien meilleur aperçu en bas dans les rues.

– Je... je n'aime pas la foule », marmonna-t-il. Il esquissa un salut devant chacun d'eux. « Si vous voulez bien m'excuser, heu... ma Dame. » Dans les contes, les cours royales étaient pleines de gens qui s'appelaient tous Seigneur, Dame, Altesse Royale et Majesté mais, s'il avait jamais entendu la forme d'adresse correcte pour la Fille-Héritière, il n'avait pas les idées assez nettes pour se la rappeler. Il était incapable de penser clairement à autre chose qu'à la nécessité de se trouver bien loin de là. « Si vous voulez bien m'excuser, je vais partir maintenant. Heu... merci pour les... » Il porta la main à l'écharpe entourant sa tête. « Merci.

– Sans même nous dire votre nom ? repartit Gawyn. Un piètre paiement pour les soins d'Élayne. J'étais en train de me poser des questions à votre sujet. Votre accent est d'un Andorin, bien que pas de Caemlyn certainement, mais vous ressemblez... Ma foi, vous connaissez nos noms. La courtoisie suggérerait que vous nous donniez le vôtre. »

Rand, qui couvait des yeux le mur, donna son vrai nom avant de réfléchir à ce qu'il disait et ajouta même : « Du Champ d'Emond, dans le pays des Deux Rivières.

– De l'ouest, murmura Gawyn. Très loin à l'ouest. »

La tête de Rand pivota vivement vers lui. De l'étonnement avait résonné dans la voix du jeune homme et Rand en surprit encore un peu sur son visage quand il se retourna. Toutefois Gawyn remplaça si vite cette expression par un sourire aimable qu'il douta presque de ce qu'il avait vu.

« Laine et tabac, énonça Gawyn. Je dois connaître les principaux produits de chaque coin du Royaume. De tous les pays, aussi bien. Une partie de mon éducation. Les principaux produits et artisanats et à quoi ressemblent les gens. Leurs coutumes, leurs forces et leurs faiblesses. On dit que les gens des Deux Rivières sont obstinés. Ils se laissent conduire, s'ils vous en jugent digne, mais plus vous essayez de les pousser plus ils résistent. Élayne devrait choisir là-bas son mari. Il faudra un homme avec une volonté ferme comme un roc pour ne pas être piétiné par elle. »

Rand le regarda avec stupeur. Élayne aussi. Gawyn semblait aussi maître de lui que d'ordinaire, mais il tenait de drôles de propos. *Pourquoi ?*

« Qu'est ceci ? »

Les trois sursautèrent en même temps à cette voix qui s'élevait soudain et se retournèrent d'un mouvement vif pour lui faire face.

Le jeune homme qui se tenait là était le plus beau que Rand a jamais vu, presque trop beau d'après les critères de la masculinité. Il était grand et svelte, mais ses mouvements étaient indicateurs d'une vigueur dynamique et d'une parfaite assurance. Brun d'œil et de cheveux, il portait ses vêtements aux couleurs rouge et blanche, à peine un peu moins recherchés que ceux de Gawyn, comme s'ils n'avaient pas d'importance. Une main reposait sur la poignée de son épée et ses yeux ne quittaient pas Rand.

« Écarte-toi de lui, Élayne, dit-il. Toi aussi, Gawyn. »

Élayne s'avança devant Rand, entre lui et le nouveau venu, tête haute et sûre d'elle comme jamais. « C'est un sujet loyal de notre mère et un bon serviteur de la Reine. Et il est sous ma protection, Galad. »

Rand s'efforça de se rappeler ce qu'il avait entendu dire par Maître Kinch et ensuite par Maître Gill. Galadedrid Damodred était le demi-frère d'Élayne et de Gawyn, si sa mémoire ne le trahissait pas ; les trois avaient eu le même père. Maître Kinch n'avait peut-être pas beaucoup aimé Taringail Damodred – pas plus que tous les autres qui en avaient parlé devant lui – mais le fils était estimé autant par les tenants du rouge que par les tenants du blanc, si ce qui se disait dans la ville était une indication.

« Je connais ton affection pour les abandonnés, Élayne, reprit le svelte jeune homme d'un ton modéré, mais ce garçon est armé et il n'a guère l'air présentable. De nos jours, on ne saurait être trop prudent. Si c'est un loyal partisan de la Reine, que fait-il ici qui n'est pas sa place ? C'est assez facile de changer ce qui enveloppe une épée, Élayne.

– Il est ici en tant que mon hôte, Galad, et je me porte garante de lui. Ou bien t'es-tu institué ma nourrice, pour décider à qui je peux parler et quand ? »

Sa voix était imprégnée de dédain, mais Galad ne s'en émut pas. « Tu sais bien que je ne prétends pas contrôler tes faits et gestes, Élayne, mais ce... ton hôte n'est pas convenable et tu en es consciente aussi bien que moi. Gawyn, aide-moi à la convaincre. Notre mère voudrait...

– Suffit ! coupa Élayne. Tu as raison quand tu dis que tu n'as pas voix au chapitre en ce qui concerne mes actions, et tu n'as pas non plus le droit de les juger. Tu peux te retirer. Tout de suite ! »

Galad jeta à Gawyn un coup d'œil désabusé ; il semblait à la fois demander de l'aide tout en proclamant qu'Élayne était trop têtue pour être aidée. L'expression d'Élayne se rembrunit mais, à l'instant où elle ouvrait de nouveau la bouche, il s'inclina de la façon la plus cérémonieuse avec en même temps la grâce d'un chat, recula d'un pas, puis se retourna et s'éloigna sur le sentier dallé, ses longues jambes l'emportant rapidement hors de vue derrière la charmille.

« Je le déteste, murmura Élayne. Il est infect et dévoré d'envie.

– Là, tu vas trop loin, Élayne, dit Gawyn. Galad

ignore ce que c'est que l'envie. Par deux fois il m'a sauvé la vie, sans que personne soit là pour savoir s'il retenait ou non sa main. S'il s'était abstenu, il serait ton Premier Prince de l'Épée à ma place.

– Jamais, Gawyn. Je choisirais n'importe qui avant Galad. N'importe qui. Le plus modeste garçon d'écurie. » Elle sourit soudain et adressa à son frère un regard faussement sévère. « Tu dis que j'aime donner des ordres. Eh bien, je t'ordonne de ne rien te laisser arriver. Je t'ordonne d'être mon Premier Prince de l'Épée quand je monterai sur le trône – la Lumière veuille que ce jour soit éloigné ! – et de conduire les armées d'Andor avec le genre de gloire que Galad est incapable de rêver.

– Qu'il en soit selon votre volonté, ma Dame. » Gawyn rit, sa révérence une parodie de celle de Galad.

Élayne regarda Rand d'un air pensif. « Maintenant, nous devons vous sortir d'ici rapidement.

– Galad se conduit toujours comme il faut, expliqua Gawyn, même quand il ne le devrait pas. Dans le cas présent, c'est-à-dire trouver un inconnu dans les jardins, ce qui s'impose est d'avertir les gardes du Palais. Et je le soupçonne d'être allé le faire séance tenante.

– Alors il est temps que je repasse par-dessus le mur », dit Rand.

Bien joué pour quelqu'un qui tient à ne pas être remarqué ! J'aurais pu aussi bien brandir une pancarte ! Il se tourna vers le mur mais Élayne le retint par le bras.

« Pas après toute la peine que j'ai prise pour vos mains. Vous n'aboutirez qu'à attraper de nouvelles éraflures et puis vous laisserez quelque vieille guérisseuse malpropre mettre dessus la Lumière sait quoi. Il existe une petite porte de l'autre côté du jardin. Elle est enfouie sous les feuillages et il n'y a pratiquement que moi pour se rappeler qu'elle est là. »

Soudain Rand entendit approcher d'eux un martèlement de bottes sur les dalles d'ardoise.

« Trop tard, murmura Gawyn. Il a dû se mettre à courir dès qu'il a été hors de vue. »

Élayne grommela un juron et les sourcils de Rand se haussèrent d'un coup. Il avait entendu ça dans la bouche des palefreniers à *La Bénédiction de la Reine* et avait été choqué à ce moment-là. La seconde suivante, Élayne avait recouvré son sang-froid.

Gawyn et Élayne paraissaient se trouver bien de ne pas bouger, mais lui ne pouvait se contraindre à attendre les Gardes de la Reine avec autant de sérénité. Il se mit en marche vers le mur, sachant qu'il n'en aurait escaladé que la moitié quand les gardes arriveraient mais il était incapable de rester immobile.

Il n'avait pas avancé de trois pas que des hommes en uniforme rouge surgirent, le soleil se reflétant dans leur plastron d'acier comme ils fonçaient dans l'allée. D'autres accoururent telles des vagues déferlantes de pourpre et de métal poli, venant apparemment de toutes les directions. Certains avaient l'épée au clair; d'autres n'attendaient que de se piéter avant de lever l'arc et d'encocher des flèches empennées. Derrière les barres du ventail de leur casque, tous les yeux étaient menaçants, et toutes les larges flèches étaient pointées sur lui sans vaciller.

Élayne et Gawyn bondirent avec ensemble, se postant entre lui et les flèches, leurs bras étendus pour le couvrir. Il se tint parfaitement immobile et laissa ses mains bien en vue, loin de son épée.

Le martèlement de bottes et le crissement des cordes d'arc résonnaient encore quand un des arrivants, avec à l'épaule le nœud d'or des officiers, cria : « Ma Damoiselle, mon Seigneur, à terre, vite ! »

En dépit de ses bras ouverts, Élayne se redressa avec une dignité royale. « Vous osez venir l'épée nue en ma présence, Tallanvor ? Vous aurez de la chance si, pour cela, Gareth Bryne ne vous met pas à nettoyer les écuries avec le dernier des fantassins ! »

Les soldats échangèrent des coups d'œil déconcertés et quelques archers, mal à l'aise, inclinèrent à moitié leur arc. Alors seulement Élayne laissa retomber ses bras, comme si elle ne les avait levés que par fantaisie. Gawyn hésita, puis suivit son exemple. Rand pouvait compter les arcs qui ne s'étaient pas abaissés. Les muscles de son estomac se durcirent comme s'ils étaient capables d'arrêter une flèche à vingt pas.

L'homme au nœud d'officier paraissait le plus perplexe de tous. « Damoiselle, pardonnez-moi, mais le seigneur Galadedrid a signalé un paysan malpropre qui rôdait dans les jardins, armé et dangereux pour ma Damoiselle Élayne et mon Seigneur Gawyn. » Ses yeux se portèrent sur Rand et sa voix s'affermit. « Si ma

Damoiselle et mon Seigneur veulent bien s'écarter, j'emmènerai ce vilain en lieu sûr. Il y a trop de gueusaille dans la ville, ces temps-ci.

– Je doute fort que Galad ait signalé quoi que ce soit de ce genre, rétorqua Élayne. Galad ne ment pas.

– Parfois, je le regrette, murmura Gawyn pour la seule oreille de Rand. Juste une fois. Cela rendrait peut-être plus agréable de vivre avec lui.

– Ce jeune homme est mon hôte, continua Élayne, et ici sous ma protection. Vous pouvez disposer, Tallanvor.

– À mon regret, c'est impossible, Damoiselle. Comme ma Damoiselle le sait, la Reine, votre noble mère, a donné des ordres concernant quiconque se trouve dans l'enceinte du Palais sans la permission de Sa Majesté, et la présence de cet intrus a été signalée à Sa Majesté. » Il y avait plus qu'une nuance de satisfaction dans la voix de Tallanvor. Rand se douta que l'officier avait dû accepter d'Élayne d'autres ordres qu'il ne jugeait pas convenables ; cette fois, il n'allait pas céder, pas quand il avait une excellente excuse.

Élayne dévisagea Tallanvor ; pour une fois, elle semblait à court de riposte.

Rand interrogea Gawyn du regard et celui-ci comprit. « La prison », murmura-t-il. Le visage de Rand blêmit et le jeune homme ajouta vivement : « Seulement pour quelques jours, et vous ne serez pas maltraité. Vous serez interrogé par Gareth Bryne en personne, le Capitaine-Général, mais vous serez libéré une fois établi que vous n'aviez pas de mauvaises intentions. » Il marqua un temps, des pensées masquées dans son regard. « J'espère que vous avez dit la vérité, Rand al'Thor des Deux Rivières. »

Soudain Élayne déclara : « Vous allez nous conduire tous les trois à ma mère. » Un sourire s'épanouit sur la figure de Gawyn.

Derrière les barres d'acier qui lui protégeaient la face, Tallanvor parut interloqué. « Damoiselle, je...

– Ou bien emmenez-nous tous les trois dans une cellule, reprit Élayne. Nous resterons ensemble. Ou donnerez-vous l'ordre que des mains soient portées sur ma personne ? » Son sourire était victorieux et la façon dont Tallanvor regardait autour de lui comme s'il s'attendait à découvrir de l'aide dans les arbres disait que lui aussi pensait qu'elle avait gagné.

Gagné quoi ? Comment ?

« Notre mère examine Logain, murmura Gawyn comme s'il avait lu dans les pensées de Rand, et même si elle n'est pas occupée, Tallanvor n'oserait pas arriver en sa présence avec Élayne et moi comme si nous étions en état d'arrestation. Maman est parfois un peu coléreuse. »

Rand se rappela ce qu'avait dit Maître Gill de la Reine Morgase. *Un peu coléreuse ?*

Un autre soldat en uniforme rouge survint en courant dans l'allée, dérapant quand il s'arrêta pour saluer, un bras en travers de la poitrine. Il parla tout bas à Tallanvor et ses paroles déclenchèrent chez celui-ci une expression satisfaite.

« La Reine, votre noble mère, annonça Tallanvor, me donne l'ordre de lui amener immédiatement l'intrus. C'est aussi l'ordre de la Reine que ma Damoiselle Élayne et mon Seigneur Gawyn viennent la rejoindre. Immédiatement. »

Gawyn tiqua et Élayne avala sa salive. Néanmoins, le visage composé, elle commença à brosser avec application les taches sur sa robe. En dehors de déloger quelques fragments d'écorce, ses efforts n'aboutirent pas à grand-chose.

« Si ma Damoiselle veut bien ? dit Tallanvor avec suffisance. Mon Seigneur ? »

Les soldats se formèrent autour d'eux en un carré qui se mit en marche le long de l'allée dallée d'ardoises à la suite de Tallanvor. Gawyn et Élayne encadraient Rand, tous deux apparemment plongés dans des réflexions désagréables. Les soldats avaient rengainé leurs épées et remis les flèches au carquois, mais ils n'étaient pas moins en alerte que lorsqu'ils avaient des armes dans les mains. Ils surveillaient Rand comme s'ils s'attendaient à ce qu'il saisisse son épée et tente de se tailler un chemin vers la liberté.

Tenter quelque chose ? Je ne veux RIEN *tenter. Passer inaperçu ! Ah !*

Tout en observant les soldats qui lui rendaient la pareille, il prit soudain conscience du jardin. Il avait complètement récupéré depuis sa chute. Une chose était survenue après l'autre, chaque choc nouveau se produisant avant que l'effet du précédent ait eu le temps de s'effacer et ce qui l'entourait était resté flou, à part le mur – et son souhait fervent d'être de nouveau de l'autre côté. Maintenant il *voyait pour de bon* l'herbe verte que son esprit avait vaguement notée auparavant. *De la verdure !* Cent nuances de vert. Des arbres et des buissons verts et vigoureux, couverts de feuillage et de fruits. Des plantes grimpantes luxuriantes qui enveloppaient des arceaux au-dessus de l'allée. Des fleurs partout. Une profusion de fleurs qui répandaient de la couleur dans tout le jardin. Il en connaissait certaines variétés – soleils dorés et minuscules myrtes roses, cosmos cramoisis et Gloires d'Emond pourprés, rosiers aux fleurs allant du blanc le plus pur au rouge des plus foncés – mais d'autres étaient étranges, si bizarres de forme et de teinte qu'il se demanda si elles étaient bien réelles.

« C'est verdoyant, murmura-t-il. Verdoyant. » Les soldats chuchotèrent entre eux ; Tallanvor leur jeta un regard sévère par-dessus son épaule et ils se turent.

« L'œuvre d'Élaida, expliqua machinalement Gawyn.

– Ce n'est pas juste, dit Élayne. Elle a demandé si je voulais choisir une ferme pour laquelle elle aurait accompli la même chose, alors que tout autour les cultures continuaient à avorter, mais néanmoins ce n'est pas bien que nous ayons des fleurs alors que des gens n'ont pas assez pour se nourrir. » Elle respira à fond et recouvra son assurance. « Ne vous démontez pas, dit-elle à Rand avec autorité. Parlez haut et clair quand on vous adressera la parole, sinon gardez le silence. Et suivez mon exemple. Tout se passera bien. »

Rand aurait aimé partager sa confiance. Que Gawyn ait eu l'air d'en avoir autant aurait aidé. Comme Tallanvor les conduisait dans le Palais, il regarda derrière lui le jardin, toute cette verdure parsemée de fleurs, ces couleurs façonnées pour une Reine par la main d'une Aes Sedai. Il était dans une mauvaise passe et il ne voyait rien se profiler à l'horizon pour l'aider à s'en tirer.

Les vestibules étaient bondés de domestiques en livrée rouge avec col et manchettes blanches, le Lion Blanc sur le côté gauche de leur tunique, qui couraient de-ci de-là, affairés à des tâches qui n'étaient pas immédiatement apparentes. Quand les soldats passèrent en troupe avec Élayne, Gawyn et Rand au milieu, ils s'arrêtèrent net pour regarder, ébahis.

Au milieu de cette consternation générale, un matou

rayé de gris survint avec insouciance dans le vestibule, se frayant un chemin parmi les serviteurs qui ouvraient des yeux ronds. Soudain, ce chat provoqua une réaction bizarre chez Rand. Il avait séjourné assez longtemps à Baerlon pour savoir que la plus petite échoppe avait des chats dans tous les coins. Depuis qu'il était entré au Palais, ce matou était le seul qu'il avait vu.

L'incrédulité le poussa à demander : « Vous n'avez pas de rats ? » Des rats pullulaient *partout*.

« Élaida n'aime pas les rats », murmura Gawyn d'un ton absent. Il plongeait un regard inquiet dans le fond du couloir, envisageant déjà la comparution imminente devant la Reine. « Nous n'avons jamais de rats.

– Taisez-vous tous les deux. » La voix d'Élayne était sèche, mais distraite comme celle de son frère. « J'essaie de réfléchir. »

Rand regarda le chat par-dessus son épaule jusqu'à ce que les gardes l'entraînent au-delà d'un tournant qui masqua le matou. Une troupe de chats lui aurait remonté le moral ; ç'aurait été agréable qu'il y ait quelque chose de normal dans ce Palais, ne serait-ce que des rats.

Le chemin que suivait Tallanvor tournicota tant de fois que Rand perdit le sens de la direction prise. Finalement, le jeune officier s'arrêta devant une haute porte à deux battants en bois sombre aux riches reflets, pas aussi majestueuse que certaines devant lesquelles ils avaient passé mais néanmoins entièrement sculptée de rangées de lions, dont les détails étaient finement travaillés. Un serviteur en livrée était posté de chaque côté.

« Au moins n'est-ce pas la Grande Salle. » Gawyn eut un rire mal assuré. « Je n'ai jamais entendu dire que maman ait ordonné ici de couper la tête à quelqu'un. » Il donnait l'impression de penser qu'elle pourrait établir un précédent.

Tallanvor tendit la main vers l'épée de Rand, mais Élayne s'avança pour l'empêcher de la prendre. « C'est mon invité et, selon la coutume et la loi, les hôtes de la famille royale sont autorisés à être armés même en présence de ma Mère. Ou récusez-vous ma parole qu'il est mon invité ? »

Tallanvor hésita, l'affrontant du regard, puis hocha la tête. « Très bien, Damoiselle. » Elle sourit à Rand tandis que Tallanvor reculait, mais cela ne dura pas. « Le premier rang m'accompagne, ordonna Tallanvor. Annoncez à Sa Majesté la Damoiselle Élayne et le Seigneur Gawyn, dit-il aux portiers. Ainsi que le lieutenant de la Garde Tallanvor, sur l'ordre de Sa Majesté, avec l'intrus sous surveillance. »

Élayne menaça Tallanvor du regard, mais les battants s'ouvraient déjà. Une voix sonore retentit, clamant les noms des arrivants.

Élayne franchit le seuil avec majesté, gâchant un peu son entrée royale par un geste indiquant à Rand de rester tout près derrière elle. Gawyn redressa les épaules et entra d'une allure assurée, se tenant sur le côté exactement à un pas de distance à sa suite. Rand imita le mouvement, se maintenant timidement de l'autre côté d'Élayne à la même hauteur que Gawyn. Tallanvor marcha sur les talons de Rand, et les dix soldats l'accompagnèrent. Les battants de la porte se refermèrent en silence sur eux.

Soudain Élayne plongea dans une profonde révérence, inclinant simultanément le buste, et garda cette posture en tenant sa jupe déployée. Rand sursauta et imita hâtivement Gawyn et les autres hommes, modifiant ses mouvements avec embarras jusqu'à ce qu'il parvienne à la bonne attitude. Le genou droit en terre, la tête baissée, se courbant en avant pour appuyer les jointures de sa main droite sur les dalles de marbre, la main gauche posée sur l'extrémité de la poignée de son épée. Gawyn, qui n'avait pas d'épée, avait placé de cette façon sa main sur sa dague.

Rand se félicitait d'avoir pris la bonne posture quand il remarqua Tallanvor, la tête toujours baissée, qui lui lançait un coup d'œil furibond derrière son heaume. *Étais-je censé me tenir autrement?* Il fut subitement furieux que Tallanvor attende de lui qu'il connaisse la bonne manière de se comporter alors que personne ne lui avait rien dit. Et furieux d'avoir peur des gardes. Il n'avait rien fait qui justifie d'avoir peur. Il savait que Tallanvor n'était pas responsable de cette peur, mais était néanmoins en colère contre lui.

Tous gardaient la pose, figés comme s'ils comptaient sur le dégel de printemps. Il ignorait ce qu'ils attendaient, mais il saisit cette occasion pour examiner l'endroit où on l'avait amené. Il gardait la tête baissée, la tournant juste assez pour voir. L'air contrarié de Tallanvor s'accentua, mais il ne s'en préoccupa pas.

La salle carrée avait à peu près les dimensions de la salle commune à *La Bénédiction de la Reine,* ses murs étaient ornés de scènes de chasse sculptées en relief dans de la pierre du blanc le plus pur. Les tapisseries suspendues entre les sculptures étaient d'aimables représentations de fleurs lumineuses et de colibris au plumage éclatant, à part les deux à l'autre extrémité de la salle, où les Lions Blancs d'Andor plus hauts qu'un homme se dressaient sur champ de gueules. Ces deux tentures flanquaient une estrade et sur cette estrade un trône sculpté et doré où la Reine avait pris place.

Un homme trapu à la mine bourrue était debout, tête nue, à la droite de la souveraine, revêtu du rouge des Gardes royaux avec quatre nœuds d'or sur l'épaule de sa cape et de larges bandes dorées rompant la blancheur de ses manchettes. Ses tempes étaient très grises, mais il avait l'air aussi solide et inébranlable qu'un roc. Ce devait être le Capitaine-Général, Gareth Bryne. De l'autre côté, derrière le trône, une femme vêtue de soie vert foncé était assise sur un tabouret bas et tricotait quelque chose en laine foncée, presque noire. À première vue, le tricot fit croire à Rand qu'elle était vieille mais, au deuxième coup d'œil, il fut incapable de lui donner un âge. Jeune, vieille, il ne savait pas. Son attention semblait complètement absorbée par son fil et ses aiguilles, comme s'il n'y avait pas une Reine à portée de sa main. C'était une belle femme, extérieurement placide, pourtant sa concentration avait quelque chose de terrifiant. Pas un son ne résonnait dans la salle, à part le cliquetis de ses aiguilles.

Rand essayait de tout regarder, pourtant ses yeux revenaient immanquablement à la femme dont le front s'ornait de la brillante couronne de roses artistement ouvrées, la Couronne de la Rose d'Andor. Une longue étole rouge, avec sur toute sa longueur le Lion Rampant d'Andor, pendait par-dessus sa robe de soie aux plissés rouges et blancs et, quand elle effleura de sa main gauche le bras du Capitaine-Général, un anneau en forme du Grand Serpent se mordant la Queue scintilla. Pourtant, ce n'était pas la magnificence des vêtements, des bijoux ou même de la couronne qui fascinait Rand : c'était la femme qui les portait.

Morgase avait la beauté de sa fille, mûrie et dans sa plénitude. Son visage et sa silhouette, sa présence emplissaient la salle comme une lumière qui reléguait dans l'ombre les deux autres. Si elle avait été une veuve du Champ d'Emond, aurait-elle été la pire cuisinière et la plus négligente maîtresse de maison des Deux Rivières, une file de prétendants encombrerait le seuil de sa porte. Il vit qu'elle l'examinait et baissa vivement la tête, redoutant qu'elle puisse lire ses pensées sur sa figure. *Par la Lumière, penser à la Reine comme si elle était une paysanne! Imbécile!*

« Vous pouvez vous relever », dit Morgase d'une voix chaude et ample qui possédait cent fois plus que celle d'Élayne la certitude d'être obéie.

Rand se redressa comme les autres.

« Mère... », commença Élayne, mais Morgase lui coupa la parole.

« Tu as grimpé aux arbres, semble-t-il, ma fille. » Élayne cueillit un fragment d'écorce égaré sur sa robe et, ne trouvant pas d'endroit où le mettre, le tint serré dans sa main. « En fait, poursuivit calmement Morgase, il apparaîtrait qu'en dépit de mes ordres contraires tu as trouvé moyen de voir ce Logain comme tu en avais envie. Gawyn, je m'attendais à mieux de ta part. Il faut que tu apprennes non seulement à obéir à ta sœur mais aussi, en même temps, à agir comme contrepoids pour parer à tout accident. » Le regard de la Reine se porta vers l'homme massif à côté d'elle, puis se détourna aussitôt. Bryne demeura impassible comme s'il ne s'en était pas aperçu, mais Rand songea que ces yeux devaient remarquer tout. « Ceci, Gawyn, est autant le devoir du Premier Prince que de conduire les armées d'Andor. Peut-être que si ta préparation était accrue tu aurais moins de temps pour laisser ta sœur t'entraîner dans les ennuis. Je vais demander au Capitaine-Général de veiller à ce que tu ne manques pas d'occupations pendant le voyage vers le nord. »

Gawyn se déplaça d'un pied sur l'autre comme s'il s'apprêtait à protester mais, à la place, il inclina la tête. « Qu'il en soit selon votre volonté, Mère. »

Élayne fit la grimace. « Mère, Gawyn ne peut empêcher qu'il m'arrive des ennuis s'il n'est pas avec moi. C'est pour cette unique raison qu'il a quitté son appartement. Mère, sûrement il ne pouvait y avoir aucun mal à regarder simplement Logain. Presque tous les gens de la ville étaient plus proches de lui que nous.

– Tous les gens de la ville ne sont pas la Fille-Héritière. » De la sécheresse était sous-jacente dans la voix de la souveraine. « J'ai vu de près ce Logain, et il est dangereux, mon enfant. Enfermé dans une cage avec des Aes Sedai qui le surveillent constamment, il est encore aussi dangereux qu'un loup. J'aurais préféré qu'il n'ait jamais été amené dans les parages de Caemlyn.

– On se chargera de lui à Tar Valon. » La femme au tabouret ne quittait pas des yeux son tricot en parlant. « Ce qui est important, c'est que le peuple voie que la Lumière a vaincu les Ténèbres une fois encore. Et qu'il voie que vous avez pris part à cette victoire, Morgase. »

Morgase écarta l'argument d'un geste de la main. « J'aurais quand même mieux aimé qu'il n'approche jamais de Caemlyn. Élayne, je sais ce que tu penses.

– Maman, protesta Élayne, je suis bien décidée à vous obéir. Franchement, si.

– Tu en as l'intention ? » questionna Morgase avec une surprise feinte, puis elle eut un petit rire. « Oui, tu essaies vraiment d'être une fille déférente. N'empêche que tu testes constamment jusqu'où tu peux aller. Bah, j'en ai fait autant avec ma mère. Cette disposition d'esprit te sera fort utile quand tu monteras sur le trône, mais tu n'es pas encore Reine, mon enfant. Tu m'as désobéi et tu as vu Logain comme tu voulais. Il faut t'en contenter. Pendant le trajet vers le nord, tu ne seras pas autorisée à en approcher de moins de cent pas, ni toi ni Gawyn non plus. Si je ne savais pas à quel point seront difficiles vos leçons à Tar Valon, j'enverrai Lini avec vous pour veiller à ce que tu obéisses. Elle, au moins, paraît capable de t'obliger à faire ce que tu dois. »

Élayne inclina la tête de mauvaise grâce.

La femme derrière le trône semblait occupée à compter ses mailles. « Dans une semaine, dit-elle soudain, tu voudras revenir auprès de ta mère. Dans un mois, tu auras envie de t'enfuir avec les Nomades. Mais mes sœurs te maintiendront à l'écart du mécréant. Cette sorte de chose-là n'est pas pour toi, pas encore. » Brusquement, elle se tourna sur son tabouret pour observer intensément Élayne, toute sa placidité évanouie comme si elle n'en avait jamais témoigné. « Tu as en toi d'être la plus grande souveraine qu'Andor a jamais vue, qu'aucun pays n'a connue depuis plus d'un millier d'années. C'est pour cela que nous te formerons, si tu en as l'étoffe. »

Rand la regarda avec attention. Ce devait être Élaida, l'Aes Sedai. Tout à coup, il fut content de ne pas être allé lui demander son aide, quelle que soit son Ajah. Une dureté dépassant de loin celle de Moiraine irradiait d'elle. Il avait parfois songé à Moiraine comme à de l'acier recouvert de velours ; avec Élaida, le velours n'était qu'une illusion.

« Suffit, Élaida, dit Morgase, dont le front se rembrunit anxieusement. Elle a entendu cela plus qu'assez. La Roue tisse selon Son bon plaisir. » Pendant un instant, elle resta silencieuse, regardant sa fille. « Maintenant, il y a le problème de ce jeune homme » – elle désigna Rand du geste sans quitter des yeux le visage d'Élayne – « et comment et pourquoi il est venu ici, et pourquoi tu as revendiqué pour lui le droit des invités à ton frère.

– Puis-je parler, Mère ? » Quand Morgase eut donné d'un signe de tête son assentiment, Élayne relata simplement ce qui s'était passé depuis l'instant où elle avait aperçu Rand qui escaladait la pente aboutissant au mur d'enceinte. Il pensait qu'elle allait terminer en proclamant l'innocence de ce qu'il avait fait mais, à la place, elle déclara : « Mère, vous m'avez souvent dit que je devais connaître les gens de notre pays, depuis les plus renommés jusqu'aux plus humbles et pourtant, chaque fois que j'en rencontre, c'est escortée d'une douzaine de membres du Palais. Dans ces conditions, comment puis-je savoir ce qui est réel ou vrai ? En parlant avec ce jeune homme, j'ai appris sur les gens des Deux Rivières, leur façon d'être, davantage que je ne l'aurais jamais pu par les livres. C'est significatif qu'il soit venu de si loin et ait arboré le rouge, alors que tellement d'arrivants portent le blanc par crainte. Mère, je vous supplie de ne pas maltraiter un sujet loyal et quelqu'un qui m'a appris beaucoup sur le peuple que vous gouvernez.

– Un sujet loyal des Deux Rivières. » Morgase soupira. « Mon enfant, tu devrais prêter plus d'attention à ces livres. Les Deux Rivières n'ont pas vu un percepteur d'impôts en six générations ni les Gardes de la Reine en sept. Ils pensent même rarement à se souvenir qu'ils font partie du Royaume, c'est probable. » Rand se secoua avec gêne en se remémorant sa surprise quand on lui avait dit que le Royaume d'Andor englobait les Deux Rivières. La Reine s'en aperçut et adressa à sa fille un sourire désabusé. « Tu vois, enfant ? »

Rand prit conscience qu'Élaida avait abandonné son tricot et l'observait. Elle quitta son tabouret et descendit avec lenteur de l'estrade pour s'arrêter devant lui. « Des Deux Rivières ? » dit-elle. Elle tendit la main vers sa tête ; il s'écarta afin d'éviter qu'elle le touche et elle laissa retomber sa main. « Avec ce roux dans les cheveux et ces yeux gris ? Les natifs des Deux Rivières ont les cheveux et les yeux noirs, et ils atteignent rarement une taille aussi élevée. » La main de l'Aes Sedai s'élança comme une flèche et retroussa sa manche de tunique, découvrant de la peau plus claire parce que moins souvent exposée au soleil. « Ou une peau pareille. »

Cela lui fut un effort de ne pas serrer les poings. Il dit d'un ton obstiné : « Je suis né au Champ d'Emond. Ma mère était une étrangère ; voilà d'où viennent mes yeux. Mon père est Tam al'Thor, un fermier éleveur de moutons, comme moi. »

Élaida hocha lentement la tête, sans le quitter des yeux. Il lui rendit regard pour regard avec un sang-froid que démentait la sensation de brûlure dans son estomac. Il la vit prendre note de la fermeté de son regard. Toujours les yeux fixés sur les siens, elle avança de nouveau la main vers lui avec lenteur. Il résolut de ne pas broncher, cette fois-ci.

C'est son épée qu'elle toucha, pas lui, sa main se refermant sur le haut même de la poignée. Ses doigts se resserrèrent et ses yeux s'arrondirent de surprise. « Un berger des Deux Rivières, dit-elle à mi-voix, dans un murmure destiné à être entendu par tous, avec une épée portant la marque du héron. »

Ces quelques derniers mots agirent sur la salle comme si Élaida avait annoncé la présence du Ténébreux. Cuir et métal crissèrent derrière Rand, tandis que des bottes raclaient les dalles de marbre. Du coin de l'œil, il aperçut Tallanvor et un autre Garde qui s'écartaient de lui pour prendre du champ, la main sur leur épée, prêts à dégainer et, à en juger par leur mine, prêts à mourir. Deux enjambées rapides amenèrent Gareth Bryne devant l'estrade, entre Rand et la Reine.

Même Gawyn se plaça devant Élayne, un air soucieux sur le visage et une main sur son poignard. Élayne elle-même le regardait comme si elle le voyait pour la première fois. Morgase ne changea pas d'expression, mais ses mains se crispèrent sur les accoudoirs dorés de son trône.

Seule Élaida marqua moins de réaction que la Reine. L'Aes Sedai ne manifesta en aucune façon qu'elle avait dit quelque chose sortant de l'ordinaire. Elle lâcha l'épée, ce qui causa une tension encore plus grande chez les soldats. Ses yeux, calmes et calculateurs, restèrent en contact avec ceux de Rand.

« Voyons, dit Morgase d'une voix égale, il est trop jeune pour avoir mérité une lame à l'emblème du héron. Il ne doit pas être plus âgé que Gawyn.

– Elle lui convient », déclara Gareth Bryne.

La Reine le regarda avec surprise. « Comment est-ce possible ?

– Je ne sais pas, Morgase, répliqua Gareth Bryne avec lenteur. Il est effectivement trop jeune, pourtant elle lui convient et il lui convient. Regardez ses yeux. Regardez comme il se tient, comme l'épée s'accorde à sa personne et lui à elle. Il est trop jeune, mais l'épée lui appartient. »

Quand le Capitaine-Général se tut, Élaida demanda : « Comment cette épée se trouve-t-elle entre vos mains, Rand al'Thor des Deux Rivières ? » Elle le dit comme si elle doutait de son nom autant que de l'endroit dont il était originaire.

« Mon père me l'a donnée, répliqua Rand. C'était la sienne. Il a pensé que j'aurais besoin d'une épée, une fois parti de chez nous.

– *Encore un berger des Deux Rivières* avec une lame frappée d'un héron. » Il sentit sa bouche se dessécher devant le sourire d'Élaida. « Quand êtes-vous arrivé à Caemlyn ? »

Il en avait assez de dire la vérité à cette femme. Elle le terrorisait autant que n'importe quel Ami du Ténébreux. Le moment était venu de recommencer à dissimuler. « Aujourd'hui, dit-il. Ce matin.

– Juste à temps, murmura-t-elle. Où logez-vous ? Ne racontez pas que vous n'avez pas trouvé une chambre quelque part. Vous avez l'air un peu éprouvé par le voyage mais vous avez eu le temps de faire un brin de toilette. Où ?

– À *La Couronne et le Lion.* » Il se rappelait avoir passé devant *La Couronne et le Lion* quand il cherchait *La Bénédiction de la Reine.* Cette auberge était située à l'autre bout de la Ville Nouvelle par rapport à celle de Maître Gill. « J'y ai un lit. Dans la mansarde. » Il avait l'impression qu'elle savait qu'il mentait, mais elle se contenta de hocher la tête.

« Quel hasard est ceci ? dit-elle. Aujourd'hui, le mécréant est amené à Caemlyn. Dans deux jours il sera conduit dans le Nord à Tar Valon et avec lui va la Fille-Héritière pour son éducation. Et juste à ce moment un jeune homme apparaît dans les jardins du Palais en prétendant être un loyal sujet des Deux Rivières...

– Je *suis* des Deux Rivières. » Tous le regardaient mais personne ne lui prêtait attention. Sauf Tallanvor et les Gardes ; ces yeux-là ne cillaient jamais.

« ... avec une histoire calculée pour plaire à Élayne et avec une épée frappée au héron. Il porte non pas un brassard ou une cocarde pour proclamer son allégeance, mais des bandelettes qui dissimulent soigneusement le héron aux regards inquisiteurs. Quel hasard est ceci, Morgase ? »

La Reine demanda d'un signe au Capitaine-Général de s'écarter et, quand il eut obéi, elle examina Rand avec inquiétude. Toutefois, c'est à Élaida qu'elle s'adressa. « Comment le définissez-vous ? Comme un Ami du Ténébreux ? Un des partisans de Logain ?

– Le Ténébreux s'agite dans le Shayol Ghul, répliqua l'Aes Sedai. L'Ombre pèse sur le Dessin, et l'avenir est en équilibre sur une pointe d'épingle. Ce jeune homme représente un danger. »

Élayne réagit soudain en se jetant à genoux devant le trône. « Mère, je vous supplie de ne pas lui faire de mal. Il serait parti immédiatement si je ne l'en avais pas empêché. Il voulait s'en aller. C'est moi qui l'ai obligé à rester. Je ne peux pas croire qu'il est un Ami du Ténébreux. »

Morgase eut un geste apaisant pour sa fille, mais ses yeux demeuraient fixés sur Rand. « Est-ce une Prophétie, Élaida ? Déchiffrez-vous le Dessin ? D'après vous, l'esprit de Prophétie s'impose à vous quand vous vous y attendez le moins et disparaît aussi subitement. Si ceci est une Prophétie, Élaida, je vous somme de formuler clairement la vérité, sans votre manière habituelle de l'envelopper de tant de mystère que personne ne peut déterminer si vous avez dit oui ou non. Parlez. Que voyez-vous ?

– Ceci, je le prédis, répliqua Élaida, et jure par la Lumière que je ne peux m'exprimer plus clairement. À partir de ce jour, Andor est en marche vers la souffrance et la division. L'Ombre a encore à s'assombrir jusqu'à son plus noir et je ne peux pas voir si la Lumière vient ensuite. Où le monde a versé une larme, il en répandra des milliers. Ceci je le prédis. »

Un silence s'appesantit sur la salle comme un linceul, silence rompu seulement par Morgase qui laissa échapper son souffle comme si c'était le dernier.

Élaida continuait à regarder Rand dans les yeux. Elle prit de nouveau la parole, remuant à peine les lèvres, si bas qu'il l'entendait à peine, lui qui n'était qu'à une longueur de bras. « Cela aussi, je le prédis. L'épreuve de la souffrance et de la division va s'abattre sur le monde entier et ce jeune homme se trouve au cœur de cette épreuve. J'obéis à la Reine, murmura-t-elle, et je le proclame ouvertement. »

Rand eut l'impression que ses pieds s'étaient enracinés dans le sol de marbre. Le froid et la rigidité de la pierre envahirent ses jambes et déclenchèrent un frisson qui courut le long de sa colonne vertébrale. Personne n'avait pu entendre. N'empêche, elle continuait à le dévisager et, lui, il avait entendu.

« Je suis un berger, proclama-t-il à l'intention de la salle entière. Natif des Deux Rivières. Un éleveur de moutons.

– La Roue tisse selon son bon vouloir », répliqua sur le même mode Élaida, et il fut incapable de déceler s'il y avait ou non une pointe d'ironie dans sa voix.

« Seigneur Gareth, déclara Morgase, j'ai besoin de l'avis de mon Capitaine-Général. »

L'homme trapu secoua la tête. « Élaida Sedai décrète que le garçon est dangereux, ma Reine, et si elle pouvait préciser davantage je proposerais d appeler le bourreau mais, tout ce qu'elle énonce, n'importe qui parmi nous peut le voir de ses propres yeux. Dans la campagne, il n'y a pas un fermier dépourvu du moindre don de prophétie qui ne proclame que la situation va empirer. Mon intime conviction est que ce garçon est ici simplement par hasard, encore que ce soit un hasard malheureux en ce qui le concerne. Pour plus de sûreté, ma Reine, je suggère de l'enfermer dans une cellule jusqu'à ce que la Damoiselle Élayne et le Seigneur Gawyn soient loin, puis de le relâcher. À moins, Aes Sedai, que vous n'ayez encore à Prophétiser sur lui ?

– J'ai expliqué tout ce que j'avais lu dans le Dessin, Capitaine-Général », rétorqua Élaida. Elle décocha à Rand un sourire dur, un sourire qui courba à peine ses lèvres, se moquant de son incapacité à dénoncer qu'elle ne disait pas la vérité. « Quelques semaines d'emprisonnement ne lui feront pas de mal et cela me donnera une chance d'en apprendre davantage. » Ses yeux s'emplirent d'avidité, accroissant chez Rand la sensation de froid. « Peut-être une autre Prophétie se manifestera-t-elle. »

Pendant un moment, Morgase réfléchit, le menton sur le poing et le coude sur l'accotoir de son trône. Rand aurait bien aimé changer de position sous son regard sévère s'il avait pu remuer tant soit peu, mais les yeux d'Élaida le clouaient sur place. Finalement, la Reine prit la parole.

« La suspicion étouffe Caemlyn, sinon même la totalité d'Andor. La peur et la pire suspicion. Des femmes dénoncent leurs voisines comme étant des Amies du Ténébreux. Des hommes griffonnent le Croc du Dragon sur la porte de gens qu'ils connaissent depuis des années. Je ne veux pas tomber dans le même travers.

– Morgase... », commença Élaida, mais la Reine lui coupa la parole.

« Je ne veux pas me laisser aller à agir de même. Quand j'ai pris la couronne, j'ai juré de rendre justice aux puissants et aux humbles, et je la rendrai même si je suis la dernière en Andor à me souvenir de ce qu'est la justice. Rand al'Thor, jurez-vous devant la Lumière que votre père, un berger des Deux Rivières, vous a donné cette lame portant la marque du héron ? »

Rand fit jouer ses mâchoires pour trouver assez de salive et pouvoir parler. « Oui. » Se rappelant brusquement à qui il s'adressait, il ajouta hâtivement : « Ma Reine. » Le Seigneur Gareth haussa un de ses épais sourcils, mais Morgase ne parut pas s'en formaliser.

« Et vous avez escaladé le mur du jardin simplement pour mieux voir le faux Dragon ?

– Oui, ma Reine.

– Avez-vous l'intention de nuire au trône d'Andor, ou à ma fille ou à mon fils ? » Le ton de la souveraine disait que ces deux dernières éventualités lui vaudraient d'être exécuté dans des délais encore plus brefs que la première.

« Je n'ai l'intention de nuire à personne, ma Reine. Encore moins à vous et aux vôtres.

– Je vais donc vous rendre justice, Rand al'Thor, dit-elle. D'abord parce que j'ai sur Élaida et Gareth l'avantage d'avoir entendu l'accent des Deux Rivières quand j'étais jeune. Vous n'avez pas le type de là-bas mais, si un vague souvenir peut me servir, vous avez sur la langue le parler des Deux Rivières. Deuxièmement, personne ayant vos yeux et vos cheveux ne prétendrait être un berger des Deux Rivières à moins que ce ne soit vrai. Et que votre père vous ait donné une lame avec la marque du héron est trop saugrenu pour être un mensonge. Enfin, troisièmement, la voix qui me chuchote que le meilleur mensonge est souvent celui qui est trop ridicule pour passer comme tel... cette voix n'est pas une preuve. J'appliquerai les lois que j'ai promulguées. Je vous donne votre liberté, Rand al'Thor, mais je suggère qu'à l'avenir vous fassiez attention aux endroits où vous vous introduisez. Si vous êtes découvert de nouveau dans les jardins du Palais, vous ne vous en tirerez pas aussi facilement.

– Merci, ma Reine », répondit-il d'une voix étranglée. Il sentait la contrariété d'Élaida comme une vague de chaleur sur sa figure.

« Tallanvor, reprit Morgase, escortez ce... escortez l'hôte de ma fille jusqu'à la sortie du Palais et témoignez-lui la plus parfaite courtoisie. Le reste d'entre vous peut disposer aussi. Non, Élaida, demeurez. Et, si vous le voulez bien, vous aussi, Seigneur Gareth. Il faut que je prenne une décision concernant ces Blancs Manteaux qui sont dans la ville. »

Tallanvor et les Gardes remirent à contrecœur l'épée au fourreau, prêts à dégainer de nouveau aussitôt. Néanmoins, Rand fut heureux que les soldats se forment en carré autour de lui et qu'il ait à suivre Tallanvor. Élaida ne prêtait qu'à demi attention à ce que disait la Reine ; il sentait ses yeux sur sa nuque. *Que serait-il arrivé si Morgase n'avait pas retenu l'Aes Sedai auprès d'elle ?* Cette pensée l'incita à souhaiter que les soldats marchent plus vite.

À sa surprise, Élayne et Gawyn échangèrent quelques mots une fois la porte franchie, puis l'encadrèrent et marchèrent à côté de lui. Tallanvor aussi fut étonné. Le regard du jeune officier alla d'eux à la porte dont les battants se refermaient.

« Ma mère, déclara Élayne, a ordonné qu'il soit escorté jusqu'à la sortie du Palais, Tallanvor. Avec toute la courtoisie requise. Qu'est-ce que vous attendez ? »

Tallanvor lança un coup d'œil maussade à la porte derrière laquelle la souveraine conférait avec ses conseillers. « Rien, Damoiselle », répliqua-t-il d'un ton aigre et, bien inutilement, ordonna à l'escorte d'avancer.

Les merveilles du Palais défilèrent près de Rand sans qu'il les voie. Il avait les idées embrouillées, des fragments de pensée tournoyaient dans son esprit trop vite pour être saisis. *Vous n'avez pas le type de là-bas. Ce jeune homme se trouve au cœur de cette épreuve.*

L'escorte s'arrêta. Il cligna des yeux, stupéfait de se retrouver dans la vaste cour devant le Palais, debout devant les hautes grilles dorées qui luisaient au soleil. Les grilles ne s'ouvriraient pas pour une seule personne, certainement pas pour un intrus, même si la Fille-Héritière réclamait pour lui le droit des hôtes. Sans un mot, Tallanvor débarra une porte piétonne, une petite ouverture aménagée dans une des grilles.

« C'est la coutume, dit Élayne, d'escorter les hôtes jusqu'aux grilles, mais non de les regarder partir. C'est le plaisir de la compagnie d'un hôte dont on doit se souvenir, et non la tristesse de la séparation.

– Merci, Damoiselle », répondit Rand. Il porta la main à l'écharpe qui lui bandait le front. « Pour tout. La coutume aux Deux Rivières est qu'un hôte apporte un petit cadeau. Je n'ai malheureusement rien. Bien qu'apparemment, ajouta-t-il pince-sans-rire, je vous aie enseigné quelque chose sur les gens de mon pays.

– Si j'avais dit à Maman que je vous trouvais beau garçon, elle aurait certainement ordonné de vous mettre au cachot. » Élayne le gratifia d'un sourire éblouissant. « Adieu, Rand al'Thor. »

Ébahi, il la regarda partir, version plus jeune de la beauté et de la majesté de Morgase.

« N'essayez pas de faire assaut d'esprit avec elle. » Gawyn rit. « Elle gagnera à chaque fois. »

Rand hocha la tête machinalement. *Beau garçon? Par la Lumière, la Fille-Héritière du trône d'Andor!* Il se secoua pour s'éclaircir les idées.

Gawyn semblait attendre quelque chose. Rand le regarda un instant.

« Mon Seigneur, quand je vous ai dit que j'étais des Deux Rivières, vous avez été surpris. Et tous les autres, votre mère, le Seigneur Gareth, Élaida Sedai... » – un frisson courut le long de son épine dorsale – « ... aucun d'eux... » Il ne put finir; il ne savait même plus pourquoi il avait commencé. *Je suis le fils de Tam al'Thor, même si je ne suis pas né dans les Deux Rivières.*

Gawyn hocha la tête comme si c'était ce qu'il attendait. Il hésita néanmoins. Rand ouvrit la bouche pour retirer sa question muette et Gawyn dit : « Drapez-vous une *shoufa* autour de la tête, Rand, et vous serez l'image d'un Aiel. Bizarre, puisque Maman a l'air de penser que vous avez bien, au moins, la façon de parler d'un natif des Deux Rivières. J'aurais aimé que nous ayons pu en venir à nous connaître, Rand al'Thor. Adieu. »

Un Aiel.

Rand resta à regarder Gawyn s'éloigner jusqu'à ce qu'une toux d'impatience émise par Tallanvor lui rappelle où il était. Il s'élança tête baissée par la petite porte, qu'il eut juste le temps de franchir avant que Tallanvor la rabatte sur ses talons. Les barres intérieures furent remises en place bruyamment.

L'esplanade ovale devant le Palais était maintenant vide. Tous les soldats partis, toute l'affluence, le silence succédant aux trompettes et aux tambours. Rien ne restait à part des détritus éparpillés volant sur le pavé et quelques personnes se rendant en hâte à leurs affaires à présent que le spectacle était fini. Il était incapable de discerner si elles arboraient le rouge ou le blanc.

Un Aiel.

Avec un sursaut, il prit conscience qu'il se tenait en plein devant les grilles du Palais, en plein à l'endroit où Élaida pouvait aisément le trouver une fois qu'elle en aurait fini avec la Reine. Ramenant sa cape serrée autour de lui, il partit au pas gymnastique, traversa l'esplanade et s'engouffra dans les rues de la Cité

Intérieure. Il regardait fréquemment en arrière pour vérifier si quelqu'un le poursuivait, mais les vastes courbes de la chaussée l'empêchaient de voir loin. Il ne se rappelait que trop bien les yeux d'Élaida, toutefois, et les imaginait en train de guetter. Quand il arriva aux portes de la Ville Nouvelle il courait.

41.

VIEILLES CONNAISSANCES ET NOUVELLES MENACES

De retour à *La Bénédiction de la Reine,* Rand s'affala en haletant contre le chambranle de la porte de devant. Il avait couru tout le long du chemin, sans se préoccuper si on le voyait arborant le rouge ou encore si l'on prenait prétexte de sa fuite éperdue pour lui donner la chasse. Il pensait que même un Évanescent n'aurait pu le rejoindre.

Lamgwin était assis sur un banc près de la porte, un chat tigré dans les bras, quand Rand était arrivé en courant. Il se leva pour regarder quel grabuge s'annonçait dans la direction d'où venait Rand, grattant toujours avec calme le chat derrière les oreilles. Ne voyant rien, il se rassit, en évitant avec soin de déranger l'animal. « Des imbéciles ont essayé de voler quelques-uns des chats, il y a un moment », dit-il. Il examina ses jointures avant de se remettre à son grattage. « Les chats valent pas mal d'argent, ces temps-ci. »

Les deux hommes portant cocarde blanche se trouvaient toujours de l'autre côté de la rue, Rand le constata, l'un avec un œil au beurre noir et la mâchoire enflée. Celui-là avait une mine amère et furieuse, et il frottait la poignée de son épée avec une ardeur maussade en surveillant l'auberge.

« Où est Maître Gill ? questionna Rand.

– Dans la bibliothèque », répliqua Lamgwin. Le chat se mit à ronronner et il sourit largement. « Rien n'inquiète longtemps un chat, même pas que quelqu'un essaie de le fourrer dans un sac. »

Rand entra et traversa précipitamment la salle

commune, maintenant avec le plein habituel de clients arborant le rouge et discutant en buvant leur ale. Du Faux Dragon, de l'éventualité que les Blancs Manteaux suscitent des troubles quand on l'emmènerait vers le nord. Personne ne se souciait de ce qui arriverait à Logain, mais tous savaient que la Fille-Héritière et le Seigneur Gawyn voyageraient avec le convoi, et personne ici n'admettait qu'ils courent des risques.

Il trouva Maître Gill dans la bibliothèque en train de jouer aux mérelles avec Loial. Une chatte dodue tigrée était couchée sur la table, les pattes ramenées sous elle, regardant leurs mains se déplacer sur la planche quadrillée.

L'Ogier plaça un autre palet avec un toucher contrastant bizarrement par sa délicatesse avec ses doigts massifs. Maître Gill secoua la tête et profita de l'apparition de Rand pour se détourner de la table. Loial gagnait presque toujours aux mérelles. « Je commençais à me demander où vous étiez, mon garçon. Je craignais que vous n'ayez eu des ennuis avec un de ces traîtres exhibant du blanc, ou que vous ne soyez tombé sur ce mendiant ou quelque chose comme ça. »

Pendant une minute, Rand resta planté, ébahi. Il avait complètement oublié ce paquet de loques fait homme. « Je l'ai vu, finit-il par répondre, mais ce n'est rien. J'ai vu la Reine, aussi, et Élaida ; les ennuis viennent de là. »

Maître Gill laissa échapper un éclat de rire. « La Reine, hein ? Vous m'en direz tant. Il y a une heure ou deux, nous avons eu dans la salle commune Gareth Bryne qui jouait au bras de fer avec le Seigneur Capitaine-Commandant des Enfants de la Lumière, mais la Reine, alors ça... c'est quelque chose.

– Sang et cendres, grommela Rand, tout le monde me prend pour un menteur, aujourd'hui. » Il lança sa cape sur le dos d'un fauteuil et se jeta dans un autre. Il était trop énervé pour s'y enfoncer. Il se percha au bord et s'essuya la figure avec un mouchoir. « J'ai vu le mendiant et il m'a vu, et j'ai pensé... Ça, ce n'est pas important. J'ai grimpé sur un mur qui entourait un jardin pour avoir vue sur l'esplanade devant le Palais quand on a amené Logain. Et je suis tombé, de l'autre côté.

– Je crois presque que vous ne blaguez pas, commenta lentement l'aubergiste.

– *Ta'veren,* murmura Loial.

– Oh, c'est bien réel, répliqua Rand. La Lumière me vienne en aide, très réel. »

À mesure qu'il s'expliquait, le scepticisme de Maître Gill se dissipait lentement, laissant la place à une inquiétude muette. L'aubergiste se penchait de plus en plus en avant tant et si bien qu'il finit perché au bord de son siège comme Rand. Loial écoutait avec impassibilité, à part que de temps à autre il frottait son large nez et que les houppes de ses oreilles frémissaient un peu.

Rand raconta tout ce qui était arrivé – tout sauf ce qu'Élaida lui avait chuchoté. Et ce qu'avait expliqué Gawyn à la grille du Palais. À une chose il ne voulait pas penser; l'autre n'avait rien à voir avec ce qui le concernait. *Je suis le fils de Tam al'Thor quand bien même je ne suis pas né dans les Deux Rivières. Oui ! Je suis du sang des Deux Rivières et Tam est mon père.*

Brusquement, il s'aperçut que, perdu dans ses pensées, il s'était tu et qu'ils le regardaient. Pendant un instant de panique, il se demanda s'il n'avait pas trop parlé.

« Eh bien, conclut Maître Gill, plus question que vous attendiez vos amis. Il vous faut quitter la ville, et vite. D'ici deux jours au maximum. Pouvez-vous remettre Mat sur pied dans ce laps de temps ou dois-je envoyer chercher Mère Grubb ? »

Rand lui jeta un coup d'œil perplexe. « Deux jours ?

– Élaida est le conseiller de la Reine Morgase, juste après le Capitaine-Général Gareth Bryne. Peut-être avant lui. Supposez qu'elle lance les Gardes de la Reine à votre recherche – le Seigneur Gareth ne l'en empêchera pas sauf au cas où elle interférerait avec leurs autres obligations – eh bien, les Gardes peuvent fouiller toutes les auberges de Caemlyn en deux jours. Et cela à moins que la malchance ne les amène ici le premier jour, ou dès la première heure. Peut-être avons-nous un certain délai en admettant qu'ils commencent par *La Couronne et le Lion,* mais pas une minute pour s'attarder. »

Rand hocha lentement la tête. « Si je n'arrive pas à sortir Mat de ce lit, vous préviendrez Mère Grubb. J'ai encore un peu d'argent. Peut-être en suffisance.

– Je me chargerai de Mère Grubb, rétorqua l'aubergiste d'un ton bourru. Et je suppose que je peux vous prêter deux chevaux. Essayez d'aller à pied à Tar Valon et vous aurez usé ce qui reste de vos souliers avant d'avoir parcouru la moitié du trajet.

– Vous êtes un ami sûr, dit Rand. Nous ne vous avons apparemment causé que du dérangement, mais vous êtes toujours prêt à nous aider. Un véritable ami. »

Maître Gill eut l'air gêné. Il haussa les épaules, s'éclaircit la gorge et baissa les yeux. Ce qui amena ceux-ci sur le damier aux mérelles, et il les détourna vivement. Loial était indéniablement en train de gagner. « Oui, eh bien. Thom a toujours été pour moi un ami véritable. S'il est prêt à se mettre en quatre pour vous, je peux apporter moi aussi ma contribution.

– J'aimerais vous accompagner quand vous partirez, Rand, dit soudain Loial.

– Je croyais que la question était réglée, Loial. » Il hésita – Maître Gill n'était toujours pas au courant de la totalité du danger couru – puis ajouta : « Vous savez ce qui nous attend, Mat et moi, ce qui est à nos trousses.

– Des Amis du Ténébreux, répliqua l'Ogier de sa calme voix de basse, des Aes Sedai et la Lumière sait quoi encore. Ou le Ténébreux. Vous allez à Tar Valon, et il y a là-bas un très beau bosquet, que les Aes Sedai soignent bien à ce que j'ai entendu dire. En tout cas, il y a autre chose que les bosquets à voir dans le monde. Vous êtes vraiment *ta'veren,* Rand. Le Dessin se tisse autour de vous et vous vous trouvez au centre. »

Ce jeune homme se trouve au cœur de l'épreuve. Un frisson parcourut Rand. « Je ne me trouve au cœur de rien du tout », s'exclama-t-il âprement.

Maître Gill battit des paupières et même Loial parut déconcerté par son accès d'humeur. L'aubergiste et l'Ogier se regardèrent, puis baissèrent les yeux. Rand s'efforça de se détendre en aspirant de grandes goulées d'air. Par extraordinaire, il atteignit le vide – qui lui avait échappé si souvent ces derniers temps – et le calme. Ils n'avaient rien fait qui justifie sa colère.

« Vous pouvez venir, Loial, dit-il. Je me demande bien pourquoi vous en auriez envie, mais je serais reconnaissant de votre compagnie. Vous... vous savez comment est Mat.

– Je sais, répliqua Loial. Je ne peux toujours pas sortir dans la rue sans ameuter une foule qui crie " Trolloc ! " après moi. Mat, au moins, n'utilise que des mots. Il n'a pas essayé de me tuer.

– Bien sûr que non, s'exclama Rand. Pas Mat. » *Il n'irait pas jusque-là. Pas Mat.*

Un coup fut frappé à la porte, et une des serveuses, Gilda, passa la tête dans la pièce. Elle avait les lèvres pincées et une expression inquiète. « Maître Gill, venez vite, s'il vous plaît. Il y a des Blancs Manteaux dans la grande salle. »

Maître Gill se leva d'un bond en proférant un juron, ce qui incita la chatte à sauter à bas de la table et à sortir à pas comptés, la queue dressée, l'air offensé. « J'arrive. Courez leur dire que j'arrive, puis garez-vous hors de leur chemin. Vous m'entendez, jeune fille ? Tenez-vous à l'écart. » Gilda hocha la tête et disparut. « Mieux vaut que vous restiez ici », recommanda-t-il à Loial.

L'Ogier renifla, un son pareil à des draps qui se déchirent. « Je ne désire aucunement rencontrer de nouveau les Enfants de la Lumière. »

L'œil de Maître Gill tomba sur la table aux mérelles et son humeur parut se désassombrir. « Comme qui dirait que nous devrons recommencer une partie plus tard.

– Pas besoin. » Loial allongea le bras jusqu'aux rayonnages et prit un livre ; ses mains firent paraître minuscule le volume à couverture de toile. « Nous pouvons reprendre au point où en sont les palets. C'est votre tour. »

Maître Gill esquissa une grimace. « Quand ce n'est pas une chose, c'est l'autre », marmotta-t-il en sortant vivement de la pièce.

Rand le suivit, mais avec lenteur. Il n'avait pas plus que Loial envie d'affronter les Enfants. *Ce jeune homme se trouve au cœur de cette épreuve.* Il s'arrêta à la porte de la salle, d'où il pouvait voir ce qui se passait tout en étant assez en retrait pour espérer ne pas être remarqué.

Un silence de mort emplissait la salle. Cinq Blancs Manteaux se tenaient au milieu, soigneusement ignorés par les clients attablés. L'un d'eux avait l'éclair d'argent des sous-officiers sous le soleil rayonnant de sa cape. Appuyé nonchalamment au mur, près de la porte d'entrée, Lamgwin se nettoyait les ongles avec attention au moyen d'un bout de bois. Quatre autres des gardes engagés par Maître Gill étaient échelonnés le long du mur à côté de lui, tous très zélés à ne prêter aucun intérêt aux Blancs Manteaux. Si les Enfants de la Lumière avaient subodoré quoi que ce soit, ils n'en témoignaient rien. Seul le sous-officier laissait voir une certaine réaction, il se frappait avec impatience la paume avec ses gantelets renforcés sur le dessus par de l'acier en attendant l'aubergiste.

Maître Gill traversa la salle d'un pas rapide pour aller à lui, arborant une expression prudemment neutre. « La Lumière vous illumine, dit-il avec un salut mesuré – pas très profond mais pas assez désinvolte non plus pour être insultant, ainsi que notre bonne Reine Morgase. En quoi puis-je servir...

– Je n'ai pas de temps à perdre avec vos balivernes, aubergiste, rétorqua d'un ton cassant le sous-officier. J'ai déjà visité aujourd'hui vingt auberges, chacune une porcherie pire que la précédente, et j'en verrai encore vingt avant le coucher du soleil. Je cherche des Amis du Ténébreux, un garçon des Deux Rivières... »

Maître Gill s'assombrissait à chaque mot. Il gonfla ses joues comme s'il allait exploser, ce qu'il finit par faire, coupant à son tour la parole au Blanc Manteau. « Il n'y a pas d'Amis du Ténébreux dans mon établissement ! Chacun ici est un bon serviteur de la Reine !

– Oui, et nous connaissons tous la position adoptée par Morgase » – le sous-officier instilla dans sa façon de prononcer le nom de la Reine un accent de mépris – « et sa sorcière de Tar Valon, n'est-ce pas ? »

Les pieds des chaises raclèrent bruyamment. Soudain, tous les hommes de la salle furent debout. Ils étaient immobiles comme des statues, mais tous dévisageaient les Blancs Manteaux d'un air menaçant. Le sous-officier ne parut pas le remarquer, mais les quatre derrière lui jetèrent autour d'eux un coup d'œil empreint de malaise.

« Ce qui vous facilitera les choses, aubergiste, sera de coopérer, déclara le sous-officier. L'humeur du temps présent n'est pas tendre pour ceux qui protègent les Amis du Ténébreux. Je ne pense pas qu'une auberge avec le Croc du Dragon sur sa porte reçoive beaucoup de pratiques. Pourriez avoir des ennuis avec le feu, si vous avez ça sur votre devanture.

– Vous partez d'ici à l'instant, répliqua Maître Gill d'une voix calme, ou j'envoie chercher les Gardes de la

Reine pour transporter sur le fumier ce qui restera de vous. »

L'épée de Lamgwin crissa en sortant de son fourreau et le rude frottement de l'acier sur le cuir se répéta à travers la salle comme épées et poignards se retrouvaient en main. Les serveuses se précipitèrent vers les issues.

Le sous-officier regarda autour de lui avec une incrédulité méprisante. « Le Croc du Dragon...

– Ne vous aidera pas vous cinq », acheva pour lui Maître Gill. Qui leva un poing fermé dont il dressa l'index. « Un.

– Vous devez être fou, aubergiste, de menacer les Enfants de la Lumière.

– Les Blancs Manteaux ne font pas la loi dans Caemlyn. Deux. Croyez-vous vraiment que cela va s'arrêter là ?

– Trois.

– Nous reviendrons », riposta d'un ton bref le sous-officier qui ordonna alors à son escouade de faire demi-tour en s'efforçant d'avoir l'air de battre en retraite en bon ordre et à son heure. Il fut handicapé dans cette démonstration par l'ardeur que ses hommes mirent à gagner la sortie, sans courir mais sans dissimuler qu'ils souhaitaient être dehors.

Lamgwin se tenait sur le seuil avec son épée et il ne laissa le passage qu'en réponse aux signaux frénétiques de Maître Gill. Quand les Blancs Manteaux furent partis, l'aubergiste se laissa tomber lourdement sur une chaise. Il passa la main sur son front, puis la regarda comme s'il était surpris qu'elle ne soit pas couverte de sueur. Dans toute la salle, les clients se rassirent, riant de ce qu'ils avaient fait. Quelques-uns vinrent féliciter Maître Gill en lui tapant sur l'épaule.

Quand il aperçut Rand, l'aubergiste quitta son siège et alla le rejoindre d'un pas chancelant. « Qui aurait cru que j'aurais en moi l'étoffe d'un héros ? dit-il, songeur. La Lumière m'illumine. » Brusquement, il se secoua et sa voix reprit presque son ton habituel. « Il faut que vous restiez hors de vue jusqu'à ce que je puisse vous faire quitter la ville. » Il jeta un coup d'œil précautionneux dans la grande salle et poussa Rand plus au fond du couloir. « Ces vauriens vont revenir ou bien quelques espions arborant le rouge pour la journée. Après ma petite démonstration, je doute qu'ils se soucient que vous soyez ici ou non, mais ils se conduiront comme si vous y étiez.

– C'est ridicule », objecta Rand. Sur un geste de l'aubergiste, il baissa la voix. « Les Blancs Manteaux n'ont aucune raison de me courir après.

– Des raisons, mon garçon, je ne vois pas lesquelles, mais ils vous cherchent, vous et Mat, c'est sûr et certain. Qu'est-ce que vous avez donc fabriqué ? Élaida *et* les Enfants de la Lumière. »

Rand leva les mains en signe de protestation, puis les laissa retomber. Cela n'avait pas de sens, mais il avait entendu le sous-officier. « Et vous ? Les Blancs Manteaux vont vous causer des ennuis même s'ils ne nous trouvent pas.

– Ne vous inquiétez pas pour ça, mon garçon. Les Gardes de la Reine font encore respecter la loi, bien que laissant des traîtres se pavaner avec des cocardes blanches. Quant à la nuit... eh bien, Lamgwin et ses amis ne dormiront peut-être pas beaucoup, mais j'aurais presque pitié de quiconque tentera de dessiner un Croc sur ma porte. »

Gilda apparut à côté d'eux et plia le genou dans une révérence à l'adresse de Maître Gill. « Messire, il y a... il y a une dame. Dans la cuisine. » Elle paraissait scandalisée de cette association. « Elle demande Maître Rand, messire, et Maître Mat, par leur nom de famille. »

Rand échangea un regard perplexe avec l'aubergiste.

« Mon garçon, déclara Maître Gill, si vous vous êtes vraiment débrouillé pour que la Damoiselle Élayne descende du Palais jusqu'à mon auberge. nous allons tous finir devant le bourreau. » Gilda poussa un petit cri étouffé à la mention de la Fille-Héritière et contempla Rand d'un œil arrondi. « Allez-vous-en, jeune fille, ordonna sévèrement l'aubergiste. Et gardez le silence sur ce que vous avez entendu. Personne n'a à être au courant. » Gilda plongea de nouveau dans une révérence et s'élança dans le couloir, en jetant par-dessus son épaule des coups d'œil à Rand. « Dans cinq minutes » – Maître Gill soupira –, « elle va raconter aux autres femmes que vous êtes un prince déguisé. D'ici ce soir, toute la Ville Nouvelle sera au courant.

– Maître Gill, dit Rand, je n'ai jamais parlé de Mat à Élayne. Ce ne peut pas être... » Soudain, un immense sourire éclaira sa figure et il courut à la cuisine.

« Attendez ! cria derrière lui l'aubergiste. Attendez de savoir. Attendez, imbécile ! »

Rand ouvrit la porte de la cuisine et ils étaient là. Moiraine posa sur lui son regard serein, nullement surprise. Nynaeve et Egwene se précipitèrent pour l'enlacer, suivies de près par Perrin, tous trois lui tapotant les épaules comme s'ils avaient besoin de se convaincre qu'il était réellement là. Sur le seuil de la porte menant à l'écurie, Lan était adossé mollement, une botte sur le chambranle, partageant son attention entre la cuisine et la cour de l'autre côté.

Rand essaya d'étreindre les deux jeunes femmes et de prendre la main de Perrin en même temps, et ce fut un méli-mélo de bras et de rires, compliqué par Nynaeve qui voulait lui tâter la figure pour vérifier s'il n'avait pas la fièvre. Ils semblaient assez éprouvés – des bleus sur le visage de Perrin, et il gardait les yeux baissés d'une manière qu'il n'avait jamais eue auparavant – mais ils étaient vivants, et de nouveau réunis. Sa gorge était si nouée qu'il pouvait à peine parler. « Je craignais de ne jamais vous revoir, réussit-il finalement à dire. J'avais peur que vous ne soyez tous...

– Je savais que tu étais vivant, répliqua Egwene qui se pressait contre sa poitrine. Je l'ai toujours su. Toujours.

– Moi pas », déclara Nynaeve. À cet instant précis, sa voix fut sèche mais, l'instant suivant, elle s'adoucit et Nynaeve leva la tête pour lui sourire. « Tu as l'air en bonne santé, Rand. Pas gras, évidemment, mais bien-portant, la Lumière en soit remerciée.

– Ma foi, dit derrière lui Maître Gill, je pense que vous connaissez vraiment ces gens. Les amis que vous cherchiez ? »

Rand inclina la tête. « Oui, mes amis. » Il les présenta à la ronde ; cela lui paraissait toujours bizarre de nommer Lan et Moiraine selon leur véritable identité. Ce qui lui valut d'ailleurs un coup d'œil sévère de l'un et l'autrc.

L'aubergiste salua chacun par un beau sourire franc, mais il était dûment impressionné de se trouver en face d'un Lige et surtout de Moiraine. Il la contempla ouvertement bouche bée – c'était une chose de savoir qu'une Aes Sedai avait prêté assistance aux garçons et une bien différente de la voir apparaître dans sa cuisine –, puis il s'inclina profondément. « Vous êtes la bienvenue à *La Bénédiction de la Reine,* Aes Sedai, comme mon invitée. Mais, je le suppose, vous logerez au Palais avec Élaida Sedai, et les Aes Sedai qui sont arrivées avec le faux Dragon. » S'inclinant de nouveau, il lança à Rand un regard rapide et inquiet. C'était bel et bon de dire qu'il n'avait pas mauvaise opinion des Aes Sedai, mais rien à voir avec le fait de dire qu'il désirait en avoir une qui dorme sous son toit.

Rand lui répondit par un hochement de tête encourageant, s'efforçant de lui expliquer par sa mimique que tout allait bien. Moiraine n'était pas comme Élaida, avec une menace derrière chaque regard, chaque mot. *En es-tu sûr? Même maintenant en es-tu sûr?*

« Je pense que je vais rester ici pour le bref laps de temps où je séjournerai à Caemlyn, répliqua Moiraine. Et il faut que vous me permettiez de payer. »

Un chat tacheté survint nonchalamment du couloir pour se frotter contre les chevilles de l'aubergiste. À peine ce chat avait-il commencé qu'un gris au poil duveteux jaillit de sous la table, le dos arqué, en crachant. Le tacheté se piéta avec un grondement de menace et le gris, passant à côté de Lan, fila comme une flèche dans la cour de l'écurie.

Maître Gill commença à présenter des excuses pour les chats en même temps qu'il protestait que Moiraine l'honorerait en étant son invitée, était-elle sûre qu'elle ne préférait pas le Palais, ce qu'il comprendrait fort bien, mais il espérait la voir accepter son offre de sa meilleure chambre en cadeau. Le tout formait un mélange confus auquel Moiraine ne parut prêter aucune attention. À la place, elle se pencha pour gratter derrière les oreilles le chat orange et blanc; lequel quitta promptement les chevilles de Maître Gill pour les siennes.

« J'ai vu jusqu'à présent quatre autres chats ici, dit-elle. Vous avez un problème avec les souris? Les rats?

– Les rats, Moiraine Sedai. » L'aubergiste soupira. « Un terrible problème. Non pas que je ne tienne pas la maison propre, vous comprenez. C'est cette foule de gens. La ville entière regorge de gens et de rats. Mes chats, par contre, s'en occupent. Vous ne serez pas dérangée, je vous le promets. »

Rand échangea un bref regard avec Perrin qui de

nouveau baissa aussitôt les paupières. Les yeux de Perrin avaient quelque chose de bizarre. Et il était tellement silencieux ; Perrin avait presque toujours été lent à parler mais maintenant il n'émettait plus un son. Rand commenta : « Possible que ce soit à cause de cette affluence de visiteurs.

– Avec votre permission, Maître Gill, reprit Moiraine comme si la chose allait de soi, c'est simple de tenir les rats éloignés de cette rue. Nous aurons peut-être même la chance que les rats ne se rendent même pas compte qu'ils sont refoulés. »

À cette dernière phrase, Maître Gill tiqua, mais il s'inclina, acceptant son offre. « Si vous êtes certaine de ne pas vouloir séjourner au Palais, Aes Sedai.

– Où est Mat ? demanda subitement Nynaeve. *Elle* a dit qu'il était ici, lui aussi.

– En haut, dit Rand. Il... ne se sentait pas bien. »

Nynaeve leva vivement la tête. « Il est malade ? À *elle*, le soin des rats, moi je m'occuperai de lui. Montre-moi tout de suite le chemin, Rand.

– Montez tous, ordonna Moiraine. Je vous rejoins dans quelques minutes. Nous encombrons la cuisine de Maître Gill et ce sera mieux que nous demeurions tous à nous reposer dans un coin tranquille pendant un moment. » Il y avait un sous-entendu dans sa voix. *Restez hors de vue. Le temps de se tenir caché n'est pas fini.*

« Venez, dit Rand. Nous passerons par-derrière. »

Les natifs du Champ d'Emond se pressèrent derrière lui en direction de l'escalier du fond, laissant l'Aes Sedai et le Lige dans la cuisine avec Maître Gill. Il n'en revenait pas encore qu'ils soient de nouveau réunis. C'était presque comme s'il était de retour au village. Il ne pouvait s'arrêter de sourire d'une oreille à l'autre.

Ses compagnons semblaient éprouver le même soulagement presque joyeux. Ils riaient sous cape et ne cessaient d'allonger la main pour lui saisir le bras. La voix de Perrin était comme éteinte, et il gardait toujours la tête baissée, mais il se mit à parler tandis qu'ils gravissaient les marches.

« Moiraine avait dit qu'elle vous trouverait, Mat et toi, et elle l'a fait. Quand nous sommes entrés à cheval dans la ville, nous autres ne pouvions nous empêcher d'ouvrir de grands yeux – eh bien, sauf Lan, évidemment – devant cette quantité de monde, de bâtiments et le reste. » Il secoua la tête avec incrédulité et ses boucles épaisses oscillèrent. « C'est tellement grand. Et il y a une telle foule de gens. Parmi eux, il y en avait qui nous dévisageaient aussi en criant " *Rouge ou blanc ?* " comme si cela voulait dire quelque chose. »

Egwene toucha l'épée de Rand, palpant l'étoffe rouge. « Qu'est-ce que cela signifie ?

– Rien, dit-il. Rien d'important. Nous partons pour Tar Valon, tu te rappelles ? »

Egwene lui jeta un coup d'œil, mais elle ôta sa main de l'épée et reprit le récit là où Perrin s'était arrêté. « Moiraine ne regardait rien, pas plus que Lan. Elle nous a fait aller et venir dans toutes ces rues comme un chien qui suit une piste au flair, tant de fois que j'ai cru que vous ne pouviez pas être là. Puis, tout à coup, elle a enfilé une rue et nous nous sommes retrouvés en train de confier les chevaux au palefrenier et d'entrer en troupe dans la cuisine. Elle n'a même pas demandé si vous étiez là. Juste dit à une femme qui préparait de la pâte d'aller prévenir Rand al'Thor et Mat Cauthon que quelqu'un désirait les voir. Et, hop ! tu étais là – elle sourit – surgi de nulle part comme une balle dans la main du ménestrel.

– Où est le ménestrel ? questionna Perrin. Est-il avec vous ? »

L'estomac de Rand se serra et la bonne sensation d'avoir des amis autour de lui s'atténua. « Thom est mort. Je pense qu'il est mort. Il y avait un Évanescent... » Il fut incapable d'en dire davantage. Nynaeve secoua la tête en marmonnant.

Le silence s'épaissit autour d'eux, étouffant les petits rires, rabattant la joie, jusqu'à ce qu'ils arrivent en haut de l'escalier.

« Mat n'est pas malade à proprement parler, expliqua-t-il alors. C'est... vous verrez. » Il ouvrit grande la porte de la chambre qu'il partageait avec Mat. « Regarde qui est là, Mat. »

Mat était encore roulé en boule sur le lit, exactement comme Rand l'avait laissé. Il leva la tête pour les dévisager. « Qu'est-ce qui te prouve qu'ils sont réellement ceux à qui ils ressemblent ? » répliqua-t-il d'une voix enrouée. Il avait le visage congestionné, la peau tendue et luisante de sueur. « Comment saurais-je si vous êtes bien ce que vous paraissez ?

– Pas malade ? » Nynaeve jeta à Rand un regard dédaigneux et le repoussa de côté en faisant déjà glisser de son épaule la bride de son sac.

« Tout le monde change, reprit Mat d'un ton âpre. Comment puis-je en être sûr ? Perrin ? Est-ce toi ? Tu as changé, n'est-ce pas ? » Son rire résonna plutôt comme une toux. « Oh, oui, tu as changé. »

À la surprise de Rand, Perrin se laissa choir au bord de l'autre lit, la tête dans les mains, contemplant le plancher.

Le rire sec et rauque de Mat avait l'air de lui transpercer le cœur.

Nynaeve s'agenouilla près du lit de Mat et, levant la main vers son visage, repoussa son espèce de turban. Il s'écarta d'un sursaut avec une expression méprisante. Son regard était à la fois brillant et vitreux. « Tu brûles, dit-elle, mais tu ne devrais pas transpirer avec autant de fièvre. » Elle ne put empêcher son inquiétude de percer dans sa voix. « Rand, va avec Perrin chercher des serviettes propres et autant d'eau fraîche que vous pourrez en transporter. Je vais d'abord faire baisser ta température, Mat, puis...

– Jolie Nynaeve, cracha-t-il littéralement. Une Sagesse n'est pas censée penser à elle-même comme à une femme, hein ? Pas comme à une jolie femme. Mais vous, si, hein ? En cet instant même. Vous ne pouvez pas vous obliger à oublier que vous êtes jolie, maintenant, et cela vous effraie. Tout le monde change. » Le visage de Nynaeve pâlit pendant qu'il parlait – de colère ou de quelque chose d'autre, Rand n'aurait su le dire. Mat émit un rire sournois et ses yeux fiévreux glissèrent vers Egwene. « Jolie Egwene ! s'exclama-t-il d'une voix croassante. Aussi jolie que Nynaeve. Et tu partages d'autres choses avec elle à présent, hein ? D'autres rêves. De quoi rêves-tu à cette heure ? » Egwene recula d'un pas pour s'écarter du lit.

« Nous sommes à l'abri des yeux du Ténébreux pour le moment », annonça Moiraine qui entrait dans la chambre, Lan sur ses talons. Son regard tomba sur Mat à la seconde où elle franchit le seuil et elle eut une aspiration sifflante comme si elle avait heurté un poêle brûlant. « Éloignez-vous de lui ! »

À part se retourner pour regarder Moiraine avec surprise, Nynaeve ne bougea pas. En deux pas rapides,

Moiraine avait saisi la Sagesse aux épaules et la traînait sur le plancher comme un sac de blé. Nynaeve se débattit et protesta, mais Moiraine ne la lâcha que lorsqu'elle fut loin du lit. La Sagesse continua ses protestations en se relevant et rajustant ses vêtements avec colère, mais Moiraine n'en tint absolument aucun compte. L'Aes Sedai observait Mat à l'exclusion de tout autre, avec la même expression qu'elle aurait eue pour une vipère.

« Tenez-vous à l'écart, ordonna-t-elle, et taisez-vous. »

Mat l'observait en retour avec autant d'intensité. Un rictus hargneux lui découvrait les dents et il se pelotonna en boule encore plus serrée, mais sans jamais la quitter des yeux. Lentement, elle posa une main sur lui, avec légèreté, elle lui toucha un genou remonté contre sa poitrine. À son contact, une convulsion secoua Mat, un frisson de répulsion qui lui parcourut le corps entier et, brusquement, il projeta sa main en avant pour la frapper au visage avec le poignard au manche orné d'un rubis.

Une seconde, Lan était sur le seuil, la suivante, il se trouvait au chevet du lit ; on aurait dit que l'espace intermédiaire n'avait rien été pour lui. Sa main agrippa Mat au poignet, bloquant le coup de poignard comme si l'arme avait heurté de la pierre. Mat restait cependant serré en boule. Seule la main avec le poignard essayait de bouger, luttant contre l'étreinte implacable du Lige. Les yeux de Mat ne se détournaient pas de Moiraine, et ils brûlaient de haine.

Moiraine non plus ne bougeait pas. Elle ne reculait pas devant la lame qui se trouvait à quelques centimètres de sa figure, de même qu'elle n'avait pas bronché au début, quand il avait frappé. « Comment est-il venu en possession de ça ? demanda-t-elle d'une voix tranchante comme de l'acier. J'avais demandé si Mordeth vous avait donné quelque chose. Je l'avais demandé et je vous avais avertis, et vous aviez répondu qu'il ne l'avait pas fait.

– Non, il n'a rien donné, répliqua Rand. Il... Mat l'a pris dans la salle du trésor. » Moiraine le regarda avec des yeux qui semblaient flamboyer autant que ceux de Mat. Il faillit reculer avant qu'elle se détourne de nouveau, vers le lit. « Je ne l'ai appris qu'après que nous avons été séparés. Je ne le savais pas.

– Tu ne le savais pas. » Moiraine étudia Mat. Il gisait toujours les genoux repliés jusqu'à la poitrine, il grondait toujours à la muette contre elle, et sa main luttait toujours avec Lan pour l'atteindre de son arme. « C'est un miracle que vous soyez allés aussi loin, en étant chargés de cette chose. J'en ai senti le pouvoir maléfique dès que j'ai posé les yeux sur Mat, l'essence de Mashadar, mais un Évanescent la décèlerait à des lieues. Même sans connaître exactement où, il sentirait qu'elle est proche, et Mashadar attirerait son esprit, tandis que ses os se rappelleraient que ce même mal a dévoré une armée – Seigneurs de l'Épouvante, Évanescents, Trollocs et compagnie. Quelques Amis du Ténébreux le sentiraient aussi. Ceux qui ont vraiment vendu leur âme. Ce ne pourrait être que ceux-là qui s'étonneraient de le percevoir soudain, comme si l'air ambiant même les démangeait. Ils seraient obligés de partir à sa recherche. Ç'aurait dû les attirer comme un aimant attire des rognures de fer.

– Il y a eu des Amis du Ténébreux, dit Rand, plus d'une fois, mais nous leur avons échappé. Et un Évanescent, la nuit qui a précédé notre arrivée à Caemlyn, seulement il ne nous a pas vus. » Il s'éclaircit la gorge. « Des rumeurs courent à propos de formes bizarres dans la nuit en dehors de la ville. Ce pourrait être des Trollocs.

– Oh, ce sont des Trollocs, berger, répliqua ironiquement Lan. Et où il y a des Trollocs, il y a des Évanescents. » Des tendons saillaient sur le dos de sa main à cause de l'effort pour retenir le poignet de Mat, mais aucune tension ne s'entendait dans sa voix. « Ils ont essayé de dissimuler leur passage, mais j'en ai relevé des signes depuis deux jours. Et j'ai entendu des fermiers et des villageois parler très bas de choses dans la nuit. Le Myrddraal a réussi à frapper dans les Deux Rivières sans être vu, je ne sais comment, mais chaque jour ils se rapprochent de ceux qui ont la possibilité d'envoyer des soldats à leurs trousses. Même ainsi, ils ne s'arrêteront pas, berger.

– Mais nous sommes à Caemlyn, objecta Egwene. Ils ne peuvent pas nous atteindre aussi longtemps que... »

Le Lige lui coupa la parole. « Ils ne peuvent pas ? Les Évanescents grossissent leurs effectifs dans la campagne. C'est assez clair d'après les traces quand on sait où regarder. Il y a déjà plus de Trollocs qu'ils n'en ont besoin pour surveiller l'ensemble des sorties de la ville, une douzaine de Poings au moins. À cela, une seule raison possible : quand les Evanescents auront assez de recrues, ils entreront dans la ville à votre recherche. Cette démarche risque de lancer la moitié des armées du sud vers les Pays Frontaliers, mais, à l'évidence, ils sont prêts à courir ce risque. Vous trois leur avez échappé trop longtemps. On dirait que vous avez amené une nouvelle guerre trolloque à Caemlyn, berger. »

Egwene eut un sanglot étranglé et Perrin secoua la tête comme pour nier cette éventualité. Rand eut la nausée à la pensée de Trollocs dans les rues de Caemlyn. Tous ces gens prêts à se sauter à la gorge qui ne se rendaient pas compte que la véritable menace s'apprêtait à déferler par-dessus les remparts. Que feraient-ils quand ils trouveraient subitement parmi eux des Trollocs et des Évanescents qui voudraient les tuer ? Il voyait les tours brûler, les flammes jaillir des coupoles, les Trollocs piller les rues tournantes et les panoramas de la Cité Intérieure. Le Palais lui-même en train de flamber. Élayne, Gawyn et Morgase... morts.

« Pas encore », déclara Moiraine distraitement. Elle se concentrait toujours sur Mat. « Si nous parvenons à découvrir un moyen de sortir de Caemlyn, les Demi-Hommes n'auront plus de raison d'y venir. Si... Que de " si ".

– Mieux vaudrait que nous soyons tous morts », s'exclama subitement Perrin, et Rand sursauta en entendant l'écho de ses propres réflexions. Perrin continuait à contempler le sol – d'un regard furieux à présent – et sa voix était amère. « Partout où nous allons, nous colportons la douleur et la souffrance. Le monde entier s'en trouverait mieux si nous étions morts. »

Partagée entre la colère et l'angoisse, Nynaeve allait le tancer de la belle manière mais Moiraine la devança.

« En mourant, que crois-tu gagner, pour toi-même ou qui que ce soit d'autre ? » questionna l'Aes Sedai. Sa voix était unie et pourtant coupante. « Si le Seigneur de la Tombe a recouvré autant de faculté de modifier le Dessin que je le crains, il peut à présent vous atteindre morts encore plus aisément que vivants. Morts, vous serez incapables d'aider qui que ce soit, ni les gens qui vous ont prêté assistance, ni vos amis ni votre famille là-bas aux Deux Rivières. L'Ombre s'étend sur la terre et aucun de vous ne peut l'arrêter en étant mort. »

Perrin leva la tête pour la regarder et Rand sursauta. Les yeux de son ami avaient des iris plus jaunes que bruns. Avec ses cheveux hirsutes et l'intensité de son regard, il avait quelque chose d'un... Rand ne réussit pas à en discerner davantage pour deviner quoi.

Perrin parla d'un ton bas et monotone qui donna à ce qu'il disait plus de poids que s'il avait crié. « Vivants, nous ne pouvons pas l'arrêter non plus, hein, voyons ?

– J'aurai le temps d'en discuter avec toi plus tard, répliqua Moiraine, mais pour le moment ton ami a besoin de moi. » Elle s'écarta afin que tous puissent bien voir Mat. Ses yeux toujours fixés sur elle avec une expression de rage, il n'avait ni bougé ni changé de position sur le lit. La sueur perlait sur sa figure et ses lèvres étaient exsangues, retroussées dans un rictus de hargne permanent. Toute sa force semblait concentrée dans l'effort pour atteindre Moiraine avec le poignard que Lan maintenait immobile. « Ou l'as-tu oublié ? »

Perrin eut un haussement d'épaules gêné et ouvrit les bras dans un geste d'excuse muette.

« Qu'est-ce qu'il a qui ne va pas ? » demanda Egwene, et Nynaeve ajouta : « Est-ce que c'est contagieux ? Je peux encore le soigner. Je n'attrape apparemment aucune maladie, quelle qu'elle soit.

– Oh, oui, c'est contagieux, répliqua Moiraine, et votre... protection ne vous servirait de rien. » Elle désigna le poignard au manche incrusté de rubis, en prenant garde de ne pas le toucher du doigt. La lame tremblait sous l'effort de Mat pour atteindre Moiraine avec. « Ceci vient de Shadar Logoth. Il n'y a pas un caillou de cette ville qui ne soit corrompu et dangereux à emporter au-dehors de ses remparts, et ceci est bien plus qu'un caillou. Le mal qui a détruit Shadar Logoth est en lui et aussi maintenant chez Mat. Une suspicion et une haine si fortes que même les proches sont vus comme des ennemis, enracinées si profondément dans les os que finalement l'unique pensée qui reste est tuer. En emportant le poignard au-delà des remparts de Shadar Logoth, il l'a libérée, cette graine-là, de ce qui la liait à cet endroit. Elle a dû croître et décroître en lui, ce qu'il est au fond du cœur luttant contre ce en quoi la contagion de Mashadar cherchait à le transformer, mais maintenant cette bataille intérieure est presque terminée et Mat presque vaincu. Bientôt, si cela ne le tue pas d'abord, il répandra ce mal comme une peste partout où il ira. De même qu'une égratignure de cette lame suffit à infecter et à détruire, de même, bientôt, quelques minutes passées avec Mat seront tout aussi mortelles. »

Le visage de Nynaeve était devenu blême. « Y pouvez-vous quelque chose ? dit-elle d'une voix éteinte.

– Je l'espère. » Moiraine soupira. « Pour le bien du monde, j'espère que je n'arrive pas trop tard. » Sa main plongea dans l'escarcelle suspendue à sa ceinture et ressortit avec l'*angreal* enveloppé de soie. « Laissez-moi. Demeurez ensemble et trouvez un endroit où l'on ne vous verra pas, mais laissez-moi. Je vais faire ce que je peux pour lui. »

42.

RAPPEL DE RÊVES

C'est un groupe préoccupé à qui Rand fit descendre l'escalier. Personne n'avait envie de parler maintenant, ni à lui ni à quelqu'un d'autre. Il n'avait pas grande envie de bavarder, lui non plus.

Le soleil avait parcouru un assez long chemin dans le ciel pour assombrir la cage de cet escalier situé à l'arrière de l'auberge, mais les lampes n'avaient pas encore été allumées. Le soleil et l'ombre formaient des raies sur les marches. Le visage de Perrin était aussi fermé que celui de ses compagnons, mais là où l'inquiétude ridait leur front le sien était lisse. Rand se dit que l'expression de Perrin était la résignation. Il se demanda pourquoi et avait envie de poser la question, seulement chaque fois que Perrin traversait une zone d'ombre plus épaisse, ses yeux semblaient recueillir le peu de clarté qui restait et luisaient doucement comme de l'ambre poli.

Rand frissonna et tenta de se concentrer sur le cadre qui l'entourait, sur les murs lambrissés de noyer et la rampe de l'escalier de chêne, de solides choses ordinaires. Il s'essuya les mains à plusieurs reprises sur sa cotte, mais chaque fois la transpiration resurgissait et mouillait ses paumes. *Tout va bien aller maintenant. Nous sommes réunis et... Par la Lumière, Mat.*

Il les conduisit à la bibliothèque par le couloir du fond qui passait par la cuisine, évitant la salle commune. Peu de voyageurs utilisaient la bibliothèque ; la plupart de ceux qui savaient lire descendaient dans des auberges plus élégantes de la Cité Intérieure. Maître

Gill la conservait pour son propre plaisir plutôt que pour les rares clients qui avaient envie d'un livre de temps à autre. Rand se refusait à réfléchir aux raisons qui poussaient Moiraine à désirer les maintenir loin des regards, mais il ne cessait de se rappeler le sous-officier des Blancs Manteaux disant qu'il reviendrait, et les yeux d'Élaida quand elle avait demandé à quelle auberge il était descendu. C'étaient des motifs suffisants, indépendamment des arrière-pensées de Moiraine.

Il avait fait cinq pas dans la bibliothèque quand il se rendit compte que les autres s'étaient arrêtés, massés sur le seuil, bouche bée et les yeux ronds. Un bon feu flambait dans l'âtre et Loial lisait, étendu sur le long divan, un petit chat noir au bout de pattes blanc à demi endormi pelotonné sur son estomac. À leur entrée, il ferma le livre avec un doigt massif marquant la page et déposa avec douceur le chaton par terre, puis il se leva pour s'incliner cérémonieusement.

Rand était tellement habitué à l'Ogier qu'il lui fallut une minute pour comprendre que Loial était la cible des regards stupéfaits des autres. « Voici les amis que j'attendais, Loial, dit-il. Voici Nynaeve, la Sagesse de mon village. Et Perrin. Et voici Egwene.

– Ah, oui, Egwene, commenta Loial de sa voix tonnante. Rand a beaucoup parlé de vous. Oui, je suis Loial.

– C'est un Ogier », expliqua Rand qui regarda leur ébahissement se métamorphoser. Même après avoir vu en chair et en os des Trollocs et des Évanescents, c'était encore surprenant de rencontrer un être légendaire qui respirait et marchait. Se rappelant son réflexe quand il avait vu Loial pour la première fois, il eut un sourire désabusé. Ils réagissaient mieux que lui.

Loial prit très bien leur ahurissement. Rand supposa qu'en comparaison d'une populace criant « Au Trolloc ! » il l'avait à peine remarqué. « Et l'Aes Sedai, Rand ? questionna Loial.

– En haut, avec Mat. »

L'Ogier leva pensivement un sourcil broussailleux. « Alors il est vraiment malade. Je propose que nous prenions tous un siège. Elle nous rejoindra ? Oui. Il n'y a donc plus qu'à attendre. »

Le fait de s'asseoir parut dénouer quelque chose chez les natifs du Champ d'Emond, comme si être dans un fauteuil bien rembourré avec du feu dans la cheminée et un chat maintenant pelotonné devant l'âtre leur donnait l'impression d'être dans leurs foyers. Dès qu'ils furent installés, ils commencèrent à bombarder l'Ogier de questions. À la surprise de Rand, Perrin fut le premier à l'interroger.

« Les *steddings*, Loial, sont-ils réellement des havres de paix comme on le dit dans les contes ? » Son ton était préoccupé, comme s'il avait une raison particulière pour le demander.

Loial fut content de parler des *steddings* et de la façon dont il avait abouti à *La Bénédiction de la Reine*, ainsi que de ce qu'il avait vu dans ses voyages. Rand ne tarda pas à s'enfoncer dans son fauteuil, écoutant d'une oreille distraite. Il avait déjà entendu tout cela, en détail. Loial aimait parler, et parler longuement dès qu'il en avait la moindre occasion, et à vrai dire il avait ordinairement l'air de croire qu'il devait remonter à deux ou trois cents ans en arrière pour qu'une histoire soit compréhensible. Son sens du temps était très curieux ; à ses yeux, trois cents ans étaient apparemment un laps de temps raisonnable pour situer une histoire ou une explication. Il mentionnait toujours son départ du *stedding* comme si cela datait de quelques mois, mais finalement il s'était révélé que Loial était parti depuis plus de trois ans.

Les pensées de Rand se tournèrent vers Mat. *Un poignard. Rien qu'un fichu couteau et cela risquait de le tuer rien que de l'avoir sur lui. Par la Lumière, je n'ai plus envie d'aventures. Si Moiraine peut le guérir, nous devrons tous nous en aller... pas chez nous. Impossible d'aller chez nous. Quelque part où l'on n'a jamais entendu parler d'Aes Sedai ou du Ténébreux.*

La porte s'ouvrit et, pendant un instant, Rand crut qu'il était encore en pleine rêverie. Mat se tenait là, clignant des paupières, avec sa cotte bien boutonnée et l'écharpe sombre enroulée autour de sa tête et rabaissée sur son front. Puis Rand vit Moiraine, la main sur l'épaule de Mat, et Lan derrière eux. L'Aes Sedai ne quittait pas des yeux Mat, prudemment, à la façon dont on surveille quelqu'un qui sort d'un lit de malade. À son habitude, Lan surveillait tout, bien que paraissant ne rien regarder.

On aurait dit que Mat n'avait pas été malade un seul

jour. Son premier sourire hésitant s'adressa à tout le monde, mais se transforma en une expression d'ébahissement à la vue de Loial, comme s'il rencontrait l'Ogier pour la première fois. Il haussa les épaules, se secoua et revint à ses amis. « Je... heu... c'est-à-dire... » Il prit une profonde inspiration. « À ce... heu... à ce qu'il paraît, je me suis conduit... heu... assez bizarrement. Je ne me rappelle pas grand-chose, en réalité. » Il jeta à Moiraine un coup d'œil gêné. Elle lui répondit par un sourire encourageant, et il poursuivit : « Tout est vague après Pont-Blanc. Thom et le... » Il frissonna et se hâta de continuer. « Plus Pont-Blanc s'éloigne, plus cela devient indistinct. En réalité, je ne me souviens pas d'être arrivé à Caemlyn. » Il toisa Loial avec méfiance. « Pas du tout. Moiraine Sedai dit que je... là-haut, j'ai... heu... » Il sourit et soudain fut de nouveau vraiment le vieux Mat. « On ne peut pas blâmer quelqu'un pour ce qu'il fait quand il est fou, hein ?

– Tu as toujours été fou », répliqua Perrin et, pendant un instant, lui aussi sembla avoir retrouvé son moi d'avant.

« Non », dit Nynaeve. Des larmes faisaient briller ses yeux, mais elle souriait. « Aucun de nous ne te blâme. »

Rand et Egwene se mirent alors à parler en même temps, pour dire à Mat leur joie de le voir rétabli et leurs félicitations concernant sa bonne mine, entrelardées de quelques commentaires sur l'espoir qu'il s'abstiendrait désormais de jouer des tours, maintenant que lui-même avait été victime d'une si mauvaise farce. Tout en s'appropriant un fauteuil, Mat répondit du tac au tac aux taquineries. Quand il s'assit, toujours souriant d'une oreille à l'autre, il toucha machinalement sa cotte comme pour s'assurer que quelque chose passé sous sa ceinture y était encore, et Rand eut la respiration qui lui manqua.

« Oui, murmura Moiraine, il a toujours le poignard. » Les rires et la conversation allaient toujours bon train parmi les autres du Champ d'Emond, mais Moiraine avait remarqué son sursaut et en avait compris la cause. Elle se rapprocha de son siège, ce qui lui permettait de ne pas avoir à élever la voix pour qu'il l'entende. « Je ne peux pas le lui ôter sans le tuer. Le lien a duré trop longtemps et s'est trop renforcé. Il faudra le dénouer à Tar Valon ; c'est au-delà de mon pouvoir ou de celui de n'importe quelle Aes Sedai seule, même avec un *angreal*.

– Mais il n'a plus l'air mal. » Une pensée lui vint et il leva la tête vers Moiraine. « Aussi longtemps qu'il gardera le poignard, les Évanescents sauront où nous sommes. Les Amis du Ténébreux aussi, quelques-uns. Vous l'avez dit.

– J'ai limité ce risque jusqu'à un certain point. S'ils viennent assez près pour sentir maintenant le poignard, alors c'est qu'ils nous auront rejoints. J'ai débarrassé Mat de la souillure, Rand, et j'ai fait mon possible pour ralentir le retour de cette souillure, mais elle reviendra avec le temps, sauf s'il reçoit de l'aide à Tar Valon.

– Une bonne chose que nous allions là-bas, n'est-ce pas ? » Il songea que c'était peut-être la résignation dans sa voix, et l'espoir d'autre chose, qui incita Moiraine à lui jeter un coup d'œil incisif avant de se détourner.

Loial était debout, s'inclinait pour la saluer. « Je suis Loial, fils d'Arent fils de Halan, Aes Sedai. Le *stedding* offre asile aux Servantes de la Lumière.

– Merci, Loial, fils d'Arent, mais je ne serais pas trop prodigue de cet accueil si j'étais vous, répondit malicieusement Moiraine. Il y a peut-être vingt Aes Sedai dans Caemlyn en ce moment et toutes sauf moi de l'Ajah Rouge. » Loial hocha la tête d'un air judicieux, comme s'il comprenait. Rand ne put que secouer la sienne, perplexe ; que la Lumière l'aveugle si *lui* savait ce qu'elle voulait dire. « C'est curieux de vous trouver ici, poursuivit l'Aes Sedai. Peu d'Ogiers quittent le *stedding*, ces dernières années.

– Les vieux récits m'ont envoûté, Aes Sedai. Les vieux livres ont rempli d'images ma tête indigne. Je veux voir les bosquets. Et aussi les villes que nous avons bâties. Apparemment, il n'en reste plus beaucoup tenant encore debout mais, si les bâtiments sont un piètre succédané des arbres, ils valent toujours la peine d'être vus. Les Anciens m'estiment bizarre d'avoir cette envie de voyager. Je l'ai toujours désiré et eux ont toujours porté le même jugement sur moi. Aucun d'entre eux n'estime qu'il existe quoi que ce soit méritant d'être admiré en dehors du *stedding*. Peut-être qu'à mon retour, quand je leur dirai ce que j'ai vu, ils changeront d'avis. Je l'espère. Avec le temps.

– Peut-être, en effet, dit Moiraine avec aisance. Maintenant, Loial, il faut que vous me pardonniez de me montrer brusque. C'est un défaut des humains, j'en conviens. Mes compagnons et moi avons un urgent besoin de préparer notre voyage. Si vous voulez bien nous excuser ? »

Ce fut au tour de Loial d'avoir l'air perplexe. Rand vint à son secours. « Il nous accompagne. Je lui ai promis qu'il le pourrait. »

Moiraine dévisageait l'Ogier comme si elle n'avait pas entendu mais, finalement, elle acquiesça d'un signe de tête. « La Roue tisse comme la Roue le veut, murmura-t-elle. Lan, veille à ce qu'on ne nous surprenne pas. » Le Lige disparut de la pièce, sans bruit à part le déclic de la porte qui se refermait derrière lui.

La sortie de Lan joua le rôle d'un signal ; les conversations cessèrent. Moiraine s'approcha de la cheminée et, quand elle se retourna, tous les yeux étaient braqués sur elle. Si menue qu'elle fût, elle avait une présence qui en imposait. « Nous ne pouvons pas séjourner longtemps dans Caemlyn et nous ne sommes pas non plus en sécurité à *La Bénédiction de la Reine*. Les yeux du Ténébreux sont déjà dans la ville. Ils n'ont pas trouvé ce qu'ils voulaient, sinon ils ne continueraient pas à chercher. C'est notre avantage. J'ai placé des gardes pour les maintenir éloignés, et d'ici que le Ténébreux se rende compte qu'il y a une partie de la ville où les rats n'entrent plus, nous serons partis. Toute garde qui détourne un humain, par contre, équivaut à un feu-signal pour le Myrddraal, sans compter aussi à Caemlyn les Enfants de la Lumière qui sont en quête de Perrin et d'Egwene. » Rand émit un son et Moiraine leva un sourcil interrogateur à son adresse.

« Je croyais qu'ils nous recherchaient, Mat et moi », dit-il. À cette explication, ce sont les deux sourcils de l'Aes Sedai qui se haussèrent. « Pourquoi croirais-tu que les Blancs Manteaux sont à tes trousses ?

– J'en ai entendu un dire qu'ils étaient en quête de quelqu'un des Deux Rivières, répliqua-t-il. Qu'étais-je censé supposer d'autre ? Avec tout ce qui est arrivé, j'ai de la chance de pouvoir simplement penser.

– C'était déroutant, bien sûr, Rand, dit Loial, mais tu es capable de réfléchir plus clairement que cela. Les Enfants haïssent les Aes Sedai. Élaida n'aurait pas demandé...

– Élaida ? interrompit Moiraine d'une voix brève. Qu'est-ce qu'Élaida Sedai vient faire dans cette histoire ? »

Elle regardait Rand si sévèrement qu'il réprima un mouvement de recul.

« Elle voulait qu'on m'emprisonne, expliqua-t-il lentement. Tout ce que je désirais, c'est jeter un coup d'œil à Logain, mais elle a refusé d'admettre que j'étais par pur hasard dans les jardins du Palais avec Élayne et Gawyn. » Tous le contemplaient comme s'il lui était soudain sorti un troisième œil, tous sauf Loial. « La Reine Morgase m'a laissé partir. Elle a déclaré que rien ne prouvait que j'avais de mauvaises intentions et qu'elle appliquerait la loi quoi que puisse soupçonner Élaida. » Il secoua la tête, le souvenir de Morgase dans tout son rayonnement le laissant oublier pour un instant que les autres le dévisageaient. « Vous m'imaginez en présence d'une Reine ? Elle est belle comme les reines des contes. Élayne aussi. Et Gawyn... Gawyn te plairait, Perrin. Perrin ? Mat ? » Ils le regardaient toujours avec des yeux ronds. « Sang et cendres, j'ai simplement grimpé sur le mur pour voir le Faux Dragon. Je n'ai rien fait de mal.

– C'est ce que je dis toujours », commenta Mat narquois, tandis qu'Egwene questionnait d'un ton résolument neutre : « Qui est Élayne ? »

Moiraine murmura quelque chose avec humeur.

« Une Reine, dit Perrin en secouant la tête. Tu as vraiment eu des aventures. Tout ce que nous avons rencontré, c'est des Rétameurs et quelques Blancs Manteaux. » Il évitait si manifestement de regarder Moiraine que Rand s'en aperçut. Perrin toucha les ecchymoses sur sa figure. « Dans l'ensemble, chanter avec les Rétameurs a été plus amusant que les Blancs Manteaux.

– Le Peuple Voyageur vit pour ses chansons, déclara Loial. Pour toutes les chansons, d'ailleurs. Du moins pour les rechercher. J'ai rencontré des Tuatha'ans il y a quelques années, et ils voulaient apprendre les chants que nous chantons aux arbres. À la vérité, les arbres n'en écoutent plus beaucoup, et les Ogiers qui s'initient à ces chants ne sont pas tellement nombreux. J'ai une miette de ce Talent, alors l'Ancien Arent a insisté pour que je m'exerce. J'ai enseigné aux Tuatha'ans ce qu'ils pouvaient apprendre, mais les arbres n'écoutent jamais les humains. Pour les Nomades, ce n'étaient que des chansons et tout aussi bien acceptées comme telles puisque aucune n'était la chanson qu'ils cherchent. Voilà pourquoi on appelle le chef de chaque bande le *Chercheur*. Ils passent parfois au *stedding* Shangtai. Peu d'humains y viennent.

– S'il vous plaît, Loial », dit Moiraine, mais il s'éclaircit soudain la gorge et poursuivit dans un rapide grondement de sa voix de basse comme s'il craignait qu'elle ne l'interrompe.

« Je me rappelle à l'instant quelque chose, Aes Sedai, quelque chose que j'ai toujours souhaité demander à une Aes Sedai si jamais j'en rencontrais une, puisque vous savez bien des choses et que vous avez de vastes bibliothèques à Tar Valon, et maintenant que j'en ai rencontré une, évidemment, et... puis-je ?

– Si vous restez bref, dit-elle sèchement.

– Bref, répéta Loial comme s'il s'interrogeait sur la signification du mot. Oui, d'accord. Bref. Un homme s'est présenté au *stedding* Shangtai voilà pas très longtemps. Ce n'était pas inhabituel en soi, à l'époque, car bon nombre de réfugiés étaient arrivés à l'Échine du Monde pour fuir ce que vous les humains appelez la Guerre des Aiels. » Rand eut un sourire d'amusement : vingt ans, à peu de chose près. « Il était à l'article de la mort, bien que sans blessure ni marque sur lui. Les Anciens ont pensé que ce devait être l'œuvre d'Aes Sedai » – Loial adressa un regard d'excuse à Moiraine – « car dès qu'il a été à l'intérieur du *stedding*, il s'est remis rapidement. En quelques mois. Une nuit, il est parti sans avertir personne, il s'est simplement esquivé une fois la lune couchée. » Il regarda le visage de Moiraine et s'éclaircit de nouveau la gorge. « Oui. Bref. Avant de partir, il a raconté une curieuse histoire qu'il disait avoir l'intention de transmettre à Tar Valon. Il disait que le Ténébreux voulait aveugler l'Œil du Monde et tuer le Grand Serpent, tuer le Temps lui même. Les Anciens affirmaient qu'il était aussi sain d'esprit que de corps, mais voilà ce qu'il a dit. Ce que je voulais demander est ceci : le Ténébreux peut-il accomplir une chose pareille ? Tuer le Temps même ? Et l'Œil du Monde ? Peut-il aveugler l'œil du Grand Serpent ? Qu'est-ce que cela signifie ? »

Rand s'attendait presque à n'importe quoi de la part de Moiraine mais pas à ce qu'il vit. Au lieu de répondre à Loial ou de lui répliquer qu'elle était trop occupée pour le moment, elle restait figée, regardant l'Ogier sans le voir, les sourcils froncés par la réflexion.

« C'est aussi ce que les Rétameurs nous ont raconté, commenta Perrin.

– Oui, dit Egwene, l'histoire de l'Aielle. »

Moiraine tourna lentement la tête. Aucune autre partie de sa personne ne bougea. « Quelle histoire ? »

Le regard qu'elle posait sur eux était sans expression, mais il fut cause que Perrin aspira profondément quoique, lorsqu'il parla, ce fût avec sa pondération ordinaire. « Quelques Rétameurs qui traversaient le Désert – ils disaient qu'ils pouvaient le faire sans dommage – trouvèrent des Aielles mourantes après une bataille avec des Trollocs. Avant la mort de la dernière Aielle – c'étaient toutes des femmes, apparemment – celle-ci a dit aux Rétameurs ce que Loial vient de raconter. Le Ténébreux – ils l'appellent l'Aveugleur – a l'intention de crever l'Œil du Monde. Ceci se passait il y a trois ans seulement, pas vingt. Peut-on y voir une signification quelconque ?

– Peut-être la réponse à tout », répliqua Moiraine. Son visage était impassible, mais Rand eut l'impression que son esprit travaillait furieusement derrière ces yeux noirs.

« Ba'alzamon », dit subitement Perrin. À ce nom, plus un bruit ne résonna dans la pièce. Personne n'avait l'air de respirer. Perrin regarda Rand, puis Mat, ses yeux étrangement calmes et plus jaunes que jamais. « Sur le moment, je me suis demandé où j'avais déjà entendu cette appellation... l'Œil du Monde. Maintenant, je m'en souviens. Pas vous ?

– Je ne veux pas me rappeler quoi que ce soit, répliqua Mat d'un ton obstiné.

– Il faut la mettre au courant, reprit Perrin. C'est important à présent. Nous ne pouvons plus garder le secret. Tu es de cet avis, n'est-ce pas, Rand ?

– Au courant de quoi ? » Moiraine avait la voix rauque et semblait s'armer de courage pour supporter un coup. Son regard s'était posé sur Rand.

Il n'avait pas envie de répondre. Il n'avait pas plus que Mat envie de se souvenir, mais il se souvenait néanmoins – et il savait que Perrin avait raison. « J'ai... » Il regarda ses amis. Mat hocha la tête à regret, Perrin avec résolution ; au moins avaient-ils acquiescé. Il n'avait pas à affronter seul l'Aes Sedai. « Nous avons eu... des rêves. » Il frotta sur son doigt l'endroit où l'épine s'était enfoncée une fois, se rappelant le sang à son réveil. Se rappelant avec malaise une autre fois où son visage était brûlant comme sous l'effet d'un coup de soleil. « À part que ce n'était pas exactement des rêves. Ba'alzamon y apparaissait. » Il savait pourquoi Perrin avait utilisé ce nom ; c'était plus facile que de dire que le Ténébreux est entré dans vos rêves, dans votre tête. « Il a raconté... il a raconté toutes sortes de choses, mais une fois il a déclaré que l'Œil du Monde ne me servirait jamais. » Pendant une minute, sa bouche fut aussi sèche que de l'amadou.

« Il m'a dit pareil », ajouta Perrin, et Mat poussa un profond soupir puis inclina la tête. Rand découvrit qu'il avait de nouveau de la salive. « Vous n'êtes pas fâchée contre nous ? » questionna Perrin d'une voix surprise, et Rand se rendit compte que Moiraine n'avait pas l'air en colère. Elle les examinait, mais ses yeux étaient calmes et clairs, encore qu'attentifs.

« Plutôt contre moi-même que contre vous. Cependant je vous avais expressément demandé de me dire si vous aviez des rêves bizarres. Je vous l'ai demandé au début. » Bien que sa voix demeurât unie, un éclair d'irritation apparut dans ses yeux et s'estompa en une seconde. « Si je l'avais su après le premier, j'aurais pu être en mesure de... Il n'y a pas eu d'Exploratrices de Rêves à Tar Valon depuis près d'un millier d'années, mais j'aurais pu essayer. Maintenant, c'est trop tard. Chaque fois que le Ténébreux entre en contact avec vous, cela rend le contact suivant plus facile pour lui. Peut-être que ma présence vous protégera quelque peu, mais même ainsi... Vous souvenez-vous de l'histoire des Réprouvés liant à eux des hommes ? Des hommes forts, des hommes qui avaient combattu le Ténébreux dès le début. Ces histoires sont vraies et aucun des Réprouvés n'avait le dixième de la force de leur maître, ni Aginor ou Lanfear, ni Balthamel ou Demandred, ni même Ishamael, Celui-qui-a-trahi-l'Espoir en personne. »

Nynaeve et Egwene le regardaient, Rand s'en aperçut, elles le regardaient lui ainsi que Perrin et Mat, tous les trois. Leur visage était un mélange livide de peur et d'horreur. *Ont-elles peur pour nous ou peur de nous ?*

« Que pouvons-nous faire ? questionna-t-il. Il doit bien y avoir quelque chose.

– Rester près de moi sera une aide, répliqua Moiraine. Jusqu'à un certain point. La protection qui vient du contact avec la Vraie Source s'étend un peu autour de moi, rappelez-vous. Toutefois, vous ne pouvez pas rester toujours à côté de moi. Vous pouvez vous défendre vous-mêmes si vous en avez la force, mais il faut que vous trouviez en vous-mêmes cette force et cette volonté. Je ne peux vous la donner.

– Je crois que j'ai déjà trouvé ma protection, dit Perrin d'une voix plus résignée que joyeuse.

– Oui, acquiesça Moiraine, je le pense aussi. » Elle le regarda jusqu'à ce qu'il baisse les yeux et même alors elle resta à réfléchir. Finalement, elle se retourna vers les autres. « Il y a des limites au pouvoir du Ténébreux à l'intérieur de vous. Cédez ne serait-ce qu'un instant et il aura une cordelette attachée à votre cœur, une cordelette que vous risquez de ne jamais avoir la possibilité de trancher. Cédez et vous serez à lui. Reniez-le et son pouvoir ne prévaut plus contre vous. Ce n'est pas facile quand il entre en contact par le biais des rêves, mais c'est réalisable. Il peut toujours envoyer contre vous des Demi-Hommes, des Trollocs, des Draghkars et autres, mais il ne peut vous prendre pour siens que si vous le laissez faire.

– Les Évanescents sont déjà assez redoutables, dit Perrin.

– Je ne le veux plus à l'intérieur de ma tête, grommela Mat. N'y a-t-il pas un moyen de l'empêcher d'y entrer ? »

Moiraine secoua la tête. « Loial n'a rien à craindre, ni Egwene, ni Nynaeve. Sur la masse de l'humanité, le Ténébreux n'entre que par hasard en contact avec un individu, à moins que cette personne n'ait recherché ce contact. Toutefois, pour un temps du moins, vous trois vous trouvez au centre du Dessin. Une Toile de Destinée est en train de se tisser et chaque fil mène à vous. Qu'est-ce que le Ténébreux vous a dit d'autre ?

– Je ne m'en souviens pas tellement bien, répondit Perrin. Je ne sais trop quoi à propos de l'un de nous qui était choisi, ou quelque chose d'approchant. Je me rappelle que ce qui le faisait rire, acheva-t-il d'un ton morne, c'était par qui nous avions été choisis. Il prétendait que je... que nous n'avions qu'à le servir ou mourir. Et que, morts, nous le servirions encore.

– Il a dit que le Trône d'Amyrlin essaierait de nous utiliser », ajouta Mat dont la voix s'éteignit quand il se remémora à qui il s'adressait. Il avala sa salive et reprit : « Tout comme Tar Valon avait utilisé, à ce qu'il a affirmé... il a cité des noms. Davian, je crois. Je ne sais plus bien non plus.

– Raolin Darksbane, dit Perrin.

– Oui », acquiesça Rand en fronçant les sourcils. Il avait tenté de tout oublier de ces rêves. Les évoquer était désagréable. « Un autre était Yuri Arc-de-Pierre et Guaire Amalasan. » Il s'interrompit brusquement avec l'espoir que Moiraine ne s'apercevrait pas de cette soudaineté. « Je n'ai reconnu aucun d'entre eux. »

Mais il y en avait un qu'il avait reconnu, maintenant qu'il les exhumait des profondeurs de sa mémoire. Le nom qu'il s'était arrêté juste à temps de prononcer. Logain. Le faux Dragon. *Par la Lumière ! Thom disait que c'étaient des noms dangereux. Est-ce que cela sous-entendait Ba'alzamon ? Moiraine veut-elle se servir de nous comme faux Dragons ? Les Aes Sedai pourchassent les faux Dragons, elles ne les utilisent pas. N'est-ce pas ? La Lumière me vienne en aide, est-ce bien vrai ?*

Moiraine le regardait, mais il ne lisait rien sur son visage. « Les connaissez-vous ? lui demanda-t-il. Ces noms-là signifient-ils quelque chose ?

– Le Père des Mensonges est bien l'appellation qui convient pour le Ténébreux, répliqua Moiraine. Semer le ver du doute partout où il le peut a toujours été dans sa manière. Ce ver ronge l'esprit des hommes comme un cancer. Quand tu crois le Père des Mensonges, c'est le premier pas vers la reddition. Rappelle-toi, si tu cèdes au Ténébreux, il te fera sien. »

Une Aes Sedai ne ment jamais, mais la vérité qu'elle énonce peut ne pas être la vérité que tu crois entendre. Voilà ce que Tam avait dit, et elle n'avait pas répondu réellement à sa question. Il prit soin de rester impassible et laissa ses mains immobiles sur ses genoux, s'efforçant de maîtriser son envie d'essuyer leur transpiration sur ses chausses.

Egwene pleurait sans bruit. Nynaeve avait les bras

passés autour d'elle, mais elle aussi paraissait avoir envie de pleurer. Rand regretta presque de ne pas le pouvoir.

« Ils sont tous *ta'veren* », dit subitement Loial. Il semblait réjoui par cette perspective, impatient de voir de près le Dessin se tisser autour d'eux. Rand le regarda avec incrédulité et l'Ogier marqua sa confusion par un haussement d'épaules, mais cela ne suffit pas à altérer son enthousiasme.

« Oui, ils le sont, confirma Moiraine. *Trois*, alors que je m'attendais à un seul. Un énorme nombre de choses est arrivé sur lesquelles je ne comptais pas. Cette nouvelle concernant l'Œil du Monde change grandement la situation. » Elle s'interrompit un instant, les sourcils froncés. « Pendant un temps, le Dessin semble effectivement tournoyer autour de vous trois, comme le dit Loial, et le tourbillon prendra de la force avant de s'affaiblir. Parfois, être *ta'veren* signifie que le Dessin est forcé de se plier à votre volonté et parfois cela signifie que le Dessin vous force à suivre le tracé nécessaire. La Toile peut toujours être tissée de bien des façons, et certains de ces dessins seraient désastreux. Pour vous, pour le monde.

« Nous ne pouvons pas rester à Caemlyn mais, quelle que soit la route prise, les Myrddraals et les Trollocs seront sur nous avant que nous ayons parcouru moins de trois lieues. Et juste à ce stade, nous apprenons qu'une menace pèse sur l'Œil du Monde, non pas d'une source mais de trois, chacune indépendante des autres. Le Dessin nous impose notre voie. Le Dessin se tisse toujours autour de vous trois, mais quelle main a tendu la chaîne et quelle main dirige la navette ? L'emprisonnement du Ténébreux s'est-il affaibli suffisamment pour qu'il puisse influer ainsi sur les circonstances ?

– Ce genre de considérations est inutile ! dit sèchement Nynaeve. Vous n'aboutirez qu'à les effrayer.

– Mais pas vous ? interrogea Moiraine. Moi cela me remplit de crainte. Bah, peut-être avez-vous raison. Il ne faut pas laisser la peur nous détourner de notre but. Que ce soit un piège ou un avertissement parvenu à point nommé, nous devons faire ce qu'il faut et c'est nous rendre vite jusqu'à l'Œil du Monde. L'Homme Vert doit être mis au courant de cette menace. »

Rand sursauta. *L'Homme Vert ?* Les autres aussi

avaient l'air étonné, sauf Loial dont la vaste figure arborait une expression soucieuse.

« Je ne peux même pas courir le risque de m'arrêter à Tar Valon pour demander de l'aide, poursuivit Moiraine. Nous sommes pris par le temps. Même si nous réussissions à quitter la ville sans encombre, arriver à la Grande Dévastation demanderait des semaines et je redoute que nous ne disposions plus de semaines.

– La Grande Dévastation ! » Rand entendit sa propre voix au milieu d'un chœur, mais Moiraine ne répondit à personne.

« Le Dessin présente une crise et, parallèlement, le moyen de la surmonter. Si je ne pensais pas que c'est impossible, je croirais presque que le Créateur s'en mêle. Il y a un moyen. » Elle sourit comme à une plaisanterie intérieure et se tourna vers Loial. « Il y avait un bosquet des Ogiers ici à Caemlyn et une Porte de Voie. La Ville Nouvelle s'étend à présent sur l'emplacement où poussait le bosquet, si bien que la Porte doit se trouver à l'intérieur des remparts. Je sais que peu d'Ogiers apprennent aujourd'hui la topographie des Voies, mais quelqu'un qui a un Talent et qui apprend les anciens Chants de Croissance doit être attiré par cette science même s'il pense qu'elle ne servira pas. Connaissez-vous les Voies, Loial ? »

L'Ogier remua les pieds avec malaise. « Oui, Aes Sedai, mais...

– Saurez-vous aller à Fal Dara en passant par les Voies ?

– Je n'ai jamais entendu parler de Fal Dara, répliqua Loial d'un ton soulagé.

– À l'époque des Guerres trolloques, on l'appelait Mafal Dadaranell. Connaissez-vous ce nom-là ?

– Je le connais, dit Loial à regret, mais...

– Vous trouverez donc le chemin pour nous, reprit Moiraine. Singulière tournure des événements, en vérité. Alors que nous ne pouvons ni demeurer sur place ni partir par des moyens ordinaires, j'apprends qu'une menace pèse sur l'Œil du Monde et là où nous sommes il y a quelqu'un qui est capable de nous conduire là-bas en quelques jours. Que ce soit l'œuvre du Créateur, du destin ou même du Ténébreux, le Dessin a choisi notre itinéraire pour nous.

– Non ! » s'exclama Loial dans un grondement vigoureux semblable à un coup de tonnerre. Tous se retournèrent pour le regarder et il cligna des paupières devant cette attention, mais il ne marqua aucune hésitation dans sa réponse. « Si nous entrons dans les Voies, nous mourrons tous... ou nous serons engloutis par l'Ombre. »

43.

DÉCISIONS ET APPARITIONS

L'Aes Sedai parut comprendre ce que voulait dire Loial, mais ne répliqua rien. Les yeux à terre, Loial se frottait le nez avec un gros doigt, comme s'il était confus de sa sortie. Personne n'avait envie de prendre la parole.

« Pourquoi ? finit par demander Rand. Pourquoi serait-ce nous condamner à mourir ? Que sont donc les Voies ? »

Loial jeta un coup d'œil à Moiraine. Elle se tourna pour placer une chaise devant la cheminée. Le petit chat s'étira, ses griffes crissant sur la pierre de l'âtre, et s'en vint languissamment heurter de la tête les chevilles de Moiraine. Elle le caressa d'un doigt derrière les oreilles. Le ronronnement du chat formait un étrange contrepoint à la voix unie de l'Aes Sedai. « C'est vous qui êtes qualifié pour expliquer, Loial. Les Voies sont le seul chemin du salut pour nous, le seul permettant de devancer le Ténébreux, ne serait-ce que pendant un certain temps, mais c'est à vous d'en parler. »

L'Ogier ne sembla pas réconforté par cette déclaration. Il changea gauchement de position sur son siège avant de commencer. « Lors du Temps de la Folie, alors que le monde était encore en pleine destruction, la terre se soulevait et l'humanité s'éparpillait comme de la poussière emportée par le vent. Nous autres Ogiers avions aussi été dispersés, chassés du *stedding*, vers l'Exil et la Longue Errance et c'est alors que la Grande Nostalgie s'est gravée dans nos cœurs. » Il jeta de nouveau vers Moiraine un coup d'œil en coin. Ses longs sourcils s'abaissèrent en deux pointes. « J'essaierai d'être bref, mais ceci n'est pas une chose qui peut se raconter trop brièvement. Ce sont des autres que je dois parler, maintenant, de ces quelques Ogiers demeurés dans leur *stedding* pendant qu'alentour le monde était déchiré. Et des Aes Sedai » – il évitait de regarder Moiraine, à présent – « les Aes Sedai masculins qui mouraient alors même qu'ils détruisaient le monde dans leur démence. À ces Aes Sedai – ceux qui jusque-là avaient réussi à éviter la démence – le *stedding* offrit d'abord asile. Beaucoup acceptèrent car dans le *stedding* ils étaient protégés contre la souillure du Ténébreux qui tuait les gens de leur sorte. Mais ils étaient coupés de la Vraie Source. Ce n'est pas seulement qu'ils ne pouvaient plus canaliser le Pouvoir Unique ou entrer en contact avec la Source, ils ne pouvaient même plus sentir que la Source existait. À la fin, ils furent tous incapables de supporter cet isolement et, l'un après l'autre, ils quittèrent le *stedding* avec l'espoir qu'étant donné le temps écoulé la souillure avait disparu. Il n'en était rien.

– Il y en a à Tar Valon, dit Moiraine à mi-voix, qui prétendent que l'asile donné par les Ogiers avait prolongé la Destruction et l'avait aggravée. D'autres proclament que si on avait laissé ces hommes devenir la proie de la démence tous à la fois, plus rien du monde n'aurait subsisté. Je suis de l'Ajah Bleue, Loial ; au contraire de l'Ajah Rouge, nous sommes de ce second avis. L'asile accordé a aidé à sauver ce qui pouvait être sauvé. Continuez, je vous prie. »

Loial hocha la tête avec reconnaissance – soulagé d'une préoccupation, Rand s'en rendit compte.

« Comme je le disais, poursuivit l'Ogier, les Aes Sedai, les Sedai masculins, s'en allèrent. Mais, avant de partir, ils firent un cadeau aux Ogiers en remerciement de l'asile offert. Les Voies. Entrez par une Porte de Voie, marchez pendant une journée et vous sortirez par une autre Porte à vingt-cinq lieues de votre point de départ. Ou à cent vingt-cinq. Le temps et la distance sont étranges dans les Voies. Différents chemins, différents ponts conduisent à des endroits différents et la longueur de temps nécessaire dépend du chemin emprunté. C'est un cadeau merveilleux, rendu d'autant plus prodigieux étant donné ce qu'était l'époque, car les Voies ne font pas partie du monde que nous voyons autour de nous, ni peut-être d'aucun monde en dehors d'elles-mêmes. Quand les Ogiers bénéficiaires de ce don désiraient se rendre à un autre *stedding*, non seulement ils n'avaient plus à voyager à travers le monde, où les hommes se battaient comme des bêtes sauvages pour survivre, mais encore les Voies n'avaient pas subi de Destruction. Le sol entre deux *steddings* pouvait s'être fendu en gorges profondes ou soulevé en chaînes de montagnes, mais rien n'avait changé dans la Voie reliant ces *steddings*.

« Quand les derniers Aes Sedai ont quitté le *stedding*, ils ont donné aux Anciens une clef, un talisman utilisable pour en faire naître d'autres. Elles sont vivantes, en quelque sorte, ces Voies et leurs Portes. Je ne le comprends pas ; aucun Ogier ne l'a jamais compris, et même les Aes Sedai en ont perdu le souvenir, à ce qu'on m'a dit. Avec le passage des années, l'Exil s'est achevé pour nous. Quand ces Ogiers qui avaient reçu le don des Aes Sedai ont découvert un *stedding* où des Ogiers étaient revenus après la Longue Errance, ils ont fait naître une Voie pour s'y rendre. Avec le travail de la pierre que nous avions appris pendant l'Exil, nous avons bâti des villes pour les hommes et planté les bosquets pour réconforter les Ogiers qui construisaient, afin qu'ils ne succombent pas à la Nostalgie. Vers ces bosquets furent suscitées des Voies. Il y avait un bosquet et une Porte à Mafal Dadaranell, mais cette cité fut rasée pendant les Guerres trolloques et il n'en est pas resté pierre sur pierre, le bosquet fut abattu à la hache et brûlé dans les feux trollocs. » Il ne laissa aucun doute concernant ce qui avait été le plus grand crime.

« Les Portes sont pratiquement impossibles à détruire, précisa Moiraine, et l'humanité ne l'est guère moins. Fal Dara a encore des habitants, même si la grande ville édifiée par les Ogiers n'est plus. et la Porte est toujours là.

– Comment les ont-ils faites ? » questionna Egwene. Son regard perplexe allait de Moiraine à Loial. « Les Aes Sedai, les hommes ? S'ils ne pouvaient pas se servir du Pouvoir Unique dans un *stedding*, comment ont-ils réussi à créer les Voies ? Ou ont-ils utilisé le Pouvoir ? Leur part de la Vraie Source était polluée. Est polluée. Je ne connais pas encore grand-chose concernant ce dont les Aes Sedai sont capables. Peut-être ma question est-elle bête. »

Loial expliqua : « Chaque *stedding* a une Porte à sa lisière, mais en dehors de ses limites. Votre question n'est pas ridicule. Vous avez trouvé le fondement de la raison pour laquelle nous n'osons pas emprunter les Voies. De toute ma vie, et avant moi, aucun Ogier n'a voyagé sur les Voies. Par édit des Anciens, de tous les Anciens de tous les *steddings*, personne n'y est autorisé, ni humain ni Ogier.

« Les Voies ont été créées par des hommes utilisant un Pouvoir contaminé par le Ténébreux. Voilà environ mille ans, pendant ce que vous les humains appelez la Guerre des Cent Ans, les Voies ont commencé à changer. Si lentement au début que personne ne s'en est vraiment aperçu, elles se sont assombries et imprégnées d'humidité froide. Puis l'obscurité est tombée sur les ponts. Certains y sont allés et on ne les a plus jamais revus. Les voyageurs disaient avoir l'impression qu'on les épiait dans le noir. Le nombre de disparus a augmenté et, de ceux qui étaient ressortis, quelques-uns étaient devenus fous, délirant à propos du *Machin Shin*, le Vent Noir. Les Aes Sedai Guérisseuses parvinrent à en soigner mais, même avec l'aide des Aes Sedai, ils ne furent plus jamais les mêmes. Et ils ne se rappelèrent jamais rien de ce qui s'était passé. Pourtant, c'était comme si l'obscurité s'était infiltrée dans leurs os. Ils ne riaient plus jamais, et ils redoutaient le bruit du vent. »

Pendant un moment, un silence régna, à part le ronronnement du chat près du siège de Moiraine et le pétillement du feu qui lançait des étincelles. Puis Nynaeve s'exclama avec humeur : « Et vous vous attendez à ce que nous vous suivions là-dedans. Il faut que vous ayez perdu l'esprit !

– Qu'est-ce que vous choisiriez à la place ? questionna calmement Moiraine. Les Blancs Manteaux dans Caemlyn ou les Trollocs au-dehors ? Rappelez-vous que ma présence en elle-même offre une certaine protection contre les maléfices du Ténébreux. »

Nynaeve se renfonça dans son fauteuil avec un soupir exaspéré.

« Vous ne m'avez toujours pas expliqué pourquoi je devrais enfreindre l'édit des Anciens, reprit Loial. Et je n'ai aucun désir d'entrer sur les Voies. Si boueuses qu'elles soient souvent, les routes qu'aménagent les hommes m'ont assez bien servi depuis que j'ai quitté le *stedding* Shangtai.

– Que ce soit humains ou Ogiers, tout ce qui vit est en guerre avec le Ténébreux, répliqua Moiraine. La majeure partie du monde l'ignore encore, la plupart de ceux qui le savent livrent des escarmouches en s'imaginant que ce sont des batailles. Alors que le monde se refuse à le croire, le Ténébreux est peut-être en passe de remporter la victoire. L'Œil du Monde contient assez de puissance pour abattre les murs de sa prison. Si le Ténébreux a trouvé un moyen d'utiliser l'Œil du Monde pour ses desseins... »

Rand aurait aimé que les lampes de la bibliothèque soient allumées. Le soir tombait lentement sur Caemlyn, et le feu dans l'âtre ne donnait pas assez de clarté. Il n'avait pas envie d'ombres dans la pièce.

« Qu'est-ce que nous pouvons faire ? s'exclama Mat. Pourquoi sommes-nous si importants ? Pourquoi sommes-nous obligés d'aller dans la Grande Dévastation ? La Dévastation ! »

Moiraine ne força pas sa voix qui pourtant emplit la bibliothèque, irrésistible. Son siège près du feu prit subitement une apparence de trône. Même Morgase aurait été effacée en sa présence. « Il y a une chose en notre pouvoir. Nous pouvons essayer. Ce qui semble un hasard est parfois le Dessin. Trois fils se sont rejoints ici, chacun donnant un avertissement qui concerne l'Œil du Monde. Impossible que ce soit le hasard ; c'est le Dessin. Vous trois n'avez pas choisi ; vous avez été choisis par le Dessin. Et vous vous trouvez ici où le danger est connu. Vous pouvez vous désister et peut-être condamnerez-vous le monde. Fuir, vous cacher ne vous épargnera pas l'entrelacement des fils du Dessin. Ou vous pouvez essayer. Vous pouvez aller à l'Œil du Monde, trois *ta'veren*, trois points centraux de la Toile de la Destinée, placés à l'endroit où réside le danger. Que le Dessin se tisse là-bas autour de vous, et peut-être sauverez-vous de l'Ombre notre monde. À vous de décider. Je ne suis pas en mesure de vous contraindre à y aller.

– J'irai », répliqua Rand, d'un ton qu'il tenta de rendre résolu. Si ardemment qu'il ait recherché le vide, des images ne cessaient de lui traverser l'esprit. Tam, la ferme, le troupeau au pâturage. Cette vie-là avait été plaisante ; il n'avait jamais réellement rien souhaité de plus. Ce fut un réconfort – un réconfort minime – d'entendre Perrin et Mat ajouter leur accord au sien. Ils semblaient avoir la bouche aussi sèche que la sienne.

« Je suppose que nous n'avons pas d'autre option non plus, Egwene ou moi », dit Nynaeve.

Moiraine acquiesça d'un signe. « Vous aussi faites partie du Dessin toutes les deux, d'une certaine façon. Peut-être n'êtes-vous pas *ta'veren* – peut-être – néanmoins vous êtes fortes. Je le sais depuis Baerlon. Et sans doute à présent les Évanescents aussi. Et Ba'alzamon. Cependant vous êtes libres de votre décision autant que ces jeunes gens. Vous avez tout loisir de rester ici, puis de vous rendre à Tar Valon une fois que le reste d'entre nous sera parti.

– Demeurer en arrière ! s'exclama Egwene. Vous laisser, vous autres, aller vous exposer au danger pendant que, nous, on se blottirait sous nos couvertures ? Jamais je ne ferais ça ! » Elle croisa le regard de l'Aes Sedai et recula un peu, mais sa volonté de refus ne fut pas totalement anéantie. « Je ne le ferai pas », murmura-t-elle avec obstination.

– Autrement dit, nous vous accompagnerons toutes les deux, je pense. » Nynaeve avait un ton résigné, mais ses yeux étincelèrent quand elle ajouta : « Vous avez encore besoin de mes herbes, Aes Sedai, à moins que vous n'ayez tout d'un coup acquis quelque talent que j'ignore. » Sa voix avait une pointe de défi que Rand ne comprit pas, mais Moiraine se contenta de hocher la tête et se tourna vers l'Ogier.

« Eh bien, Loial, fils d'Arent fils de Halan ? »

Loial ouvrit la bouche deux fois, ses oreilles à huppe oscillant, avant de parler. « Oui, bon... L'Homme Vert. L'Œil du Monde. Ils sont mentionnés dans les livres évidemment, mais je ne crois pas qu'aucun Ogier les a vus depuis, oh, fort longtemps. Je présume... Mais faut-il en passer par les Voies ? » Moiraine acquiesça d'un signe, et les longs sourcils de Loial s'affaissèrent au point que leurs extrémités touchèrent ses joues. « D'accord, donc. Je suppose que je dois vous guider. Haman l'Ancien dirait qu'étant donné ma précipitation perpétuelle je ne mérite pas moins.

– Nos décisions sont donc prises, conclut Moiraine. Et maintenant qu'elles le sont, cherchons comment les mener à bien et ce qu'il faut pour y parvenir. »

Ils tirèrent des plans bien avant dans la nuit. Moiraine se chargea de la plupart, avec les conseils de Loial concernant les Voies, mais elle écouta aussi les questions et suggestions de tous. Une fois l'obscurité tombée, Lan se joignit à eux, ajoutant ses commentaires de cette voix nonchalante en surface et au fond dure comme fer. Nynaeve établit une liste des provisions dont ils auraient besoin, plongeant sa plume dans l'encrier d'une main ferme en dépit de ses ronchonnements continuels.

Rand aurait aimé être aussi prosaïque que la Sagesse. Il ne pouvait cesser d'aller et venir, comme s'il avait de l'énergie à brûler sinon il exploserait. Il savait que sa décision était irrévocable, il savait qu'elle était la seule qui s'offrait à lui étant donné ce qu'il avait appris, mais cela ne l'incitait pas à en être satisfait. La Grande Dévastation. Le Shayol Ghul se trouvait quelque part dans la Dévastation, au-delà des Terres Maudites.

Il lisait la même inquiétude dans les yeux de Mat, la même peur dont il était sûr qu'elle se voyait dans ses propres yeux. Mat était assis les mains serrées l'une dans l'autre, les jointures blanchies. S'il les desserrait, pensa Rand, à la place il agripperait le poignard de Shadar Logoth.

Il n'y avait pas la moindre inquiétude sur le visage de Perrin, mais ce qui s'y peignait était pire : un masque de résignation lasse. Perrin semblait avoir combattu quelque chose jusqu'à épuisement et attendre que ce quelque chose l'achève. Pourtant, parfois...

« Nous agissons comme nous le devons, Rand, dit-il. La Grande Dévastation... » Pendant un instant, ses yeux jaunes s'illuminèrent d'ardeur, étincelant dans la lassitude imprimée sur sa figure, comme s'ils avaient une vie propre indépendante du grand apprenti forgeron. « Il y a de quoi réussir de bonnes chasses dans la Grande Dévastation », murmura-t-il. Puis il frissonna comme s'il venait d'entendre ce qu'il avait dit et une fois de plus son expression redevint résignée.

Et Egwene. À un moment donné, Rand la tira à part, près de la cheminée où ceux qui s'occupaient des préparatifs ne pouvaient les entendre. « Egwene, je... » Les yeux de la jeune fille, pareils à de grands étangs noirs qui l'attiraient en eux, le firent s'arrêter pour avaler sa salive. « C'est moi que le Ténébreux pourchasse, Egwene. Moi, Mat et Perrin. Je me moque de ce que dit Moiraine Sedai. Au matin, Nynaeve et toi pouvez partir pour chez nous ou pour Tar Valon, ou pour n'importe où vous ayez envie d'aller, et personne ne vous en empêchera. Ni les Trollocs ni les Évanescents, ni qui que ce soit. Aussi longtemps que vous ne serez pas avec nous. Rentre à la maison, Egwene. Ou va à Tar Valon. Mais pars. »

Il s'attendait à ce qu'elle lui dise qu'elle avait autant que lui le droit d'aller où elle voulait, qu'il n'était nullement habilité à lui dicter sa conduite. À sa surprise, elle sourit et lui caressa la joue.

« Merci, Rand », dit-elle à mi-voix. Il cligna des paupières et referma la bouche tandis qu'elle poursuivait : « Tu sais pourtant que cela m'est impossible. Moiraine Sedai nous a raconté ce que Min avait vu à Baerlon. Tu aurais dû me dire qui était Min. J'avais cru... Bref, Min dit que j'ai aussi un rôle à jouer là-dedans. Comme Nynaeve. Peut-être que je ne suis pas *ta'veren* » – elle trébucha sur le mot – « mais le Dessin m'envoie aussi vers l'Œil du Monde, à ce qu'il semble. Ce qui te mobilise me mobilise aussi.

– Mais, Egwene...

– Qui est Élayne ? »

Pendant une seconde, il la regarda avec surprise, puis dit la vérité pure et simple. « C'est la Fille-Héritière du trône d'Andor. »

Les yeux d'Egwene parurent prendre feu. « Si tu ne peux pas être sérieux plus d'une minute à la fois, Rand al'Thor, je ne veux plus t'adresser la parole. »

Incrédule, il suivit des yeux son dos raide comme elle retournait à la table où elle s'appuya sur ses coudes à côté de Moiraine pour écouter ce que disait le Lige. *J'ai bien besoin de demander conseil à Perrin*, pensa-t-il. *Il sait comment s'y prendre avec les filles*.

Maître Gill entra à plusieurs reprises, d'abord pour allumer les lampes, puis pour apporter à dîner de ses propres mains et plus tard pour signaler ce qui se passait au-dehors. Des Blancs Manteaux surveillaient l'auberge depuis chaque bout de la rue. Il y avait eu une bagarre à la porte de la Cité Intérieure, et les Gardes de la Reine avaient arrêté des cocardes blanches aussi bien que des rouges. Quelqu'un avait tenté de griffonner le Croc du Dragon sur la porte de l'auberge et avait été expédié ailleurs par la botte de Lamgwin.

Si l'aubergiste s'étonna que Loial soit avec eux, il n'en témoigna rien. Il répondit aux quelques questions que Moiraine lui posa sans chercher à découvrir ce qu'ils projetaient et chaque fois qu'il venait il frappait et attendait que Lan lui ouvre la porte, tout comme si ce n'était pas son auberge et sa bibliothèque. Lors de sa dernière visite, Moiraine lui donna la feuille de parchemin couverte de l'écriture élégante de Nynaeve.

« Ce ne sera pas facile à cette heure tardive, dit-il avec un hochement de tête en lisant attentivement la liste, mais je m'arrangerai. »

Moiraine lui tendit en plus un petit sac en peau de chamois qui cliqueta quand elle le lui tendit en le tenant par les cordons. « Bien. Et faites-nous réveiller avant l'aube. C'est le moment où les guetteurs seront le moins vigilants.

– Nous les laisserons surveiller une boîte vide, Aes Sedai. » Maître Gill eut un grand sourire.

Rand bâillait quand il sortit de la pièce d'un pas traînant avec les autres, en quête d'un bain et d'un lit. Tandis qu'il se lavait avec un carré d'étoffe rude dans une main et un gros pain de savon jaune dans l'autre, son regard dériva vers le tabouret à côté du baquet de Mat. Le poignard de Shadar Logoth pointait le bout de son fourreau doré sous le bord de la cape soigneusement pliée de Mat. Lan y jetait, lui aussi, un coup d'œil de temps en temps. Rand se demanda si l'avoir dans les parages était vraiment aussi anodin que l'affirmait Moiraine.

« Tu penses que papa croira ça ? » Mat rit en se frottant avec une brosse à long manche. « Moi, sauver le monde ? Mes sœurs ne vont pas savoir s'il faut rire ou pleurer. »

On aurait dit le Mat de naguère. Rand souhaita qu'il puisse oublier le poignard.

Il faisait noir comme dans un four quand Mat et lui montèrent finalement dans leur chambre sous les combles ; des nuages voilaient les étoiles. Pour la première fois depuis bien longtemps, Mat se déshabilla avant de se mettre au lit, mais il fourra aussi d'un air détaché le poignard sous son oreiller. Rand souffla la chandelle et s'inséra dans son propre lit. Il sentait le mal venir de l'autre lit, non pas de Mat mais de dessous cet oreiller. Il se tracassait encore à ce sujet quand le sommeil le prit.

Dès le début, il comprit que c'était un rêve, un de ces

rêves qui ne sont pas entièrement des songes. Il était debout devant la porte de bois, les yeux fixés sur sa surface sombre, gerçurée et hérissée d'échardes. L'air était froid et humide, épaissi par un relent de pourriture. Au loin, de l'eau dégouttait, son clapotis éveillant de sourds échos le long de corridors de pierre.

Nie ce pouvoir. Renie-le et son pouvoir disparaît.

Il ferma les yeux et se concentra sur *La Bénédiction de la Reine*, sur son lit, sur lui-même endormi dans son lit. Quand il ouvrit les yeux, la porte était toujours là. Les éclaboussures retentissantes s'accordaient à ses battements de cœur, comme si son pouls marquait le temps pour elles. Il chercha à évoquer la flamme et le vide, comme le lui avait enseigné Tam, et trouva le calme intérieur, mais rien en dehors de lui ne changea. Avec lenteur, il ouvrit la porte et entra.

Tout était comme il s'en souvenait dans la pièce qui semblait creusée par le feu dans le roc vivant. De hautes baies cintrées ouvraient sur un balcon sans garde-corps, et, au-delà, les couches de nuages défilaient comme un fleuve en crue. Les lampes de métal noir, leur clarté trop vive pour que l'œil la soutienne, luisaient sombrement, et pourtant, en quelque sorte aussi brillantes que de l'argent. Le feu rugissait sans donner de chaleur dans l'âtre effrayant, où chaque dalle évoquait toujours vaguement une tête de supplicié.

Tout était pareil, à part une chose cependant. Sur le dessus ciré de la table se dressaient trois petites figurines, des ébauches grossières, sans visage, comme si le sculpteur avait modelé précipitamment son argile. À côté de l'une d'elles se tenait un loup, la netteté de ses détails mise en relief par la rusticité de la silhouette humaine, et une autre serrait dans sa main un minuscule poignard, un point rouge sur le manche scintillant dans la lumière. La dernière tenait une épée. Les cheveux hérissés sur la nuque, il s'approcha suffisamment pour distinguer le héron ciselé avec minutie sur cette lame miniature.

Sa tête se redressa brusquement sous le coup de la panique et il se retrouva plongeant les yeux dans l'unique miroir. Son reflet était encore flou, mais plus aussi confus qu'avant. Il distinguait presque ses propres traits. S'il imaginait qu'il plissait les paupières, il pouvait presque dire qui c'était.

« Tu t'es dérobé à moi trop longtemps. »

Il se détourna de la table dans une rapide volte-face, son souffle lui déchirant la gorge. La seconde précédente, il était seul, maintenant Ba'alzamon se trouvait devant les fenêtres. Quand il parla, des cavernes de flammes remplacèrent ses yeux et sa bouche.

« Trop longtemps, mais plus pour longtemps.

– Je vous renie, dit Rand d'une voix étranglée. Je nie que vous ayez un pouvoir sur moi. Je nie votre existence. »

Ba'alzamon rit, d'un rire sonore jaillissant d'un brasier. « Tu t'imagines que c'est aussi facile que ça ? Mais, au fait, tu l'as cru constamment. Chaque fois que nous avons été en présence comme maintenant, tu as cru pouvoir me défier.

– Comment ça, chaque fois ? Je nie votre existence !

– Tu le fais toujours. Pour commencer. Cette lutte entre nous s'est déjà engagée d'innombrables fois. Chaque fois, ton visage est différent, de même que ton nom, mais chaque fois c'est toi.

– Je nie votre existence. » C'était un murmure éperdu.

« Chaque fois, tu m'opposes ta faible énergie et finalement, chaque fois, tu reconnais qui de nous deux est le maître. Ère après Ère, tu t'agenouilles devant moi ou tu meurs en souhaitant avoir encore la force de t'agenouiller. Pauvre fol, tu ne peux jamais gagner contre moi.

– Menteur ! cria-t-il. Père des Mensonges. Père des Imbéciles si vous n'êtes pas capable de mieux que ça. Les hommes vous ont trouvé dans la dernière Ère, dans l'Ère des Légendes, et vous ont enfermé de nouveau à l'endroit auquel vous appartenez. »

Ba'alzamon se remit à rire, un éclat moqueur succédant à l'autre, au point que Rand eut envie de se couvrir les oreilles pour ne plus entendre. Il se contraignit à garder les mains le long de son corps. Quelque appel qu'il ait fait au vide, elles tremblaient quand le rire finit par s'arrêter.

« Espèce de ver de terre, tu ne sais rien du tout. Aussi ignorant qu'un scarabée sous une pierre et aussi facile à écraser. Cette lutte dure depuis le moment de la Création. Les hommes croient toujours que c'est une nouvelle guerre, mais c'est toujours la même qu'ils redécouvrent. Seulement, à présent, le changement vole sur les vents du temps. Le changement. Cette fois-ci, il n'y aura pas de retour en arrière. Ces fières Aes Sedai qui pensent te dresser contre moi. Je les vêtirai de chaînes et les enverrai courir nues exécuter mes volontés ou fourrer leurs âmes dans le Gouffre du Destin où elles hurleront pour l'Éternité. Toutes sauf celles qui me servent déjà. Elles se tiendront juste un pas derrière moi. Tu peux choisir d'être parmi elles, avec le monde prosterné à tes pieds. Je te l'offre encore une fois, une dernière fois. Tu peux te hausser au-dessus d'elles, au-dessus de toutes les forces et les dominations sauf la mienne. Il y a eu des temps où tu as fait ce choix, des temps où tu as vécu assez longtemps pour connaître ton pouvoir. »

Renie-le ! Rand saisit ce qu'il pouvait nier. « Aucune Aes Sedai ne vous sert. Encore un mensonge !

– C'est ce qu'elles t'ont dit ? Il y a deux mille ans, j'ai emmené mes Trollocs à travers le monde et même parmi les Aes Sedai j'en ai trouvé qui connaissaient le désespoir, qui savaient que le monde ne peut pas résister à Shai'tan. Pendant deux mille ans, l'Ajah Noire est demeurée parmi les autres, invisible dans l'ombre. Peut-être même celles qui prétendent te prêter assistance. »

Rand secoua la tête dans un effort pour se débarrasser des doutes qui montaient en lui, tous les doutes qu'il avait nourris au sujet de Moiraine, au sujet de ce que l'Aes Sedai attendait de lui, de ce qu'elle avait projeté pour lui. « Que voulez-vous de moi ? » s'écria-t-il. *Renie-le ! Que la Lumière me vienne en aide, renie-le !*

« À genoux ! » Ba'alzamon désigna le sol à ses pieds. « Agenouille-toi et reconnais-moi pour ton maître ! Tu finiras par le faire. Tu seras ma créature ou tu mourras. »

Le dernier mot résonna dans la pièce, se répercutant lui-même, se doublant et redoublant, au point que Rand leva brusquement les bras comme pour protéger sa tête contre un coup. Il recula en trébuchant jusqu'à ce qu'il heurte la table et il cria, s'efforçant de couvrir le bruit dans ses oreilles. « Nooooon ! »

Tout en criant, il se retourna d'un bond et projeta les figurines par terre. Quelque chose s'enfonça dans sa main, mais il n'y prêta pas attention et piétina l'argile jusqu'à ce que n'en restent plus que des macules informes. Par contre, quand son cri s'éteignit, l'écho était toujours là et se faisait plus fort :

« Tu mourras-ras-ras-RAS-RAS-RAS ! »

Ce bruit exerçait sur lui l'influence d'un maelström, l'attirait, déchirait en mille morceaux le vide dans son esprit. La lumière s'obscurcit, son champ de vision se rétrécit à la dimension d'un tunnel au bout duquel, dans la dernière tache de clarté à son extrémité, se dressait tout grand Ba'alzamon, diminuant jusqu'à la dimension de sa main, d'un ongle, puis plus rien. L'écho l'emportait dans son tourbillonnement sans fin, l'aspirant vers le bas, vers le noir et la mort.

Le choc quand il heurta le plancher le réveilla, se débattant encore pour remonter à la nage du fond de cette obscurité. La chambre était sombre, mais pas tellement. Avec fébrilité, il s'efforça de se concentrer sur la flamme, d'y jeter la peur à grandes pelletées, mais le calme du vide lui échappait. Les frissons couraient le long de ses bras et de ses jambes, néanmoins, il conserva l'image de la flamme unique jusqu'à ce que le sang cesse de lui marteler les oreilles.

Mat se retournait comme une crêpe sur son lit, grommelant dans son sommeil : « ... te renie, te renie, te renie... » Cela se fondit en gémissements inintelligibles.

Rand allongea le bras pour le réveiller en le secouant et, au premier contact, Mat se redressa sur son séant avec un grognement étranglé. Pendant un instant, il regarda autour de lui d'un air égaré puis poussa un long soupir tremblant et laissa tomber sa tête dans ses mains. Brusquement, il se tordit sur lui-même pour fouiller sous son oreiller, puis retomba à plat en serrant à deux mains sur sa poitrine le poignard au manche orné d'un rubis. Il tourna la tête pour regarder Rand, son visage caché dans l'ombre. « Il est de retour, Rand.

– Je sais. »

Mat hocha la tête. « Il y avait ces trois figurines...

– Je les ai vues aussi.

– Il me connaît, Rand. J'ai pris celle avec le poignard et il a dit : “ Voilà donc qui tu es ”, et quand j'ai examiné de nouveau la figurine elle avait mon visage. Mon visage, Rand ! On aurait cru de la chair. La Lumière me vienne en aide, je sentais ma propre main m'agripper comme si j'étais la figurine. »

Rand resta silencieux une minute. « Il faut que tu continues à le renier, Mat.

– Je l'ai fait et il a ri. Il ne cessait de parler d'une

espèce de guerre éternelle et de prétendre que nous nous étions déjà rencontrés de cette façon un millier de fois et... Par la Lumière, Rand, le Ténébreux me connaît.

– Il m'a raconté la même chose. Je ne crois pas qu'il nous connaisse, ajouta-t-il lentement. Je ne crois pas qu'il sache lequel d'entre nous... » *Lequel d'entre nous est quoi ?*

Comme il s'appuyait sur ses mains pour se soulever, une douleur lui lancina la paume. Il se dirigea à tâtons vers la table, réussit après trois tentatives à allumer la chandelle, puis exposa sa paume à la clarté. Enfoncée dans la chair, il y avait une épaisse écharde de bois sombre, lisse et ciré d'un côté. Il la considéra, le souffle coupé. Soudain, le voilà haletant qui cherche à saisir l'écharde, maladroit dans sa hâte.

« Qu'est-ce qui se passe ? questionna Mat.

– Rien. »

Finalement, il l'eut et une brusque saccade la libéra. Avec un grognement de dégoût, il la laissa choir, mais le grognement se figea dans sa gorge. Dès que l'écharde quitta ses doigts, elle disparut.

Néanmoins, la plaie était toujours là dans sa paume et saignait. Il y avait de l'eau dans le broc de grès. Il remplit la cuvette ; ses mains tremblaient si fort qu'il renversa de l'eau sur la table. Il se lava précipitamment, se massant la paume jusqu'à ce que son pouce fasse sortir encore du sang, puis se relava les mains. L'idée que le plus minuscule bout d'écharde resterait dans sa chair le terrifiait.

« Par la Lumière, s'écria Mat, il me donne aussi l'impression d'être sale. » Mais il resta couché où il était, serrant le poignard à deux mains.

« Oui, dit Rand. Sale. » Il tira tant bien que mal une serviette de la pile à côté de la cuvette. Un coup retentit à la porte et il sursauta. Le coup résonna de nouveau. « Oui ? » dit-il.

Moiraine passa la tête dans la chambre. « Vous êtes déjà réveillés. Bien. Habillez-vous vite et descendez. Il faut que nous soyons partis avant l'aube.

– Maintenant ? se lamenta Mat. Nous n'avons pas encore eu une heure de sommeil.

– Une heure ? répéta Moiraine. Vous en avez eu quatre. Dépêchez-vous donc, nous n'avons pas beaucoup de temps. »

Rand échangea avec Mat un coup d'œil déconcerté. Il se rappelait nettement chaque seconde du rêve. Qui avait commencé dès qu'il avait fermé les paupières et n'avait duré que plusieurs minutes.

Quelque chose dans cet échange devait s'être transmis à Moiraine. Elle leur adressa à chacun un regard incisif et entra entièrement dans la pièce. « Qu'est-ce qui est arrivé ? Les rêves ?

– Il sait qui je suis, répondit Mat. Le Ténébreux sait à quoi je ressemble. »

Rand leva la main sans mot dire, la paume tournée vers Moiraine. Même dans la clarté diffuse de l'unique chandelle, le sang était visible.

L'Aes Sedai avança d'un pas et saisit la main tendue de Rand, le pouce en travers de sa paume couvrant la blessure.

Une sensation de froid le pénétra jusqu'à l'os, si intense que ses doigts voulurent se crisper et qu'il dut faire un effort pour les garder ouverts. Quand Moiraine retira ses propres doigts, le froid s'en alla, lui aussi.

Il retourna alors sa main, stupéfait, gratta la mince pellicule de sang pour l'enlever. La blessure avait disparu. Il leva les yeux et croisa ceux de l'Aes Sedai. « Dépêche-toi, dit-elle à mi-voix. Le moment se rapproche. » Il comprit qu'elle ne parlait plus du moment de leur départ.

44.

L'OMBRE SUR LES VOIES

Dans l'obscurité qui précède l'aurore, Rand descendit à la suite de Moiraine jusqu'au couloir du fond où Maître Gill et les autres attendaient – Nynaeve et Egwene aussi anxieusement que Loial, Perrin presque aussi calme que le Lige. Mat marchait sur les talons de Rand comme s'il avait peur d'être même un peu seul maintenant, ne serait-ce qu'à quelques pas de distance. La cuisinière et ses aides se redressèrent pour les regarder avec surprise quand le groupe entra en silence dans la cuisine, déjà brillamment éclairée et toute chaude des préparatifs du petit déjeuner. Ce n'était pas habituel de voir des clients de l'auberge debout à pareille heure. La cuisinière répondit par un reniflement sonore aux paroles apaisantes de Maître Gill et fit claquer bruyamment sa pâte. Elles s'étaient toutes remises à surveiller les tôles sur lesquelles cuisaient les galettes et à pétrir de la pâte avant que Rand ait atteint la porte donnant vers l'écurie.

Au-dehors, la nuit était toujours noire comme poix. Aux yeux de Rand, chacun des autres n'était au mieux qu'une ombre un peu plus épaisse. Il suivait aveuglément l'aubergiste et Lan, aveugle littéralement, avec l'espoir que la connaissance qu'avait Maître Gill de sa propre cour d'écurie et l'instinct du Lige leur feraient la traverser sans que quelqu'un se casse une jambe. Loial trébucha plus d'une fois.

« Je ne comprends pas pourquoi nous ne pouvons pas avoir même une seule lumière, grommela l'Ogier. Nous ne déambulons pas dans le noir au *stedding*. Je suis un

Ogier, pas un chat. » Rand eut soudain la vision des oreilles huppées de Loial s'agitant avec irritation.

L'écurie surgit tout à coup de la nuit, masse menaçante jusqu'à ce que la porte s'ouvre avec un grincement, laissant échapper un étroit flot de clarté dans la cour. L'aubergiste n'écarta le battant que juste assez pour qu'ils entrent un par un et le repoussa précipitamment derrière Perrin, le lui refermant presque sur les talons. Rand cligna des paupières en se trouvant subitement dans l'intérieur éclairé de l'écurie.

Les palefreniers ne furent pas surpris par leur arrivée, comme l'avait été la cuisinière. Leurs chevaux étaient sellés et attendaient. Mandarb resta immobile avec arrogance, ne prêtant attention à personne sauf à Lan, mais Aldieb allongea le nez pour caresser la main de Moiraine. Il y avait un cheval de bât rendu volumineux par ses paniers en osier, et un énorme animal aux boulets poilus, plus haut même que l'étalon du Lige, destiné à Loial. Il avait l'air assez puissant pour tirer à lui tout seul une charrette pleine de foin, mais en comparaison de l'Ogier on aurait dit un poney.

Loial examina le cheval massif et marmotta sur un ton dubitatif : « Mes pieds ont toujours suffi. »

Maître Gill appela Rand du geste. L'aubergiste lui prêtait un bai qui avait presque la même couleur que ses cheveux, grand et large de poitrine, mais sans rien dans sa démarche du feu qu'avait Nuage, Rand fut content de le constater. Maître Gill lui dit que son nom était le Rouge.

Egwene alla droit à Béla et Nynaeve à sa jument aux longues jambes.

Mat amena son cheval gris louvet à côté de Rand. « Perrin me rend nerveux », murmura-t-il. Rand lui jeta un coup d'œil aigu. « Voyons, il se conduit bizarrement. Tu ne l'as pas remarqué, toi aussi ? Je jure que ce n'est pas mon imagination ni... ni... »

Rand hocha la tête. *Ni le poignard reprenant son ascendant sur lui, la Lumière en soit remerciée.* « Oui, c'est vrai, Mat, mais rassure-toi. Moiraine sait ce... ce que c'est. Rien à craindre de Perrin. » Lui-même aurait aimé le croire, mais cela parut rasséréner Mat, du moins un peu.

« Bien sûr, répliqua précipitamment Mat qui surveillait toujours Perrin du coin de l'œil. Je n'ai jamais dit le contraire. »

Maître Gill conférait avec le palefrenier en chef. Cet homme à la peau pareille à du cuir, ressemblant de visage à un des chevaux, porta sa main repliée à son front et se rendit d'un pas vif au fond de l'écurie. L'aubergiste se tourna vers Moiraine avec un sourire satisfait sur sa figure ronde. « Ramey dit que la voie est libre, Aes Sedai. »

Le mur du fond de l'écurie avait un aspect plein et massif, avec des râteliers chargés d'outils. Ramey et un autre palefrenier enlevèrent les fourches, râteaux et bêches, puis plongèrent la main derrière les râteliers pour manipuler des loquets cachés. Brusquement, une section du mur se rabattit à l'intérieur sur des gonds si bien dissimulés que Rand n'était pas sûr d'être capable de les trouver même avec la porte secrète ouverte. La lumière de l'écurie éclairait un mur de brique à quelques pas de là seulement.

« C'est simplement un passage étroit entre des bâtiments, expliqua l'aubergiste, mais personne en dehors de cette écuric ne sait qu'il y a un moyen de sortir par ici. Blancs Manteaux ou cocardes blanches, aucun espion ne sera là pour voir d'où vous venez. »

L'Aes Sedai hocha la tête. « Rappelez-vous, bon aubergiste, si vous craignez quelque ennui à cause de ceci, écrivez à Sheriam Sedai, de l'Ajah Bleue, dans Tar Valon, et elle vous aidera. Mes sœurs et moi, j'en ai peur, avons déjà beaucoup de choses à compenser pour ceux qui m'ont aidée. »

Maître Gill rit ; pas du rire d'un homme soucieux. « Voyons, Aes Sedai, vous m'avez déjà donné l'unique auberge de Caemlyn sans rats. Qu'aurais-je à demander de plus ? Je peux doubler ma clientèle rien qu'avec cela. » Son sourire céda la place à la gravité. « Quelles que soient vos intentions, la Reine a pris le parti de Tar Valon et moi celui de la Reine, je vous souhaite donc bonne chance. Que la Lumière vous illumine, Aes Sedai. Que la Lumière vous illumine tous.

– Que la Lumière vous illumine aussi, Maître Gill, répondit Moiraine en inclinant la tête. Mais si la Lumière doit briller sur l'un de nous, il faut que nous nous dépêchions. » Elle se retourna avec autorité vers Loial : « Êtes-vous prêt ? »

Avec un coup d'œil méfiant aux dents du grand cheval, l'Ogier prit sa bride. S'efforçant de maintenir cette bouche loin de sa main de toute la longueur de la lanière de cuir, il conduisit l'animal vers l'ouverture au fond de l'écurie. Ramey se dandinait d'un pied sur l'autre, impatient de la refermer. Pendant un instant, Loial resta immobile, la tête penchée comme s'il sentait une brise sur sa joue « Par ici », dit-il, et il s'engagea dans l'allée étroite.

Moiraine suivit juste derrière la monture de Loial, puis Rand et Mat. Rand était le premier qui devait conduire le cheval de bât. Nynaeve et Egwene occupaient le milieu de la colonne, avec Perrin derrière elle et Lan fermant la marche. La porte secrète se rabattit vivement dès que Mandarb eut mis le pied dans l'allée en terre battue. Le snic-snic de loquets glissant en place, les isolant au-dehors, parut à Rand anormalement bruyant.

Le passage, comme l'avait appelé Maître Gill, était vraiment très étroit et même plus obscur que la cour de l'écurie, si c'était possible. De hautes parois aveugles en brique ou en bois s'alignaient des deux côtés, avec juste un mince ruban de ciel noir au-dessus de leurs têtes. Les grands paniers tressés suspendus sur le cheval de bât raclaient les murs de chaque côté. Les paniers étaient gonflés de provisions pour le voyage, la plupart des jarres de terre remplies d'huile. Un paquet de perches était attaché le long du dos du cheval, et chacune avait une lanterne qui se balançait à une extrémité. Dans les Voies, avait dit Loial, il faisait plus sombre que par la nuit la plus obscure.

Les lanternes partiellement remplies clapotaient au rythme des mouvements du cheval et se heurtaient avec un son métallique. Ce n'était pas un bruit très retentissant mais dans l'heure qui précède l'aube, Caemlyn était calme. Silencieuse. Les sourds tintements de métal paraissaient assez forts pour être entendus à un quart de lieue de là.

Quand le passage déboucha dans une rue, Loial choisit sa direction sans une hésitation. Il semblait savoir maintenant parfaitement où il allait, comme si l'itinéraire qu'il avait besoin de suivre devenait plus net. Rand ne comprenait pas comment l'Ogier pouvait trouver la Porte de la Voie, et Loial n'avait pas été capable de s'expliquer très clairement. Il le savait simplement, avait-il dit ; il le sentait. Loial prétendait que c'était comme d'essayer d'expliquer comment respirer.

Tandis qu'ils se hâtaient de remonter la rue, Rand tourna la tête vers le coin où se trouvait *La Bénédiction de la Reine*. D'après Lamgwin, il y avait encore une demi-douzaine de Blancs Manteaux non loin de cet angle de rue. Leur intérêt se portait entièrement sur l'auberge, mais un bruit les alerterait sûrement. Personne n'était dehors à pareille heure pour une raison honorable. Les fers des chevaux donnaient l'impression de résonner contre les pavés comme des cloches ; les lanternes s'entrechoquaient comme si le cheval les secouait exprès. Ce n'est pas avant qu'ils aient atteint un autre carrefour que Rand cessa de regarder par-dessus son épaule. Il entendit soupirer de soulagement les autres natifs du Champ d'Emond quand eux aussi doublèrent ce cap.

Loial suivait apparemment l'itinéraire le plus direct jusqu'à la Porte de la Voie, où que cela les conduisît. Parfois ils arpentaient d'un pas relevé de larges avenues, désertes à part de temps à autre un chien qui rôdait furtivement dans le noir. Parfois, ils se hâtaient le long de venelles aussi étroites que le passage derrière l'écurie, où des choses giclaient sous un pied imprudent. Nynaeve se plaignait tout bas des odeurs qui en résultaient, mais personne ne ralentissait le pas.

L'obscurité commençait à diminuer, s'allégeant en un gris sombre. De faibles lueurs d'aube nacraient le ciel au-dessus des toits à l'est. Quelques personnes apparurent dans les rues, emmitouflées contre le froid matinal, tête baissée, tandis qu'elles rêvaient encore de leur lit. La plupart ne leur prêtaient aucune attention. Seuls quelques-uns regardèrent la file de gens et de chevaux avec Loial à sa tête, et un seul de ceux-là les vit réellement.

Le passant leur avait jeté un coup d'œil, comme les autres, replongeant déjà dans ses pensées, quand soudain il trébucha et faillit tomber en se retournant pour mieux regarder. Il n'y avait que juste assez de clarté pour distinguer des formes, mais c'était trop. Aperçu seul à distance, l'Ogier aurait pu passer pour un homme de haute stature conduisant un cheval ordinaire, ou pour un homme ordinaire menant un cheval d'une taille légèrement au-dessous de la moyenne. Avec les autres en file derrière lui pour donner un point de comparaison, Loial paraissait exactement aussi géant qu'il l'était, plus grand de moitié qu'aucun homme normal. Le passant regarda donc et, avec un cri étranglé, prit ses jambes à son cou, sa cape claquant derrière lui.

Il y aurait bientôt davantage de gens dans les rues – très bientôt. Rand observa une femme qui se hâtait de l'autre côté de la rue, ne voyant rien sinon le trottoir devant ses pieds. Bientôt davantage de gens pourraient les remarquer. Le ciel devenait plus clair à l'est

« Là, annonça enfin Loial. C'est là-dessous. » Il désignait une boutique, encore fermée pour la nuit. Ses étals extérieurs étaient vides, les bannes destinées à les abriter roulées serré, la porte solidement close. Les fenêtres à l'étage, où habitait le commerçant, étaient toujours sombres.

« Là-dessous ? s'exclama Mat avec incrédulité. Comment, par la Lumière, pouvons-nous... ? »

Moiraine leva la main pour l'interrompre, puis leur indiqua du geste de la suivre dans la venelle longeant le côté de la boutique. À eux tous, gens et chevaux ensemble, ils bloquaient le passage entre les deux bâtiments. Les murs donnant de l'ombre, il y régnait plus d'obscurité que dans la rue, presque autant qu'en pleine nuit.

« Il doit y avoir une porte de cave, dit Moiraine entre ses dents. Ah, oui. »

Soudain, de la clarté s'épanouit. Une froide lumière en boule, de la taille d'un poing d'homme, planait au-dessus de la paume de l'Aes Sedai, se déplaçant en même temps que sa main. C'est une mesure des épreuves qu'ils avaient traversées, songea Rand, que tous acceptent la chose comme allant de soi. Moiraine l'approcha des panneaux qu'elle avait découverts, inclinés presque à plat jusqu'au sol, avec un moraillon et une serrure de fer plus grands que la main de Rand, épaissis par des années de rouille.

Loial tira sur la serrure. « Je peux l'arracher, moraillon et le reste, mais cela fera assez de bruit pour ameuter tout le voisinage.

– N'endommageons pas le bien du maître de la maison si nous pouvons l'éviter. » Moiraine examina intensément la serrure pendant un instant. Subitement, elle donna au fer rouillé un petit coup de son bâton et la serrure se débloqua fort proprement.

Loial se dépêcha de relever le moraillon et de redresser les panneaux, qu'il étaya. Moiraine s'engagea sur la rampe ainsi dégagée, s'éclairant avec la boule luminescente. Aldieb s'avança avec précaution derrière elle.

« Allumez les lanternes et descendez, ordonna Moiraine à mi-voix. Il y a largement la place. Dépêchez-vous. Le jour ne va pas tarder. »

Rand détacha du cheval de bât les perches aux lanternes mais, avant même que la première soit allumée, il se rendit compte qu'il distinguait les traits de Mat. Les gens allaient remplir les rues dans quelques minutes, le commerçant descendrait ouvrir pour accueillir la clientèle, et tous se demanderaient pourquoi la venelle était encombrée de chevaux. Mat protesta avec nervosité entre ses dents contre l'idée de conduire des chevaux à l'intérieur, mais Rand fut content de mener le sien au bas de la rampe. Mat suivit, bougonnant mais non moins vite.

La lanterne de Rand se balançait au bout de sa perche, heurtant le plafond s'il n'y veillait pas, et ni le Rouge ni le cheval de bât n'appréciaient la rampe. Puis il arriva en bas et s'écarta du chemin de Mat. Moiraine laissa s'éteindre sa lumière volante mais, quand les autres les rejoignirent, les lanternes supplémentaires éclairèrent l'espace vide.

Cette cave était aussi longue et large que la maison au-dessus, la plupart de la place étant jalonnée par des colonnes de brique qui s'élançaient depuis une base étroite en s'élargissant pour aboutir au plafond cinq fois plus grosses. Ce lieu semblait être constitué d'une série d'arches. L'espace ne manquait pas; pourtant Rand avait l'impression d'étouffer. La tête de Loial effleurait le plafond. Comme l'avait laissé supposer la serrure rouillée, la cave n'avait pas été utilisée depuis longtemps. Il n'y avait rien sur le sol à part quelques tonneaux en mauvais état remplis de choses diverses et une épaisse couche de poussière. Des atomes de poussière, remués par tous ces pieds, papillotaient dans la clarté des lanternes.

Lan fut le dernier à entrer et, dès qu'il eut amené Mandarb en bas de la rampe, il remonta pour tirer les panneaux et les refermer.

« Sang et cendres, grommela Mat, pourquoi construire une de ces portes dans un endroit pareil ?

– Il n'a pas toujours été ainsi », dit Loial. Sa voix de

basse éveillait des échos dans cette salle qui ressemblait à une caverne. « Pas toujours. Non ! » L'Ogier était en colère, Rand eut un choc en le découvrant. « Jadis, des arbres se dressaient ici. Toutes les essences susceptibles de croître en ce lieu, toutes les espèces que les Ogiers pouvaient acclimater. Les Grands Arbres, hauts de cent empans. Des ramures donnant de l'ombrage et des brises fraîches pour capter l'odeur des feuilles et des fleurs et évoquer le souvenir de la paix du *stedding*. Tout cela, assassiné pour ça ! » Son poing frappa une colonne.

Celle-ci parut trembler sous ce coup. Rand fut certain d'avoir entendu des briques craquer. Des cascades de mortier desséché glissèrent le long de la colonne.

« Ce qui a déjà été tissé ne peut être détruit, dit Moiraine gentiment. Que vous nous précipitiez la maison écroulée sur la tête ne fera pas repousser les arbres. » Les sourcils tombants de Loial lui donnèrent une expression plus confuse qu'aucune figure humaine n'aurait pu prendre. « Avec votre aide, Loial, peut-être préserverons-nous les bosquets qui sont encore debout de tomber sous l'emprise de l'Ombre. Vous nous avez amenés à ce que nous cherchons. »

Comme elle se dirigeait vers un des murs, Rand se rendit compte que cette paroi était différente des autres. Lesquelles étaient en brique ordinaire ; celle-ci était de pierre finement sculptée, en volutes de feuilles et de lianes, blanche même sous sa couche de poussière. La brique et le mortier étaient anciens, mais la pierre avait quelque chose qui dénotait qu'elle était là depuis longtemps, longtemps avant que la brique ait été cuite. Des constructeurs plus récents, eux-mêmes disparus depuis des siècles, avaient incorporé ce qui existait déjà, et d'autres hommes à une date plus récente encore l'avaient intégrée dans une cave.

Une partie du mur de pierre sculpté, en plein milieu, était plus travaillée que le reste. Aussi fouillé qu'il fût, ce reste apparaissait en comparaison comme une copie fruste. Taillées dans de la pierre dure, ces feuilles semblaient souples, saisies et figées à l'instant où une légère brise d'été les agitait. Néanmoins, elles donnaient l'impression de dater de longtemps, de bien plus longtemps que le reste de la pierre, de même que ce reste datait de bien davantage que la brique. Oui, d'aussi longtemps sinon plus. Loial les regardait comme s'il préférait être n'importe où ailleurs sauf là, même de nouveau dans les rues au milieu d'une populace hostile.

« *Avendesora* », murmura Moiraine, en posant la main sur une feuille trilobée dans le dessin de pierre. Rand examina les sculptures ; c'était l'uniquc feuille de son espèce qu'il réussit à trouver. « La feuille de l'Arbre de Vie est la clef », dit l'Aes Sedai, et la feuille tomba dans sa main.

Rand cilla ; derrière lui, il entendit des reprises de souffle. Cette feuille n'avait pas semblé faire moins partie du mur que les autres. Tout aussi simplement, l'Aes Sedai la plaça contre le dessin une empaumure plus bas. La feuille à trois pointes s'y imbriqua comme si l'espace avait été prévu pour elle, et une fois de plus elle s'intégra à l'ensemble. Dès qu'elle fut en place, la nature entière de la sculpture centrale changea.

Il était certain à présent de voir les feuilles soulevées par une brise qui ne se sentait pas ; il eut comme l'impression qu'elles étaient verdoyantes sous la poussière, une tapisserie d'épaisse verdure printanière dans la cave éclairée aux lanternes.

Presque imperceptiblement au début, une fissure se creusa au milieu de l'antique sculpture, s'élargissant à mesure que les deux moitiés se déplaçaient lentement à l'intérieur de la cave jusqu'à être complètement rabattues. La face interne des vantaux était travaillée comme l'autre, avec la même profusion de lianes et de feuilles, quasi vivantes. Derrière, où aurait dû se trouver de la terre ou la cave de l'immeuble voisin, un sombre miroitement réfléchissant renvoyait faiblement leur image.

« J'ai entendu dire que jadis les Portes des Voies brillaient tels des miroirs, commenta Loial mi-affligé mi-effrayé. Jadis, quiconque entrait dans les Voies marchait au soleil sous le ciel. Jadis.

– Nous n'avons pas le temps de nous attarder », dit Moiraine.

Lan passa devant ellc, conduisant Mandarb, la perche avec une lanterne à la main. Son reflet nébuleux s'approcha de lui, menant un cheval indistinct. L'homme et son reflet semblèrent entrer l'un dans l'autre à la surface miroitante, puis les deux disparurent. Une minute, l'étalon noir se déroba, une rêne apparemment continue le reliant à la forme vague de sa propre image. La rêne se tendit et le cheval de bataille disparut à son tour.

Toutes les personnes présentes dans la cave demeurèrent un instant figées à regarder la Porte de la Voie.

« Dépêchez-vous, les pressa Moiraine. Je dois la franchir la dernière. Nous ne pouvons pas laisser cette porte ouverte, avec le risque que n'importe qui la découvre par hasard. Dépêchez-vous. »

Avec un gros soupir, Loial pénétra dans le miroitement. Secouant la tête, son grand cheval essaya de rester à l'écart de la surface et fut traîné au travers. Ils disparurent aussi complètement que le Lige et Mandarb.

D'un geste hésitant, Rand avança sa lanterne jusqu'à la Porte. La lanterne s'enfonça dans son reflet, les deux se fondant l'une dans l'autre, jusqu'à ce que l'une et l'autre aient disparu. Il se força à continuer à marcher, regardant la perche disparaître en elle-même, pouce par pouce, et à son tour il entra en lui-même, franchissant la Porte. Sa bouche s'ouvrit de stupeur. Quelque chose de glacé glissait sur sa peau comme s'il traversait une muraille d'eau froide. Le temps s'étira ; le froid enveloppait un cheveu à la fois, gelait ses vêtements fil par fil.

Brusquement, cette froidure éclata comme une bulle, et il s'arrêta pour reprendre son souffle. Il était dans les Voies. Juste devant lui, Lan et Loial attendaient patiemment à côté de leurs chevaux. Tout autour d'eux, l'obscurité semblait s'étendre à l'infini. Leurs lanternes formaient une minuscule flaque de clarté autour d'eux, trop petite, comme si quelque chose repoussait la lumière, ou l'avalait.

Tout à coup saisi d'anxiété, il donna une secousse à ses rênes. Le Rouge et le cheval de bât surgirent d'un bond, manquant de peu le renverser. Il trébucha, rétablit son équilibre et se dirigea précipitamment vers le Lige et l'Ogier, tirant les chevaux nerveux après lui. Les animaux hennirent doucement. Même Mandarb parut éprouver un certain réconfort d'avoir la compagnie d'autres chevaux.

« Allez doucement quand vous franchissez une Porte, Rand, conseilla Loial. Dans les Voies, les choses ne sont... pas pareilles qu'au-dehors. Regardez. »

Il tourna la tête dans la direction qu'indiquait l'Ogier, s'attendant à voir le même miroitement sombre. À la place, il distinguait la cave, comme à travers une vitre fumée encastrée dans le noir. Ce qui était déconcertant, c'est que cette obscurité qui entourait cette fenêtre ouvrant sur la cave donnait une impression de profondeur, on aurait dit que l'ouverture se dressait seule sans rien autour ou derrière à part le noir. Il le dit avec un rire tremblant, mais Loial le prit au sérieux.

« Vous pourriez en faire le tour complet et vous ne verriez rien de l'autre côté. Toutefois, je ne vous le conseillerais pas. Les livres ne fournissent pas de renseignements bien clairs sur ce qui se trouve derrière les Portes. Je crois que vous vous perdriez et ne parviendriez jamais à ressortir. »

Rand secoua la tête et tenta de se concentrer sur la Porte même plutôt que sur ce qu'il y avait derrière, mais à sa façon c'était aussi troublant. S'il y avait eu quoi que ce soit à voir dans la pénombre, il l'aurait regardé. À l'intérieur de la cave, dans la sombre clarté nébuleuse, Moiraine et les autres se distinguaient aisément, mais ils se mouvaient comme en rêve. Chaque clignement de paupière semblait un mouvement voulu, exagéré. Mat se dirigeait vers la Porte comme s'il marchait dans de la gelée liquide, ses jambes donnaient l'impression d'avancer en nageant.

« La Roue tourne plus vite dans les Voies », expliqua Loial. Il jeta un coup d'œil à l'obscurité qui les enveloppait, et sa tête rentra dans ses épaules. « Aucun être vivant ne possède plus que des notions fragmentaires là-dessus. Je redoute ce que je ne connais pas des Voies, Rand.

– Le Ténébreux ne peut être vaincu sans que des risques soient courus, dit Lan. Mais en ce moment nous sommes vivants et devant nous est l'espoir de rester en vie. Ne vous rendez pas avant d'être vaincu, Ogier.

– Vous ne parleriez pas avec autant d'assurance si vous étiez jamais allé dans les Voies. » Le ton habituel de Loial, un tonnerre lointain, était assourdi. Il considéra l'obscurité comme s'il y voyait des choses. « Je n'ai jamais emprunté les Voies non plus, mais j'ai rencontré des Ogiers qui avaient franchi une Porte puis étaient revenus. En auriez-vous vu que vous ne diriez pas cela. »

Mat émergea de la Porte et retrouva un rythme de mouvement normal. Pendant un instant, il contempla avec stupeur l'obscurité apparemment omniprésente, puis les rejoignit en courant, sa lanterne sautillant au bout de sa perche, son cheval bondissant à sa suite et manquant de peu le faire s'étaler par terre. Un par un, les autres passèrent de leur côté, Perrin, Egwene et Nynaeve, chacun s'immobilisant, rendu muet par le choc, avant de rejoindre hâtivement le groupe. Chaque lanterne élargissait la nappe de lumière, mais pas autant qu'elle l'aurait dû. C'était comme si l'obscurité devenait d'autant plus dense qu'il y avait davantage de lumière, s'épaississant dans une lutte pour ne pas être diminuée.

Une façon d'envisager les choses que Rand n'avait pas envie d'adopter. Être là était déjà assez déstabilisant sans donner à l'obscurité une volonté propre. Néanmoins, tous semblaient éprouver le même sentiment d'oppression. Ici, pas de commentaires sarcastiques de Mat ; quant à Egwene, elle avait l'air de souhaiter pouvoir revenir sur sa décision de les accompagner. Tous observaient en silence la Porte de la Voie, cette ultime fenêtre sur le monde qu'ils connaissaient.

Finalement, il ne resta plus que Moiraine dans la cave, vaguement éclairée par la lanterne qu'elle avait en main. L'Aes Sedai se mouvait toujours de cette allure de rêve. Sa main glissait lentement pour atteindre la feuille d'*Avendesora*. Laquelle se trouvait plus bas sur cette face-ci sculptée dans la pierre, Rand le constata, juste à l'endroit où Moiraine l'avait insérée de l'autre côté. L'ôtant du motif, elle la replaça dans sa position première. Il se demanda soudain si la feuille de l'autre côté s'était remise également au même emplacement.

L'Aes Sedai survint, menant Aldieb, tandis que les battants de pierre amorçaient un lent, très lent mouvement pour se refermer derrière elle. Elle les rejoignit, la lumière de sa lanterne abandonnant la Porte avant qu'elle se soit close. L'obscurité engloutit la vue de la cave qui allait se rétrécissant. Autour de la nappe de clarté restreinte de leurs lanternes, le noir les cernait totalement.

Soudain on aurait dit que les lanternes étaient la seule lumière qui restait au monde. Rand se rendit compte qu'il était coincé entre Perrin et Egwene. Egwene lui avait jeté un coup d'œil éperdu et s'était rapprochée, et Perrin n'avait pas bougé pour lui faire place. Il y a quelque chose de réconfortant dans le contact avec un autre être humain quand le monde entier vient d'être submergé par la nuit. Même les chevaux paraissaient sentir que les Voies les poussaient à se regrouper de plus en plus près les uns des autres.

Extérieurement impassibles, Moiraine et Lan montèrent vivement à cheval et l'Aes Sedai se pencha en avant, les bras appuyés sur son bâton sculpté posé en travers du haut pommeau de sa selle. « Il faut nous mettre en route, Loial. »

Loial sursauta et hocha la tête avec vigueur. « Oui. Oui, Aes Sedai, vous avez raison. Ne pas perdre une minute de plus que nécessaire. » Il désigna une large bande blanche courant sous leurs pieds, dont Rand s'écarta vivement. Tous les natifs des Deux Rivières en firent autant. Rand avait cru d'abord que le sol était lisse, mais cette égalité était maintenant creusée de trous, comme si la pierre avait eu la variole. La ligne blanche était interrompue en plusieurs points. « Ceci mène de la Porte au premier Indicateur. De là-bas... » Loial regarda alentour avec anxiété, puis grimpa sur son cheval sans rien de la répugnance qu'il avait témoignée jusque-là. Le cheval portait la selle la plus grande que le palefrenier en chef avait pu dénicher, mais Loial la remplissait du pommeau au troussequin. Ses pieds pendaient de chaque côté presque jusqu'aux genoux de l'animal. « Pas une minute de plus qu'il n'est indispensable », reprit-il entre ses dents. Les autres sautèrent en selle à regret.

Moiraine et Lan encadraient l'Ogier qui suivait la ligne blanche dans le noir. Les autres se pressaient derrière aussi près que possible, les lanternes oscillant au-dessus de leurs têtes. Ces lanternes auraient dû donner assez de clarté pour illuminer une maison entière, mais à dix pas d'eux la lumière cessait d'éclairer. L'obscurité l'arrêtait comme si elle heurtait un mur. Le craquement des selles et le clic-clac des fers des chevaux sur la pierre semblaient avancer seulement jusqu'à la lisière de la clarté.

La main de Rand ne cessait de se porter sur son épée. Ce n'est pas qu'il croyait à une présence contre laquelle il aurait à utiliser son épée pour se défendre ; on n'avait pas l'impression d'un lieu où trouver quelque chose. La bulle de clarté autour d'eux aurait aussi bien pu être une caverne creusée dans la pierre, complètement enclavée, sans issue. Et les chevaux avancer sur une trépigneuse pour tout le changement qu'il y avait autour d'eux. Il serrait la poignée de son épée comme si la pression de sa main était capable de repousser le poids qu'il sentait peser comme une pierre sur sa poitrine. Le contact de l'épée l'aidait à se rappeler l'enseignement de Tam. Pendant un court laps de temps, il retrouvait le calme du vide. Pourtant, le poids revenait toujours, comprimant le vide jusqu'à ce qu'il ne soit plus qu'une grotte dans son esprit – et il était obligé de recommencer de zéro, tâtant l'épée de Tam pour se souvenir.

Ce fut un soulagement quand un changement survint effectivement, même si ce n'était qu'une haute dalle de pierre, dressée, qui surgit de l'ombre devant eux, la large ligne blanche s'arrêtant à sa base. De sinueuses courbes de métal s'incrustaient sur la large surface, des lignes gracieuses qui évoquaient pour Rand des lianes et des feuilles. Les pustules décolorées piquetaient aussi bien la pierre que le métal.

« L'Indicateur », annonça Loial qui se pencha de côté sur sa selle pour déchiffrer, sourcils froncés, les incrustations cursives en métal.

« L'écriture des Ogiers, commenta Moiraine, mais si abîmée que je peux tout juste deviner ce qu'elle dit.

– J'y parviens difficilement moi aussi, répliqua Loial, mais assez pour comprendre que nous allons par ici. » Il détourna son cheval de l'Indicateur.

Leur lumière éclairait à sa lisière d'autres ouvrages de pierre, ce qui semblait être des ponts aux parois de pierre projetant leur arche dans l'obscurité, et des rampes en pente douce sans garde-fou d'aucune sorte, qui montaient et descendaient. Entre les ponts et les rampes, toutefois, courait une balustrade à hauteur de poitrine, comme si tomber était dangereux, en tout cas là. Cette balustrade était faite de pierre blanche unie, en courbes et cercles simples assemblés en dessins complexes. L'ensemble avait quelque chose de presque familier pour Rand, mais il se dit que ce devait être un tour de son imagination en quête de n'importe quoi de connu là où tout était étranger.

Au pied d'un des ponts, Loial s'arrêta pour lire l'unique ligne sur la colonne étroite plantée là. Hochant la tête, il monta sur le pont. « C'est le premier pont de notre itinéraire », lança-t-il par-dessus son épaule.

Rand se demanda ce qui soutenait ce pont. Les sabots des chevaux crissaient par terre, comme si des fragments de pierre s'écaillaient à chaque pas. Tout ce qu'il parvenait à voir était couvert de trous peu profonds, certains minuscules comme des coups d'épingle, d'autres des cratères plats à l'orle rugueux franchissables d'une enjambée, comme s'il avait plu de l'acide ou que la pierre pourrissait. Le garde-fou avait des fissures et des trous, lui aussi. Par endroits, il avait totalement disparu sur une surface aussi grande qu'un empan. Pour autant qu'il le sache, ce pont pouvait être en pierre vive jusqu'au centre même de la terre, mais ce qu'il voyait lui faisait espérer que ce pont tiendrait bon assez longtemps pour qu'ils en atteignent l'extrémité. *Où qu'elle soit.*

Le pont aboutit, finalement, dans un endroit dont l'aspect ne différait pas de son point de départ. Rand ne voyait que ce que leur petite nappe de lumière éclairait, mais il avait l'impression que c'était un large espace, comme le sommet plat d'une colline, avec des ponts et des rampes qui en partaient tout autour. Une Île, Loial l'appela. Il y avait un autre Indicateur couvert d'écriture cursive – Rand le situa au centre de l'Île, sans avoir le moyen de vérifier s'il avait raison ou non. Loial lut, puis les emmena sur une des rampes qui s'élevait en spirale.

Après une montée interminable, avec des tournants continuels, la rampe s'arrêta sur une autre Île exactement semblable à celle d'où elle était partie. Rand essaya d'imaginer le tracé de la rampe et renonça. *Cette Île ne peut pas se trouver juste au-dessus de l'autre. C'est IMPOSSIBLE.*

Loial consulta encore une autre dalle couverte d'écriture ogière, trouva une autre colonne de signalisation, les emmena sur un autre Pont. Rand n'avait plus aucune idée de la direction dans laquelle ils voyageaient.

À la clarté de leurs lumières assemblées au sein de l'obscurité, un pont paraissait identique à l'autre, à part que certains avaient des brèches dans leurs garde-fous et d'autres pas. Seul le degré de dommages subis par les Indicateurs différenciait les Îles. Rand perdit le compte du temps ; il n'était même plus sûr du nombre de ponts qu'ils avaient franchis ou de rampes qu'ils avaient suivies. Par contre, le Lige devait avoir une horloge dans la tête. Juste au moment où Rand éprouvait une première sensation de faim, Lan annonça à mi-voix qu'il était midi et mit pied à terre pour distribuer du pain, du fromage et de la viande séchée que transportait le cheval de bât. C'était Perrin qui conduisait l'animal à ce moment-là. Ils se trouvaient sur une Île et Loial s'affairait à déchiffrer les directives sur l'Indicateur.

Mat s'apprêtait à descendre de selle, mais Moiraine dit : « Le temps est trop précieux dans les Voies pour le perdre. En ce qui nous concerne, beaucoup trop précieux. Nous nous arrêterons quand il sera le moment de dormir. » Lan était déjà remonté sur Mandarb.

L'appétit de Rand s'évanouit à la pensée de dormir dans les Voies. La nuit y régnait perpétuellement, mais ce n'était pas le genre de nuit propice au sommeil. Cependant, il mangea tout en continuant sa route à cheval, comme les autres. Ce n'était pas une entreprise commode de jongler avec ses aliments, la perche à lanterne et ses rênes mais, en dépit du manque d'appétit qu'il se supposait, il lécha sur ses mains les dernières miettes de pain et de fromage, et songea avec gourmandise qu'il aimerait bien en avoir encore. Il commença même à penser que les Voies n'étaient pas si mal que ça, pas autant que le disait Loial, tant s'en faut. On y avait la même impression d'étouffer ressentie dans l'heure qui précède un orage, mais rien ne changeait. Rien n'arrivait. Les Voies étaient presque lassantes.

Puis le silence fut rompu par un grognement de surprise échappé à Loial. Rand se dressa sur ses étriers pour regarder au-delà de l'Ogier et ravala sa salive au spectacle qu'il aperçut. Ils étaient au milieu d'un pont et, à quelques pas seulement devant Loial, le pont déchiqueté s'interrompait au-dessus d'un abîme.

45.

CE QUI SUIT DANS L'OMBRE

La lumière de leurs lanternes portait juste assez loin pour éclairer l'autre côté, qui jaillit de l'ombre comme la dent brisée d'un géant. Le cheval de Loial frappa nerveusement un sabot et une pierre détachée tomba dans le noir absolu au-dessous. S'il y eut un bruit quand elle atteignit le fond, Rand ne l'entendit pas.

Il fit approcher le Rouge plus près de l'abîme. Aussi loin qu'il pouvait tendre sa lanterne au bout de sa perche, il n'y avait rien. Noir dessous comme noir au-dessus, coupant net la clarté. Si un fond existait, il se trouvait peut-être à mille pieds de là. Ou il n'y en avait pas. Par contre, en face, il pouvait voir ce que le pont avait pour se soutenir. Rien. Moins d'un empan d'épaisseur et absolument rien au-dessous.

Brusquement, la pierre sous ses pieds lui sembla aussi mince qu'une feuille de papier, et l'à-pic sans bornes l'attira. Pris de vertige, il obligea le bai à reculer loin de l'abîme aussi précautionneusement qu'il avait avancé jusqu'à son bord.

« Est-ce à cela que vous nous avez conduits, Aes Sedai ? dit Nynaeve. Tout ce trajet pour découvrir que nous n'avons finalement plus qu'à revenir à Caemlyn ?

– Nous ne sommes pas obligés de retourner sur nos pas, répliqua Moiraine. Pas jusqu'à Caemlyn. Dans les Voies, de nombreux chemins mènent n'importe où. Nous avons besoin seulement de repartir jusqu'à ce que Loial découvre un autre itinéraire qui mènera à Fal Dara. Loial ? Loial ! »

L'Ogier s'arracha avec un effort visible à la contemplation du gouffre. « Comment ? Oh ! Oui, Aes Sedai. Je peux trouver un autre parcours. Je... » – Ses yeux retournèrent au précipice, et ses oreilles s'agitèrent – « ... je ne m'étais pas imaginé que la désintégration avait atteint pareil stade. Si les ponts eux-mêmes se rompent, peut-être serais-je incapable de trouver la voie que vous désirez. Peut-être même pas le chemin de retour. Qui sait si les ponts ne s'effondrent pas derrière nous en ce moment même.

– Il doit y avoir un moyen », objecta Perrin d'une voix sèche. Ses yeux semblaient capter la clarté, flamboyer d'une lueur dorée. *Un loup acculé*, songea Rand, stupéfait. *Voilà à quoi il ressemble.*

« Il en sera comme la Roue le tisse, déclara Moiraine, mais je ne pense pas que la détérioration soit aussi rapide que vous le craignez. Regardez la pierre, Loial. Même moi, je me rends compte que c'est une vieille fracture.

– Oui, dit lentement Loial. Oui, Aes Sedai, je le vois bien. Il n'y a ni pluie ni vent ici, mais cette pierre a été exposée à l'air depuis dix ans au moins. » Il hocha la tête avec un sourire de soulagement, si heureux de cette constatation qu'il parut en oublier ses craintes pour un moment. Puis il regarda autour de lui et eut un haussement d'épaules marquant son trouble. « Je peux trouver plus facilement d'autres itinéraires que celui pour Mafal Dadaranell. Tar Valon, par exemple. Ou le *stedding* Shangtai. Il n'y a que trois ponts jusqu'au *stedding* Shangtai depuis la dernière Île. Je suppose que les Anciens veulent s'entretenir avec moi maintenant.

– Fal Dara, Loial, dit d'un ton ferme Moiraine. L'Œil du Monde se trouve au-delà de Fal Dara, et nous devons arriver là où il est.

– Fal Dara, donc », acquiesça l'Ogier à regret.

De retour sur l'Île, Loial médita avec attention devant la dalle couverte d'inscriptions, ses sourcils tombants froncés tandis qu'il parlait entre ses dents à moitié pour lui-même. Il ne tarda pas à parler entièrement pour lui-même, car il passa à sa langue maternelle, l'ogière. Ce langage modulé ressemblait à un chant d'oiseau aux sonorités graves. Cela parut bizarre à Rand que de pareils géants aient un langage aussi musical.

Finalement, l'Ogier hocha la tête. En les conduisant

vers le pont qu'il avait choisi, il se tourna pour regarder d'un air désolé le poteau indicateur qui se dressait près d'un autre. « Trois carrefours jusqu'au *stedding* Shangtai. » Il soupira. Néanmoins, il les emmena sans s'arrêter en passant devant et s'engagea sur le troisième pont qui était au-delà. Il regarda en arrière avec regret quand ils se mirent à le traverser, bien que le pont en direction de son foyer fût invisible dans le noir.

Rand poussa le Rouge en avant à côté de l'Ogier. « Quand ceci sera fini, Loial, vous me ferez visiter votre *stedding* et je vous montrerai le Champ d'Emond. Pas par les Voies, en tout cas. Nous marcherons ou nous irons à cheval, quand bien même cela nous prendrait tout l'été.

– Vous croyez que cela se terminera, Rand ? »

Il regarda l'Ogier d'un air soucieux. « Vous avez dit qu'il fallait deux jours pour arriver à Fal Dara.

– Je ne parlais pas des Voies, Rand. De tout le reste. » Loial regarda par-dessus son épaule l'Aes Sedai qui s'entretenait tout bas avec Lan auprès de qui elle chevauchait côte à côte. « Qu'est-ce qui vous donne à croire que tout sera fini à jamais ? »

Les ponts et les rampes montaient, descendaient, enjambaient. Parfois une ligne blanche partait de l'Indicateur pour s'enfoncer dans le noir, tout comme la ligne qu'ils avaient suivie depuis la Porte de la Voie dans Caemlyn. Rand savait ne pas être le seul qui examinait ces lignes avec curiosité et un peu de nostalgie. Nynaeve, Perrin, Mat et même Egwene laissaient derrière eux ces lignes à regret. Il y avait une Porte à l'autre extrémité de chacune, une Porte permettant de retourner dans le monde où il y avait ciel, soleil et vent. Même le vent aurait été bienvenu. Ils les laissèrent pourtant, sous l'œil vigilant de l'Aes Sedai. Cependant Rand n'était pas le seul à regarder en arrière même après que l'obscurité avait englouti Île, Indicateur et ligne.

Rand bâillait quand Moiraine annonça qu'ils s'arrêteraient pour la nuit dans une des Îles. Mat regarda le noir qui les environnait et ricana de façon audible, mais il mit pied à terre aussi vite que les autres. Lan et les garçons dessellèrent les chevaux et les entravèrent pendant que Nynaeve et Egwene installaient un petit réchaud à huile pour préparer le thé. Il ressemblait à la base d'une lanterne ; c'était, avait expliqué Lan, ce que les Liges utilisaient dans la Grande Désolation où brûler du bois risque d'être dangereux. Le Lige sortit des paniers, qu'ils avaient déchargés du dos du cheval de bât, des trépieds pour que les lanternes puissent être disposées en cercle autour de leur campement.

Loial examina l'Indicateur pendant un instant, puis se laissa choir en tailleur et frotta la main contre la pierre grêlée poussiéreuse. « Jadis, des choses poussaient sur les Iles, dit-il tristement. Tous les livres en parlent. Il y avait de l'herbe verte où dormir, douce comme un matelas de plumes. Des arbres fruitiers pour agrémenter le pique-nique qu'on avait apporté, d'une pomme, d'une poire ou d'une campane sucrée, croquante et juteuse, quelle que soit l'époque de l'année au-dehors.

– Rien à chasser », grommela Perrin, qui parut surpris d'avoir parlé.

Egwene tendit à Loial une tasse de thé. Il la tint sans boire, la contemplant comme s'il pouvait trouver ces arbres fruitiers dans ses profondeurs.

« N'allez-vous pas placer des gardes ? demanda Nynaeve à Moiraine. Il y a sûrement pire que des rats ici. Même si je ne vois rien, je peux encore sentir. »

L'Aes Sedai se frotta les doigts contre ses paumes avec dégoût. « Vous sentez la souillure, la corruption du Pouvoir qui a créé les Voies. Je ne veux pas utiliser le Pouvoir Unique à moins d'y être obligée. La souillure est si forte que tout ce que je tenterai de faire sera sûrement corrompu. »

Ce qui rendit tout le monde aussi muet que Loial. Lan s'attaqua à son repas méthodiquement, comme s'il garnissait un foyer – se nourrir étant moins important que de fournir du combustible à son corps. Moiraine mangea bien, elle aussi, et avec autant de délicatesse que s'ils n'étaient pas assis sur leurs talons sur de la pierre nue quasi littéralement au cœur de nulle part, mais Rand ne fit que grignoter. La flamme minuscule du réchaud donnait juste assez de chaleur pour que l'eau arrive à ébullition, néanmoins il se penchait vers elle, le dos rond, comme s'il pouvait s'imprégner de sa chaleur. Ses épaules frôlaient Mat et Perrin. Ils formaient tous un cercle étroit autour du réchaud. Mat avait oublié le pain, la viande et le fromage qu'il tenait dans la main, et Perrin reposa son assiette en fer-blanc après n'avoir avalé que quelques bouchées. L'humeur devint de plus en plus morose, et tous gardaient les yeux baissés, pour éviter l'obscurité qui les entourait.

Moiraine les observait en mangeant. Finalement, elle mit son assiette de côté et s'essuya les lèvres avec une serviette. « Je peux vous annoncer au moins une nouvelle réconfortante. Je ne pense pas que Thom Merrilin est mort. »

Rand la regarda vivement. « Mais... l'Évanescent...

– Mat m'a raconté ce qui s'était passé à Pont-Blanc, répliqua l'Aes Sedai. Les gens de là-bas ont parlé d'un ménestrel, mais ils n'ont pas dit qu'il était mort. Ce à quoi ils n'auraient pas manqué, je crois, si un ménestrel avait été tué. Pont-Blanc n'est pas si grand qu'un ménestrel y passe pour quantité négligeable. Et Thom est une partie du Dessin qui se tisse autour de vous trois. Une partie trop importante, j'en suis persuadée, pour être déjà supprimée. »

Trop importante ? songea Rand. *Comment Moiraine saurait-elle... ?* « Min ? Elle a vu des choses concernant Thom ?

– Elle en a vu pas mal, répondit Moiraine d'un ton sarcastique. Vous concernant tous. J'aimerais comprendre la moitié de ce qu'elle a vu, mais même elle ne le comprend pas. Les vieilles barrières s'effondrent. Néanmoins, que ce que voit Min soit ancien ou nouveau, elle voit juste. Vos destins sont liés. Celui de Thom Merrilin avec les vôtres. »

Nynaeve eut un reniflement dédaigneux et se versa une autre tasse de thé.

« Je me demande comment elle a vu quoi que ce soit nous concernant, commenta Mat en souriant d'une oreille à l'autre. Pour autant que je m'en souvienne, elle a passé la plupart de son temps à contempler Rand. »

Egwene haussa un sourcil. « Oh ? Vous ne m'aviez pas dit cela, Moiraine Sedai. »

Rand lui jeta un coup d'œil. Elle ne le regardait pas, mais elle avait adopté un ton trop soigneusement neutre. « Je lui ai parlé une fois, dit-il. Elle s'habille en garçon et ses cheveux sont aussi courts que les miens.

– Tu lui as parlé. Une fois. » Egwene hocha lentement la tête. Toujours sans le regarder, elle porta sa tasse à ses lèvres.

« Min était simplement quelqu'un qui travaillait à l'auberge de Baerlon, remarqua Perrin. Rien de comparable à Aram. »

Egwene s'étrangla avec son thé. « Trop chaud, murmura-t-elle.

– Qui est Aram ? » questionna Rand. Perrin sourit, d'un sourire ressemblant beaucoup à celui de Mat naguère quand il jouait un tour de sa façon, et se dissimula derrière sa tasse.

« Un des Nomades, répliqua négligemment Egwene, mais deux taches rouges s'épanouirent sur ses joues.

– Un des Nomades, reprit Perrin impassible. Il danse. Avec une légèreté d'oiseau. N'est-ce pas ce que tu avais dit, Egwene ? C'était comme de fendre les airs avec un oiseau ? »

Egwene posa sa tasse d'un geste résolu. « Je ne sais pas s'il y a quelqu'un d'autre de fatigué mais, moi, je vais dormir. »

Comme elle s'enroulait dans ses couvertures, Perrin décocha un coup de coude dans les côtes de Rand et lui adressa un clin d'œil. Rand se surprit à lui sourire largement en retour. *Que je brûle, pour une fois le dernier mot a été pour moi. J'aimerais savoir m'y prendre avec ces demoiselles aussi bien que Perrin.*

« Rand, peut-être que tu devrais parler à Egwene d'Else, la fille du fermier Grinwell », dit malicieusement Mat. Egwene leva la tête pour dévisager d'abord Mat, puis Rand.

Il se leva précipitamment pour aller chercher ses couvertures. « Pour le moment, j'ai sommeil. »

Tous les natifs du Champ d'Emond se mirent alors à se fourrer dans leurs couvertures, et Loial aussi. Moiraine resta assise à déguster son thé. Ainsi que Lan. Le Lige n'avait pas l'air d'avoir l'intention de dormir, ni le besoin.

Même emmitouflé pour la nuit, aucun ne voulait se tenir bien loin des autres. Ils s'étaient rassemblés en un rond étroit de tertres bâchés de couvertures tout autour du réchaud, se touchant presque.

« Rand, chuchota Mat, y a-t-il eu vraiment quelque chose entre toi et Min ? Je l'ai juste entrevue. Elle était jolie, certes, mais elle ne doit pas avoir loin de l'âge de Nynaeve.

– Et cette Else ? lança Perrin de l'autre côté de Rand. L'était mignonne ?

– Sang et cendres, marmonna-t-il, ne puis-je même pas adresser la parole à une fille ? Vous deux ne valez pas mieux qu'Egwene.

– Comme le dirait la Sagesse, gronda Mat moqueur, surveille ta langue. Ma foi, si tu refuses d'en parler, je vais tâcher de dormir un peu.

– Parfait, grommela Rand. C'est la première chose sensée que tu aies dite. »

Néanmoins, le sommeil ne vint pas facilement. La pierre était dure, de quelque manière que Rand se couche, et il sentait les trous à travers sa couverture. Pas moyen d'imaginer qu'il se trouvait ailleurs que dans les Voies, faites par les hommes qui avaient détruit le monde, contaminées par le Ténébreux. Il ne cessait de se représenter le pont brisé et le néant au-dessous.

Quand il se tourna d'un côté, il trouva le regard de Mat fixé sur lui ; en réalité, fixant à travers lui. Les taquineries étaient oubliées quand s'imposait l'idée que le noir les entourait. Il roula sur l'autre côté, et Perrin aussi avait les yeux ouverts. Perrin avait une expression de frayeur moins forte que celle de Mat, mais il croisait les mains sur sa poitrine et se tapait les pouces l'un contre l'autre d'un geste nerveux.

Moiraine fit le tour de leur cercle, s'agenouillant près de la tête de chacun et se penchant pour parler tout bas. Rand n'entendit pas ce qu'elle disait à Perrin, mais cela interrompit le manège de ses pouces. Quand elle se courba sur Rand, son visage touchant presque le sien, elle murmura avec un accent réconfortant : « Même ici, ta destinée te protège. Même le Ténébreux ne peut changer totalement le Dessin. Tu n'as pas à le craindre, aussi longtemps que je suis à proximité. Tes rêves sont protégés. Pour un temps, encore, tu ne cours aucun risque en rêvant. »

Comme elle passait de lui à Mat, il se demanda si elle pensait vraiment que c'était aussi simple, qu'elle n'avait qu'à dire qu'il était en sécurité et qu'il le croirait. Pourtant, quoi qu'il en soit, il se sentait tranquille - tranquillisé, du moins. C'est avec cette pensée qu'il glissa dans le sommeil et il ne rêva pas.

Lan les réveilla. Rand se demanda si le Lige avait dormi ; il ne paraissait pas fatigué, pas même aussi las que ceux qui s'étaient étendus quelques heures sur la pierre dure. Moiraine accorda le temps de faire du thé, mais juste une tasse par personne. Ils mangèrent leur petit déjeuner en selle, précédés par Loial et le Lige. Rand songea qu'on se lasserait facilement du pain, de la viande et du fromage.

Peu après que la dernière miette eut été léchée sur les doigts, Lan dit à mi-voix : « Quelqu'un nous suit. Ou quelque chose. » Ils se trouvaient au milieu d'un pont dont les deux extrémités étaient invisibles.

Mat tira d'un geste vif une flèche de son carquois et, avant que personne ait eu le temps de le retenir, l'avait décochée dans le noir derrière eux.

« Je sais que je n'aurais pas fait cela, marmotta Loial. Ne jamais se mesurer avec un Aes Sedai sauf dans un *stedding.* »

Lan abaissa l'arc avant que Mat encoche une autre flèche. « Arrête, espèce d'idiot de paysan. On ne sait pas de qui il s'agit.

– C'est le seul endroit où ils sont inoffensifs, poursuivit l'Ogier

– Qui d'autre pourrait se trouver dans un endroit pareil sinon quelque chose de maléfique ? s'exclama Mat.

– Les Anciens le disent et j'aurais dû les écouter.

– Nous sommes là, nous, pour commencer, riposta le Lige d'un ton bref.

– Il s'agit peut-être d'un autre voyageur, suggéra Egwene avec espoir. Un Ogier, par exemple.

– Les Ogiers ont trop de bon sens pour s'engager dans les Voies, déclara Loial de sa voix de basse grondante. Tous sauf Loial qui n'a pas pour un sou de raison. Haman l'Ancien le disait toujours, et c'est vrai.

– Qu'est-ce que tu ressens, Lan ? questionna Moiraine. Est-ce quelque chose au service du Ténébreux ? »

Le Lige secoua lentement la tête. « Je l'ignore, répliqua-t-il comme s'il s'en étonnait. Je suis incapable de le déterminer. Il se peut que ce soit les Voies et la Souillure. J'ai une impression dominante de mal. Mais qui que ce soit ou quoi que ce soit, il ne cherche pas à nous rattraper. Il a failli se heurter à nous sur la dernière Île et a retraversé précipitamment le pont pour s'échapper. Mais si je reste en arrière, j'aurai une chance de le prendre par surprise et de voir ce qui est ou ce que c'est.

– Si vous restez en arrière, Lige, déclara Loial avec autorité, vous passerez le reste de votre existence dans les Voies. Même si vous savez lire l'ogier, je n'ai jamais entendu dire ni lu qu'un humain soit parvenu à trouver son chemin à partir de la première Île sans un guide ogier. Savez-vous lire l'ogier ? »

Lan secoua de nouveau la tête, et Moiraine conclut : « Aussi longtemps que cet inconnu ne nous cherchera pas noise, nous ne nous occuperons pas de lui non plus. Nous n'avons pas le temps. Absolument pas le temps. »

Comme ils sortaient du pont sur l'Île suivante, Loial remarqua : « Si je me rappelle bien le dernier Indicateur, un sentier part d'ici pour Tar Valon. Une demi-journée de trajet au maximum. Pas aussi longtemps que cela nous prendra pour arriver à Mafal Dadaranell. Je suis sûr que... »

Il s'interrompit comme la lueur de leurs lanternes se projetait sur l'Indicateur. Près du sommet de la dalle, des lignes profondément creusées, nettes et anguleuses, entaillaient la pierre comme des blessures. Soudain Lan ne dissimulait plus sa vigilance. Il demeurait dressé bien droit avec aisance sur sa selle, mais Rand eut la brusque impression que le Lige percevait tout ce qui l'entourait, même la respiration du reste de leur groupe. Lan commença à faire tourner son étalon autour de l'Indicateur, décrivant une spirale qui allait s'élargissant. Il chevauchait comme s'il s'attendait à être attaqué, ou à attaquer lui-même.

« Voici qui explique pas mal de choses, dit à mi-voix Moiraine. J'aurais dû deviner. La corruption, la décomposition. J'aurais dû deviner.

– Deviner quoi ? » s'exclama aigrement Nynaeve en même temps que Loial demandait : « Qu'est-ce que c'est ? Qui a fait ça ? Je n'ai jamais vu rien de semblable, ni n'en ai entendu parler. »

L'Aes Sedai leur répondit avec calme : « Des Trollocs. » Elle ne réagit pas à leur sursaut de terreur. « Ou des Évanescents. Vous voyez là des runes trolloques. Les Trollocs ont découvert comment pénétrer dans les Voies. Ce doit être comme cela qu'ils sont arrivés aux Deux Rivières sans avoir été repérés ; par la Porte de la Voie à Manetheren. Il y a au moins une Porte dans la Grande Dévastation. » Elle jeta un coup d'œil à Lan avant de poursuivre ; le Lige était assez éloigné pour que seul le faible éclat de sa lanterne soit visible. « Manetheren avait été détruite, mais presque rien ne peut détruire une Porte. Voilà comment les Évanescents ont pu rassembler une petite armée autour de Caemlyn sans alerter toutes les nations entre la Dévastation et Andor. » Elle marqua une pause et se passa les doigts sur les lèvres pensivement. « Mais ils ne connaissent pas encore tous les itinéraires sinon ils se seraient engouffrés dans Caemlyn par la Porte que nous avons utilisée. Oui. »

Rand frissonna. Franchir la Porte des Voies pour trouver des Trollocs aux aguets dans le noir, des centaines, peut-être des milliers de Trollocs, des géants contrefaits aux faces à demi animales qui grondent en s'élançant dans l'obscurité pour tuer. Ou pire.

« Ils ne se servent pas des Voies sans subir des inconvénients », cria Lan. Sa lanterne n'était pas à plus de vingt empans, mais sa lumière ne formait qu'une boule floue sans éclat qui semblait très éloignée à ceux qui entouraient l'Indicateur. Moiraine les précéda jusqu'à lui. Rand regretta de ne pas avoir l'estomac vide quand il aperçut ce que le Lige avait trouvé.

Au pied d'un des ponts se cabraient les silhouettes rigides de Trollocs figés en train de brandir des haches recourbées et des épées en forme de faux. Gris et piquetés de trous comme la pierre, les corps géants étaient à demi engloutis dans la surface boursouflée hérissée de bulles. Certaines de ces bulles avaient éclaté, laissant apparaître d'autres faces pareilles à des mufles, à jamais crispées dans une grimace de terreur. Rand entendit un haut-le-cœur derrière lui et il ravala sa salive pour ne pas vomir aussi. Même pour des Trollocs, c'était une façon de mourir horrible.

À quelques pas derrière les Trollocs, le pont s'interrompait. Le poteau indicateur gisait fracassé en mille éclats.

Loial descendit de son cheval avec précaution, sans quitter les Trollocs des yeux, comme s'il s'attendait à ce qu'ils reviennent à la vie. Il examina hâtivement les débris de l'Indicateur, relevant les inscriptions de métal qui avaient été incrustées dans la pierre, puis regrimpa en selle. « C'était le premier pont de l'Itinéraire conduisant d'ici à Tar Valon ». dit-il.

Mat s'essuyait la bouche du dos de la main, la tête à l'opposé des Trollocs. Egwene se cachait la figure dans les mains. Rand amena son cheval près de Béla et lui toucha l'épaule. Elle se tourna sur sa selle et se cramponna à lui en tremblant. Rand aussi avait envie de frissonner ; le fait qu'elle s'agrippait à lui fut la seule chose qui l'empêcha de l'imiter.

« Heureusement que nous n'allions pas tout de suite à Tar Valon », commenta Moiraine.

Nynaeve l'attaqua avec irritation. « Comment pouvez-vous le prendre avec autant de calme ? Ç'aurait pu nous arriver !

– Peut-être », répliqua sereinement Moiraine, et Nynaeve serra si fort les dents que Rand les entendit grincer. « Il y a toutefois de fortes chances, poursuivit Moiraine sans se froisser, pour que les hommes, les Aes Sedai, qui ont créé les Voies, les aient protégées en plaçant des pièges pour les créatures du Ténébreux. C'est quelque chose qu'ils ont dû redouter à l'époque, avant que les Demi-Hommes et les Trollocs aient été refoulés dans la Grande Dévastation. En tout cas, nous ne pouvons pas nous attarder ici, et n'importe quel chemin que nous choisissions, pour avancer ou repartir en arrière, a autant de chance qu'un autre de receler des pièges. Loial, connaissez-vous le prochain pont ?

– Oui. Oui, ils n'ont pas détruit cette partie de l'Indicateur, la Lumière en soit remerciée. » Pour la première fois, Loial semblait aussi pressé que Moiraine de continuer leur route. Il avait déjà remis son grand cheval en marche avant d'avoir fini de parler.

Egwene resta cramponnée au bras de Rand jusqu'au-delà de deux autres ponts. Quand finalement elle lâcha prise avec un murmure d'excuse et un rire forcé, il le regretta, et pas seulement parce que c'était plaisant qu'elle s'accroche à lui de cette façon. Être brave, il l'avait découvert, est plus facile quand quelqu'un a besoin de votre protection.

Moiraine ne croyait peut-être pas qu'un piège avait été dressé pour eux mais, en dépit de la hâte qu'elle prêchait, elle leur imprimait une allure de marche plus lente qu'avant, s'arrêtant avant de leur laisser passer un pont ou aborder une Île. Elle faisait avancer Aldieb au pas, allongeant une main devant elle pour tâter l'air, et même Loial ou encore Lan n'étaient pas autorisés à avancer avant qu'elle en ait donné la permission.

Rand devait se fier à son jugement en ce qui concernait les pièges, néanmoins il sondait l'obscurité alentour comme s'il pouvait réellement voir à plus de dix pas et tendait l'oreille pour écouter. Si les Trollocs pouvaient emprunter les Voies, alors ce qui les suivait était peut-être bien une autre créature du Ténébreux. Ou il y en avait davantage qu'une. Lan avait dit que son intuition ne le servait pas dans les Voies. Cependant, tandis qu'ils franchissaient un pont après l'autre, déjeunaient en selle et traversaient encore d'autres ponts, il ne parvenait à entendre que le grincement de leurs selles et les sabots des chevaux, avec de temps en temps un des autres qui toussait ou qui parlait bas pour lui-même. Par la suite, il y eut aussi un vent lointain, quelque part là-bas dans le noir. Il aurait été incapable de dire dans quelle direction. Au début, il crut que c'était un tour de son imagination mais, à la longue, il acquit une certitude.

Ce sera bon de sentir de nouveau le vent, même s'il est froid.

Tout à coup, il cligna des paupières. « Loial, n'avez-vous pas dit qu'il n'y avait pas de vent dans les Voies ? »

Loial tira sur les rênes de son cheval juste avant l'Île suivante et pencha la tête pour écouter. Son visage blêmit lentement et il s'humecta les lèvres. « *Machin Shin*, chuchota-t-il d'une voix étranglée. Le Vent Noir. Que la Lumière nous illumine et nous protège. C'est le Vent Noir.

– Combien de ponts encore ? questionna Moiraine avec brusquerie. Loial, combien de ponts ?

– Deux. Deux, je pense.

– Vite, donc, dit-elle en poussant Aldieb au trot sur l'Île. Trouvez vite le chemin ! »

Loial parlait pour lui-même, ou quiconque voulait bien l'écouter, en lisant l'Indicateur. « Ils en sont ressortis fous, en hurlant quelque chose sur le *Machin Shin*. La Lumière nous assiste ! Même ceux que les Aes Sedai ont pu guérir, ils... » Il parcourut rapidement des yeux la dalle indicatrice et partit au galop vers le pont choisi en criant : « Par ici ! »

Cette fois, Moiraine ne s'attarda à aucune précaution. Elle les poussa à repartir au galop, le pont tremblant sous le pas des chevaux, les lanternes se balançant follement au-dessus de leurs têtes. Loial avançait les yeux sur l'Indicateur suivant et fit tourner sa monture autour comme un cheval de course quasiment avant qu'il s'arrête. Le son du vent força. Rand l'entendait même malgré le martèlement des sabots sur la pierre. Derrière eux et en rafales plus proches.

Ils ne se préoccupèrent pas du dernier Indicateur. Dès que la lumière des lanternes tomba sur la ligne blanche qui en partait, ils pivotèrent dans cette direction, toujours au galop. L'Île disparut derrière, et il n'y eut plus que la pierre grise grêlée sous leurs pas, et la ligne blanche. La respiration de Rand était si bruyante qu'il n'était plus sûr d'entendre le vent.

La Porte surgit de l'obscurité, sculptée de lianes et seule dressée dans le noir comme un minuscule fragment de muraille au sein de la nuit. Moiraine se pencha en avant sur sa selle, la main tendue vers les sculptures, puis recula soudain. « La feuille de l'*Avendesora* n'est pas là ! dit-elle. La clef a disparu !

– Par la Lumière, s'exclama Mat. Par cette sacrée Lumière ! » Loial rejeta la tête en arrière et poussa un cri funèbre, pareil à un cri d'agonie.

Egwene effleura le bras de Rand. Ses lèvres tremblaient, mais elle se contenta de le regarder. Il posa sa main sur la sienne, avec l'espoir d'avoir l'air moins terrifié qu'elle. Au fond de lui-même, il l'était. En arrière, vers l'Indicateur, le vent mugissait. Il avait presque l'impression d'entendre des voix dans ce mugissement, des voix hurlant des abominations qui, même à moitié comprises, lui faisaient remonter la bile dans la gorge.

Moiraine leva son bâton de marche et une flamme s'élança de son extrémité. Ce n'était pas la flamme d'un blanc pur du Champ d'Emond que Rand se rappelait ni de la bataille de Shadar Logoth. Un jaune malade en traversait le feu, ainsi que des atomes noirs dérivant lentement, comme de la suie. De cette flamme s'élevait une mince fumée âcre qui fit tousser Loial et danser nerveusement les chevaux, mais Moiraine la dirigea sur la Porte. La fumée racla la gorge de Rand et lui brûla le nez.

La pierre fondait comme du beurre, les feuilles et les lianes se desséchaient dans la flamme et disparaissaient. L'Aes Sedai déplaçait ce feu aussi vite que possible, mais créer une ouverture assez grande pour que tous y passent n'était pas une tâche rapide à exécuter. Rand avait l'impression que la ligne de pierre fondue rampait le long de l'arc décrit par le feu de Moiraine avec une lenteur d'escargot. La cape de Rand remua comme captée par le bord d'un courant d'air, et le cœur lui manqua.

« Je le sens, s'exclama Mat d'une voix chevrotante. Par la Lumière, je le sens sacrément ! »

La flamme clignota et s'éteignit, et Moiraine rabaissa son bâton. « Fait, dit-elle. À moitié fini. »

Une ligne mince courait en travers des sculptures de pierre. Rand eut l'impression de voir de la lumière – faible, mais quand même de la clarté – à travers la fente. Toutefois, en dépit de ce découpage, les grandes masses de pierre incurvées se dressaient encore là, un demi-arc dans chaque battant. L'ouverture serait assez grande pour que tous la franchissent, bien que Loial ait probablement à se coucher à plat sur le dos de son cheval. Une fois les deux masses de pierre abattues, elle serait assez large. Il se demanda combien chacune pesait. Mille livres ? Davantage ? *Peut-être que si nous mettons tous pied à terre et poussons. Peut-être que nous pouvons en jeter une à bas avant que le vent arrive ici.* Une rafale tira sur sa cape. Il s'efforça de ne pas écouter ce que criaient les voix.

Tandis que Moiraine reculait, Mandarb fonça en avant, droit vers la porte, Lan courbé sur la selle. Au dernier moment, le cheval de bataille se tourna pour heurter la pierre avec l'épaule, comme on lui avait appris à bousculer d'autres chevaux dans les combats. La pierre s'écroula vers l'extérieur avec fracas, et le Lige et sa monture furent entraînés par leur élan à travers le miroitement nébuleux d'une Porte de Voie. La lumière qui apparut était celle du milieu de la matinée, pâle et faible, mais Rand eut la même sensation que si un soleil d'été à midi lui rayonnait en plein visage.

De l'autre côté de la Porte, Lan et Mandarb freinèrent leur course jusqu'au pas, et Mandarb broncha en reprenant une allure lente comme le Lige tirait sur la bride pour revenir vers la Porte. Rand n'attendit pas. Poussant la tête de Béla vers l'ouverture, il frappa violemment la jument hirsute sur la croupe. Egwene eut juste le temps de lui jeter un coup d'œil surpris pardessus son épaule avant que Béla l'emporte hors des Voies.

« Vous tous, dehors ! ordonna Moiraine. Vite ! Allez-y ! »

En même temps qu'elle parlait, l'Aes Sedai tendait

son bâton à bout de bras, pointé vers l'Indicateur. Quelque chose jaillit de l'extrémité du bâton, comme de la lumière liquide réduite à un sirop de feu, une lance ardente blanc, rouge et jaune, qui fila comme l'éclair dans le noir, explosa, scintillant comme des diamants réduits en miettes. Le vent hurla de souffrance ; il cria de rage. Les mille murmures qui se dissimulaient dans le vent grondèrent comme le tonnerre, des rugissements de folie, des voix à demi perçues ricanant et clamant des promesses qui crispèrent l'estomac de Rand autant par le plaisir qu'il y décelait que par ce qu'il pensait comprendre de ce qu'elles disaient.

Il donna un coup de talon au Rouge, se pressa dans l'ouverture, s'y inséra derrière les autres, tous à la fois se forçant un passage à travers le chatoiement nébuleux. Le froid glacial le parcourut de nouveau, cette sensation bizarre d'être plongé lentement face la première dans un étang l'hiver, l'eau froide s'infiltrant sur sa peau par paliers infinitésimaux. Comme la première fois, le processus sembla durer un temps interminable, cependant que son esprit travaillait à toute allure, se demandant si le vent pourrait les rattraper pendant qu'ils étaient retenus ainsi.

Aussi soudainement qu'une bulle qu'on crève, le froid disparut et il se retrouva dehors. Son cheval, pendant un brusque instant se mouvant deux fois plus vite qu'avant, trébucha et faillit le précipiter par-dessus sa tête. Il lança ses deux bras autour du cou du bai et s'y cramponna de toutes ses forces. Quand il se fut réinstallé en selle, le Rouge s'ébroua, puis s'en alla en trottant rejoindre les autres, aussi calmement que si rien ne s'était passé. La température était froide, pas du froid de la Porte de la Voie mais du froid naturel de l'hiver qui pénétrait la chair lentement et inexorablement.

Il resserra sa cape autour de lui, les yeux fixés sur le miroitement voilé de la Porte. À côté de lui, Lan était penché en avant sur sa selle, une main sur son épée ; l'homme et le cheval étaient tendus, comme sur le point de foncer dans l'autre sens si Moiraine n'apparaissait pas.

La Porte de la Voie se dressait dans un enchevêtrement de pierres au bas d'une colline, masquée par des buissons sauf à l'endroit où les fragments de battants avaient brisé dans leur chute les branches brunes dépouillées. Le long des sculptures sur ce qui restait de la Porte, les broussailles paraissaient plus dépourvues de vie que la pierre.

Avec lenteur, la surface obscure ballonna comme quelque étrange bulle longue surgissant à la surface d'un étang. Le dos de Moiraine brisa la bulle. Peu à peu, l'Aes Sedai et son reflet indistinct se détachèrent l'un de l'autre. Elle tenait toujours son bâton pointé devant elle, et elle le conserva dans cette position tandis qu'elle tirait après elle Aldieb hors de la Porte, la jument blanche dansant de peur. Moiraine reculait en continuant à surveiller la Porte.

Celle-ci s'assombrit. Le miroitement nébuleux se brouilla, sombrant du gris à la couleur du charbon, puis au noir aussi profond que le cœur des Voies. Comme d'une grande distance, le vent mugit vers eux, des voix invisibles saisies d'une soif inextinguible pour ce qui est vivant, ardentes d'une faim pour la souffrance, grosses de frustration.

Ces voix semblaient murmurer dans les oreilles de Rand, juste à la limite de l'audible et à l'intérieur de cette limite. *Une chair si belle, si bonne à déchirer, à en balafrer la peau ; une peau à déchirer en lanières à tresser, c'est si plaisant de tresser ces lanières, si jolies, si rouges, les gouttes qui tombent ; le sang si rouge, tellement exquis ; des cris agréables, de beaux cris, criez vos chants, chantez vos cris...*

Les murmures s'éloignèrent, le noir perdit son intensité jusqu'à disparaître et la Porte de la Voie fut de nouveau un miroitement nébuleux vu au travers d'une arche de pierre sculptée.

Rand lâcha un long soupir tremblant. Il n'était pas le seul ; il entendit d'autres expirations soulagées. Egwene avait amené Béla près du cheval de Nynaeve, et les deux jeunes femmes se tenaient enlacées, leurs têtes rapprochées, appuyées l'une sur l'autre.

Même Lan paraissait tranquillisé, en dépit du fait que les durs méplats de son visage ne trahissaient rien ; cela se voyait plutôt à la façon dont il se tenait sur Mandarb, un assouplissement du buste tandis qu'il regardait Moiraine, une manière d'incliner le cou.

« Il n'a pas pu passer, commenta Moiraine. Je m'en doutais ; je l'espérais. Pouah ! » Elle jeta à terre son bâton et s'essuya la main dans sa cape. Sur plus de la moitié de sa longueur et une bonne épaisseur, le bâton était calciné, charbonneux et noir. « La souillure corrompt tout là-bas.

– Qu'est-ce que c'était ? questionna Nynaeve d'un ton autoritaire. C'était quoi ? »

Loial parut déconcerté. « Voyons, le *Machin Shin*, bien sûr. Le Vent Noir qui vole l'âme.

– Mais qu'est-ce que *c'est* ? insista Nynaeve. Même avec un Trolloc, on peut le voir, le toucher si on a assez de cœur au ventre. Mais cela... » Elle eut un frisson convulsif.

« Un reliquat du Temps de la Folie, peut-être, expliqua Moiraine. Ou même de la Guerre de l'Ombre, la Guerre du Pouvoir. Quelque chose de tapi dans les Voies depuis si longtemps que c'est désormais incapable d'en sortir. Personne, y compris chez les Ogiers, ne sait jusqu'où s'étendent les Voies, ni jusqu'où elles pénètrent. Il est même possible que ce quelque chose émane des Voies. Comme l'a dit Loial, les Voies sont vivantes et tout ce qui vit a des parasites. Peut-être est-ce aussi bien une créature de la corruption, quelque chose né de la corruption. Quelque chose qui ressent de la haine pour la vie et la lumière.

– Assez ! s'exclama Egwene. Je ne veux pas en écouter davantage. J'ai pu l'entendre, qui disait... » Elle s'interrompit, frémissante.

« Il y a encore pire à affronter », murmura Moiraine.

Rand n'eut pas l'impression qu'elle avait parlé dans l'intention d'être entendue.

L'Aes Sedai se hissa sur sa selle d'un mouvement las et s'y installa avec un soupir de soulagement. « Ceci est dangereux », reprit-elle en regardant les battants brisés de la Porte. Son bâton charbonneux ne reçut qu'un coup d'œil. « Cette chose ne peut sortir, mais n'importe qui risque d'entrer par hasard. Il faut qu'Agelmar envoie des ouvriers murer la Porte dès que nous serons à Fal Dara. » Elle tendit la main vers le nord, vers des tours dans les lointains brumeux, au-dessus de la cime des arbres dénudés.

46.

FAL DARA

Autour de la Porte, le paysage était tout en vallons et collines boisés mais, à part la Porte même, il n'y avait pas trace de bosquet ogier. La plupart des arbres étaient des squelettes gris brandissant des doigts griffus vers le ciel. Les arbres à feuilles persistantes émaillaient la forêt en nombre inférieur à celui auquel Rand était accoutumé, et même parmi ceux-là, bon nombre étaient couverts d'aiguilles brunes mortes. Loial ne fit pas de commentaire, à part un hochement de tête attristé.

« Aussi aride que les Terres Maudites », déclara Nynaeve en fronçant les sourcils. Egwene resserra sa cape autour d'elle et frissonna.

« Au moins nous voilà dehors », dit Perrin, et Mat s'exclama : « Où ça, dehors ?

– Au Shienar, leur expliqua Lan. Nous sommes dans les Pays Frontaliers. » Dans sa voix sévère vibrait une note qui résonnait comme s'il avait dit « mon pays », ou presque.

Rand se drapa dans son manteau pour se protéger du froid. Les Marches. Alors la Grande Dévastation était tout près. La Grande Dévastation. L'Œil du Monde. Et ce qu'ils étaient venus faire.

« Nous sommes à proximité de Fal Dara, déclara Moiraine. À quelques lieues seulement. » Par-dessus les cimes des arbres, devant eux, sur la gauche, se dressaient des tours, silhouettes sombres sur le ciel matinal. Entre les collines et les bois, les tours disparaissaient souvent à mesure qu'ils chevauchaient, pour réapparaître d'ailleurs quand ils avaient escaladé une hauteur particulièrement élevée.

Rand remarqua des arbres fendus dont on aurait dit qu'ils avaient été frappés par la foudre.

« Le froid, répondit Lan quand il posa la question. L'hiver est parfois si rude ici que la sève gèle et que les arbres éclatent. Il y a des nuits où on peut les entendre exploser comme des fusées d'artifice et l'air est tellement glacé qu'il donne l'impression de devoir voler en éclats lui aussi. Elles ont été plus nombreuses que d'habitude, l'hiver passé. »

Rand secoua la tête. Des arbres qui *explosent* ? Et cela au cours d'un hiver ordinaire ? À quoi devait donc ressembler cette saison-là ? Sûrement à rien d'imaginable pour lui.

« Qui dit que l'hiver est passé ? commenta Mat dont les dents claquaient.

– Voyons, ceci, berger, est un beau printemps, répliqua Lan. Un beau printemps pour jouir de la vie. Toutefois, si vous désirez de la chaleur, eh bien, il fera chaud dans la Grande Dévastation. »

Mat murmura entre haut et bas : « Sang et cendres ! Sacrés sang et cendres ! » Rand l'entendit à peine, mais cela paraissait sorti du fond du cœur.

Ils commencèrent à longer des fermes mais, bien que ce fût l'heure où devraient cuire les repas de midi, aucune fumée ne montait des hautes cheminées de pierre. Les champs étaient déserts, sans paysans ni bétail, encore que parfois il y ait eu une charrue ou une charrette abandonnée comme si le propriétaire avait eu l'intention de revenir d'un instant à l'autre.

À l'une des fermes proches de la route, un poulet solitaire grattait le sol de la cour. Un des battants d'une porte de grange se balançait librement au vent ; l'autre avait le gond inférieur cassé et penchait de guingois. La haute maison d'habitation, curieuse aux yeux de Rand des Deux Rivières, avec son toit pentu couvert de grands bardeaux de bois presque jusqu'à terre, était silencieuse et aucun mouvement ne s'y décelait. Aucun chien ne sortit pour aboyer à leurs trousses. Une faux gisait au milieu de la cour devant la grange ; des seaux étaient renversés en tas à côté du puits.

Moiraine examina la maison de ferme en fronçant les sourcils quand ils passèrent devant. Elle souleva les rênes d'Aldieb et la jument blanche pressa l'allure.

Les natifs du Champ d'Emond s'étaient groupés avec Loial derrière l'Aes Sedai et le Lige.

Rand eut un mouvement de tête désabusé. Il n'imaginait pas que quoi que ce soit puisse jamais pousser là. Toutefois, il ne se représentait pas non plus vraiment les Voies. Même maintenant qu'il les avait parcourues, il en était incapable.

« Je ne crois pas qu'elle s'attendait à ça, chuchota Nynaeve avec un geste qui englobait toutes les fermes désertes qu'ils avaient vues.

– Où sont-ils tous allés ? dit Egwene. Pourquoi ? Ils ne sont pas tous partis depuis bien longtemps.

– Qu'est-ce qui te permet d'affirmer ça ? rétorqua Mat. D'après l'aspect de cette porte de grange, ils peuvent avoir été partis tout cet hiver. » Nynaeve et Egwene le dévisagèrent l'une et l'autre comme s'il était simple d'esprit.

« Les rideaux aux fenêtres, expliqua patiemment Egwene. Ils ont l'air trop minces pour des rideaux d'hiver, même ici. Avec le froid qui règne, aucune femme ne les aurait accrochés depuis plus d'une semaine ou deux, peut-être moins. » La Sagesse approuva de la tête.

« Les rideaux. » Perrin gloussa de rire. Il effaça aussitôt le sourire de son visage quand les deux jeunes femmes se tournèrent vers lui en haussant les sourcils. « Oh, je suis d'accord avec vous. Il n'y a pas assez de rouille sur cette faux pour qu'elle soit restée à l'air libre plus d'une semaine. Tu aurais dû t'en apercevoir, Mat. Même si tu n'as pas prêté attention aux rideaux. »

Rand regarda Perrin du coin de l'œil, en s'efforçant de masquer sa surprise. Sa vue était plus perçante que celle de Perrin – ou l'avait été quand ils chassaient le lapin ensemble mais il n'avait pas été capable de distinguer cette lame de faux suffisamment bien pour constater qu'elle était rouillée.

« En réalité, je me moque de l'endroit où ils sont allés, grommela Mat. J'ai simplement envie de trouver un endroit avec du feu. Vite.

– Mais pourquoi sont-ils partis ? » murmura Rand pour lui-même. La Dévastation n'était pas éloignée d'ici. La Dévastation où étaient tous les Évanescents et les Trollocs, ceux qui n'étaient pas en Andor à leur poursuite. La Dévastation où eux se rendaient.

Il éleva la voix juste assez pour être entendu de qui était près de lui. « Nynaeve, peut-être qu'Egwene et vous n'avez pas besoin d'aller avec nous jusqu'à l'Œil du Monde. »

Les deux jeunes femmes le regardèrent comme s'il s'exprimait en charabia mais, étant donné la proximité de la Dévastation, il se devait de tenter un dernier effort de persuasion. « Cela suffit peut-être que vous soyez à petite distance. Moiraine n'a pas dit que vous étiez obligées de venir. Ou vous, Loial. Vous pourriez rester à Fal Dara. Jusqu'à notre retour. Ou partir pour Tar Valon. Peut-être qu'il y aura une caravane de marchands, ou je parie que Moiraine louerait même une voiture. Nous nous rejoindrons à Tar Valon, quand tout sera terminé.

– *Ta'veren.* » Le soupir de Loial roula comme le tonnerre d'un orage à l'horizon. « Vous enroulez les vies autour de vous, Rand al'Thor, vous et vos amis. Votre destin choisit le nôtre. » L'Ogier haussa les épaules et soudain un large sourire lui fendit la bouche jusqu'aux oreilles. « D'autre part, ce sera un événement de faire la connaissance de l'Homme Vert. Haman l'Ancien parle toujours de sa rencontre avec l'Homme Vert, et mon père aussi, et la plupart des Anciens.

– Un si grand nombre ? s'étonna Perrin. Les contes disent que l'Homme Vert est difficile à découvrir et qu'on ne peut le trouver deux fois de suite.

– Pas deux fois, en effet, acquiesça Loial, mais aussi ne l'ai-je jamais rencontré et aucun de vous non plus. Il n'a pas l'air d'éviter les Ogiers autant qu'il se dérobe aux humains. Il en connaît énormément sur les arbres. Même les Chants des Arbres. »

Rand insista : « Ce que je cherchais à souligner, c'est que... »

La Sagesse lui coupa la parole. « *Elle* dit qu'Egwene et moi sommes aussi une partie du Dessin. Insérées totalement dans le tissage avec vous trois. S'il faut l'en croire, il y a quelque chose dans la façon dont cette partie du Dessin est tissée qui a des chances de barrer la route au Ténébreux. Et je la crois, je l'avoue ; trop de choses se sont passées pour ne pas la croire. Par contre, si Egwene et moi nous partons, que risquerions-nous de changer dans le Dessin ?

– Je voulais seulement... » !

Nynaeve l'interrompit de nouveau d'une voix sèche. « Je sais ce que tu voulais. » Elle le dévisagea jusqu'à ce qu'il s'agite sur sa selle avec malaise. Puis son expression s'adoucit. « Je sais parfaitement ce que tu voulais, Rand. Je n'aime guère les Aes Sedai et celle-ci encore moins que les autres, je pense. Je ne suis pas particulièrement tentée d'entrer dans la Grande Dévastation, mais je n'ai pas d'attirance du tout pour le Père des Mensonges. Si vous les garçons... vous jeunes hommes allez faire ce qui doit être fait, alors que vous préféreriez cent fois faire pratiquement n'importe quoi d'autre, pourquoi croyez-vous que moi je veuille en faire moins ? Ou Egwene ? » Elle ne paraissait pas s'attendre à une réponse. En rassemblant ses rênes, elle hocha la tête d'un air rembruni en direction de l'Aes Sedai qui les précédait. « Je me demande si nous allons arriver bientôt à ce Fal Dara, ou a-t-elle dans l'idée que nous couchions dehors par ici cette nuit ? »

Tandis qu'elle rattrapait Moiraine au trot, Mat s'exclama : « Elle nous a appelés des hommes ! Cela paraît seulement hier qu'elle proclamait qu'il aurait fallu continuer à nous tenir en lisières et voilà qu'elle nous qualifie d'*hommes*.

– Ta mère aurait encore dû te garder attaché aux cordons de son tablier », riposta Egwene, mais Rand eut l'impression que son cœur n'y était pas. Elle rapprocha Béla de son bai et baissa la voix pour qu'aucun des autres n'entende, à part Mat au moins, qui s'y efforça. « J'ai seulement dansé avec Aram, dit-elle tout bas sans le regarder. Tu ne peux pas me le reprocher, d'avoir dansé avec quelqu'un que je ne reverrai jamais, n'est-ce pas ?

– Non », répondit-il. *Qu'est-ce qui l'incite à me parler de cela maintenant ?* « Bien sûr que non. » Mais soudain il se rappela quelque chose dit par Min à Baerlon, ce qui semblait remonter à un siècle : *Elle n'est pas pour vous ni vous pour elle ; du moins pas comme vous le désirez tous les deux.*

La ville de Fal Dara était bâtie sur des collines plus hautes que la campagne environnante. Elle était loin d'avoir les dimensions de Caemlyn, mais le rempart qui l'entourait était aussi élevé que ceux de là-bas. Sur un bon quart de lieue à partir du pied de cette muraille et dans toutes les directions, le sol n'était couvert de rien qui dépasse le niveau de l'herbe, et encore celle-ci était coupée ras. Nul ne pouvait s'approcher sans être aperçu d'une des nombreuses grandes tours couronnées de galeries en bois, les hourds permettant de frapper l'assaillant à la verticale. Alors que les murailles de Caemlyn avaient une beauté intrinsèque, les constructeurs de Fal Dara semblaient ne pas s'être souciés que l'on admire leurs remparts. La pierre grise avait un aspect sévère et implacable, proclamant qu'elle existait dans un but unique : résister. Des pennons au faîte des hourds claquaient au vent, ce qui donnait la sensation que le Faucon Noir de Shienar, fondant sur sa proie, volait tout le long des murailles.

Lan rejeta en arrière son capuchon et, en dépit du froid, fit signe aux autres de l'imiter. Moiraine avait déjà rabaissé le sien. « C'est la loi dans le Shienar, expliqua le Lige. Dans toutes les Marches. Personne n'est autorisé à dissimuler son visage à l'intérieur de l'enceinte d'une ville.

– Sont-ils donc tous si beaux à voir? dit Mat, moqueur.

– Un Demi-Homme ne passe pas inaperçu si sa face est exposée », répliqua le Lige avec indifférence.

Le sourire de Rand s'effaça. Mat rabattit précipitamment son capuchon.

La porte de la ville était ouverte à deux battants, ses hauts vantaux couverts de fer sombre, mais une douzaine d'hommes en armure montaient la garde, revêtus de surcots jaune d'or marqués du Faucon Noir. La poignée de longues épées suspendues dans leur dos apparaissait par-dessus leur épaule, et des sabres, des masses d'armes ou des haches étaient accrochés à toutes les tailles. Leurs chevaux étaient attachés à proximité, prenant un aspect fantastique à cause des bardes d'acier couvrant leurs poitrines, leurs cous et leurs têtes, des lances appuyées sur l'étrier, tous prêts à être enfourchés dans la seconde. Les gardes n'esquissèrent aucun mouvement pour arrêter Lan, Moiraine et les autres. Oh, non, ils saluèrent de la main et poussèrent de joyeuses acclamations.

Quand ils passèrent, l'un d'eux cria : « Dai Shan ! » en agitant au-dessus de sa tête ses poings enfermés dans des gantelets d'acier. « Dai Shan ! »

Un certain nombre d'autres crièrent : « Gloire aux

Bâtisseurs ! » et « *Kiserai ti Wansho !* ». Loial parut surpris, puis un sourire lui fendit la bouche jusqu'aux oreilles et il salua les gardes de la main.

Un homme courut pendant un bout de chemin à côté du cheval de Lan, nullement gêné par son armure. « La Grue d'Or va-t-elle voler de nouveau, Dai Shan ?

– Paix, Ragan », se contenta de dire le Lige, et l'homme se laissa distancer. Le Lige rendit leur salut aux gardes, mais son visage avait soudain pris une expression encore plus sombre.

Tandis qu'ils s'engageaient dans des rues pavées bondées de gens et de chariots, Rand fronça les sourcils avec inquiétude. Fal Dara craquait par toutes les coutures tant il y avait de monde, mais ce n'était ni les foules ardentes de Caemlyn, qui se réjouissaient de la grandeur de la cité même en se bagarrant, ni les multitudes grouillantes de Baerlon. Au coude à coude, ces gens-là regardaient défiler leur petite troupe avec des yeux morts et des visages dépourvus d'émotion. Charrettes et chariots bloquaient toutes les ruelles et la moitié des rues, chargés haut d'un fatras d'objets d'ameublement et de coffres sculptés tellement bourrés que des vêtements s'en échappaient. Sur le dessus étaient assis les enfants. Les adultes gardaient les jeunes à portée de vue et ne les laissaient pas s'écarter même pour jouer. Les enfants étaient encore plus silencieux que leurs aînés, leurs yeux plus écarquillés, plus hallucinés dans leur expression figée. Les coins et recoins entre les chariots étaient bourrés de bétail au pelage épais et de porcs à taches noires dans des enclos de fortune. Les caisses de poules, d'oies et de canards compensaient par à-coups le silence des humains. Il comprenait maintenant où tous les fermiers s'en étaient allés.

Lan ouvrait la marche en direction de la forteresse au centre de la ville, une masse de pierre trapue au sommet de la plus haute colline. Une douve asséchée, large et profonde, au fond hérissé d'une forêt de piques d'acier pointues tranchantes comme des rasoirs et de la taille d'un homme, entourait la citadelle dont les murs étaient couronnés d'échauguettes. Une place forte pour une ultime défense, si le reste de la ville tombait. Du haut de l'une des bretèches de la porte, un homme en armure cria : « Bienvenue, Dai Shan. » Un autre lança vers l'intérieur de la forteresse : « La Grue Dorée ! La Grue Dorée ! »

Les sabots de leurs montures tambourinèrent sur les épais madriers du pont-levis abaissé quand ils traversèrent la douve et pénétrèrent sous les pointes aiguës de la grosse herse. Une fois la porte franchie, Lan sauta à bas de sa selle et prit Mandarb pour le mener par la bride, en faisant signe aux autres de mettre pied à terre.

La première cour était un énorme carré pavé de gros blocs de pierre et entouré de tours et de remparts aussi redoutables que ce qui se trouvait en dehors de cette enceinte. Quelque vaste qu'elle fût, la cour paraissait aussi encombrée que les rues et en proie à autant d'effervescence, bien qu'un certain ordre y régnât. Il y avait partout des hommes en armure et des chevaux caparaçonnés d'acier. Autour de la cour, dans une demi-douzaine de forges, des marteaux résonnaient et de gros soufflets, chacun manœuvré par deux hommes en tablier de cuir, faisaient rugir les feux des forges. Un flot continu de gamins s'en allait en courant porter des fers à cheval neufs aux maréchaux-ferrants. Des artisans spécialisés étaient assis en train de confectionner des flèches et, chaque fois qu'un panier était rempli, il était enlevé prestement et remplacé par un panier vide.

Des palefreniers en livrée or et noir survinrent en courant, souriants et empressés. Rand détacha vivement ses possessions fixées derrière sa selle et donna le bai à l'un des garçons d'écurie, tandis qu'un homme revêtu de cuir et d'une cotte de mailles à plates s'inclinait cérémonieusement. Il portait une cape jaune vif bordée de rouge par-dessus son armure, avec le Faucon Noir en insigne sur la poitrine, et un tabard jaune orné d'un hibou gris. Il ne portait pas de casque et était nu-tête, littéralement car sa chevelure avait été rasée à l'exception d'une mèche ramenée en chignon sur le sommet du crâne et attachée par un lien de cuir. « Cela fait longtemps, Moiraine Sedai. C'est bon de vous voir, Dai Shan. Très bon. » Il s'inclina de nouveau devant Loial et murmura : « Gloire aux Bâtisseurs. *Kiserai ti Wansho.*

– Je suis indigne et l'œuvre de minime importance, répliqua selon les formes Loial. *Tsingu ma choba.*

– Vous nous honorez, Bâtisseur, reprit l'autre. *Kiserai ti Wansho.* » Il se retourna vers Lan. « Le Seigneur Agelmar a été averti, Dai Shan, dès qu'on vous a vus arriver. Il vous attend. Par ici, je vous prie. »

Tandis qu'ils le suivaient à l'intérieur de la forteresse,

par des corridors pleins de courants d'air, dont les parois de pierre étaient recouvertes de tapisseries aux coloris éclatants et de longs écrans de soie représentant des scènes de chasse et des batailles, il poursuivit : « Je suis heureux que l'appel vous soit parvenu, Dai Shan. Allez-vous de nouveau brandir l'étendard de la Grue Dorée ? » Les salles étaient nues à part les tentures, et même celles-ci utilisaient le minimum de personnages avec le minimum de lignes nécessaires pour leur donner un sens, bien qu'en couleurs vives.

« La situation est-elle vraiment aussi mauvaise qu'elle le paraît, Ingtar ? » questionna Lan à mi-voix. Rand se demanda si ses propres oreilles frémissaient comme celles de Loial.

Le chignon de l'autre oscilla quand il secoua la tête, mais il hésita avant d'arborer un sourire. « La situation n'est jamais aussi mauvaise qu'elle en a l'air, Dai Shan. Un peu plus grave que d'habitude, cette année, voilà tout. Les raids ont continué au cours de l'hiver, même pendant la période la plus rude. Néanmoins, ces incursions n'ont pas été pires que d'autres ailleurs le long de la Frontière. Elles se produisent encore la nuit, mais à quoi d'autre peut-on s'attendre au printemps, si toutefois il est possible d'appeler ceci le printemps. Des éclaireurs reviennent de la Grande Dévastation – ceux qui reviennent – en parlant de camps trollocs. Toujours l'annonce de nouveaux camps. Mais nous irons à leur rencontre dans la Brèche de Tarwin, et nous les repousserons comme nous l'avons toujours fait.

– Certes », répliqua Lan, mais sa voix manquait de conviction.

Le sourire d'Ingtar vacilla mais réapparut aussitôt. Il les introduisit en silence dans le bureau du Seigneur Agelmar, puis invoqua la charge pressante de ses devoirs et se retira.

C'était une salle aménagée comme tout le reste de la forteresse pour servir un but précis, avec des archières dans le mur extérieur et une lourde bâcle pour la porte épaisse qui avait ses propres archières et était renforcée par des bandes de fer. Une seule tapisserie était suspendue ici. Elle couvrait tout un mur et montrait des hommes, avec l'armure de ceux de Fal Dara, combattant des Myrddraals et des Trollocs dans un défilé au milieu des montagnes.

Une table, un coffre et quelques sièges formaient l'unique ameublement à part deux râteliers fixés au mur, qui attirèrent l'œil de Rand autant que la tapisserie. L'un soutenait un espadon, plus grand qu'un homme, un sabre de forme plus courante et, en dessous, une masse d'armes cloutée et un long bouclier en forme de cerf-volant marqué de trois renards. À l'autre était accrochée une armure complète, disposée comme on la porterait. Un heaume surmonté d'un cimier avec un ventail à barres protégeant la face par-dessus un camail à doubles mailles. Un haubert, fendu pour monter à cheval et une cotte de cuir, brillante d'usure. Une cuirasse, des gantelets, genouillères et cubitières d'acier, et des demi-protections d'acier pour les épaules, les bras et les jambes. Même ici, au cœur du Donjon, armes et armures semblaient prêtes à être endossées à tout moment. Comme le mobilier, elles étaient simples et ornées d'un décor sévère en or.

Agelmar en personne se leva à leur entrée et contourna la table, jonchée de cartes, de liasses de papier et de plumes plantées dans des encriers. Au premier abord, il semblait trop pacifique pour cette salle dans son costume de velours bleu avec son haut col large et ses bottes de cuir souple, mais un second coup d'œil le montra à Rand sous un aspect différent. Comme tous les guerriers qu'il avait vus, la tête d'Agelmar était rasée à l'exception d'un chignon, lequel était d'un blanc de neige. Son visage était aussi lisse que celui de Lan, les seules rides creusées au coin de ses yeux et ces yeux telle de la pierre marron, sauf que maintenant un sourire les éclairait.

« Paix, mais que c'est bon de vous voir, Dai Shan, dit le Seigneur de Fal Dara. Et vous, Moiraine Aes Sedai, peut-être plus encore. Votre présence me réchauffe le cœur, Aes Sedai.

– *Ninte calichniye no domashita, Agelmar Dai Shan*, répliqua Moiraine cérémonieusement, mais avec dans la voix une note qui les révélait vieux amis. Votre accueil me réchauffe, Seigneur Agelmar.

– *Kodome calichniye ga ni Aes Sedai hei*. Ici, les Aes Sedai sont toujours les bienvenues. » Il se tourna vers Loial. « Vous êtes loin du *stedding*, Ogier, mais vous honorez Fal Dara. Gloire éternelle aux Bâtisseurs. *Kiserai ti Wansho hei*.

– Je suis indigne, répondit Loial en s'inclinant. C'est vous qui m'honorez. » Il jeta un coup d'œil aux murs de pierre nus et parut lutter contre lui-même. Rand fut content que l'Ogier soit parvenu à s'abstenir d'autres commentaires.

Des serviteurs en livrée noir et or apparurent, marchant silencieusement dans leurs pantoufles souples. Certains apportaient sur des plateaux d'argent des serviettes pliées, humides et brûlantes, pour essuyer la poussière du voyage sur le visage et les mains. D'autres étaient chargés de vin chaud épicé et de compotiers d'argent pleins de pruneaux et d'abricots secs. Le Seigneur Agelmar donna l'ordre de préparer des chambres et des bains.

« Un long trajet depuis Tar Valon, dit-il. Vous devez être fatigués.

– Un court trajet par l'itinéraire que nous avons pris, lui répondit Lan, mais plus épuisant que le chemin le plus long. »

Agelmar parut interdit, comme le Lige ne s'expliquait pas davantage, mais il se contenta de répliquer : « Quelques jours de repos vous remettront tous en forme.

– Je demande une seule nuit d'abri pour nous et nos chevaux, Seigneur Agelmar. Et de nouvelles provisions demain matin, si vous pouvez nous en fournir. Nous devons vous quitter de bonne heure, je le crains. »

Agelmar se rembrunit. « Mais je pensais... Moiraine Sedai, je n'ai pas le droit de vous le demander, mais vous vaudriez mille lances dans la Brèche de Tarwin. Et vous, Dai Shan. Mille hommes viendront sûrement quand ils apprendront que la Grue Dorée a de nouveau pris son vol.

– Les Sept Tours sont abattues, dit Lan âprement, et Malkier est morte ; le peu qui reste de son peuple est dispersé à la surface de la terre. Je suis un Lige, Agelmar, lié par serment à la Flamme de Tar Valon et je dois me rendre dans la Grande Dévastation.

– Bien sûr, Dai Sh... Lan. Bien sûr. Mais quelques jours de délai, quelques semaines au maximum, ne feront pas de différence, voyons. On a besoin de vous. De vous et de Moiraine Sedai. »

Moiraine prit un gobelet d'argent qu'offrait un des serviteurs. « Ingtar semble croire que vous vaincrez cette menace comme vous en avez écrasé bien d'autres au fil des années.

– Aes Sedai, dit Agelmar avec une grimace, si Ingtar devait s'en aller seul à cheval à la Brèche de Tarwin, il proclamerait tout le long du chemin que les Trollocs seront refoulés une fois encore. Il a quasiment assez de fierté pour croire qu'il sera capable d'y parvenir seul.

– Cette fois-ci, il n'est pas aussi confiant que vous le pensez, Agelmar. » Le Lige tenait une coupe, mais il ne buvait pas. « Jusqu'à quel point la situation est-elle mauvaise ? »

Agelmar hésita, sortit une carte du fouillis encombrant la table. Il la considéra un instant sans la voir, puis la rejeta sur le tas. « Quand nous nous mettrons en route pour la Brèche, dit-il à mi-voix, la population sera envoyée au sud à Fal Moran. Peut-être que la capitale est en mesure de résister. Par la Paix, il le faut. Quelque chose doit tenir le coup.

– C'en est à ce point-là ? » dit Lan, et Agelmar hocha la tête avec lassitude.

Rand échangea avec Mat et Perrin un regard soucieux. Ce n'était pas difficile d'imaginer que les Trollocs qui se rassemblaient dans la Dévastation étaient à sa recherche, à leur recherche. Agelmar poursuivit d'un air sombre :

« Le Kandor, l'Arafel, la Saldaea... les Trollocs y ont fait des incursions tout l'hiver. Rien de ce genre ne s'était produit depuis les guerres trolloques ; les raids n'ont jamais été aussi sauvages, ni si importants ni si soutenus. Tous les rois et les conseils sont persuadés qu'une grande offensive se prépare dans la Dévastation, et chacun des Pays Frontaliers croit qu'elle est dirigée contre lui. Aucun de leurs éclaireurs et pas un Lige n'ont signalé de Trollocs massés le long de leurs frontières, mais ils en sont persuadés et chacun a peur d'envoyer ses guerriers ailleurs. Les gens chuchotent que c'est la fin du monde, que le Ténébreux est de nouveau en liberté. Le Shienar montera seul à la Brèche de Tarwin, et nous nous retrouverons à un contre dix au moins. Au minimum. Ce sera peut-être la dernière Assemblée des Lances.

« Lan... non ! Dai Shan, car vous êtes bien un Seigneur de Guerre couronné de la Malkier, quoi que vous en disiez. Dai Shan, la bannière de la Grue Dorée à l'avant-garde donnerait du cœur à des hommes qui savent qu'en chevauchant vers le nord ce sera vers la mort. Le mot se répandrait avec la rapidité de l'éclair et, même si leurs rois leur ont dit de demeurer où elles sont, des lances viendront de l'Arafel et du Kandor et même de la Saldaea. Elles n'arriveront pas à temps pour nous seconder dans la Brèche, mais elles auront une chance de sauver le Shienar. »

Lan contempla son vin. Son visage ne changea pas, mais du vin déborda sur ses doigts; la coupe d'argent s'écrasa dans sa main. Un serviteur prit la coupe broyée et essuya avec une serviette la main du Lige; un deuxième serviteur mit dans cette main une coupe pleine pendant que l'autre était prestement emportée. Lan ne parut pas s'en apercevoir. « Je ne peux pas ! » murmura-t-il d'une voix étranglée. Quand il leva la tête, ses yeux bleus brûlaient d'une lueur farouche, mais sa voix était de nouveau calme, flegmatique. « Je suis un Lige, Agelmar. » Son regard aigu passa de Rand, Mat et Perrin à Moiraine. « Dès l'aube, je me rends dans la Grande Dévastation. »

Agelmar poussa un profond soupir. « Moiraine Sedai, ne viendrez-vous, au moins ? Une Aes Sedai pourrait changer complètement la situation.

– Je ne peux pas, Seigneur Agelmar. » Moiraine paraissait ébranlée. « Il y a en vérité une bataille à livrer, et ce n'est pas par hasard que les Trollocs se rassemblent au-dessus du Shienar, mais notre bataille, la vraie bataille avec le Ténébreux, prendra place dans la Grande Dévastation, à l'Œil du Monde. Vous devez mener votre propre guerre et nous la nôtre.

– Ne me dites pas qu'il est libre ! » Pour ferme comme le roc qu'était son caractère, Agelmar eut l'air bouleversé et Moiraine secoua très vite la tête.

« Pas encore. Si nous gagnons à l'Œil du Monde, peut-être ne le sera-t-il plus jamais.

– Réussirez-vous seulement à trouver l'Œil du Monde, Aes Sedai ? Si contenir le Ténébreux en dépend, nous pourrions aussi bien être morts. Nombreux sont ceux qui ont essayé et échoué.

– Je le trouverai, Seigneur Agelmar. L'espoir n'est pas encore perdu. »

Agelmar la dévisagea, puis dévisagea les autres. Il sembla déconcerté par Nynaeve et Egwene; leurs tenues de paysannes contrastaient nettement avec la robe de soie de Moiraine, bien que toutes éprouvées par le voyage. « Ce sont aussi des Aes Sedai ? » questionna-t-il d'un ton dubitatif. Comme Moiraine secouait négativement la tête, il parut encore plus perplexe. Son regard parcourut les jeunes gens du Champ d'Emond, se posant sur Rand, effleurant l'épée enveloppée de rouge suspendue à sa taille. « Une étrange garde que vous emmenez avec vous, Aes Sedai. Un seul guerrier. » Il jeta un coup d'œil à Perrin et à la hache passée dans sa ceinture. « Peut-être deux. Mais l'un et l'autre guère plus que des adolescents. Laissez-moi vous faire accompagner par des hommes. Cent lances de plus ou de moins ne changeront rien à ce qui se passera dans la Brèche, mais vous avez besoin de plus qu'un Lige et trois jeunes gens. Et deux jeunes femmes ne serviront à rien, à moins que ce ne soit des Aielles déguisées. La Grande Dévastation est pire que jamais, cette année. Elle... s'agite.

– Cent lances, ce serait trop, commenta Lan, et un millier pas assez. Plus important sera le groupe que nous emmenons dans la Dévastation, plus le risque d'attirer l'attention sera grand. Nous devons atteindre l'Œil sans lutte, si possible. Vous savez que l'issue est pratiquement prévisible quand les Trollocs imposent le combat à l'intérieur de la Grande Dévastation. »

Agelmar acquiesça d'un air sombre, mais refusa d'abandonner la partie. « Un nombre plus restreint, alors. Même dix hommes vaillants vous donneront plus de chances d'escorter Moiraine Sedai et les deux autres jeunes femmes jusqu'à l'Homme Vert que seulement ces jeunes garçons. »

Rand se rendit compte brusquement que le Seigneur de Fal Dara tenait pour acquis que c'étaient Nynaeve et Egwene qui combattraient avec Moiraine contre le Ténébreux. Réaction naturelle. Cette sorte de lutte impliquait l'usage du Pouvoir Unique, et cela voulait dire qu'il serait pratiqué par des femmes. *Cette sorte de lutte implique l'usage du Pouvoir Unique.* Il fourra ses pouces sous son ceinturon et en serra vigoureusement la boucle pour empêcher ses mains de trembler.

« Pas d'hommes », répliqua Moiraine. Agelmar rouvrit la bouche et elle continua avant qu'il ait eu le temps de prononcer un mot : « C'est la nature de l'Œil, et la nature de l'Homme Vert. Combien de gens de Fal Dara ont découvert l'Homme Vert et l'Œil ?

– Découvert ? » Agelmar haussa les épaules. « Depuis la Guerre des Cent Ans, on les compte sur les doigts d'une main. Pas plus d'un en cinq ans, en incluant l'ensemble des Marches.

– Personne ne trouve l'Œil du Monde, reprit Moiraine, à moins que l'Homme Vert ne le veuille. La nécessité est la clef, et l'intention. Je sais où aller – je m'y suis déjà rendue. » De surprise, la tête de Rand pivota vivement ; la sienne ne fut pas la seule parmi les gens du Champ d'Emond, mais l'Aes Sedai ne parut pas le remarquer. « Mais qu'un des nôtres soit en quête de gloire, cherche à ajouter son nom à ces quatre autres et nous risquons de ne jamais le rencontrer même si je nous conduis droit à l'emplacement dont je me souviens.

– Vous avez vu l'Homme Vert, Moiraine Sedai ? » Le Seigneur de Fal Dara était visiblement impressionné mais se rembrunit aussitôt. « Seulement, si vous l'avez déjà rencontré une fois...

– La nécessité est la clef, répéta Moiraine à mi-voix, et nulle nécessité ne surpasse la mienne. La nôtre. Et j'ai avec moi un atout que ne possèdent pas ces autres chercheurs. »

Ses yeux se détachèrent à peine du visage d'Agelmar, mais Rand eut la certitude qu'ils s'étaient posés sur Loial, juste une seconde avant que l'Aes Sedai les ramène vers le Seigneur de Fal Dara. Rand croisa le regard de l'Ogier, et Loial haussa les épaules.

« *Ta'veren* », dit l'Ogier tout bas.

Agelmar renonça. « Qu'il en soit comme vous voulez, Aes Sedai. Par la Paix, si la véritable bataille doit se livrer à l'Œil du Monde, je suis tenté d'emmener l'étendard du Faucon Noir derrière vous au lieu d'aller à la Brèche. Je pourrais vous ouvrir la voie...

– Ce serait désastreux, Seigneur Agelmar. Autant à la Brèche de Tarwin qu'à l'Œil du Monde. Vous avez votre bataille, nous la nôtre.

– Par la Paix ! Comme vous voudrez, Aes Sedai. »

Étant parvenu à une décision, quoique détestable à ses yeux, le Seigneur de Fal Dara, le Seigneur au crâne rasé, parut ne plus y penser. Il les invita à passer à table avec lui, tout en maintenant la conversation sur les faucons, les chevaux et les chiens, sans jamais une mention de Trollocs, de la Brèche de Tarwin ou de l'Œil du Monde.

La salle où ils mangèrent était aussi dépouillée et simple que le bureau du Seigneur Agelmar, avec pas grand-chose de plus comme mobilier que la table et les sièges, et ils étaient sévères de ligne comme de forme. Beaux mais sévères. Une grande cheminée chauffait la pièce, mais pas suffisamment pour que quelqu'un appelé précipitamment au-dehors soit suffoqué par le froid extérieur. Des serviteurs en livrée apportèrent potage, pain et fromage, et la conversation roula sur les livres et la musique jusqu'à ce que le Seigneur Agelmar s'aperçoive que les natifs du Champ d'Emond ne disaient rien. En hôte attentif, il posa avec amabilité des questions pertinentes destinées à les sortir de leur mutisme.

Rand se retrouva bientôt rivalisant pour parler du Champ d'Emond et des Deux Rivières. Cela lui fut une épreuve de ne pas en dire trop. Il espéra que les autres surveillaient leur langue, Mat surtout. Seule Nynaeve se retint, mangeant et buvant en silence.

« Il y a un chant aux Deux Rivières, déclara Mat. Qui s'appelle *De Retour de la Brèche de Tanvin.* » Il acheva d'un ton hésitant comme s'il se rendait compte qu'il introduisait un sujet qu'ils avaient évité, mais Agelmar coupa court avec aisance.

« Pas très étonnant. Rares sont les pays qui n'ont pas envoyé de troupes au fil des années pour repousser la Grande Dévastation. »

Rand regarda Mat et Perrin. Mat forma silencieusement le mot *Manetheren.*

Agelmar s'adressa tout bas à un des serviteurs et, pendant que d'autres débarrassaient la table, celui-ci s'éclipsa puis revint avec une boîte en fer et des pipes en terre pour Lan, Loial et le Seigneur Agelmar.

« Du tabac des Deux Rivières, dit le Seigneur de Fal Dara tandis qu'ils bourraient leurs pipes. Difficile à se procurer ici, mais qui en vaut le prix. »

Pendant que Loial et les deux aînés tiraient des bouffées avec satisfaction, Agelmar jeta un coup d'œil à l'Ogier. « Vous semblez chagriné, Bâtisseur. Pas assailli par la Nostalgie, j'espère. Depuis combien de temps avez-vous quitté le *stedding* ?

– Ce n'est pas la Nostalgie ; je ne suis pas parti depuis tellement longtemps. » Loial haussa les épaules et le panache bleu-gris montant de sa pipe décrivit une spirale au-dessus de la table, accompagnant le mouvement de son bras. « Je m'attendais... j'avais espéré... que le bosquet serait encore là. Un vestige de Mafal Dadaranell, tout au moins.

– *Kiserai ti Wansho*, murmura Agelmar. Les Guerres trolloques n'ont laissé que des souvenirs, Loial fils d'Arent, et des gens pour édifier sur eux. Ils ne pouvaient pas reproduire l'œuvre des Bâtisseurs, pas plus que moi. Ces courbes et dessins complexes que votre peuple a créés dépassent les capacités des yeux et des mains des humains pour les refaire. Peut-être que nous avons souhaité éviter une pauvre imitation qui n'aurait été pour nous qu'un rappel omniprésent de ce que nous avions perdu. Il y a une beauté différente dans la simplicité, dans une seule ligne placée juste où elle doit l'être, une seule fleur parmi les cailloux. La rudesse de la pierre rend la fleur encore plus précieuse. Nous nous efforçons de ne pas trop nous appesantir sur ce qui n'est plus. Il en résulterait une tension qui brise le cœur le plus solide.

– *Le pétale de rose flotte sur l'eau*, récita à mi-voix Lan. *Le martin-pêcheur file comme un éclair au-dessus de l'étang. La vie et la beauté tournoient au sein de la mort.*

– Oui, dit Agelmar. Oui. Celui-là a toujours symbolisé la totalité pour moi aussi. » Les deux hommes se saluèrent d'une inclination de tête.

De la poésie venant de Lan ? Cet homme était comme un oignon ; chaque fois que Rand pensait connaître quelque chose sur le Lige, il découvrait autre chose pardessous

Loial acquiesça d'un mouvement lent. « Peut-être que je m'attache trop à ce qui n'est plus. Et pourtant les bosquets étaient magnifiques. » Néanmoins, il considérait la salle austère comme s'il la voyait avec des yeux neufs et découvrait soudain des choses valant la peine d'être regardées.

Ingtar apparut et s'inclina devant le Seigneur Agelmar. « Pardonnez-moi, Seigneur, mais vous vouliez être mis au courant de tout ce qui sortirait de l'ordinaire, si minime que ce soit.

– Oui, de quoi s'agit-il ?

– De peu de chose, Seigneur. Un étranger a tenté de pénétrer dans la ville. Pas originaire du Shienar.

D'après son accent, un Lugardien. Par moments, du moins. Quand les gardes de la Porte Sud ont voulu l'interpeller, il s'est enfui. On l'a vu entrer dans la forêt mais, peu de temps après, il a été découvert en train d'escalader la muraille d'enceinte.

– Peu de chose ! » Agelmar se leva, son siège raclant le sol. « Par la Paix ! Le guetteur de la tour est si négligent qu'un homme peut arriver jusqu'aux remparts et vous appelez cela peu de chose !

– C'est un fou, Seigneur. » Une crainte révérencielle vibrait dans la voix d'Ingtar. « La Lumière protège les malades de l'esprit. Peut-être la Lumière a-t-elle masqué les yeux du guetteur pour lui permettre d'atteindre la muraille. Un pauvre fou ne peut sûrement pas causer grand mal.

– A-t-il déjà été conduit à la citadelle ? Bien. Amenez-le-moi ici. Tout de suite. » Ingtar s'inclina et sortit, et Agelmar se tourna vers Moiraine. « Pardonnez-moi, Aes Sedai, mais il faut que j'examine cette affaire. Possible que ce ne soit qu'un pauvre diable dont l'esprit est aveuglé par la Lumière, mais... Il y a deux jours, on a surpris en pleine nuit cinq de nos propres concitoyens qui essayaient de scier les charnières d'une porte piétonne. Basse mais suffisante pour laisser entrer des Trollocs. » Il esquissa une grimace. « Des Amis du Ténébreux, je suppose, bien que je déteste le penser d'un natif du Shienar. Ils ont été mis en pièces par la population avant que les gardes aient eu le temps de les prendre en charge, alors je ne saurai jamais. Si des Shienariens peuvent être des Amis du Ténébreux, je dois me méfier tout particulièrement des étrangers par les temps qui courent. Si vous désirez vous retirer, je vais ordonner qu'on vous conduise à vos chambres.

– Les Amis du Ténébreux ne connaissent ni frontière ni fraternité, répliqua Moiraine. On les trouve dans tous les pays et ils n'appartiennent à aucun. Moi aussi, cela m'intéresse de voir cet homme. Le Dessin compose une Toile, Seigneur Agelmar, mais la configuration finale de la Toile n'est pas encore déterminée. Elle peut encore y enchevêtrer le monde ou se défaire et entraîner la Roue du Temps à façonner un nouveau motif. À ce stade, même de petites choses peuvent changer la forme de la Toile. À ce stade, je redoute les menus détails qui sortent de l'ordinaire. »

Agelmar jeta un coup d'œil à Nynaeve et à Egwene. « Comme vous voulez, Aes Sedai. »

Ingtar revint, avec deux gardes armés de longues hallebardes qui escortaient un homme ressemblant à un tas de chiffons. Des couches de crasse s'étalaient sur sa figure et collaient barbe et cheveux ébouriffés et non coupés. Il entra dans la salle le dos voûté, les yeux caves dardant un regard à droite et à gauche. Un relent de rance le précédait.

Rand se pencha en avant sur son siège avec une attention soutenue, s'efforçant de voir ce que cachait toute cette crasse.

« Vous n'avez pas de raison de m'arrêter comme ça, pleurnicha cet homme dégoûtant. Je ne suis qu'un pauvre miséreux, abandonné par la Lumière et en quête, comme tout le monde, d'un endroit où échapper à l'Ombre.

– Les Marches sont un curieux endroit pour chercher... » commença Agelmar, à qui Mat coupa la parole.

« Le colporteur !

– Padan Fain, acquiesça Perrin en hochant la tête.

– Le mendiant », ajouta Rand, la voix soudain rauque. Il se rejeta en arrière sur son siège devant l'éclair de haine qui flamba soudain dans les yeux de Fain. « C'est l'homme qui demandait après nous à Caemlyn. C'est sûrement lui.

– Donc cela vous concerne en fin de compte, Moiraine Sedai », dit avec lenteur Agelmar.

Moiraine inclina la tête. « Je le crains fort.

– Je ne le voulais pas. » Fain se mit à pleurer. De grosses larmes creusèrent des rigoles dans la crasse de ses joues, mais elles ne réussirent pas à percer la dernière couche jusqu'à la peau. « Il m'y a obligé ! Lui et ses yeux de flamme ! » Rand tressaillit. Mat avait la main sous son sayon, sans doute étreignant de nouveau le poignard de Shadar Logoth. « Il a fait de moi son chien courant ! Son limier pour courir et suivre la piste sans un instant de répit. Rien que son limier, même après m'avoir rejeté.

– Cela nous concerne tous, dit Moiraine sévèrement. Y a-t-il un endroit où je puisse lui parler seul à seul, Seigneur Agelmar ? » Sa bouche se serra de dégoût. « Et qu'on le lave d'abord. J'aurai peut-être à le toucher. » Agelmar hocha la tête et parla tout bas à Ingtar qui s'inclina, se dirigea vers la porte et s'éclipsa.

« Je ne me laisserai pas contraindre ! » La voix était celle de Fain, mais il ne pleurnichait plus, une arrogance cassante avait remplacé les jérémiades. Au lieu d'être voûté, il se tenait très droit. Rejetant la tête en arrière, il cria vers le plafond : « Jamais plus ! Je ne me laisserai plus faire ! » Il affronta Agelmar comme si les hommes qui l'encadraient étaient ses propres gardes du corps et le Seigneur de Fal Dara son égal plutôt que celui dont il était le prisonnier. Il adopta un ton mielleux et insinuant. « Il y a malentendu, Noble Seigneur. Je suis quelquefois en proie à des crises, mais elles passent vite. Oui, j'en serai bientôt débarrassé. » Il décocha une chiquenaude dédaigneuse à ses loques. « Ne vous laissez pas induire en erreur par ça, Noble Seigneur. J'ai dû me déguiser pour échapper à ceux qui ont essayé de m'arrêter, et mon voyage a été long et pénible. Néanmoins, je suis enfin parvenu dans des pays où les hommes connaissent encore les périls de Ba'alzamon, où les hommes luttent encore contre le Ténébreux. »

Rand écarquillait les yeux, stupéfait. C'était bien la voix de Fain, mais les mots ne ressemblaient pas du tout au discours habituel du colporteur.

« Ainsi vous êtes venu ici parce que nous combattons les Trollocs, dit Agelmar, et vous êtes si important que quelqu'un cherche à vous en empêcher. Ces personnes-ci disent que vous êtes un colporteur appelé Padan Fain et que vous les suivez. »

Fain hésita. Il jeta à Moiraine un coup d'œil qu'il détourna précipitamment de l'Aes Sedai. Son regard parcourut les natifs du Champ d'Emond et revint d'un coup à Agelmar. Rand sentit de la haine dans ce regard – et de la peur. Pourtant, lorsque Fain reprit la parole, sa voix était sereine. « Padan Fain est simplement un des nombreux déguisements que j'ai été forcé d'adopter au fil des années. Les Amis du Ténébreux me poursuivent car j'ai appris comment vaincre l'Ombre. Je peux vous indiquer comment la détruire, Noble Seigneur.

– Nous faisons du mieux qui est au pouvoir des hommes, répliqua sèchement Agelmar. La Roue tisse comme la Roue le veut, mais nous avons combattu le Ténébreux presque depuis la Destruction du Monde sans colporteurs pour nous enseigner comment.

– Noble Seigneur, votre puissance n'est pas en cause,

mais tiendra-t-elle éternellement contre le Ténébreux ? Ne vous sentez-vous pas souvent acculé dans vos retranchements ? Pardonnez ma témérité, Noble Seigneur ; il vous écrasera à la fin, tel que vous êtes. Je le sais ; croyez-moi, je le sais. Toutefois, je peux vous indiquer comment purger de l'Ombre le pays, Noble Seigneur. » Sa voix devint encore plus onctueuse, tout en demeurant altière. « Si vous essayez seulement ce que je conseille, vous verrez, Noble Seigneur. Vous nettoierez le pays. Vous, Noble Seigneur, pouvez le faire si vous dirigez vos forces dans la bonne direction. Évitez de laisser Tar Valon vous capturer dans ses filets et vous sauverez le monde. Noble Seigneur, vous serez l'homme que l'histoire célébrera pour avoir donné la victoire finale à la Lumière. » Les gardes restèrent à leur place, mais leurs mains changèrent de position sur la longue hampe de leurs hallebardes comme s'ils pensaient en avoir peut-être besoin.

« Il a une haute estime de sa valeur pour un colporteur, dit Agelmar par-dessus son épaule à Lan. Je pense qu'Ingtar a raison. Il est fou. »

Les yeux de Fain se plissèrent de colère, mais sa voix demeura mielleuse. « Noble Seigneur, je sais que mes paroles doivent paraître pompeuses, mais si vous voulez seulement... » Il s'interrompit subitement et recula comme Moiraine se levait et contournait lentement la table. Seules les hallebardes abaissées par les gardes empêchèrent Fain de reculer hors de la salle.

S'arrêtant derrière le siège de Mat, Moiraine lui posa une main sur l'épaule et se pencha pour chuchoter à son oreille. Quoi qu'elle lui ait dit, la tension s'effaça de son visage et il ôta la main de sous son sayon. L'Aes Sedai poursuivit son chemin jusqu'à être à côté d'Agelmar, face à Fain. Comme elle s'arrêtait, le colporteur se tassa de nouveau sur lui-même.

« Je le déteste, geignit-il. Je veux être libéré de lui. Je veux marcher de nouveau dans la Lumière. » Ses épaules se mirent à trembler et des larmes ruisselèrent sur sa figure, encore plus abondantes qu'avant. « Il m'a obligé.

– Il est davantage qu'un colporteur, je le crains, Seigneur Agelmar, dit Moiraine. Moins qu'humain, pire qu'ignoble, plus dangereux que vous ne pouvez l'imaginer. On le lavera après que je lui aurai parlé. Je n'ose pas perdre une minute. Viens, Lan. »

47.

AUTRES DITS DE LA ROUE

Une agitation fébrile poussait Rand à marcher devant la table de la salle à manger. Douze enjambées. La table mesurait exactement douze enjambées n'importe combien de fois il la longeait. Agacé, il se força à cesser de calculer. *Ce que c'est stupide comme passe-temps. Je me moque des dimensions de cette sacrée table.* Quelques minutes plus tard, il se surprit à compter le nombre de ses allées et venues jusqu'à la table. *Qu'est-ce qu'il raconte à Moiraine et à Lan ? Est-ce qu'il sait pourquoi le Ténébreux court après nous ? Est-ce qu'il sait* LEQUEL *d'entre nous le Ténébreux recherche ?*

Il jeta un coup d'œil à ses amis. Perrin avait émietté un morceau de pain et poussait machinalement du doigt les petits fragments sur la table. Ses yeux jaunes fixaient ces miettes sans ciller, mais ils semblaient voir quelque chose de très éloigné. Mat était affalé dans son fauteuil, les yeux mi-clos et l'esquisse d'un sourire sur le visage. Un sourire de nervosité, pas d'amusement. Extérieurement, il avait l'air du Mat de naguère mais, de temps en temps, il tâtait inconsciemment à travers son surcot le poignard de Shadar Logoth. *Qu'est-ce que Fain lui dit ? Qu'est-ce qu'il sait ?*

Loial, au moins, ne paraissait pas soucieux. L'Ogier examinait les murs. Il avait commencé par se tenir au milieu de la salle et regardé en tournant lentement en cercle ; à présent, il pressait quasiment son large nez contre la pierre pendant qu'il suivait un joint avec des doigts plus épais que le pouce de la plupart des humains. Parfois, il fermait les yeux comme si toucher était plus important que voir. Ses oreilles frémissaient par instants et il parlait entre ses dents en langue ogière, paraissant avoir oublié tous ceux qui se trouvaient dans la pièce avec lui.

Le Seigneur Agelmar se tenait debout devant la longue cheminée à l'extrémité de la pièce où il s'entretenait à mi-voix avec Nynaeve et Egwene. C'était un hôte excellent, sachant avec habileté amener les gens à oublier leurs soucis ; plusieurs de ses anecdotes suscitèrent chez Egwene des gloussements de rire. Une fois, même Nynaeve rejeta la tête en arrière pour rire à gorge déployée. Rand sursauta à ce bruit inattendu et sursauta de nouveau quand le siège de Mat tomba avec fracas.

« Sang et cendres ! grommela Mat sans se soucier de la façon dont Nynaeve pinça la bouche devant pareil langage. Qu'est-ce qui lui demande si longtemps ? » Il remit son fauteuil sur pied et se rassit sans regarder personne. Sa main se porta à son vêtement.

Le Seigneur de Fal Dara dévisagea Mat d'un air désapprobateur – son regard engloba Rand et Perrin sans améliorer son expression – puis il se retourna vers les deux jeunes femmes. Les allées et venues de Rand l'avaient rapproché de leur groupe.

« Mon Seigneur, disait Egwene avec autant d'aisance que si elle s'était servie de titres toute sa vie, je pensais qu'il était un Lige, mais vous l'appelez Dai Shan et vous parlez d'un étendard à la Grue Dorée, et ces autres personnes aussi. Parfois, on dirait à vous entendre qu'il s'agit d'un roi. Je me souviens qu'une fois Moiraine l'a appelé le dernier Seigneur des Sept Tours. Qui est-il ? »

Nynaeve se mit à examiner de près sa coupe, mais c'était évident pour Rand que brusquement elle écoutait encore plus attentivement qu'Egwene. Rand s'arrêta et s'efforça d'entendre ce qui se disait sans avoir l'air indiscret.

« Seigneur des Sept Tours, répéta Agelmar en fronçant les sourcils. Un titre historique, Damoiselle Egwene. Même les Puissants Seigneurs de Tear n'en ont pas un aussi ancien, encore que la Reine d'Andor en ait un approchant. » Il soupira et secoua la tête. « Il n'en parlera pas, cependant l'histoire est bien connue le long de la Frontière. Il est roi, ou aurait dû l'être, al'Lan Mandragoran, Seigneur des Sept Tours, Seigneur des

Lacs, Roi sans couronne des Malkieri. » Sa tête rasée était haut levée, et il y avait un éclat dans ses yeux comme s'il éprouvait un orgueil paternel. Sa voix devint plus audible, vibrante de la force de ses sentiments. La salle entière pouvait l'entendre sans peine. « Nous autres du Shienar, nous nous appelons frontaliers mais, il y a moins de cinquante ans, le Shienar n'appartenait pas vraiment aux Marches. Au nord de chez nous et de l'Arafel se trouvait Malkier. Les lances du Shienar chevauchaient vers le nord, mais c'est Malkier qui a repoussé la Grande Dévastation. Malkier, que la Paix honore sa mémoire et que la Lumière illumine son nom.

– Lan est originaire de Malkier », dit tout bas la Sagesse en levant la tête. Elle semblait troublée.

Ce n'était pas une question, mais Agelmar hocha la tête. « Oui, Damoiselle Nynaeve, il est le fils d'al'Akir Mandragoran, dernier Roi couronné des Malkieri. Comment est-il devenu ce qu'il est ? Tout est parti, peut-être, de Lain. Suite à un défi, Lain Mandragoran, le frère du Roi, a emmené ses lances à travers la Grande Dévastation jusqu'aux Terres Maudites, peut-être jusqu'au Shayol Ghul même. L'épouse de Lain, Breyan, avait lancé ce défi à cause de l'envie qui dévorait son cœur quand al'Akir avait été placé sur le trône au lieu de Lain. Le Roi et Lain étaient aussi proches que des frères peuvent l'être, aussi proches que des jumeaux même après l'addition du « al » royal au nom d'Akir, mais la jalousie torturait Breyan. Lain fut acclamé pour ses actions d'éclat, et fort justement, mais même lui ne pouvait éclipser al'Akir. En tant qu'homme et que roi, c'était quelqu'un comme il n'en survient qu'un en cent années, sinon davantage. Que la Paix l'honore, lui et el'Leanna.

« Lain est mort dans les Terres Maudites ainsi que la plupart de ceux qui l'avaient suivi, des hommes que Malkier ne pouvait guère se permettre de perdre, et Breyan blâma le Roi, disant que le Shayol Ghul même aurait été vaincu si al'Akir avait emmené au nord le reste des Malkieri avec son mari. Pour se venger, elle a comploté avec Cowin Gemallan, appelé Cowin Beaucœur, afin de s'emparer du trône pour son fils, Isam. Or Beaucœur était un héros aimé presque autant qu'al'Akir lui-même, et l'un des Hauts Seigneurs, mais quand les Hauts Seigneurs avaient déposé les baguettes pour élire le Roi, deux seulement le séparaient d'Akir et il n'avait jamais oublié que deux hommes déposant une couleur différente sur la Pierre du Couronnement l'auraient mis sur le trône à sa place. Entre eux, Cowin et Breyan ont fait revenir de la Grande Dévastation des soldats pour s'emparer des Sept Tours, vidant les forteresses des Marches pour n'y laisser qu'une simple garnison.

« Mais la jalousie de Cowin avait des racines plus profondes. » La voix d'Agelmar se nuança de dégoût. « Beaucœur le héros, dont les exploits dans la Dévastation étaient chantés partout dans les Marches, était un Ami du Ténébreux. Avec les fertés frontalières affaiblies, les Trollocs se sont rués sur Malkier comme un mascaret. Le Roi al'Akir et Lain auraient pu à eux deux rallier le pays ; ils y avaient déjà réussi. Malheureusement, le destin funeste de Lain dans les Terres Maudites avait ébranlé le peuple et l'invasion trolloque brisa le courage des hommes et leur volonté de résister. De trop de ces hommes. La supériorité écrasante du nombre a repoussé les Malkieri au cœur du pays.

« Breyan s'était enfuie avec son fils au berceau, Isam ; elle fut rattrapée par les Trollocs comme elle chevauchait avec lui vers le sud. Personne ne sait ce qu'il est réellement advenu d'eux, mais on peut le deviner. Je ne peux ressentir de pitié que pour le petit garçon. Quand la trahison de Cowin Beaucœur fut révélée et qu'il fut capturé par le jeune Jain Charin – déjà appelé Jain Farstrider – quand Beaucœur fut amené enchaîné aux Sept Tours, les Hauts Seigneurs ont réclamé que sa tête soit plantée sur une pique. Cependant, comme il venait en troisième après al'Akir et Lain dans le cœur du peuple, le Roi l'a affronté en combat singulier et l'a tué. Al'Akir a pleuré quand il a tué Cowin. Selon certains, il pleurait un ami qui s'était donné à l'Ombre, et d'autres disent que c'était sur Malkier. » Le Seigneur de Fal Dara secoua la tête avec tristesse.

« Le premier coup du glas avait sonné pour les Sept Tours. Le temps manquait pour demander des renforts au Shienar ou à l'Arafel, et Malkier n'avait aucun espoir de soutenir seule le choc, avec cinq mille de ses lances mortes dans les Terres Maudites et ses forts frontaliers envahis.

« Al'Akir et sa Reine, el'Leanna, se sont fait apporter

Lan dans son berceau. Entre ses mains de nourrisson, ils ont placé l'épée des souverains malkieri, l'épée qu'il porte aujourd'hui. Une arme fabriquée par les Aes Sedai pendant la Guerre du Pouvoir, la Guerre de l'Ombre qui a mis fin à l'Ère des Légendes. Ils ont oint son front avec de l'huile, le nommant Dai Shan, un Seigneur de Guerre Couronné, ils l'ont consacré futur roi des Malkieri et ils ont prononcé en son nom l'antique serment des rois et des reines malkieri. » Le visage d'Agelmar se durcit et il parla comme si, lui aussi, il avait prononcé ce serment, ou un fort ressemblant. « Résister à l'Ombre aussi longtemps que le fer gardera sa dureté et que la pierre perdurera. Défendre les Malkieri tant qu'il restera une goutte de sang. Venger ce qui n'a pas pu être défendu. » Les mots retentirent haut dans la salle.

« El'Leanna avait attaché un médaillon autour du cou de son fils comme souvenir, et le bébé enveloppé dans des langes par les propres mains de la Reine a été confié à vingt hommes choisis dans la Garde personnelle du Roi, les meilleurs épéistes, les plus farouches combattants. Leur ordre : porter l'enfant à Fal Moran.

« Ensuite ils se sont mis en route, al'Akir et el'Leanna, à la tête des Malkieri pour lutter contre l'Ombre une dernière fois. Ils sont morts là-bas, au Passage de Herot, et les Malkieri sont morts, et les Sept Tours ont été détruites. Le Shienar, l'Arafel et le Landor ont affronté les Demi-Hommes et les Trollocs au pied de l'Escalier de Jehaan et les ont repoussés, mais pas aussi loin qu'autrefois. La majeure partie de la Malkier est restée aux mains des Trollocs et, année après année, quart de lieue après quart de lieue, la Dévastation l'a engloutie. »

Agelmar reprit haleine d'un cœur lourd. Quand il recommença à parler, ses yeux et sa voix dénotaient une fierté attristée.

« Seuls cinq des Gardes du corps étaient arrivés vivants à Fal Moran, tous blessés, mais ils avaient l'enfant sain et sauf. Dès le berceau, ils lui ont enseigné tout ce qu'ils savaient. Il avait appris à se servir des armes comme d'autres enfants de jouets, et à connaître la Dévastation comme d'autres enfants le jardin de leur mère. Le serment juré sur son berceau est gravé dans son esprit. Plus rien ne reste à défendre, mais il peut venger. Bien qu'il renie ses titres, dans les Marches on l'appelle le Sans Couronne et, si jamais il brandissait l'étendard de la Grue Dorée de Malkier, une armée se lèverait pour le suivre. Néanmoins, il refuse de mener des hommes à la tombe. Dans la Grande Dévastation, il va au-devant de la mort avec autant d'ardeur qu'un amoureux au-devant de celle qui lui a capturé le cœur, mais bravant la mort pour lui-même il ne veut pas en entraîner d'autres à subir le même sort.

« S'il faut que vous pénétriez dans la Grande Dévastation et seulement avec une faible escorte, nul homme ne vous y conduira mieux que lui, ni ne vous en ramènera intacts. C'est le meilleur des Liges, et cela signifie le meilleur des meilleurs. Vous pourriez aussi bien laisser ici ces garçons pour qu'ils s'aguerrissent un peu, et vous fier entièrement à Lan. La Dévastation n'est pas un endroit pour des garçons sans expérience. »

Mat ouvrit la bouche et la referma sur un coup d'œil de Rand. *J'aimerais bien qu'il apprenne à la laisser fermée.*

Nynaeve avait écouté avec autant d'émerveillement qu'Egwene mais, à présent, elle avait de nouveau les yeux fixés sur sa coupe, le visage blême. Egwene posa la main sur son bras et la regarda d'un air compatissant.

Moiraine apparut à la porte de la salle, Lan sur ses talons. Nynaeve se détourna.

« Qu'a-t-il dit ? » s'exclama Rand d'une voix pressante. Mat se leva et Perrin aussi.

« Quel rustre », marmotta Agelmar qui éleva la voix à un niveau normal. « Avez-vous appris quelque chose, Aes Sedai, ou est-ce simplement un fou ?

– Il est fou, répliqua Moiraine, ou à peu de chose près, mais il n'y a rien de simple chez Padan Fain. »

Un des serviteurs en livrée or et noir s'inclina en entrant avec une cuvette et une cruche bleues, un pain de savon jaune et une petite serviette sur un plateau d'argent ; il regardait Agelmar avec anxiété. Moiraine lui indiqua du geste de mettre tout sur la table. « Pardonnez-moi d'avoir donné des ordres à vos serviteurs, Seigneur Agelmar, dit-elle. J'ai pris la liberté de demander ceci. »

Agelmar hocha la tête à l'adresse du serviteur qui déposa le plateau sur la table et s'esquiva. « Mes serviteurs sont à votre disposition, Aes Sedai. »

L'eau que Moiraine versa dans la cuvette fumait comme si on venait de l'ôter bouillante du feu. Elle remonta ses manches et commença à se laver vigoureusement les mains sans se soucier de cette température élevée. « J'ai dit qu'il était pire qu'ignoble, mais j'étais loin du compte. Je ne pense pas avoir jamais rencontré quelqu'un d'aussi abject et d'aussi avili, pourtant en même temps aussi corrompu. Je me sens salie rien que de l'avoir touché et je ne parle pas de la crasse sur sa peau. Salie ici dedans. » Elle toucha sa poitrine. « À voir la dégradation de son âme, je doute presque qu'il en a une. Il a en lui quelque chose de pire que l'essence d'un Ami du Ténébreux.

– Il a l'air si pitoyable, murmura Egwene. Je me rappelle son arrivée au Champ d'Emond chaque printemps, toujours en train de rire et plein de nouvelles d'ailleurs. Il y a sûrement un espoir pour lui ? » Et elle récita : « *Nul homme ne peut se tenir dans l'Ombre si longtemps qu'il ne soit capable de retrouver la Lumière.* »

L'Aes Sedai s'essuya énergiquement les mains avec la serviette.

« Je l'ai toujours cru, dit-elle. Peut-être Padan Fain est-il susceptible de rédemption. Cependant, il a été un Ami du Ténébreux pendant plus de quarante ans et ce qu'il a fait pour cela – en sang, en souffrance et en mort – vous glacerait le cœur à l'entendre. Parmi le moindre de ces actes, bien que pas le moindre pour vous, je crois, il a amené les Trollocs au Champ d'Emond.

– Oui », dit Rand tout bas. Il entendit le souffle d'Egwene s'étrangler. *J'aurais dû m'en douter. Que le feu me brûle, je l'aurais dû dès que je l'ai reconnu.*

« En a-t-il amené ici ? » questionna Mat. Il regarda les murs de pierre autour d'eux et frissonna. Rand pensa qu'il se rappelait le Myrddraal plutôt que les Trollocs ; les murs n'avaient pas arrêté l'Évanescent à Baerlon, pas plus qu'à Pont-Blanc.

« S'il l'a fait » – Agelmar rit – « ils se casseront les dents sur les murailles de Fal Dara. Bien d'autres s'y sont essayés auparavant. » Il parlait à tout le monde mais s'adressait en particulier à Egwene et à Nynaeve à en juger par la direction de ses coups d'œil. « Et ne vous inquiétez pas non plus à cause des Demi-Hommes. » Le visage de Mat s'empourpra. « Toutes les rues et ruelles de Fal Dara sont éclairées la nuit. Et aucun homme n'est autorisé à dissimuler son visage à l'intérieur de l'enceinte.

– Pourquoi Maître Fain ferait-il cela ? questionna Egwene.

– Il y a trois ans... » Avec un profond soupir, Moiraine s'assit, s'affaissant sur elle-même comme si sa séance avec Fain l'avait épuisée. « Trois ans, cet été. Oui, cela remonte aussi loin. La Lumière nous protège sûrement, sinon le Seigneur des Mensonges aurait triomphé pendant que je restais encore à tirer des plans dans Tar Valon. Depuis trois ans, Fain vous recherche pour le Ténébreux.

– C'est absurde ! dit Rand. Il arrive chaque printemps aux Deux Rivières avec une régularité d'horloge. Trois ans ? Nous étions là juste sous son nez et il ne nous a jamais prêté la moindre attention avant l'an dernier. »

L'Aes Sedai tendit le doigt vers lui en le regardant. « Fain m'a tout dit, Rand. Ou presque tout. Je suis persuadée qu'il a réussi à cacher quelque chose, quelque chose d'important, en dépit de mes efforts, mais il en a raconté assez. Il y a trois ans, un Demi-Homme est venu le trouver dans une ville du Lugard. Fain était terrifié, bien sûr, mais c'est considéré comme un grand honneur parmi les Amis du Ténébreux d'être ainsi convoqué. Fain croyait qu'il avait été choisi pour de grandes choses et c'était bien le cas, quoique pas de la manière qu'il imaginait. Il a été emmené vers le nord, dans la Grande Dévastation, dans les Terres Maudites. Au Shayol Ghul. Où il a rencontré un homme aux yeux de feu, qui disait s'appeler Ba'alzamon. »

Mat changea de position avec malaise et Rand avala sa salive. Cela avait dû se passer de cette façon, certainement, mais n'en était pas plus facile à accepter. Seul Perrin regardait l'Aes Sedai comme si rien ne pouvait plus le surprendre.

« La Lumière nous protège ! s'exclama Agelmar avec ferveur.

– Fain n'a pas aimé ce qu'il a subi au Shayol Ghul, continua calmement Moiraine. Pendant notre entretien, il a mentionné souvent à grands cris feu et brûlures. Extraire tout ce qu'il avait caché en lui l'a presque tué. Même avec mon pouvoir de Guérison, c'est un homme brisé et délabré. Le remettre d'aplomb demandera beaucoup d'efforts. Je les ferai, néanmoins, ne serait-ce que pour apprendre ce qu'il dissimule encore. Il avait été choisi à cause des endroits où il colporte ses marchandises. Non, ajouta-t-elle aussitôt comme ils esquissaient un mouvement, pas uniquement les Deux Rivières, pas à ce moment-là. Le Père des Mensonges savait *grosso modo* où trouver ce qu'il cherchait, mais pas avec beaucoup plus de précision que nous à Tar Valon.

« Fain a dit qu'il avait été métamorphosé en limier du Ténébreux et, d'une certaine façon, il a raison. Le Père des Mensonges a envoyé Fain chasser, en le modifiant au préalable pour qu'il soit en mesure de mener à bien cette chasse. C'est ce qu'on lui a imposé pour provoquer ces transformations que Fain redoute de se remémorer ; il déteste son maître à cause de cela autant qu'il le craint. Donc Fain a été envoyé flairer le vent et chercher des pistes dans tous les villages aux alentours de Baerlon et jusqu'aux Montagnes de la Brume, puis en redescendant vers la Taren et en entrant dans les Deux Rivières.

– Il y a trois printemps ? dit Perrin d'une voix lente. Je me souviens de ce printemps-là. Fain était arrivé plus tard que d'habitude mais ce qu'il y a eu de bizarre, c'est qu'il a séjourné plus longtemps que d'ordinaire. Il est resté une semaine entière, les bras ballants et grinçant des dents parce qu'il devait sortir de l'argent pour une chambre à l'*Auberge de la Source du Vin*. Fain est avare.

– Je me rappelle, maintenant, ajouta Mat. Tout le monde se demandait s'il était malade ou s'il était tombé amoureux d'une femme du pays. Non pas qu'aucune aurait épousé un colporteur, bien sûr. Autant épouser quelqu'un du Peuple Nomade. »

Egwene le regarda en haussant un sourcil et il n'ouvrit plus la bouche.

« Après cela, Fain a été ramené au Shayol Ghul et son esprit a été... distillé. » Rand sentit son estomac se retourner au ton de la voix de l'Aes Sedai ; ce ton en disait plus sur ce qu'elle sous-entendait que la grimace qui crispa son visage le temps d'un éclair. « Ce qu'il avait... perçu... a été concentré et réintroduit. Quand il est entré aux Deux Rivières l'année suivante, il a été en mesure de choisir ses cibles avec plus de précision. À la vérité, avec encore plus de netteté que le Ténébreux ne s'y attendait. Fain avait la certitude que celui qu'il cherchait était un parmi trois habitants du Champ d'Emond. »

Perrin grogna et Mat se mit à égrener d'une voix basse et monotone une litanie de jurons que même le regard indigné de Nynaeve n'interrompit pas. Agelmar les dévisagea avec curiosité. Rand n'éprouva que le plus léger des frissons et s'en étonna. Pendant trois années, le Ténébreux l'avait recherché... les avait recherchés. Il était sûr qu'il aurait dû en claquer des dents.

Moiraine ne se laissa pas interrompre par Mat. Elle força la voix suffisamment pour couvrir la sienne. « Quand Fain est revenu dans le Lugard, Ba'alzamon lui est apparu en rêve. Fain s'est humilié et a célébré des rites qui vous frapperaient de surdité rien qu'à en entendre la moitié, se liant encore plus étroitement au Ténébreux. Ce qu'on fait en rêve risque d'être plus dangereux que ce qu'on fait à l'état de veille. » Rand eut un sursaut devant le coup d'œil sévère d'avertissement qu'elle lui lança, mais elle continua sans s'interrompre. « Il avait reçu la promesse de grandes récompenses, la haute main sur des royaumes après la victoire de Ba'alzamon, et aussi l'ordre, quand il retournerait au Champ d'Emond, de marquer les trois qu'il avait repérés. Un Demi-Homme serait là, qui l'attendrait avec des Trollocs. Nous savons maintenant comment les Trollocs sont venus aux Deux Rivières. Il doit y avoir un bosquet ogier avec une Porte des Voies à Manetheren.

– Le plus beau de tous à l'exception de celui de Tar Valon », dit Loial. Il avait écouté aussi attentivement que les autres. « Les Ogiers se souviennent avec affection de Manetheren. »

Agelmar prononça le nom en silence, les sourcils haussés par la surprise. *Manetheren.*

« Seigneur Agelmar, reprit Moiraine, je vous indiquerai comment trouver la Porte de Mafal Dadaranell. Il faudra la murer et poster des gardes, ne permettre à personne d'en approcher. Des Demi-Hommes n'ont pas encore connaissance de la totalité des Voies, mais cette porte se trouve au sud à quelques heures seulement de Fal Dara. »

Le Seigneur de Fal Dara se secoua comme s'il sortait

d'un état d'hypnose. « Au sud ? Par la Paix ! Nous n'avons pas besoin de ça, que la Lumière nous illumine ! Ce sera fait.

– Fain nous a-t-il suivis dans les Voies ? questionna Perrin. Il a dû le faire. »

Moiraine acquiesça d'un signe de tête. « Fain vous suivrait jusqu'à la tombe parce qu'il y est contraint. Quand le Myrddraal a échoué au Champ d'Emond, il a lancé Fain avec les Trollocs sur nos traces. L'Évanescent n'a pas voulu laisser Fain aller à cheval avec lui ; alors qu'il s'imaginait se voir attribuer la meilleure monture des Deux Rivières et aller en tête de la bande, le Myrddraal l'a contraint à courir avec les Trollocs, et a forcé les Trollocs à le porter quand ses jambes ont cédé sous lui. En s'exprimant de façon qu'il comprenne, ils ont discuté de la meilleure manière de le cuire lorsqu'il aurait perdu son utilité. Fain prétend qu'il s'était retourné contre le Ténébreux avant qu'ils aient atteint la Taren. Cependant parfois son avidité pour les récompenses promises transparaît.

« Quand nous avons réussi à nous sauver en franchissant la Taren, le Myrddraal a ramené les Trollocs à la Porte des Voies la plus proche, dans les Montagnes de la Brume, et a envoyé Fain seul de l'autre côté de la rivière. Il s'était cru libre, alors, mais avant d'avoir atteint Baerlon il a été rejoint par un autre Évanescent, et celui-là n'a pas été aussi accommodant. Il l'a forcé à dormir en chien de fusil au fond d'un chaudron trolloc la nuit, pour lui rappeler ce que serait le prix d'un échec. Cet Évanescent s'est servi de lui jusqu'à Shadar Logoth. À ce stade, Fain était prêt à livrer sa propre mère au Myrddraal si cela devait le libérer, mais le Ténébreux ne relâche pas volontiers ce qu'il tient.

« Ce que j'avais fait à ce moment-là, l'envoi d'une illusion de nos traces et odeurs vers les montagnes, a induit les Myrddraals en erreur mais pas Fain. Le Demi-Homme n'a pas voulu le croire ; alors, ils l'ont traîné derrière eux au bout d'une laisse. Quelques-uns ont commencé à le croire seulement comme nous avions l'air de les précéder toujours de peu, quelque hâte qu'ils mettent à nous rattraper. Ce sont ces quatre-là qui sont retournés à Shadar Logoth. Fain prétend que c'est Ba'alzamon qui poussait les Myrddraals. »

Agelmar secoua la tête avec dédain. « Le Ténébreux ? Peuh ! L'homme ment ou est fou. Si le Tue-Cœurs était libre, nous serions maintenant tous morts ou pire.

– Fain a dit la vérité telle qu'il l'a vue, répliqua Moiraine. Il ne devait pas me mentir, bien que dissimulant beaucoup. Voilà comment il s'est exprimé : *Ba'alzamon faisait penser à la flamme vacillante d'une chandelle, il disparaissait et réapparaissait, jamais à la même place deux fois de suite. Ses yeux brûlaient les Myrddraals à la façon d'un fer rouge, et les flammes de sa bouche nous fouaillaient.*

– Quelque chose a bien forcé les Évanescents à se rendre où ils craignent d'aller, ajouta Lan. Dans un endroit qu'ils redoutent presque autant que la colère du Ténébreux. »

Agelmar grogna comme s'il avait reçu un coup de pied ; il avait l'air abattu.

« C'était le mal contre le mal dans les ruines de Shadar Logoth, reprit Moiraine, le corps à corps de l'infâme et du corrompu. Quand Fain en a parlé, ses dents claquaient et il geignait. De nombreux Trollocs ont été tués, consumés par Mashadar et d'autres choses, y compris les Trollocs qui tenaient la laisse de Fain. Il a fui la cité comme si elle était le Gouffre du Destin, au Shayol Ghul.

« Fain a cru qu'il était enfin libre. Il avait l'intention de fuir jusqu'où Ba'alzamon ne le trouverait plus jamais, jusqu'au bout de la terre si nécessaire. Imaginez son horreur en découvrant que la compulsion de continuer à chercher ne diminuait pas. Au contraire, elle grandissait et s'accentuait à chaque jour qui passait. Il ne pouvait pas manger, sauf ce qu'il réussissait à grappiller en vous donnant la chasse – des insectes et des lézards attrapés tout en courant, des épluchures à demi pourries récupérées sur des tas de fumier au cœur de la nuit – et il ne pouvait s'arrêter que lorsque l'épuisement le faisait s'affaisser comme un sac vide. Et dès qu'il avait la force de se relever, il continuait irrésistiblement sa traque. À son arrivée à Caemlyn, il était en mesure de *déceler* son gibier même à un quart de lieue. Ici, dans les cachots, il levait la tête de temps en temps sans s'en rendre compte, machinalement. Il regardait dans la direction de cette salle. »

Rand éprouva soudain un picotement entre les omoplates ; c'était comme s'il sentait sur lui les yeux de Fain, à travers la pierre qui les séparait. L'Aes Sedai remarqua son mouvement d'épaules gêné, mais elle poursuivit implacablement :

« Si Fain était à demi fou en arrivant à Caemlyn, il a plongé davantage encore dans la folie quand il s'est aperçu que deux seulement de ceux qu'il cherchait étaient ici. Il avait l'obligation de vous trouver tous les trois, mais il ne pouvait pas non plus faire autrement que suivre les deux qui étaient là-bas. Il a dit qu'il avait hurlé quand la Porte des Voies s'est ouverte à Caemlyn. Le moyen de l'ouvrir était dans son esprit ; il ne savait pas comment il avait acquis cette connaissance ; ses mains agissaient de leur propre accord, brûlant des feux de Ba'alzamon quand il essayait de les retenir. Le propriétaire de la boutique venu voir la cause du bruit, il l'a assassiné. Non pas qu'il y ait été contraint mais parce qu'il était jaloux que cet homme puisse ressortir librement de la cave alors que ses pieds à lui l'emportaient inexorablement dans les Voies.

– Alors, ce suiveur dont vous aviez deviné la présence sur nos traces, c'était Fain », dit Egwene. Lan acquiesça d'un signe de tête.

« Comment a-t-il esquivé le... le Vent Noir ? » Sa voix chevrota ; elle s'interrompit pour avaler sa salive. « Le Vent soufflait juste derrière nous à la Porte des Voies.

– Il lui a échappé sans lui échapper, expliqua Moiraine. Le Vent Noir l'a rattrapé – et Fain a prétendu comprendre ce que disaient les voix. Certaines l'accueillaient comme un de leurs pareils ; d'autres le redoutaient. À peine le Vent a-t-il enveloppé Fain qu'il est parti souffler ailleurs.

– La Lumière nous préserve. » Le chuchotement de Loial ressemblait au grondement continu d'un bourdon géant.

« Prions qu'Elle nous exauce, dit Moiraine. Il y a encore bien des choses cachées chez Padan Fain, beaucoup qu'il faut que je découvre. Le mal est plus profondément enraciné en lui et plus virulent que chez aucun autre homme que j'ai vu jusqu'ici. La raison en est peut-être que le Ténébreux, en faisant ce qu'il a infligé à Fain, a imprimé une part de sa personnalité sur lui et peut-être même, sans s'en douter, une part de ses desseins. Quand j'ai mentionné l'Œil du Monde, Fain a serré les mâchoires, mais j'ai senti derrière ce silence une compréhension de quoi je parlais. Dommage que je n'aie pas le temps à présent. Mais impossible de nous attarder.

– En admettant que cet homme sache quelque chose, déclara Agelmar, j'ai les moyens de le lui extirper. » Son visage n'exprimait aucune compassion pour les Amis du Ténébreux ; sa voix ne promettait aucune pitié pour Fain. « Apprendriez-vous ne serait-ce qu'une partie de ce que vous affronterez dans la Dévastation, cela vaut bien un jour supplémentaire. Des batailles ont été perdues faute de connaître les intentions de l'ennemi. »

Moiraine soupira et secoua la tête tristement. « Mon Seigneur, n'aurions-nous pas besoin d'au moins une bonne nuit de repos avant d'affronter la Grande Dévastation, je monterais à cheval d'ici une heure, malgré le risque éventuel de rencontrer un raid trolloc en pleine nuit. Considérez ce que j'ai appris de Fain. Il y a trois ans, le Ténébreux a dû faire amener Fain au Shayol Ghul pour entrer en contact avec lui, en dépit du fait que Fain est un Ami du Ténébreux dévoué jusqu'à la moelle des os. Il y a un an, le Ténébreux a commandé Fain, un de ses zélateurs, par l'entremise de ses rêves. Cette année, Ba'alzamon entre dans les rêves de ceux qui vivent dans la Lumière et apparaît effectivement, même si c'est avec difficulté, à Shadar Logoth. Non corporellement, certes, mais même une projection de l'esprit du Ténébreux, même une projection qui vacille et s'éteint, est plus mortellement dangereuse pour le monde que toutes les hordes trolloques réunies. Les sceaux posés sur le Shayol Ghul s'affaiblissent dangereusement, Seigneur Agelmar. Le temps manque. »

Agelmar inclina la tête en signe d'acquiescement mais, quand il la redressa, sa bouche avait encore un pli obstiné. « Aes Sedai, j'admets que lorsque je conduirai les lances à la Brèche de Tarwin, nous n'opérerons pas davantage qu'une diversion, ou une escarmouche à la périphérie de la bataille principale. Le devoir conduit les hommes où il veut aussi sûrement que le Dessin et aucun des deux ne promet que ce que nous ferons aura de l'importance. Pourtant, notre escarmouche sera inutile, même en cas de triomphe pour nous, si vous perdez votre bataille. Vous affirmez que votre groupe doit être réduit au minimum, je vous l'accorde mais je vous supplie de faire tous les efforts pour veiller à *pouvoir* gagner. Laissez ces jeunes gens ici, Aes Sedai. Je vous jure que je suis en mesure de trouver pour les remplacer trois hommes d'expérience sans arrière-pensée de recherche de gloire pour eux-mêmes, trois bons hommes d'épée qui sont presque aussi efficace que Lan dans la Dévastation. Laissez-moi chevaucher vers la Brèche en sachant que j'ai fait mon possible pour vous aider à être victorieuse.

– Je dois les emmener, eux, et non d'autres, Seigneur Agelmar, répondit Moiraine d'un ton conciliant. Ce sont eux qui doivent livrer la bataille où se trouve l'Œil du Monde. »

La bouche d'Agelmar s'entrouvrit subitement comme il dévisageait Rand, Mat et Perrin. Soudain, le Seigneur de Fal Dara recula d'un pas, sa main cherchant inconsciemment en aveugle l'épée qu'il ne portait jamais à l'intérieur de la forteresse.

« Ils ne sont pas... Vous n'êtes pas de l'Ajah Rouge, Moiraine Sedai, mais sûrement même vous ne voudriez pas... » De la sueur luisait soudain sur son crâne rasé.

« Ils sont *ta'veren*, reprit Moiraine d'une voix apaisante. Le Dessin se tisse autour d'eux. Le Ténébreux a déjà tenté de tuer plus d'une fois chacun d'eux. Trois *ta'veren* au même endroit suffisent à modifier la vie autour d'eux aussi sûrement qu'un tourbillon change la course d'une paille. Quand le lieu est l'Œil du Monde, le Dessin peut englober dans sa toile même le Père des Mensonges et le rendre de nouveau inoffensif. »

Agelmar cessa de tâtonner à la recherche de son épée, mais il considérait Rand et les autres d'un air hésitant. « Moiraine Sedai, si vous dites qu'ils le sont, alors c'est un fait, mais je ne le vois pas. Des paysans. En êtes-vous sûre, Aes Sedai ?

– Le vieux sang, répliqua Moiraine, se diversifie comme un fleuve qui se divise mille fois en mille cours d'eau mais, parfois, les cours d'eau se rejoignent pour reformer un fleuve. Le vieux sang de Manctheren est fort et pur chez presque tous ces jeunes gens. Douteriez-vous de la force du sang de Manetheren, Seigneur Agelmar ? »

Rand jeta un coup d'œil discret à l'Aes Sedai. *Presque tous*. Il en risqua un autre vers Nynaeve ; elle s'était retournée pour observer en même temps qu'écouter, évitant néanmoins d'englober Lan dans cet examen. Le regard de Rand croisa celui de la Sagesse. Elle secoua négativement la tête; elle n'avait pas dit à l'Aes Sedai qu'il n'était pas né aux Deux Rivières. *Que savait donc Moiraine?*

« Manetheren, répéta lentement Agelmar en hochant la tête. Je ne doute pas de ce sang. » Puis, d'une voix plus vive : « La Roue entraîne avec elle des périodes étranges. Des paysans s'en vont soutenir l'honneur de Manetheren dans la Grande Dévastation, cependant si un sang est capable de porter un coup mortel au Ténébreux, c'est bien celui de Manetheren. Qu'il en soit fait comme vous le désirez, Aes Sedai.

– Alors, allons dans nos chambres, dit Moiraine. Nous devons partir dès le lever du soleil, car nous n'avons plus beaucoup de temps. Les jeunes gens doivent dormir près de moi. Il reste trop peu de temps avant la bataille pour laisser au Ténébreux une autre chance de s'attaquer à eux. Trop peu de temps. »

Rand sentit ses yeux sur lui, qui le sondaient ainsi que ses amis, soupesaient leur force, et il frissonna. Trop peu de temps.

48.

LA GRANDE DÉVASTATION

Le vent faisait claquer la cape de Lan au point de le rendre parfois presque invisible même en plein soleil, et Ingtar avec les cent lances que le Seigneur Agelmar avait envoyées pour les escorter jusqu'à la Frontière, au cas où ils se heurteraient à une expédition trolloque, formaient un brillant cortège avec leurs armures, leurs pennons rouges et leurs chevaux aux caparaçons d'acier que précédait la bannière au Hibou Gris d'Ingtar. Ils étaient aussi beaux à voir que cent des Gardes de la Reine, mais c'est les tours venant juste d'apparaître devant eux que Rand examinait. Il avait eu toute la matinée pour regarder les lances shienariennes.

Chaque tour se dressait haute et massive au sommet d'une colline, séparée de sa voisine par cent vingt-cinq empans. D'autres s'élevaient à l'est et à l'ouest, et d'autres encore derrière celles-là. Une large rampe protégée par un rempart montait en spirale autour de chaque fût de pierre, serpentant jusqu'à mi-chemin du sommet crénelé où elle aboutissait aux deux lourds battants d'une porte. Si la garnison opérait une sortie, elle serait protégée par le rempart jusqu'à ce qu'elle atteigne le bas, mais des ennemis qui tenteraient d'arriver à la porte grimperaient sous une grêle de flèches, de pierres et d'huile bouillante provenant des grosses marmites installées en équilibre sur le rebord de ce rempart au profil évasé. Un grand miroir d'acier, rabaissé par précaution pour éviter le soleil, scintillait au sommet de chaque tour au-dessous de la haute coupole de fonte où des feux de signal pouvaient être allumés quand le soleil ne brillait pas. Le signal serait transmis par éclats à des tours plus éloignées de la frontière et de ces tours-là encore à d'autres, et relayé de cette façon jusqu'aux forteresses situées au cœur du pays, d'où les lances partiraient à cheval pour repousser l'incursion ennemie. En temps normal, c'est ce qui se passerait.

Du sommet des tours les plus proches, des hommes surveillaient leur approche. Juste quelques-uns sur chaque sommet, qui les observaient avec curiosité par les créneaux. Dans le meilleur des cas les tours n'étaient garnies que du nombre suffisant pour les défendre, comptant pour survivre davantage sur leurs murailles de pierre que sur des bras vigoureux mais – dans les circonstances présentes – tous les hommes disponibles, et même d'autres, étaient partis pour la Brèche de Tarwin. La chute des tours serait sans importance si les lances ne parvenaient pas à garder la Brèche.

Rand frissonna quand ils passèrent entre ces tours. Il avait presque l'impression de franchir un mur d'air plus froid. C'était la Frontière. Le pays au-delà n'était pas différent du Shienar mais de ce côté-là, quelque part derrière les arbres dénudés, il y avait la Grande Dévastation.

Ingtar leva un poing recouvert d'un gantelet d'acier pour que les lances s'arrêtent juste avant une simple colonne de pierre en vue des tours. Un poteau frontière marquant la démarcation entre le Shienar et ce qui avait été jadis la Malkier. « Votre pardon, Moiraine Sedai. Pardon, Dai Shan. Pardon, Bâtisseur. Le Seigneur Agelmar m'a donné l'ordre de ne pas aller plus avant. » Il en paraissait dépité, mécontent de la vie en général.

« C'est ce que nous avions prévu, le Seigneur Agelmar et moi-même », répliqua-t-elle.

Ingtar eut un grognement morose. « Pardon, Aes Sedai, dit-il de nouveau sur le ton de qui n'a aucune envie de s'excuser. Vous escorter jusqu'ici implique que nous risquons de ne pas atteindre la Brèche avant la bataille. Je suis frustré de la chance de combattre avec les autres et, en même temps, j'ai ordre de ne pas dépasser d'un pas le poteau frontière, comme si je ne m'étais encore jamais rendu dans la Dévastation. Et mon Seigneur Agelmar ne m'explique pas pourquoi. » Derrière les lamelles de sa visière de heaume, son regard transforma le mot en une question à l'Aes Sedai. Il dédaignait de regarder Rand et les autres ; il avait appris qu'ils accompagneraient Lan dans la Dévastation.

« Il peut permuter avec moi », chuchota Mat à Rand. Lan leur adressa à l'un et à l'autre un regard sévère. Mat baissa les yeux et devint tout rouge.

« Chacun de nous a sa place dans le Dessin, dit Moiraine d'une voix ferme. À partir d'ici, nous devons tisser seuls la nôtre. »

Ingtar s'inclina avec plus de raideur que ne l'y obligeait son armure. « Comme vous voulez, Aes Sedai. Il me faut vous quitter maintenant et chevaucher à bride abattue pour atteindre la Brèche de Tarwin. Au moins me sera-t-il... *permis*... d'affronter des Trollocs là-bas.

– Vous êtes vraiment si impatient ? questionna Nynaeve. De combattre les Trollocs ? »

Ingtar la regarda d'un air déconcerté puis jeta un coup d'œil à Lan comme s'il attendait du Lige une explication.

« En effet, Damoiselle, dit-il lentement. C'est ma raison d'être. » Il leva son gantelet à l'adresse de Lan, la main ouverte et la paume levée vers le Lige. « *Suravye ninto manshima taishite, Dai Shan*. Que la Paix favorise votre épée. » Il fit tourner son cheval et prit la direction de l'est avec son porte-étendard et ses cent lances. Ils allaient au pas, mais un pas relevé, aussi rapide que des chevaux caparaçonnés en guerre pouvaient le soutenir sur une longue distance à parcourir.

« Quelle étrange façon de s'exprimer, s'étonna Egwene. Pourquoi utilisent-ils ce mot " Paix " comme ça ?

– Quand on ne connaît une chose que pour en avoir rêvé, dit Lan en enfonçant ses talons dans les flancs de Mandarb pour qu'il avance, elle devient mieux qu'un talisman. »

Comme Rand suivait le Lige qui passait devant le poteau frontière en pierre, il se retourna sur sa selle pour regarder en arrière, observant Ingtar et les lances qui disparaissaient derrière des arbres dépouillés, la colonne frontière qui devenait invisible et finalement les tours sur leurs collines veillant au-dessus des arbres. Bien trop vite, il n'y eut plus qu'eux, chevauchant vers le nord sous la voûte des ramures sans feuilles de la forêt. Rand se réfugia dans le silence, sur ses gardes, et même Mat, pour une fois, ne trouvait rien à dire.

Le matin, les portes de Fal Dara s'étaient ouvertes dès l'aube. Le Seigneur Agelmar, portant à présent heaume et armure comme ses soldats, accompagné de l'étendard au Faucon Noir et de celui aux Trois Renards, était sorti par la Porte de l'Est en direction du soleil qui n'était encore qu'un mince croissant rouge au-dessus des arbres. Comme un serpent d'acier ondulant au rythme des timbaliers à cheval, la colonne serpenta hors de la ville à quatre hommes de front, Agelmar à sa tête invisible dans la forêt avant que l'arrière-garde ait quitté la citadelle de Fal Dara. Il n'y avait pas d'acclamations dans les rues pour les encourager, seulement leurs propres timbales et leurs pennons claquant au vent, mais leurs yeux regardaient le soleil levant avec résolution. À l'est, ils rejoindraient d'autres serpents d'acier, de Fal Moran, derrière le Roi Easar en personne, escorté par ses fils, d'Ankor Dail, qui tenait les Marches Orientales et gardait l'Échine du Monde ; de Mos Shirare, de Fal Sion, de Camron Caan et de toutes les autres forteresses du Shienar, grandes et petites. Unis en un plus grand serpent, ils obliqueraient au nord vers la Brèche de Tarwin.

Un autre exode avait commencé en même temps, par la Porte du Roi qui s'ouvrait sur la route de Fal Moran. Des charrettes et des chariots, des gens à cheval et des gens à pied conduisant leurs troupeaux, portant des enfants sur leur dos, leur mines aussi longues que les ombres matinales. La répugnance à quitter leur foyer, peut-être pour toujours, ralentissait leurs pas, cependant la peur de ce qui approchait les aiguillonnait, si bien qu'ils avançaient par à-coups, traînant les pieds puis se mettant à courir pendant une douzaine d'enjambées pour recommencer, encore une fois, à lambiner dans la poussière. Quelques-uns s'arrêtèrent hors de la ville pour regarder la file en armure des soldats qui ondulait dans la forêt. L'espoir s'épanouissait dans quelques yeux, et des prières étaient murmurées, des prières pour les soldats, des prières pour eux-mêmes, avant qu'ils se retournent vers le sud et reprennent leur cheminement pénible.

La plus petite colonne sortit par la Porte de Malkier. N'était laissé en arrière que le nombre minime de ceux qui devaient rester, des soldats et quelques hommes plus âgés, dont les épouses étaient mortes et les enfants devenus adultes étaient partis pour le lent voyage vers le sud. Une ultime poignée afin que, quoi qu'il arrive à la Brèche de Tarwin, Fal Dara ne tombe pas sans s'être défendue. Le Hibou Gris d'Ingtar allait en avant, mais c'est Moiraine qui conduisait leur colonne vers le nord. La plus importante de toutes, et celle en plus grand péril de mort.

Pendant une heure au moins après avoir dépassé le poteau de la frontière, rien ne changea dans la campagne ou la forêt. Le Lige les menait à marche forcée, aussi vite que pouvaient trotter les chevaux, mais Rand ne cessait de se demander quand ils atteindraient la Grande Dévastation. Les collines se firent un peu plus hautes, mais les arbres, les lianes et les buissons ne différaient pas de ce qu'il avait vu au Shienar, gris et pratiquement sans feuilles. Il commença à avoir plus chaud, suffisamment pour mettre son manteau en travers du pommeau de sa selle.

« Voilà le meilleur temps que nous ayons eu de toute l'année », commenta Egwene en se dépouillant, elle aussi, de sa cape.

Nynaeve secoua la tête, les sourcils froncés comme si elle écoutait le vent. « Il y a quelque chose de bizarre. »

Rand acquiesça en silence. Il le sentait aussi, tout en étant incapable de le formuler. Ce qu'il y avait de troublant dépassait le fait que c'était le premier réchauffement de la température extérieure qu'il se rappelait cette année; cela outrepassait la simple constatation qu'aussi avant dans le Nord la chaleur ne devrait pas être aussi forte. Alors ce devait être la Dévastation, mais le paysage n'avait pas changé.

Le soleil grimpa haut, une boule rouge qui ne pouvait pas diffuser une telle chaleur malgré l'absence de nuages dans le ciel. Peu de temps après, il déboutonna son surcot. La sueur ruisselait sur sa figure.

Il n'était pas le seul. Mat ôta sa tunique, découvrant à la vue de tous le poignard au manche orné d'or et de rubis, puis s'essuya la figure avec le bout de son écharpe. Clignant des yeux, il enroula de nouveau l'écharpe en une bande étroite abaissée au-dessus de ses sourcils. Nynaeve et Egwene s'éventaient; elles étaient affaissées sur leur selle comme si elles n'avaient plus d'énergie. Loial ouvrit du haut en bas sa tunique au haut col, ainsi que sa chemise; l'Ogier avait une étroite bande poilue au milieu de sa poitrine, aussi épaisse qu'une fourrure. Il murmura des excuses à la ronde.

« Il faut me pardonner. Le *stedding* Shangtai est dans les montagnes et il y fait frais. » Ses vastes narines s'élargirent, aspirant de l'air qui devenait plus chaud à chaque minute. « Je n'aime pas cette chaleur, ni cette humidité. »

L'air était humide, en effet, Rand s'en rendit compte. On se serait cru dans le Bourbier au cœur de l'été, là-bas dans les Deux Rivières. Dans ce bas-fond marécageux, chaque bouffée d'air était comme aspirée à travers une couverture de laine trempée dans de l'eau bouillante. Le sol n'était pas détrempé ici – quelques mares et ruisseaux, quasiment peu de chose pour qui était habitué au Bois Humide – mais l'air était pareil à celui du Bourbier. Seul Perrin, toujours en sayon, respirait à l'aise. Perrin et le Lige.

Il y avait quelques feuilles à présent, sur des arbres qui n'étaient pas de l'espèce à feuillage persistant. Rand tendit la main vers une branche et s'arrêta juste avant d'atteindre les feuilles. Un jaune terreux maculait le rouge des nouveaux bourgeons ainsi que des mouchetures noires, comme une maladie.

« Je t'ai dit de ne toucher à rien. » La voix du Lige était flegmatique. Il portait encore son manteau caméléonesque aux couleurs changeantes, comme si la chaleur ne faisait pas plus d'impression sur lui que le froid ; ce manteau (qui le rendait quasi invisible) donnait à son visage anguleux l'apparence de planer sans soutien aucun au-dessus du dos de Mandarb. « Dans la Grande Dévastation, les fleurs peuvent tuer et les feuilles mutiler. Il y a une petite chose appelée Tige qui aime se cacher à l'endroit où les feuilles sont le plus épaisses, prenant l'aspect de son nom et attendant qu'on la touche. Alors, elle mord. Elle n'empoisonne pas. Son suc commence à digérer la proie de la Tige pour elle. Couper ce qui a été mordu, bras ou jambe, est le seul moyen de rester en vie. Toutefois, une Tige ne mord que si on la touche. Ce qui n'est pas le cas d'autres choses dans la Dévastation. »

Rand rejeta sa main en arrière sans avoir effleuré les feuilles et l'essuya sur la jambe de ses chausses.

« Alors nous sommes dans la Dévastation ? » dit Perrin. Curieusement, il ne paraissait pas effrayé.

« Juste à la lisière », dit Lan calmement. Son étalon continuait son chemin, et il parlait par-dessus son épaule. « La véritable Dévastation est encore devant nous. Il y a dans la Dévastation des choses qui chassent au son, et quelques-unes ont pu s'aventurer jusqu'ici dans le Sud. Parfois, elles traversent les Montagnes du Destin. Bien pires que les Tiges. Restez silencieux et restez groupés si vous tenez à demeurer en vie. » Il continua à avancer d'une allure rapide, sans attendre de réponse.

Lieue après lieue, la corruption de la Grande Dévastation devenait plus apparente. Des feuilles couvraient les arbres à profusion toujours plus grande, mais tachées et maculées de jaune et de noir, avec des stries rouge grisâtre comme si elles étaient atteintes de septicémie. Toutes les feuilles et les lianes semblaient boursouflées, prêtes à éclater au moindre contact. Des fleurs pendaient aux arbres et aux herbes dans une parodie de printemps, des formes cireuses flasques et d'une pâleur maladive qui avaient l'air de pourrir sous les yeux de Rand. Quand il respirait par le nez, la puanteur douceâtre de la décomposition, lourde et épaisse, l'écœurait ; lorsqu'il essaya de respirer par la bouche, il faillit vomir. L'air avait le goût d'une bouchée de viande gâtée. Des choses au dernier stade de putréfaction éclataient sous les pas des chevaux avec un léger gargouillis.

Mat se pencha à l'écart de sa selle et vomit tout ce que contenait son estomac. Rand chercha à établir en lui-même le vide, mais le calme n'offrait pas grand secours contre la bile brûlante qui ne cessait de lui remonter dans la gorge. L'estomac débarrassé ou pas, Mat eut de nouveau un haut-le-cœur un quart de lieue plus loin, sans que rien ressorte, et encore une fois après cela. Egwene donnait l'impression d'être prête aussi à vomir, ravalant constamment sa salive, et le visage de Nynaeve était un masque de détermination tout blême, les mâchoires serrées et les yeux fixés sur le dos de Moiraine. La Sagesse ne voulait pas admettre qu'elle se sentait malade tant que l'Aes Sedai ne l'aurait pas fait la première, mais Rand ne pensait pas qu'elle aurait longtemps à attendre. Les paupières de Moiraine étaient étroitement closes et ses lèvres blanches.

En dépit de la chaleur humide, Loial drapa une écharpe autour de son nez et de sa bouche. Quand il croisa le regard de Rand, la fureur et le dégoût de l'Ogier éclataient dans ses yeux. « J'avais entendu dire... » commença-t-il, la voix étouffée par la laine, puis il s'arrêta pour s'éclaircir la gorge en grimaçant. « Pouah ! Ça a le goût de... Pouah ! J'ai entendu parler de la Dévastation et j'ai lu des documents sur le sujet, mais rien ne pouvait décrire... » Son geste embrassa en quelque sorte l'odeur aussi bien que la végétation d'un aspect désespérant. « Que même le Ténébreux puisse faire cela à des arbres ! Pouah ! »

Le Lige, naturellement, ne souffrait pas, du moins pour autant que Rand pouvait s'en rendre compte, mais à sa surprise Perrin non plus. Ou, plutôt, pas de la même façon qu'eux. Le jeune colosse lançait des coups d'œil furieux à la forêt hideuse qu'ils traversaient comme à un ennemi, ou à la bannière d'un ennemi. Il caressait la hache passée dans sa ceinture d'un geste quasi inconscient et parlait entre ses dents, sur un tel ton à demi grondant que les cheveux se hérissèrent sur la nuque de Rand. Même en plein soleil, ses yeux luisaient, jaune d'or et farouches.

La chaleur ne diminua pas quand le soleil sanglant plongea vers l'horizon. Au loin, dans le Nord, se dressèrent des montagnes, plus hautes que les Montagnes de la Brume, silhouettées en noir sur le ciel. Parfois, une bourrasque de vent glacé soufflait de ces pics aigus assez loin pour arriver jusqu'à eux. La moiteur torride de l'air absorbait la majeure partie de la fraîcheur venue de la montagne, mais le peu qui restait était d'un froid hivernal en comparaison de la touffeur qu'il remplaçait, ne serait-ce qu'un instant. La transpiration sur la figure de Rand se transformait instantanément en gouttes de glace ; quand le vent mourait, les gouttes fondaient de nouveau en ruisselets furieux sur ses joues et, par comparaison, la touffeur paraissait encore plus pesante. Pour le moment, le vent les enveloppait, il balayait la puanteur, mais Rand s'en serait aussi bien passé s'il l'avait pu. Le froid avait la température glacée de la tombe et il apportait l'odeur de moisi et de poussière d'une vieille sépulture qu'on vient d'ouvrir.

« Nous n'atteindrons pas les montagnes d'ici la tombée de la nuit, dit Lan, et se déplacer de nuit est dangereux, même pour un Lige seul.

– Il y a un endroit pas loin d'ici, répliqua Moiraine. Ce sera de bon augure pour nous d'y camper. »

Le Lige la regarda droit dans les yeux, puis hocha la tête à regret. « Oui. Il faut que nous campions quelque part. Autant que ce soit là-bas.

– L'Œil du Monde était derrière les défilés dans les hauteurs quand je l'ai découvert, reprit Moiraine. Mieux vaut traverser les Montagnes du Destin en plein jour, à midi, quand les pouvoirs du Ténébreux en ce monde sont le plus réduits.

– Vous parlez comme si l'Œil du Monde n'était pas toujours à la même place. » Egwene s'adressait à l'Aes Sedai, mais c'est Loial qui répondit.

« Il n'y a pas deux Ogiers qui l'aient trouvé exactement au même endroit. L'Homme Vert semble apparaître là où l'on en a besoin. Mais c'était toujours au-delà des cols. Ils sont traîtres, ces hauts cols, et hantés par des créatures du Ténébreux.

– Il nous faut franchir ces défilés avant d'avoir à nous soucier d'eux, commenta Lan. Demain, nous serons au cœur de la Dévastation. »

Rand regarda autour de lui la forêt, chaque feuille et fleur malades, chaque liane pourrissant à mesure qu'elle croissait, et il ne put réprimer un frisson. *Si ceci n'est pas vraiment la Grande Dévastation, comment est-elle donc ?*

Lan les emmena vers l'ouest, de biais par rapport au soleil descendant. Le Lige soutenait la même allure qu'avant, mais il avait de la répugnance dans son maintien.

Le soleil était une lugubre boule rouge au ras de la cime des arbres quand ils arrivèrent au sommet d'une colline et que le Lige arrêta sa monture. Au-delà de leur colline à l'ouest s'étendait un réseau de lacs, dont les eaux scintillaient avec des reflets sombres dans les rayons obliques du couchant, comme les perles d'un collier à rangs multiples, enfilées sans souci de les apparier. Au loin, encerclées par les lacs, se dressaient des collines au sommet dentelé, massives dans les ombres vespérales grandissantes. Pendant un bref instant, le soleil se posa sur les sommets déchiquetés, et Rand eut la respiration coupée. Des collines ? Non. Les vestiges de sept tours en ruine. Il n'était pas sûr que quelqu'un d'autre les ait aperçus ; la vision avait disparu aussi vite qu'elle était apparue. Le Lige mettait pied à terre, le visage autant dépourvu d'expression qu'une pierre.

« Ne pourrions-nous camper en bas près des lacs ?

questionna Nynaeve qui se tamponnait la figure avec son mouchoir. Il doit faire plus frais au bord de l'eau.

– Par la Lumière, s'exclama Mat, je me plongerais bien la tête dans un de ces lacs. Je n'aurais peut-être pas envie de l'en ressortir. »

À cet instant précis, quelque chose troubla le lac le plus proche, l'eau sombre eut des reflets phosphorescents comme une masse énorme roulait sous la surface. Longueur après longueur de l'épaisseur d'un corps d'homme provoquèrent des ondulations jusqu'à ce qu'enfin s'élève en l'air à au moins cinq empans de haut une queue qui agita pendant un moment dans le crépuscule une pointe pareille à un dard de guêpe. Et sur toute cette longueur, des tentacules gras se tordaient comme des vers monstrueux, aussi nombreux que des membres de mille-pattes.

Elle glissa lentement sous la surface, disparut, et seuls les remous qui allaient s'aplatissant indiquèrent qu'elle avait jamais été là.

Rand referma la bouche et échangea un coup d'œil avec Perrin. Les yeux jaunes de Perrin avaient une expression aussi incrédule que devait être la sienne. Rien d'aussi grand ne pouvait vivre dans un lac de cette dimension. *Cela ne pouvait pas être des MAINS sur ces tentacules. Impossible.*

« À la réflexion, dit Mat d'une voix éteinte, je me trouve très bien ici.

– Je vais installer autour de cette colline des guetteurs pour nous garder », annonça Moiraine. Elle était déjà descendue d'Aldieb. « Une vraie barrière attirerait comme des mouches vers le miel l'attention dont nous ne voulons pas mais, si une création du Ténébreux ou quoi que ce soit qui sert l'Ombre approche de nous d'un quart de lieue, je le saurai.

– Je me sentirais plus tranquille avec la barrière, objecta Mat comme ses bottes touchaient le sol, pour autant qu'elle maintiendrait cette... cette... chose de l'autre côté.

– Oh, tais-toi donc, Mat », le rabroua sèchement Egwene, en même temps que Nynaeve s'exclamait : « Pour qu'on les trouve qui nous attendent quand nous partirons demain matin ? Tu es un imbécile, Matrim Cauthon. » Mat darda des regards furibonds sur les deux femmes qui mettaient pied à terre, mais resta bouche close.

En prenant la bride de Béla, Rand partagea un sourire avec Perrin. C'était presque comme d'être de retour dans leurs foyers que d'entendre Mat choisir le pire moment possible pour dire ce qu'il aurait mieux fait de garder pour lui. Puis le sourire s'effaça du visage de Perrin ; dans le crépuscule, ses yeux flambèrent comme s'il y avait une lumière jaune derrière. *Cela ne ressemble en rien au bon temps de chez nous.*

Rand, Mat et Perrin aidèrent Lan à desseller et entraver les chevaux pendant que les autres commençaient à installer le camp. Loial marmottait en installant le minuscule réchaud du Lige, mais ses doigts épais s'activaient avec adresse. Egwene fredonnait en remplissant la bouilloire à une outre d'eau rebondie. Rand ne s'étonnait plus que le Lige ait insisté pour emporter autant d'outres pleines.

Alignant la selle du bai à côté des autres, il détacha du troussequin ses sacoches de selle et son rouleau de couchage, se retourna et s'arrêta net avec un picotement de peur. L'Ogier et les jeunes femmes n'étaient plus là. De même, le réchaud et tous les paniers d'osier du cheval de bât. Le sommet de la colline était désert, empli seulement d'ombres vespérales.

D'une main gourde, il tâtonna à la recherche de son épée, entendant vaguement Mat jurer. Perrin avait dégagé sa hache, sa tête ébouriffée pivotant d'un côté à l'autre pour faire face au danger.

« Bergers », commenta Lan entre ses dents. Le Lige s'éloigna avec insouciance sur le sommet tabulaire de la colline et, à la troisième enjambée, disparut.

Rand échangea avec Mat et Perrin un regard ahuri, puis tous s'élancèrent vers l'endroit où le Lige s'était comme évaporé. Brusquement, Rand s'arrêta en dérapant, n'avançant d'un pas que lorsque Mat le heurta par-derrière. Egwene, qui posait la bouilloire sur le petit réchaud, leva les yeux. Nynaeve fermait le volet d'une deuxième lanterne qu'elle avait allumée. Ils étaient tous là, Moiraine assise en tailleur, Lan allongé appuyé sur un coude, Loial sortant un livre de son paquetage.

Rand regarda d'un œil circonspect derrière lui. La pente de la colline était là comme avant, les arbres ombreux, les lacs au-delà qui se fondaient dans l'obscurité. Il eut peur de reculer, peur que tous disparaissent de nouveau et que peut-être il ne parvienne pas à les retrouver. Perrin qui l'avait contourné prudemment exhala un long soupir.

Moiraine remarqua leur trio planté là, l'air ébahi. Perrin, confus, renfila sa hache dans la grosse boucle de son ceinturon comme s'il pensait que personne ne s'en apercevrait. Les lèvres de Moiraine esquissèrent un sourire. « C'est tout simple, expliqua-t-elle, une flexion – de sorte que l'œil qui se dirige vers nous voit en fait non pas nous mais autour de nous. Pas question que les yeux qui seront ouverts là-bas aperçoivent nos lumières cette nuit, et la Grande Dévastation n'est pas un endroit où rester dans le noir.

– Moiraine Sedai dit que j'ai des chances de parvenir à faire ça. » Egwene avait le regard brillant. « Elle dit que je peux déjà canaliser suffisamment du Pouvoir Unique dès maintenant.

– Pas sans entraînement, mon enfant, la mit en garde Moiraine. L'acte le plus simple concernant le Pouvoir Unique comporte des risques pour les néophytes et pour ceux qui les entourent. » Perrin émit un rire narquois et Egwene eut l'air si mal à l'aise que Rand se demanda si elle n'avait pas déjà essayé ses talents.

Nynaeve posa la lanterne. Jointes à la petite flamme du réchaud, les deux lanternes donnaient une clarté généreuse. « Quand tu iras à Tar Valon, Egwene, annonça-t-elle d'une voix mesurée, il est possible que je t'accompagne. » Le coup d'œil qu'elle lança à Moiraine témoignait qu'elle était étrangement sur la défensive. « Ce sera bon pour elle de voir un visage familier parmi des inconnus. Elle aura besoin de quelqu'un pour la conseiller en dehors des Aes Sedai.

– Peut-être serait-ce pour le mieux, Sagesse », répondit simplement Moiraine.

Egwene rit et battit des mains. « Oh, ce sera merveilleux. Et toi, Rand ? Tu viendras aussi, n'est-ce pas ? » Lui qui s'apprêtait à s'asseoir de l'autre côté du réchaud, en face d'elle, s'immobilisa un instant, puis se laissa choir lentement sur son séant. Il songeait que ses yeux n'avaient jamais été si grands, ni si brillants, ni plus semblables à des étangs où il s'immergerait tout entier. Des touches de couleur surgirent sur les joues d'Egwene et un petit rire lui échappa. « Perrin, Mat, vous viendrez, vous deux, n'est-ce pas ? Nous serons réunis tous ensemble. » Mat émit un grognement qui signifiait n'importe quoi, et Perrin se contenta de hausser les épaules, mais elle le prit pour un assentiment. « Tu vois, Rand. Nous serons tous ensemble. »

Par la Lumière. mais on pourrait se noyer dans ces yeux-là et en être content. Gêné, il s'éclaircit la gorge. « A-t-on des moutons à Tar Valon ? C'est tout ce que je sais faire, élever des moutons et cultiver du tabac.

– Je pense, dit Moiraine, que je trouverai quelque chose pour vous occuper là-bas. Pour vous tous. Pas à garder des moutons, peut-être, mais quelque chose qui vous intéressera.

– Voilà, conclut Egwene comme si la question était réglée. Je sais. Je te prendrai comme Lige quand je serai une Aes Sedai. Cela te plairait d'être un Lige, n'est-ce pas ? Mon Lige ? » Elle parlait avec assurance, mais il lut la question dans ses yeux. Elle voulait une réponse, elle en avait besoin.

« Oui. J'aimerais être ton Lige », répliqua-t-il. *Elle n'est pas pour vous ni vous pour elle. Pourquoi Min s'est-elle mêlée de me dire ça ?*

L'obscurité s'appesantissait et tous étaient fatigués. Loial fut le premier à se rouler sur le côté et à se préparer à dormir, mais les autres suivirent vite son exemple. Personne ne se servit de ses couvertures, sauf comme oreiller. Moiraine avait versé quelque chose dans l'huile des lampes qui chassait de la colline la puanteur de la Dévastation, mais rien ne diminuait la chaleur. La lune diffusait une clarté voilée vacillante, mais le soleil aurait aussi bien pu être au zénith pour toute la fraîcheur que dispensait la nuit.

Rand ne parvint pas à dormir, même en ayant l'Aes Sedai pour protéger ses rêves, étendue à moins d'un empan. C'était la touffeur de l'air qui le maintenait éveillé. Les doux ronflements de Loial étaient un grondement de tonnerre qui semblait réduire à rien ceux de Perrin, mais ils n'empêchaient pas la fatigue de s'emparer des autres. Le Lige était encore éveillé, assis non loin de Rand, son épée en travers des genoux, surveillant la nuit. À la surprise de Rand, Nynaeve aussi.

La Sagesse considéra Lan silencieusement pendant longtemps, puis remplit une tasse de thé et la lui apporta. Quand il tendit le bras avec un murmure de remerciement, elle ne lâcha pas la tasse tout de suite. « J'aurais dû savoir que vous étiez un roi », dit-elle à mi-voix. Le regard qu'elle posait sur le visage du Lige était ferme, mais sa voix tremblait légèrement.

Lan la considéra à son tour avec autant d'attention. Rand eut l'impression que les traits du Lige s'adoucissaient. « Je ne suis pas un roi, Nynaeve. Rien qu'un homme. Un homme qui possède moins sous le soleil que la ferme du plus humble paysan. »

La voix de Nynaeve s'affermit. « Il y a des femmes qui ne recherchent ni terre ni or. Seulement l'homme.

– Et l'homme qui lui demanderait d'accepter aussi peu ne serait pas digne d'elle. Vous êtes une femme remarquable, aussi belle que l'aurore, aussi farouche qu'un guerrier. Vous êtes une Lionne, Sagesse.

– Une Sagesse se marie rarement. » Elle s'arrêta pour respirer profondément comme si elle s'armait de tout son courage. « Mais si je vais à Tar Valon, il se peut que je devienne autre chose qu'une Sagesse.

– Les Aes Sedai se marient aussi rarement que les Sagesses. Peu d'hommes peuvent vivre avec tant de pouvoir dans une épouse, qui les éclipse par son rayonnement, qu'elle le veuille ou non.

– Certains hommes sont assez forts. J'en connais un. »

S'il pouvait y avoir le moindre doute, son expression n'en laissait aucun concernant celui auquel elle pensait.

« Tout ce que j'ai, c'est une épée, et une guerre que je ne peux gagner mais ne peux jamais cesser de mener.

– Je vous ai expliqué que je m'en moque. Par la Lumière, vous m'entraînez à en dire davantage qu'il n'est convenable. M'ingligerez vous l'humiliation de poser moi-même la question ?

– Jamais je ne voudrai vous humilier. » La douceur du ton, comme une caresse, dans la voix du Lige, résonna bizarrement aux oreilles de Rand, mais elle fit s'illuminer les yeux de Nynaeve. « Je vais haïr l'homme que vous choisirez parce que ce ne sera pas moi, et l'aimer s'il suscite votre sourire. Aucune femme ne mérite la certitude d'acquérir en cadeau de fiançailles les voiles noirs des veuves, vous moins que toute autre. » Il posa la tasse intacte sur le sol et se leva. « Il faut que j'aille voir si les chevaux n'ont besoin de rien. »

Nynaeve demeura là, à genoux, après son départ.

Sommeil ou pas, Rand ferma les yeux. Il n'avait pas le sentiment que la Sagesse apprécierait qu'il la regarde pleurer.

49.

LE TÉNÉBREUX SE MANIFESTE

L'aube réveilla Rand en sursaut, le soleil morne picotait ses paupières en dardant à regret ses rayons au-dessus des cimes d'arbres de la Dévastation. Même d'aussi bonne heure, la chaleur pesait sur les terres dévastées comme une couverture épaisse. Il resta sur le dos, la tête appuyée sur son paquetage en guise d'oreiller, contemplant le ciel. Il était encore bleu, ce ciel. Même ici, cela au moins n'avait pas été contaminé.

Il fut surpris en se rendant compte qu'il avait dormi. Pendant une minute, le vague souvenir d'une conversation surprise sembla appartenir à un rêve. Puis il vit les yeux rougis de Nynaeve ; elle n'avait manifestement pas dormi. Le visage de Lan était plus dur que jamais, comme s'il avait remis un masque et n'avait pas l'intention de le laisser glisser de nouveau.

Egwene vint à la Sagesse et s'accroupit sur ses talons, la mine soucieuse. Il ne parvenait pas à comprendre ce qu'elles disaient. Egwene parlait et Nynaeve secouait la tête. Egwene ajouta autre chose et la Sagesse eut un geste de la main pour la renvoyer. Au lieu de partir, Egwene rapprocha son visage du sien et, pendant quelques minutes, les deux jeunes femmes s'entretinrent encore plus bas, Nynaeve esquissant toujours une mimique négative. La Sagesse mit un terme à la conversation avec un rire, serrant Egwene dans ses bras et, d'après son expression, disant des paroles apaisantes. Néanmoins, quand elle se redressa, Egwene darda sur le Lige des coups d'œil furieux. Lan n'eut pas l'air de s'en apercevoir ; il ne regardait d'ailleurs pas dans leur direction.

Rand hocha la tête, rassembla ses affaires et se lava succinctement les mains, la figure et les dents avec le peu d'eau que Lan accordait pour ce faire. Il se demanda si les femmes avaient le moyen de lire l'esprit des hommes. C'était une pensée dérangeante. *Toutes les femmes sont des Aes Sedai.* Se disant qu'il laissait la Dévastation lui troubler les idées, il se rinça la bouche et se hâta d'aller seller le bai.

Ce ne fut pas qu'un peu déconcertant de voir le campement disparaître avant qu'il arrive à hauteur des chevaux, mais le temps qu'il serre la sangle de sa selle le sommet entier de la colline avait réapparu. Tout le monde se dépêchait.

Les sept tours étaient bien visibles dans la clarté matinale, lointains tronçons brisés, pareilles à de gigantesques collines abruptes évoquant simplement une grandeur anéantie. Les cent lacs étaient d'un bleu uni sans rides. Rien ne troublait leur surface ce matin. Quand il regardait les lacs et les tours en ruine, il pouvait presque oublier les choses maladives qui croissaient autour de la colline. Lan ne s'abstenait pas à proprement parler de contempler les tours, non plus qu'il évitait Nynaeve mais, à vrai dire, il ne regardait jamais autour de lui quand il se concentrait pour les préparer au départ.

Une fois les paniers d'osier fixés de nouveau sur le cheval de bât, une fois effacée la moindre trace de détritus, suie et empreinte et tous les autres en selle, l'Aes Sedai se tint au centre du plateau, les yeux fermés, n'ayant même pas l'air de respirer. Rien ne se produisit que Rand put constater, à part que Nynaeve et Egwene frissonnèrent en dépit de la chaleur et se frottèrent énergiquement les bras. Les mains d'Egwene se figèrent soudain sur les siens et elle ouvrit la bouche, dévisageant la Sagesse. Avant qu'elle profère un mot, Nynaeve cessa aussi ses frictions et lui jeta un coup d'œil d'avertissement. Les deux jeunes femmes se regardèrent, puis Egwene hocha la tête, sourit et, un instant après, Nynaeve fit de même, bien que d'un sourire un peu contraint.

Rand se passa la main dans les cheveux, déjà plus humides de transpiration que de l'eau dont il s'était aspergé la figure. Il était sûr qu'il aurait dû comprendre le sens de cet échange muet, mais cette intuition légère comme une plume s'envola de son esprit avant qu'il parvienne à la préciser.

« Qu'est-ce qu'on attend ? » demanda Mat avec humeur, son écharpe en bandeau abaissée sur son front. Il avait son arc en travers du pommeau de sa selle avec une flèche encochée, et son carquois ramené en avant sur son ceinturon pour être facilement accessible.

Moiraine ouvrit les paupières et commença à descendre la colline. « Nous attendons que j'enlève le dernier vestige de ce que j'ai fait ici hier soir. Les résidus se seraient dissipés d'eux-mêmes en un jour, mais je ne veux prendre maintenant aucun risque que je peux éviter. Nous sommes trop près, et l'Ombre est trop forte ici. Lan ? »

Le Lige attendait seulement qu'elle s'installe sur la selle d'Aldieb pour les conduire au nord, vers les Montagnes du Destin qui s'élevaient non loin de là. Même dans le soleil levant, leurs pics se dressaient noirs et sans vie, comme des dents ébréchées. Elles s'étendaient comme une muraille continue vers l'est et vers l'ouest aussi loin que portait la vue.

« Atteindrons-nous l'Œil aujourd'hui, Moiraine Sedai ? » questionna Egwene.

L'Aes Sedai jeta à Loial un regard en biais. « J'espère que oui. La première fois que je l'ai trouvé, il était juste de l'autre côté des montagnes, au pied des cols.

– Il dit que l'Œil se déplace, objecta Mat avec un mouvement de menton vers Loial. Qu'est-ce qui se passe s'il n'est pas à l'endroit où vous y comptez ?

– Alors nous continuerons à chercher jusqu'à ce que nous l'ayons découvert. L'Homme Vert devine intuitivement la nécessité et il n'y en a pas de plus urgente que la nôtre. Notre besoin concentre l'espoir du monde. »

Les montagnes devenaient plus proches et en même temps la Dévastation. Alors qu'auparavant une feuille portait des taches noires et des marbrures jaunes, à présent les feuillages tombaient mollement sous les yeux de Rand, se détachant sous le poids de leur état de putréfaction. Les arbres eux-mêmes étaient de pauvres choses torturées, estropiées, aux branches mortes tendues vers le ciel comme implorant merci d'une puissance qui refusait d'entendre. Des suintements pareils à du pus émergeaient d'entre les fentes et crevasses de l'écorce. On aurait dit que rien de vraiment solide ne subsistait en eux, à voir les arbres se balancer au passage des chevaux sur le sol.

« On a l'impression qu'ils cherchent à nous attraper », commenta Mat avec nervosité. Nynaeve lui adressa un coup d'œil à la fois méprisant et exaspéré, et il ajouta avec hargne. « Eh bien si, ils en ont l'air.

– Et quelques-uns en ont réellement envie », confirma l'Aes Sedai. Elle avait tourné la tête pardessus son épaule et l'expression de ses yeux fut pendant un instant plus dure que celle des yeux de Lan. « Mais ils ne veulent rien avoir à faire avec moi, et ma présence vous protège. »

Mat eut un rire gêné, comme s'il croyait à une plaisanterie de sa part.

Rand n'en était pas si sûr. On était dans la Dévastation, somme toute. *Mais les arbres ne bougent pas. Pourquoi un arbre attraperait-il un homme même s'il le pouvait ? Nous sommes en train de nous monter l'imagination et elle essaie simplement de nous maintenir en état d'alerte.*

Brusquement, son attention se détourna à sa gauche, vers la forêt. Cet arbre, à vingt pas de là, *avait* remué et ce n'était pas un effet de son imagination. Il était incapable de dire quelle était ou avait été son espèce, tant sa forme était tordue et tourmentée. Sous ses yeux, l'arbre fouetta l'air de nouveau, puis se courba, balayant le sol comme un fléau. Quelque chose poussa un hurlement aigu et perçant. L'arbre se redressa à la verticale ; ses branchages s'entrelaçaient autour d'une masse sombre qui se contorsionnait, crachait, hurlait.

Il avala sa salive et s'efforça d'écarter légèrement le Rouge, mais il y avait des arbres de chaque côté et ces arbres frémissaient. Le bai roulait les yeux, leur blanc apparaissant comme un cercle. Rand se retrouva faisant corps avec son cheval et tous les autres s'efforçaient de se cramponner de même.

« Continuez à avancer », ordonna Lan en dégainant son épée. Le Lige portait maintenant des gantelets renforcés sur le dos par des lames plates en acier, ainsi que son armure gris-vert à écailles.

« Restez avec Moiraine Sedai. » Il tira sur la bride de Mandarb pour se diriger non pas vers l'arbre et sa proie mais de l'autre côté. Avec sa cape aux couleurs changeantes, il fut absorbé par la Dévastation avant que l'étalon noir soit hors de vue.

« Rapprochez-vous », recommanda Moiraine. Elle ne ralentit pas l'allure de sa jument blanche, elle ordonna du geste aux autres de se serrer derrière elle. « Restez groupés aussi près que possible. »

Un rugissement jaillit dans la direction prise par le Lige. Il explosa dans l'air au point que les arbres tremblèrent et l'écho parut en retentir encore quand il se dissipa. Puis le rugissement résonna de nouveau, clamant la rage et la mort.

« Lan, dit Nynaeve. Il... »

L'horrible son lui coupa la parole, mais il contenait une nuance nouvelle. La peur. Brusquement, le son s'éteignit.

« Lan sait se protéger, répliqua Moiraine. Avancez, Sagesse. »

Le Lige surgit d'entre les arbres, tenant son épée loin de lui et de sa monture. Du sang noir teignait la lame et de la vapeur en montait. Lan nettoya précautionneusement la lame avec un morceau d'étoffe tiré de ses fontes, examinant l'acier pour être sûr d'avoir éliminé la moindre souillure. Quand il laissa choir le chiffon, celui-ci se disloqua avant de toucher le sol et même les fragments se désintégrèrent.

Un corps massif bondit en silence d'entre les arbres vers eux. Sous l'impulsion du Lige, Mandarb pivota mais, au moment même où le destrier se cabrait, prêt à frapper de ses sabots ferrés, la flèche de Mat fila comme l'éclair et transperça l'œil unique d'une tête qui semblait surtout constituée d'une gueule et de dents. La créature s'effondra, se débattant et criant à une enjambée d'eux. Rand regarda avec attention quand ils passèrent devant. Des poils raides comme de longs piquants le couvraient, et il avait trop de pattes, rejoignant à des angles curieux un corps de la taille d'un ours. Certaines d'entre elles du moins, celles sortant de son dos, ne devaient pas servir à marcher, mais les griffes longues comme des doigts à leurs extrémités labouraient la terre dans son agonie.

« Bien visé, berger. » Les yeux de Lan avaient déjà oublié ce qui mourait derrière eux et fouillaient la forêt.

Moiraine secoua la tête. « Il ne devrait pas avoir envie de venir aussi près de quelqu'un en contact avec la Vraie Source.

– Agelmar disait que la Grande Dévastation est en effervescence, répliqua Lan. Peut-être la Dévastation sait-elle aussi qu'une Toile de Destinée se tisse dans le Dessin.

– Dépêchez-vous. » Moiraine donna un coup de talon dans les flancs d'Aldieb. « Il faut que nous franchissions vite les cols. »

Mais au moment même où elle parlait, la Grande Dévastation passa à l'attaque contre eux. Les arbres fouettèrent l'air dans leur direction pour les capturer, sans se soucier si Moiraine était ou non en contact avec la Vraie Source.

L'épée de Rand était dans sa main ; il ne se rappelait pas avoir dégainé. Il frappa sans relâche, la lame marquée au héron tranchant les branches atteintes par la corruption. Les branches avides rejetaient brutalement en arrière leurs moignons qui se tordaient sur eux-mêmes – il eut presque l'impression de les entendre hurler – mais d'autres encore revenaient toujours à la charge, ondulant comme des serpents, tentaient de s'enrouler autour de ses bras, de sa taille, de son cou. Les dents découvertes dans un rictus, il chercha à atteindre le vide et le trouva dans le sol rebelle, rude comme pierre, des Deux Rivières. « Manetheren ! » Il renvoya ainsi leur cri aux arbres jusqu'à en avoir la gorge douloureuse. L'acier marqué au héron étincelait dans le soleil sans chaleur. « Manetheren ! Manetheren ! »

Debout sur ses étriers, Mat décochait flèche sur flèche dans la forêt, frappant des silhouettes déformées qui grondaient et rongeaient avec d'innombrables dents la hampe des traits qui les tuaient, mordaient des formes griffues luttant pour leur passer par-dessus afin d'atteindre les cavaliers. Mat, lui aussi, oubliait le temps présent. *Carai an Caldazar!* hurlait-il en tirant les empennages contre sa joue et laissant aller. *Carai an Ellisande ! An Ellisande ! Mordero daghain pas duente cuebiyar ! An Ellisande !*

Perrin aussi se dressait sur ses étriers, silencieux et inexorable. Il avait pris la tête, et sa hache creusait un chemin aussi bien dans la forêt que dans la chair fétide, n'importe quoi qui se trouvait sur son passage. Les arbres qui fouettaient l'air tels des fléaux et les choses hurlantes reculaient devant ce géant brandisseur de cognées, effrayés autant par ses yeux d'or au regard farouche que par le sifflement de sa hache. Il poussait son cheval en avant, pas à pas, avec détermination.

Des boules de feu jaillissaient des mains de Moiraine et, quand elles atteignaient le but, un arbre frémissant devenait torche, une créature dentue hurlait et se frappait avec des mains humaines, déchirait avec des griffes impitoyables sa chair flambante jusqu'à l'instant de sa mort.

Mainte et mainte fois, le Lige lança Mandarb au milieu des arbres, sa lame d'épée et ses gantelets dégoulinants de sang qui bouillonnait et fumait. Quand il revenait à présent, le plus souvent il y avait des déchirures dans son armure, des entailles dans sa chair, et son destrier trébuchait et saignait aussi. Chaque fois, l'Aes Sedai s'arrêtait pour imposer les mains sur leurs plaies et, quand elle les ôtait, seul le sang restait sur la chair indemne.

« J'allume des feux-signal pour les Demi-Hommes, dit-elle âprement. Pressez-vous. Pressez-vous ! » Ils se frayaient une voie lentement, pas après pas.

Si les arbres n'avaient pas frappé dans la masse de chair agressive autant qu'ils s'attaquaient aux humains, si ces créatures dont il n'y avait pas deux pareilles n'avaient pas combattu les arbres et ne s'étaient pas assaillies entre elles avec autant d'ardeur qu'elles cherchaient à les atteindre, eux, Rand avait la certitude qu'ils auraient été vaincus. Il n'était pas sûr que tel ne serait pas finalement leur sort. Puis un son flûté s'éleva derrière eux. Lointain, aigu, il se faisait entendre en dépit des râles rageurs de ceux qui hantaient la Dévastation alentour.

En un instant, les rauquements cessèrent, comme coupés au couteau. Les formes qui attaquaient se figèrent ; les arbres s'immobilisèrent. Aussi soudainement qu'elles étaient apparues, les choses à pattes disparurent, se fondant au sein de la forêt tourmentée.

La stridence ténue s'éleva de nouveau, comme un pipeau fêlé de berger et un chœur de même nature lui répondit. Une demi-douzaine de sons perçants chantant à l'unisson, très loin derrière.

« Des Vers », dit Lan d'un air sombre, ce qui suscita un gémissement chez Loial. « Ils nous donnent un répit, si nous avons le temps de le mettre à profit. » Son regard mesurait la distance qui les séparait des montagnes. « Peu nombreuses sont les choses dans la Dévastation qui affrontent volontiers un Ver si elles peuvent l'éviter. » Il enfonça ses talons dans les flancs de Mandarb. « En avant ! » Le groupe entier fonça à sa suite, à travers une Dévastation qui semblait soudain réellement morte, à l'exception du son flûté résonnant sur leurs arrières.

« Ils ont été effrayés par des vers ? » s'exclama Mat d'une voix incrédule. Il rebondissait sur sa selle tandis qu'il s'efforçait de mettre son arc en bandoulière.

« Un Ver » – il y avait une nette différence entre le ton dont le Lige le disait et celui de Mat – « peut tuer un Évanescent, si l'Évanescent n'a pas pour lui la chance même du Ténébreux. Nous en avons toute une meute sur notre piste. Au galop ! Au galop ! » Les pics sombres s'étaient rapprochés maintenant. Au train imposé par le Lige, ils en avaient pour une heure, estima Rand.

« Les Vers ne nous suivront-ils pas dans les montagnes ? » questionna Egwene, haletante, et Lan eut un rire bref.

« Non. Les Vers ont peur de ce qui vit dans les défilés. » Loial gémit de nouveau.

Rand aurait aimé que l'Ogier s'arrête de gémir de cette façon. Il se rendait bien compte que Loial en savait davantage sur la Dévastation qu'aucun d'eux à l'exception de Lan, même si cette connaissance venait de livres lus dans la sécurité d'un *stedding*. *Mais quel besoin de me rappeler qu'il y a encore pire que ce que nous avons vu ?*

La Grande Dévastation défilait, les plantes et herbes folles s'aplatissaient avec un giclement de pourriture sous les sabots lancés au galop. Des arbres appartenant aux essences qui avaient naguère passé à l'attaque ne bronchèrent pas, même quand ils chevauchèrent au-dessous des branches mortes. Les Montagnes du Destin masquaient le ciel devant eux, sombres et sinistres, proches au point qu'on avait presque l'impression de pouvoir les toucher. Le son flûté retentit à la fois aigu et clair, et il y avait derrière eux des bruits d'éclaboussement plus forts que ceux produits par ce que broyaient les chevaux sous leurs pas. Trop forts, comme si des arbres à demi pourris étaient écrasés par d'énormes corps glissant par-dessus. Trop proches. Rand regarda par-dessus son épaule. Là-bas, derrière lui, des cimes s'abattaient comme de l'herbe qu'on fauche. Le terrain commença à s'élever vers les montagnes, suffisamment incliné pour qu'il comprenne qu'ils montaient.

« Nous n'y arriverons pas », annonça Lan. Il ne ralentit pas le galop de Mandarb, mais son épée se retrouva soudain une fois encore dans sa main. « Fais attention à toi dans les défilés, Moiraine, et ça ira.

– Non, Lan ! s'exclama Nynaeve.

– Silence, jeune fille ! Lan, même toi tu ne peux pas arrêter une meute de Vers. Je ne veux pas de ça. J'aurai besoin de toi pour l'Œil.

– Des flèches, proposa Mat d'une voix haletante.

– Les Vers ne les sentiraient même pas, cria le Lige. Ils doivent être taillés en pièces. Ils ne ressentent guère que la faim. Quelquefois la peur. »

Cramponné à sa selle de toutes ses forces, Rand se secoua pour essayer de soulager la crampe qui lui nouait les épaules. Il était oppressé au point de pouvoir à peine respirer et il éprouvait des picotements brûlants sur toute sa peau. La Grande Dévastation aboutissait maintenant aux contreforts des montagnes. Il voyait déjà le chemin qu'ils devraient gravir quand ils auraient atteint les montagnes mêmes, le sentier tournicotant et le col au-delà pareil à un coup de hache qui aurait fendu le roc noir. *Par la Lumière, qu'y a-t-il donc là devant qui soit capable d'effrayer ce qui est derrière? Que la Lumière m'assiste, jamais je n'ai eu si peur. Je ne veux pas aller plus loin. Pas un pas de plus!* Se concentrant sur la recherche de la flamme et du vide, il s'invectiva. *Imbécile! Espèce de froussard, de lavette! Tu ne peux pas rester ici et tu ne peux pas retourner en arrière. Vas-tu laisser Egwene affronter les risques seule?* Le vide lui échappa, se formant, se disloquant en un millier de points lumineux, se reformant et s'éparpillant encore, chaque point brûlant dans ses os au point qu'il frémit de souffrance et eut l'impression d'être prêt à éclater. *Que la Lumière m'assiste, je ne peux pas continuer. Que la Lumière me vienne en aide!*

Il rassemblait les rênes du bai pour tourner bride, pour affronter les Vers ou n'importe quoi plutôt que ce qui se trouvait en avant, quand la nature du terrain changea. Entre la pente d'une colline et le flanc de l'autre, entre crête et pic, la Grande Dévastation avait disparu.

Des feuilles vertes recouvraient des branches qui s'étalaient paisiblement. Des fleurs des champs formaient un tapis aux couleurs lumineuses parmi les herbes balancées par une douce brise printanière. Des papillons voletaient de corolle en corolle, ainsi que des abeilles qui bourdonnaient, et des oiseaux se répandaient en trilles et roulades.

Ahuri, il continua à galoper jusqu'à ce qu'il se rende subitement compte que Moiraine, Lan et Loial s'étaient arrêtés, et les autres aussi. Il tira lentement sur la bride, le visage figé de stupeur. Egwene avait les yeux quasi exorbités et Nynaeve était bouche bée.

« Nous sommes arrivés en lieu sûr, expliqua Moiraine. Ceci est le domaine de l'Homme Vert et l'Œil du Monde est ici. Rien de la Grande Dévastation ne peut entrer.

– Je croyais que ce domaine était sur l'autre versant des montagnes », marmonna Rand. Il voyait encore les pics bloquant l'horizon au nord, et les défilés dans les hauteurs. « Vous disiez qu'il se trouvait toujours de l'autre côté des défilés.

– Ce lieu, déclara une voix profonde sortant d'entre les arbres, est toujours là où il est. Ce qui change, c'est l'emplacement où se trouvent ceux qui en ont besoin. »

Une silhouette émergea des ramures, une forme humaine dont la taille dépassait celle de Loial d'autant que celle de l'Ogier dominait celle de Rand. Une forme humaine en lianes et feuilles entrelacées, vertes et en pleine croissance. Sa chevelure était de l'herbe qui dévalait jusqu'à ses épaules ; ses yeux : d'énormes avelines ; ses ongles des glands. Des feuilles vertes constituaient sa tunique et ses chausses ; de l'écorce sans couture : ses bottes. Des papillons tourbillonnaient autour de lui, se posaient sur ses doigts, ses épaules, son visage. Une seule chose gâtait cette perfection verdoyante. Une profonde fissure se creusait le long de sa joue et de sa tempe jusqu'au sommet du crâne et, dans cette crevasse, les lianes étaient brunes et desséchées.

« L'Homme Vert », murmura Egwene, et le visage balafré sourit. Pendant un instant, les oiseaux parurent chanter plus fort.

« Bien sûr que c'est moi. Qui d'autre cela pourrait-il être ? » Les yeux aveline se posèrent sur Loial. « C'est bon de te voir, petit frère. Dans le passé, vous étiez nombreux à me rendre visite, mais bien rares ces derniers temps. »

Loial descendit de son grand cheval et s'inclina cérémonieusement. « Vous m'honorez, Frère-Arbre. *Tsingu ma choshih T'ingshen.* »

Avec un sourire, l'Homme Vert passa un bras autour des épaules de l'Ogier. Auprès de Loial, il avait l'air d'un adulte à côté d'un adolescent. « Il ne s'agit pas d'honneur, petit frère. Nous chanterons ensemble les Chants des Arbres et nous nous rappellerons les Grands Arbres, le *stedding*, et nous tiendrons en échec la Nostalgie. » Il examina les autres qui étaient en train de mettre pied à terre, et son regard se posa sur Perrin. « Un Frère-Loup ! Les temps anciens revivent-ils donc de nouveau ? »

Rand contempla Perrin avec stupeur. Pour sa part, Perrin tourna son cheval afin de le placer entre lui et l'Homme Vert, puis se pencha pour vérifier sa sangle. Rand fut certain qu'il voulait seulement éviter le regard scrutateur de l'Homme Vert. Soudain, ce dernier s'adressa à Rand.

« Drôle de manière de t'habiller, Enfant du Dragon. La Roue a-t-elle tourné tellement ? Le Peuple du Dragon est-il revenu au Premier Pacte ? Mais tu portes une épée. Cela ne cadre pas. »

Rand dut s'efforcer de s'humecter la bouche de salive avant de pouvoir parler. « Je ne comprends pas de quoi vous parlez. Que voulez-vous dire ? »

L'Homme Vert toucha la balafre brune en travers de sa tête. Pendant un instant, il parut désorienté. « Je... je ne sais pas. Mes souvenirs sont fragmentaires et souvent fugitifs, et beaucoup de ce qui reste est pareil à des feuilles visitées par des chenilles. Pourtant, je suis certain... Non, c'est parti. Mais tu es le bienvenu ici. Vous, Moiraine Sedai, êtes plus qu'une surprise. Quand cet endroit a été créé, il l'a été de sorte que personne ne puisse le trouver deux fois. Comment êtes-vous venue ici ?

– Par nécessité, répliqua Moiraine. Ma nécessité, la nécessité du monde. En majeure partie, celle du monde. Nous sommes venus voir l'Œil du Monde. »

L'Homme Vert soupira et le vent soupira dans les branches au feuillage épais. « Alors ça recommence. Ce souvenir-là reste entier. Le Ténébreux se manifeste. Je le redoutais. À chaque changement d'année, la Dévastation accentue ses efforts pour s'introduire ici et, cette année, la lutte pour la maintenir à distance a été plus rude qu'elle ne l'a jamais été depuis le commencement. Venez, je vous conduis. »

50.

RENCONTRE AUPRÈS DE L'ŒIL DU MONDE

Guidant le bai par la bride, Rand suivit l'Homme Vert avec les autres du Champ d'Emond qui tous semblaient ne pas savoir choisir ce qu'ils devaient regarder, de l'Homme Vert ou de la forêt. L'Homme Vert était un personnage légendaire, naturellement, sur qui bien des récits étaient contés, de même que sur l'Arbre de vie, devant toutes les cheminées des Deux Rivières, et pas seulement à l'usage des enfants. D'autre part, après la Grande Dévastation, les arbres et les fleurs étaient un sujet d'émerveillement dans leur normalité quand bien même le reste du monde n'aurait pas toujours été pris dans l'étreinte de l'hiver.

Perrin demeurait légèrement à la traîne. Quand Rand jeta un coup d'œil en arrière, le grand jeune homme aux cheveux bouclés donnait l'impression de ne pas vouloir entendre davantage de ce qu'avait à dire l'Homme Vert. Il le comprenait fort bien. *Enfant du Dragon.* Il examina d'un œil circonspect l'Homme Vert qui marchait devant avec Moiraine et Lan, des papillons formant un nimbe jaune rouge autour de lui. *Qu'est-ce qu'il entendait par là? Non je ne tiens pas à le savoir.*

Néanmoins, son pas était plus léger, ses jambes plus souples. Un certain malaise lui étreignait les tripes, lui bouleversait l'estomac, mais la peur était devenue si diffuse qu'elle avait pratiquement disparu. À son avis, il ne pouvait s'attendre à mieux, pas avec la Dévastation à un quart de lieue de distance, même si Moiraine avait raison en affirmant que rien de la Dévastation n'était capable d'entrer ici. Les milliers de pointes de feu qui lui avaient transpercé les os s'étaient éteintes ; à l'instant précis où il s'était avancé dans le domaine de l'Homme Vert, il en était sûr. *C'est lui qui les a éteintes*, songea-t-il, *lui et cet endroit.*

Egwene les éprouvait, et Nynaeve aussi, cette tranquillité apaisante, ce calme de la beauté. Il s'en rendait compte. Elles avaient un léger sourire empreint de sérénité et effleuraient des doigts les corolles, s'arrêtant pour les sentir, s'emplissant à fond les poumons.

Quand l'Homme Vert s'en aperçut, il déclara : « Les fleurs sont faites pour orner. Plantes ou humains, c'est à peu près la même chose. Personne ne s'en formalise, pour autant que l'on n'en prend pas trop. » Et il se mit à en cueillir une sur cette plante, une autre sur celle-là, jamais plus de deux sur le même pied. Bientôt Nynaeve et Egwene eurent des coiffes de fleurs dans les cheveux, églantines roses, grappes d'or de cytise et les étoiles blanches des mentzélies, « les étoiles-du-matin ». La natte de la Sagesse ressemblait à un jardin fleuri de rose et de blanc tombant jusqu'à sa taille. Même Moiraine reçut une guirlande de blanches mentzélies sur son front, tressées si adroitement que les fleurs paraissaient encore s'épanouir sur leur tige.

Rand n'était pas certain, d'ailleurs, qu'elles ne continuaient pas à vivre. L'Homme Vert s'occupait de son jardin forestier tout en marchant, tandis qu'il s'entretenait à voix basse avec Moiraine, soignant d'un geste quasi machinal ce qui en avait besoin. Ses yeux d'aveline avaient aperçu un bel églantier élancé dont un des rameaux était tordu, forcé de se contorsionner par la branche d'un pommier, et il s'arrêta, sans cesser de parler, pour passer la main le long de la courbure. Rand n'aurait pas su dire si ses yeux lui jouaient des tours ou si réellement les épines s'écartaient pour ne pas piquer ces doigts verts. Quand la haute silhouette de l'Homme Vert reprit sa marche, le rameau se dressait tout droit, semant des pétales rouges parmi le blanc des fleurs de pommier. L'Homme Vert se baissa pour arrondir en coupe une énorme main autour d'une graine minuscule gisant sur des cailloux et, quand il se redressa, une petite pousse avait lancé des racines à travers les pierres jusqu'à la bonne terre.

« Toutes choses doivent croître là où elles sont, d'après le Dessin, expliqua-t-il par-dessus son épaule comme s'il s'excusait, et affronter ce qu'apporte la Roue en tournant, mais le Créateur ne s'offensera pas si j'y mets un peu du mien pour les aider. »

Rand prit soin que le Rouge contourne la pousse, s'assurant que les sabots du bai ne l'écrasent pas. Cela semblait mal de détruire l'œuvre de l'Homme Vert simplement pour s'épargner un pas. Egwene lui sourit, d'un de ses sourires mystérieux, et posa avec légèreté la main sur son bras. Elle était tellement jolie, avec ses cheveux dénoués pleins de fleurs, qu'il lui sourit en retour tant et si bien qu'elle rougit et baissa les yeux. *Je te protégerai, songea-t-il. Quoi qu'il arrive d'autre, je veux veiller à ce que tu sois saine et sauve, je le jure.*

C'est au cœur de la forêt printanière que l'Homme Vert les emmena, jusqu'à une ouverture voûtée au flanc d'une colline. C'était une simple arche de pierre, haute et blanche, et sur la clef de voûte se trouvait un cercle partagé en deux par une ligne sinueuse, une moitié rugueuse, l'autre lisse. L'antique symbole des Aes Sedai. L'entrée elle-même était plongée dans l'ombre.

Pendant un instant, tous se contentèrent de regarder en silence. Puis Moiraine ôta de ses cheveux la guirlande qu'elle accrocha avec douceur au rameau d'un buisson de viorne à côté de l'arcade. Ce fut comme si son geste avait rétabli la parole.

« Il est là-dedans ? questionna Nynaeve. Ce pour quoi nous sommes venus ?

– Je serais drôlement content de voir l'Arbre de Vie, déclara Mat qui ne quittait pas des yeux le cercle partagé en deux au-dessus d'eux. Nous y avons mis assez de patience, hein ? »

L'Homme Vert lança un regard bizarre vers Rand, puis secoua la tête. « L'*Avendesora* n'est pas ici. Je ne me suis pas reposé sous ses rudes ramures depuis deux mille ans.

– L'Arbre de Vie n'est pas le but de notre venue », répliqua Moiraine d'un ton ferme. Elle esquissa un geste vers l'arche. « C'est là, dedans, qu'il est.

– Je n'entrerai pas avec vous », dit l'Homme Vert. Les papillons tourbillonnaient autour de lui d'un vol agité comme s'ils partageaient une certaine anxiété. « J'ai été désigné pour le garder il y a très, très longtemps, mais je suis mal à l'aise quand je m'en approche de trop près. Je me sens comme en train d'être désintégré ; ma fin est en quelque sorte liée à lui. Je me rappelle sa création. Une partie de sa création. Une partie. »

Ses yeux en aveline se figèrent, perdus dans le passé, et il palpa sa balafre.

« C'était aux premiers jours de la Destruction du Monde, au moment où la joie de la victoire sur le Ténébreux s'est imprégnée d'amertume lorsqu'on a compris que tout risquait encore d'être pulvérisé sous le poids de l'Ombre. Cent d'entre eux l'ont créé, hommes et femmes ensemble. Les plus grandes œuvres des Aes Sedai ont toujours été réalisées ainsi, en joignant le *Saidin* et la *Saidar*, ainsi qu'est jointe la Vraie Source. Ils ont péri, jusqu'au dernier, pour le rendre pur, cependant que le monde était écartelé autour d'eux. Sachant qu'ils allaient mourir, ils m'avaient chargé de le garder en vue de son utilité à venir. Ce n'est pas la fonction à laquelle j'étais destiné, mais la débâcle était générale, ils étaient seuls, ils n'avaient que moi sous la main. Ce n'est pas dans ce but que j'avais été façonné, mais j'ai été fidèle à ma promesse. » Il abaissa son regard sur Moiraine, hochant la tête pour lui-même. « J'ai tenu parole jusqu'à ce que cette utilité s'impose. Et maintenant ma tâche s'achève.

– Vous avez été plus fidèle que la majeure partie d'entre nous qui vous ont confié cette mission, dit l'Aes Sedai. Peut-être cela ne finira-t-il pas d'aussi triste façon que vous le craignez. »

La tête feuillue balafrée vira lentement d'un côté à l'autre. « Je sais reconnaître une fin quand elle arrive, Aes Sedai. Je trouverai un autre endroit où faire croître des choses. » Les yeux noisette parcoururent tristement la forêt verte. « Un autre endroit, peut-être. Quand vous ressortirez, Je vous reverrai, s'il y en a le temps. » Sur ces mots, il s'éloigna à grands pas, entraînant derrière lui un cortège de papillons, et il se fondit dans la forêt plus complètement que le manteau de Lan n'y était jamais parvenu.

« *S'il y en a le temps ?* Qu'a-t-il voulu dire par là ? interrogea Mat avec agacement.

– Venez », ordonna Moiraine. Et elle s'engagea sous l'arc en plein cintre. Lan marchait sur ses talons.

Rand ignorait ce à quoi il s'attendait quand il suivit. Les poils se hérissaient d'anxiété sur ses bras et les cheveux sur sa nuque. Pourtant, ce n'était qu'un couloir, aux murs lisses formant une voûte en berceau comme l'arc de l'entrée, qui descendait doucement en spirale. La hauteur était plus que suffisante pour Loial ; elle aurait même suffi à l'Homme Vert. Le sol poli, luisant comme de l'ardoise huilée, offrait cependant une surface où l'on pouvait marcher sans glisser. Les parois blanches, aux joints invisibles, scintillaient d'innombrables éclats lumineux aux couleurs indicibles produisant une faible clarté tamisée, même après que l'arche ensoleillée de l'entrée eut disparu derrière un tournant. Rand était sûr que cette lumière n'était pas naturelle, mais il sentait aussi qu'elle était inoffensive. *Alors pourquoi as-tu encore la chair de poule ?* Ils descendaient de plus en plus.

« Là, dit finalement Moiraine en tendant le bras. Droit devant. »

Et le couloir déboucha dans un vaste espace en coupole, dont le roc vif brut de la voûte ronde était parsemé d'amas de cristaux luisants. Au-dessous, une nappe d'eau occupait la totalité de la caverne, à part le passage aménagé autour, d'environ cinq pas de large. Cette nappe avait la forme en amande d'un œil et sur son pourtour s'alignait une bordure basse et plate de cristaux qui brillaient d'un éclat plus sourd et pourtant plus intense que ceux de la voûte. Sa surface était aussi lisse que du verre et aussi transparente que les eaux de la Source du Vin. Rand avait l'impression que ses yeux pouvaient pénétrer dedans à l'infini, mais il était incapable d'en voir le fond.

« L'Œil du Monde », dit à mi-voix Moiraine à côté de lui.

Comme il regardait autour de lui avec étonnement, il constata que les longues années écoulées depuis l'origine – trois milliers – avaient imposé leur marque en l'absence de toute incursion. Les cristaux de la coupole ne rayonnaient pas tous avec la même intensité. Certains étaient plus éclairants, d'autres plus faibles ; certains émettaient une lueur vacillante et d'autres n'étaient que des blocs à facettes qui scintillaient quand elles captaient de la lumière. Si tous avaient rayonné, il aurait fait aussi clair qu'en plein midi sous cette coupole, mais ils ne donnaient maintenant qu'une lumière précrépusculaire. De la poussière recouvrait le passage, ainsi que des fragments de pierre et même de cristaux. De longues années d'attente, pendant que la Roue tournait et broyait en tournant.

« Mais c'est *quoi* ? demanda Mat avec inquiétude. Cela ne ressemble à aucune eau que j'ai vue. » Il fit passer d'un coup de pied par-dessus le rebord un morceau de pierre noire gros comme son poing. « C'est... »

La pierre frappa le miroir de la surface et glissa à l'intérieur de la nappe sans une éclaboussure, sans même provoquer une ride. En tombant, le caillou devint de plus en plus gros et de moins en moins net, masse de la taille de sa tête au travers de laquelle Rand pouvait presque voir, une espèce de brouillard aussi large que son bras était long. Puis tout disparut. Sa chair se hérissa au point qu'il crut que la peau allait se détacher de son corps.

« Qu'est-ce que c'est ? » questionna-t-il – et il fut choqué par le ton rude et rauque de sa voix.

« On pourrait l'appeler l'essence du *Saidin*. » Les paroles de l'Aes Sedai se répercutèrent sous la coupole. « L'essence de la moitié masculine de la Vraie Source, l'essence pure du Pouvoir exercé par les hommes avant le Temps de la Folie. Le Pouvoir de réparer le sceau apposé sur la prison du Ténébreux ou de le briser complètement.

– Que la Lumière brille sur nous et nous protège », murmura Nynaeve. Egwene s'agrippa à elle comme si elle avait envie de se cacher derrière la Sagesse. Même Lan changea de position avec malaise, encore que sans surprise dans son regard.

De la pierre résonna avec un bruit mat contre les épaules de Rand et il s'aperçut qu'il avait reculé jusqu'à la paroi, aussi loin de l'Œil du Monde qu'il pouvait aller. Mat, lui aussi, s'était plaqué contre la pierre, s'aplatissant au maximum. Perrin fixait la nappe liquide avec sa hache à demi tirée. Ses yeux brillaient, jaunes et farouches.

« Je m'étais toujours posé la question, dit Loial d'un ton hésitant. Quand j'avais lu qu'il existait, je m'étais constamment demandé ce que c'était. Pourquoi ? Pourquoi l'ont-ils fait ? Et comment ?

– Pas un être vivant ne le sait. » Moiraine ne regardait plus la nappe liquide. Elle observait Rand et ses deux amis, elle les étudiait, les soupesait du regard. « Ni le comment, ni davantage le pourquoi sinon que l'on en aurait besoin un jour, et que ce besoin serait le plus grand et le plus extrême que le monde ait connu jusqu'à ces temps-ci. Qu'il aurait peut-être à connaître.

« Beaucoup à Tar Valon ont tenté de trouver un moyen d'utiliser ce Pouvoir, mais il est aussi inaccessible pour une femme que la lune pour un chat. Seul un homme peut s'en servir, mais le dernier Aes Sedai est mort depuis près de trois mille ans. Cependant le besoin qu'ils ont pressenti était impératif. Ils ont travaillé sur le *Saidin* à travers la souillure du Ténébreux pour créer l'Œil et le rendre pur, sachant que le faire les tuerait tous. Femmes et hommes Aes Sedai ensemble. L'Homme Vert a dit vrai. Les plus grandes merveilles de l'Ère des Légendes ont été réalisées de cette façon, par le *Saidin* et la *Saidar* réunis. Toutes les femmes de Tar Valon, toutes les Aes Sedai dans toutes les cours royales et les cités, même celles des pays au-delà du Désert, même en comptant celles qui vivraient encore au-delà de l'Océan d'Aryth, ne pourraient remplir de Pouvoir une seule cuillère sans hommes pour œuvrer avec elles. »

Rand avait la gorge à vif comme s'il avait hurlé. « Pourquoi nous avez-vous amenés ici ?

– Parce que vous êtes *ta'veren.* » Le visage de l'Aes Sedai était indéchiffrable. Ses yeux miroitaient et donnaient l'impression de l'attirer. « Parce que la puissance du Ténébreux frappera ici et parce qu'elle doit être affrontée et enrayée, sinon l'Ombre couvrira le monde. Il n'y a pas de nécessité plus urgente. Retournons au soleil, pendant qu'il en est encore temps. » Sans attendre de voir s'ils la suivaient, elle remonta le couloir avec Lan, qui marchait peut-être un petit peu plus vite qu'à son habitude. Egwene et Nynaeve se hâtèrent derrière.

Rand longea la paroi – il était incapable de se rapprocher de l'endroit où était l'Œil ne serait-ce que d'un pas – et se précipita dans le couloir au coude à coude avec Mat et Perrin. Il aurait couru si cela n'avait impliqué de piétiner Egwene et Nynaeve, Moiraine et Lan. Il ne parvint pas à s'arrêter de trembler même une fois dehors.

« Cela ne me plaît pas, Moiraine, dit avec aigreur Nynaeve quand ils furent de nouveau dans la lumière du soleil. Je suis persuadée que le danger est aussi grand que vous le dites, sinon je ne serais pas là, mais ceci est...

– Enfin, je vous trouve. »

Rand tressauta comme si une corde s'était serrée autour de son cou. Les paroles, la voix... un instant, il crut que c'était Ba'alzamon. Pourtant, les deux hommes qui sortaient d'entre les arbres, le visage masqué par leurs capuchons, ne portaient pas de capes couleur de sang séché. L'une des capes était gris foncé, l'autre d'un vert presque aussi sombre, et d'elles émanait une odeur de moisi même en plein air. Et ces hommes n'étaient pas des Évanescents ; la brise agitait leurs manteaux.

« Qui êtes-vous ? » Lan avait une posture prudente, la main sur la poignée de son épée. « Comment êtes-vous venus ici ? Si vous cherchez l'Homme Vert...

– Celui-ci nous a guidés. » La main qui désignait Mat était sénescente et desséchée au point de paraître à peine humaine, un des ongles manquait et les articulations saillaient comme des nœuds sur un bout de corde. Mat fit un pas en arrière, les yeux dilatés. « Un vieil objet, un vieil ami, un vieil ennemi, mais ce n'est pas lui que nous cherchons », conclut l'homme au manteau vert sombre. L'autre donnait l'impression de ne jamais devoir prononcer un mot.

Moiraine se redressa de toute sa taille, pas plus haut que l'épaule d'un des hommes présents et pourtant semblant soudain aussi grande que les collines. Sa voix résonna comme une cloche quand elle interrogea avec autorité : « Qui êtes-vous ? »

Des mains repoussèrent les capuchons, et Rand crut que les yeux allaient lui sortir de la tête. Il voyait un homme plus vieux que la vieillesse même, à côté de lui, Cenn Buie paraissait un enfant en pleine santé. La peau de sa face était pareille à du parchemin craquelé tendu sur un crâne puis étiré encore après. De vagues touffes de cheveux raides se dressaient çà et là sur son cuir chevelu rugueux. Ses oreilles étaient des fragments racornis comme des bouts de cuir très anciens ; ses yeux caves regardaient comme du fond de tunnels. Cependant, l'autre était pire. Une carapace de cuir noir épousait étroitement et totalement la tête de celui-là, face et crâne, mais le devant était travaillé de façon à représenter un visage parfait, un visage de jeune homme riant à gorge déployée, d'un rire d'insensé, figé à jamais dans ce rire. *Que cache-t-il si l'autre montre ce qu'il montre ?* Puis même cette pensée se pétrifia dans son cerveau, tomba en poussière et s'envola dans le vent.

« Je m'appelle Aginor, dit le vieillard. Et lui Balthamel. Il ne parle plus avec sa langue. La Roue broie extrêmement fin en trois mille ans de prison. » Ses yeux caves se portèrent vers l'arche ; Balthamel se pencha en avant, les yeux de son masque sur l'ouverture de pierre blanche comme s'il voulait y pénétrer tout de go. « Si longtemps privés, dit à mi-voix Aginor. Si longtemps.

– Que la Lumière protège..., commença en chevrotant Loial qui s'interrompit net quand Aginor le regarda.

– Les Réprouvés, dit Mat d'une voix étranglée, sont retenus dans le Shayol Ghul...

– *Étaient* retenus. » Aginor sourit ; ses dents jaunes avaient un aspect de crocs. « Certains d'entre nous ne sont plus emprisonnés. Les sceaux perdent leur solidité, Aes Sedai. Comme Ishamael, nous parcourons de nouveau le monde et bientôt le reste d'entre nous viendra. J'étais trop près de ce monde dans ma captivité, moi ainsi que Balthamel, trop près du broiement de la Roue mais bientôt le Grand Seigneur des Ténèbres sera libre et nous donnera une nouvelle chair, alors le monde sera une fois encore à nous. Vous n'aurez pas de Lews Therin Meurtrier-des-Siens, ce jour-là. Pas de Seigneur du Matin pour vous sauver. Nous connaissons maintenant celui que nous cherchons et point désormais n'est besoin du reste d'entre vous. »

L'épée de Lan jaillit de son fourreau trop vite pour que l'œil de Rand suive sa course. Cependant le Lige hésita, ses yeux allant vers Moiraine, vers Nynaeve. Les deux jeunes femmes étaient loin l'une de l'autre ; se placer entre l'une d'elles et les Réprouvés l'écarterait de l'autre. L'hésitation ne dura que le temps d'un battement de cœur mais, quand les pieds du Lige s'ébranlèrent, Aginor leva la main. C'était un geste dédaigneux, un claquement de ses doigts noueux comme pour chasser une mouche. Le Lige s'envola dans les airs à la renverse comme frappé par un poing géant. Lan heurta l'arche de pierre avec un bruit mat, resta debout contre elle un instant avant de s'écrouler comme une masse flasque, son épée gisant au bout de son bras étendu.

« NON ! hurla Nynaeve.

– Ne bougez pas ! » ordonna Moiraine mais, avant que quiconque ait eu le temps d'esquisser un mouvement, le poignard de la Sagesse avait quitté sa ceinture et elle courait vers le Réprouvé, brandissant la courte lame.

« Que la Lumière vous aveugle », cria-t-elle en visant Aginor à la poitrine.

L'autre Réprouvé réagit avec une vivacité de vipère. La dague fendait encore l'air que la main revêtue de cuir de Balthamel s'élançait, saisissait Nynaeve par le menton, les doigts s'enfonçant dans une joue tandis que le pouce s'incrustait dans l'autre, chassant le sang sous leur pression et faisant saillir dans la chair des stries blêmes. Une convulsion contracta Nynaeve de la tête aux pieds, comme si elle avait été claquée comme une mèche de fouet. Son poignard s'échappa, inutile, de doigts sans force tandis que Balthamel la haussait de façon que le masque de cuir contemple son visage encore frémissant. La pointe de ses pieds s'agitait par saccades à une courte distance du sol ; des fleurs tombaient en pluie de sa chevelure.

« J'avais presque oublié les plaisirs de la chair. » La langue d'Aginor passa sur ses lèvres flétries, avec un bruit de pierre sur du cuir brut. « Mais Balthamel a une bonne mémoire. » Le rire du masque parut devenir plus fou et le gémissement arraché à Nynaeve vrilla les tympans de Rand tel un cri de désespoir arraché à son cœur vivant.

Soudain, Egwene fit un mouvement et Rand comprit qu'elle s'apprêtait à courir au secours de Nynaeve. « Egwene, non ! » cria-t-il, mais elle ne s'arrêta pas. Sa main s'était portée à son épée au cri de Nynaeve mais maintenant il la lâcha et se jeta sur Egwene. Il la heurta avant qu'elle eût achevé son troisième pas, les précipitant tous deux sur le sol. Egwene atterrit sous lui, le souffle coupé, se débattant aussitôt pour se dégager.

D'autres réagissaient aussi, il s'en rendit compte. La hache de Perrin tournoyait dans ses mains, et ses yeux luisaient d'un regard féroce couleur d'or. « Sagesse ! hurla Mat, le poignard de Shadar Logoth au poing.

– Non ! cria Rand. On ne peut pas lutter contre les Réprouvés ! » Mais ils le dépassèrent en courant comme s'ils n'avaient pas entendu, leurs regards fixés sur Nynaeve et les deux Réprouvés.

Aginor leur jeta un coup d'œil indifférent... et sourit.

Rand sentit l'air cingler autour de lui pareil au claquement d'un fouet de géant. Mat et Perrin, qui n'étaient même pas à mi-chemin des Réprouvés, stoppèrent comme s'ils s'étaient lancés contre un mur, rebondirent en arrière et s'affalèrent par terre.

« Bien, commenta Aginor. Cette place vous convient parfaitement. Si vous apprenez à vous prosterner comme il faut devant nous en adorateurs, je vous laisserai peut-être vivre. »

Rand se redressa précipitamment tant bien que mal. D'accord, il ne pouvait pas lutter contre les Réprouvés – aucun humain ordinaire n'en était capable – mais il ne leur laisserait pas croire une minute qu'il rampait devant eux. Il voulut aider Egwene à se relever, mais elle lui assena une claque sur les mains, puis se tint à l'écart en secouant avec humeur la poussière sur sa robe. Mat et Perrin s'entêtèrent eux aussi à se remettre debout en chancelant.

« Si vous avez envie de vivre, déclara Aginor, vous apprendrez. Maintenant que j'ai découvert ce dont j'ai besoin » – ses yeux se dirigèrent vers l'arche de pierre – « j'aurai peut-être le temps de vous dresser.

– Cela ne se fera pas ! » L'Homme Vert sortit à grands pas d'entre les arbres avec une voix qui résonnait comme la foudre s'abattant sur un chêne centenaire. « Votre place n'est pas ici ! »

Aginor ne lui dédia qu'un bref coup d'œil dédaigneux. « Allez-vous-en ! Votre temps est révolu et toute votre race sauf vous depuis longtemps poussière. Vivez ce qui vous reste de vie et réjouissez-vous d'être indigne de notre attention.

– Ceci est mon domaine, répliqua l'Homme Vert, et vous ne nuirez à aucun être vivant ici. »

Balthamel rejeta Nynaeve de coté tel un vieux chiffon, et c'est tel un chiffon froissé qu'elle tomba, les yeux fixes, flasque à croire que tous ses os avaient fondu. Une main couverte de cuir se leva et l'Homme Vert hurla tandis que de la fumée montait des lianes dont il était tissé. Le vent dans les arbres fit écho à sa souffrance.

Aginor se tourna vers Rand et les autres comme si l'Homme Vert avait été liquidé, mais une longue enjambée et de massifs bras feuillus étreignirent Balthamel, le soulevant de terre, l'écrasant contre une poitrine d'épaisses plantes grimpantes, le masque de cuir noir riant dans des yeux d'aveline assombris par la fureur. Pareils à des serpents, les bras de Balthamel se tortillèrent pour se dégager, ses mains gantées saisissant la tête de l'Homme Vert dans un geste donnant l'impression qu'il allait l'arracher. Des flammes surgirent là où ces mains se posèrent, les lianes se flétrirent, des feuilles tombèrent. L'Homme Vert poussa un rugissement tandis qu'une épaisse fumée sortait à flot d'entre les lianes de son corps. Il hurla encore et encore, tout son être semblant jaillir de sa bouche avec la fumée qui ondoyait entre ses lèvres.

Soudain Balthamel sursauta dans l'étreinte de l'Homme Vert. Les mains du Réprouvé tentèrent de l'écarter au lieu de s'agripper à lui. Une main gantée se rejeta en arrière... et une minuscule tige rampante perça le cuir noir. Un champignon, comme ceux qui entourent les arbres dans l'obscurité profonde de la forêt, encercla son bras, bondit de l'inexistant à la taille adulte, grossissant pour en couvrir la longueur. Balthamel se débattit, et une pousse de stramoine déchira sa carapace, des lichens enfoncèrent leurs racines et provoquèrent de minuscules fissures dans le cuir de sa face, des orties brisèrent les yeux de son masque, des amanites phalloïdes déchirèrent et ouvrirent l'emplacement de la bouche.

L'Homme Vert jeta à terre le Réprouvé. Balthamel se tortillait et tressautait, tandis que tout ce qui pousse dans les endroits sombres, tout ce qui a des spores, tout ce qui aime l'humidité froide grossissait et grandissait, déchirait en menus lambeaux étoffe, cuir et chair – était-ce de la chair entrevue dans ce bref instant de déchaînement verdoyant ? – et le recouvrait, jusqu'à ce que n'en reste plus qu'un monticule, indiscernable de bien d'autres au fin fond obscur de la forêt verte, et le monticule ne bougeait pas plus qu'eux.

Avec le fracas d'une branche qui se brise sous un trop grand poids, l'Homme Vert s'abattit sur le sol. La moitié de sa tête était carbonisée. Des vrilles de fumée montaient encore de lui telles des plantes grimpantes grises. Des feuilles brûlées se détachèrent de son bras quand il étendit péniblement sa main noircie pour en entourer doucement un gland.

La terre gronda comme un brin de chêne pointait

entre ses doigts. La tête de l'Homme Vert retomba, mais le jeune plant s'étira de toutes ses forces vers le soleil. Des racines surgirent et grossirent, plongèrent dans le sol et ressortirent, s'épaissirent encore en se renfonçant. Le tronc s'élargit et s'allongea vers le haut, son écorce devenant grise, fissurée, marquée par le passage des ans. Des branches se déployèrent et se développèrent, devenant aussi volumineuses que des bras d'homme, aussi volumineuses que des corps humains, et se dressèrent pour caresser le ciel, enrobées d'un feuillage vert dense, surchargées de glands. Les racines retournèrent la terre comme des charrues en étalant leur réseau massif ; le tronc déjà énorme frémit, s'élargit, au diamètre d'une maison. Le silence s'établit. Et un chêne qui aurait pu vivre là depuis cinq cents ans recouvrit l'emplacement où avait été l'Homme Vert, marquant la tombe d'un être légendaire. Nynaeve gisait sur les racines noueuses qui avaient grandi incurvées selon sa silhouette et formant un lit pour qu'elle y repose. Le vent soupira à travers les branches du chêne ; il semblait murmurer un adieu.

Même Aginor avait l'air frappé de stupeur. Puis sa tête se releva, ses yeux caves brûlant de haine. « Suffit ! Il est plus que temps de mettre fin à ceci !

– Oui, Réprouvé, dit Moiraine d'une voix aussi froide qu'une épaisse glace d'hiver. Plus que temps ! »

La main de l'Aes Sedai se leva et le sol se déroba sous les pieds d'Aginor. Des flammes ronflantes montèrent de l'abîme, attisées follement par du vent soufflant en tempête de toutes les directions, aspirant un tourbillon de feuilles dans le feu qui donna l'impression de se solidifier en une gelée de chaleur pure, jaune de couleur et striée de rouge. Au centre se tenait Aginor, les pieds posés seulement sur de l'air. Le Réprouvé eut l'air surpris, mais alors il sourit et avança d'un pas, un pas lent comme si le feu tentait de le clouer sur place. Pourtant il fit un pas, puis un autre.

« Fuyez ! » ordonna Moiraine. Son visage était blême sous l'effet de la tension nerveuse. « Partez tous ! » Aginor marchait dans le vide, vers la lisière des flammes.

Rand eut conscience que d'autres bougeaient, Mat et Perrin s'éloignant précipitamment de son champ de vision, Loial emporté par ses longues jambes sous le couvert des arbres, mais il ne voyait réellement qu'Egwene. Elle restait là, rigide, le visage blême et les paupières closes. Ce n'est pas la peur qui la retenait, il s'en rendit compte. Elle s'efforçait d'opposer au Réprouvé son chétif, inexpert contrôle du Pouvoir.

Il la saisit rudement par le bras pour la tourner face à lui. « Cours ! » lui cria-t-il. Ses yeux s'ouvrirent, le fixèrent, étincelant de colère à son égard pour son intervention, brillant de haine envers Aginor, en même temps que de peur du Réprouvé. « Va-t'en, dit-il en la poussant vers les arbres, assez fort pour lui imprimer l'élan nécessaire. Vite ! » Une fois catapultée, elle continua sur cette lancée.

Mais le visage desséché d'Aginor virait vers lui, vers Egwene qui courait derrière lui, tandis que le Réprouvé traversait les flammes, comme si ce que faisait l'Aes Sedai ne le concernait nullement. Dans la direction d'Egwene.

« Pas elle ! hurla Rand. Que la Lumière vous brûle, pas elle ! » Il empoigna un caillou et le jeta avec l'intention d'attirer l'attention d'Aginor. À mi-chemin de la face du Réprouvé, le caillou se désintégra en une poignée de poussière.

Il n'hésita qu'un instant, juste assez pour lancer un coup d'œil par-dessus son épaule et voir qu'Egwene était dissimulée derrière les arbres. Les flammes entouraient encore Aginor, des morceaux de sa cape brûlaient à l'étouffée, mais il avançait comme s'il avait tout le temps du monde, et le pourtour du feu était proche. Rand pivota sur ses talons et s'enfuit. Derrière lui, il entendit Moiraine commencer à crier.

51.

CONTRE L'OMBRE

Dans la direction prise par Rand, le terrain avait tendance à monter, mais la peur insufflait de la force à ses jambes et elles dévoraient le terrain à longues foulées, fonçant à travers des buissons en fleur et des enchevêtrements d'églantiers, dans un éparpillement de pétales, sans souci d'avoir les vêtements ou même la peau lacérés par des épines. Moiraine avait cessé de crier. Les hurlements avaient paru résonner pendant une éternité, chacun plus déchirant que le précédent, mais il savait qu'au total ils n'avaient duré que quelques instants. Les instants avant qu'Aginor se lance sur sa piste. Il avait compris que c'est lui qu'Aginor poursuivait. Il en avait puisé la certitude dans les yeux caves du Réprouvé, à cette ultime seconde avant que la terreur lui mette des ailes aux talons.

L'escarpement se fit de plus en plus raide, mais Rand continua en jouant des pieds et des mains, s'accrochant à des broussailles pour se hisser dans un glissement de caillasse, de terre et de feuilles qui se détachaient sous lui et dévalaient la pente, puis finalement avançant à quatre pattes quand la déclivité devenait trop abrupte. Devant, au-dessus, le terrain s'aplatissait légèrement. Haletant, il gravit en rampant les quelques derniers empans, se redressa et s'arrêta, retenant un gémissement de désespoir.

À dix pas devant lui, le plateau s'interrompait brusquement. Il sut ce qu'il allait voir avant d'arriver au bord, mais il accomplit néanmoins les enjambées nécessaires, chacune plus pesante que la précédente, espérant une piste quelconque, un sentier de chèvre, n'importe quoi. Au bout, il plongea le regard au bas d'une falaise vertigineuse de trente mètres, un pan de pierre aussi lisse qu'un madrier bien raboté.

Il doit y avoir un moyen. Je vais rebrousser chemin, trouver un contournement. Rebrousser chemin et...

Quand il se détourna, Aginor était là, arrivant juste à la crête. Le Réprouvé avait escaladé la colline sans difficulté, gravissant la pente raide comme si c'était du terrain plat. Les yeux profondément enfoncés dans ce visage parcheminé dardaient sur lui un regard ardent ; il paraissait en quelque sorte moins desséché qu'avant, plus charnu, comme si Aginor s'était abondamment rassasié d'on ne sait quoi. Ces yeux étaient fixés sur lui et, pourtant, quand Aginor parla, ce fut presque pour lui-même.

« Ba'alzamon donnera des récompenses excédant les rêves les plus fous des mortels pour celui qui t'amènera au Shayol Ghul. Néanmoins, mes rêves ont toujours dépassé celui des autres hommes et j'ai renoncé à la mortalité depuis des millénaires. Quelle différence que tu serves le Grand Seigneur des Ténèbres vivant ou mort ? Aucune pour l'expansion de l'Ombre. Pourquoi partagerais-je le pouvoir avec toi ? Pourquoi plier le genou devant toi ? Moi qui ai affronté Lews Therin Telamon dans la Salle même des Serviteurs ? Moi qui ai projeté toute ma puissance contre le Seigneur du Matin et qui ai rendu coup pour coup ? Je ne suis pas de cet avis. »

La bouche de Rand devint sèche comme de la poussière ; sa langue lui donnait la sensation d'être aussi ratatinée qu'Aginor. Le bord du précipice crissa sous ses talons ; des pierres tombèrent. Il n'osa pas regarder en arrière, mais il entendit les cailloux bondir et rebondir le long de la falaise, comme le ferait son corps s'il reculait tant soit peu. C'est alors qu'il comprit qu'il avait reculé, pour s'écarter du Réprouvé. Sa peau fourmillait au point qu'il se dit qu'il la verrait remuer s'il regardait, s'il pouvait seulement détourner ses yeux du Réprouvé. *Il doit y avoir un moyen de lui échapper. Un moyen de me sauver ! Il doit y en avoir un. Un moyen quelconque !*

Soudain, il ressentit quelque chose, le vit, tout en sachant que ce n'était pas censé être vu. Une corde rayonnante qui partait d'Aginor, derrière lui, blanche comme le soleil aperçu à travers le nuage le plus pur, plus lourde qu'un bras de forgeron, plus légère que l'air, reliant le Réprouvé à quelque chose situé à une distance au-delà de toute imagination, quelque chose à portée de la main de Rand. La corde palpitait et à chaque pulsation Aginor devenait plus fort, plus en chair, un homme aussi grand et fort que lui-même, un homme plus dur que le Lige, plus dangereux que la Grande Dévastation. Pourtant, à côté de cette corde brillante, le Réprouvé semblait presque ne pas exister. La corde était tout. Elle vibrait. Elle chantait. Elle appelait l'âme de Rand. Un toron brillant gros comme un doigt s'écarta, plana, l'effleura et il eut le souffle coupé. De la lumière l'envahissait et une chaleur qui aurait dû brûler mais pourtant réchauffait comme si elle ôtait de ses os le froid de la tombe. Le toron s'épaissit. *Il faut que je m'échappe!*

« Non! cria Aginor. Tu ne l'auras pas. Il m'appartient! »

Rand ne bougeait pas, le Réprouvé non plus; pourtant, ils luttaient comme s'ils se colletaient dans la poussière.

La sueur perlait sur la face d'Aginor, qui n'était plus parcheminée, qui n'était plus marquée par le passage des années, qui était celle d'un homme vigoureux dans la fleur de l'âge. Rand vibrait aux pulsations de la corde, comme le battement de cœur du monde. Son être en était envahi. La Lumière envahit son esprit jusqu'à ce que seul un petit coin reste pour ce qui était lui-même. Il établit le vide autour de ce recoin, se réfugia dans le néant. *Pars!*

« À moi! clama Aginor. À moi! »

Une chaleur grandit en Rand, la chaleur du soleil, le rayonnement du soleil dans toute sa gloire, une fantastique radiation de lumière, de la Lumière. *Pars!*

« À moi! » Des flammes jaillirent de la bouche d'Aginor, traversèrent ses yeux comme des lances de feu, et il hurla.

Pars!

Et Rand ne fut plus sur le haut de la colline. Il frémissait de la Lumière qui l'imprégnait. Son esprit était comme paralysé; lumière et chaleur le neutralisaient. La Lumière. Au sein du vide, la Lumière lui aveuglait l'esprit, le frappait d'un effroi sacré.

Il se trouvait dans la montagne, au milieu d'un vaste

défilé, entouré de pics noirs pointus comme les dents du Ténébreux. C'était réel ; il était là. Il sentait les roches sous ses semelles, la brise glacée sur sa figure.

Une bataille se livrait autour de lui, ou plutôt la fin d'une bataille. Des hommes revêtus d'armures sur des chevaux caparaçonnés en guerre, l'acier brillant à présent terni, frappaient d'estoc et de taille des Trollocs grondants qui brandissaient des haches d'armes à double fer, un côté tranchant un côté dard, et des épées courbes comme des lames de faux. Certains hommes se battaient à pied, leur cheval tombé à terre, et des chevaux bardés galopaient au milieu du combat avec des selles vides. Des Évanescents se déplaçaient au milieu d'eux tous, leurs capes couleur de nuit pendant à la verticale, quelque rapide que fût le galop de leurs montures noires et, partout où leurs épées dévoreuses de lumière s'abattaient, des hommes mouraient. Le bruit assaillait Rand, l'assaillait et rebondissait loin de l'étrangeté qui le serrait à la gorge. Le cliquetis de l'acier contre l'acier, les halètements et grognements des hommes et des Trollocs qui s'affrontaient, les cris des hommes et des Trollocs qui mouraient. Par-dessus le fracas de la bataille, des étendards flottaient dans l'air chargé de poussière. Le Faucon Noir de Fal Dara, le Cerf Blanc du Shienar, d'autres. Et des bannières trolloques. Rien que dans le petit espace autour de lui, il vit le crâne cornu des Dha'vols, le Trident rouge sang des Ko'bals, le Poing de fer des Dhai'mons.

Néanmoins, c'était effectivement la fin d'une bataille, une pause tandis que les humains comme les Trollocs se repliaient pour se regrouper. Aucun ne sembla remarquer Rand tandis qu'ils assenaient quelques derniers coups et se dégageaient, partant au galop ou courant en chancelant vers les extrémités du défilé.

Rand se retrouvait face à l'extrémité du col où les humains se reformaient, les pennons frémissant sous les fers de lance luisants. Des blessés oscillaient sur leur selle. Des chevaux sans cavalier se cabraient et s'élançaient ventre à terre. De toute évidence, ils n'étaient pas en mesure de supporter le choc d'une autre rencontre, cependant ils étaient tout aussi visiblement en train de se préparer pour une dernière charge. Quelques-uns l'aperçurent alors ; des hommes se dressèrent sur leurs étriers pour le désigner du geste. Leurs cris parvinrent jusqu'à lui comme un faible pépiement.

Titubant, il se retourna. Les armées du Ténébreux bloquaient l'autre extrémité du col, un hérissement de piques et de lances noires grossissant sur les flancs de la montagne rendus plus sombres encore par le rassemblement massif de Trollocs qui faisait paraître minuscule l'armée du Shienar. Des Évanescents par centaines chevauchaient devant le front de la horde, les faces au museau animal des Trollocs se détournant par crainte à leur passage, leurs énormes corps se reculant pour faire place. Au-dessus, des Draghkars aux ailes de cuir tournaient en rond, leurs criailleries aiguës s'efforçant de dominer le vent. Des Demi-Hommes l'apercevaient aussi à présent, le désignaient du doigt et des Draghkars virevoltèrent et plongèrent. Deux, trois. Six d'entre eux, poussant des cris perçants en se laissant choir comme une pierre vers lui.

Il les regarda. Il fut envahi de chaleur, la chaleur torride de la proximité du soleil. Il distinguait nettement les Draghkars, des yeux sans âme dans de blêmes faces d'hommes sur des corps ailés qui n'avaient rien d'humain. Une chaleur terrible. Une chaleur crépitante.

Du ciel clair jaillit la foudre, chaque éclair net et précis, qui l'aveuglait, chaque éclair frappant une forme noire ailée. Les appels de chasse devinrent des hurlements de mort, et des silhouettes carbonisées tombèrent du ciel redevenu libre.

La chaleur, la terrible chaleur de la Lumière.

Il se laissa choir à genoux ; il eut l'impression d'entendre grésiller ses larmes sur ses joues. « Non ! » Il se cramponna à des touffes d'herbes raides pour garder un peu de prise sur la réalité : l'herbe s'enflamma. « Par pitié, nooon ! »

Le vent s'éleva avec sa voix, mugit avec sa voix, rugit avec sa voix dans le défilé, attisant les flammes en une muraille de feu qui s'éloigna de lui plus vite qu'un cheval lancé au galop vers l'ost trolloc. Le feu se creusa un chemin au milieu des Trollocs, et les montagnes oscillèrent en répercutant leurs cris, des cris presque aussi forts que le vent et que sa propre voix.

« Il faut que ça finisse ! »

Il frappa le sol du poing et la terre résonna comme un gong. Il se meurtrit les mains sur le sol rocailleux et la terre trembla. Des ondulations coururent à travers le sol devant lui en vagues sans cesse grossissantes, des vagues de terre et de roc plus hautes que les Trollocs et les Évanescents, qui déferlèrent sur eux tandis que les montagnes explosaient sous leurs pieds aux formes de sabots. Une masse brûlante de chair et de déblais bouillonnait au milieu de l'armée trolloque. Ce qui restait debout était encore un ost imposant, mais maintenant tout juste deux fois plus fort en nombre que l'armée humaine et tournant en rond sous le coup de la peur et du désarroi.

Le vent mourut. Les cris s'éteignirent. La terre était immobile. La poussière et la fumée repartirent en sens inverse dans le défilé et l'enveloppèrent de leurs volutes.

« Que la Lumière vous aveugle, Ba'alzamon ! Il faut que cela finisse ! »

CELA NE DOIT PAS SE PASSER ICI.

La pensée qui faisait vibrer le crâne de Rand n'émanait pas de lui.

JE N'Y PRENDRAI AUCUNE PART. SEUL L'ÉLU PEUT FAIRE CE QUI DOIT ÊTRE FAIT S'IL LE DÉSIRE.

« Où ? » Il ne voulait pas le dire, mais il ne put s'en empêcher. « Où ? »

Le halo nébuleux qui l'environnait s'écarta, dégageant une coupole d'air clair et sain de dix empans de haut, limitée par des parois faites de vagues de poussière et de fumée. Des marches s'élevaient devant lui, chacune isolée et sans support, montant jusque dans la brume masquant le soleil.

PAS ICI.

À travers le brouillard, comme de l'autre bout de la terre, retentit un cri. « La Lumière le commande ! » Le sol résonna sourdement sous le tonnerre des sabots comme les forces de l'humanité lançaient leur ultime assaut.

À l'intérieur du vide, son esprit connut un moment de panique. Les cavaliers qui attaquaient ne pouvaient pas le voir dans la poussière ; leur charge fonçait droit sur lui et allait le piétiner. La majeure partie de lui-même se moquait des secousses du sol comme d'un détail ne méritant pas l'attention. Une sourde colère animait ses pieds, et il gravit les premières marches. *Il faut que cela finisse.*

Les ténèbres l'enveloppaient, le noir le plus profond du néant total. Les marches étaient toujours là, suspendues dans l'obscurité, sous ses pieds et devant lui. Quand il regarda en arrière, celles du dessous avaient disparu, estompées jusqu'à disparaître, fondues dans le néant qui l'entourait. Par contre, la corde était encore là, s'allongeant derrière lui, la ligne rayonnante s'amenuisant et devenant invisible dans le lointain. Elle n'était pas aussi épaisse qu'avant, mais elle vibrait toujours, lui insufflant de la force, lui insufflant de la vie, l'emplissant de la Lumière. Il continua son ascension.

Il eut l'impression de monter sans fin. Éternellement et quelques minutes. Le Temps était immobile dans le néant. Le Temps coulait plus vite. Il monta jusqu'à ce que se dresse soudain devant lui une porte, à la surface fendillée et rugueuse, une porte dont il se souvenait bien. Il la toucha et elle explosa en fragments. Ils s'éparpillaient encore vers le sol quand il franchit le seuil, des bouts de bois brisé tombant de ses épaules.

La salle, elle aussi, était telle qu'il se la rappelait, le ciel strié de folles nuées tourbillonnantes derrière le balcon, les murs fondus par le feu, la table cirée, la terrible cheminée avec ses flammes ronflantes sans chaleur. Quelques-uns de ces visages qui constituaient l'âtre, se crispant dans les tourments, hurlant en silence, s'imposaient à sa mémoire comme s'il les connaissait, mais il maintint le vide autour de lui, flottant dans le néant. Il était seul. Quand il regarda dans le miroir sur le mur, son visage était là, aussi net que si c'était lui-même. *Il y a le calme dans le vide.*

« Oui, dit Ba'alzamon qui se trouvait devant la cheminée, j'avais bien pensé qu'Aginor se laisserait subjuguer par son avidité. Toutefois, cela ne fait finalement pas de différence. Une longue quête mais maintenant terminée. Tu es ici et je sais qui tu es. »

Le vide dérivait au sein de la Lumière et Rand flottait au sein du vide. Il se raccrocha au sol de sa terre natale et eut la sensation d'un rocher solide, ferme et sec, de pierre sans pitié où seuls peuvent survivre les forts, seuls ceux qui sont aussi rudes que les montagnes. « Je suis las de fuir. » Il ne pouvait pas croire que sa voix avait ce ton si calme. « Je suis las que vous menaciez mes amis. Je ne veux plus fuir. » Ba'alzamon, lui aussi, avait une corde, il s'en aperçut. Une corde noire, bien plus épaisse que la sienne, si large qu'un corps humain à côté aurait paru menu, et pourtant petite par contraste à côté de Ba'alzamon. Chaque pulsation de cette veine noire dévorait la clarté.

« Tu crois que cela fait une différence, que tu fuies ou que tu restes ? » Les flammes dans la bouche de Ba'alzamon rirent. Les visages dans l'âtre se mirent à pleurer devant la gaieté de leur maître. « Tu m'as échappé souvent et chaque fois je t'ai retrouvé et je t'ai fait ravaler ton orgueil avec des pleurnicheries comme assaisonnement. Tu as souvent tenu bon et combattu, puis vaincu tu t'es prosterné en implorant merci. Tu as ce choix, ver de terre, et ce choix seulement : agenouille-toi à mes pieds et sers-moi bien, alors je te donnerai une puissance dominant les trônes ; ou bien sois la marionnette fantoche de Tar Valon et hurle pendant que tu seras broyé jusqu'à n'être plus que la poussière du temps. »

Rand changea de pied, avec un coup d'œil derrière lui par l'embrasure de la porte comme s'il cherchait un moyen de s'échapper. Que le Ténébreux le croie. Au-delà du seuil, il y avait toujours le noir du néant, où tranchait le fil brillant qui partait de son corps. Et là-bas de l'autre côté la corde plus épaisse de Ba'alzamon s'étirait aussi, si noire qu'elle ressortait dans l'obscurité comme sur de la neige. Les deux cordes battaient telles des artères à contre-mesure, l'une après l'autre, la lumineuse résistant tout juste aux vagues de l'obscure.

« Il y a d'autres choix, riposta Rand. C'est la Roue qui tisse le Dessin, pas vous. Tous les pièges que vous m'avez tendus, je les ai évités. J'ai échappé à vos Évanescents et à vos Trollocs, j'ai échappé à vos Amis des Ténèbres. Je vous ai traqué jusqu'ici et j'ai détruit en chemin votre armée. Vous ne tissez pas le Dessin. »

Les yeux de Ba'alzamon flamboyèrent comme deux fournaises. Ses lèvres ne remuaient pas, mais Rand pensa entendre un juron hurlé à l'adresse d'Aginor. Puis les feux s'éteignirent, et ce visage humain ordinaire lui sourit d'une façon qui glaçait même au travers de la chaleur de la Lumière.

« On peut lever d'autres armées, imbécile. Et tu as suivi ma piste ? Toi, larve sous une pierre, me traquer ? J'ai mis en place le tracé de ta route le jour de ta naissance, une voie qui te menait à ta tombe ou ici. Les Aielles autorisées à fuir et une à vivre pour prononcer les mots qui devaient résonner au fil des années. Jain Farstrider, un héros » – il prononçait les mots d'un ton de mépris moqueur – « que j'ai transformé en imbécile et envoyé aux Ogiers persuadé qu'il était libéré de moi. L'Ajah Noire, rampant sur le ventre comme des vers dans le monde entier à ta recherche. Je tire les ficelles et le Trône d'Amyrlin danse en s'imaginant avoir le contrôle des événements. »

Le vide vacilla ; Rand le raffermit précipitamment. *Il connaît tout. Il pourrait l'avoir fait. Cela pourrait s'être passé comme il le dit.* La Lumière réchauffa le vide. Le doute poussa un cri et fut peu à peu réduit au silence jusqu'à ce que n'en reste que la semence. Rand se débattit entre deux partis, ne sachant pas s'il voulait enterrer cette semence ou la faire croître. Le vide s'affirma, plus petit qu'avant, et il flotta dans le calme.

Ba'alzamon ne remarqua apparemment rien. « Peu importe que je t'aie vif ou mort, sauf pour toi, et pour le pouvoir qui pourrait être le tien. Tu me serviras, ou ce sera ton âme qui le fera. Toutefois, je préférerais que tu te mettes vivant à genoux devant moi plutôt que mort. Un seul Poing de Trollocs envoyé dans ton village alors que j'aurais pu en dépêcher mille. Un seul Ami des Ténèbres pour t'affronter quand cent auraient pu te surprendre endormi. Et toi, fol que tu es, tu ne les connais même pas tous, ni ceux qui sont devant, ni ceux qui sont derrière, ni ceux qui te côtoient. Tu es à moi, tu as toujours été mien, mon chien en laisse, et je t'ai amené ici pour que tu t'inclines devant ton maître ou que tu meures et laisses ton âme s'agenouiller.

– Je refuse de vous croire. Vous n'avez aucun pouvoir sur moi, et je ne m'inclinerai pas devant vous, ni vivant ni mort.

– Regarde, répliqua Ba'alzamon. Regarde. » Malgré lui, Rand tourna quand même la tête.

Egwene était là, ainsi que Nynaeve, pâles et effrayées, avec des fleurs dans les cheveux. Et une autre femme, un peu plus âgée que la Sagesse, belle, aux yeux noirs, vêtue d'une robe des Deux Rivières, brodée de fleurs aux couleurs vives autour de l'encolure.

« Maman ? » murmura-t-il, et elle sourit, d'un sourire résigné. Le sourire de sa mère. « Non ! Ma mère est morte et les deux autres sont à l'abri loin d'ici. Je ne vous crois pas ! » Egwene et Nynaeve s'estompèrent, devinrent une brume emportée par la brise, se dissipèrent. Kari al'Thor était toujours là, les yeux dilatés par la peur.

« Elle, du moins, répliqua Ba'alzamon, m'appartient pour en user à ma guise. »

Rand secoua la tête. « Je ne vous crois pas. » Il dut se forcer pour prononcer ces mots. « Elle est morte et hors de votre atteinte dans la Lumière. »

Les lèvres de sa mère tremblèrent. Des larmes roulèrent sur ses joues ; chacune le brûla comme une goutte d'acide. « Le Seigneur du Tombeau est plus fort qu'il ne l'a été jadis, mon fils, dit-elle. Son pouvoir est plus étendu. Le Père des Mensonges a une langue de miel pour les âmes sans méfiance. Mon fils. Mon fils unique, bien-aimé. Je voudrais t'épargner si je le pouvais, mais il est mon maître à présent, la loi de mon existence, je suis l'objet de son caprice. Je ne peux que lui obéir et me prosterner pour gagner sa faveur. Toi seul peux me libérer. Je t'en prie, mon fils. Je t'en prie, aide-moi. Aide-moi. Aide-moi ! JE T'EN PRIE ! »

La plainte s'arracha de ses lèvres comme des Évanescents au visage découvert, blêmes et sans yeux, l'entouraient. Ses vêtements furent arrachés par leurs mains exsangues, des mains qui tenaient des tenailles, des pinces et des choses qui piquaient, brûlaient, fouettaient sa chair nue. Son hurlement ne s'arrêtait pas.

Le cri de Rand lui fit écho. Le vide bouillonna dans son esprit. Son épée était dans sa main. Pas l'épée estampillée au héron, mais une lame de lumière, une épée de la Lumière. Au moment même où il la brandit, un éclair de feu blanc jaillit de la pointe, comme si la lame s'était allongée d'elle-même. Elle toucha l'Évanescent le plus proche, et une blancheur aveuglante emplit la salle, brillant à travers les Demi-Hommes comme une chandelle à travers du papier, les brûlant de part en part, aveuglant les yeux de Rand et les rendant incapables de voir ce qui se passait.

Du cœur de cette brillance, il entendit un chuchotement. « Merci, mon fils. La Lumière. La Lumière bénie. »

L'éclair s'éteignit et il se retrouva seul dans la salle avec Ba'alzamon. Les yeux de celui-ci ardaient comme le Gouffre du Destin, mais il recula devant l'épée comme si c'était la Lumière même. « Imbécile ! Tu vas te détruire ! Tu ne peux pas en user comme ça, pas encore ! Pas avant que je t'apprenne !

– C'est fini », répliqua Rand, et il abattit l'épée sur la corde noire de Ba'alzamon.

Ba'alzamon cria quand l'épée fendit l'air, cria à en faire trembler les murs de pierre, et ce cri interminable redoubla d'intensité quand l'épée de la Lumière trancha la corde. Les bouts séparés s'écartèrent brusquement comme s'ils avaient été sous tension. L'extrémité qui s'étirait jusque dans le néant extérieur commença à se recroqueviller quand elle sauta en arrière ; l'autre cingla Ba'alzamon que ce choc en retour projeta contre la cheminée. Il y eut un rire silencieux dans les clameurs muettes des visages torturés. Les murs frémirent et se fendirent ; le sol se souleva et des fragments de pierre détachés du plafond s'écrasèrent par terre.

Tandis que tout explosait autour de lui, Rand pointa l'épée sur le cœur de Ba'alzamon. « C'est fini ! »

De la lumière jaillit de l'épée, scintillant dans une pluie d'étincelles ardentes comme des gouttelettes de métal blanc en fusion. Gémissant, Ba'alzamon leva les bras dans un vain effort pour se protéger. Des flammes sifflèrent dans ses yeux, se joignant à d'autres flammes comme les pierres s'enflammaient, la pierre des murs qui se fendaient, la pierre du sol qui oscillait, la pierre qui tombait du plafond. Rand sentit s'amenuiser le fil brillant qui était attaché à lui, jusqu'à ce que seule demeure la luminosité, mais il se concentra avec une ardeur redoublée, ne sachant pas ce qu'il faisait, ni comment, sachant seulement que ceci devait finir. *IL FALLAIT que cela finisse !*

Le feu emplissait la salle, en une flamme unique. Rand vit Ba'alzamon se dessécher comme une feuille, l'entendit hurler, sentit ses clameurs crisper ses nerfs. La flamme devint une pure lumière blanche, plus vive que le soleil. Puis le dernier éclat du fil brillant s'éteignit, et Rand tomba à travers des ténèbres insondables où résonnait de moins en moins fort le hurlement de Ba'alzamon.

Quelque chose le frappa avec une force terrible, le réduisant à l'état de masse gélatineuse, et cette gelée trembla et cria sous l'effet d'un feu faisant rage en elle, d'un froid dévorant brûlant à jamais.

52.

IL N'Y A NI COMMENCEMENT NI FIN

Rand prit d'abord conscience du soleil qui avançait dans un ciel sans nuages, emplissant ses yeux grands ouverts. Le soleil semblait se mouvoir par à-coups, immobile pendant des jours, puis filant dans un sillon de lumière et plongeant subitement vers la lointaine ligne d'horizon, tandis que le jour tombait avec lui. La lumière. *Cela doit avoir une signification.* Penser était une chose nouvelle. *Je suis capable de réfléchir.* JE *signifie bien moi.* Ensuite, ce fut le tour de la souffrance, le souvenir d'une fièvre dévorante, les meurtrissures acquises quand des frissons le secouaient d'un côté à l'autre comme une poupée de son. Et enfin une puanteur. Une odeur de graillon brûlé qui lui emplissait les narines l'entêtait.

Les muscles douloureux, il se retourna lourdement, se redressa sur les mains et les genoux. Sans comprendre, il considéra les cendres huileuses dans lesquelles il était couché, des cendres éparpillées et écrasées sur le rocher au sommet de la colline. Des fragments d'étoffe vert sombre gisaient mêlés aux résidus charbonneux, des bribes noircies sur les bords qui avaient échappé aux flammes.

Aginor.

Son estomac se souleva et se crispa. S'efforçant de faire tomber de ses vêtements des traînées de cendre noirâtres, il s'éloigna en vacillant des restes du Réprouvé. Ses mains tâtonnaient faiblement, sans grand résultat. Il voulut se servir des deux et tomba en avant. Un à-pic vertigineux apparut au-dessous de son visage, un mur de roc lisse tournoya devant ses yeux, le vide l'attira. La tête lui tourna, il vomit par-dessus le bord de la falaise.

Frissonnant, il rampa sur le ventre à reculons jusqu'à avoir de la pierre ferme sous les yeux, puis il se roula sur le dos et resta affalé, cherchant à reprendre son souffle. Avec effort, il dégaina tant bien que mal son épée. De l'étoffe rouge ne restaient que quelques cendres. Ses mains tremblaient quand il la tint dressée devant sa figure. C'était une épée au sigle du héron – *la marque du héron ? Oui. Tam. Mon père* mais néanmoins seulement en acier. Il lui fallut trois essais maladroits pour la remettre au fourreau. *Ce devait être autre chose. Ou bien ce n'était pas cette épée-là.*

« Mon nom est Rand al'Thor », déclara-t-il au bout d'un moment. D'autres souvenirs s'imposèrent brutalement à sa mémoire comme une balle de plomb et il gémit. « Le Ténébreux, chuchota-t-il pour lui-même. Le Ténébreux est mort. » La prudence n'était plus nécessaire. « Shai'tan est mort. » Le monde parut osciller. Il fut pris d'une gaieté muette qui le secoua jusqu'aux larmes. « Shai'tan est mort ! » Il rit en regardant le ciel. D'autres souvenirs. « Egwene ! » Ce nom signifiait quelque chose d'important.

Il se remit debout péniblement, penchant d'un côté à l'autre comme un saule dans la tempête et dépassa en trébuchant les cendres d'Aginor sans les regarder. *Désormais sans importance.* Il dégringola au bas de cette partie abrupte de la pente plutôt qu'il ne la descendit, dérapant et glissant de buisson en buisson. Quand il atteignit un terrain plus plat, ses meurtrissures lui faisaient deux fois plus mal, mais il rassembla assez de force pour se tenir – tout juste – debout. *Egwene.* Il se mit à courir d'un pas lourd. Il provoquait un déluge de feuilles et de pétales de fleurs en traversant à l'aveuglette le sous-bois. *Il faut que je la trouve. Qui est-elle ?*

Ses bras et ses jambes donnaient l'impression de s'agiter comme de longs brins d'herbe plutôt que d'aller où il voulait. Titubant, il s'abattit contre un arbre, heurtant le tronc avec tant de violence qu'il gémit. Du feuillage se déversa sur sa tête quand il pressa sa figure contre l'écorce rugueuse, se cramponnant pour ne pas tomber. *Egwene.* Il se redressa en s'appuyant sur le tronc et reprit sa course. Presque aussitôt, il bascula de nouveau, en passe de s'effondrer tête la première, mais il força ses jambes à avancer plus vite, à reprendre leur élan dans ce mouvement de chute, si bien qu'il poursuivit sa route titubante à bonne allure, toujours à un pas de choir sur le nez. L'exercice entraîna ses jambes à mieux lui obéir. Peu à peu, il se retrouva courant le buste droit, les bras marquant le rythme, ses longues jambes l'emportant par bonds le long de la déclivité. Il surgit dans la clairière, à présent à moitié occupée par le grand chêne marquant la tombe de l'Homme Vert. L'arche de pierre blanche marquée au symbole antique des Aes Sedai était là, ainsi que la fosse béante et noircie où le feu et le vent avaient tenté de précipiter Aginor et avaient échoué.

« Egwene ! Egwene, où es-tu ? » Une jolie jeune fille agenouillée sous les branches touffues, des fleurs dans les cheveux ainsi que des feuilles de chêne brunes, leva les yeux. Elle était svelte, jeune et effrayée. *Oui ! voilà ce qu'elle est. Bien sûr.* « Egwene, grâces en soient rendues à la Lumière, tu n'as rien. »

Il y avait deux autres femmes avec elle, l'une avec des yeux hagards et une longue tresse, encore ornée de quelques mentzélies blanches, ces fleurs dites « étoiles-du-matin ». L'autre gisait de tout son long, la tête appuyée sur des manteaux repliés, sa propre cape bleu ciel ne cachant pas complètement sa robe déchirée. Des endroits brûlés et des accrocs apparaissaient dans l'étoffe somptueuse, et son visage était pâle, mais ses yeux étaient ouverts. *Moiraine. Oui, l'Aes Sedai. Et la Sagesse, Nynaeve.* Toutes les trois le regardaient intensément, sans ciller.

« Tu vas bien, dis, Egwene ? Il ne t'a pas fait de mal. » Il pouvait marcher sans trébucher à présent – la voir lui donnait envie de danser, en dépit de ses contusions et du reste – n'empêche que ce fut agréable de se laisser choir en tailleur à côté d'elles.

« Je ne l'ai même pas vu après que tu m'as poussée... » Elle posait sur lui un regard mal assuré. « Et toi, Rand ?

– Ça va. » Il rit. Il lui effleura la joue et se demanda s'il avait imaginé son léger mouvement de recul. « Un peu de repos et je serai comme neuf. Nynaeve ? Moiraine Sedai ? » Il avait la même impression que si sa bouche n'avait encore jamais prononcé ces noms.

Dans le jeune visage de la Sagesse, ses yeux avaient l'expression de quelqu'un d'âgé, de centenaire, mais elle secoua la tête. « Un peu meurtrie, répliqua-t-elle sans cesser de l'observer. Moiraine est la seule... la seule d'entre nous qui a réellement souffert.

– C'est ma fierté surtout qui a souffert », dit l'Aes Sedai avec irritation en tirant sur sa cape-couverture. Elle avait l'air d'avoir été longtemps malade ou de sortir d'une tâche écrasante et pourtant, bien que profondément cernés, ses yeux avaient un regard vif et imposant. « Aginor a été surpris et furieux que je le retienne autant mais, par chance, il avait autre chose à faire qu'à s'occuper de moi. Je suis moi-même étonnée de l'avoir arrêté aussi longtemps. Dans l'Ère des Légendes, Aginor n'était pas loin d'avoir la même puissance que le Meurtrier-des-Siens et Ishamael.

– *Le Ténébreux et tous les Réprouvés*, récita Egwene d'une voix faible, mal assurée, *sont retenus dans le Shayol Ghul, enfermés par le Créateur...* » Elle aspira en frémissant une bouffée d'air.

« Aginor et Balthamel devaient être bloqués près de la surface. » Moiraine donnait l'impression de l'avoir déjà expliqué et d'être agacée d'avoir à recommencer. « Le sceau sur la prison du Ténébreux s'est suffisamment affaibli pour les laisser sortir. Soyons reconnaissants qu'un plus grand nombre de Réprouvés n'ait pas été libéré. S'il y en avait eu, nous les aurions vus.

– Peu importe, dit Rand. Aginor et Balthamel sont morts, ainsi que Shai'...

– Le Ténébreux », coupa l'Aes Sedai. Malade ou pas, elle avait de la fermeté dans la voix et de l'autorité dans les yeux. « Mieux vaut que nous l'appelions encore le Ténébreux. Ou, au moins, Ba'alzamon. »

Il haussa les épaules. « Comme vous voudrez. Mais il est mort. Le Ténébreux est mort. Je l'ai tué. Je l'ai brûlé avec... » Le reste de ses souvenirs afflua soudain, laissant sa bouche béer. *Le Pouvoir Unique. J'ai exercé le Pouvoir Unique. Aucun homme ne peut...* Il humecta des lèvres soudain sèches. Une rafale de vent emporta autour d'eux dans un tourbillon des feuilles tombées ou arrachées à leurs branches, mais elle n'apportait pas plus de froid qu'il n'en ressentait au cœur. Les jeunes femmes le regardaient, toutes les trois. Le dévisageaient. Sans même ciller. Il tendit la main vers Egwene et le mouvement de recul qu'elle esquissa n'avait rien d'un tour joué par son imagination, cette fois-ci. « Egwene ? » Elle détourna la tête et il laissa retomber sa main.

Brusquement, elle jeta ses bras autour de lui et se cacha la figure contre sa poitrine. « Pardonne-moi, Rand. Pardonne-moi. Cela m'est égal. Franchement, cela m'est égal. » Ses épaules tressautaient. Il pensa qu'elle pleurait. Lui tapotant les cheveux avec embarras, il regarda par-dessus sa tête les deux autres jeunes femmes.

« La Roue tisse selon son bon vouloir, dit lentement Nynaeve, ce qui n'empêche pas que tu es toujours Rand al'Thor du Champ d'Emond. Pourtant, que la Lumière me vienne en aide, que la Lumière nous assiste tous, tu es trop dangereux, Rand. » Il tressaillit devant l'expression des yeux de la Sagesse, tristes, chargés de regret et acceptant déjà de l'avoir perdu.

« Qu'est-ce qui s'est passé ? dit Moiraine. Dis-moi *tout* ! »

Et devant son regard dominateur, il obéit. Il aurait aimé élaguer, abréger, laisser des incidents de côté, mais les yeux de l'Aes Sedai lui soutirèrent tout. Des larmes roulèrent sur ses joues quand il en vint à Kari al'Thor. Sa mère. Il souligna cela. « Il détenait ma mère. Ma mère ! » Il y avait de la sympathie et de la douleur sur le visage de Nynaeve, mais les yeux de l'Aes Sedai le forçaient à continuer, à en venir à l'épée de Lumière, au coup qui avait tranché la corde noire et aux flammes qui avaient consumé Ba'alzamon. Les bras d'Egwene se resserrèrent autour de lui, comme si elle voulait l'arracher à ce qui s'était produit. « Mais ce n'était pas moi, conclut-il. La Lumière m'a... entraîné. Ce n'était pas réellement moi. Cela ne fait-il pas une différence ?

– Je l'avais soupçonné dès le début, répliqua Moiraine. Toutefois des doutes ne sont pas des preuves. Après que je t'ai donné le gage, la pièce de monnaie, et créé ce lien, tu aurais dû ne pas demander mieux que d'acquiescer à ce que je voulais, mais tu résistais, tu mettais en question. Cela m'a fourni des indications, mais pas assez. Le sang de Manetheren a toujours été obstiné et davantage encore après qu'Aemon est mort et que le cœur d'Eldrene a été brisé. Puis il y a eu Béla.

– Béla ? » répéta-t-il. *Rien ne fait de différence.*

L'Aes Sedai hocha la tête. « À la Colline-au-Guet, Béla n'a pas eu besoin de moi pour lui ôter sa fatigue ; quelqu'un s'en était déjà chargé. Cette nuit-là, elle aurait été capable de distancer Mandarb. J'aurais dû penser à la personne que Béla portait. Avec des Trollocs sur nos talons, un Draghkar au-dessus de nous et un Demi-Homme la Lumière seule savait où, tu as dû avoir terriblement peur qu'Egwene soit laissée seule en arrière. Il te fallait davantage que ce dont tu avais jamais eu besoin jusque-là dans ta vie et tu as eu recours à ce qui seul pouvait te le donner. Au *Saidin.* »

Il frissonna. Il se sentait tellement glacé qu'il en avait les mains douloureuses. « Si je ne recommence jamais, si je n'entre plus en contact avec lui, je ne... » Il fut incapable de le dire. Il ne deviendrait pas fou. Il ne livrerait pas terres et gens à un débordement de folie furieuse. Il ne finirait pas en train de pourrir vivant.

« Peut-être, répliqua Moiraine. Cela aurait facilité beaucoup s'il y avait eu quelqu'un pour t'instruire, mais avec un suprême effort de volonté c'est faisable.

– Vous saurez m'instruire. Sûrement, vous... » Il s'interrompit en voyant l'Aes Sedai secouer la tête.

« Un chat peut-il apprendre à un chien comment grimper aux arbres, Rand ? Un poisson apprendra-t-il à nager à un oiseau ? Je connais la *Saidar*, mais je ne peux rien t'enseigner du *Saidin*. Ceux qui le pouvaient sont morts depuis trois mille ans. Néanmoins peut-être es-tu assez tenace. Peut-être ta volonté est-elle assez forte. »

Egwene se redressa, essuyant d'un revers de main ses yeux rougis. Elle eut l'air de vouloir dire quelque chose mais, quand elle ouvrit la bouche, rien ne sortit. *Au moins, elle ne s'écarte pas. Au moins, elle peut me regarder sans pousser les hauts cris.*

« Les autres ? demanda-t-il.

– Lan les a emmenés dans la caverne, répondit Nynaeve. L'Œil a disparu, mais il y a quelque chose au milieu de la vasque, une colonne de cristal, avec des marches pour l'atteindre. Mat et Perrin voulaient partir d'abord à ta recherche – Loial aussi mais Moiraine a dit... » Elle jeta un coup d'œil à l'Aes Sedai, avec gêne. Moiraine lui rendit un regard calme. « Elle a dit que nous ne devions pas te déranger pendant que tu étais... »

La gorge de Rand se serra au point qu'il eut du mal à

respirer. Vont-ils se détourner à la façon d'Egwene ? *Vont-ils pousser des cris et s'enfuir avec la même réaction que si j'étais un Évanescent ?* Moiraine prit la parole sans marquer qu'elle avait vu le sang se retirer de son visage.

« Il y avait une immense réserve du Pouvoir Unique dans l'Œil. Même à l'Ère des Légendes, bien peu auraient pu en maîtriser autant tout seuls sans être détruits. Très peu.

– Vous leur avez raconté ? dit-il d'une voix étranglée. Si tout le monde est au courant...

– Seulement Lan, répliqua Moiraine avec gentillesse. Il doit savoir. Et Nynaeve et Egwene, pour ce qu'elles sont et ce qu'elles deviendront. Les autres n'ont pas besoin de le savoir, pas encore.

– Pourquoi donc ? » Sa gorge douloureuse rendait sa voix dure. « Vous voudrez me neutraliser, hein ? N'est-ce pas ce que les Aes Sedai font aux hommes qui savent utiliser le Pouvoir ? Elles les changent pour qu'ils ne le puissent plus ? Les rendent inoffensifs ? Thom disait que les hommes qui ont été neutralisés meurent parce qu'ils cessent d'avoir envie de vivre. Pourquoi ne parlez-vous pas de m'amener à Tar Valon pour être neutralisé ?

– Tu es *ta'veren*, riposta Moiraine. Peut-être que le Dessin n'en a pas fini avec toi. »

Rand redressa le buste. « Dans les rêves, Ba'alzamon prétendait que Tar Valon et le Trône d'Amyrlin essaieraient de m'utiliser. Il a cité des noms et je me les rappelle maintenant. Raolin Fléau-du-Ténébreux et Guaire Amalasan. Yurian Arc-de-Pierre. Davian. Logain. »

Le dernier nom fut le plus difficile de tous à prononcer. Nynaeve pâlit et Egwene eut un hoquet de surprise, mais il poursuivit avec colère : « Chacun d'eux un faux Dragon. N'essayez pas de nier. Eh bien, je ne me laisserai pas manipuler. Je ne suis pas un outil qu'on peut jeter sur le tas d'ordures une fois qu'il n'est plus bon à rien.

– L'outil créé pour un but n'est pas avili en étant utilisé pour ce but » – la voix de Moiraine était aussi dure que la sienne –, « mais l'homme qui croit le Père des Mensonges se déshonore. Tu dis que tu ne te laisseras pas manipuler, puis tu laisses le Ténébreux tracer ta voie comme un chien que son maître lance sur la piste d'un lapin. »

Les poings de Rand se crispèrent et il détourna la tête. Cela ressemblait trop à ce qu'avait dit Ba'alzamon. « Je ne suis le chien de personne. Vous m'entendez ? De personne ! »

Loial et les autres apparurent sous l'arche et Rand se releva précipitamment en regardant Moiraine.

« Ils ne sauront rien jusqu'à ce que le Dessin le veuille », dit l'Aes Sedai.

Puis ses amis approchèrent. Lan venait en tête, l'air aussi impassible que jamais mais pourtant assez éprouvé. Il portait un des pansements de Nynaeve autour des tempes et il marchait comme s'il avait le dos raide. Derrière lui, Loial portait un grand coffre en or, tout ornementé et serti d'argent. Seul un Ogier aurait pu le soulever sans aide. Perrin avait les bras resserrés autour d'un gros paquet d'étoffe blanche pliée et Mat tenait dans ses deux mains réunies ce qui semblait être des fragments de poterie.

« Tu es donc vivant, au bout du compte. » Mat rit. Son expression se rembrunit et il indiqua Moiraine d'un brusque mouvement de tête. « Elle n'a pas voulu nous laisser te chercher. Elle a dit que nous devions découvrir ce que dissimulait l'Œil. Je serais parti quand même, seulement Nynaeve et Egwene se sont rangées à son avis et m'ont presque projeté sous la voûte.

– Enfin, te voilà, commenta Perrin, et pas trop mal en point à te voir. » Ses yeux ne brillaient pas, mais leur iris était entièrement jaune, à présent. « C'est ce qui importe. Te voilà et nous avons accompli ce pour quoi nous étions venus, encore que je ne sache pas quelle était cette mission. Moiraine Sedai dit que nous en avons fini et que nous pouvons repartir. Chez nous, Rand. Que la Lumière me brûle, j'ai envie de rentrer.

– C'est bon de te voir en vie, berger, dit Lan d'un ton brusque. Je vois que tu n'as pas lâché ton épée, peut-être vas-tu maintenant apprendre à t'en servir. » Rand ressentit un soudain élan d'affection pour le Lige ; Lan savait mais, du moins en surface, rien n'avait changé. Possible, pensa-t-il, qu'au fond rien n'ait changé non plus pour Lan.

« Je dois avouer, déclara Loial en posant le coffre, que voyager de compagnie avec des *ta'veren* s'est révélé encore plus intéressant que je ne l'escomptais. » Ses oreilles s'agitèrent fébrilement. « Si cela doit devenir encore plus intéressant, je vais retourner immédiatement au *stedding* Shangtai, tout confesser à Haman l'Ancien et ne plus jamais abandonner mes livres. » Soudain, l'Ogier sourit de toutes ses dents, sa grande bouche fendant sa figure en deux. « Ce que c'est bon de vous voir, Rand al'Thor. Le Lige est le seul de ces trois-ci qui s'intéresse vraiment aux livres et il se refuse à bavarder. Qu'est-ce qui vous est arrivé ? Nous nous sommes tous enfuis dans les bois pour nous cacher jusqu'à ce que Moiraine Sedai envoie Lan nous retrouver, mais elle n'a pas voulu nous laisser aller à votre recherche. Pourquoi êtes-vous resté si longtemps parti, Rand ?

– J'ai couru, couru sans arrêt, jusqu'à ce que je dévale une colline et me heurte la tête contre un rocher, répliqua-t-il lentement. Je crois que je me suis cogné sur tous les cailloux du haut en bas de la pente. » Cela expliquerait ses meurtrissures. Il s'efforça d'observer l'Aes Sedai, ainsi que Nynaeve et Egwene, mais leur expression ne changea pas d'un iota. « Quand j'ai repris connaissance, j'étais perdu et finalement je suis revenu ici tant bien que mal. Je crois qu'Aginor est mort, brûlé. J'ai trouvé des cendres et des fragments de son manteau. »

Ces mensonges sonnaient faux à ses oreilles. Il ne comprenait pas pourquoi ils ne poussaient pas des ricanements de mépris et n'exigeaient pas la vérité ; cependant ses amis hochaient la tête, acceptant ce qu'il disait et ils émettaient des onomatopées compatissantes en se rassemblant autour de l'Aes Sedai pour lui montrer ce qu'ils avaient découvert.

« Aidez-moi à me redresser », dit Moiraine. Nynaeve et Egwene la soulevèrent jusqu'à ce qu'elle soit assise et, même alors, durent la soutenir.

« Comment ces objets pouvaient-ils être à l'intérieur de l'Œil sans être détruits comme ce caillou ? demanda Mat.

– Ils n'ont pas été déposés là pour être détruits », répliqua sèchement l'Aes Sedai qui écarta leurs questions d'un froncement de sourcils tandis qu'elle prenait des mains de Mat les fragments de poterie brillants blancs et noirs.

Aux yeux de Rand, ils avaient l'air de débris hétéroclites, mais elle les assembla adroitement sur le sol à côté d'elle, reconstituant un cercle parfait de la taille d'une main d'homme. L'antique symbole des Aes Sedai, la Flamme de Tar Valon jointe au Croc du Dragon, le noir à côté du blanc. Pendant un instant, Moiraine se contenta de le considérer, le visage impénétrable, puis elle prit le poignard passé à sa ceinture et le tendit à Lan avec un signe de tête vers le cercle.

Le Lige choisit le plus grand fragment qu'il écarta des autres, puis leva haut le poignard et l'abattit de toute sa force. Une étincelle jaillit, le fragment fit un bond sous la violence du coup, et la lame se rompit avec un claquement sec. Il examina le tronçon resté fixé au manche, puis le rejeta de côté. « Le meilleur acier de Tear », fut son commentaire sardonique.

Mat ramassa vivement le tesson et émit un grognement, puis le montra à la ronde. Il n'y avait pas une marque dessus.

« De la *cuendillar*, expliqua Moiraine. De la pierre-à-cœur. Personne n'a été capable d'en faire depuis l'Ère des Légendes et, même alors, elle n'était fabriquée que pour le dessein le plus important. Une fois terminée, rien ne peut la briser. Pas même le Pouvoir Unique lui-même exercé par le plus grand Aes Sedai qui ait jamais vécu, assisté du *sa'angreal* le plus efficace du monde. Toute puissance projetée contre la pierre-à-cœur ne fait que la rendre plus solide.

– Alors, comment... ? » Le geste de Mat avec le morceau qu'il tenait en main engloba les autres débris à terre.

« Ceci est un des sept sceaux apposés sur la prison du Ténébreux », expliqua Moiraine. Mat laissa tomber le tesson comme s'il était devenu brûlant. Pendant une seconde, les yeux de Perrin parurent flamboyer de nouveau. L'Aes Sedai se mit à ramasser calmement les fragments.

« Cela n'a plus d'importance », dit Rand. Ses amis le regardèrent bizarrement et il regretta de n'avoir pas tenu sa langue.

« Bien sûr », répliqua Moiraine. Néanmoins, elle recueillit tous les morceaux dans son escarcelle. « Apportez-moi le coffre. »

Loial le souleva et l'approcha d'elle.

Le cube aplati d'or et d'argent semblait d'une seule pièce, mais les doigts de l'Aes Sedai passèrent sur le motif ornemental complexe en exerçant une pression, et avec un brusque déclic un couvercle se rabattit comme mû par des ressorts. Un cor enroulé sur lui-même, en or, reposait à l'intérieur. Il ne portait comme marque qu'une ligne d'écriture en argent incrustée autour du pavillon. Moiraine sortit le cor comme elle l'aurait fait d'un enfant nouveau-né. « Ceci doit être emporté à Illian, dit-elle à mi-voix.

– Illian ! protesta Perrin. C'est presque à la Mer des Tempêtes, pratiquement aussi loin au sud de chez nous que nous le sommes maintenant au nord.

– Est-ce... ? » – Loial s'interrompit pour retrouver son souffle – « Se pourrait-il que... ?

– Vous connaissez l'Ancienne Langue ? » demanda Moiraine et, comme il acquiesçait d'un signe de tête, elle lui tendit le cor.

L'Ogier le prit avec autant de précaution qu'elle, suivant avec délicatesse de son gros doigt ce qui était écrit. Ses yeux se dilatèrent de plus en plus et ses oreilles se dressèrent à la verticale. « *Tia mi aven Moridin isainde vadin*, murmura-t-il. *La tombe n'est pas un obstacle à mon appel.*

– Le Cor de Valère. » Pour une fois, le Lige avait l'air vraiment bouleversé ; il y avait une note de vénération dans sa voix.

Au même moment, Nynaeve dit d'une voix mal assurée : « Pour faire revenir d'entre les morts les héros des Ères passées afin de combattre le Seigneur des Ténèbres.

– Que je sois brûlé ! » s'exclama Mat dans un souffle.

Loial reposa avec respect le cor dans son nid doré.

« Je commence à me poser des questions, reprit Moiraine. L'Œil du Monde a été créé en vue de la plus grande nécessité que le monde ait à affronter, mais l'a-t-il été pour l'usage auquel... nous le destinons ou pour garder ces choses ? Vite, la dernière. Montrez-la-moi. »

Après les deux premières, Rand comprenait aisément le manque d'empressement de Perrin. Lan et l'Ogier lui prirent le paquet d'étoffe blanche quand il hésita et le déroulèrent entre eux. Une longue bannière blanche se déploya et se mit à flotter dans l'air. Rand ne put que regarder de tous ses yeux. L'ensemble paraissait être d'une seule pièce, ni tissé, ni teint, ni peint. Quelque chose, qui ressemblait à un serpent aux écailles or et écarlate, occupait la longueur entière, mais avec des pattes squameuses et des pieds chacun muni de cinq longues griffes d'or, ainsi qu'une grande tête avec une crinière dorée et des yeux comme le soleil. Le frémissement de la bannière donnait l'impression qu'il bougeait, les écailles scintillant comme des gemmes et des métaux précieux, qu'il était vivant, et Rand eut presque l'impression de l'entendre rugir de défi.

« Qu'est-ce que c'est ? » demanda-t-il.

Moiraine répondit lentement : « L'étendard du Seigneur du Matin quand il a conduit les armées de la Lumière contre l'Ombre. La bannière de Lews Therin Telamon. La bannière du Dragon. »

Loial faillit lâcher le bout qu'il tenait.

« Que je sois brûlé ! » dit Mat d'une voix éteinte.

« Nous emmènerons ces objets avec nous quand nous partirons, reprit Moiraine. Ils n'ont pas été déposés ici par hasard, et il faut que je m'informe davantage. » Ses doigts effleurèrent son escarcelle, où se trouvaient les fragments du sceau brisé. « La journée est trop avancée pour partir maintenant. Nous allons nous détendre et manger et nous partirons demain de bonne heure. La Dévastation règne partout ici, pas comme le long de la Frontière, et elle est puissante. Sans l'Homme Vert, cet endroit ne tiendra pas longtemps. Aidez-moi à me recoucher, ajouta-t-elle pour Nynaeve et Egwene. Il faut que je me repose. »

Rand prit alors conscience de ce qu'il avait vu depuis le début mais n'avait pas vraiment remarqué. Des feuilles brunes, mortes, qui tombaient du grand chêne. Des épaisseurs de feuilles sèches bruissant dans le vent, le brun mélangé aux pétales détachés de milliers de fleurs. L'Homme Vert avait tenu en échec la Grande Dévastation mais celle-ci tuait déjà ce qu'il avait créé.

« C'est fait, n'est-ce pas ? demanda-t-il à Moiraine. C'est fini. »

L'Aes Sedai tourna la tête sur le tas de capes qui lui servaient d'oreiller. Ses yeux donnaient l'impression d'avoir la profondeur de l'Œil du Monde. « Nous avons accompli ce que nous étions venus faire ici. À partir de maintenant, tu peux vivre ta vie comme le Dessin le tissera. Mange, puis dors, Rand al'Thor. Dors et rêve de chez toi. »

53.

LA ROUE TOURNE

L'aube révéla les ravages dans le jardin de l'Homme Vert. Le sol était tapissé de feuilles mortes, par endroits à hauteur du genou. Toutes les fleurs avaient disparu à l'exception de quelques-unes qui se cramponnaient désespérément à la lisière de la clairière. Il n'y a pas grand-chose qui pousse dans la terre au pied d'un chêne, mais un mince cercle de fleurs et d'herbes entourait le tronc épais au-dessus de la tombe de l'Homme Vert. Le chêne lui-même n'avait conservé que la moitié de ses feuilles, et c'était beaucoup plus que n'en avaient gardé les autres arbres, comme si quelque survivance de l'Homme Vert luttait encore pour se maintenir là. Les brises fraîches étaient tombées, remplacées par une chaleur moite grandissante, il n'y avait plus de papillons, les oiseaux s'étaient tus. C'est un groupe silencieux qui se prépara à partir.

Rand se hissa sur la selle du bai, le cœur navré. *Cela ne devrait pas être ainsi. Sang et cendres. Nous avons gagné !*

« Je souhaite qu'il ait trouvé son autre emplacement », commenta Egwene en montant Béla. Une litière, fabriquée par Lan, était suspendue entre la jument aux longs poils et Aldieb, pour transporter Moiraine ; Nynaeve chevaucherait à côté en guidant la jument blanche par la bride. Chaque fois que Lan lui jetait un coup d'œil, la Sagesse baissait les yeux pour éviter son regard ; le Lige la dévisageait chaque fois qu'elle était détournée, mais il ne lui parlait pas. Personne n'eut besoin de demander de qui Egwene parlait.

« Ce n'est pas juste », s'exclama Loial qui contemplait l'arbre.

L'Ogier était le seul encore à terre. « Ce n'est pas juste que Frère-Arbre ait succombé à la Dévastation. » Il tendit les rênes de son grand cheval à Rand. « Pas juste. »

Lan ouvrit la bouche comme l'Ogier se dirigeait vers le chêne majestueux. Couchée sur sa litière, Moiraine leva la main péniblement, et le Lige ne dit rien.

Devant le chêne, Loial s'agenouilla, ferma les yeux et étendit les bras. Les huppes de ses oreilles se dressaient tout droit quand il leva son visage vers le ciel. Et il chanta.

Rand n'aurait pas su dire si c'étaient des paroles ou des vocalises, de la mélodie pure. À entendre cette voix de basse, on aurait cru que la terre chantait, cependant Rand était sûr d'entendre de nouveau le chant perlé des oiseaux, le soupir des brises printanières et le battement des ailes de papillons. Envoûté par cette mélodie, il croyait qu'elle avait duré seulement quelques minutes, pourtant quand Loial rabaissa les bras et ouvrit les paupières, il fut surpris de voir le soleil très haut au-dessus de l'horizon. Le soleil effleurait les arbres quand l'Ogier avait commencé. Les feuilles encore sur le chêne paraissaient plus vertes et plus solidement attachées à lui qu'avant. Les fleurs qui l'encerclaient se tenaient plus droites, les étoiles-du-matin blanches et vigoureuses, les nœuds-d'amour rouge profond.

Essuyant la transpiration sur sa large figure, Loial se releva et prit ses rênes des mains de Rand. Ses longs sourcils retombaient dans une expression de confusion comme pour signifier sa crainte de paraître avoir voulu se mettre en avant. « Je n'ai jamais jusqu'ici chanté avec tant d'ardeur. Je n'aurais pas pu le faire s'il n'y avait pas eu encore ici quelque chose de Frère-Arbre. Mes Chants-d'Arbre n'ont pas son pouvoir. » Quand il fut installé sur sa selle, de la satisfaction se lisait dans le regard qu'il jeta au chêne et aux fleurs. « Ce petit espace, du moins, ne s'engloutira pas dans la Dévastation. La Dévastation ne s'emparera pas de Frère-Arbre.

– Vous êtes quelqu'un de bien, Ogier », dit Lan.

Loial sourit largement. « Je prends cela pour un compliment, mais je ne sais pas ce qu'en dirait Haman l'Ancien. »

Ils chevauchaient l'un derrière l'autre, Mat après le Lige d'où il pouvait se servir de son arc utilement si besoin était, et Perrin fermait la marche, sa hache posée en travers du pommeau de sa selle. Ils atteignirent la crête d'une colline et, en un clin d'œil, la Grande Dévastation les encercla, tordue et décomposée dans de virulentes teintes d'arc-en-ciel. Rand regarda par-dessus son épaule, mais le jardin de l'Homme Vert était invisible. Il n'y avait que la Dévastation s'étendant derrière eux comme devant. Cependant il eut l'impression, juste pour un instant, d'apercevoir la gigantesque cime du chêne au feuillage luxuriant, avant qu'elle miroite et disparaisse. Puis il n'y eut plus que la Dévastation.

Il s'attendait à moitié à devoir se battre pour repartir, de même qu'ils y avaient été obligés pour entrer, mais la Grande Dévastation gardait un silence et une immobilité de mort. Pas une branche n'oscillait à la façon d'un fouet pour les cingler, rien ne criait ou ne mugissait, ni de près ni de loin. La Dévastation semblait se replier sur elle-même, non pas pour bondir mais comme si elle avait reçu un violent coup de matraque et attendait le suivant. Même le soleil était moins rouge.

Quand ils passèrent devant les lacs égrenés comme les perles d'un collier, le soleil n'avait pas dépassé de beaucoup son zénith. Lan les maintint très à l'écart des lacs et ne les regarda même pas, mais Rand songea que les sept tours paraissaient plus hautes que la première fois où il les avait vues. Il était sûr que leurs sommets déchiquetés étaient plus loin du sol et au-dessus d'eux, à peine discernables, des tours sans une fissure luisaient au soleil et des étendards avec des Grues Dorées flottaient dans le vent. Il cligna des yeux et regarda avec attention, mais les tours se refusèrent à disparaître totalement. Elles demeurèrent à la lisière de son champ de vision jusqu'à ce que la Dévastation masque de nouveau les lacs.

Avant le coucher du soleil, le Lige choisit l'emplacement de leur camp, et Moiraine enrôla Nynaeve et Egwene pour l'aider à poster des gardes. L'Aes Sedai leur chuchota à l'oreille avant de commencer. Nynaeve hésita mais, quand Moiraine ferma les paupières, elle le fit en même temps qu'elle et Egwene.

Rand vit que Mat et Perrin les regardaient avec des yeux ronds et se demanda comment ils pouvaient être surpris. *Toutes les femmes sont des Aes Sedai*, songea-t-il sans joie. *Que la Lumière m'assiste, moi aussi.* Une morne dépression paralysa sa langue.

« Pourquoi est-ce si différent ? questionna Perrin pendant qu'Egwene et la Sagesse aidaient Moiraine à se coucher. On a l'impression que... » Ses épaules carrées se haussèrent comme s'il ne trouvait pas ses mots.

« Nous avons assené un rude coup au Ténébreux, répliqua Moiraine en s'installant au mieux avec un soupir. L'Ombre aura besoin de bien du temps pour s'en remettre.

– Comment ça ? s'exclama impérativement Mat. Qu'est-ce que nous avons fait ?

– Dormez, ordonna Moiraine. Nous avons encore à sortir de la Grande Dévastation. »

Le lendemain matin, toutefois, rien de notable aux yeux de Rand n'avait encore changé. La Dévastation s'estompa, évidemment, à mesure qu'ils chevauchaient vers le sud. Les arbres tordus furent remplacés par des arbres bien droits. La chaleur se fit moins accablante. Le feuillage pourrissant laissa la place à des feuilles simplement malades. Puis pas malades du tout, il s'en aperçut. La forêt autour d'eux devint rousse de bourgeons neufs foisonnant sur les branches. Des pousses levaient dans le sous-bois, des plantes grimpantes recouvraient de verdure les rochers et des fleurs des champs fraîches écloses parsemaient l'herbe aussi épaisse et vive que là où l'Homme Vert avait marché. Comme si le printemps, trop longtemps tenu à l'écart par l'hiver, se hâtait maintenant de reprendre la place qui lui revenait.

Rand n'était pas le seul à s'en émerveiller. « Un rude coup », murmura Moiraine, qui ne voulut pas en dire davantage.

Un rosier sauvage s'enroulait autour de la colonne de pierre marquant la frontière. Des hommes d'armes sortirent des tours de guet pour les accueillir. Il y avait une note de stupeur dans leurs rires et une lueur d'étonnement brillait dans leurs yeux comme s'ils ne pouvaient pas croire à l'herbe nouvelle qu'ils foulaient sous leurs pieds chaussés de fer.

« La Lumière a vaincu l'Ombre !

– Une grande victoire dans la Brèche de Tarwin ! Nous avons reçu le message ! Victoire !

– La Lumière nous bénit de nouveau !

– Le Roi Easar est fort dans la Lumière », répondit Lan à toutes leurs acclamations.

Les soldats voulaient soigner Moiraine ou du moins fournir une escorte, mais elle refusa tout. Même étendue à plat sur une litière, Moiraine avait un tel ascendant que les hommes en armure dégagèrent le passage et s'inclinèrent, accédant à ses désirs. Rand et les autres continuèrent leur chemin, accompagnés par leurs rires de plaisir.

À la fin de l'après-midi, ils atteignirent Fal Dara, pour trouver l'austère cité fortifiée toute résonnante de démonstrations d'allégresse. Résonnante était le mot. Rand doutait qu'il y ait dans la ville une seule cloche qui ne soit en mouvement, depuis les plus petits grelots d'argent des harnais jusqu'aux larges gongs de bronze au sommet des tours. Les portes étaient grandes ouvertes et des hommes couraient dans les rues en riant et chantant, des fleurs plantées dans leur chignon et les interstices de leur armure. Les civils qui habitaient la ville n'étaient pas encore revenus de Fal Moran, mais les militaires arrivaient de la Brèche de Tarwin et leur joie suffisait à emplir les rues.

« Victoire dans la Brèche ! Nous avons gagné ! »

« Un miracle dans la Brèche ! L'Ère des Légendes recommence ! »

« Le printemps ! » dit gaiement un vieux soldat aux cheveux gris en suspendant une guirlande d'étoiles-du-matin autour du cou de Rand. Son chignon était lui-même transformé en bouquet blanc. « La Lumière nous a une fois de plus accordé la grâce de voir le printemps ! »

En apprenant qu'ils voulaient se rendre à la citadelle, des soldats portant armure et parure de fleurs les entourèrent et coururent pour leur ouvrir la voie au milieu de la foule en fête.

Ingtar fut le premier visage dépourvu de sourire qu'aperçut Rand. « Je suis arrivé trop tard, annonça Ingtar à Lan sur un ton morose et acerbe. Trop tard d'une heure pour voir. Par la Paix ! » Ses dents grincèrent distinctement, mais alors son expression devint contrite. « Pardonnez-moi. Le chagrin me fait oublier mes devoirs. Bienvenue, Bâtisseur. Bienvenue à vous tous. C'est un plaisir de vous voir revenus sains et saufs de la Grande Dévastation. J'amènerai le guérisseur à Moiraine Sedai dans ses appartements et informerai le Seigneur Agelmar...

– Conduisez-moi au Seigneur Agelmar, ordonna Moiraine. Emmenez-nous tous. » Ingtar ouvrit la bouche pour protester, mais s'inclina devant son regard impérieux.

Agelmar se trouvait dans son bureau, avec ses épées et son armure de nouveau accrochées au râtelier, et son visage était le deuxième qui ne souriait pas. Il avait une expression inquiète qui s'accentua quand il regarda entrer Moiraine portée sur sa litière par des serviteurs en livrée. Des femmes vêtues aussi de noir et or s'excusèrent avec agitation de lui amener l'Aes Sedai sans qu'elle ait eu le loisir de se rafraîchir ou d'être examinée par le guérisseur. Loial portait le coffre en or. Les fragments du sceau étaient encore dans l'escarcelle de Moiraine ; la bannière de Lews Therin Meurtrier-des-siens était enveloppée dans son paquetage et toujours attachée au troussequin de la selle d'Aldieb. Le palefrenier qui avait pris en charge la jument blanche avait reçu l'ordre le plus strict de veiller à ce que le paquet soit placé sans être ouvert dans l'appartement assigné à l'Aes Sedai.

« Par la Paix ! marmotta le Seigneur de Fal Dara. Êtes-vous blessée, Moiraine Sedai ? Ingtar, pourquoi n'avez-vous pas conduit l'Aes Sedai à son lit et ne lui avez-vous pas amené le guérisseur ?

– Calmez-vous, Seigneur Agelmar, dit Moiraine. Ingtar a obéi à mes ordres. Je ne suis pas aussi fragile que tout le monde ici semble le croire. » Elle appela du geste deux des femmes pour qu'elles l'aident à s'installer dans un fauteuil. Pendant un instant, elles joignirent les mains en s'exclamant qu'elle était trop faible, qu'elle devrait être dans un lit confortable et le guérisseur convoqué, et qu'il lui fallait un bain chaud. Les sourcils de Moiraine se haussèrent ; les femmes refermèrent brusquement la bouche et se hâtèrent de l'assister. Dès qu'elle fut installée dans le fauteuil, elle les congédia sans un mot avec irritation. « Je voudrais vous parler, Seigneur Agelmar. »

Agelmar hocha la tête, et Ingtar fit signe aux servantes de quitter la pièce. Le Seigneur de Fal Dara toisa d'un œil curieux ceux qui restaient ; surtout, songea Rand, Loial et le coffre en or.

Dès la porte refermée derrière Ingtar, Moiraine déclara :

« Nous avons appris que vous avez remporté une grande victoire dans la Brèche de Tarwin.

– Oui, répliqua lentement Agelmar dont l'expression redevint soucieuse. Oui, Aes Sedai, oui et non. Les Demi-Hommes et leurs Trollocs ont été anéantis jusqu'au dernier, mais nous n'avons pratiquement pas combattu. Un miracle, mes hommes appellent ça. La terre les a engloutis ; les montagnes les ont ensevelis. Seuls restaient quelques Draghkars, trop affolés pour réagir autrement qu'en fuyant à tire-d'aile vers le nord.

– Un miracle, effectivement, commenta Moiraine. Et le printemps est revenu.

– Un miracle, reprit Agelmar en secouant la tête, mais... Moiraine Sedai, les soldats racontent bien des choses sur ce qui est arrivé dans la Brèche. Que la Lumière s'est faite chair et a lutté pour nous. Que le Créateur s'est avancé à pied dans la Brèche pour frapper l'Ombre. Par contre, moi, j'ai vu un homme, Moiraine Sedai. J'ai vu un homme et ce qu'il a accompli ne peut pas, ne doit pas être fait.

– La Roue tisse selon Son bon vouloir, Seigneur de Fal Dara.

– Vous l'avez dit, Moiraine Sedai.

– Et Padan Fain ? Il est en lieu sûr ? Il faudra que j'aie un entretien avec lui quand je serai reposée.

– Il est détenu comme vous l'avez ordonné, Aes Sedai, pleurnichant auprès de ses gardiens la moitié du temps et, l'autre, essayant de les commander, mais... Par la Paix, Moiraine Sedai, à vous qu'est-il arrivé dans la Dévastation ? Vous avez découvert l'Homme Vert ? J'ai reconnu sa main dans la montée de pousses nouvelles.

– Nous l'avons trouvé. L'Homme Vert est mort, Seigneur Agelmar, et l'Œil du Monde n'existe plus, répliqua-t-elle sans ambages. Il n'y aura plus de quêtes menées par des jeunes gens à la poursuite de la gloire. »

Le Seigneur de Fal Dara fronça les sourcils en secouant la tête, dérouté. « Mort ? L'Homme Vert ? C'est impossible... Vous avez donc été vaincus ? Mais les fleurs et les pousses ?

– Nous avons gagné, Seigneur Agelmar. Nous avons gagné, et la terre libérée de l'hiver en est la preuve, mais je crains que la dernière bataille n'ait pas encore été livrée. » Rand esquissa un mouvement, mais l'Aes Sedai lui jeta un regard sévère et il s'immobilisa de nouveau. « La Grande Dévastation demeure encore, et les forges de Thakan'dar sont toujours à l'œuvre sous le Shayol Ghul. De nombreux Demi-Hommes restent malgré cela, ainsi que d'innombrables Trollocs. Ne croyez surtout pas que surveiller les zones frontières ne soit plus une obligation nécessaire.

– Je ne l'avais pas pensé, Aes Sedai », répliqua-t-il avec raideur.

Moiraine indiqua à Loial de poser le coffre d'or à ses pieds et, quand il eut obéi, elle l'ouvrit, révélant le cor. « Le Cor de Valère », annonça-t-elle, et la respiration d'Agelmar devint soudain convulsive. Rand le crut sur le point de s'agenouiller.

« Avec cela, Moiraine Sedai, peu importe combien de Demi-Hommes ou de Trollocs sont encore en vie. En compagnie des héros d'antan qui sortiront de la tombe, nous marcherons jusqu'aux Terres Maudites et nous raserons le Shayol Ghul.

– NON ! » Agelmar resta bouche bée de stupeur, mais Moiraine poursuivit calmement : « Je ne vous l'ai pas montré pour vous narguer, mais pour que vous sachiez que, dans les batailles futures quelles qu'elles soient, notre force sera égale à celle de l'Ombre. La place de ce Cor n'est pas ici. Il doit être transporté à Illian. C'est là-bas, si de nouvelles batailles se préparent, qu'il doit rallier les armées de la Lumière. Je vous demanderai une escorte de vos meilleurs hommes pour veiller à ce qu'il arrive sans dommage à Illian. Il y a encore des Amis du Ténébreux, ainsi que des Demi-Hommes et des Trollocs, et ceux qui répondent à l'appel du Cor suivent quiconque en sonne. Il doit donc aller à Illian.

– Votre volonté sera faite, Aes Sedai. »

Cependant, quand le couvercle du coffre se rabattit, le Seigneur de Fal Dara avait l'air d'un homme à qui est refusé son ultime aperçu de la Lumière.

Sept jours plus tard, les cloches continuaient à sonner à toute volée dans Fal Dara. La population civile était revenue de Fal Moran, ajoutant ses réjouissances à celles des soldats, et chants et acclamations se mêlaient au carillon des cloches sur le long balcon où Rand se tenait. Ce balcon surplombait les jardins privés d'Agelmar, verdoyants et fleuris, mais il ne s'y intéressait pas. En dépit du soleil qui était haut dans le ciel, le printemps au Shienar était plus froid qu'il n'y était habitué, et pourtant sa poitrine et ses épaules nues luisaient de sueur tandis qu'il maniait l'épée au héron, chacun de ses mouvements précis et néanmoins distant de lui-même qui planait dans le vide. Même au sein de ce vide, il se demanda quelle joie éclaterait dans la ville si l'on avait connaissance de l'étendard que Moiraine gardait encore caché.

« Bravo, berger. » Appuyé contre la balustrade, les bras croisés sur sa poitrine, le Lige l'observait d'un œil critique. « Tu tires bien, mais ne te force pas. Tu ne peux pas devenir un maître à l'épée en quelques semaines. »

Le vide disparut comme une bulle crevée. « Je ne tiens pas à être un champion.

– C'est une épée de maître dans le maniement des armes, berger.

– J'ai uniquement envie que mon père soit fier de moi. » Sa main se crispa sur le cuir rugueux de la poignée. *Ce que je voudrais simplement c'est que Tam soit mon père.* Il rengaina d'un geste brusque l'épée dans son fourreau. « En tout cas, je n'ai pas quelques semaines.

– Alors tu n'as pas changé d'avis ?

– En changeriez-vous ? » – L'expression de Lan ne s'était pas altérée ; les méplats de son visage donnaient l'impression de ne jamais pouvoir se modifier. – « Vous n'essaierez pas de m'en empêcher, Moiraine Sedai non plus ?

– Tu es libre d'agir à ta guise, berger, ou comme le Dessin l'a tissé pour toi. » Le Lige se redressa. « Je vais te laisser, maintenant. »

Rand se retourna pour regarder partir Lan et se retrouva face à face avec Egwene.

« Changer d'avis à quel propos, Rand ? »

Il attrapa d'un geste vif sa chemise et son bliaud, ressentant soudain le froid. « Je m'en vais, Egwene.

– Où ?

– Quelque part. J'ignore où. » Il ne voulait pas rencontrer son regard, mais il ne pouvait s'arrêter de la contempler. Elle portait des églantines rouges entrelacées dans ses cheveux qui tombaient librement autour de ses épaules. Elle serrait contre elle son manteau bleu sombre orné au bord d'une mince ligne de broderie représentant des fleurs blanches à la mode de Shienar, et ces corolles montaient en ligne droite jusqu'à son visage. Elles n'étaient pas plus pâles que ses joues ; ses yeux semblaient immenses et sombres. « Loin.

– Je suis sûre que cela ne plaira pas à Moiraine Sedai que tu t'en ailles comme ça. Après... après ce que tu as fait, tu mérites une récompense.

– Pour Moiraine, je n'existe pas. J'ai accompli ce qu'elle désirait, voilà tout. Elle ne m'adresse même pas la parole quand je l'approche. Non pas que j'aie essayé de rester auprès d'elle, mais elle m'évite. Que je parte lui sera complètement égal et, quant à moi, son opinion m'indiffère.

– Moiraine n'est pas encore complètement rétablie, Rand. » Elle hésita. « Il faut que je me rende à Tar Valon pour mon apprentissage. Nynaeve y va, elle aussi. Et Mat a encore besoin d'être guéri de ce qui le lie à ce poignard. Perrin, lui, a envie de visiter Tar Valon avant de s'en aller... je ne sais où. Tu pourrais nous accompagner.

– Et attendre qu'une Aes Sedai en dehors de Moiraine découvre ce que je suis et me neutralise ? » Sa voix était rude, presque sarcastique ; changer de ton était au-dessus de ses forces. « C'est cela que tu veux ?

– Non ! »

Il se sentit à jamais incapable de lui dire à quel point il était reconnaissant qu'elle n'ait pas hésité avant de répondre.

« Rand, tu n'as pas peur... » Ils étaient seuls, mais elle jeta un coup d'œil autour d'eux et baissa encore la voix. « Moiraine Sedai a expliqué que tu n'as qu'à ne pas te mettre en liaison avec la Vraie Source. Si tu ne contactes pas le *Saidin*, si tu n'essaies pas d'exercer le Pouvoir, tu ne risques rien.

– Oh, je ne veux plus jamais l'exercer. Devrais-je pour cela me couper d'abord la main. » *Mais si je n'arrive pas à m'en empêcher ? Je n'ai jamais tenté d'y avoir recours, pas même devant l'Œil du Monde. Alors, si je ne parviens pas à me retenir ?*

« Iras-tu chez toi, Rand ? Ton père doit avoir hâte que tu rentres. Même le père de Mat doit se languir de lui maintenant. Je retournerai au Champ d'Emond l'an prochain. Pour quelque temps, au moins. »

Il frotta de la main la poignée de son épée, sentant sous sa paume le héron de bronze. *Mon père. Ma maison. Ô Lumière, comme j'aimerais voir...* « Non, pas à la maison. » *Quelque part où il n'y aura personne qui en souffre si je ne me maîtrise pas. Quelque part où je serai seul.*

Soudain une bouffée de froid envahit le balcon comme s'il était couvert de neige.

« Je pars, mais pas pour chez nous. » *Egwene, Egwene, pourquoi a-t-il fallu que tu sois une de ces...* Il la prit dans ses bras et murmura contre ses cheveux : « Jamais chez nous. »

Dans le jardin privé d'Agelmar, sous un épais berceau de verdure étoilé de corolles blanches, Moiraine changea de position sur sa chaise longue. Les fragments du sceau reposaient dans son giron, et la petite gemme qu'elle portait quelquefois dans ses cheveux scintillait en tournoyant sur sa chaîne d'or au bout de ses doigts. La faible lueur bleue s'effaça de la pierre et un sourire détendit les lèvres de Moiraine. Elle n'avait pas de pouvoir en elle-même, cette gemme, mais le premier usage du Pouvoir que Moiraine avait appris dans sa prime jeunesse au Palais Royal de Cairhien avait été d'utiliser la gemme pour écouter les gens quand, du fait de leur éloignement, ils se croyaient assurés de ne pas être entendus par des oreilles étrangères.

« Les Prophéties s'accompliront, murmura l'Aes Sedai. Le Dragon s'est réincarné. »

NOTES SUR LA DATATION DANS CE GLOSSAIRE

Le *Calendrier toman* (établi par *Toma dur Ahmid*) a été adopté approximativement deux siècles après la mort du dernier Aes Sedai et enregistré des années Après la Destruction du Monde (A.D.). De nombreuses archives ont été détruites au cours des Guerres Trolloques, de sorte qu'une fois ces Guerres terminées des discussions furent soulevées concernant l'année exacte selon l'ancien système. Un nouveau calendrier fut proposé par *Tiam de Gazar*, célébrant la libération supposée de la menace trolloque et désignant chaque année comme une Année Libre (A.L.). Le *Calendrier gazaran* fut largement utilisé pendant les vingt années qui suivirent la fin de ces Guerres. Artur Aile-de-Faucon tenta d'établir un nouveau calendrier basé sur la fondation de son empire (D.F. : Depuis la Fondation), mais ce système de datation n'est maintenant connu que des historiens et utilisé par eux. Après la destruction générale, les morts et les démembrements dus à la Guerre des Cent Ans, un quatrième calendrier a été imaginé par *Uren din Jubai Mouette-en-Plein-Essor*, un érudit du Peuple de la Mer, et imposé par le Panarch *Farede de Tarabon.* Le *Calendrier farede*, datant de la fin fixée arbitrairement de la Guerre des Cent Ans et recensant les années de la Nouvelle Ère (N.E.), est passé dans l'usage courant.

GLOSSAIRE

Adan, Heran (é-DANN, HIH-rann) : gouverneur de Baerlon.

Aes Sedai (EI-ESS seh-DAÏ) : Celles qui exercent le Pouvoir Unique. Depuis le Temps de la Folie, les femmes sont les seules Aes Sedai survivantes. Objets de crainte et de méfiance un peu partout, détestées même, elles sont tenues par beaucoup pour responsables de la Destruction du Monde et on les accuse en général d'ingérence dans les affaires intérieures des nations. Il n'y a guère de gouvernants qui se passent d'une conseillère Aes Sedai, même dans les pays où l'existence de ces relations doit être gardée secrète. Le terme est utilisé comme titre honorifique et formule de politesse, par exemple *Sheriam Sedai*, ou hautement honorifique : *Sheriam Aes Sedai.* Voir aussi : *Ajah* et *Trône/Siège d'Amyrlin.*

Agelmar; Seigneur Agelmar de la Maison de Jagad (AGH-el-marr), (JAH-gadd) : seigneur de Fal Dara. Sur son emblème figurent trois renards roux courant.

Aiels (Aïe-il) : les habitants du *Désert d'Aiel.* Cruels et courageux. Les Aiels se voilent le visage avant de tuer, ce qui a donné naissance au dicton : « Agir comme un Aiel voilé de noir » pour décrire quelqu'un qui se montre violent. Guerriers redoutables avec des armes ou à mains nues, ils ne touchent jamais une épée. Ils vont à la bataille au son d'airs de danse que jouent leurs cornemuseux et les Aiels appellent la bataille « la Danse ».

Aile-de-Faucon, Artur : souverain légendaire qui a réuni sous son autorité toutes les terres à l'ouest de l'*Échine du Monde*, ainsi que d'autres terres au-delà du *Désert d'Aiel.* Il avait même fait traverser à ses armées l'océan d'Aryth, mais tout contact avec celles-ci fut perdu à sa mort, ce qui déclencha la Guerre des Cent Ans. Son emblème est un faucon d'or en plein essor. *Voir aussi :* Guerre des Cent Ans.

Ajah (AH-jah) : associations d'Aes Sedai, auxquelles

adhèrent toutes les Aes Sedai. Elles sont désignées par des couleurs : l'Ajah Bleue, l'Ajah Rouge, l'Ajah Blanche, l'Ajah Verte, l'Ajah Brune, l'Ajah Jaune et l'Ajah Grise. Chacune a une conception personnelle de l'utilisation du Pouvoir Unique et des buts à poursuivre. Par exemple, l'Ajah Rouge applique toute son énergie à découvrir et neutraliser les hommes qui tentent de se servir du Pouvoir Unique. Par contre, l'Ajah Brune se refuse à s'impliquer dans les affaires du monde et se consacre à l'étude. Des rumeurs (passionnément reniées et jamais mentionnées devant une Aes Sedai sans fâcheuses conséquences) suggèrent l'existence d'une Ajah Noire servant le Ténébreux.

Aldieb : Dans l'ancienne langue : *Vent d'Ouest*, le vent qui amène les pluies de printemps.

Al Ellisande! : Dans l'ancienne langue, cri de guerre : *Pour la Rose du Soleil!*

Al-Meara, Nynaeve (ahl-MI-I-R...ah), (Naï-nive) : la *Sagesse* du Champ d'Emond.

Al'Thor, Rand (ahl-THOR, RAND) : jeune fermier et berger originaire des Deux Rivières.

Al'Vere, Egwene (ahl-VI-I-R-e, ih-GOUAINE) : fille cadette de l'aubergiste du Champ d'Emond.

Amis du Ténébreux : Les sectateurs du Ténébreux qui sont persuadés qu'ils auront de grands pouvoirs et de grosses récompenses quand il sera libéré de sa prison.

Amyrlin ou Trône/Siège d'Amyrlin (AHM-ihr-linn) : 1) Titre de celle qui dirige les Aes Sedai. Élue à vie par la Chambre de la Tour (la *Tour Blanche*), le conseil suprême des Aes Sedai, qui comprend trois représentantes de chacune des sept Ajahs. Le Siège ou Trône d'Amyrlin, en théorie du moins, exerce presque l'autorité suprême sur les Aes Sedai. Son rang est égal à celui de roi ou de reine.
2) Le Trône sur lequel siège la souveraine des Aes Sedai.

Andor (ANN-dor) : Le royaume dont fait partie les Deux Rivières.

Angreal (ahn-gri-AHL) : Objet d'une extrême rareté qui permet à quiconque sait canaliser le Pouvoir Unique de maîtriser une plus grande partie de ce pouvoir que ce ne serait possible sans risque si cet appoint venait à manquer. Vestiges de l'Ère des Légendes, on a perdu son secret de fabrication. *Voir aussi :* sa'angreal.

Arafel (Ah-rah-fehl) : L'une des Marches (pays frontières). Les armes d'Arafel sont trois roses d'argent sur champ de gueules écartelé avec trois roses de gueules sur champ d'argent.

Aram (E-ramm) : Jeune homme appartenant au peuple des Tuatha'ans.

Avendesora (Ah-vehnn-deh-SO-rah) : Dans l'ancienne langue : *Arbre de Vie.* Mentionné dans de nombreux contes et légendes.

***Aveugleur :** voir* Le Ténébreux.
Aybara, Perrin (ay-BAHR-ah, PEHR-rihnn) : Jeune apprenti forgeron du Champ d'Emond.
Ba'alzamon (bah-AHL-zah-monn) : Dans la langue trolloque : Cœur des Ténèbres. Appellation trolloque pour Le Ténébreux.
Baerlon (BAIR-lon) : Cité d'Andor sur la route qui va de Caemlyn aux mines des Montagnes de la Brume.
Barran, Doral (BAHR-rahnn, DORR-ahll) : la *Sagesse* du Champ d'Emond à qui Nynaeve al'Meara a succédé.
Bel Tine (BEHL TÏNE) : Festival de printemps dans les Deux Rivières.
***Berger de la Nuit :** voir* Le Ténébreux.
***Blancs Manteaux :** voir* Les Enfants de la Lumière.
Bornhald, Geofram (BOHR-haldd, JEHFF-rahmm) : un seigneur, capitaine des Enfants de la Lumière.
Bornhald, Dain (BORHN-haldd, Dai-ihnn) : officier des Enfants de la Lumière, fils de leur capitaine, le seigneur Geofram.
Bryne Gareth (BRIHNN, GAH-rehth) : commandant en chef de la garde de la Reine dans l'Andor. Sert également en tant que Premier Prince de l'Épée de la reine Morgase. Ses armes sont trois étoiles d'or, chacune à cinq branches.
Byar, Jaret (BI-ahrr, JAH-rett) : officier des Enfants de la Lumière.
Caemlyn (KEM-lihnn) : Capitale de l'Andor.
Cairhien (KEI-ri-EHNN) : À la fois nation le long de l'Échine du Monde et capitale de cette nation. La ville a été incendiée et pillée pendant la Guerre des Aiels (976-978 N.E.). L'emblème de Cairhien est un soleil d'or rayonnant hissant d'un champ d'azur.
Carai an Caldazar ! : Dans l'ancienne langue : *Pour l'honneur de l'Aigle Rouge !*, l'antique cri de guerre de Manetheren.
Carai an Ellisande ! : Dans l'ancienne langue : *Pour l'honneur de la Rose du Soleil !*
Cauthon Matrim (Mat) (CAO-tonn, MAT-rimm) : jeune fermier des Deux Rivières, appelé Mat par ses amis.
Cent Compagnons, les : Cent hommes ayant titre d'Aes Sedai parmi les plus puissants de l'Ère des Légendes qui, sous le commandement de Lews Therin Telamon, ont lancé l'offensive ultime qui a mis fin à la *Guerre de l'Ombre* en enfermant de nouveau le Ténébreux dans sa prison. La riposte du Ténébreux a corrompu le *Saidin* ; les Cent Compagnons sont devenus fous et ont commencé la Destruction du Monde.
Cercle des Femmes, le : Groupe de femmes élues par les femmes d'un village, responsable de la prise de décisions concernant ce qui est considéré comme du seul ressort des femmes (par exemple : fixer la date des semailles et celle de

la récolte). D'une autorité égale à celle du *Conseil du Village*, avec des principes et des domaines d'action nettement définis. Souvent en désaccord avec le Conseil du Village. *Voir aussi* ce dernier terme.

Charin, Jain (CHAH-rihnn, DJE-ihnn) : voir Jain Farstrider.

Cinq Pouvoirs, les : Il existe des fils rattachés au Pouvoir Unique – et quiconque est capable de maîtriser ce Pouvoir peut habituellement en saisir aussi quelques-uns mieux que d'autres. Ces extensions prennent en général le nom de ce sur quoi on peut agir quand on s'en sert – Terre, Air, Feu, Eau et Esprit – et sont appelés les Cinq Pouvoirs. Le détenteur de la maîtrise du Pouvoir Unique aura une action plus efficace avec l'un ou peut-être deux d'entre ceux-ci et moindre avec les autres. Un petit nombre acquiert une grande force avec trois Pouvoirs mais, depuis l'Ère des Légendes, personne n'a pu réunir sous sa volonté l'ensemble des cinq. Et encore était-ce extrêmement rare à l'époque. Le degré de puissance varie grandement selon les individus, de sorte que certaines maîtresses du Pouvoir sont plus fortes que d'autres. Accomplir certains actes avec le Pouvoir Unique exige d'avoir la maîtrise d'un ou plusieurs des Cinq Pouvoirs. Par exemple, susciter ou diriger du feu requiert un don concernant le feu, et modifier le temps qu'il fait exige d'avoir une action sur l'Air et l'Eau, tandis que la Santé ne va pas sans la maîtrise de l'Eau et de l'Esprit. Alors que le Pouvoir sur l'Esprit se trouve à part égale chez les hommes et chez les femmes, un don particulier pour agir sur la Terre et/ou le Feu était beaucoup plus fréquent chez les hommes, tandis que chez les femmes c'était sur l'Eau et/ou l'Air. Il y avait des exceptions, mais cela se manifestait si souvent que la Terre et le Feu en étaient venus à être considérés comme des Pouvoirs masculins, l'Air et l'Eau comme des Pouvoirs féminins. En général, aucun don n'est considéré comme plus fort qu'un autre, bien qu'un dicton ait cours chez les Aes Sedai : « Il n'y a pas de rocher si dur que l'Eau et le Vent ne puissent user et il n'y a pas de feu si ardent que l'Eau ne puisse éteindre ou le vent souffler. » Il faut noter que ce dicton est entré dans l'usage bien des années après la mort du dernier homme ayant titre d'Aes Sedai. Tout dicton équivalent ayant cours parmi ceux-ci est oublié depuis longtemps.

Conseil du Village : Dans la plupart des villages, groupe d'hommes élus par les habitants et ayant à sa tête un Maire, qui est responsable des décisions concernant l'ensemble du village et habilité à négocier avec les Conseils des autres villages sur des sujets les concernant tous. Il est en désaccord avec le Cercle des Femmes dans un si grand nombre de villages que ce conflit est considéré comme traditionnel. *Voir aussi :* Cercle des Femmes.

Cor de Valère : Le but légendaire de la *Grande Quête du Cor.* Ce cor est censé capable de faire sortir de leurs tombeaux les héros morts pour combattre l'Ombre.

Croc-du-cœur : *voir* Le Ténébreux.

Cuendillar : autrement dit Pierre-à-cœur, substance indestructible créée pendant l'Ère des Légendes. Toute force connue utilisée pour tenter de la détruire est absorbée, la rendant encore plus solide.

Damodred, prince Taringail (DAHM-oh-dredd, TAH-rihnn-gaill) : Prince royal de Cairhien, il épousa Tigraine et engendra Galadedrid. Lorsque Tigraine disparut puis fut déclarée morte, il se remaria avec Morgase et engendra Élayne et Gawyn. Lui-même partit sans laisser de traces dans des circonstances mystérieuses et resta présumé mort pendant de nombreuses années. Il a pour emblème une hache d'armes à double tranchant en or.

Damodred, seigneur Galadedrid (DAHM-oh-drehd, gah-LAHDD-eh-drihdd) : Fils unique de Taringail Damodred et de Tigraine, demi-frère d'Élayne et de Gawyn. Son emblème porte une épée d'argent ailée, pointe en bas.

Demi-Homme : *voir* Myrddraal.

Dentelle du Temps : *voir* Le Grand Dessin.

Désert d'Aiel : À l'est de *l'Échine du Monde*, une contrée au climat et au relief rudes, quasiment dépourvue d'eau. Peu d'étrangers au pays s'y aventurent, non seulement parce que l'eau est presque impossible à trouver pour quelqu'un qui n'est pas né sur ce sol, mais aussi parce que les Aiels se considèrent comme en guerre contre tous les autres peuples et font grise mine aux étrangers.

Dessin d'une Ère : La Roue du Temps tisse les fils des destinées humaines en un Dessin d'une Ère, qui forme la substance de la réalité pour cette Ère ; appelée aussi Dentelle du Temps. *Voir également : ta'veren, Toile* et *Tapisserie.*

Destruction du Monde : Quand Lews Therin Telamon et les Cent Compagnons eurent de nouveau emprisonné le Ténébreux, le contrecoup fut la pollution du *Saidin.* En fin de compte, tous les hommes Aes Sedai furent pris de folie furieuse. Dans leur démence, ces hommes, qui savaient canaliser le Pouvoir Unique à un degré maintenant inconnu, ont changé la face de la Terre. Ils ont provoqué d'énormes séismes, nivelé des chaînes de montagnes, fait surgir d'autres montagnes, soulevé hors de l'eau des terres à sec là où il y avait des mers, poussé l'océan à envahir des terres sèches. De nombreuses parties du monde ont été complètement dépeuplées, et les survivants éparpillés comme de la poussière dans le vent. Ce bouleversement est évoqué dans les contes, les légendes et les archives historiques sous le nom de Destruction du Monde. *Voir aussi : Cent Compagnons, les.*

Destructeur des Feuilles, le : *voir* Le Ténébreux.
Deuxième Pacte : *voir* Pacte des Dix Nations.
Dha-vol, Dhai'mon (DAH-vohll, Dai-monn) : *voir* Trollocs.
Djevik K'shar (DJI-vihk KIH-SHAHRR) : dans la langue trolloque *La Terre qui meurt*, appellation trolloque pour le Désert d'Aiel.
Domon, Bayle (DOH-monn, Baill) : Le capitaine commandant l'*Écume.*
Dragon, le : Nom par lequel Lews Therin Telamon était connu pendant la *Guerre de l'Ombre.* Au cours de la crise de folie qui a frappé tous les hommes portant le titre d'Aes Sedai, Lews Therin a tué tous ceux de son sang, ainsi que tous ceux qu'il aimait, ce qui lui valut le nom de Meurtrier-des-Siens. Il y eut dès lors en usage un dicton – *saisi par le Dragon ou possédé du Dragon* pour indiquer que quelqu'un menace son entourage ou le met en danger, surtout sans motif. *Voir aussi :* Dragon réincarné.
Dragon, le faux : Il arrive que des hommes prétendent être le Dragon réincarné et, parfois, l'un d'eux rassemble assez de partisans pour qu'une armée soit nécessaire afin d'écraser cette rébellion. Certains ont déclenché des conflits qui ont entraîné l'entrée en guerre de nombreuses nations. Au cours des siècles, la plupart étaient incapables de maîtriser le Pouvoir Unique, mais quelques-uns le pouvaient. Néanmoins, tous soit disparurent soit furent capturés soit furent tués sans avoir accompli aucune des Prophéties concernant la Renaissance du Dragon. Ces hommes sont appelés faux Dragons. *Voir aussi :* le Dragon réincarné.
Dragon réincarné, le : D'après les prophéties et les légendes, le Dragon renaîtra à l'heure du plus grand péril de l'humanité pour sauver le monde. Ce que personne n'envisage d'un cœur joyeux, à la fois à cause des prophéties disant que le Dragon ressuscité provoquera un nouvelle Destruction du Monde et, à cause de Lews Therin Meurtrier-des-Siens, le Dragon est un nom qui fait frémir les gens même plus de trois mille ans après sa mort. *Voir aussi :* Dragon, le ; Dragon, le faux.
Easar; Roi Easar de la Maison de Togita (I-zar, toh-GHI-tah) : Souverain du Shienar. Son emblème est une biche blanche qui, selon la tradition du Shienar, passe aussi pour être un emblème de ce pays avec le Faucon Noir.
Échine du Monde : Une majestueuse chaîne de montagnes très élevées, avec peu de cols permettant de la franchir, qui sépare le Désert d'Aiel des pays de l'Ouest.
Élaida (ih-Laïda-da-) : Une Aes Sedai qui conseille la reine Morgase, souveraine d'Andor.
Élayne (I-Laine) : fille de la reine Morgase, héritière présomptive (Fille-Héritière) du Trône d'Andor. Elle a pour emblème un lis d'or.

Else; Else Grinwell (EHLZ GRIHN-ouehll) : fille de fermiers rencontrée sur la route de Caemlyn.

Empan : mesure de longueur égale à deux pas. Mille empans font une lieue.

Enfants de la Lumière : association aux strictes croyances ascétiques, vouée à vaincre le Ténébreux et à détruire tous ses Amis. Fondée pendant la Guerre des Cent Ans par Lothair Mantelar (LOH-thairr MAHN-Ti-LAHRR) pour réunir des prosélytes afin de lutter contre le nombre croissant d'Amis du Ténébreux. ses membres ont l'absolue conviction d'être seuls à connaître la vérité et ce qui est juste. Ils haïssent les Aes Sedai, qu'ils considèrent, ainsi que tous ceux qui les soutiennent par leur aide ou leur affection, comme des Amis du Ténébreux. On les surnomme avec mépris les Blancs Manteaux ; leur emblème est un soleil sur champ d'argent.

Fain, Padan (Fenn PAHD-ahnn) : un colporteur qui arrive au Champ d'Emond avant la Nuit de l'Hiver.

Far Dareis Mai (FEHR DAH-rïze MAÏ) : littéralement *Vierges de la Lance.* Une des nombreuses associations guerrières des Aiels ; au contraire des autres, elle admet des femmes et seulement des femmes. Une Vierge ne peut rester membre de cette société une fois qu'elle se marie ou qu'elle est enceinte. Tout enfant né d'une Vierge de la Lance est donné à élever à une autre femme de sorte que nul ne sache qui est la mère de l'enfant. *(Tu ne peux appartenir à aucun homme, aucun homme ni aucun enfant ne peuvent t'appartenir. La Lance est ton amant, ton enfant, ta vie.)* Ces enfants sont tendrement aimés, car il a été prédit qu'un enfant né d'une Vierge unirait les clans et restaurerait la grandeur des Aiels qu'ils avaient connue pendant l'Ère des Légendes.

Farstrider Jain (JAI-ihnn) : un héros des contrées du Nord qui a voyagé dans de nombreux pays et a vécu de multiples aventures ; auteur de plusieurs livres, en même temps que sujet de nombreux volumes et contes. Il a disparu en 994 N.E., au retour d'une expédition dans la Grande Dévastation dont certains ont dit qu'elle l'avait amené jusqu'au Shayol Ghul.

Fille-Héritière : Titre de l'héritière présomptive du trône de l'Andor. La fille aînée de la souveraine succède à sa mère sur le trône. À défaut de fille survivante, le trône va à la parente la plus proche de la reine par le sang.

Flamme de Tar Valon : Emblème de Tar Valon et des Aes Sedai. Représentation stylisée d'une flamme ; larme blanche dessinée pointe en l'air.

Galad (gal-LAHDD) : *voir* Damodred, seigneur Galadedrid.

Gawyn (GEH-wihnn) : Fils de la reine Morgase, frère d'Élayne, qui sera Premier Prince de l'Épée quand Élayne montera sur le trône. Son emblème est un sanglier d'argent.

Grande Dévastation, la : Une région de l'extrême Nord, entièrement corrompue par le Ténébreux. Repaire des Trollocs, des Myrddraals et autres créatures du Ténébreux.

Grand Dessin : La Roue du Temps insère les dessins des Ères dans le Grand Dessin qui englobe en leur entier l'existence et la réalité, le passé, le présent et l'avenir. *Voir aussi :* Dessin d'une Ère ; la Roue du Temps.

Grand Seigneur de l'Ombre : appellation par laquelle les Amis du Ténébreux font allusion au Seigneur des Ténèbres, car ils estiment que prononcer son nom serait blasphématoire.

Grand Serpent : Symbole du temps et de l'éternité, déjà ancien avant que commence l'Ère des Légendes, représentant un serpent qui se mord la queue.

Grande Quête du Cor, la : Un cycle de contes concernant la recherche légendaire du Cor de Valère, dans les années qui se situent entre la fin des Guerres Trolloques et le commencement de la Guerre des Cent Ans. Raconter ce cycle dans sa totalité demanderait de nombreux jours.

Guerre de l'Ombre : Connue aussi sous le nom de *Guerre du Pouvoir*, elle a mis fin à l'Ère des Légendes. Elle s'est déclarée peu après la tentative pour libérer le Ténébreux, et s'est étendue après un bref laps de temps au monde entier. Dans un monde où même le souvenir de la guerre avait été oublié, chaque facette de la guerre a été redécouverte, souvent déformée par le contact du Ténébreux sur la Terre, et le Pouvoir Unique a été utilisé comme arme. La guerre s'est achevée sur la réincarcération du Ténébreux dans sa prison.

Guerre des Cent Ans : Une série de guerres qui se sont chevauchées à la suite d'alliances constamment changeantes, précipitées par la mort d'Artur Aile-de-Faucon et la lutte qui en est résultée pour la conquête de son empire. Elle a duré de 994 A.L. jusqu'à 1117 A.L. Cette guerre a dépeuplé de grands espaces des terres situées entre l'océan d'Aryth et le Désert d'Aiel, depuis la Mer des Tempêtes jusqu'à la Grande Dévastation. Si grandes ont été les destructions que ne subsistent que des archives fragmentaires de l'époque. L'empire d'Artur Aile-de-Faucon a été démantelé et c'est alors que se sont formées les nations de l'ère présente.

Homme-Ombre : *voir* Myrddraal.

Illian (IHL-li-ahnn) : grand port sur la Mer des Tempêtes, ville capitale de la nation du même nom. L'emblème d'Illian est neuf abeilles sur champ d'or vert foncé.

Ingtar; seigneur Ingtar de la Maison de Shinowa (IHN-tahrr-shih-NOH-wah) : un guerrier du Shienar rencontré à Fal Dara.

Inquisiteurs, les : Un ordre dans l'organisation des Enfants de la Lumière. Leur but avoué est de découvrir la vérité dans les « disputations » et démasquer les Amis du Ténébreux. Dans la recherche pour la Vérité et la Lumière, telle qu'ils la conçoivent, ils sont encore plus fanatiques que les Enfants de la Lumière considérés dans leur ensemble. Leur méthode habituelle d'investigation est la torture; leur point de vue habituel : qu'ils connaissent déjà la vérité et doivent seulement obliger leur victime à la confesser. Les Inquisiteurs se désignent eux-mêmes comme la Main de la Lumière et parfois agissent comme s'ils étaient entièrement indépendants des Enfants et du Conseil des Oints de la Lumière qui dirige les Enfants. Le chef des Inquisiteurs est le Grand Inquisiteur qui siège au Conseil des Oints.

Jour du Soleil : Jour de fête et festival célébré au milieu de l'été, un peu partout.

Kandor (KAHN-dohrr) : Une des Marches. Son emblème est un cheval rouge cabré sur champ vert clair.

Kinch, Hyam (KIHNCH, HI-ahmm) : Un fermier rencontré sur la route de Caemlyn.

Ko'bal : *voir* Trollocs.

Lan, al'Lan Mandragoran (AHL-LAN man-DRAG-orann) : Guerrier du Nord compagnon de Moiraine – le Lige. *Voir* Lige.

Lieue : Mesure de distance égale à huit mille pas (voir empan).

Lige, un : Guerrier lié à une Aes Sedai. Le lien dépend du Pouvoir Unique et par ce lien il obtient des avantages tels que la faculté de guérir rapidement, de se passer longuement de nourriture, d'eau ou de repos et aussi de sentir à distance la souillure du Ténébreux. Aussi longtemps que vit ce guerrier, l'Aes Sedai dont il est l'Homme Lige sait qu'il est vivant, aussi éloigné d'elle qu'il puisse se trouver, et quand il meurt elle est avertie de l'heure et de la manière de sa mort. Cependant, ce lien ne la renseigne ni sur la direction dans laquelle il se trouve ni sur la distance qui la sépare du Lige. Alors que la plupart des Ajahs estiment qu'une Aes Sedai peut avoir un seul Lige à sa dévotion, les Ajahs Rouges refusent tout engagement de Lige, alors que les Ajahs Vertes sont convaincues qu'une Aes Sedai peut avoir autant de Liges qu'elle le désire. Sur le plan éthique, le Lige doit accéder à cet état de serviteur vassal, mais on a vu des Liges qui l'étaient devenus involontairement. Ce que les Aes Sedai tirent comme bénéfice de ce vasselage est un secret bien gardé. Voir *aussi :* Aes Sedai.

Luc; seigneur Luc de la Maison de Mantear (LUKE, MANN-ti-ahrr) : frère de Tigraine qui aurait été son Premier Prince de l'Épée quand elle est montée sur le Trône. Sa disparition dans la Grande Dévastation passe pour avoir un certain rapport avec la disparition postérieure de Tigraine. Son emblème est un gland.

Machera, Élyas (mah-CHIR-ahh, I-ly-ahss) : Un homme que rencontrent Perrin et Egwene dans la forêt.

Mahdi (MAH-di) : Dans l'ancienne langue, *le Chercheur.* Titre du chef d'une caravane de Tuatha'ans.

Malkier (Mahl-KIRR) : Une nation qui avait jadis fait partie des Marches (les pays frontaliers), maintenant consumée par la Grande Dévastation. L'emblème de Malkier était une grue dorée en plein essor.

Mandarb : Dans l'ancienne langue : *Lame d'épée.*

Manetheren (Mahn-EHTH-ehr-ehnn) : Une des dix nations qui avaient signé le Deuxième Pacte – et aussi la capitale de cette nation. L'une et l'autre – nation aussi bien que cité – ont été détruites au cours des Guerres Trolloques.

Maradon (MAH-rah-donn) : Capitale de la Saldea.

Merrilin Thom (MER-rih-lihnn, TOM) : Un ménestrel venu se produire au Champ d'Emond à l'occasion du Festival de Bel Tine.

[*N.d.T.* : ménestrel au sens élargi qui est celui du terme appartenant au Vieil Anglais (*gleeman,* de *gleo-man* : homme de musique et de divertissement, compositeur de ballades et d'épopées dans le style des sagas islandaises – récitant, conteur et musicien, mais aussi jongleur avec balles et couteaux ou baladin exécutant virevoltes et culbutes).]

Min (MINN) : Jeune femme rencontrée à l'Auberge du *Cerf et le Lion.*

Moiraine (Mo-a-rene) : Dame en visite au Champ d'Emond arrivée juste avant la célébration de la Nuit de l'Hiver. (N.d.T. : en fait une Aes Sedai.)

Morgase (Morr-GÉZE) : Par la grâce de la Lumière, reine d'Andor, Haut-Siège de la Maison de Trakand (TRAHK-anndd). Son emblème est trois clefs d'or. L'emblème de sa Maison est une clef de voûte en argent.

Myrddraal (MYHRD-draall) : Créatures du Ténébreux, chef des Trollocs. Descendants dénaturés de Trollocs en qui l'héritage humain utilisé pour créer les Trollocs a repris sa prépondérance, mais corrompus par le mal qui a fabriqué les Trollocs. Physiquement, ils sont comme des humains, à part qu'ils sont dépourvus d'yeux, mais ils ont une vue d'aigle, qu'il fasse jour ou nuit. Ils possèdent certains pouvoirs hérités du Ténébreux, y compris la faculté de provoquer une peur paralysante d'un seul regard et le don de disparaître partout où il y a des ombres. L'une de leurs faiblesses connues est qu'ils répugnent à traverser de l'eau courante. Nombreux sont les noms qui leur sont donnés dans différents pays, notamment Demi-Hommes, les Sans-Yeux, les Hommes-Ombres, les Rôdeurs et les Évanescents.

Pacte des Dix Nations : Union formée au cours des siècles après la Destruction du Monde (*circa* A.D.) conclu pour la défaite du Ténébreux. Rompu à la suite des Guerres Trolloques.

Peuple de la Mer : Habitants d'îles dans l'océan d'Aryth (AH-rihtt) et de la Mer des Tempêtes, ils séjournent peu de temps sur ces îles, vivant en général sur leurs bateaux. La plupart du trafic maritime passe par les mains du Peuple de la Mer.

Peuple Nomade : *voir* Tuatha'ans, Rétameurs.

Pierre de Tear : La forteresse qui garde la ville de Tear. On raconte que c'est la plus ancienne forteresse construite après le Temps de la Folie, et certains prétendent même qu'elle a été construite pendant cette période. *Voir aussi :* Tear.

Poing : Unité militaire de base des Trollocs, qui varie en nombre. Toujours plus de cent guerriers, jamais plus de deux cents. Un Poing est généralement, mais pas toujours, commandé par un Myrddraal.

Premier Prince de l'Épée : Titre normalement porté par le frère aîné de la reine de l'Andor, qui a été préparé depuis l'enfance à commander les armées de la souveraine en temps de guerre et à être son conseiller en temps de paix. Si la reine n'a pas de frère survivant, elle décerne le titre à quelqu'un de son choix.

Roue du Temps, la : Le Temps est une roue à sept rayons, chacun représentant une Ère. À mesure que la Roue tourne, les Ères surviennent et s'en vont, chacune laissant des souvenirs qui se fondent en légende, puis en mythe et sont oubliés quand l'Ère revient. Le Dessin d'une Ère est légèrement différent à chaque survenance et chaque fois le changement est plus important, mais chaque fois c'est la même Ère.

Sagesse, la : Dans les villages, jeune femme choisie par le Cercle des Femmes pour ses compétences en l'art de guérir et de prédire le temps qu'il fera, ainsi que pour son robuste bon sens. Poste de grande responsabilité et d'autorité, autant réelles qu'implicites. La Sagesse est généralement considérée à l'égal du Maire et, dans certains villages, elle lui est supérieure. Au contraire du Maire, elle est nommée à vie et c'est bien rare qu'on démette une Sagesse de son poste avant la fin de ses jours. Presque traditionnellement, elle est en *conflit* avec le Maire. *Voir aussi :* Cercle des Femmes.

Sa'angreal (SAH-ahn-GRE-ahll) : Un objet extrêmement rare qui permet à quelqu'un de canaliser une beaucoup plus grande partie du Pouvoir Unique que cela ne serait possible ou dépourvu de danger sans lui. Un *sa'angreal* est comparable à un *angreal*, mais il est beaucoup plus puissant. Vestige de l'Ère des Légendes, sa méthode de fabrication a été perdue.

Saidar, saidin (sah-ih-DAHR, sah-ih-DINN) : *voir* La Vraie Source.

Saldea (sahl-DAI-i-ah) : Une des Marches. L'emblème de ce pays frontière est trois poissons d'argent sur champ outremer.

Shadar Logoth (SHA-dahrr LOH-goth) : Dans l'ancienne langue, *L'Endroit où attend l'Ombre.* Cité abandonnée et évitée de tous depuis les Guerres Trolloques. Appelée aussi *L'Attente-de-l'Ombre.*

Shai'tan (SHAY-ih-TAN) : *voir* Le Ténébreux.

Shayol Ghul (SHA-i-ol GHOUL) : Montagne dans les Terres Maudites, site de la prison du Ténébreux.

Sheriam (SHI-i-ahmm) : Une Aes Sedai de l'Ajah Bleue.

Shoufa (chou-fa) : Partie de vêtement des Aiels, en général une pièce d'étoffe couleur de sable ou de rocher qui entoure la tête et le cou, laissant seulement à nu le visage.

Stedding (STEHD-ding) : Terre natale des Ogiers (OH-girs). De nombreux *steddings* ont été abandonnés depuis la Destruction du Monde. Ils sont dépeints dans les contes et légendes comme des havres de paix, non sans raison. Ils sont protégés jusqu'à un certain point, car dans leur enceinte nulle Aes Sedai ne peut canaliser le Pouvoir Unique ni même l'existence de la Vraie Source. Les tentatives pour faire agir le Pouvoir Unique à l'extérieur d'un *stedding* n'ont pas d'effet à l'intérieur de ses limites. Aucun Trolloc n'entrera dans un *stedding* à moins d'y être contraint et forcé – et même un Myrddraal ne se portera à cette extrémité qu'en cas de nécessité, et alors avec la plus grande répugnance et aversion. Même les Amis du Ténébreux, si profondément dévoués, se sentent mal à l'aise dans un *stedding.*

Tallanvor, Martyn (TAHL-ahn-vohr, mahr-TINN) : lieutenant de la Garde de la reine ; rencontré à Caemlyn.

Ta'maral'ailen (tah-MAHR-ahl Aï-lehn) : Dans l'ancienne langue, l'Arantèle du Destin (autrement dit en langue moderne : la Toile d'araignée du Destin).

Tanreall, Artur Paendrag (tahn-Ri-ahl, AHR-tuhr PAI-ehn-DRAG) : *voir* Artur Aile-de-Faucon.

Tar Valon (TAHR VAH-lonn) : cité située sur une île dans la rivière Érinin. Centre du pouvoir des Aes Sedai et localisation du Trône/Siège d'Amyrlin.

Ta'veren (tah-VIR-ihn) : une personne autour de qui la Roue du Temps tisse tous les fils de la vie, peut-être la *totalité* de ces fils, pour former une Toile de Destinée. *Voir aussi :* Dessin d'une Ère.

Tear (Tirr) : Grand port de mer sur la Mer des Tempêtes. Les armes de Tear sont trois croissants blancs sur champ d'or et de gueules.

Telamon, Lews Therin (TEHL-ah-mon, LOUZ THE-rihnn) : *voir* Le Dragon.

Temps de la Folie : *voir* La Destruction du Monde.

Thakan'dar (thah-kahn-DAHR) : Une vallée éternellement plongée dans le brouillard au-dessous des pentes du Shayol Ghul.

Tigraine (ti-GRAINN) : En tant que fille-héritière d'Andor, elle avait épousé Taringail Damodred, dont elle avait eu un fils Galadedrid. Sa propre disparition en 972 N.E., peu après celle de son frère Luc dans la Grande Dévastation, a conduit à la lutte dans l'Andor appelée la Succession et provoqué à Cairhien les événements qui aboutirent à la guerre avec les Aiels. Son emblème est une main de femme étreignant une tige épineuse de rose blanche.

Toile de la Destinée, la : Un grand changement dans le Dessin d'une Ère, centré autour d'une ou plusieurs personnes qui sont *ta'veren.*

Tour Blanche, la : Le palais du Trône (ou Siège) d'Amyrlin, autrement dit de l'Aes Sedai détentrice de l'autorité suprême, à Tar Valon.

Trollocs : création du Ténébreux faite pendant la *Guerre de l'Ombre.* D'une stature gigantesque, cruels à l'extrême, ils sont un mélange dénaturé de souches humaines et animales, et tuent pour le plaisir de tuer. Rusés, fourbes et traîtres, ne peuvent leur faire confiance que ceux qu'ils craignent. Ils sont omnivores et mangent n'importe quelle sorte de viande, y compris la chair humaine et celle d'autres Trollocs. En majeure partie d'origine humaine, ils sont capables de s'unir avec des humains, mais les produits de ces unions sont mort-nés ou souvent ne survivent pas. Ils se répartissent en bandes semblables à des tribus, les principales étant les Ahf'frait, Al'ghol, Bhan'sheen, Dha'vol, Dhai'mon, Dhjin' nen, Ghar'ghael, Ghob'lin, Gho'hlem, Ghraem'lan, Ko'bal et les Kno'mon.

Trollocs, Guerres des : Une série de guerres commencées vers l'an 1000 A.B., dont la durée a dépassé trois cents ans, pendant lesquelles les armées trolloques ont ravagé le monde. Finalement, les Trollocs ont été tués ou refoulés dans la Grande Dévastation. Mais certaines nations avaient cessé d'exister, tandis que d'autres étaient presque dépeuplées. Les archives de cette époque sont partout fragmentaires. *Voir aussi :* Pacte des Dix Nations.

Tuatha'ans (thou-Ah-thah-AHNN) : population errante appelée aussi Rétameurs et Peuple Nomade ou Voyageur, qui habite dans des roulottes peintes de couleurs vives et adhère à une philosophie totalement pacifiste appelée la Voie de la Feuille. Les objets réparés par les Rétameurs rendent parfois de meilleurs services que lorsqu'ils étaient neufs, mais les Tuatha'ans sont tenus à l'écart par de nombreux villages à cause de racontars selon lesquels ils volent des enfants et tentent de convertir les jeunes à leurs croyances.

Cet ouvrage a été imprimé en France par

CPI
Bussière

à Saint-Amand-Montrond (Cher)
en juillet 2009

POCKET - 12, avenue d'Italie - 75627 Paris Cedex 13

— N° d'imp. : 91047. —
Dépôt légal : février 1997.
Suite du premier tirage : juillet 2009.